梁武帝大传

唐正立 著

中国文史出版社

序

梁武帝是南北朝时期梁王朝开国皇帝萧衍。萧衍灭齐建梁后，为了统御天下，放弃了家世信奉的道教，尊崇儒学，后逐渐转向奉佛，于天监三年颁布了《舍道事佛诏》。此后崇佛日盛，佛事日隆，干脆于天监十八年（519年）受了菩萨戒，法号冠达，其六子萧纶上书《遵敕舍老子受菩萨戒启》，称其为“皇帝菩萨”。王公大臣纷纷效仿，启奏上朝，言必称“皇帝菩萨”，这个称呼就延续了下来。

“皇帝菩萨”这个词，当以“菩萨”为中心语，指的是什么样的菩萨。从历史上看，萧衍为了教化朝野，才尊奉如来，在上化下，表面上看他是一个虔诚的佛教徒，其实本质上仍是一位皇帝，或称“菩萨皇帝”更为合适。这部长篇小说，也是基于这样的历史定位去写的。

历史上，萧衍是一位很特殊的帝王，后世对他的评价可谓毁誉参半。他的前朝刘宋之所以失去天下，是因为皇帝刘彧大杀亲王重臣，驾崩时所托非人，少主顽劣，穷凶极暴，最终皇位被辅臣萧道成夺走，建立齐朝。齐高帝萧道成鉴于刘宋灭亡之弊，宽简刑罚，务从俭约，可惜在位仅仅三年多就去世了。齐武帝萧赜继承父志，励精图治，在位十一年，开创了“永明之治”。不料临终又是所托非人，辅臣萧鸾连续废杀萧昭业和萧昭文，自立为帝。为了保住皇位，萧鸾猜忌同宗，信用典签，诛灭高、武子孙，皇宫内外弥漫着血腥味。萧鸾驾崩后，少帝萧宝卷更是暴虐无道，竟然冤杀了萧衍长兄萧懿。萧衍举兵废掉萧宝卷，以梁代齐。

萧衍注重延揽人才，照顾世族利益，重用庶族人才，尤尚节俭，“一冠三年，一被二年”，每日粗茶淡饭，以此引导百官清正廉明。他倡导礼仪，佛化治国，在位四十八年，在南北朝政权更替频繁的情况下，保持了较长时间的稳定局面，让百姓过了近半个世纪的安定生活。可是，最终天下“自己而得，自己而失”。他接受前朝教训，包庇宗室，不杀亲王，宗室却不为他争气，亲王也不给他卖力，反而尽给他抹黑添乱。次子萧综投了北魏，侄子萧正德也投了北魏，六弟萧宏竟干出了荒淫乱伦的荒唐勾当。他由信佛发展到崇佛，由崇佛升级为佞佛，最后竟然脱下皇袍，换上法衣，舍身同泰寺，由“人主”变成了“寺奴”。群臣只得凑集银钱奉赎这位“皇帝菩萨”，把国库都掏空了。在位日久，他变得昏庸固执，好大喜功，崇信佞臣，优容权贵，对王公大臣法外施恩。晚年逐渐怠政，徒有统一南北的雄心壮志而不修武备，盲目自大，无所作为，他所经营的王朝大厦潜伏着巨大的危机。最终落得个亡国丧身的下场，使江南蒙难，社稷遭殃，百姓涂炭。

除却王朝大厦已被蛀蚀掏空外，也有萧衍个人的致命弱点所致。同诸多皇帝一样，他的猜疑心也很重，忌惮开国元勋。在功臣当中，应该属范云和沈约功劳最大，为他谋划，最终助他登上了皇帝宝座，但萧衍并没有重用他们。建国初期范云就病逝了，他还经常找碴儿斥责沈约，使之抑郁而死。萧衍身边只有佞臣朱异之徒做伴，尽管有几个正义敢言之士，他却拒不接受，把直言劝谏的荀济逼得逃到了北魏，对贺琛的抬棺死谏一概驳回。及至侯景叛乱，太子萧纲优柔寡断，邵陵王萧伦无勇无谋，湘东王萧绎暗图自保，三十万大军本可以一举围歼乱贼，然而各路援军推诿扯皮，各有盘算，致使小人狂计得逞。一代帝王孑然无助，独木难支，大厦坍塌了。

萧衍可谓一代枭雄，在那波谲云诡的年代，他横空出世，以方镇之力推翻暴政，改朝换代，在南北朝时期仅此一人。南朝经历宋、齐、梁、陈四个朝代，共一百六十九年，换了二十四位皇帝，平均七年一帝，你方唱罢我登场，唯萧衍在位时间最长，占了整个南朝近三分之一的时间。然而，他悲惨的结局又令人扼腕叹息，正可谓“时来天地皆同力，运去英雄不自由”，一代圣主沦为亡国之君，其中原因令人深思。

历史布满了尘埃，灰色而没有温度；小说缤纷多姿，是一个有生命的世界。从历史到小说，首要的功夫是研究史料，就如同深山寻宝，沙里淘金。多年来，我焚膏继晷，细心研读了唐姚思廉的《梁书》、唐李延寿的《南史》、北齐魏收的《魏书》、北宋司马光主编的《资治通鉴》以及现当代学者的一些研究著述。从泛黄的文字中理出明晰的线索，寻找那些鲜活的生命，雕琢推想，演绎故事情节，塑造人物形象，展现历史的风云变幻，以期对世人世事有所启发。

写长篇历史小说，很重要的一个问题是结构的安排，就好比做衣服要靠巧妙的裁剪和缝纫，建房屋必须做好基础搭好梁柱，在这方面，我非常赞同与萧衍同时代的文论家刘勰的观点。他在《文心雕龙·附会》中说，写文章要“总文理，统首尾，定与夺，合涯际，弥纶一篇，使杂而不越”，一篇好的文章，要讲究全篇的条理，写什么和不写什么要善于取舍，把各部分融合起来，让首尾连贯起来，组成一个有机的整体。刘勰虽没论及小说这种文学体裁，但他讲的道理还是具有普遍性的。好的长篇小说，结构和情节要水乳交融，就像一场乐器大合奏，乐器不同，音色不同，角色分工也不相同，有的低沉，有的高亢，有的婉转，有的悠扬，有的如小溪流水，有的似大河奔涌。它们之间交相呼应，跌宕起伏，回环往复，共同演奏出一曲荡气回肠的乐章。

鲁迅在《故事新编·序》中，把历史小说创作归为两类，一类是“博考文献，言必有据”，一类是“只取一点因由，随意点染，铺成一篇”。我主要致力于前者，虽然不一定处处“言必有据”,但一定要尊重历史,做到历史的真实性和小说的虚构性相统一,以历史事实为基础,通过合理取舍,大胆想象,编织故事情节,塑造人物形象,让故事生动起来,让人物丰满起来,让历史鲜活起来。《梁武帝大传》再现了萧衍得天下、治天下、失天下起伏跌宕的历史波澜,穿起众多历史事件和历史人物,展示了梁王朝兴起、发展、衰落的历史命运。如果读后能让人有所触动、有所思考、有所启发,起到一点点“晓生民之耳目”的作用,那么我的心血就算没有白费。

值此书出版之际,我首先要感谢刘勰《文心雕龙》研究专家、文献学家朱文民先生,是他指导我确定了题材,布置了“作业”,提出了高屋建瓴的指导建议,并亲送赵以武先生的学术著作《梁武帝及其时代》,让我给萧衍“定位”;感谢著名诗人、校园文学研究专家王世龙先生,他在创作理念上帮助我提升,在写作技巧上给予了指点;感谢海归学子秦舒雨女士,她牺牲了寒假休息时间通读了全书,做了认真修改,并提出了许多有益的建议,在此谨致深深的敬意。

2019 年 2 月 23 日于北京潞河书院

目　　录

一　银鱼背后

南朝齐永泰元年(498年)八月,正是酷热难耐的时节。雍州治所襄阳府衙,虽说绿树环绕,荫翳蔽空,可也阻挡不住烈日的威力,直晒得人蔫头耷脑,心烦气躁。雍州刺史萧衍在闷热中忙完了一天公务,脱下官服,换上便装,走出府衙,深深地吸了口气,活动了一下腰肢,抬头看看湛蓝的天空,好像想起了什么,高声喊道:“庆之,庆之!”

十四岁的陈庆之正是青春年少,他满脸英气,一溜小跑而来:“来了来了!老爷有何吩咐?”

“天气不错,我也有空,走,咱们到雍水打鱼去。”萧衍饶有兴趣地说。

“不……不去了吧,老爷布置的事情还没做完呢。”陈庆之挠了挠头皮,有些不好意思。

“什么事呀?”

“背诵《棋品》呀。”

“噢,你不说我倒忘了。不过,棋艺博大精深,光名谱就有不少,哪能三天两天就能学完?人不能一口吃成个胖子呀,得慢慢来。”萧衍借机点拨着,“再说,你也不能光死板地背棋谱,还要结合沙场实战。”

“老爷,下棋就下棋,怎么跟打仗扯到一块儿去了?我不懂。”陈庆之眼光茫然地看着萧衍。

“下棋是双方对弈,打仗要两军对垒。战场上不能盲目冲杀,要攻彼顾我,方能取胜。下棋也是一样,只有把下棋看成打仗,你手下的棋子才有生命,才有活力,你的棋艺才能进入出神入化的境界呢。”萧衍上前抚摸着陈庆之的头,“走,去打鱼,路上我给你讲打仗的故事。”

“下棋和打仗结合,跟打仗结合……”陈庆之反复念叨着。

雍水之上,波光粼粼。许多渔夫驾着船,唱着渔歌号子:

天蓝蓝,水荡荡,
风吹莲花扑鼻香。
扯起篷,抡起桨,

赤身露膀打鱼忙。
鲤鱼美，鲢鱼靓，
一网一网打满舱。
鱼满舱，心里爽，
挣得家兴业又旺。

随着一声声嘹亮悠长的渔歌声，一条条大鱼被网到了船上。

萧衍被渔歌吸引着，陷入了深思，竟忘记了下渔网。

陈庆之急了："老爷，快下网呀！"

"不急，你看眼前这景多美呀，要是没有公务羁绊，没有世事烦扰，就像那空中的鸟儿、水中的鱼儿，自由自在，该多好呀！"萧衍望着远处感叹着。

"你又不是鸟不是鱼，你是人呀……哎呀！"只见一条大鱼跳进了船舱，陈庆之高兴地跑过去，抱在胸前，"老爷你看，是一条鲤鱼，这尾巴真红真亮……哎，老爷，这鲤鱼是不是在跳龙门呀？"

"鲤鱼跳龙门的故事发生在黄河上游的并州，在北魏境内，离这里远着呢。"

"老爷你说，是不是鲤鱼游到了这里，专门来跳龙门的？听大人说，鲤鱼跳过了龙门，就变成了龙，只有鲤鱼有这个本领，是真的吗？"

"是有这么个说法。"

"这可是吉兆啊，这鲤鱼是专为老爷来跳的，老爷以后定会大富大贵。"

"不要胡说！富贵是自己争取来的，是靠勤劳和汗水换来的，是战场上一刀一枪搏取来的，岂是一条鲤鱼送来的？"

"那这条鱼怎么办？要不拿回去煮了给老爷下酒？"

萧衍犹豫了一下，意味深长地说："还是放了吧，但愿这条鲤鱼能跳过龙门，真的变成一条龙。"

陈庆之看了看萧衍，萧衍表情严肃，又看了看鲤鱼，那鲤鱼红中透着黄，黄中透着亮，尤其那对眼睛，晶莹清澈，似有万顷碧波注入其中。陈庆之有些不舍地放开手，使劲往前一送，鲤鱼摆一摆尾巴，向远处游去，划出一道漂亮的弧线，潜入了水中，激起串串浪花和圈圈涟漪，与天空的彩虹连接起来，蔚为壮观。

"叔达，叔达！"张弘策身穿道袍，头着道冠，骑马飞奔而来，气喘吁吁地喊着，"快上岸，有急事！"张弘策是萧衍的从舅，二人年纪相当，年幼时常交游相处，现在是萧衍的录事参军。

"舅舅，什么事呀？"萧衍跳下船问。

"皇上有诏令。"

萧衍打开诏令看了一下说："皇上向我征求百斤银鱼，而且还要活的，说是十万火急，不得延误。"

“小银鱼一出水就会死掉的，怎么能把活的送进宫里？”陈庆之站在两个大人之间，显出很犯难的样子。

萧衍也皱起了眉头：“是呀，这可怎么办？”

张弘策说：“这不是问题，可以把鱼养在水桶里送进宫。问题是要你亲自去送，这里边是不是有什么蹊跷？”

“还能有什么蹊跷？皇上在宫中深居简出，吃腻了山珍海味，想吃雍水的银鱼了呗。”

“不会这么简单……听说银鱼能做药饵。”

“莫非宫中有人生病了？是皇子，是公主，还是哪位嫔妃？”

“我看都不是。”张弘策似乎早已参透其中玄机。

“那会是谁？”

“还会有谁？是当今皇上。”

萧衍扳着手指数算了一下：“皇上刚刚四十七岁，春秋正盛，怎么会生病？”

“皇上是人不是神，人吃五谷杂粮，哪有不生病的？”张弘策四下里看了看，凑近萧衍，“如果是其他人，怎么会下诏向外藩征求银鱼？如此看来，皇上病了，而且还病得不轻。否则怎会如此兴师动众？毕竟国命系于皇命，皇上的安危牵动着社稷根基的牢固啊。”

“舅父言之有理，肯定是皇上病了。庆之，咱们赶紧上船捕鱼，皇上龙体欠安，正是我等报答皇恩的时候。”萧衍把诏令放进口袋，转身就要上船。

“慢着。”张弘策顺手把他拽了回来，“你不觉得这里面还有大文章吗？”

“什么大文章？”萧衍疑惑地看着张弘策。

“你想想，宫中征求银鱼，为什么不向京师附近的州郡要，而单单看上了这西部边陲雍州？这不是舍近求远吗？你再想想，从雍州征求银鱼也就罢了，又为什么要你亲自护送？”

“这个……也许怕路上出差错吧。”

“凡事不仅要从正面想，也要从反面考虑考虑。”张弘策扶了一下萧衍的肩膀，语重心长地说，“叔达啊，事情没有你想得那么简单，有些事不得不防呀。你想想，当今皇上的宝座是怎么得来的？还不是你帮着弄来的？”

“事情不能这样说，是皇上天命所归，理应君临天下。”嘴上虽这么说，可萧衍心里有数，他为什么要帮萧鸾？就是因为齐武帝萧赜父子逼死了他父亲萧顺之，使他五内俱崩，暗自立志，一定要雪此心耻。原来，齐武帝在位期间，他的四子萧子响任荆州刺史，不安分守己，越规私做锦袍，交易器杖，渐露谋逆迹象。经多次劝说无效，齐武帝没法，只得派萧顺之领兵赴江陵讨伐。可临行前文惠太子又给了萧顺之一道密谕，务要除掉萧子响，因为在文惠太子眼里，萧子响就是他登基路上的一块绊脚石。萧顺之觉得自己既有皇上的讨伐诏书，又有太子密谕，且太子终究要君临天下，便不听萧子响辩解，在射堂绞杀了他。没想到皇上很快就后悔了，怪恨起萧顺之来。萧顺之忧惧染病，不久便郁闷而死。齐武帝驾崩后，辅臣萧鸾把持朝政，寻找种种借口诛杀高、武子孙。萧衍感到非常解气，他知道萧鸾要谋取皇位，便献釜底抽薪之计，帮助萧鸾轻松扫清了障碍，登上了皇帝宝座。

“叔达呀，事情不能再这样遮遮掩掩了。你帮皇上谋取了天下，开始他让你入直殿省，先授你为太子中庶子、领羽林监，接着又一步一步把你调离京师，先让你出镇石头城，最后把你弄到西部边陲，表面上看是对你重用，让你坐镇一方，实际上是不信任你，怕你做大，不让你在朝中掌权。”

这一点萧衍心里是清楚的，萧鸾坐稳天下后，心里忌惮自己，且已开始防范自己了。现在想来，自己不过是萧鸾手中的一枚棋子而已，其实，他萧鸾不也是自己手中的一枚棋子吗？自己借萧鸾的手雪了自己的心头之恨，可新的问题又来了，萧鸾如此排挤打压自己，下一步棋该怎么走呢？好在自己现在镇守外藩，还不至于轻易成为他人刀俎上的鱼肉，便说：“镇守也好，支开也罢，反正我来到雍州，觉得是鸟儿出笼、囚虎归山了。”

“可是，这次皇上要收虎入笼。如果皇上真的病了，他要考虑太子的继位问题，让太子坐稳天下，是他最为关心的事情。高、武子孙已经被皇上剪除殆尽，皇上驾崩之前定会想办法扫除太子脚下的绊脚石，尤其是手握兵权的方镇重将。”

“我又不是那块绊脚石。”

“你自己认为不是，可皇上会这样想吗？”

萧衍慢慢抬起头，用征询的目光问：“那该怎么办？”

“万一皇上驾崩，太子年幼，觊觎皇位者恐不在少数，望你早有准备。”

“准备什么？”萧衍警觉起来，“我深沐皇恩，岂有他心？只望守好边陲，抵御北魏，保大齐安宁。”

“叔达虽无异志，但处此多事之秋，也要自保啊。”张弘策吩咐着，“你先安排人去捕鱼，别的事再回头商量。”

望着浩浩荡荡的雍水，萧衍陷入了深思。

夜晚的京师建康，一个少年在最繁华的街道上溜达着。这里灯光闪烁，人影幢幢，不少馆舍门前站着妖冶的美女向行人打着招呼。少年在男仆的引领下，进到一家豪华妓院。

老鸨身着浓艳的服饰，摇摇晃晃地走了出来：“哎呀，这位少爷，你可是第一次来呀。是来解馋的，还是来销魂的？”

“废话，解馋和销魂不都一……一样吗？”

“不一样。解馋是说你平时缺这东西,出来尝尝鲜,补一补;这销魂嘛,是你平时不缺这东西,出来打野食,变着法儿寻找新的刺激。”

“哎,说得还蛮在理的,快把上好的货色拿……拿出来看看。”少年斜着眼睛四下里搜寻着,他长得高大魁梧,膀阔腰圆,可就是说起话来不利索,老鸨禁不住上下打量着他。

“就你？好吧,我们这莲香院呀,别的没有,要美女可有的是,个个如花似玉,赛过仙女儿。”老鸨一边命人上茶,一边招呼,“春枝儿。”

春枝儿走了出来,胖胖的,她扭动着腰肢,像个臃肿的虫子。

少年没看中,摇了摇头。

“秋叶儿。”

秋叶走了出来,瘦瘦的,她脸上堆着笑,用火辣辣的眼神去勾少年。

少年没感觉,又摇了摇头。

“蕉蕊儿。”

“汪汪汪。”从里边蹿出来一条狗来,围着少年转了一圈。接着一个身材苗条的少女跟了出来,她脸上涂了厚厚的脂粉,神情呆板,上来就挽起少年的胳膊,硬邦邦地说:“走啊,我陪公子好好玩玩。”

少年把手抽了回来。

这时,那条狗上前嗅了嗅了少年的裤脚,又汪汪了两声。少年竖起眉毛,瞪起眼睛,提起脚,咚的一声踢在狗头上。那狗呜啊一声飞出门外,四个爪子蹬了几下,死了。蕉蕊儿大叫:“哎呀,不好了,打死狗了!”

老鸨愣了一下,也大叫:“快来人呀!”

一会儿就围上几个黑衣男子,七嘴八舌地嚷嚷着:“哪里来的泼皮？这是你撒野的地方吗?”“拿起来告官!”“打他!”“狠狠地打!”一个男子撸起袖子,攥起拳头,就要打向少年。

这时,站在门外的男仆跑进来,赔着笑脸:“诸位大人息怒,是我家少爷的不是,要多少钱,我赔我赔!”从怀中掏出一包银子托在手中。

“不是钱的事！这不是明摆着欺负人吗?”老鸨不依不饶。

“是我欺负你,还是你欺负我?”

“我又没骂你,没打你,你为什么打死我家的狗?”

“是你看不起我,你家到底有没有好货?”

老鸨注意地打量了一番少年,眼珠子一转,眼皮子一翻,冷冷地问:“你手里到底有几个钱?”

“你要多……多少钱?”

鸨母伸出了五个手指头。

“五十两?”

鸨母摇了摇头
“五百两?”
鸨母点了点头。
“白的?”
“我要黄的。”
“只要货好,黄的就……就黄的。”
老鸨转怒为喜,赶紧吩咐:“快快快,快把镇院之宝请出来。”
一会儿,一个天仙似的美女袅袅婷婷地走了出来。少年一时竟看呆了,只见这女子肌肤白嫩如月光沐浴,明眸闪烁如春水荡漾,腮上红晕似朝霞初露,纤纤腰肢似杨柳拂风,加上一头云鬢高耸,雪胸撩人,他禁不住咽着口水,愣在了那里,过了好一会儿才问:“你叫什么名字?”
“我叫俞妮,叫我妮子好了。”声音如莺婉转,叫人心醉。
少年禁不住上前拉着俞妮子的手,努力把话说得利索些:“我朝思暮想的美人原来在这里,走,我们上去说话。”
“哎,先不急,东西呢?”老鸨显然有些不放心,伸手拦住了他们。
少年恍然大悟,对站在门外的男仆说:“把东西拿进来。”
两个彪形大汉抬着一个木箱进来,箱子打开,金光灿灿的金砖整整齐齐地摆在里边。老鸨走上前,眼里放射出贪婪的光,她拿起两块敲击了一下,发出短促的声响,然后抬起头,把所有的笑意都堆在了脸上:“是真金子!少爷果然大方,快上去说话,上去说话。”
二人来到楼上,还没坐下,少年就急不可耐地去解俞妮子的衣服,俞妮子一把攥住他的手:“相公莫急,你还不知道我身份呢。”
“妮子,你是什么身份不重要,我喜欢的是你这个人。”少年又要强行解衣。
俞妮子使劲把他的手拿到一边:“你先听我说,其实你也是我梦中之人。”
“此话怎讲?”少年停住了解衣服的手。
“我本是王敬则府上一个使唤丫头,他见我长得漂亮,把我纳为侍妾,谁知那老头子不知天高地厚,得罪了皇上,皇上要杀他。他天天在外打仗,没空回家,他家夫人不容我,趁机找碴儿把我赶了出来。我走投无路,流落在此,可是一直没有接客。这些天来,我夜里经常做梦,梦见一个少年体魄健壮、风度翩翩。适才在楼上看到你,我心中一惊,原来你就是我的梦中之人。”说着身子软软地贴近少年。
等到俞妮子乌云似的鬓发触到少年的鼻子时,他用力一嗅,一股奇香直冲脑门,他一把抱起俞妮子,顺势扔到床上,二人折腾翻滚,一个莺声婉转,一个虎吼狮叫,颠来倒去,直到精疲力竭。
少年懒洋洋地躺在床上,抚弄着俞妮子的秀发,俞妮子竟啜泣起来:“相公今日要了我的身体,以后可要管我。”

那少年倒也痛快:“你放心,今后我让你穿金戴银,吃山珍海味,住豪华宫殿。”

“住宫殿?”俞妮子感到吃惊,“你是宫里的人?”

少年见自己说漏了嘴,便也不再隐瞒:“对,就是住宫殿,而且住最好的宫殿。”

“你是……”

“不瞒你说,我是当今太子。等我当了皇上,就把你接进宫中,让你富贵一生,荣耀一世。”

俞妮子紧紧抱着萧宝卷,激动得泪流满面,在他的脸上亲了又亲。

这时,男仆气喘吁吁地跑上楼来,边跑边喊:“少爷,少爷!”等他来到楼上,看四下里没有别人,又喊,“太子殿下,太子殿下!”

萧宝卷没好气地说:“梅虫儿你喊什么?像是死了爹似的,没见本宫正忙……忙着吗?”

“是要死爹……不不,殿下,你的好事来了,你就要当皇上了!”

“什么意思?”

“有太监来报,说皇上快不行了,要太子赶紧进宫呢。”

阴雨连绵,道路泥泞,陈庆之和十几名随从用马背驮着鱼桶,艰难前行。萧衍领头牵着马,深一脚浅一脚地走着。忽然,一匹马前脚陷进了泥窟窿,马身子一摇晃,眼看就要倒地。说时迟那时快,萧衍一个箭步冲上去,不顾一切地去护那鱼桶,情急之中脚下打滑,一个趔趄倒在了地上,身体浸在泥水中,可他仰面朝天,双手稳稳地托着鱼桶。

陈庆之急忙拉起萧衍,众人也都围拢上来问长问短。陈庆之略带责备地摇着头:“老爷这是何苦呢?不就几条鱼吗?我们带了很多,也差不了那几条。”

“你这孩子,皇命大如山,皇上要多少就是多少,一条也不能少。”

“哎,老爷,听说这鱼是给皇上治病的,咱把鱼送进宫里,治好了皇上的病,皇上一高兴,肯定会封你个大官。”

“封什么大官呀?我的官已经做得不小了。”

“进皇宫,当宰相。”

“小小年纪胃口可不小,我告诉你,皇上对臣民隆恩浩荡,臣民效忠皇上天经地义,不是为了求得什么封赏。”

“老爷,听说皇上手里有的是官帽,有的是金银,谁立了功他就赏给谁。”

“好,我求皇上赏你个漂亮媳妇,生一大群孩子,哈哈哈!”

陈庆之的脸一下子红了,不好意思地摩挲着后脑勺,众人也都哄笑起来。

正福殿内,所有幕帘都是红色的,萧鸾躺在龙榻上,面容清瘦泛黄,上气不接下气地喘息着。他盖着红色被子，穿着红色衣服。大臣们也都穿着红色官服，分列两边。萧鸾崇信道术，自正月患病以来，更是迷信厌胜之术，将所有的服饰都改成红色，就连太监宫女都要穿红色衣服。

萧鸾年不过五十，但由于长年深居宫中，花样翻新地与后宫嫔妃厮混，导致龙体亏损，为了显示自己的威猛，只得服用大量补药，结果毒气侵身，御医束手无策。黄泉路上无老少，自己虽贵为天子，也迈不过这个坎。随着病情的加重，萧鸾在考虑后事。长子萧宝义聋哑有废疾，无法立储，故已立次子萧宝卷为太子。而太子年少，自古少主难保，必须为其扫清障碍。这些年来，为了巩固皇位，杀了不少高、武子孙，数来数去，仍有十位亲王活在世上，为了监视这十位亲王，开始萧鸾要求他们每月初一和十五要入宫觐见，最后终于痛下狠手，毅然决然除掉了他们。

亲王没有了，可还有异姓藩王，萧鸾反复思忖之后，最后目光终于落在了大司马会稽太守王敬则身上。王敬则曾帮萧道成杀了宋少帝刘昱，逼刘准禅位；后来又谋划杀了本朝少帝萧昭业，用别人的鲜血染红了自己的前程。可是王敬则不安分，他的胃口越来越大。还是萧衍献计，让王敬则以三公身份到富庶的会稽郡任太守，并选美女以娱其心，才使他不敢轻举妄动。萧鸾知道，王敬则谋逆之心不死，如果不杀了他，自己驾崩之后，太子将无法收拾局面。可他这些年来一直装得很低调，没有反相，没有反相不要紧，可以逼反他。萧鸾以给自己解闷为由，让王敬则长子王仲雄进宫弹奏焦尾琴，借机扣押了他。王敬则终于中计，他以前朝旧将身份，打着拥立南康侯萧子恪的名义起兵，身边聚集了一些有名望的旧将，不少百姓不明真相，也纷纷扛着竹竿、锄头前去投奔，叛军达到十多万人，正向曲阿进发。为了斩草除根，他把王敬则的儿子全杀了，并派崔恭祖、左兴盛、刘山阳等前去剿灭，也不知结果如何，到现在还没接到战场奏报，实在让人揪心啊。想到这里，他不禁又重重地咳嗽起来，脸红一阵白一阵，样子十分吓人。

殿外，一群道士正忙着做道场，道士们舞来舞去，道场内一会儿烟雾弥漫，一会儿火光冲天。

看见萧宝卷回来，徐孝嗣心里焦急，快步走过去说："殿下，再找几个和尚做做法事吧。"

"不合适吧。"萧宝卷并没有显出多么着急，"父皇一向不……不信佛。"

"皇上如此病重，不能只用一种法子，佛道各有所长，让和尚做做法事，或许也能免灾。"

萧宝卷不再说什么，咬了咬嘴唇，好像也点了点头。徐孝嗣了解太子的脾气，这就表示不反对，既然不反对，就赶快行动，他命人去定林寺找僧祐住持，带领和尚进宫祈祷。和尚来了，见道场规模很大，便在一个角落里打坐念起经来。

经过多日的长途跋涉，萧衍终于来到皇宫，宫里的情景证实了张弘策的猜想，皇上真的病了。他在太监的引领下，来到正福殿。此时，太医正忙着给皇上诊治，随着一匙匙的汤药送进口中，萧鸾慢慢清醒过来，睁开眼，缓慢扫视了一下四周，最后他看见了萧衍，他的眼睛明显睁得大了一些，嘴唇嚅动了几下，似乎在说："卿来了。"

萧衍眼圈泛红，躬身道："微臣参见皇上，祈愿皇上龙体安康，万寿无疆。"

萧鸾仍没有说话，他是在积攒着力量，等待一件大事的到来。正在他闭目养神之际，太监添福端来一个木盒，小声奏报："皇上！皇上！喜事，大喜啊！"

萧鸾睁开眼，努力抬起上身，太监添福急忙上前，帮他扶正，又给他身下垫了一个枕头。

"什么事呀？"萧鸾看着太监抱着的木盒，吃力地问。

添福掀开盒盖："王敬则的首级押来了。"

此时的萧鸾好像又恢复了往日的神威，声音虽然弱小，但龙威仍在："诸位爱卿，都看到了吧，这就是叛逆的下场，自古王侯将相妄窥神器者，下场莫不如此。"

众臣一齐颂道："皇上圣明，江山永固。"

"萧衍！"萧鸾的声音似乎更大了一些，竟吓了萧衍一跳。

"微臣在。"

"朕命你进贡银鱼，可带来了？"

"带来了。"萧衍向外示意，两个太监抬着一个水桶进来，水桶内，银鱼在水里欢快地游动着，"皇上，条条都是活的。"

"朕命你什么时候送进宫里？"

"八月二十七日。"

"今天是什么日子？"

"皇上，今天是八月三十日。"

"大胆萧衍！你违抗圣旨，拖延时间，该当何罪？"萧鸾一声怒斥，给了萧衍当头一棒。

"皇上，这鱼是用水桶盛着放在马背上驮来的，马跑快了就往外溅水，又加上途中遇雨，故耽误了行程。"萧衍小心翼翼地解释着。

"朕给你的时间足够，还狡辩什么？这银鱼是给朕治病的，你故意延误时间，是不是要置朕于死地啊？"

萧衍扑通一声跪在地上："微臣不敢，请皇上明察。"

"你目无君上，犯大不敬之罪！"萧鸾命令道，"虎贲勇士！把萧衍拿下，投进大牢，交廷尉……"话没有说完，又一声接一声地咳嗽起来。

众臣见此情景，虽欲劝谏，也只好作罢。几个武士上来，捆了萧衍，推了出去。

二　金蝉脱壳

第一次来京师，陈庆之有着看不够的景、看不完的人，他在街道上逛来逛去，这里人们的服饰和说话的腔调都与雍州不同，他感到格外新鲜。忽然街上的行人慌慌张张地匆忙躲避，远远地看见走来一队武士，押着一辆囚车。他急忙躲在路边张望，囚车走近了，他往里一看，原来车上站着的人是自己的主人，他忍不住大喊："老爷，老爷！"

此时萧衍也看见了他，向他使了使眼色，摇了摇头。他本想追上去救下老爷，可自己年轻力小，不是这群武士的对手，况且临来时，张弘策反复叮咛："将军如有意外，一定要快速回来告知。"想到这里，他跑回驿馆，骑上快马，飞奔雍州。

萧鸾斩杀王敬则实际上是杀鸡儆猴，关押萧衍也是为了囚虎笼中。这两件事做完后，他感到轻松了许多。可是到了晚上，他喘气越来越困难了，头脑一阵清醒，一阵糊涂。此刻，他面色如蜡，仰躺在龙榻之上。太医小心地站在一边，给皇上诊脉的手不停地颤抖着。萧鸾努力睁开双眼："朕的脉象如何？"

太医神情紧张而又严肃地说："皇上这是虚火攻心，邪入五脏，肾不摄水，需要静心养息……"

"不要背医书了。朕知道天命难违，阳寿已尽，什么神医、神药都无济于事了。"萧鸾抬起颤抖的手指着门外，"你下去吧。来人，传旨，召太子和大臣来觐见。"

深夜召见，必有急事，大臣们很快来到正福殿。萧鸾稍微正了正身子，断断续续地说："朕已病入膏肓……前次朕曾授尚书令徐孝嗣开府仪同三司，而卿坚辞不要，朕这次重授，爱卿不要再推辞了……还有，沈文季任左仆射，江祏任右仆射，江祀任侍中，刘暄任卫尉……朕走后，众爱卿要勉力辅佐太子……"

众臣一齐跪伏在地："皇上！"

"皇儿，"萧鸾闭上眼睛，喘了一口气，断断续续地说，"朕走后，朝廷内外事务，无论大小一并委托徐孝嗣、萧遥光、萧坦之、江祏……如遇特别重大的事情，再召江祀、刘暄、沈文季等共同商量决定……抵御外侮，镇压反叛，可委托太尉陈显达、崔慧景……这些人都是大齐的股肱之臣，为大齐朝操过心、立过功，朕把他们交给你,作为辅政大臣。皇儿切记,要好好爱护他们,倚重他们……君臣要上下同心,保我大齐江山永固……国祚绵长……”

萧宝卷说:“孩儿一定不辜负父皇厚望,把大齐治理得比现在还……还好。”

众臣都用异样的目光看着萧宝卷,萧宝卷也觉出自己的话不对头,忙从果盘中拿起一个橘子,剥了皮,要递给他的父皇。

萧鸾的目光也有些犹疑不定,他摇了摇头,喘了几口气,让大臣们退下,吃力地招呼着萧宝卷:“皇儿,到朕身边来。”

萧宝卷有些害怕,他扭头向门外看,希望有人进来,为他壮胆,可大臣们都走了,谁还能再回来?他只得硬着头皮往前挪动。

“今年多大了?”萧鸾显出少有的亲切。

“快十六岁了。”

“再过三年,你就成人了。”萧鸾嘴角挤出一丝微笑,霎时又隐去了,“你敢杀人吗?”

萧宝卷不解地看着萧鸾。

“你敢杀你的堂哥萧遥光吗?”

萧宝卷不说话。

“你敢杀你的舅父刘暄吗?”

萧宝卷知道,这是父皇在考验自己。父皇登基以来,为了保住皇位,不知杀了多少王公大臣,树敌太多,积怨太深,而自己年幼,如再有妇人之心,将随时遭到他们同党的报复。

这时一个太监进来,萧宝卷故意把手中的橘子扔在了地上,太监急忙弯腰去捡,说时迟那时快,萧宝卷飞起一脚,正踢中太监的脑门。太监连呻吟的空儿都没有,立时倒地,口鼻出血,身子一挺,死了。

萧鸾看在眼里,露出喜悦之色:“这就对了。权力之争,从来都是血腥的,不是你死,就是我亡。朕走后,三年之内,由大臣辅政,三年之后,你要亲理朝政,不要再依赖任何人……说实话,这个皇位是从别人手里夺来的,一定要警惕被别人夺走。还有那几位辅政大臣,如他们操持国柄,图谋篡逆,一有苗头,就要格杀勿论,切记,一定要先下手为强,凡事不可落于人后。”

萧宝卷一下子感到很孤单,很无助,他有些害怕,扑通一下跪伏在地,眼圈发红,声音发涩:“父皇不要走,儿臣离不开父皇!”

“内臣都在身边,有事还好说,外臣你看还有谁不好控制呀?”

“崔慧景拥兵过重,勇猛无比,儿臣怕管不了他。”

“他不足为虑,一介匹夫而已。倒是萧衍兄弟,不可不防。他兄弟十人,就是十只老虎啊。尤其是萧衍,他有功勋,又在父皇面前装得很低调,什么解散部曲,什么常乘折角小牛车,其实那都是装的,他这是韬光养晦、心存异志啊。他在雍州，魏兵从来不敢侵扰，称他为雍州虎。此人不可久留外藩，所以朕找借口把他关了起来。皇儿切记，一定不要放虎归山，等你翅膀硬了，就把这十只老虎一网打尽！”萧鸾似乎所有的力气都已用尽，慢慢合上了双眼。

“父皇训示，孩儿谨记在心。”萧宝卷信誓旦旦地说，见萧鸾摆手让他出去，他缩着身子，躬身退出。

就在萧宝卷步出殿外刚刚走下台阶的时候，殿内突然传出太监宫女惊心动魄的哭声。萧宝卷连忙返身跑回，来到父皇御榻前，大声哭喊：“父皇！父皇！”

第二天，萧宝卷在辅政大臣的安排下，先穿丧服在正福殿祭奠，然后换上皇袍，加上皇冠，去太极殿行告天礼，接受遗诏，受命登基。

新皇继位登基，理应隆重热烈。萧宝卷正处在喜欢热闹的年龄，他本想动用宏大的典仪仗队，演奏宫廷大乐，但萧遥光以先帝刚刚晏驾为由，力主一切从简。萧宝卷又求助舅父刘暄，可刘暄胆小怕事，不敢做主。再问江祏、江祀兄弟二人，他们一致附和萧遥光，萧宝卷无可奈何，只得作罢。

按照礼仪，皇帝驾崩，要停柩礼祭，表示生者对逝者的挽留，然后再依规安葬，这是至孝之礼。这段时间之内，孝男不能娱乐，不能宴饮，不能理发。萧宝卷是一个生性好玩之人，他怎么能忍受得了这些繁文缛节？更何况他一直挂念着刚刚结识的俞妮子，每当想起与她绣帷绸缪、颠鸾倒凤之事，他就心神荡漾，现在自己当了皇帝，得尽快想办法把她弄进宫来，也好长相厮守。

这天正是萧鸾的三七之日，正福殿内香烟缭绕，冥币盖地。大殿的右侧有道士在做法场，道士轮流上场，为先帝驱除恶魔，保一路顺风；左侧则是僧众在打坐念经，超度亡灵，早登极乐世界。

萧宝卷身穿孝服，燃纸烧香，然后跪在地上放声干哭，就像西北风吹在枯树枝上，声音嘶哑干燥，毫无伤心之状。不一会儿，太中大夫羊阐走进来，伏地号啕大哭，哭得前仰后合，因为他没有头发，竟把头巾弄掉了。萧宝卷觉得好玩，便停止了哭叫，指着羊阐对身边的亲信说：“嘿嘿，茹法珍，快看，他哭掉了帽子。”又转向另一个亲信，“哎，梅虫儿，你看他像个什么？像不像秃……秃鹫在啄……啄食呀？”

梅虫儿差点笑出声来，他看了看周围，急忙捂着嘴，小声说：“皇上，像，像极了！”

此时一股臭气从灵柩内飘出来，钻入鼻孔，直冲脑门。萧宝卷急忙用手捏着鼻子，站起身，来到侧殿，赶紧召大臣议事。

萧宝卷坐在龙座之上：“诸位爱卿，兴安陵墓穴已挖好，朕想安葬先帝。”

“皇上，不可呀。”徐孝嗣郑重奏道，“这样做于礼不合。孔子说‘生，事之以礼；死，葬之以礼，祭之以礼’，这才是孝啊。”

“难道朕不孝吗？”萧宝卷生气地说，“自先帝驾崩以来，朕伤心欲绝，吃不好饭,睡不好觉,这不……不是孝吗?”

“微臣不是这个意思,民间殡葬先人都有一定之规,何况是皇室,更要遵规而行。按礼仪规定,先帝灵柩要停放四十九天,方可下葬。”

“四十九天?这才刚过二十天,还早着呢。朕实在受不了了,天天哭,天天哭,嗓子都哭哑了,疼痛难忍,要是再哭上一个月,哭坏了龙体,谁来负责?你担……担得起这个责吗?”萧宝卷见徐孝嗣顽固不化,便看着刘暄,寻求救援,“舅父,你说该怎么办?”

刘暄觉得,从礼仪角度讲,徐孝嗣是对的,但萧宝卷现在是皇上,以后的日子还长着呢,得罪了这位年轻皇上,没有自己的好果子吃,便模棱两可地说:“皇上,是否殡葬先帝,还望大臣廷议一下。”

萧宝卷只得看着萧遥光问:“始安王怎么看?”

萧遥光觉得这虽是大事,但也需灵活处理,便上前奏道:“皇上,为先帝守灵,是孝;守孝遵从仪规,是礼。可逝者为大,入土为安。孟子说:‘孝子仁人之掩其亲,亦必有道矣。’这就是说,为逝者安葬,使其灵魂早日得到安息,也是孝。既然皇上龙体欠安,可折中处理,故微臣以为,守灵满月,亦可安葬。”

萧宝卷一听,虽不满意,但总比四十九天要好,便征求江祏、江祀兄弟二人的意见:“二位江爱卿觉得如何?”

江祏、江祀二人齐声说:“始安王言之有理,微臣附议。”

大臣们也纷纷附和:“臣附议。”

忽然一个宫卫小跑而来:“急报!急报!边关急报!”

太监添福接过奏报,呈于案上:“请皇上御览。”

“御览什么?你……你说说吧。”萧宝卷心头之事已解决,对别的事他不感兴趣。

“皇上,雍州急报。”添福看了一下奏报说,“北魏趁萧衍进京之际,魏主元宏亲率二十万大军南下,现已攻占了宛城,包围了新野和樊城,魏寇现已逼近雍州府所在地襄阳,十万火急。”

萧宝卷两眼空洞地看着下面:“诸位爱卿,议议吧。”

此时,刘暄抢先说话,因为他是皇舅,国之安危直接关系他的荣辱:“皇上,按理说,礼不伐丧,先帝驾崩,北魏索虏就率兵犯境,既不仁也不义,应调集重兵迎头痛击。”

“那由谁来带兵呀?”萧宝卷毕竟年幼,整日游玩作乐,对军国大事所知甚少。

刘暄禀道:“崔慧景可担此任。”

萧遥光却不同意:“微臣以为,崔慧景不可,因为先帝刚刚驾崩,各地藩王藩将都在观望,在此国丧期间,不可大规模调动兵力。”

“那怎么办?”萧宝卷一脸的茫然。

“臣以为,雍州之事,当由雍州刺史去解决。”

“你是说萧衍?”萧宝卷问。

“是的,赶走进犯雍州的索虏,非萧衍莫属。他善于用兵,先帝在世时,就非常倚重他。”萧遥光说,“且雍州地形复杂,只有萧衍最熟悉,如果调其他人去,恐怕贻误战机。”

“可是萧衍还关押在大牢里,怎么去迎战?”徐孝嗣提出了疑问。

萧宝卷想起父皇的临终告诫:不可放虎归山。他果断地说:“不……不行,萧衍不行!他是先皇钦定罪犯,不……不能起用!”

刘暄故意问:“萧衍犯了什么罪?”

“是……这个……违抗圣旨,迟送银鱼。”萧宝卷张口结舌地说。

徐孝嗣不以为然:“从雍州到京师,那么远的路,迟到十天八天都不为过,何况仅仅是三天,而且这些天来,廷尉也没查出萧衍有其他罪行。”

“所以我建议放出萧衍,回雍州抗敌。”萧遥光坚持自己的提议。

“那就违背了先皇圣意。”萧宝卷没法,又搬出了先帝招牌。

“什么是违背圣意?如果任由索虏攻城略地,江山受损,国威受辱,那才是真正的违背圣意呢。”萧遥光说,“先帝在世时,也没有旨意说不许放出萧衍,不许萧衍去抵御外侮。”

萧宝卷当然无法说出父皇的临终嘱咐,加上皇位还没坐稳,边关吃紧,还是遵从父皇训示,权且将就这帮老东西,三年之后再说,于是便不再说话。

刘暄见皇上没有表态,马上附和道:“我赞同始安王的意见。”众臣纷纷表示赞同。

“哈哈……”在回雍州的路上,萧衍和张弘策骑马并辔而行,相视而笑。

张弘策说:“好险哪,要不是你安排周详,后果难料啊。”

“是啊,这次萧鸾父子要置我于死地。听牢卒说,萧宝卷的嬖幸梅虫儿多次去牢中嘱咐,严禁我跟别人接触,除了皇上,任何人不许探望,他要切断我跟外界的所有联系,择机秘密把我处死。”

“岂不闻‘狡兔死,走狗烹;飞鸟尽,良弓藏;敌国破,谋臣亡’吗?这样的昏君,不侍奉也罢。”张弘策意味深长地说。

“这是汉淮阴侯韩信临死时发出的浩叹,其实这句话原出自《文子·上德》:‘狡兔得而猎犬烹,高鸟尽而良弓藏。’下文还有一句:‘名成功遂身退,天道然也。’”萧衍补充说。

“你能功成身退吗?你退了,你的兄弟姐妹怎么办?你的妻儿老小怎么办?目前的情况,你一旦失去军权,昏君就会马上派人来追杀,你能全身而退吗?”

“是这么回事,可真要有所作为,时机还不成熟啊。”萧衍在狱中也反复思量过,如果能出去,是不是马上就反了?胜算能有多大?如果不成,自己的家庭将遭灭顶之灾,整个家族也在劫难逃。

“时机已现端倪。”张弘策说,“现在少主年幼,‘六贵’弄权,天下祸乱就在眼前。”

“是呀,政出多门,乃致乱之由,一个朝廷如果有三个大臣当权,尚且不堪其扰,何况‘六贵’同朝,为了个人私利,他们之间势必产生嫌隙,嫌隙若成,便相互攻讦,大乱将不可避免。当今之计,只有避祸求福,而要避祸求福,咱们襄阳是最好的地方。”

“你只求这点?就没有别的想法?”

“舅父,你还要我怎么样?”

“别人的刀已架在了你的脖子上,你还在这里无动于衷,忍气吞声,你忘了你父亲是怎么死的?”

萧衍沉默起来。他怎能忘记?是齐武帝逼死了自己的父亲。当时父亲面对皇上的白眼和冷落,为什么能忍辱负重、隐忍不发,就是为了保全家人性命。现在自己又面临着生死抉择,大事当前,要头脑冷静、趋吉避凶啊。

张弘策说:“朝廷一乱,天下就乱了,天下既乱,你的机会就来了。”

“是啊,乱世出英雄嘛。”萧衍感慨着。

“你说的英雄今在何处?是在达官贵人当中,还是在草莽流民之中?”张弘策注视着萧衍,看他的反应。

萧衍没有立即回答他的问话,双目向他凝视良久,然后笑道:“汉光武帝刘秀曾经说过,这个英雄,怎么知道就不是我呢?”

至此,张弘策方知萧衍心意,拱手说道:“叔达相貌奇伟,龙行虎步,雄略盖世,才兼文武,尤善指挥军事,魏主元宏曾感叹你善于用兵,勿与争锋。倘若乘乱起事,必能安定天下,成就大业。弘策不才,愿效犬马之劳,今日请定君臣名分!”说罢,跳下马来,就要叩拜。

萧衍连忙扶住他:“舅父这不是要效仿邓晨吗?今夜之事,请不要对外人说,你我暗中准备便是。只要行仁义、聚人心、修武备、广积粮,到时候兵精将广,便可静观其变,待时而动。”

张弘策高兴地说:“弘策愿唯主公马首是瞻。”

萧衍皱起了眉头,不无忧虑地说:“只是我的几个兄弟都在建康,我真担心他们的安全啊,此事还要跟益州大哥仔细商量。”

“我愿前往益州,说服萧懿,共举义旗。”

三　同心莲花

萧衍在襄阳刺史府忙来忙去，日子倒也充实，可是回到他的府邸，家中的事使他心乱如麻。夫人郗氏还是苦守自己所谓的妇道，单独住在一间房里，她规定，每月只许萧衍与她同房一次，其余时间不行，无论萧衍怎么要求，都是徒劳。萧衍心里着急，自己已经三十六岁了，事业虽有所成，家门却不兴旺。白天看着三个女儿在跟前绕来绕去，他怎么也高兴不起来，只得钻进书房看书。

郗夫人出身世家大族，名叫郗徽。父亲郗烨，刘宋时期太子舍人。母亲浔阳公主，是宋文帝刘义隆的女儿。祖父郗绍是东晋时的名士，刘宋时期官至国子祭酒。郗徽从小漂亮聪慧，宋后废帝刘昱曾想娶她为皇后，但郗徽的父亲深知刘昱暴虐，不为所动。南齐初年，安陆王萧缅也想娶她为王妃，郗家又以郗徽年龄尚小为由拒绝了。齐高帝建元末年，郗绍终于看上有神童之称的萧衍。郗徽虽喜读史传，女红娴熟，但她自认为身份高人一等，时常表现得蛮横无礼。

萧衍正在无聊地翻阅着司马迁的《史记》，大女儿玉姚跑进来，撒娇地说："爹爹，我要去水上玩，我要学划船。"

"女孩子家不能下水，水里有妖怪。"萧衍心里不痛快，不想去，拿话吓唬她。

"不，我就要去嘛，我见许多男孩子下水捉鱼、采莲藕，很好玩呀，也没见有什么妖怪。爹爹，不要再看书了，带我去吧。"说着，把萧衍面前的书合起来，扔到了一边。

"去去去，自己玩去，没见爹爹正忙着吗？"萧衍重又打开书胡乱看了起来。

玉姚见爹爹不再跟她说话，只好跑到院内自己玩耍，看见一只小猫趴在屋檐底下晒太阳，她悄悄走过去，一脚踢在猫身上，小猫喵呜一声蹿上屋顶。她又找来了一根竹竿去戳，见够不着，便搬来坐凳，踩上去打猫。正巧陈庆之走来，见这样太危险，要接过竹竿，把玉姚抱下来，可玉姚怎么也不肯，最后竟哭叫起来，陈庆之手足无措。

郗夫人听见哭声，走到屋外："玉姚，谁欺负你了？"

"是他，这个奴才。"玉姚含泪指着陈庆之，"他不让我玩。"

郗夫人很生气："谁欺负你，你就打谁，不要让他占了便宜。"

玉姚抹去眼泪，踢了陈庆之几脚，才止住了哭声。

萧衍从书房内走出来，指着郗夫人生气地说："你怎能这样教育孩子？要从小教孩子有善心，爱一切人，包括下人，善行天下嘛，怎能睚眦必报？"

郗夫人瞪了萧衍一眼："小孩子的事，哪里就当真？"

萧衍指着陈庆之对玉姚说："他是你哥哥，你怎么能打他呢？快给哥哥赔礼道歉。"可无论怎么开导，玉姚就是不吭声。

陈庆之笑了笑："没事，我是跟玉姚闹着玩的。"说着拿出从外面采来的一束野花，哄着她出去了。

晚上，萧衍躺在床上，翻来覆去，怎么也睡不着。

郗夫人说："女儿大了，该读书了，请个先生，教她们识字吧。"

萧衍没好气地说："女孩子家，识什么字？学些针线女红就行了。"

"女孩子就不是人了？没有我，哪有这个家？没有我，你能在外干大事做大官？"

萧衍耐着性子说："我不是这个意思，我是说，男儿不孝有三，无后为大。咱们已有三个女儿了，你再受受累，给我生个儿子吧。不然，我的事业做得再大，没有子嗣，还不是瞎忙活了？"

"我不生，我受不了那份罪了，女儿也是一样的。"

"不一样，女儿总要出嫁的，女儿走了，这个家就空了，咱可不能断后呀！"

"反正我不生，再说，万一再生个女儿，那不是白受罪了？要生你自己生去，生了我给养着。"郗夫人把身子翻过去，背对着萧衍。

谈话已经无法进行下去，一月一次的床笫之欢又成了泡影，萧衍躺在床榻之上，看着帐顶，忧心忡忡，几乎一夜没有合眼。

清晨，一家人闷着头吃了饭，萧衍牵上马，低着头往外走去。陈庆之见老爷好像心情不好，也牵了匹马尾随其后。可今天萧衍既没有漫步赏景，也没有在郊野纵马驰骋，他来到一棵大树之下，倚着树干坐了下来。树的西面是无垠的田野，东面是一方池塘，那里正有一群孩子在水里采摘莲子。

微风习习，送来了他们的对话。

"令光姐，这田里的活太累了，我长大了可不愿吃这种苦了。"

"不干这样的活，你想干什么？"

"我想……我想享福！"

"福不是等来的，是辛苦劳作挣来的，前世修行得来的，今世行善换来的。"

"我可不愿行善，我娘说了，马善有人骑，人善有人欺。"

"善有善报，恶有恶报，不是不报，时候不到。你只要真心行善，佛会看到的，会给你好报的。"

萧衍开始还心不在焉，此时已被她们的谈话吸引了，这个叫令光的女孩子真是不简单。她那俊美的相貌和优雅的举止，让萧衍看得出神。那个叫令光的女孩也偶尔看上萧衍几眼。

第二天，萧衍又骑上马，在郊野上转来转去，最后不由自主地来到那棵大树下。池塘里，莲蓬点点，菱芡飘香。放眼望去，空无一人，萧衍若有所失，只听背后传来清脆的歌声：

两个俊哥采莲花，采莲花，
力尽计穷难采它，难采它。
笑你俊哥真是傻，真是傻，
竟不知道藕莲花，藕莲花。

回头一看，萧衍喜出望外。这不正是自己在等的人吗？只见她弯腰采着一颗颗莲蓬，前面一颗莲蓬又高又大，她探出身子，去够那莲蓬，够不着，又一只脚踩在船帮上，再去够，不想船竟然颠簸起来，她想缩回身子，已来不及了，扑通一声掉进了水中。

萧衍也顾不得想，纵身一跃跳进水中。

萧衍抱着女孩走上岸来，见她左臂上有一点红痣，几个孩子围在她的身边喊着："令光姐姐，令光姐姐！"

陈庆之趁机问："她就是令光呀？她姓什么？"

"她是我家小姐，叫丁令光。"

"她家住在什么地方？"

"就住在城内。"

陈庆之骑上马飞跑而去。不一会儿，丁令光的父亲骑马而来，问明了情况，非常感激，盛情邀请萧衍回家做客，以表感谢。萧衍推辞了一下，也就答应了。

后来，萧衍多次去丁令光家，知道丁父开了个学馆，丁令光随父读书，颇识文字，针线女红也不错。父亲信佛，丁令光也信佛。丁令光下得一盘好棋，有时也和萧衍对弈一番，互有输赢。萧衍不知不觉中又找回了年轻的感觉。

而此时的少帝萧宝卷，在宫里感到百无聊赖，领着嬖幸来到宫门，想出去玩耍，可守门卫士说，要开门，须得宰辅大臣同意。

这时，徐孝嗣在宫里找不到皇上，寻到宫门。

萧宝卷勉强装出笑脸："徐爱卿，朕整日圈在宫中，闷死了，想出去放松放松。"

"不行，先皇定有宫规，皇上不能随便外出。"徐孝嗣断然拒绝。

"不出去也行，朕在宫内骑马跑……跑几圈吧？"萧宝卷恳求道。

"也不行，这不合礼仪。"徐孝嗣板着脸，"不是我说你，哪有皇上在宫内乱跑乱跳的?”

萧宝卷收敛了笑容,虽恨得牙根痒痒,但一时也无可奈何。

终于一天晚上,建康城内,一个少年骑马而来,他外穿黄色裤褶,内着绛色衣衫,头戴金箔帽,手拿一根长矛,身后跟着全副武装的甲士,显得威猛无比。所到之处,拉起长长的帐子,奏着胡乐,那鼓角横吹之音震天动地。这个少年就是萧宝卷。因为这天徐孝嗣有事回家了,萧宝卷知道后,如鸟兽出笼,带领嬖幸冲出了宫门。

突然,路旁屋内传来了一阵争吵声,萧宝卷勒住马头:“什么人在此大呼小叫?”

梅虫儿贼头贼脑地上前侦察了一番,过来回禀道:“皇上,有位民妇正要临产。”

萧宝卷冷笑一声,翻身下马:“把她拉出来。”

众甲士进屋,先把丈夫推了出来,接着又把临产的民妇抬了出来,只见产妇赤身露体,躺在地上,痛得满头大汗,呻吟不止。

萧宝卷指着民妇责问:“朕外出游乐,要净街清道,所有人等一律避让,你为什么不走?”

产妇疼痛难忍,哪还有回话的力气?丈夫在一旁吓得浑身哆嗦。

一个甲士上前,一脚把丈夫踹倒在地:“皇上问话,没听见还是怎么的?”

丈夫浑身像筛糠似的哆嗦着:“皇上,草民一家三代单传,老婆一连生了五个女儿,小人怕断了香火,对不起祖宗,便和老婆商议再生一个,找人算着,这个一定是男孩,小人心里高兴得很。没想到今夜临产,赶上皇上出游,冲撞了皇上,请来的稳婆也吓跑了。万望皇上开恩,草民自当感激不尽。”

“原来如此。”萧宝卷走上前去,看着那妇女圆圆的大肚子,来了兴致,“啊呀,好大的肚子呀!猜猜看,这肚子里的孩子是男的还……还是女的?”

左右傻了眼,你看看我,我看看你,都不敢说话。只有梅虫儿大着胆子说:“皇上,瞒皮猜瓜谁能猜得透?要等孩子生出来才知道呀。”

于是众嬖幸都围过来,催促着:“生呀,快生呀!”“用劲呀,快用劲呀!”

萧宝卷上前,拨开众人,瞪了梅虫儿一眼:“你们这些人,一个个睁着两只眼睛,看起来很精明,其实都是些傻瓜、白痴!这还不容易?剖开肚子一看不就知道了?”接着拔出长剑,向那妇女肚子上一划拉,圆圆的肚子裂开了一道长长的血口子,随之是一阵撕心裂肺的惨叫。

梅虫儿躬着腰上前仔细查看了一会儿,起身禀报:“皇上,是个女孩。”

萧宝卷用带血的剑指着丈夫,哈哈大笑:“命中有子终须有,命里无子莫强求,还是老老实实当你的丈人去吧。”

襄阳府衙，萧衍处理完公务，正在反复推敲刚写的一首诗，衙役进来禀报：“有一个叫沈约的人求见。”

萧衍吃了一惊：“在哪里？”

“就在门外。”

“快让他进来。”萧衍又快速站起身，“不，我要亲自迎接。”

沈约站在门外，远远地看见萧衍，打着招呼：“叔达，自从你领雍州刺史以来，已有两年没见面了吧？很是想你呀！”

“是呀，已整整两年了。一日不见，如三秋兮，何况七百多天？沈大人前来，也不提前捎个信，我好派人去接你。”

二人皆拱手施礼，萧衍把沈约让进客厅，安排衙役上茶。

对于沈约的突然造访，萧衍感到奇怪，他是堂堂朝廷命官，任尚书左丞、著作郎，怎么有空闲来到这里？便问：“沈大人大驾光临，有何公干呀？”

“母亲有病，我告了假，照顾她老人家。”沈约漫不经心地说。

“我不信，你家在吴兴武康，我去过的。令尊外出做官后，想把你母亲接出来，她怎么也不肯，说在家里住惯了，出去就像没根的浮萍似的。”萧衍慨叹着，“老人不愿离开自己生活了一辈子的家呀。你照顾母亲，应当去武康，怎么会闲游到雍州来了？这不是南辕北辙吗？”

“哈哈，知我者，叔达也。”沈约脸上洋溢着会心的笑意，“明帝驾崩，太子继位，六贵弄权，各行其是，搅得朝中乌烟瘴气。少主从小就游手好闲，不喜读书，做了皇帝以后，更把笔墨纸砚束之高阁，整日放纵玩乐。我身为著作郎，本想静下心来编修《宋史》，可皇上不闻不问，更别说人力、物力的支持了。我一个文人，自感难以立足，只得托称母病，离开宫廷这块是非之地，好好反思一下自己，考虑考虑何去何从。”

“你身为有影响的文人学士，自会有用武之地。”萧衍站起来给沈约倒了茶水，又坐回原位，“不像我们武士，没功劳不行，功劳大了也不行，功高盖主，性命难保啊。”

“叔达，你文武兼修，实乃当今俊杰。”

“什么俊杰？如果说文武兼修，那我也占了文人和武士的双重尴尬。”

“唉，不说虚的，只看眼前。”沈约端起茶水喝了一口，“当今少主顽劣成性，痴迷游侠，斗鸡走马无所不做。现在他身边围绕着众多嬖幸，像梅虫儿、茹法珍等，只知道哄着皇上玩耍。而皇上呢，也只对道家的法术、图谶感兴趣，视人命如草芥，以杀人为乐事，比先皇有过之而无不及啊。先皇临崩前赏了一圈儿，封了一群，只可惜没有沈某的名字，当然也没有叔达你的份儿。不但不封，还要杀你，你可是大齐的有功之臣呀！”

萧衍冷静地说：“身为臣子，自然要护主。”

“人不能一条道走到黑，此路不通，当另寻光明大道，趁早好好谋划一下自己的未来吧！”

萧衍没有正面回答，沉默了一会儿说：“你来得正好，我最近写了一首诗，正愁着没人点评呢。”

萧衍起身，走到书案前，拿起诗稿，递给沈约。

沈约展纸细读：

江南莲花开，红光覆碧水。
色同心复同，藕异心无异。

看着看着，沈约皱起了眉头。

“怎么了？写得不好？”萧衍疑惑地问。

“好呀，你个叔达，快说，是不是有了新欢？”沈约戏谑地说，“你这是一首情诗呀。”

萧衍神秘地笑了笑，岔开话头：“你与谢朓开创了‘永明体’，并亲自带头写诗，工于丽词，长于清怨，开一代诗风，你才是‘永明体’诗的佼佼者。”

“我的诗不及谢朓，谢朓的诗清新流丽，语调摇曳从容，读来回味无穷。”沈约赞叹道，“我读遍前代诗作，我以为，二百年来无有此诗。”

“英雄所见略同，我三日不读谢朓，便觉口臭。”谈到诗，很自然想到当年在建康鸡笼山竟陵王西邸聚会的情景，萧衍慨叹道，“整日忙于军政事务，又远离京师，也不知当年的‘竟陵八友’都干什么去了。”

沈约感伤地说：“‘八友’不全了，王融单枪匹马，拥立竟陵王即位，虽获罪赐死，可义气冲天。”

“他这种行为，作为武士，叫匹夫之勇，作为文人，也不过是一介书生而已，凭他一己之力，能完成扭转乾坤的大事吗？王融的行为，就像一个人左手拿着牛皮地图，右手用刀去割了自己的咽喉，这是连愚夫草民都不会做的事。”

“我认为王融做得对，只可惜孤掌难鸣。”沈约惋惜着。

“我还是那句话，要成非常之事，必待非常之人，王融的才干不足以担当此任。”萧衍不愿再谈这些已经过去的事，忙转移话题，“也不知其他好友都在哪里？”

“王融事发以后，萧琛和陆倕不知去向了。先皇驾崩前，谢朓当了一个不光彩的角色。先皇怀疑王敬则，王敬则的儿子见父亲与皇上必有一战，就派人去跟谢朓商议对策，谢朓当时任徐州行事，他不仅没同意，反而抓捕了来使，报告了先皇。你看看他做的这事……现在已升任吏部郎了。”

“虽说谢朓是王敬则的女婿，但他也是一介书生，他要大义灭亲，维护心目中的所谓皇统……范云怎么样?”萧衍接着问。

“皇上见他刚直不阿,不好驾驭,就只用其文名,让他做了个国子博士。”

“范老兄胸襟坦荡,性情耿直。还有任昉也是,他在干什么?”

“他在朝中任中书郎,参与编修国史,都是大材小用啊。这些人都有经国济世之才,闲置不用,有眼无珠啊。”沈约试探着说,“我趁现在没事,把他们一一找来,为将军所用,当能助你一臂之力。”

萧衍斟酌道:“多年不见老朋友了,希望能很快聚在一起。”

送走沈约,萧衍心情轻松地回到府邸。郗夫人见萧衍不比往日,过去那阴云密布的脸现在变得阳光明媚,还不时哼着小曲儿,抱起小女儿玉嬛,领着老大玉姚、老二玉婉逗笑着出去玩耍了。这可是从来没有的事,郗夫人觉得其中必有缘故,叫来陈庆之质问,开始这家伙什么也不说,郗夫人发狠道,要是再不说,就把你撵出家门。陈庆之出身贫寒家庭,且父母双亡,要是被撵走了,将会流落街头,更为重要的,他离不开老爷,他觉得老爷就像自己的父亲一样。再说,老爷的事他略知一二,这层窗户纸早晚得戳破,早说比晚说好,便把老爷与丁令光相识之事告诉了郗夫人。当得知萧衍跟这位野丫头没有更深的交往后,郗夫人才松了一口气。

不就是想要个儿子吗?何必这样拐弯抹角?郗夫人经过一番思量,做出一个重大决定,她里外张罗,做了一桌丰盛佳肴,派人请六弟萧宏,并反复嘱咐,一定要带着儿子,就说侄儿可爱,你三哥想看看。

萧衍回来后,见满桌的山珍海味,美酒飘香,自然也很高兴:“已经多日不喝酒了,难得夫人有心,来来来,今日你我同饮。”

“等一会儿吧,六弟说过来玩。”郗夫人也露出少有的笑容。

不一会儿,萧宏领着儿子进来,郗夫人张罗他们坐下。

萧宏谦让着:“大嫂,小孩子家,就不要上桌子了,让他跟玉姚她们玩去吧。”

“哎,那哪能行呢?都是一家人,何分大人小孩?”说着把萧正德领到自己身边。

一家人喝酒没有多少客套,无非说些家长里短。萧衍说:“我整日在外忙碌,咱们一家人很少在一起吃个饭喝点酒什么的,六弟酒量大,这次就多喝些。”

“那是自然,我的酒量大着呢,少喝不了。”萧宏端起酒杯,也不管别人怎样,自己先喝了下去。

郗夫人又给萧宏倒上一杯,萧宏又要端起来喝,郗夫人制止道:“别这么急,好酒有的是,慢慢来,边说边喝。”

萧宏嘿嘿笑着:“三哥,你现在官越做越大了,你在外好好闯荡,万一闯上个皇帝什么的,我们可就沾光了。”

“不许胡说!”萧衍瞪了萧宏一眼,“亏得这是在家里,如在外面说这些胡话,是要掉脑袋、灭九族的。”

“知道知道，为弟知道。”萧宏嬉皮笑脸地说着，又端起了酒杯。

郗夫人见时机已到，便拿了几个鹌鹑蛋放在萧正德面前的碟子里。

玉姚看见了，抢着鹌鹑蛋说：“母亲偏心，母亲偏心！”

郗夫人并没有生气，又拿了一个，剥去皮，放在正德手里：“快吃吧，伯母喜欢你。”摸了摸他的头又说，“今年几岁了？”

“三岁半了。”

“哎呀，好孩子，算得真准，太可爱了。”郗夫人看了看萧衍，又看了看萧宏，俯下身对正德说，“以后就住伯母家好吗？伯母天天给你做好吃的。”

“好，我天天来吃。”萧正德满脸稚气地看着郗夫人。

“这孩子，有奶便是娘。”萧宏笑着说。

“六弟，这可是你说的，我就来当这个娘。你看，你三哥眼前也没个儿子，就把正德过继过来，行吗？”郗夫人最终抖出了包袱。

“嫂子，什么稀罕物，给你就是，我再回去下种，地里肥着呢。”萧宏哈哈大笑起来。

萧衍看了看郗夫人，看了看六弟，拿起酒杯，跟萧宏碰了一下，一口喝了下去。

见萧衍没有反对，郗夫人迫不及待地抱起萧正德：“孩子，从此以后你就是我的儿子了，叫娘，叫呀。”

萧正德两只小手用力地往外推着，就是不说话。

郗夫人没法，把萧正德递给萧衍，萧衍无奈，只得抱着。可这时的萧正德不推也不闹，乖乖地蜷缩在萧衍的怀中。

郗夫人去里屋拿出几件衣服，还有点心：“来，过来，正德，看娘给你做的衣服，漂亮不？”

萧正德挑来拣去，竟拿了玉姚的一件花上衣披在了身上，引得大家都笑了，萧衍也跟着笑出声来。

四　洞房哭声

建康城皇宫内。萧宝卷正在翻阅奏章，看着密密麻麻的小字，就像无数小虫子在上面乱爬，他心里烦躁异常，顺手把奏章扔了出去，又看看御案上厚厚的一摞，两手一推，哗啦啦全散在了地上。

在外值守的梅虫儿听到动静，跑进来一看，就猜中了八九分，他一边整理着奏章，一边说："皇上，郊外有一个好去处，青山绿水，可好玩了，皇上批阅奏章累了，出去散散心吧。"

萧宝卷一听来了精神，眼睛明显放出光彩，"那地方你去过？"

"去过，去过！奴才在皇上面前怎敢说谎？"梅虫儿眉飞色舞地说，"那地方能捉鱼，那鱼用湖水煮了，味道鲜美无比呀……"他咽了口唾沫，"树林里还能打野鸡呢。"

萧宝卷一下子站起来："给朕换上战服，备好弓箭，朕要去野炊。"

待一切收拾停当，就要出发时，江祏、江祀兄弟二人手拿奏章急匆匆走了进来。这江氏二兄弟是萧鸾母亲的内侄，若论辈分，大萧宝卷一辈，加上萧鸾指定他二人为辅政大臣，他们自然格外上心，把朝政看成自己的分内之事，事无巨细，事必躬亲。

二人进得门来，知道萧宝卷又想出去撒野，江祏首先发问："皇上哪里去？"

萧宝卷没好气地说："朕要出去放……放放风！"

江祀挡在了门口正中，拿出奏章："皇上，臣有要事禀奏。"

"什么事？多长时间？"萧宝卷有些不耐烦。

江祏说："既是要事，恐怕一时半会儿不成。"

萧宝卷失望地说："那就不能出去了？"

江祀说："是不能出去了。"

萧宝卷无奈地回到宫中。

江祏发问："皇上杀了一个和尚？"

萧宝卷愣了一下："没……没有……朕又没去寺院。"

江祏说："皇上，不要遮遮掩掩了，定林寺的和尚都进城来了，要讨个说法。"

"朕出宫，谁叫他不躲避的。"

“不躲避就杀他？你杀死一个平民，可以找这样那样的理由，和尚是行善布道的，什么理由也说不过去。”江祀严肃地说，“现在他们正在宫外闹事，还有许多百姓也夹杂其中。如不妥善处理，恐被心怀不轨的人利用。”

“什么和尚？什么佛陀？这些与朕毫无关系，朕只信道，不信佛。”萧宝卷越说越气，竟大骂起来，“这些秃……秃驴！都是些好吃懒做的懒虫！”

见萧宝卷如此蛮横，江祏板着脸说：“从今天开始，皇上就不要出宫了，恐刁民生事，以遭不测。”

“朕是皇上，掌握生杀大权，想怎么着就怎么着，谁敢动朕身上一根寒毛，朕立马让他人头搬家。”

江祏虽然内心无比生气，但仍然勉强压住性子：“先皇让我兄弟二人辅理朝政，如今皇上惹出了乱子，臣下如何对得起先皇的托付？万一皇上有个三长两短，臣下又怎么向先皇交代？怎么向天下黎民交代？从今以后，皇上不许离开皇宫半步！”

萧宝卷无奈，冷着脸，一屁股坐回了龙椅。

萧衍虽然有了过继儿子，但毕竟不是亲生的，这天晚上，他躺在床榻之上，赔着小心说：“夫人，我翻来覆去想，还得有个亲生儿子。俗话说，打虎亲兄弟，上阵父子兵，万一将来有事，指望谁能帮咱？自己的亲儿子呀。”

郗夫人翻过身坐起来，抢白道：“还有什么事？难道你还想造反不成？也不看看你长得什么样，要身材没身材，要相貌没相貌，有那个福分吗？闹不好人头落地不说，连我们母女也跟着倒霉。不要癞蛤蟆想吃天鹅肉了，你现在已经很不错了，雍州刺史，辅国将军，你还想怎么着？再过几年，我想办法托人把你调回京师，在朝廷谋个官职，一家人安安稳稳过日子，不是很好吗？”

“我不是那个意思。正德是不错，能跑能跳的，将来必定是个壮实孩子，能养我们的老。可我的心里总是悬空着，没有着落，咱可不能断后呀！”萧衍温情地扳过郗夫人的肩膀，目光灼灼地说，“我们生个儿子吧。”

郗夫人硬是把萧衍的手推下去，没好气地说：“我还是那句话，要生你自己生，你生了我给你养着！”

“我怎么会生？”

“出去借腹呀。”

这话一下子提醒了萧衍：“咱可不能干那些偷鸡摸狗的事……要不这样，既然你不愿意受那份罪，就纳个小，你看怎么样？”

“想得倒美，你是不是心里老想着那个丁令光呀，告诉你，没门儿！”郗夫人一骨碌爬起来，抱起自己的被子，“丁令光是什么出身？一个贫家寒女，你也敢想，真是昏了头了。不要脸，没出息！”气呼呼地摔门而出，回偏房里去了。

没法出宫，萧宝卷急得抓耳挠腮，坐也不是，站也不是，找来茹法珍、梅虫儿商议对策：“朕实在受够了。有这两个老东西在，就没有朕的好日子过。”

“哪两个老东西？”茹法珍问。

“姓江的。看来，他们一天不死，朕就一天也不得快活。”

“让他们死还不是皇上一句话的事吗？”梅虫儿说。

茹法珍想了想说：“除掉二江，对皇上来说易如反掌。不过先皇曾有遗训，三年之内，一切听任辅臣，三年之后，皇上收回权力，自行决断。现在还不到三年，皇上不可操之过急。”

“怕什么？先皇还有遗训，要皇上先下手为强。”梅虫儿趁机进言，“否则，一旦让他们扎住了根，壮大了筋骨，就不好收拾了。”

“对，先发制人，把他制得死死的。”一听杀人，萧宝卷就来了精神，也不口吃了，狠狠地说，“只是找个什么理由呢？”

“理由好找。”梅虫儿凑近萧宝卷，面露凶狠之色，“朝臣之事，要加其罪，当属谋反，以谋反定罪，使其百口莫辩，死有余辜。”

“太好了，就说他们谋反。”萧宝卷禁不住拍案而起，“那找什么时机把他们抓起来？”

“这个好办。”梅虫儿走上前，小声说，“现在辅政大臣不是轮流在内省值班吗？二江除了值班外，还要天天进宫监视皇上。他们来得早，走得晚，就选在下午，等王公大臣离宫之后再下手，神不知鬼不觉，唰唰两刀……”

这天，张弘策来到萧衍府邸。郗夫人非常热情，又是让座，又是端茶。

玉姚等几个孩子见有客人来，都过来凑热闹。张弘策高兴地说：“来来来，这是你父亲托人从京师带来的点心，可好吃了。”

孩子们一拥而上。萧正德跑上前，抓了一块放在口里，又要抢着去拿包里的。

“哈哈哈，不要争，每人都有份。”张弘策一边照应着，一边对郗夫人说，“叔达近日忙于军务，故托我来看看孩子们。”

张弘策看了看萧正德：“这是老六家的？”

“原来是，不过现在是我家的了。”郗夫人说。

“还是有儿子好啊。”张弘策感叹着，“有了儿子，家里就有了生气，有了希望。”

刚开始，郗夫人还真的以为张弘策是来看孩子的，可听着听着觉得不对，平常日子，要是萧衍忙，都是派陈庆之来送东西，今天怎么让张弘策来？按说他是长辈，一般不能随便支使的，何况是这等小小家事，里边定有文章，且听他怎么说。

见郗夫人没有反应,张弘策又说:“你没见我那几个儿子,个个聪明好学,人见人爱,看着他们,我心里就有了奔头,再忙也值得,再苦也心甘。”

“舅舅有事就说吧,别绕圈子了,我这个人喜欢直来直去,最讨厌拐弯抹角。”

“是这样,丁令光的事想必你也知道。”张弘策把话挑明了,“叔达有意纳她为妾。你出身名门贵族,其中道理自然明白。”

“吃里爬外的东西!萧衍没良心!我们结婚时,他是下了保证的,今生不再纳妾,他这是自食其言。我哪一点不好?哪一点对不住他?”郗夫人竟呜呜地哭出声来。

“事情不是你想的那样。”张弘策耐心地劝着,“你想啊,现在的社会,哪个达官贵人不是妻妾成群,像叔达这样的人天下能有几个?这些年来,他就是考虑到你的感受,才没有纳妾的。可是年龄不饶人,他也是三十五六的人了,还有几年好时光?趁年富力强,生几个儿子,天经地义啊。你不能只考虑自己的感受,也得顾及他的处境,多为这个家庭想想。”

“那个贫贱寒女有什么好的?”郗夫人抬起挂满眼泪的脸,看着张弘策。

“这正是叔达的良苦用心啊。”张弘策动情地说,“他为什么没有物色世家大族的女孩子?还不是为你着想,怕你受气?一个下层出身的女人,好使唤,权当添了个婢女。”

听到这里,郗夫人收住了哭泣,站起身:“舅舅,不是我说你,你怎么跟他搅和在一起?你看他那样,能干出什么好事?他与丁令光能生出个什么样的狗崽子?”头也不回地出去了,把张弘策留在客厅。

此前,张弘策受萧衍之托到丁令光家求婚。她父亲不同意,说一是小女年龄太小,暂不考虑婚配之事;二是萧刺史地位太高,小女也配不上。再者,他家已有夫人,不想要小女当二房,怕她受气。可丁令光已看好了萧衍,觉得他有情有义有担当,自己非他不嫁。萧衍深受感动,铁了心要娶丁令光,并要真心善待她。

御花园荷塘内,萧宝卷和梅虫儿正在钓鱼。钓了一会儿,没有动静,萧宝卷有点沉不住气,刚要起身,只见浮子动了几下就沉下去了,接着感到手中钓竿有一股力量颤颤地向远处拉动,他高喊着:“上钩了,上钩了!好大的鱼!”鱼的力量很大,他怎么也拉不上来,反而被鱼带动着,往水边靠近。

萧宝卷回头大喊:“黄泰平,快下去把鱼捞……捞上来。”

太监黄泰平胆怯地说:“皇上,奴才不会水,奴才不敢。”

“怕……怕什么?不就是一汪水吗?又不是大江大河。”萧宝卷用手指着那片池塘,在空中画了个圈,“你看,就这么巴掌大的地方。”

黄泰平两腿哆嗦着跪了下去:"皇上饶命,奴才有恐水症,一下水就头晕恶心,下去就上不来了。皇上留奴才一条命,这辈子好好侍奉皇上。"

"让你下水你不下,这算好好侍奉朕吗?下去吧,死不了。"没等黄泰平反应过来,一脚把他蹬进了水里。

黄泰平在水里挣扎着,两手胡乱地拍着水。鱼受了惊吓,拼命乱窜,挣脱钓绳跑了。

萧宝卷感到手中变轻,一扬钓竿,鱼没了,顿时气得暴跳如雷,指着黄泰平大骂:"你这个没用的东西,成事不足,败事有余!"他用钓竿狠狠地抽打着黄泰平,"鱼呢?鱼呢?把鱼给朕找回来!"黄泰平双手抱头,不敢哼一声。萧宝卷直到将手中的钓竿抽断,顺手扔进了水中,才扬长而去。

等到萧宝卷走远,黄泰平才挣扎着爬上岸,他越想越生气,侍奉这样的主子没有一点保障,说不定什么时候就没命了。不能这样等死,得想活命的法子。

夜幕降临,江祀来到江祐府上,他们兄弟二人正在为皇上的顽劣行径发愁,商量怎样劝皇上心怀天下,爱民如子,不要为非作歹,滥杀无辜。

这时,家仆进来通报:"黄公公来府,要见二位大人。"

"深更半夜,他来干什么?"江祐警觉地说。

江祀思忖道:"宫中内监,岂能慢待?再说,深夜造访,必有大事。"

江祐会意:"快请黄公公进来。"

等黄泰平来到客厅,江氏二兄弟都吃了一惊,只见他用白布包扎着头,脸上一道道血痕,二人不禁异口同声地问:"公公怎么了?"

黄泰平眼泪一下子就流下来了:"二位大人,别提了,让皇上打的。"

当听了黄泰平的哭诉后,江祐说:"太过分了,如此没有仁爱之心,将何以治天下呀?"

黄泰平抬起右手的袖子,擦了擦眼泪,说:"我今天不是来告状的,我是提醒二位大人,这些日子要格外小心,暂且不要进宫了。如若进宫,也要晚来早走,切记不能单独走动,一定要跟大臣们在一起。"

"怎么了?有什么事吗?"二人不解地问。

"皇上要杀二位大人了,他跟嬖幸们商量时,我正在他们旁边。事情千真万确,万望提防,万望保密。"

"谢谢公公相告。"江祀拱手施礼道,"公公回去以后,不要流露出对皇上的不满,还要好好侍奉皇上,有什么事,也望公公及时通报。"江祐走进内屋,拿出一包东西递给黄泰平,"搭救之恩,无以为报,这点金子请笑纳。"

黄泰平推让了一番,也就揣在了怀里。

送走黄泰平,江氏兄弟二人商量了一番,觉得已经没有什么退路了。既然皇上要杀自己,要想活命,就得反其道而行之,杀了皇上。但此事重大,不能盲目行动，如有半点闪失，将死无葬身之地。正在一筹莫展之际，江祏犹疑地说：“我平时与萧坦之交谊甚深，可否跟他商量商量？”

江祀茫然地注视着江祏：“哥哥，事到如今，只有死马当作活马医了，一切听哥哥安排。”

当晚，江祏、江祀悄悄来到萧坦之府邸。萧坦之挪动着肥胖的身子，把他们让到了内屋，坐定之后，嘶哑着嗓子问：“二位深夜来府，有什么事吗？”

江祏斟酌着说：“我们想与大人商量件事。”

“噢，什么事呀？”

“是这样，作为顾命大臣，想必你也知道，近来皇上行为无端，剖产妇，杀和尚，民怨沸腾，侍中有没有想过应对之策啊？”

“皇上尚幼，加冠之后，会变好的，树大自直嘛。”

“如此秉性，只怕加冠之后更会变本加厉，无法控制，不但危害黎民，也怕殃及你我啊。”

“江大人的意思是？”

“废昏立明。”

“啊？”萧坦之沙哑的声音响彻室内，他蓦地站起身来，走到门口，向外看了看，然后回身关紧门，“你怎敢有如此想法？江侍中也这样想？”

江祀看了看江祏：“我听哥哥的。”

“你们兄弟是不是脑子出了毛病？你俩宰辅大臣的地位，万众瞩目啊，你们也不想想，就是再换上一位新皇帝，往好处想，也不过如此。你们这样做，万一不遂人愿，都得掉脑袋、灭九族。”萧坦之顺势做了一个砍头的动作。

江祀不禁缩了一下脖子，他见萧坦之不同意，想用大义、正气感化他：“为了大齐天下，为了黎民苍生，就是赴汤蹈火，也在所不惜。”

“不是我说你们。”萧坦之回到自己的座位上，“明帝谋取天下，本来就不是正规渠道，一些人至今不服。现在如果再更立新君，只怕四海瓦解，祸乱将从此开始。”

“现在祸乱就在眼前，像点着了的火，越烧越旺，如不赶紧扑灭，将无法收拾。”江祀说，“到时你我的性命也不保啊。”

“罢罢罢，你们既然要做如此违背常理之事，在下恕不奉陪，正巧母亲病重，我要告假，回家尽孝了。今晚之事就当没发生，你们也没来过这里，我什么也没听见，什么也不知道。我也累了，该休息了。”萧坦之起身向卧室走去。

兄弟两人对视了一下，摇了摇头，无精打采地走了。

襄阳萧衍府邸，张灯结彩，人来人往，一派喜庆气氛。萧衍决意纳丁令光为妾，可夫人百般阻挠。他只得又委托张弘策前去说服郗夫人，主要是为了尽快把家事处理好，然后集中心思谋划未来，加强武备。现在萧宝卷越来越显露出其顽劣暴虐的本性，“六贵”争权，嬖幸邀宠，天下大乱不可避免，必须未雨绸缪，才能顺时应变。最终得到了夫人的默许，萧衍怕夜长梦多，当天就把喜事办了。

整个白天，府邸内宾客盈门。到了晚上，萧衍穿着新郎服，往新房走去。新房内布置一新。丁令光穿着一身红色婚服，顶着盖头红，端坐在婚床正中。

听见有人进来，丁令光透过盖头红看去，见心爱的郎君神采奕奕，就像从绚丽的朝霞中向自己走来。她屏住呼吸，静静地等待着。

萧衍没有说话，走上前来，慢慢掀起盖头红，露出了一张俏丽秀美的脸蛋，就像刚刚出水绽放的荷花，纯朴天然，似有一种泥土的芳香气息直逼他的嗅觉。他微微闭上双眼，深深吸着气，用心体味着。

“夫君，你怎么才过来呀？我在这里等了半天了。”一个清澈的声音把萧衍唤醒。

“外面宾客很多，哪个也不能慢待，所以一直应酬到现在。”

“我知道夫君忙，我没有着急，只是惦记你别喝多了，酒多会伤身的。”

萧衍在家里还从来没有听到过这种关切的话语，他拿起丁令光的手，充满爱意地看着她。

丁令光也起身看着萧衍，当二人目光相对时，丁令光羞涩地避开了萧衍的目光：“夫君，你满脸通红，一定喝了不少。”很自然地拿起桌上的青瓷鸡首壶，倒了一碗水放在萧衍面前，“听家父说，喝多了酒，一定要多喝水。”

萧衍美滋滋地喝着水，享受着丁令光给予自己的体贴。

一会儿，丁令光又打来一盆热水，放在萧衍面前：“夫君，你忙了一天，也累了，洗洗脚，早点歇息吧。”

正在丁令光给萧衍脱靴子的时候，郗夫人的婢女灯儿推门进来：“老爷，夫人叫你过去。”

萧衍抬起头，感到不解：“什么事呀？等明天再说吧。”

“夫人说就是现在。”

萧衍心想大喜的日子，不要把事情弄糟了：“好吧，你先回去。”又对丁令光说，“你等会儿，我去去就来。”

萧衍刚走出新房门口，就被郗夫人抓住胳膊，硬牵着向外走去。

“你干什么？大喜的日子，你犯什么浑啊？”萧衍有些生气，他想抽回自己的胳膊，但被郗氏攥得牢牢的。

“去我的房间，有话跟你说。”

萧衍也不示弱，他猛地抽出自己的胳膊，转身走回新房。

郗夫人一步闯进来，抓着萧衍胸前的衣服：“反了你了，跟我走，我有要事跟你商量。”

在家里，萧衍一直秉持“小不忍则乱大谋”的原则来处理家务，故和郗夫人关系相处还不错，今天见郗夫人如此蛮横，为了息事宁人，只得跟她走。

“萧衍，你终于得手了，但我告诉你，”进到房内，郗夫人手指戳着他，“我自从嫁到你家，一月跟你同房一次，她是小妾，三月同房一次。还有，以后要是有了孩子，是女孩，她自己养着，是男孩，我来抚养，归到我的名下。”

“那今晚呢？”

“你忘了？今晚是我们同房的日子，自然在这里睡了。”郗夫人不由分说，把萧衍推到床边。

“今天是谁的喜期？是我和丁令光的。”萧衍目光紧盯着郗夫人。

“好日子是我们全家的，你今天是我的，三个月后才轮到那个小贱人。”郗夫人强行脱下萧衍的婚服扔到一边，把他推到床边。她一改过去的生硬和冷漠，百般温存，可萧衍前后左右躲闪着，怎么也上不来情绪。

萧衍挣脱郗夫人的纠缠，站起来又要往外走。

“你今晚要是敢走出这个门，我就死给你看。”

“你死不了。”萧衍抓起婚服，大步跨出门外。

“你给我回来！……你等着看吧！”

洞房空空，丁令光独自一人，坐在菩萨像前，虔诚地祈祷着。面前香烟缭绕，丁令光口中念念有词。她在祈祷自己的幸福，祈祷自己的未来，祈祷自己能跟夫君过上美满和谐的日子。

见萧衍进来，她站起身，急忙跑过去，紧紧抱住了他，泪水霎时流满了脸颊。

萧衍轻拍着丁令光后背：“好了好了，我这不是来了吗？”

早晨，萧衍早早地去了刺史府衙。郗夫人哭了一夜，把所有的怨恨都撒在了丁令光身上，她打发灯儿把丁令光叫醒，让她舂米。“夫人说，从今以后，让你每天舂完五斛，否则不许吃饭。”

丁令光默默点了点头。干活就干活，从小就是干活长大的，有什么可怕？既然来到这个家庭，就要适应这里的一切，她相信，靠自己的勤劳和真诚，还有菩萨的保佑，一定会博得家人的欢心。

五　步步金莲

晚上，卫尉刘暄府邸，红灯高照，通明如昼。刘暄从宫里值班回来，见皇上一整天没有嚷嚷着要出宫，也没有找自己的麻烦，心里感到轻松自在，回到家意犹未尽，便自斟自饮起来。刚端起酒送到嘴边，门房来报："老爷，二位江大人来访。"

刘暄正要起身相迎，江氏兄弟早已进到门里，刘暄拱手施礼："二位大人光临敝府，有失远迎。快快请坐，我自己正喝得寂寞呢。"

三人分宾主坐定，立马就有婢女上来加了菜，又分别斟满了酒。

"来来来，先喝上三杯。今晚难得清闲，我们要一醉方休。"刘暄先自饮了一杯，看着江氏兄弟。

江祏端起酒杯喝了一小口，放在了桌子上。

"喝，喝呀！请满饮此杯！"刘暄殷勤相劝。

江祀经不住劝说，端起酒杯也喝了下去。

刘暄看着江祏："弟弟喝了，当哥哥的可不能落后啊。"

"刘大人，我无心喝。"

"你怎么了？"

"我……我有大事相商。"

"江大人，有话直说，咱们谁跟谁呀。"刘暄看着江祀，笑了笑。

"皇上一天天长大，也一天天狂纵，其失德的行为就像水浸在纸上漫延开来，不可复收啊。"江祏说，"我们已经跟右将军萧坦之商议过废立之事。"

"萧将军是何态度？"刘暄显然内心吃惊不小，他拿酒杯的手抖动了一下，但脸色仍装出平静的样子。

江祀抢先道："他说让我们找你，因为你是皇上的舅父。"

"萧将军没有反对，让你出出主意。"江祏不满地看了看江祀。

"那江大人有何意见？"刘暄巧妙地把球踢了回去。

"江夏王萧宝玄十分仁德，可考虑立他为帝。"江祏说。

"这个嘛……"刘暄犹豫起来，这个萧宝玄做郢州刺史时，自己曾是他的行事，对他要求很严，有时过于苛刻，曾引起他的怨恨。此时提起萧宝玄，刘暄脑海里又涌起了对他的排斥和反感。“江夏王气量狭小,不足以君临天下,可考虑建安王萧宝寅。”刘暄不反对更立新君,但一定要保住自己的元舅地位。

“不行不行,太小了,他还是一个孩子呀。”江祀抢先说,“他这么小,谁知道将来什么样的?”

“不可胡说。”江祏制止着,可他也强调着,“是啊,少主难保呀。”

刘暄见江氏兄弟不赞同自己的提议,他也就不急于求成:“二位大人也不要心急,欲速则不达嘛,来来来,喝酒。”

嘭,嘭,三只酒杯相继碰在了一起。

江祏与刘暄在立谁为帝上意见不合,只好去找始安王萧遥光。萧遥光在书房内一瘸一拐地转了好几圈,终于停住了脚步:“江夏王才气不足,建安王年纪尚小,才十三岁的小孩子,怎么能主宰天下呢? 还是选年长有德行的人吧。”说完,他用期待的目光看着江祀。

江祀会意:“哥哥,咱也别犹豫了,夜长梦多,始安王助先皇有功,理应即皇帝位。”

“王爷多大岁数了?”沉吟了一会儿,江祏问。

“已过三十,三十而立嘛,我并不考虑个人什么得失,也是为大齐的未来着想。”萧遥光瘸着腿走近江祏,紧紧握着他的手,“还望大人多多周旋,请受本王一拜。”接着就要下跪叩拜。

江祏急忙扶住萧遥光:“王爷莫急,容江某跟其他辅臣商议。”

走出萧遥光府邸大门,江祀问:“哥哥,你到底同意还是不同意啊?”

江祏往地上吐了口唾沫:“呸! 皇家就没有人了,让一个瘸子当皇帝,就不怕天下人耻笑?”他站住,向皇宫的方向遥望着,犹豫起来,“可是除了始安王,还会有谁呢?”

吏部郎谢朓是当朝名士,萧遥光有意利用他的影响,为自己造势,便让他兼任卫尉。谢朓一直想做一个忠臣,当年之所以大义灭亲,也是出于一个“忠”字。此时见萧遥光想拉拢自己,心里非常害怕,趁下朝之际,他把刘暄拉到一边:“始安王一旦南面称帝,他的手下人就会得志,刘大人恐无安身之处啊!”

刘暄向四周看了看,见没有其他人,小声问:“你看这事怎么办?”

谢朓说:“如果你反对萧遥光谋取帝位,我可以联络朝中官员,弹劾他谋反,把他干掉。”

“不不不,不行,这可不行!”刘暄伸出双手向外推着,后退了几步,回头小跑着离开了。

谢朓一个文人,势单力薄,固守文人禀性,往往做事不计后果,如果他再闹出类似王融之事,自己将受到牵连,不但元舅地位丧失,甚至连性命也难保了。刘暄越想越怕,就把谢朓的话告诉了江祏。江祏素与谢朓不睦,因为谢朓自恃是“竟陵八友”成员，以名士自居，看不起江祏，人前背后说江祏是靠裙带关系获取的官职。江祏怀恨在心，一心想着找机会整治谢朓，今见机会来临，便偷偷告诉了萧遥光。萧遥光见谢朓不识抬举，便想把他贬到东阳郡，可江祏坚决不同意，说谢朓贬低皇帝、蔑视宰辅，应交付廷尉议罪。

谢朓被投入了监狱，几天后，一壶鸩酒把他送上了黄泉路。

刘暄坐在车上，他要去宫中值班，身后跟了众多卫士，他知道，近来局势凶险，得时时处处防备着。这些日子围绕着谁来当皇帝的问题，宰辅大臣之间明里暗里展开了殊死较量。自己本没有废立的想法，可树欲静而风不止，是江祏在他心中搅起了波澜。既然江祏不同意立建安王萧宝寅，那最好保住萧宝卷的皇位，因为保住他，也就保住了自己的元舅身份。因此当江祏兄弟几次三番提议让萧遥光当皇帝时，他都不置可否，江祏也因此迟迟不能做出决定。

江祏这边还好说，万一萧遥光发动兵变，自立为皇帝，自己该怎么办？刘暄正在想着对策，车子上了青溪桥，这桥并不宽敞，可桥下流水湍急，哗哗的流水声让人焦躁不安。只见前面站了一个人，身穿黑色衣服，头上包着黑色头巾。见车子靠近了，那人猛回头，原来整个脸也包裹着，只露出两个黑黑的眼睛，射出凶狠的光。冷不防，那人拔出长剑，直刺车内，不巧刺中了车上横木，拔不出来。车后几个随从见状，扑上前去，把黑衣人团团围在中心，打斗起来。黑衣人看来有些武艺，搏斗之中，他飞身跃起，两脚踢上车子，刘暄急忙躲在车内角落。只见一个随从飞身上去，扭住黑衣人的胳膊，就势按倒在地。

一个随从对车内的刘暄说：“大人，暴徒制服了。”

刘暄从车内探出头，嘴唇打着哆嗦：“带回府上，严加审问。”

萧宝卷骑在马上，身后坐着俞妮子，在宫中狂奔，一个急转弯差点把俞妮子摔下马，俞妮子吓得尖叫起来。梅虫儿跟在后面，不停地喊着：“皇上小心，慢点，慢点。”

这俞妮子自从那日跟萧宝卷有了床笫之欢后，就闭门谢客，等候心上人来接她。可萧宝卷刚登基做皇帝，虽然也想把她接进宫中，无奈宰辅们个个反对，还拿出所谓的礼制来压服他，他只得托梅虫儿偷偷在外面购置了一座房子，添置高档家具，提供吃穿用度，暂且把俞妮子安置在里面。看看就要到加冠之年，萧宝卷心中窃喜，一来可以摆脱宰辅们的管束，自己想干什么就干什么；二来可以和自己心爱的人在一起了。也不知为什么，这些日子，宰辅们经常不来值班，今天本来是刘暄值班，快到中午了，还没见他的人影。萧宝卷没有多想，不来更好，自己落得自在，却不知这些宰辅们正在导演着一出宫廷大戏。趁此波谲云诡之际，萧宝卷把俞妮子接进了宫中，厮守在了一起。

马转来转去，来到一处寝宫。萧宝卷跳下马，顺势把俞妮子抱下来，向宫内走去。萧宝卷身材魁梧高大,俞妮子娇小柔弱,萧宝卷就像抱着一只温顺的小绵羊。他三步两步就跨进宫内,一会儿就传来俞妮子淫荡的叫声。梅虫儿听见后,掩口窃笑,低下头,转过身去,蹑手蹑脚地走到了一边。

淫荡之声此起彼伏,引得梅虫儿有了小便之意,他急忙向远处一丛竹林跑去。宫内淫荡声越来越小,直到消失。床榻之上,俞妮子坐起来,整理着自己的衣服,被萧宝卷一把抓住,阻止了她。

可此时,俞妮子显出不高兴的样子,她低着头,摆弄着散乱的头发。

萧宝卷两手捧起俞妮子的脸,看了又看:“看你肤如白雪,眼若秋水,发似乌云,真是仙女下凡啊。”

“赛过仙女有什么用?没名没分的。”俞妮子噘起了红红的小嘴。

“有用有用,女人嘛,就是靠脸蛋吃饭。”萧宝卷用手挑了挑俞妮子的嘴角,“笑一笑。”

俞妮子嫣然一笑,好似迎春怒放的牡丹花,触动了萧宝卷的内心。他说:“你这一笑呀,天下第一,无人能比。听说宋文帝在位三十年,朕要超过他,当四十年、五十年的皇帝。他有一妃子非常漂亮,姓潘,叫潘什么来着?忘了,反正姓潘,你也姓潘吧,干脆连名字也改了,就叫潘玉儿。”

俞妮子起身施礼:“谢皇上赐名!皇上曾说过,等您登基了,就封奴婢为皇后。”

“对,是说过,朕一直牢记在心呢,只是现在时机还不成熟,等朕行了加冠礼后,就兑现承诺。朕金口玉言,说到做到,你等着吧,好日子还在后头呢。”

“皇上加冠,奴婢也快及笄了。”

“那好呀,美人也快成人了。”萧宝卷抓起潘玉儿的脚,左看右看,反复抚摸着,“这脚美啊,美到什么程度,朕也不会形容,反正就是盖世无双。这样的玉足踩在地上,那太委屈你了。汉武帝曾金屋藏娇,朕决定,等你十八岁时,朕要给你建造一座宫殿,地面镶嵌黄金莲花,到时你就步步生金莲啦。”

宫外,梅虫儿正无聊地蹲在树下逗蚂蚁玩耍,只见刘暄神色慌张地走来,梅虫儿伸手拦住了刘暄的去路:“刘大人有什么事?”

“我找皇上。”刘暄在青溪桥遇袭,活捉了黑衣人,回府详加审问,才知是萧遥光派来要他命的。夺位大戏已经上演,自己不知不觉已陷入其中,如此下去,富贵难保,性命堪忧,早日回禀皇上,也许还能占得先机,于是吩咐看好黑衣人,就急忙向宫中奔来。

“找皇上有什么事呀?”梅虫儿拉着长腔,显得漫不经心。

“有急事!”

“知道有急事,看你着急忙慌的。可是,皇上现在也有急事,不准任何人觐见。”

“我有天大的事。”

“你的事都是小事，皇上的事才是天大的事呢。”梅虫儿跺了跺有些麻木的脚，“我也在这里等了半天了。走，到那个台阶坐坐吧。”拉着刘暄向远处假山走去。

江祀正在中书省值班，远远看见刘暄进宫，而且慌里慌张。平常日子，刘暄总是温文尔雅，走路不紧不慢，今天这是怎么了？一定有异常之事。他便尾随瞭望。直到皇上出宫，刘暄走上前去，比画着说了番话。皇上好像一脸的怒气，指手画脚地跟梅虫儿说了一番，最后做了个用手砍头的动作。江祀吓了一跳，禁不住用手摸了摸脖子，急忙缩了回去，找到亲信太监，嘱咐道：“快去告诉我哥哥。”

江祏在家，他听了送信人的急报，在客厅里转了几圈，又是跺脚，又是搓手，沉吟了半晌说：“在事情未弄明白之前，不要轻举妄动，再去打探，及时来报。”

送信人刚刚出去，又一太监来府：“皇上旨意，传江大人到中书省待命。”

“敢问公公，有什么事吗？”江祏试探着问。

“皇上旨意，谁敢多问？”太监生硬地说，“大人去了便知。”

江祏来到中书省，见门外有众多武士守卫，知道事情不妙，回头看时，大门已关，自己好像掉进了一个深井之中，没有一根救命稻草。他机械地进到大厅，见弟弟江祀已被两个武士擒住。他回头就往外跑，一个黑脸武士手持大刀挡住了他的去路，不由分说，将他一脚踢倒在地，冲上来几个武士，三下五下就把他双臂反剪了起来。

黑脸武士进来，靠近江祏，扳起他的头问：“江大人，还认得我吗？”

江祏被刚才的一幕吓蒙了，两眼发花，一时没有认出来，摇了摇头。

黑脸武士抡起手，给了江祏一个响亮的耳光：“让你清醒清醒。你真是贵人多忘事啊，我就是杀死叛贼王敬则，割了他的头，献给先皇的那个袁文旷。”

江祏满嘴是血：“原来是你。你今天这样对待老夫，是什么意思？”

“哈哈，和上次一样，我也是奉旨行事。江大人，对不起了。”

“老夫犯了什么罪？”

“和王敬则一样，是叛逆之罪。”

“胡说，我是皇亲，对先皇、对皇上忠心耿耿，尽心辅佐，不敢有一日懈怠，凭什么说我谋反？我怎么谋反了？有什么证据？”情急之中，江祏口中的鲜血竟喷到袁文旷的脸上。

袁文旷后退了一步：“你……你自己做的事自己知道，你蓄谋废掉皇上，另立新帝，弄得满城风雨，路人皆知，你以为你做得很秘密？”他拿起大刀，用刀柄重重地撞了一下江祏的胸口，“我今天奉命来取你的人头，去皇上那儿领赏，看你还能夺走我的封赏不？”

原来，当年袁文旷杀王敬则有功，应当封官，但江祏因其是一介武士，有勇无谋，以战场形势复杂、袁文旷杀王敬则没有见证人为由，坚决不同意。从此袁文旷怀恨在心，伺机报复。萧宝卷了解这一情况，故意派他前来杀江祏。

江祏一手捂着剧痛的胸口，一手指着袁文旷骂道："你这个小人，挟嫌报复，助纣为虐，猪狗不如，呸！"吐了袁文旷一脸鲜血。

"哈哈，我现在就要杀猪了，看你还能哼哼几声！"袁文旷举起了大刀。

"且慢。"江祏看了看江祀说，"所有的事都是我一人所为，与我弟弟毫无关系，请你手下留情，我家里还有老母需要侍奉。"

"这不关我的事，走吧，记住，明年今天就是你们的忌日。"袁文旷猛一用力，大刀重重地落在江祏的脖子上，顿时人头落地，鲜血喷涌。

袁文旷瞪着血红的眼睛向江祀走过去。

江祀吓得缩成一团："将军饶命，不关我事，不关我事！"

"还啰唆什么！一块儿走吧，黄泉路上也好有个伴。"又一刀结果了江祀的性命。

夜幕下的刘暄府邸，大门紧闭，众家丁持刀荷枪在院内巡视着。卧室内，睡梦中的刘暄惊醒而起，连衣服也没来得及穿，就跑出门外大喊："来人！快来人！"

两个家丁过来："大人，什么事？"

刘暄向四下里张望着："捕役来了没有？"

一个家丁说："没有啊，哪有什么人来？"

另一家丁说："大门把守严密，我们轮流值班，就连一只老鼠也钻不进来，更别说是人了。"

"真的没事？"刘暄仍然不放心。

看到刘暄魂不守舍的样子，两个家丁相视一笑，劝道："没事，真的没事。大人回房歇息吧。"

回到床上，刘暄才慢慢镇定下来，他一边拉着刚才掀乱的被子，一边独自摇头叹道："唉，兔死狐悲，物伤其类啊，这可怎么办呀？"

雍州萧衍府邸，郗夫人正在房中逗着女儿玩耍，丁令光进来，小心翼翼地说："夫人，饭菜熟了，快用膳吧。"

饭桌上，时鲜蔬菜做成的菜肴，色泽鲜艳，香味扑鼻。郗夫人拿起筷子，逐个菜看了看，翻了翻，把筷子一扔："你这是吃斋呀，怎么连一点肉食也没有？"

丁令光小心恭顺地说："夫人，这些日子天天大鱼大肉，我想夫人也吃腻了，换一换口味，清一清肠胃，对身体有好处。"

"好个屁！不知道我顿顿离了肉不行吗？你是不是成心的？"

"不是，夫人，我是为夫人身体着想。其实肉食这些东西，是不能多吃的，吃多了容易伤身。”丁令光耐心地解释着。

“你信佛,你认为老娘也信佛呀,我才不信那一套呢。吃素禁肉,什么清规戒律?你看哪个和尚不是偷偷吃香的喝辣的,个个吃得脑满肠肥,谁来管了?佛祖管了吗?有什么报应没有?我跟你说,那全都是假的,骗人的。”

“夫人,佛是引导人心向善的,是为了普度众生的。”

“自己还没管好呢,还去管众生?”郗夫人反劝道,“你也别信那一套了,忘记那些戒律,想怎么着就怎么着,多自在。”

丁令光笃信佛教,感到郗夫人的话特别刺耳,便岔开话题:“夫人,今日这菜已经做了,不吃就浪费了,先将就着吃些,明天我再做肉食。”

郗夫人没说话,拿起筷子,夹了菜放在口中嚼着。刚刚吃了几口,又吐了出来,骂道:“瞎了眼了,这菜里怎么有虫子?”

“在哪里?”

“你看这是什么?”郗夫人指着盘子中的菜,果见有一个小青虫,颜色跟菜叶差不多。

“对不起,是我的错,洗菜时没有发现。”丁令光惭愧地说。

郗夫人故作呕吐状,丁令光过去给她捶背。郗夫人一把推开丁令光:“别在这里假惺惺了,你是没打算让我吃这顿饭。看来不教训教训你,你不长记性。来人!”

一个仆人进来:“夫人有什么吩咐?”

“给我狠狠地打。”郗夫人指着丁令光发狠道。

“我……她是少夫人,我不敢。”家仆胆怯地说。

“不中用的东西,拿棍子来!”郗夫人拿起棍子,朝丁令光狠狠打去。

玉姚走过来,要过郗夫人手中木棍,打起丁令光:“你不是好人!打死你,打死你!下地狱,下地狱!”

丁令光站在那里,眼睛里含着泪水,可没说一句话,只任她们打着。

雍州襄阳府衙。张弘策对萧衍说:“屠杀开始了,江祏兄弟死得好惨啊。”

“他们也是不自量力,咎由自取。”萧衍对江祏的行为不以为然,“废立之事是小事吗?一个右仆射,没有盖世之功,对天下没有号召力,手中又没有兵马刀枪,怎么能办成这样天大的事?”

“现在我们可以起兵讨伐昏君了。”张弘策有些急不可耐地说,“就打出昏君残暴、诛杀宰辅的旗号。”

“不可,时机尚未到来,这才刚刚开始,大戏还在后头呢。听说刘暄已神经错乱,时刻担心自己被杀。他的担心是对的,其实他跟江祏兄弟是拴在一条绳子上的蚂蚱,他的日子已经不多了。还有萧遥光,据内线人来报,当萧宝卷把江祏的罪行告诉他以后，萧遥光非常恐惧，回到中书省假装疯癫，号啕大哭，从此称病再也不到宫里值班了，如果不出意料，他的死期就要到了。”萧衍既想壮大自己的力量，又顾及兄弟们的安全，“舅父，你赶紧跑一趟，动员萧懿大哥早做准备。”

萧懿正在刺史府忙着公务，见张弘策进来，很客气地迎上去：“舅父好，快快请坐。”

二人分宾主坐定，早有衙役递上茶水。

萧懿问：“舅父怎么有空来这里？”

“是你三弟让我来看看你。”张弘策环顾一下四周说，“现在朝政混乱，令弟担心你的安全。”

萧懿用疑惑的目光看着张弘策，谨慎地说：“皇上年轻有为，又有理政大臣辅佐，正是百废待兴之时，怎么能说朝政混乱？”

张弘策说：“皇帝在东宫时本来就没有什么好名声，目如黄蜂，凶狠残暴，视杀人为乐事，现在江祏兄弟被害，已为我们敲响了警钟。”

萧懿听如此说，警觉地看了看门外，见没人，急忙起身，关紧了门，复又坐下，压低声音说：“舅父何出此言？”

“皇上前几年尚小，还倚仗着辅政大臣。现在皇上已届成年，他怎么会虚坐皇位？乱局还在后头啊。”

萧懿紧张地说：“依舅父之见，该如何应对？”

张弘策见萧懿有所心动，郑重其事地说：“聪明的人未雨绸缪，不可坐等末日来临。我们幸好驻守京外，趁朝廷尚未行动，要提早筹划。郢州控引荆、湘，雍州兵强马壮，一呼百应。如果天下太平，我们就竭诚为朝廷效力；如果天下大乱，凭我们的力量足可以建立霸业。与时进退，这是万全良策。”

萧懿犹疑着：“这不是与皇上有二心吗？”

张弘策说：“晏子早就说过，识时务者为俊杰，通机变者是英豪。如今少主已开杀戒，再也不值得效忠。以你们兄弟的英武，天下无人能敌，虎踞郢、雍二州，为百姓请命，废昏立明，易如反掌，否则将被鼠辈所欺，为昏君所害，徒然遗恨千古。”

萧懿脸色大变：“这是忤逆皇上，反叛朝廷，是乱臣贼子，要遗臭万年啊！”

张弘策还要再说些什么，萧懿摆了摆手：“要是没有别的事，舅父就请回吧，告诉我三弟，安分守已，方能避祸，不要因一时头脑发热，害了全家人的性命。”

六　马失前蹄

秋天的檀溪，波水粼粼，真武山倒映水中，如影似幻。萧衍和张弘策站在檀溪旁，无意欣赏眼前的美景。

萧衍叹道："大哥糊涂啊！"

张弘策说："他妄事昏君，不知权变，没看透目前的局势。"

"看来大哥暂时上不了我们这条船，当派人去趟建康，动员我的兄弟赶快离京，以免陷入昏君魔掌。"

"你看谁来了？"张弘策指着远处。

只见那边有二人骑着马，向这边招着手，高喊着："三哥！三哥！"

说话间，二人来到眼前，翻身下马。

萧衍惊喜地说："八弟！十一弟！你们来得好快啊！"

八弟萧伟笑着说："一接到舅父书信，我们就打点行囊上路了。"

十一弟萧憺说："是呀，一路上马不停蹄，走了好多天呢。"

萧衍动情地握着两兄弟的手说："来了就好，来了就好啊。"他回身看了看远处，满脸的笑容顿时又收敛了起来，"那几位兄弟呢？"

萧伟说："四哥萧畅现在是始安王萧遥光的咨议参军，他说暂且留在建康，也好有个内应。"

"建康已经没什么可留恋的了，昏君杀戒既开，必定不会收手，建康将成为一个屠宰场。"萧衍不无忧虑地说，"萧宝卷蛇蝎之人，怎能容得下正义之臣？还得想办法动员他们出来。"

"要不我再去趟建康？"张弘策焦急地说。

"你就不要去了，让典签赵景悦去跑一趟吧。雍州这边还有很多事情要做，这些日子我已经做了些准备，你看那边，"他手指檀溪远处，"我命人在西面空地建起了三千间房屋，制作的兵器就藏在里面，砍伐的竹子、木材，都沉入了檀溪水底，以备制造战船。"他拍了拍张弘策的肩膀，"此事只有你知、我知、天知、地知。"

张弘策说："不对，还有一个人知道。"

萧衍吓了一跳，禁不住"啊"了一声。

张弘策说："此人就是中兵参军吕僧珍，他领悟到了你的心意，也在私下准备船橹。"

萧衍长舒了一口气，说："吕僧珍是个明白人，当时，徐孝嗣想让他到自己的幕府当属员，他婉言拒绝，来到我的身边，可以说是我的心腹。舅父，下一步，你就帮我秘密招兵买马，尤其要招揽勇猛之士。"

深夜的建康皇宫后堂，灯火通明，只听一阵阵鼓声喧天，原来是萧宝卷在此观看马戏。众侍卫齐刷刷立在他的身边。场地上，一匹马飞驰着，一个伎儿单腿立在马背上，只见他双臂慢慢张开，右手拿着一根短棒，在空中转动着，动作娴熟而从容。

"好，好！"梅虫儿不住地拍手叫好。

"当然好了！如果江祏老儿还在，朕哪能这样自由快活？"萧宝卷冷着面孔说。

"死得好，活该！"

"江祏的亲戚还剩……剩下谁？"

"他的兄弟江祥还在东冶炼铁。"

"也不要叫他受那个活罪了，马上下诏，让他自裁吧。"

"奴才这就去办。"梅虫儿躬着腰出去了。

"好！好！"又一阵叫好声响起。

只见那伎儿又变换了一个动作，他一个鹞子翻身，双手紧紧抓住马鞍上的横木，身体笔直悬在空中，似与奔马形成了一个整体，显得矫健而刺激。

"好！"众人拍掌欢呼。

"好个屁！"萧宝卷站起身，"看朕的。"他扔掉披在身上的罩衣，露出裤褶军服，头戴金箔帽，手拿七宝缚槊，跑进场地，飞身跳到马上，用七宝缚槊拍了几下马屁股，那马跑得更快了。萧宝卷站在马上，舞了起来，只见七宝缚槊在他手中飞来飞去，看得人眼花缭乱。忽然，萧宝卷扔掉七宝缚槊，仰躺在马背之上，刚才那个伎儿飞身跳了上去，萧宝卷用两脚接住他，托在空中，伎儿踩着萧宝卷的双脚，笔直地站立着，两手各拿一面小旗子，不停地挥动着，那马围着场地飞快地转着圈子。

这时，太监王宝孙神色慌张地从外面跑来，见萧宝卷在忘情地表演，他只得走到茹法珍的面前，窃窃私语起来。

听着听着，茹法珍变了脸色，他一下子站起来，向场地走去，对着那匹马大声喊道："皇上，皇上！大事不好了！"可萧宝卷仰面朝天，哪里看得见？由于专心表演，又怎么听得见？

直到表演完毕，萧宝卷下得马来，才看见茹法珍和梅虫儿跪在面前："怎么在这里跪上了?”

“皇上,出……出……出大事了,萧遥光反了。”茹法珍结结巴巴地说。

“他……他……他怎么反的?”萧遥光是萧宝卷的堂兄,萧宝卷称他为“安兄”,小时一起玩耍,常常护着萧宝卷,现在竟然也反了,着实让萧宝卷吃惊不小。

“他是心有不安啊,皇上为了安抚他,升他为司徒,要他回家休养。可他贼心膨胀,召集荆州、豫州的部属来到东府城,歃血为盟,举起了反叛大旗。”茹法珍说。

“他怎么会拥有荆州、豫州的部属?”萧宝卷感到不解。

“他的两个弟弟萧遥昌、萧遥欣相继病逝,他趁机把两州部属笼络到了自己的手下。”茹法珍说。

“看来是蓄谋已久啊,他打的什么旗号?”萧宝卷急切地问。

“以讨伐刘暄为名,骁骑将军垣历生也投靠了他。”梅虫儿早就恨透了刘暄,他想借机除掉他。

可萧宝卷似乎并不在意这些:“现在是什么情况?”

梅虫儿说:“皇上,万分紧急啊!萧遥光放出东冶囚徒劳工,取出了朝廷兵杖,正在整顿兵马,打算包围皇宫。”

“茹法珍,你懂军事,你看这事怎么办?”萧宝卷问。

“赶紧关闭城门,严加防守,谅他萧遥光也打不进来。”茹法珍说,“皇上这就下诏,召尚书令徐孝嗣等辅臣入宫,商讨对策。”

“好,就这样,继续戏马,萧遥光算个屁!”萧宝卷说完,骑上马,冲进场地。

萧遥光领兵往东府城方向进发,由于黑夜行军,他的坐骑不小心被路上的石头绊了一下,失去平衡,两前腿跪地,把萧遥光摔了下来。他的参军刘沨、刘晏急忙向前把他搀扶起来。萧遥光本来就瘸,经这一摔,瘸得更厉害了。

萧遥光沮丧地说:“二位参军,还没开战,就马失前蹄,主何吉凶啊?”

刘沨抢先道:“王爷,这没什么,只不过小小的意外而已,与当前之事无关。”

萧遥光不满意这个回答,看着刘晏:“你以为如何?”

“王爷,在下以为,此事与当前局势有关。”刘晏思忖着说,“王爷之事,虽胜券在握,但也会遇到一些阻碍,必须清除眼前的绊脚石,方能旗开得胜。”

“这个……刘参军言之有理,你说这块绊脚石是谁?”萧遥光皱起了眉头。

“谁阻止王爷登上大位,谁就是那块绊脚石。”刘沨靠近萧遥光,两手比画着说。

“这个嘛,目前明显对本王形成障碍的有二人,一是刘暄,一是萧坦之。刘暄虽然弹劾了江祏兄弟图谋篡立之事,但他只是为了自保,目前还不敢对本王怎么样。倒是那个萧坦之,他死心塌地忠于昏君,是本王目前必须搬掉的一块大石头。”

“事不宜迟，越早越好。”刘晏说。

“什么时候？今晚还是明天？”萧遥光问。

“就是现在。”刘晏果断地说。

萧坦之住在东府城的东面，虽是深夜，此时他却仍然没有睡意。自从江祏谋废立以来，他虽然以侍奉老母为由在家避风，可他心中无法平静。按说，他忠于皇上，应当不会有过错。可刘暄告密，江氏兄弟被杀，使他心惊胆寒。如此一来，刘暄就脱得干系了吗？萧遥光会善罢甘休吗？如果萧遥光采取行动，能放过自己吗？今后自己的出路在哪里？自己的退路又在哪里？正想着，只听外面传来唰啦唰啦的响声，他警觉地坐起身，侧耳细听，不好，有人爬墙，他急忙下床，透过窗子向外望去，见墙头上有一个人影在晃动。他光着身子穿过后门，翻后墙逃了出去。

萧坦之慌慌张张地向皇宫方向跑着，路上遇到了游逻主颜端，颜端见他这副样子，抓住了他：“干什么的？”

“我是领军将军萧坦之。”

“胡说，萧坦之是朝廷重臣，怎会是你这种狼狈相？”

“真的，我要入宫觐见皇上。”

“哈哈，越说越离谱，你如此赤身露体，怎么能觐见皇上？找死呀？”

“我有万分危急之事，请将军通融。”

颜端拿过火把凑近萧坦之，仔细辨认了一会儿：“啊呀！萧将军，居然真是你，失敬失敬。你这是怎么了？”

“有人要杀我。”

“谁？”

萧坦之贴近颜端耳边说了几句话。

颜端翻身上马，对身边人说：“快，给萧将军换好衣服。”他自己飞马来到东府城，远远看见一队队人马匆忙地跑来跑去，他下马来到队伍当中，问：“你们这是干什么？”

一个囚徒手拿一把大刀，神秘地说：“始安王造反，把我们放出来了，我们自由了！说不定立了战功，还能捞个一官半职呢。”

返回后，颜端给了萧坦之坐骑，一同向皇宫跑去。

捉萧坦之扑空，萧遥光又派人去找左仆射沈文季，想动员他做都督，可沈文季早已接到诏书，进宫去了。这打击了萧遥光的信心，他回到东府城司徒府，背着手，在大厅内转来转去，今晚到底要不要攻城，心中犹豫不决起来。

垣历生看出了萧遥光的心态，催促道：“王爷，机不可失，时不再来，趁夜深人静，官军猝不及防，赶快攻城吧。”

“等等,再等等。”萧遥光耷拉着眼皮,没有正眼看垣历生。

“还等什么呀？现在正是攻城的最佳时机。”

“你打算怎么攻法?”萧遥光终于停住了脚步。

“火攻,用车运送芦苇,焚烧城门,攻进城去。”

萧遥光犹疑地看着垣历生:“这样能成吗?”

“王爷放心,你尽管在后面督战,我攻城易如反掌。只要我们攻入台城,占领了内省衙门,就占据了主动地位,到时候沈文季之流自然会归附的。”

“这样吧,我出去鼓舞鼓舞士气,回来后再做决定。”萧遥光穿上战服,来到室外,见士兵们大都躺在地上,东倒西歪地睡着了。有几个没睡的,也在那里不住地磕头打盹。他对刘沨、刘晏说:“士卒们饿了,快发放食物,让大家吃得饱饱的,准备攻城。”

身后的垣历生向东方望去,见天边已露出了鱼肚白,很快就会天亮,焦急地说:“王爷快下命令吧,不然就来不及了。”

“再等等,宫里一旦听说我们起兵,或许有人会响应我们,到时候里应外合,大事可成矣。”

听着萧遥光的如意算盘,垣历生走出门外,跺着脚,仰天长叹:“等天亮了,一切都完了。”

夜幕徐徐撤去,天已放亮。徐孝嗣刚刚起床,忽家仆来报,说萧遥光反叛,叛军正向宫城方向进发。

“他们穿什么服装?”徐孝嗣问。

“听门房说,他们都穿戎装,扛着各式兵器。”

“给我找出那套红色官服,我要进宫。”

“老爷,进宫救驾,当穿戎装啊。”

“穿戎装就进不去了,你想想,现在台城乱成了一锅粥,我如穿了戎装,还不被认为是叛贼吗?”

“老爷高见,奴仆这就去找官服。”

不一会儿,徐孝嗣穿上红色官服,骑马直奔西掖门。他来到宫内,朝堂空空荡荡。一问太监,知道皇上在后堂。他又急匆匆地来到后堂,见萧宝卷仍在戏马,场地外站满了朝臣。

萧宝卷看人已差不多到齐,骑马冲出场地,向太极殿走去。大臣们知道要上朝了。

很快太极殿内站满了文武百官,萧宝卷端坐在龙座之上,显得有些疲倦,眼皮打架,不停地磕着头。

还是徐孝嗣先开了口:“皇上,萧遥光贼胆包天,聚众反叛,应立即组织官军,进行剿灭。”

“众爱卿议议吧，平定了叛乱，各有封赏。至于萧遥光嘛，”萧宝卷凶狠地咬了咬了牙，右嘴角习惯性地向上翘了翘，“活要见人，死要见尸。”

“皇上，为今之计，一要守好宫城。”徐孝嗣又躬身施礼道，“守住了宫城，就稳定了军心，安定了民心。”

“你是尚书令，就跟左仆射沈文季一块儿守城吧。”萧宝卷蒙眬着双眼说。

“臣遵旨。”徐孝嗣继续说，“二要组织反击，剿灭叛军。现在萧遥光盘踞在东府城，趁还没有形成大的规模，处于孤立无援的境地，应当组织官军，围而歼之，是为上策。”

“谁去杀萧遥光?”此时萧宝卷心中只一个“杀”字。

没人回应，朝堂内气氛显得阴森恐怖。

徐孝嗣看了看刘暄，刘暄没有反应，略微后退了几步。他又去看萧坦之，萧坦之倒是没有后退，只是面色蜡黄，仍在为深夜险些被捉心有余悸。徐孝嗣想，你身为皇室成员，又是领军将军，你不上谁上？便奏道：“皇上，臣举萧坦之领兵平叛。”

“那就你了。”萧宝卷努力睁开双眼，“要把东府城围得水泄不通，放火烧城，一个叛贼也不让跑掉。”

萧坦之上前行礼道：“保护皇上，保护大齐，微臣义不容辞。那个瘸子癞蛤蟆还想吃天鹅肉，没门。臣还有一计，请皇上立即颁诏，赦免东冶囚徒，恢复他们的平民身份，以瓦解叛军。”

“这事就让茹法珍办吧。”萧宝卷深深地打了一个呵欠，闭上了眼睛，不再说话。

太阳升起来了，阳光透过乌云，照射在宫殿的蓝色瓦片上，显得有些古板和沉重。徐孝嗣和沈文季身穿戎装坐在南掖门之上，向远处望去，整个建康城房屋鳞次栉比，缕缕炊烟缓缓升起。

徐孝嗣咽了口唾沫，过来搭讪：“沈大人，看到远处的炊烟，这会儿还真有些饿了，你呢?”

“我也是呀，从昨天晚上接到圣旨，一直到现在，一口水也没喝上，体力消耗不小啊。”

“是啊，你一直以忠勇著称，徐某佩服不已。”

“哪里哪里，你我都一样。”沈文季说，“现在形势危急，我们做臣子的，理当替朝廷着想，替皇上出力。”

“这会儿没有外人，沈大人你看，萧遥光此举能成吗?”徐孝嗣看着沈文季，试探地问。

沈文季回头看了看四周，又看了看徐孝嗣，没有回答。

“萧遥光闹这一出，也是事出有因啊，眼下时局诡谲，识时务者为俊杰，人要学会权变，与时进退呀。”徐孝嗣心想，沈文季是个聪明人，这句话他应该能够听明白。

可沈文季好像没有听见似的，向远处瞭望着：“我们不可大意，要密切注意敌情。”

徐孝嗣见无法与沈文季沟通，摇了摇头，走到一边去了。

东府城司徒府内，萧遥光看了看面前的地图，显得十分焦急。刘沨凑上前来说：“王爷，大事不好啊，我们被官军包围了。你看这里是湘宫寺，萧坦之就屯兵在此；这是东篱门，左兴盛屯兵在此；这是青溪桥，也有大批官兵驻守在大桥两侧。我军被三面环围，没有退路了。”

“怕什么？置之死地而后生。不是垣历生打败了官军的多次进攻吗？还杀了军主桑天爱，我们首战告捷，这是吉兆。”萧遥光虽内心忧惧，可嘴上却很乐观。

“可是万一官军长期围城，我军粮草用尽，将动摇军心，不攻自破呀。”

“没有万一，东府城粮食足够一月之用，你怎么知道这仗就打那么长时间？说不定几天之内，最多十天八天，官军就会瓦解，外面也会有人响应我们。”

正说着，刘晏从外面跑进来，大口喘着粗气：“将……将军，我军出了两个叛贼。”

“谁？”萧遥光脸色顿时变黄，就像秋天被霜打过的树叶。

“一个是萧畅，一个是沈昭略。”刘晏答道。

“王爷，这两个人背景不简单呀，萧畅是郢州刺史萧懿和雍州刺史萧衍的弟弟，沈昭略是沈文季哥哥的儿子，他们这一走，影响士气啊。”刘沨忧虑地说。

“两个毛孩子，乳臭未干，走了就走了，有什么大惊小怪的？命垣历生从南门出战曹虎，打开缺口，攻占皇宫。”

夜幕徐徐降临，萧宝卷并没有因为萧遥光的叛乱而浇灭他的玩兴，他继续跟嬖幸们一起在后堂戏马。马场的喧闹声传进徐孝嗣耳内，此时他正在宫门城楼巡视，他遥望着后堂方向，无奈地摇了摇头。

而在东府城司徒府，萧遥光却没有那么自在。他在大厅内一会儿坐着，一会儿站着，显得六神无主。

一个士卒浑身沾满鲜血，跑了进来，扑通跪在萧遥光面前：“王爷，垣历生投降官军了。”

“什么？”萧遥光大惊失色，“这个吃里爬外的东西！”

刘沨走上前来：“你别急，慢慢说，他是怎么投降的？”

“他在南门出战，正遇上曹虎，战了没有三个回合，就见垣历生扔了长槊，向曹虎施了一礼，他们两匹马靠近，说了一会儿话，垣历生就跟着曹虎回了营帐。”那士卒浑身打着战，“可是没过多久，一个官军骑马跑来，手里抓着一个人头，说这就是垣历生，这样的小人一脸奸相，留着无用，斩之示众，说完就扔到了阵前。

弟兄们见状，纷纷掉头跑了回来，踏死无数啊。”

“他娘的，这个小人，下场就该如此。”萧遥光两手叉腰，咬牙切齿地说，“快，垣历生妻儿还在府中，全给我杀了。”

月亮已升至中天，经过四天的紧张折腾，萧遥光非常困乏，他斜倚在床榻之上，迷迷糊糊地睡着了。可头脑却没停止下来，一会儿似有千军万马在奔驰厮杀，一会儿自己在文武大臣的簇拥下，踏上一级级台阶，登上了皇帝宝座，众臣齐刷刷地跪在自己的面前，山呼万岁。忽听“起火了”，外面一阵人声嘈杂。咦，怎么在自己登基之日会失火呢？是谁在捣乱？可能是昏君的余孽，来人，快去灭火，快去灭火，可怎么也喊不出声来。

“王爷，快醒醒，快醒醒，官军放火了！”

一股焦煳气味钻进鼻孔，萧遥光嗅了嗅，努力睁开眼睛，原来刘沨等人已站在床前，他一骨碌爬起来：“怎么啦？”

“官军放火烧了东府城的角楼，大火很快蔓延开来，整个城内到处是熊熊大火，我军混乱不堪，已无法组织抵抗，纷纷丢盔卸甲，向城外逃命去了。”

“这个萧宝卷，玩绝的了，不愧是萧鸾的儿子。”萧遥光泪流满面，向刘沨摆了摆手，“走吧，快走吧，逃命去吧。”

“王爷保重。”刘沨稍微迟疑了一下，躬身行了个大礼，转身离去。

萧遥光回到小斋房，关闭了一道道斋门。手下人见此，纷纷越屋逃散。萧遥光独自一人在斋内摸索着，点燃了蜡烛，脱下戎装，换上了崭新的衣帽，呆坐在床榻边。

一股浓烈的血腥气味混合着浓烟飘进斋内，萧遥光被呛得咳嗽起来。

“给我细细地搜，不要放过一个喘气的。”官军军主刘国宝在外面叫嚷着。

萧遥光一口气吹灭了蜡烛，瑟缩着爬到床榻之下，就像一只老猫蜷缩在那里。刘国宝一脚把门踹开，闯了进来，举着火把四处寻找，终于在床榻底下发现了萧遥光，一把把他拽了出来。

“将军饶命，我是始安王萧遥光。”

“找的就是你，对不起了，王爷，我要拿你的人头去领赏了。”刘国宝得意地说。

“刘将军，我有的是金银财宝，你要多少我给多少，不，全都给你，只要你留我一条命。”萧遥光恳求着。

“我留你一条命，谁保我的命？我要放了你，我的身家性命就全没了，要你的钱财还有啥用？我看你衣服也穿好了，这就上路吧。”一剑刺进了他的胸膛，萧遥光顿时倒地而死。

皇宫之内，萧宝卷看着萧遥光的人头，想起小时候他们一起游乐的情景，摇了摇头，叹了口气，眼圈微红：“安兄啊安兄，你这是何苦呀？”

七 破面之鬼

十月的清晨,北风呼呼地刮着,到处冷飕飕的。襄阳萧衍府邸,阳光透过窗棂,照进房内,可丁令光就是不愿意起床。冬天来了,为了多劈些柴火,她脱掉外套,累出了一身汗,没想到着了凉,天虽大亮,她却躺在床上,懒懒的。更为重要的是,她心爱的夫君今天要回来,而且要与自己同房,她要保持良好的精神状态,免得他在外边为自己分心。

郗夫人对丁令光和萧衍同房从骨子里反感,为了阻止萧衍去丁令光房间,昨天让她舂完米后,再劈柴火,结果把丁令光累病了。

天刚亮,郗夫人就来到丁令光的门前喊:"怎么还不起来?都什么时候了?再不舂米,让一家人喝西北风去?"

丁令光说:"姐姐,我犯了乏,没想到睡过了头。"

"谁是你姐姐?我是老爷的夫人,想跟我平起平坐,除非太阳从西边出来。"郗夫人一手叉腰,一手指着丁令光,"你不过是个侍妾而已,还这么娇气,你装成病样给谁看?告诉你,今天跟昨天一样,仍然要舂米五斛,一粒也不能少。"

丁令光强打精神,吃力地爬了起来:"夫人放心,我去舂米就是。"

日过中天,门外一声马嘶,萧衍回来了,他下了马,陈庆之接过马缰绳,牵着向马厩走去。

萧衍提了一兜莲子,兴冲冲地刚来到院子。他带莲子,是有用意的,莲子与恋子谐音,夫人一连生了三个女儿,他梦想要个儿子,而生儿子的重任就落在了令光身上。今天他想让令光煮莲子粥,清清神,养养心,好让令光怀一个健康的宝贝儿子。可一抬头,就见丁令光满头大汗,在墙角舂米,不时传来一声声的咳嗽。

萧衍走过去,心疼地说:"令光,别干了,歇息一会儿吧。"

丁令光抬起头,笑了笑说:"夫君先进屋吧,已舂了大半了。"

"才舂了一半,怎么这么多?这是谁规定的?"

丁令光低头舂着米,没有说话。

萧衍问站在一边的灯儿:"你怎么不干,却让主子自己舂米?"

灯儿缩着身子,不敢抬头,也不说话。

“说！这是谁的主意？”

“是……是夫人让舂的，每天五斛，不能少，还让我们监督。”

郗夫人正在跟玉姚说话，萧衍一步跨了进来，郗夫人笑脸盈盈地说：“看，你爹回来了，给你带什么好吃的来了？”

玉姚起身去拿萧衍手中的包，萧衍没理会，他大声质问郗夫人：“你为什么让令光舂这么多米？”

“我哪里让她干这个？她能干呀，不让她舂，她偏舂，唉，拗不过她。”郗夫人故作镇静地说。

“挺会装的，每天舂五斛，是不是你定的？这么重的活就是一个壮丁也很吃力，何况一个弱女子？”

“她不弱，壮实得很。”

“她还有病，你知道不知道？”

“年纪轻轻，哪来的病？”郗夫人瞪着萧衍，“你怎么老向着这个小贱人？”

“你还有人性没有？一个世家大族出身的人，怎么这么狭隘？我娶她进门，也是你同意的，是为了完成你不想承担的使命，不是让她来做下人的。记住，从今以后，不许再让她干重活。人啊，应该有慈悲心肠，宽大为怀，不能小肚鸡肠。”

“什么？你说我小肚鸡肠？”郗夫人哭了，“当年我皇家不进，下嫁到你家，那时你是怎么向我承诺的？说什么举案齐眉，终身不再娶妾。现在你不仅违背了当初的诺言，竟还对我如此无理，你变了，被那个狐狸精迷惑了。”

“你说她是狐狸精？你才变了呢，变得庸俗透顶，不可理喻！”把手中的提兜一扔，向外走去，身后白生生的莲子滚了一地。

晚上，刘暄躺在床上，怎么也睡不着，脑子里反复思虑着，自己的所作所为有没有破绽？当然有，是他弹劾了二江，弹劾了萧遥光，既然知道他们谋反的内情，那么自己就是跳进黄河也洗不清，何况少主多疑，比先帝有过之而无不及，既是这样，岂不大祸临头？迷迷糊糊中，他看见几个宫中卫士向他走来，举刀就砍，他大叫一声，一骨碌跌下床来，拼命跑到院子里，大喊大叫：“不干我事，不干我事啊！”

蒋山脚下，皇家射雉场内。萧宝卷骑在马上，在树林中穿梭。树上的野雉吱吱呱呱地叫着，在树顶上飞窜。萧宝卷拈弓搭箭，箭矢嗖地飞向树梢，一只野雉扑棱着翅膀，落在地上。

茹法珍跑上前去，捡起野雉：“皇上神箭，百发百中啊。”

群小们也都围上来奉承着：“射中头部，神了！”“皇上神勇无比呀！”

“皇上，绝大多数野雉都惊恐逃命，只有这只独自蹲在枝丫间一动不动，它就没想到皇上目光敏锐,能洞察秋毫吗?”茹法珍借机发挥着,“现在权臣中有人也在装疯卖傻,以掩饰他的不臣之心。”

“你在说谁?朕不喜欢遮遮掩掩的。”

“刘暄。”

“他是朕的舅父,怎会谋反呢?”萧宝卷听见远处有雉叫声,又抽出一支箭矢,放在弓上。

嬖幸徐世标趁机说:“皇上,前宋朝刘劭是文帝的儿子,尚且带兵进入皇宫,杀了自己的父亲,登基做了皇帝。三个月后,刘劭又被他的弟弟刘骏所杀。可见为了争夺皇位,连至亲骨肉都不会放过,何况一个外戚?所以,刘暄虽是陛下母舅,还是不能相信的。”

“就是呀,司马昭之心,尽人皆知,只有陛下蒙在鼓里。”茹法珍献计道,“俗话说,不入虎穴,焉得虎子?陛下何不去刘暄府上探个究竟?”

萧宝卷点了点头,骑马向城内奔去。

刘暄站在屋顶上,打着手势,向空中高喊着:“卷儿,卷儿,不玩了,咱不玩了,舅舅教你识字。‘其为人也孝悌而好犯上者,鲜也;不好犯上而作乱者,未之有也。’念,念呀,哈哈,嗯嗯……”

萧宝卷站在院子当中,向屋顶上看着。

可刘暄好像没看见一样,滔滔不绝地嘟囔着:“‘不好犯上而作乱者,未之有也’……嗯……嗯,对了,就是这样……”

茹法珍上前跟萧宝卷嘀咕了几句,萧宝卷掉转马头走了。

估计萧宝卷走远了,刘暄才让家仆扶着梯子,小心下来,回到屋内,吩咐着:“快上几个菜,我要喝几盅,压压惊。”

不大一会儿,各种山珍海味就摆满了一桌子。刘暄边喝着酒,边对家人说,“今天好险呀,多亏门房通报及时。”回头对家仆说,“送十两银子给门房,让他们好好把守,如皇上再来,第一时间通报。”

家仆答应着,正要往外走,一抬头,却愣在了那里。原来,萧宝卷正站在门外,身后是几十个虎贲勇士。

萧宝卷阴着脸,一挥手,虎贲勇士蜂拥而上,只听一阵惨叫,刘暄全家倒在了血泊之中。

萧宝卷骑马走在大街上,虎贲勇士们肆意驱赶着行人,有来不及躲闪者,当场就被打死,拖到了一边。

除掉刘暄,梅虫儿心里并不怎么畅快,他最忌恨的是萧坦之。此人刚愎自用,盛气凌人,梅虫儿总觉得碍手碍脚,不能恣意而为,必须搬掉这块绊脚石,才能够随心所欲。见萧宝卷正在兴头上,便策马向前:“皇上,萧坦之恃功自傲,狂妄专断,谁都不放在眼里,恐以后不好节制啊。”

“他跟萧遥光不一样，他是忠于朕的。”

“他与萧遥光有同谋之嫌，不然为什么在萧遥光酝酿谋反的时候，他告假在家，而不是挺身而出及时奏报皇上？分明是在静观时变，哪头炕热往哪头爬，他有不臣之心呀。”

“那你说怎么办？”

“奴才以为，除恶务尽，最为上策。”

“那好吧，就派延明殿主帅黄文济去他府上一趟吧。切记，要干净利落，免得日后有麻烦。”

梅虫儿嘴角微露奸笑，骑马吩咐去了。

徐孝嗣内心不安起来，本来他作为首辅大臣，一直谨小慎微，这也许就是他没被最先除掉的原因。可是该来的都来了，人们常说的“六贵”现在就剩他一人了，他能坐以待毙吗？正巧虎贲中郎将许准对萧宝卷的大肆屠杀看不过，以血淋淋的事实力劝徐孝嗣行废立之事，他想来想去，否定了许准在宫中动武的方案，提出了一个文士策略，静等萧宝卷出游，关闭宫门，再召集百官商议废立之事。

可不知为什么，这些天萧宝卷竟没有出宫的动静，使徐孝嗣的策略一天天落空。实际上萧宝卷是在酝酿一件大事，自己已经成人，要全面掌权，辅臣不能要，功臣也不能留，他脑中反复回响着父皇的遗训：要先发制人，不可落人之后。于是他让梅虫儿出去宣诏，召徐孝嗣、沈文季、沈昭略入华林殿觐见。

沈文季接到诏书，没有马上就走，他回到屋内，找出最新的那套官服穿在身上，叮嘱家人：“这回看来是有去无回了，我走了之后，你们也逃命去吧，能逃多远算多远，逃出几个算几个。”

侄儿沈昭略愤愤地说：“叔父，你平定萧遥光叛乱，立有战功，却功成身退，称病不朝。我曾多次劝过你，皇上已经杀红了眼，明哲保身是不可能的，得想活命的法子，可你总是闷不作声，不予理睬，现在怎么样？大难临头了吧？”

“君叫臣死，臣不得不死啊。”沈文季一头钻进了车子。

家人哭喊着，一直追到了门口，才停住了脚步。

入宫后，见徐孝嗣早已坐在那里，面前摆着一坛酒，还有一只烧鸡、一碗红烧肉。

茹法珍脸上掠过一丝阴笑：“三位大人到齐了，你们劳苦功高，皇上赐下美酒，不过要记住，明年的今天，就是你们的忌日。不要问为什么，成王败寇，自古而然，你们慢慢享用，在下恕不奉陪了。”

沈昭略随着茹法珍的身影向外望去，只见外面武士们手持刀枪，团团包围了华林殿。他知道今天只有死路一条，便手指徐孝嗣骂道：“废昏立明，古今令典，你作为辅政大臣，只知仰人鼻息，而无良谋善断，唯唯诺诺，瞻前顾后，致有今日之祸。”

徐孝嗣并没有介意，他指了指沈文季辩解道：“萧遥光起事时，我打算响应，试着与你叔商量，可他不是装聋作哑，就是顾左右而言他。后来，我又多次提出废立之事，可你叔父就是不听，他愚忠啊。如果你叔赞同，哪会有今日之恨？”

沈昭略抬眼看了看叔父，沈文季面色平静，仍然不说一句话。沈昭略“唉”了一声，低头不语。

徐孝嗣撕下一条鸡腿，递给沈昭略：“今日之事，不怨别人，只怪自己无能。”他抱起坛子，倒了两杯酒，放在沈氏二人面前，“喝了吧，该上路了。”

沈氏二人对视了一下，谁也没有端起酒杯。

徐孝嗣拿起来酒杯，递到他们手上：“我是尚书令，有责任监督皇命执行，喝了吧，一憋气，就过去了。”

沈文季还是不动声色，拿起酒杯，慢慢饮了下去。

“我死后，我的弟弟也难逃此劫，苦了我老母了！”沈昭略泪流满面，用颤抖的手指着徐孝嗣，“你你你……你枉为宰辅，有何面目去见九泉之下的列祖列宗？我临死也要让你做一个破面之鬼！”猛地拿起双耳杯，一口吞下毒酒，接着就地摔碎酒杯，抓起一块带尖的瓷片，走近徐孝嗣，朝他的脸上狠狠地划着。

徐孝嗣没有躲闪，他用手抹了一下脸上的血，惨笑着：“骂得好，骂得痛快！我是活该！”沈昭略的手慢慢耷拉下来，口中流出鲜血，倒在地上。

“我也该走了！”徐孝嗣毫不犹豫地举起酒坛，向口中咕噜噜倒去。

六贵既除，萧宝卷失去了约束，不仅骄横放纵，贪玩的野性更是变本加厉，经常外出游走，一月达二十余次。每有外出，就命尉司击鼓蹋围，一旦鼓声响起，百姓必须躲避，否则格杀勿论。每到一处，火光冲天，旌旗蔽空，兵器横陈。萧宝卷骑在马上，或用长槊，或用弓箭，左砍右杀，率性而为。一到了白天，就睡得昏天黑地，常常忘记上朝理政。

这天，看看日已西斜。睡梦中的萧宝卷在龙榻上翻了几个身，忽然大喊一声：“救命，救命啊！”

随侍的茹法珍急忙走过来问：“皇上，出什么事了？”

萧宝卷揉了揉眼睛，又摸了摸头，感觉头还在，他定了定神说：“好险啊，刚才朕做了一个梦，正在蒋山围猎，有一只老虎怎么也射不着它，发出的箭明明射中了老虎，可它一点反应也没有，好像长了翅膀，张着血盆大口向朕扑来。眼看那老虎就要扑到朕的头上，朕一个趔趄绊倒在地……老……老虎吃人，长了翅膀的老……老虎更可怕！”

“皇上，没事，有奴才在陛下身边呢。”茹法珍一边安慰着，一边去拿龙袍，“天快黑了，快起来用早膳吧。”

“朕觉得这梦好奇怪呀，是不是那些死去的逆臣来报复朕?”萧宝卷仍纠结在刚才的梦境中。

茹法珍转了转眼珠子:“皇上，那些老东西一个个都死掉了，还有什么可怕的? 陛下这个梦倒是一种暗示，老虎是住在山中的，说明京师外有潜在威胁。如今皇上剪除了内臣，可那些外藩根基颇深，又拥有兵权，不得不防啊。”

“对对对，还是爱卿脑子活泛。”萧宝卷拍了拍脑门，“老虎……对，老……老虎！是有一只大老虎在外面。”

“这只老虎就是镇守雍州的萧衍，人称‘雍州虎’。”茹法珍不待萧宝卷说完，就抢先说，“萧衍有不臣之心非止一日，他偷偷把萧伟和萧憺调离了京师，最近又传他私自制造兵器，招兵买马，图谋反叛朝廷，望皇上遵从先帝遗旨，先下手为强，早日除掉后患。”

萧宝卷疑惑地说:“可朕梦中的老虎好像还有两个翅膀，这是怎么回事?”

“这个嘛……”茹法珍思忖着说，“萧衍兄弟十人，有几个颇具才干，尤其是郢州刺史萧懿，有勇有谋，郢州又远离京师，一旦与萧衍联手，将成为朝廷的心腹大患。他就是萧衍的翅膀啊。”

“那依爱卿看，该怎么办?”

“不如把萧懿调到眼皮底下，也好随时掌控他的行动。”

萧宝卷想了想:“这样吧，先把他调为豫州刺史，等有机会再把他弄到身边。”他紧咬牙关，习惯性地翘起右嘴角。

“皇上，现在豫州刺史是裴叔业，萧懿去了，裴叔业怎么安排?”

“这个爱卿有所不知，朕自有道理。”

萧宝卷本想打裴叔业的主意，没想到陈显达坐不住了。陈显达七十二岁，本是高、武旧将，任太尉之职。明帝登位，杀戮无厌，他内怀忧惧，有意贬损自己，出门坐破车，带老弱家仆。萧宝卷即位后，他不愿意留在京师，请求外任了江州刺史。后来生病，他拒绝医治，想以死保全家族，没想到竟自然痊愈，使他大失所望。“六贵”相继被杀，他惶恐不安，认为少主清除外臣就在眼前，又听说朝廷要派兵来袭击江州，他只有背水一战，于是举起义旗，誓言扫除京师尘土，西迎建安王萧宝寅。萧宝卷慌忙以护军将军崔慧景为平南将军，督众军阻击陈显达。

陈显达率兵从江州府浔阳出发，顺江而下，一路攻杀，穿过新亭，直达西州，逼近京师。他率领几百步卒，手执长槊，与西州守军交战，与之交锋的官兵纷纷倒下。正在他越战越勇之际，长槊被左兴盛从侧面砍断，他手持折断的槊杆，与左兴盛奋力拼杀。左兴盛招架不住，转身后退。一骑兵执槊冲上来，用力猛刺。陈显达掉下马来，头盔滚到了远处，露出了雪白的头发。又一官军上来，砍下了他的头颅。

豫州刺史裴叔业忧惧不已，在府衙内坐立不安，信步走到屋外，登上寿阳城楼，向北方眺望着。此时秋风萧瑟，他感到双眼迷蒙，远处一片模糊。

一个部下快步跑了上来："刺史大人，裴植、裴扬、裴粲来了。"

裴叔业回头看时，只见三人拱手施礼："参见叔父大人。"

"侄儿，你们是宫中直阁，整日忙碌，怎么有空来到这里？"裴叔业一脸的疑惑。

裴植看了看周围，没有说话。

裴叔业会意："都是自己人，但说无妨。"

裴植这才放心地说："叔父，京师盛传你要反叛，我等害怕，故相约偷偷跑来相告。"

"怎么会这样？我何曾对朝廷有异心？"裴叔业无奈地摊开两手，"这不是无中生有吗？"

裴植说："有人说，陈显达反叛时，叔父遣司马李元护救援京师，可又不让士兵投入战斗，实际上是首鼠两端，左右观望。"

裴粲说："朝廷任萧懿为豫州刺史，想调你进京为官，你却婉拒不走，有人谗害你想保存实力，与朝廷对抗。"

"听说朝廷正打算派兵来围剿，望叔父早做准备，免得陷入被动。"裴植重又施礼劝道。

裴叔业心想，这个萧宝卷太狠毒，他已经盯上自己了，如再执迷不悟，将被他所害。裴叔业转身向淝水方向望去，只见那里雾茫茫的一片，他问部下："你们想博取富贵吗？"

几个人齐声说："想呀，哪有不想富贵的？"

"那好，今后你们听我的，我给你们富贵。"

八　忠臣难当

大年初一，萧衍的府邸，门楣上悬挂着大红灯笼，呈现出一派喜庆的气氛。自从上次他责备了郗夫人之后，表面上郗夫人对丁令光不再盛气凌人，颐指气使。萧衍心里高兴，安排了一桌酒菜，一家人饮起酒来。

萧衍端起酒杯："我长年累月在外忙碌，家里的事，全靠你们操持，一年来，你们起早贪黑，忙里忙外，吃了苦，受了累。来，我敬大家一杯，祝你们新的一年添福添寿，吉祥如意。"

家人纷纷应和，端起酒杯喝着。

"尤其夫人更是劳苦功高，你管这个家，大小事情全靠你张罗周旋，让你操了不少心。"萧衍拿起酒杯，推到郗夫人面前，跟她的酒杯碰了一下，"来，我敬夫人一杯。"

萧玉姚夹了一块红烧肉放在嘴里嚼着："我娘管家，要是在皇宫，就是皇后。"

"说这话要掉脑袋的。"萧衍警觉地向外看了看，"这是谁教你的？"

"本来就是嘛，娘也经常这么说。"

萧衍见没有外人，也就放下脸来，微笑着说："如若真有那么一天，你母亲当然就是皇后了。"

郗夫人平日冷漠的脸上泛起了笑意，起身施了一个礼："谢主隆恩。"

一家人哈哈大笑起来。

"还有令光，自从来到这个家，尊老爱幼，勤劳俭朴，出了不少力，流了不少汗。"萧衍也端起酒杯，"来，我也敬你一杯。"

丁令光微笑着说："一家人不说两家话，奴婢能以些许微劳为这个家添一块砖、加一片瓦，这都是理所当然的。"

"令光有如此想法，我从心底里感到温暖。俗话说，家和万事兴，如果每一个人都能为家里出力流汗，排忧解难，那么这个家庭就会兴旺发达。来，咱们共同喝一杯和乐酒吧！"

所有人的酒杯都围绕着萧衍的酒杯碰在了一起。

忽然，张弘策从外面走来："叔达，你看谁来了？"

萧衍抬头一看，只见裴叔业风尘仆仆进来，萧衍急忙起身相迎："啊呀，贵客贵客，快快请进。夫人，你再添几个菜吧。"

大家会意，纷纷退了出去。

加了菜，添了酒，萧衍举杯说："裴刺史远道而来，我就用这杯薄酒为你接风洗尘。"

几杯酒下肚，裴叔业打开了话匣子："萧将军，从寿阳到襄阳，路途遥远，我为什么不辞辛苦跋山涉水来到府上，说句掏心窝子的话，我遇到难处了。"

"刺史大人不用着急，你有什么困难，萧某当鼎力相助。"萧衍慷慨地说，"多少年来，我们同朝为官，同在外藩为朝廷效命，理应相互帮衬。"

"忠臣难当，忠臣难当啊！皇上杀完了朝臣，又向外藩开刀了。陈显达一生戎马倥偬，忠心耿耿，年过七旬，却不得善终。由于嬖幸煽风点火，昏君已把矛头对准了我。这不，皇上已任你大哥萧懿为豫州刺史，而把我挂了起来，这明明是在逼我呀。我迫不得已，前来问计，还望将军指点一二。"拿起酒杯咕咚喝了一口。

萧衍看了看张弘策，张弘策微微点了点头。萧衍也端起酒杯，慢慢地喝着，其实他是在思虑，酒下去了，头也抬了起来："皇上这是在敲打你呀。你若进其圈套，只能交出兵权，回京听其摆布。如若不从，那就是叛逆，朝廷必派兵前来讨伐……不知裴大人有何打算？"

裴叔业看着萧衍："处此尴尬境地，想来想去，只有一个法子了。"

"裴大人有何妙策？"张弘策问。

"不如北面称臣，仍不失做河南公。"

"将军之言差矣。"萧衍斩钉截铁地说，"北面称臣，乃为下策。你想啊，如果你投了北魏，往好处说，魏朝会给你北方某一州让你去镇守，河南公怎么会是你的呢？况且这样一来，你就没有任何退路了。"萧衍摸了摸下巴，"我考虑，目前有两条路可走，一条是中策，一条上策。"

"何为中策？"裴叔业急不可待地问。

"送家眷回京，让朝廷放心，如此朝廷将不再相逼。"

"不行不行，这不是授人以柄吗？到时候我将陷入被动，如朝廷步步紧逼，我会无法应对。"

"如果朝廷还要相逼，当率骁勇之师，直出横江，切断他们的后路，这样天下大事一举可定，这算是上策。"

张弘策说："到时候，萧公与你遥相呼应，你们将建不世之功。"

裴叔业看了张弘策一眼，又看了看萧衍："牵扯个人前程和身家性命的大事，容裴某再仔细考虑考虑。"

回到寿阳，裴叔业思前想后，决定两计并用，他想脚踏两只船。一方面，他送儿子裴芬之到京师做人质；另一方面遣使送信给北魏豫州刺史薛真度，试探投降之路。薛真度劝他早降："如果到了最后迫不得已再来，那就功微赏薄了。"

没想到，由于小人告密，裴叔业暗中联络北魏的事在建康传得沸沸扬扬，裴芬之听了非常害怕，又偷偷逃回了寿阳。裴芬之回来了，裴叔业已没有后顾之忧，他在犹豫之中向北魏递交了降书。魏主元恪说他聪明机敏，幡然义举，忠高振古，宜加褒授，任他为豫州刺史，让他为使持节，都督豫、雍等五州诸军事，还封了兰陵郡公。正当裴叔业庆幸自己这条路走对了的时候，没想到突发疾病，溘然长逝。虽众推他的侄子裴植临时监州，可北魏接收了豫州后，还是让彭城王元勰镇守寿阳，并派大将军李丑、杨大眼率两千骑兵入驻寿阳，安排裴植进入魏境当了兖州刺史。至此，豫州完全掌控在了北魏手中。

早朝时间到了，大臣都在殿内等候，可皇上迟迟未到。过了一个时辰，萧宝卷骑马飞来："你们稍等，朕用完早膳就上朝。"

可是，吃了饭，他感到浑身困乏，回到寝宫，倒头便睡，竟忘了上朝之事。百官站在殿内等了又等，直站得腰痛腿酸，饥肠辘辘，可他们不能回去啊。裴叔业降魏，豫州已成北魏领地，必须等候皇上，商讨应对之策。随侍太监添福又不敢叫醒他，直到日已西沉，他才醒来，命添福传旨，今天朝会取消，有事明日来奏。众臣不想走，说有要事要奏。添福只得回宫禀报，萧宝卷生气地说："什么要事？还有比朕的事更重要的吗？朕已有旨，今晚出游，有……有事就跟……跟茹法珍说。"

过了一会儿，茹法珍随添福进来，说北魏大军侵占寿阳，这可是皇上继位以来第一次失去国土呀。萧宝卷也想夺回失地，敲山震虎："国土岂能丧失？任崔慧景为平西将军，率大军直赴寿阳，让北魏把吃进去的肉再给朕吐出来，去宣旨吧。"

"遵命。"茹法珍躬着腰，往外退去。

"回来。"

茹法珍小跑着来进来，萧宝卷问："崔慧景的人马驻扎在什么地方？"

"在白下城。"

"那好，朕明日就到白下围猎，在那里召见他。"

听说皇上要召见自己，不准带任何人，而且所经过的道路都拉起了帷幔，崔慧景心中七上八下的，皇上到底是什么意思？是不是想借此除掉自己？自己年轻时就追随高帝，已历三朝，可谓战功卓著。无奈少主继位，日以杀戮为乐事。他反复思忖，要想保全自己，只有举起义旗，起兵造反。是不是行动晚了，皇上已经觉察到了什么？可自己的想法从没告诉任何人呀。儿子崔觉说："既然圣旨已下，只能前去觐见，我在宫里还有几个知心之人，如有不测，让他们从中照应。”

崔慧景提心吊胆地向白下城门楼走去，两边黄色帐子被风一吹，唰唰作响，内里似乎埋伏着千军万马，他不禁浑身冒汗，有些发抖。

萧宝卷身穿戎装，站在城楼上，显出了几分威严，因为距离太远，他并没有看出崔慧景的狼狈相，反而关切地问道：“崔爱卿今年多大岁数了？”

崔慧景跪地叩拜：“回皇上，六十二了。”

“裴叔业也是六十二岁，可他为老不尊，竟当了个可耻的叛贼，可惜一世清名，毁于一念之间。”

“他深沐皇恩，而不知报答，反而认敌为友，下场可悲。”崔慧景知道，这是萧宝卷在借裴叔业之事来敲打自己，赶紧表明了自己的态度，“皇上不嫌微臣年老力衰，委以重任，微臣感激不尽，定当拼上这把老骨头，赶走魏兵，夺回失地。”

“朕要的就是这个态度，如爱卿能收复失地，定当重赏。”萧宝卷觉得话已说完，便催促道，“立即启程，不得延误。”

崔慧景回到营中时，脊背已被汗水湿透。他一边脱着衣服，一边说：“好险啊，这会儿想起来，还感到后怕。”

“回来就好，该想想今后的路怎么走了。”

崔慧景看了看左右，靠近崔觉耳边说了几句话，崔觉微微点着头。

第二日崔觉独自骑马离京，根据父子俩的约定，他们分别率兵到广陵会合，又过了广陵数十里，然后安营扎寨，召集各位军主来到帐中。崔慧景说：“我受三帝厚恩，肩负明帝重托。今幼主昏狂，朝廷坏乱，挽救国家危亡，责任就在你我。我想与诸位共同安抚社稷，成就霸业，诸位意下如何？”

众军主纷纷响应：“安抚社稷，成就霸业！安抚社稷，成就霸业！”

“既是举义旗，除昏君，得有一个旗号啊，大家说说，我们拥立谁合适？”

各军主纷纷献计，有的说萧宝玄，有的说萧宝寅，有的说萧宝融，各执一词，互不相让。

“依我看还是江夏王萧宝玄。”崔觉是直阁将军，对宫中的事情熟悉，他分析道，“一则他年龄最长，二则他娶徐孝嗣女为妃，徐孝嗣遇害后，女儿也连坐被杀，江夏王对此非常怨恨……”

“那就是他了。”没等崔觉说完，崔慧景仓促表了态。

崔觉说：“父亲，光有旗号还不行，还得有能征善战之人。孩儿认为，崔恭祖可用，可以召他前来，一起谋事。”

“他可靠吗？可不要让别人坏了我们的大事。”崔慧景犹豫着说。

“他怎么是别人？他是萧氏的宗亲，而且勇猛过人，久经战阵。我虽是直阁将军，但多年在宫中，没有实战经验，这一点不如他。在讨伐王敬则时，他骑秃马穿绛衫，挥槊刺下王敬则，袁文旷趁机砍下了王敬则的首级。这个崔恭祖可是以一当十呀。他现在是司马,驻守广陵。”

“既如此,那就拉他进来。”

崔恭祖见崔慧景回军,大开城门相迎。

几天后,崔慧景得到消息,派去京口的密使被萧宝玄杀了。萧宝卷又派马军军主戚平、外监黄林夫协助萧宝玄镇守京口。

可崔慧景箭在弦上,不得不发,他挥师渡江,直逼建康。

萧宝玄见崔慧景声势浩大,怕失去这次难得的机会,又秘密派人与崔慧景联络,说朝廷任用群小,残害忠贤,功臣宿将,人人自危,处此变乱之世,奉此无道之君,有功亦死,无功亦死。将军如今手握强兵,举起义旗,顺应天意,赢得民心,本王愿助你一臂之力。得到崔慧景的响应,于是萧宝玄杀了朝廷派给他的司马、典签以及戚平、黄林夫,作为见面礼。当夜,萧宝玄率部登上京口城内的北固楼,点燃上千只火把,以为信号,大开城门,迎崔军入城。崔慧景随即拥萧宝玄为主,向建康进发。

经过几天休整,萧宝玄坐着八抬大轿,手执绛红色的指挥旗,随着崔慧景向建康进发。他们推进到竹里,骁骑将军张佛护死守竹里城,拼命抵抗。

萧宝玄见攻城不克,非常着急,便派信使进城,对张佛护说:“王爷还朝,你为何要苦苦阻拦?”

“小人也是身负朝廷重托,在此设防。”张佛护巧妙地回答,“殿下要回朝,尽管通过,我岂敢相拦?”

张佛护说完,用箭向崔慧景的军队发起了进攻,双方混战了起来。直到傍晚,势均力敌,难分胜负。

回到营中,崔慧景很无奈,在营中一角点起香火,拜起佛来。

崔恭祖上前劝道:“将军,平时不烧香,临时抱佛脚,能有什么用处?还是分析分析敌我实情,以己之长,克敌之短,才是制胜之道。”

“看来崔司马已成竹在胸,说说看。”崔慧景五体投地,向佛祖磕了三个头后,站起来,用期待的眼神看着崔恭祖。

“我们的士卒多为北方人,善吃干粮,骁勇善战。”崔恭祖说,“为了轻装上阵,我们可以用船只沿江载送食物。而敌军每餐必炊,只要他们营地里冒起炊烟,我们就发起进攻,让他们连一顿热饭也吃不上,用不了几日,他们必定溃散。”

“哈哈,此计甚妙,与我不谋而合。”崔慧景说,“这样吧,你去打前锋,让崔觉殿后,我在这里等你们的好消息。”

这一饥饿战术果然奏效,三天下来,对手就失去了战斗力,崔恭祖率军攻进城内,杀了张佛护,占领了竹里。

建康城外打仗,不能出去夜游了,萧宝卷就像热锅上的蚂蚁,坐立不安。

茹法珍上前施礼道："陛下，竹里一败，形势危急，这就等于打开了京师东大门啊。"

萧宝卷说："阿丈，你率宫中卫士守好宫城。"俞妮子改名为潘玉儿后，爱屋及乌，萧宝卷将她的父亲俞宝庆也改为潘宝庆，呼为阿丈。为了凸显嬖幸的地位，他也呼茹法珍为阿丈，呼梅虫儿为阿兄。

"遵命。"

"中领军王莹，你都督水陆各军，抢先占据湖头，火速修筑工事，抵挡叛军进城。"

"微臣当竭尽心力，击败叛军。"

"朕还要御驾亲征，率领数万甲士驻扎在蒋山西岩，以待叛军。"

"皇上，不可啊。"茹法珍急劝道，"崔慧景心狠手辣，为防其暗算，还是让奴才去蒋山驻守吧。"

"怕什么？一个小小的崔慧景就吓成这样！朕倒要看看，他长了几……几个脑袋！"

崔慧景率部到了查硎，见台城军士在各个要道布防严密，一时不能前进。

崔慧景挠着腮帮子："这该如何是好？"

"蒋山的东北角有个龙尾坡，我军可以从那里翻越过去，出其不意，定能取胜。"崔恭祖说。

崔慧景高兴地说："好，就依此计。"

夜晚，崔恭祖带一千精兵从蒋山东北角鱼贯登山，悄悄翻过山顶，远远望见西岩山坡之下的官军军营。崔恭祖吩咐道："击鼓吹角，放火箭。"一时鼓角齐鸣，数千支带火的羽箭射向敌营，营房立时起火，官军一片混乱。

崔恭祖又吩咐："放箭。"飞箭如雨，射入敌营，官军抱头鼠窜。

萧宝卷被众甲士护卫着，显得很狼狈，颤抖着说："左兴盛呢？快找左兴盛！"

左兴盛身上带着火苗，跑过来道："皇上，叛贼势猛，快躲躲吧！"

"躲什么？朕命你立即组织三万甲士到建康外竹篱北门阻击敌人，不得有误！"

左兴盛两腿打着战："皇上，夜晚黑灯瞎火，辨不清方向，看不见贼兵……"

"看把你吓成这样，亏你还是个将军！还不快去？如有闪失，小心你的脑袋！"萧宝卷指头戳在左兴盛的眼上，怒吼着。

天亮了，官军被打得四散溃逃，王莹乘船从水路逃回建康。崔恭祖率领轻骑数百人突攻北掖门，宫门紧闭，宫中卫士死命抵抗，只得退了出来。

崔慧景又率骑兵在玄武湖畔转来转去。此时湖畔金银花盛开，金光灿灿，浓香扑鼻。崔慧景无心欣赏眼前美景，他带领将士四处搜寻着，远远看见湖中央一丛芦苇后面似有船隐蔽其中,便搭箭拉弓,一箭飞去,果然一只船慌忙向对岸划去。再射一箭,那船上之人应声倒下。崔慧景命士兵把船拉到岸边,船上之人原来是左兴盛。崔慧景得意地大笑:“哈哈哈!这就是萧宝卷的右卫将军,你们看,像不像一条落水狗啊?原来官军如此不堪一击,我要赢了!”

皇宫被崔慧景包围了起来,可并没有围住萧宝卷的玩心,他骑上马,到后堂转了一圈,感到没什么意思,下马对梅虫儿说:“阿兄,朕要玩担幢,你去把幢杆拿来。”

“皇上,长的还是短的?”梅虫儿小心地问。

“短的怎能过瘾?自然是长的了,就是那根高七丈五尺的。”

“皇上,奴才拿不动。”

“笨蛋,拿不动,不是有侍卫吗?跟他们一块儿抬去。”

不一会儿,两个侍卫气喘吁吁地抬来一根白虎幢,放在地上。

梅虫儿给萧宝卷穿上饰金镶玉的伎衣,萧宝卷拍了拍胸脯,“嘿嘿”了两声,然后双手竖起白虎幢,仰面朝天,放在前额上。走了几步,觉得不过瘾,干脆放在牙上顶着。只见他张开双手,前后左右走动着,那白虎幢就像长在他的牙上一样,人走到哪里,白虎幢就垂直跟到哪里。侍卫们一阵阵欢呼叫好。不料脚下一块小石子绊了一下,萧宝卷一个趔趄差点摔倒,白虎幢顺势掉了下来,砸向站在一边的侍卫,侍卫被砸得嗷嗷直叫。萧宝卷牙齿折断,满口鲜血。

萧宝卷不服输,吐了几口血水,对梅虫儿说:“阿兄,帮朕竖起来,朕还要担。”

“皇上累了,还是回宫歇息吧,再说陛下口中有……有血。”

“这算什么?小事一桩,来吧。”萧宝卷蹲下身子,等着梅虫儿竖幢。

这时,茹法珍急匆匆小跑而来:“皇上,皇宫已被叛军围得水泄不通,宫中粮菜接济不上了。”

萧宝卷没有说话,蹲着身子准备继续担幢。

“崔慧景还假宣德太后令,废陛下为……为……”

“磨叽什么?有话快说,有屁快放!”

“他废陛下为吴王了。”

“不知天高地厚的东西!萧懿在什么地方?”

“裴叔业叛魏后,他赶赴豫州上任,现正屯兵小岘。”

“速遣驿马传诏,调萧懿回京平叛。”

萧懿正在小岘帐内看兵书,听宫使说完,扔下书本站起来:“军主胡松、李居士听令。”

“末将在。”二人一齐出列。

“养兵千日,用兵一时。”萧懿慷慨激昂,“我们深沐皇恩,报效朝廷的时候到了。”

“愿随将军杀敌立功。”二人喊道。

“好，打仗靠的就是士气。你二人立即点五千精兵，准备战船，即日起兵，渡江东行，直奔台城。”

“末将遵命。”

次日清晨，萧懿正欲调兵遣将与叛军决战，忽见帐外急匆匆闯进一个人来。定睛看时，认得是三弟萧衍帐下的亲信虞安福。

萧懿知道他有事，让部将回避后说：“虞将军远道而来，所为何事？”

“受主公委托，来看看萧将军。”

“三弟可好？”

“主公最近政务、军务都忙，身体不错，他让我捎口信，叫你放心。”虞安福寒暄道。

“三弟不会就为了这事吧？”

“主公知道朝廷会用你援救建康，特命卑职前来劝阻。”

“为什么？”萧懿感到不解，“崔慧景反叛朝廷，我奉皇上诏命，讨伐这个乱臣贼子，这是作为臣子的分内之事。”

“卑职深知，将军雄才盖世，以崔慧景鼠窃狗盗之辈，必败无疑。”虞安福站起身来，走到萧懿近前说，“但你可曾想过，功高震主呀，即使遇到明君贤主，尚且难免遭受猜忌，何况当今这样的昏虐之君？所以卑职行前，主公反复叮咛，让我苦劝将军，千万不要出兵。”

“为人臣子，当事君以忠，我怎能坐看叛贼横行天子脚下？”

“如若将军执意要进兵，也要把消灭崔慧景以后的事情仔细盘算一下。”虞安福凑近萧懿，“主上昏虐残暴，天人共愤。灭贼以后，将军当乘胜勒兵入宫，行伊尹、霍光故事，此乃万世之功。将军如若不愿这样做，也应以抗魏为名，离开京师，重任外藩。只有手握兵权，方可自全。机不可失，时不再来，还望将军三思！”

“虞将军此番话语，实乃肺腑之言，萧懿不胜感激。”萧懿拱手行了个大礼，“但人各有志，我现在只想着讨伐贼寇，至于以后的事，难以预料，还是不提为好。”

虞安福见劝不动萧懿，便掏出一封信递给他：“这是你弟弟的亲笔信，将军看看吧。”

萧懿接过一看，大意是说少主昏聩，群小弄权，嫉贤妒能，朝政乱象丛生，稍有不慎，就会身首异处，望兄长赶快离开京师，合兵一处，举起义旗，共襄盛举。

萧懿把书信撕了个粉碎，抛向空中：“还不快走？再提此事，我就斩了你。”回头拿过挂在墙上的宝剑。

虞安福躬身施礼：“虞某告辞，望将军多多保重。”骑马奔回襄阳。

九　功高震主

法轮寺环境清幽，古木参天。崔慧景信佛，围城以后，把军营搬到了这里。此时，他正在法堂与寺院住持僧实谈佛论道："师父，佛说色即是空，空即是色，这个'空'字当如何理解？"

僧实双手合十行了礼："贫僧认为，所谓空是性空，就是说它本来就是空的。世上的形形色色，还有我们的喜怒哀乐，一切的一切都叫色，这一切色，寻不出一件有独立性的。"

"师父，这就不好理解了，我坐在这里，你坐在我的对面，实实在在两个人在说话，这怎么叫空呢？"崔慧景也施了个合手礼。

"贫僧举个例子吧，比如你穿的衣服，它是布做的，可是布是没有独立性的，它是由纱线纺成的。而纱线又不能自成纱线，必须要有棉花；棉花不能自有，必有种子；种子不能自生，必赖土肥天时人工等等。所以布本无实体，只是因缘而生罢了。你为什么能坐在贫僧面前，不也是因为机缘吗？"

"师父如此说倒也有些道理……"忽然一个飞虫落到了崔慧景的脸上，他没有立即驱赶那虫子，而是手指着，"人的内心感受也是因为机缘吧？比如这飞虫，落在我的脸上，我感到奇痒无比，这感受便是因为虫子叮咬的缘故。所以也是因缘起，没有独立性的。"

"是的，物和心，无一不空。所以佛说，色不异空，空不异色。所谓有，只是因缘而幻有，其实它本来就是空。"

"可是，师父，我率义军讨伐无道昏君，这是实实在在的义举，不能说是空的吧？"

"既然知道因缘而幻有，你又何必执取呢？如人能明空，自然就没有了贪得心，没有了痴迷心，天下也就没有极端的争夺了。所以明空则破色，破色则心空，这是了断苦厄的第一法门啊！"

崔慧景有些生气，但又不好发作，搜肠刮肚寻找理由想要说服僧实，气氛一时显得冷清。

这时，崔觉一步闯了进来，看了看僧实，没有施礼，旁若无人地说："父亲，那个崔恭祖太气人了。"

僧实站起身，一手拿着念珠，单手施礼道："阿弥陀佛，贫僧告辞了。"

"师父慢走。"崔慧景起身相送。

"崔恭祖不听孩儿节制。"没等崔慧景回过头来，崔觉气鼓鼓地说，"他是什么东西？擅自扩充人马，集结兵士，扬言要单独攻城。"

"他不是你推举来的吗？怎么顶起牛来了？"

"他与孩儿争功，竹里大捷，孩儿功不可没，他却独揽大功，说没有孩儿的份。"

"当时你主管粮草，兵马不动，粮草先行嘛。"崔慧景舐犊情深，宽慰道，"竹里取胜，你也有功。"

寺外，崔恭祖飞马而来，跑进法堂："崔将军，天快黑了，我们趁夜攻城吧。"

崔慧景上下打量了一番崔恭祖，冷冷地问："还没做好准备，怎么攻城？"

"火攻，末将已集结兵马，准备停当，就等将军一声令下了。"

崔慧景看了看崔觉，知道他所言不虚，板着脸说："大功将成，何必去毁坏那些宫殿？将来再去修建，白白浪费钱财。"

"那什么时候攻城？不能就这样算了吧？"崔恭祖感到不解。

"现在只管围城，昏君不得人心，到时候他的王朝自然就会瓦解。"

"世上会有这等便宜事？天上会掉馅饼？"崔恭祖有些生气。

"将军莫急，佛祖会保佑我们的。"崔慧景转身面向佛祖拜了起来。

这时，一个士卒跑进来，慌慌张张地说："报……报告将……军，萧懿已领兵进入越城，敌军见援军到达，都在击鼓庆贺。"

崔恭祖抢先说："将军，越城靠近秦淮河，宜速派兵击之，如若让他过了河，我军将陷入被动。"

崔慧景说："现在皇宫已被包围，台城守军正在观望，迟早会投降；台城军一投降，外援自然会瓦解，你不必担心。"

崔恭祖说："萧懿军训练有素，如不趁他尚未站稳脚跟，一举歼灭，等他过了河就麻烦了，我愿领兵迎敌。"

崔慧景认为胜利就在眼前，如再让他抢得战功，将来必定居功自傲，不好节制，便说："区区小事，不劳将军出面，派犬子去打这一仗吧。"

"你忘了？当年，明帝为了牵制你，派萧衍镇守寿阳，你都不敢轻举妄动。这个萧懿比他三弟有过之而无不及呀。"

一句话揭了崔慧景的疮疤。"萧衍算什么东西？等我进了宫，他得乖乖来参拜我。"他说，"这个萧懿就不用你操心了，由崔觉率五千精兵，趁他立足未稳之际，给我好好教训教训他。"

崔恭祖愤然退出，回头对着寺门口石狮吐了口唾沫："又要靠佛，又要靠儿子。现在什么时候了，哪有空闲参禅拜佛？这样的父子能成大事吗？哼，走着瞧吧。”

崔觉率兵趁夜渡过秦淮河，来到南岸，还没有安营扎寨，萧懿就发起了进攻。双方将士枪来刀往，奋力厮杀，秦淮河边，尸体成堆。萧懿见有士兵胆怯后撤，大声命令道：“前进有赏，后退者斩。”于是士兵拼命向前。

崔觉与萧懿对战，渐渐枪法紊乱，便虚晃一枪，扭转马头，策马而逃。士兵也跟着纷纷后退，有不少人被赶入河中淹死。

崔觉单骑逃回，移开朱雀浮桥，想阻止萧懿过河。萧懿率部奋力抢渡秦淮河。

崔恭祖闲着没事，率骁将刘灵运去东宫劫掠财物，装了满满几大车，返回法轮寺。刚走到寺院门口，正碰上崔觉耷拉着脑袋沮丧地往里走。崔恭祖有意放慢了脚步。

崔觉吃了败仗，心情本来就不好，今见崔恭祖有意躲着自己，更气不打一处来，把马一横，挡在了门口。

崔恭祖上前问道：“仗打胜了？肯定是胜了！不然怎么有闲情在此溜达？”语气中含着讽刺。

“这是该你管的吗？”崔觉眼睛瞄上了那几辆车子，“里边装着什么？”

“也没……没什么，出……出去弄了点粮食。”

“那你结巴什么？分明心里有鬼，打开看看。”

“这……”崔恭祖迟疑着。

“打开呀，磨蹭什么？”

崔恭祖指着前边的车，对刘灵运说：“打开吧。”

刘灵运打开第一辆车，果然是一袋袋的稻米，第二车也是米，第三车还是米。

当第四辆车打开时，崔觉眼里放出异样的光芒，原来这里面全是金银珠宝。他刚要伸手去拿，犹豫着又缩了回来。他走到最后一辆车子跟前：“再看看这车。”

刘灵运说：“这里面也是粮食。”

崔恭祖也附和着：“嗯，是大米。”

崔觉一把扯开刘灵运，猛地打开车门，里面顿时传出“哎呀哎呀”的叫声，原来是一车美女。

“这是哪里来的？”崔觉目光逼视着崔恭祖。

“就是几个东宫女伎。”事到如今，崔恭祖只得照实直说。

崔觉咽了口唾沫，故作大度地说：“粮食你拉走，财宝你也拉走，这几个女伎我拉回去，也好慰劳慰劳在战场拼死奋战的弟兄们。”牵着马就走。

“崔将军，你……我……说什么也得留下两个吧。”崔恭祖跟在车子后面恳求着。

可崔觉就像没听见似的,赶着车子径直走了。

“唉!”崔恭祖一跺脚,蹲在了地上。

刘灵运走过来,拍了拍崔恭祖的肩膀:“将军,你看看这行径,这么霸道,还能合作下去吗?”

“此处不留爷,自有留爷处。”崔恭祖呼地站起来,“走,掉转车头,召集部属,投降官军。”

经过交涉,崔恭祖来到萧懿营中,向萧懿叙说了崔氏父子的行径。萧懿异常兴奋:“机会来了,我们来个瓮中捉鳖,趁夜包围法轮寺。李居士,你率兵布防于法轮寺通往外面的道路,切断贼兵外援,我来攻寺。”

夜晚的皇宫,也许是玩腻了玩累了,或是因为战事吃紧,萧宝卷没戏马没担幢,可也没睡,他正与梅虫儿在讨论战局:“阿兄,你看今夜能打败崔慧景吗?”

“皇上洪福齐天,叛贼必败无疑。”

这时,茹法珍气喘吁吁地进来,叩拜行礼:“微臣参见皇上。”

“这又不是上朝,快起来吧。”萧宝卷两手向上招着,“阿丈,外面战事如何?”

茹法珍起身:“战事惨烈啊!萧懿把法轮寺围得水泄不通,可怎么也攻不进去。”

“为什么?”萧宝卷瞪大了眼睛。

“贼兵以墙为遮挡,不停地向外射箭,官军倒下去一批,又冲上去一批,可谓前仆后继啊。”

萧宝卷急了:“笨蛋!真是笨蛋!怎么不用火攻?”

“萧懿顾及寺内和尚性命,还有那些佛像,不忍放火呀。”茹法珍无奈地说,“只是这样下去,胜负难以预料。”

“坐山观虎斗不是很好吗?”梅虫儿显得有些幸灾乐祸,“要是崔慧景败了,朝廷少了个祸害;如是萧懿败了,也算为陛下除去了心腹大患。”

“这个嘛……”萧宝卷思忖了一会儿,“萧懿现在还不能死,他要是死了,谁来制服叛贼?快去下旨,火烧法轮寺!”

东方渐渐放亮。寺内射出的箭矢越来越稀少,最后终于停止了。萧懿果断地说:“看来贼兵已无箭可放,给我撞开寺门。”一队士兵推着撞车向寺门冲去,几下就把门撞开。萧懿一马当先,领兵冲进寺内。叛军丢盔卸甲,纷纷投降。可是降兵降将内没有崔氏父子的影子,萧懿急忙吩咐:“给我仔细搜,不要放过任何一个角落。”

一会儿,一个士卒来报:“不好了,崔慧景逃跑了。”

“从哪里跑的？”

“东北角禅房内有一个地道口，通到外面去了。”

“快追！”萧懿翻身上马，向外追去。

原来，崔慧景把寺内箭矢放完以后，知道自己已是穷途末路，便领着儿子崔觉和心腹数人，从地道潜出，向北逃窜。

萧懿知道崔慧景已没别的路可走，只有投奔北魏，便快马加鞭直追。一路马不停蹄，一直追到蟹浦一带，猛见江边有几个人正在匆忙地上一条渔船，说时迟那时快，萧懿策马冲入水中，一个翻身跃进船舱。果然是崔慧景，萧懿一个箭步冲上去，正要同他搏斗，几个叛军上来，围住了萧懿。萧懿拳脚并用，纷纷把他们打入水中。接着跟崔慧景对打起来，二人你来我往，从船头打到船尾，又从船尾打到船头，连续几个回合，不分胜负。正在这时，渔夫瞅准机会，一桨打中了崔慧景背部，崔慧景一个趔趄差点倒入水中，萧懿趁势一拳击中他的头部，拿过渔夫手中船桨，奋力打去，崔慧景立时毙命。

吧嗒一声，萧懿把一个鱼笼扔在营帐内，李居士笑着说：“将军打的什么鱼？听动静不轻啊。”

萧懿没说话，走近书案，收拾案面的文书。

李居士上前搬起鱼笼，往外一倒，不禁吓了一跳，原来是崔慧景的人头：“好一条大鱼！拿去向皇上请赏，以后就要什么有什么了！”

“请什么赏？快收拾你的行囊去吧。”萧懿冷静地说。

“收拾行囊干什么？”

“叛乱平定了，我们得准备回去了。你去通知各部，清点人数，打点行装，择日起程，返回豫州。”

“萧将军，这次平定了崔慧景叛乱，你立下了汗马功劳，朝廷还没有封赏呢，怎么说走就走呀？”李居士感到不解。

“我们平叛，是为朝廷分忧，不是为邀功请赏的。”

“将军先不要急着拾掇，在下还有一个好消息。”

“什么好消息？”

“崔慧景儿子捉住了，现已押在营中。”

“是哪位英雄捉住的？我要为他请赏！”

“还会有谁？是你四弟萧畅。也是崔慧景机关算尽，他领着崔觉从寺内逃出后，半路上父子二人就分开了，想必是为了保全儿子性命，没想到正巧遇上麾兵杀出的萧畅，没用两个回合就把他擒于马下。”

“好，这才叫斩草除根！”萧懿感到欣慰，又为朝廷立了一功，保护了皇上，保住了大齐，这是自己的荣耀，也是家族的荣耀啊。

偌大一个京师，竟没有萧宝玄藏身的地方。崔恭祖投降了官军后，萧宝玄觉得崔氏父子不能成事,黯然离开了法轮寺。几天来,他躲躲藏藏,一会儿听说崔慧景跑了,一会儿听说崔觉被抓,自己梦想靠他们父子夺取天下,原来是竹篮打水一场空。他想逃出城去,可城门紧闭,兵士把守很严,没法出去。城中百姓也没人敢收留他。没办法,他只好公开露面,萧宝卷把他召入宫中,押到后堂,用步障把他包围起来,命武士围绕着他鸣鼓吹角,不停地用剑戟往里刺杀。萧宝玄犹如困在笼中的野兽,四处奔跑着,尽力躲避外面袭来的刀剑。但由于空间狭小,尽管他手脚灵活,还是屡屡被刺中,一会儿便被刺得遍体鳞伤,痛得他嗷嗷直叫。

萧宝卷乐得手舞足蹈,得意地说:"三弟,前一阵子你包围台城,朕每天都惶恐不安,如今也让你尝尝这种滋味!"

梅虫儿拿着一摞案卷走来:"皇上,收集到朝野人士投靠萧宝玄的书信,怎么处理?"

"有多少人?"

"包括文武大臣在内,不下百人。这些人太坏了,竟敢反叛皇上,投降叛贼,应统统抓起来,格杀勿论。"

"不。"萧宝卷思忖片刻,感叹道,"江夏王尚且如此,怨不得别人,还是把书信烧了吧。"

"这可是奴才好不容易弄来的,皇上复仇的时候到了,该杀就杀,莫留后患。"梅虫儿撺掇着。

"是要复仇,不过不是对那些人,而是对江夏王。"萧宝卷眼睛红红的,咬着牙说,"来人! 把屏障缩小⋯⋯再缩小,举起剑戟刀枪,听口令,一、二、三,杀——"泪水流满了脸颊。

只听围帐内一声惨叫,霎时就没了动静。

萧衍潜造器械,招兵买马,除张弘策、吕僧珍等人外,襄阳太守王茂、襄阳令柳庆远也尽诚协赞,帮着延揽人才,整训士卒。这天,萧衍正在襄阳府内议事,柳庆远领着一个人进来:"主公,你看谁来了?"

郑绍叔身穿军服,腰佩长剑,快步向萧衍走来,弯腰行礼:"参见萧将军。"

萧衍招呼道:"哎呀,原来是仲明呀,请坐请坐,快快请坐。"

分宾主坐定后,萧衍说:"我是昼思夜想地盼你来呀。当年刺史萧诞的弟弟萧谌被朝廷诛杀,朝廷派兵收捕萧诞,他的左右亲信全都四散而逃,只有你听说刺史有难,飞马赶赴州郡。萧诞死后,你又亲自护送灵柩,被徐孝嗣称为祖逖一样的人物,仁义之士啊。"

"刺史对我不错,我当然要知恩图报。"郑绍叔自谦道。

"还有啊,我当年被免去司州之职还京,谢遣了所有的宾客僚属,我觉得对你也不能再行提携，希望你另谋出路，你却固请留在我身边。”

“我已委身于将军，义无他顾。”

“你现在公务缠身，怎么出来的?”

“当初萧遥昌拉拢我为他效力，我不同意，他就把我囚禁起来，我想方设法逃了出来。这次来了就不走了。”

“既来之，则安之，哪还能走? 像你这样的人才多多益善。”萧衍回头对王茂说，“你是襄阳太守，今后不管是谁，只要他乐意与我们一起干事，我们都要延揽过来，你可要尽到地主之谊啊。”

“没问题，一切都听主公安排。”王茂一向说话不拖泥带水。

“得人才者得天下嘛。”张弘策说，“若论起人才，萧懿可是举世无双啊。俗话说，打虎亲兄弟，上阵父子兵，如若萧懿能来，可抵上十万人马。”

萧衍若有所思地说:“是呀，我也深为大哥担忧啊，他平定了崔慧景叛乱，当了尚书令。大哥耿直，肯定看不惯昏君的暴虐和群小的乱政，稍有不慎就会遭其暗算。臣重则主轻，主轻则会起疑心，何况是萧宝卷这样的人呢?”

“你四弟萧畅平叛也有功劳，现在担任卫尉，掌握了皇宫的钥匙。据他来信说，昏君的嬖幸已经忌惮尚书令的威望和权势，在想方设法排挤他。”

“这样吧，再派虞安福跑一趟，务必把大哥动员出来。”

“好，我这就去安排。”张弘策刚跨出门口，陈庆之就大汗淋漓地跑了进来。

“报……报告老爷，丁……丁夫人受伤了。”陈庆之由于一路疾跑，此时已累得大汗淋漓、气喘吁吁。

萧衍猛地弹了起来，对王茂说了声“你负责安排好郑将军食宿”，出门骑马飞驰而去。

来到府邸，直奔丁令光卧室。见丁令光躺在床上，脸色蜡黄，嘴唇发白，萧衍俯身问:“令光，你这是怎么了?”

“夫君，没什么大碍，只是不小心摔了一下。”丁令光看了看站在门口的陈庆之，“是不是你告诉老爷的? 不应该说呀。”

萧衍掀起被子:“摔哪里了? 痛不痛?”忽见丁令光身子底下一汪血水，他禁不住“啊”了一声，感到一阵眩晕，身子摇晃了几下，趴在了床边。

待萧衍醒来，床边已经坐着一位郎中在给丁令光把脉，丁令光合眼躺在那里，显得很虚弱。郎中诊完脉说:“可惜啊，小产了。夫人有孕在身，怎么这么不小心?”他摇了摇头，“我开个方子，主要是调理气血，十天包好。平时要注意心绪舒缓，减少劳作，饮食上要荤素搭配，做到气血双补。”

送走郎中，萧衍问丁令光的婢女莲叶:“夫人到底是怎么摔倒的?”

莲叶慢声细气地说:“早晨起来，夫人去井上提水，不小心摔倒了。”

“井台没泥没水，怎么能摔倒?”

"可今天有一些水。"

"哪儿来的?"

"早晨起来,我看见少爷在那里泼水。"

"把他给我找来。"

一会儿,萧正德耷拉着头走进来。

萧衍声色俱厉地问:"你为什么要在井边泼水?"

"我在那里玩水,不小心洒到了地上。"萧正德抱着膀子,畏缩在墙角。

"哪里不好玩,怎么单单在井边玩?什么不好玩,为什么单单玩水?我不是多次告诉你,不能在井边玩耍吗?"萧衍伸出粗大的手掌,在萧正德面前晃着,"说实话,我就不打你。"

"是娘让干的,娘让我泼水,说越多越好。"

"还有你。"萧衍转向莲叶,"说!说出实情,我不怨你,否则,立马给我滚出去。提水这些重活为什么你不干,却偏让主子去干?你在这里是吃闲饭的?"

"老爷明察。"莲叶两腿一软跪在萧衍面前,"回老爷,这都是大夫人的安排。大夫人不让我们下人提水,大夫人说,这些活只许丁令光……不……让丁夫人自己干,别人不能插手,谁插手她就不给谁工钱。"

萧衍气呼呼地来到郗夫人房间,她正在教三个女儿学女红。

玉姚跑上来:"爹爹,你可回来了,我想你了。"

玉婉、玉嬛也过来围在萧衍身边。

萧衍推开玉姚:"出去玩去,领着两个妹妹一起出去。"

"出去玩了!"姐妹三人又蹦又跳地出去了。

"州上不忙了?"郗夫人故作镇静。

"后院起火了,顾不了州上了。"萧衍没好气地说,"你怎么让丁令光小产了?"

"什么?小产了?"郗夫人故作惊讶状,"昨天还好好的,这是怎么了?我又没打她没骂她,这事你怎么怨到我的头上?"

"不怨你怨谁?"萧衍手指着郗夫人,"是你故意让正德在井边泼了水。"

"天大冤情!井边怎么会有水?小孩子玩水与我有什么相干?"郗夫人站起来,怒视着萧衍,"你心疼丁令光不要紧,可你不能为了护她,就把屎盆子往我身上扣呀。"

"谁做了坏事谁自己知道,还有天知道,地知道,神知道。"萧衍提高嗓门,"你敢对天地之神发誓吗?你敢对佛祖发誓吗?"

郗夫人慢慢收回目光,软软地坐了下来,低下了头。

"你是什么居心?是让我萧衍断后吗?"萧衍训斥道,"你表面温文尔雅,满口仁义道德,没想到竟干出如此伤天害理之事!我告诉你,今后谁要是害我儿子,我就跟谁拼命!”

萧衍怒气冲冲地往外走,刚到门外,身后就传来嗷嗷的哭声。

建康尚书省府,萧懿显得很不高兴,他多次上书请求停建玉寿宫,因为玉寿宫纯粹是为潘贵妃而建,是劳民伤财的工程,眼下刚刚平定了两起叛乱,民生凋敝,应当休养生息。可皇上一直不予理睬,怎么办呢?正在苦闷之际,左右报告说长史徐曜甫来访,萧懿忙叫请进。这徐曜甫跟随萧懿多年,两人过从甚密,无所不谈。萧懿正在愁闷之时,见徐曜甫来访,自然十分高兴。

寒暄一阵后,徐曜甫问:“看大人郁郁寡欢,是不是有什么心事?”

萧懿摇了摇头,叹了口气:“我几次上书皇上,都被驳回。这不,正在考虑怎样动员王公大臣联名上书,谏阻皇上大兴土木。”

“在下认为不可。”徐曜甫思忖着说,“主上昏虐残暴,早已丧失人心,几个月来的频繁兵变便是明证。处此乱世,当明哲保身,要像铜钱那样,宜内方外圆,不可过于刚直,刚则易折呀。”

“我对朝廷立有大功,皇上怎会有负于我?长史不必多虑。”

“正是因为你立有大功,功高盖主,皇上肯定对你一百个不放心,他的宠臣也会寻机整治你,还是不要太露锋芒,免得让他们抓住把柄。”

这时,有门吏来报:“大人,雍州虞安福求见。”

萧懿皱了皱眉头:“他怎么又来了……让他进来吧。”

虞安福看了看徐曜甫,站在那里不说话。萧懿说:“都是自己人,有什么话就说吧。”

虞安福说:“萧衍将军让在下捎话,说现在局势混乱,恐有不测,望你多加小心。”

萧懿说:“你们怎么一个个像惊弓之鸟?当今皇上就有那么可怕吗?做人臣的当以效忠为本,不能妄加猜度。”

徐曜甫说:“俗话说,无风不起浪,还望大人小心为好。”

虞安福说:“大人,我有一句话,不知当讲不当讲?”

“但说无妨。”

虞安福又看了看徐曜甫,萧懿说:“说吧。”

“大人现在仍有进退二策。作为进策,你可以利用令弟萧畅、萧融在京师的势力,再联络宫中的正直大臣,选择合适的时机,比如趁昏君出游之日,将其废掉。京外有主公与你遥相呼应,则万世之功就在眼前。”

“啊?”萧懿站起身,吃惊地看着虞安福,“萧某自幼熟读圣贤之书,立志忠君报国,怎能犯上作乱?此事万万行不得!”

“恕我冒昧,尚书令大人所说,乃迂腐之言。”虞安福正色劝道,“孟子说过,民为重，社稷次之，君为轻。废此无道之君，救百姓于覆灭之境，解天下于倒悬之中，功在社稷，利在万民，如何行不得？”

“当断不断，反受其乱。”徐曜甫附和说，“虞将军乃金玉良言，望将军三思。”

萧懿双手按在案几上，低着头，长时间没有说话。

虞安福走到萧懿一侧，语重心长地说：“还有一条路，那就是退策了。尚书令如不愿举兵向阙，在下已秘密准备了船只，就停在长江岸边，大人可立即起身，前往襄阳投奔主公，共谋大业。”

萧懿一拍案几，站起来：“你不必说了，我骨子里没有‘谋逆’二字。”

徐曜甫说：“留得青山在，不怕没柴烧。万一有一天刀架在脖子上，后悔可就来不及了。”

萧懿慢慢扫视着案头的经书，语气凝重地说：“自古谁无一死？只是哪有叛逃的尚书令啊？”

十　御赐美酒

冬天来了，树叶被冻落下来，被寒风裹挟着，就像一群群灰色的老鼠，满街乱窜。郗夫人窝在家里，不愿意出门。自从被萧衍训斥之后，她一直怀恨在心，对丁令光更是恨之入骨，一看到她心就怦怦直跳，恨不得上去撕了她，可表面上又要装得若无其事，那种感觉实在让人难受。为了躲避丁令光，郗夫人只得蹲在自己的房间里，人不出去，可拦不住她的思绪，脑海中不时闪现出丁令光的模样，引起一阵阵心跳。后来这种幻影出现得越来越频繁，她的心跳越来越剧烈，好似一只受惊的老鼠，拼命地往外蹦。最后发展到惊悚不安，呼吸困难，咳嗽不止，这几天竟咯出血来。虽让郎中开了几个方子，可无济于事。她知道，自己将不久于人世了，这病都是丁令光这个狐狸精给气的，如果她不进这个家门，自己何来这种怪病？她恨透了丁令光，如果自己死了，也要让她付出代价。这些日子萧衍一直没有回家，她知道他要准备打仗，自己身体每况愈下，即使打下了天下，也没有福分享受那份荣耀了，又怕将来丁令光坐享其成，心里愈加不快，病情愈加严重，终于有一天体力不支，倒了下去。

这天，她感到身上无比难受，便把三个女儿和萧正德叫到跟前，喘息着说："正德，娘对你好吗？"

"好啊，比亲娘还亲。"萧正德站在床边，冲口而出，因为郗夫人经常这样问他，只要他说好，就一定会得到奖赏，或是好吃的，或是好玩的。今日他认为还会得到什么好东西，回答完毕，眼巴巴地看着郗夫人。

"男孩子要保护女孩子……"郗夫人没有满足萧正德的愿望，此时她重重地咳嗽着，从被子中伸出手，手中也不是萧正德想要的东西，而是一方手帕，她用手帕捂住嘴，吐出了一口鲜血，"我就你这么一个儿子，你可要管好这几个姐姐。"

萧正德虽然有些失望，但还是表了态："娘放心，她们都是我的亲姐姐。"

"你发誓。"郗夫人目光紧盯着萧正德。

"怎么发誓……"萧正德眼珠一转，有了，他立马跪倒床前，学着大人的样子，两手相抱，"娘，你听着，有我正德在，谁要敢动三个姐姐身上一根毫毛，我就跟他拼命。"

“好孩子,有你这个态度,娘就放心了。我累了,想歇会儿,你们出去玩吧。”

孩子们走后,郗夫人勉强爬起来,梳洗打扮了一番,又找出笔墨纸砚,颤巍巍地写着什么。等几个孩子回来后,郗夫人已没有了气息。

接到急报,萧衍匆忙回到家中,陈庆之递给他一封信,他展开一看,大吃一惊。这是郗夫人的绝命书,她说,自己得病,是丁令光下毒所致,她想夺取夫人的位置;我死后,你要好好照顾孩子,不要让丁令光阴谋得逞;告诉你,千万别扶她为正室,否则我会变成毒蛇厉鬼,缠死她,咬死她,也不会放过你。

事关重大,萧衍找来郗夫人婢女灯儿询问:“夫人病是怎么得的?”

灯儿不假思索地说:“不关我的事,是二夫人下的毒药。”

“在什么地方下的毒？下到饭里,还是下到水里?”

“是下到饭里。大夫人说,因为她让二夫人早晨提水,二夫人不小心滑倒导致小产了,便怀恨在心,伺机报复,就给她下了毒。”

萧衍又找来丁令光的侍女询问,莲叶说:“大夫人是得病死的,她的病已经很长时间了,她自己一直瞒着,不让外传。”

“这段时间,家里怎么吃饭?”

“前些日子,二夫人小产不能做饭,就由灯儿做,二夫人身体转好,又由二夫人做。饭做好后,一家人都在一起吃饭。”莲叶好像忽然想起了什么,“老爷,有人怀疑二夫人在饭里下了毒,绝对不可能。大家都在一起吃饭,怎么其他人没中毒,单单是大夫人中了毒?”

两位婢女的说法大相径庭,想来想去,萧衍派人找来了当地有名的郎中。这位郎中仔细察看了郗夫人的头脸和手脚,说:“夫人之病叫心痹,主要是因为焦虑伤心,气血亏虚,再加上感染外邪,内犯于心,导致脉道不通,轻者心悸心痛,重者旦发夕死,夕发旦亡……”

萧衍按捺不住,打断说:“大夫,病人已经死了,再说这些有什么用？你看她的手脚口鼻发青发紫,中了什么毒?”

“没有中毒。”郎中十分肯定,“病人手脚口鼻发青发紫正是心痹病的典型症状。如果是中毒,她的全身必定处处发青发紫,不信大人可查看。”

萧衍俯下身子看了看郗夫人胳膊和腿部,果然没有青紫斑点,这才断定夫人没有中毒,看来夫人遗书另有隐情。

丧事期间,萧衍注意观察丁令光,看到她哭得情真意切,再回想平日里丁令光一言一行、一举一动,萧衍恍然,令光不是那种人!

丧事完毕,萧衍来到丁令光卧室,把郗夫人的书信递给她。丁令光看完信,知道夫君信任自己,两眼禁不住溢满了泪水。

萧衍两眼也红红的:“夫人虽然有不少毛病,有许多对不起你的地方,但她自从嫁到萧家,吃了不少苦,受了不少累,这辈子是萧家欠她的,怎能补得回来呀？”禁不住泪水流满了面颊。

丁令光递上手帕：“夫君节哀顺变，夫人走了，这个家得靠你撑着。”

萧衍深情地望着丁令光：“你身上的担子更重了，你要照顾好那几个孩子，我在外干事才无后顾之忧。”

“夫君放心，这四个孩子，我都当成自己的亲骨肉，悉心照料他们长大成人。”

萧衍很自然地拉过丁令光的小手，紧紧地握着。

潘妃本来就是天生尤物，妖冶风流，自从进宫以后，萧宝卷为得其欢心，先是册封她为妃子，又很快升为贵妃。她所有的服饰用品都尽选珍宝，她的一对琥珀钏就值一百七十万钱。每次出游，她都穷极华装，打扮得雍容华贵。

这天，趁萧懿忙于政务、无暇顾及之时，萧宝卷又与潘贵妃一起出宫了。平常日子，都是萧宝卷玉辇在前，后面跟着他的嬖幸和持枪荷戟的武士。而这一次，萧宝卷又玩出了新花样，他命潘贵妃乘车先行，自己扮作仆人，一身下人打扮，骑马跟在后面。一行人浩浩荡荡，来到蒋山脚下。潘贵妃说口渴，梅虫儿要上前递水，被萧宝卷用手挡开，他解下腰间蠡器，拿过梅虫儿手中的鸡首壶，倒满水，亲自来到潘贵妃车前，伺候她喝下。终于登上山顶，极目远眺，山下美景尽收眼底。

萧宝卷扬起右手，朝山下划拉着：“这是朕的江山，多美呀！可惜不能常来，一则朝政繁忙，二则大臣们百般阻挠，反对朕外出游乐。”他的手一下子耷拉了下来。

“这天下是谁的？”潘贵妃说，“是皇上的呀。皇上想办什么事办不成？只要陛下愿意，把这些美景都搬到宫里不就行了？”

“那怎么搬呀？”萧宝卷感到茫然。

“陛下就不会动动脑子？”潘贵妃娇嗔地说，“选那些好看的风景，让画师画下来，在宫里照着造出来不就得了。”

萧宝卷拍手说：“这倒是个好主意，还是爱妃有办法。就这么办，我要在这台城建一座皇家林苑，有山有水，也把京师最繁华的市面搬进宫里，到时候我们就有好玩的了。”

“皇上，汉朝张衡曾写《二京赋》，里面的宫殿、飞阁、楼榭、湖苑，那真是富丽堂皇，精妙绝伦呀。”茹法珍粗通史书，既是卖弄，也是献计讨好，“可仿此设计，使苑内五步一阁，十步一楼，既有湖光山色，也有飞鸟鸣泉，还有奇树异果……”

“好，就由阿丈设计。至于名字嘛，就叫芳……芳乐苑。”萧宝卷好像等不及了，“阿兄！你去给朕建造，时间嘛……半……半年。”

“皇上，”梅虫儿有些打怵，“时间这么紧，拿什么来建？”

萧宝卷说;“你自己想办法,天下的东西都是朕的,王公大臣、平民百姓家里,只要有用,只管给朕拿来就是。”

梅虫儿喜形于色,觉得这又是一个发财的好机会,高兴地说:“请皇上放心。一定让皇上按时看到一座精美的园林。”

几天后上朝,梅虫儿把芳乐苑规划图呈给萧宝卷御批。萧宝卷扫视一眼:“画在纸上的朕不关心,朕要看实际的,做得好就赏,做不好……做不好……就……就砍头!”

这时,萧懿出奏道:“皇上,修建皇家园林,要耗费大量钱财,叛乱刚刚平定,国力空虚,臣请皇上缓办此事,等府库充盈后再议。”

“朕是皇上,金口玉言,圣旨已下,岂能更改?”

“建芳乐苑一事,没有经过朝议,怎么不能更改?”

萧宝卷生气地说:“事事经过朝议,将朕置于何地呀?”

“朝议制度,是先帝制定,并身体力行,恳请皇上遵从先帝遗训。”

“那好,大臣们议议吧。”萧宝卷用手扫了一下朝堂。

可是朝堂内鸦雀无声,没有一个人敢出来说话。

萧宝卷说:“不说话是吧,不说话也好办,那朕就逐个问了。”

“不同意修建芳乐苑的到前边来。”

大臣们你看看我,我看看你,没有人敢往前挪动半步。

“满朝文武没有反对的,那就是都同意呀。好,朝议通过,梅爱卿,择日动工吧。”萧宝卷不满地瞅了萧懿一眼。

“皇上,不可呀,这是违背民意的。”

“什么?还有民意?”萧宝卷用手敲着御案说,“当皇上还得听百姓的?”

“得民心者得天下。”萧懿看来要豁出去了,“为人君者,要仁爱为本,来教化民心;要宽宥刑罚,来保全民命;要减少徭役,来休养民力;要减轻赋敛,来满足民用。如此则民富国强,天下太平,这样的君主才是明君,否则就是昏君。如果皇上一意孤行,则民心丧失,民心不稳,则地动山摇。如此,大齐天下将何以延续?皇上可要三思啊!”

“够了!”萧宝卷大声呵斥道,“你说谁是昏君?你们说,朕是昏君吗?”见众臣没有一人敢抬起头来,萧宝卷半阴半阳地说,“萧爱卿心系国计民生,忠诚可嘉,朕已牢记在心!”然后把袖子一挥,“退朝!”

大臣们陆续走散,只有萧懿呆呆地站在那里。

芳乐苑如期建成,内有神仙宫、永寿宫、玉寿宫三座宫殿,皆雕梁画栋,金碧辉煌。苑中假山,怪石嶙峋,千姿百态,皆涂抹得五彩缤纷。碧水环绕,注入池塘。傍池筑榭,叠石成楼。台阁内壁绘有春宫图画,极尽猥亵之状。为了修建芳乐苑,梅虫儿等人费尽心机,只要能讨得主子欢心,他们是无所不用其极。材料不够，就向民间搜取，看到谁家有美树奇石，不管主人愿意不愿意，一律毁墙撤屋，移植到苑中。

萧宝卷第一次游幸芳乐苑，照样带着浩浩荡荡的武士和嬖幸，照样是潘贵妃乘着卧车前行，萧宝卷扮作仆人，手执长矛跟在后面。

茹法珍指着一处假山说："皇上，你看这里多美，有山有水，一年四季花开不断，真如人间仙境啊。"

"可是有人反对皇上过这种日子。"梅虫儿借机进谗言。

"哪个有种的敢反对皇上？"茹法珍故意挑唆。

"你不知道？当然是尚书令了。他要皇上戒欲、崇学、爱民、选贤、任能……反正就是不能游玩。"

"他是皇上的什么人？这不是多管闲事吗？"茹法珍一直忌惮萧懿的刚正和威仪，于是趁机进谗。

梅虫儿火上添油："就是，不识时务的东西，该给他点颜色看看啦。"

萧宝卷终于发火了："什么东西！他竟然骂朕是昏君，朕当时就想灭了他，只是因为他是尚书令，怕有挟嫌报复之议，才让他多活了这些日子。这样吧，念他劳苦功高，就赐御酒一壶吧。"

萧懿正在府上吃饭，茹法珍和梅虫儿一前一后进来。茹法珍看了看桌子的菜肴："一个朝廷重臣，堂堂尚书令，怎么吃得这么寒碜。来来来，皇上垂爱，特赐下烧鸡一只、猪爪一对，美美地吃上一顿吧。"

"还有酒呢，御赐美酒。"梅虫儿把一壶酒放在桌子上，"美酒佳肴，人生一大乐事啊。"

萧懿看了梅虫儿一眼，又看着茹法珍，二人皆面若冰霜。

茹法珍说："萧大人，吃吧喝吧，皇上还等着奴才回话呢。"

萧懿一下子明白了，他用颤抖的双手拿起酒壶，突然哈哈大笑起来。此刻他的内心是复杂的，有怨恨，也许还有后悔，他后悔没听三弟的多次劝告，再有什么想法，现在为时已晚了。

他又想起父亲的教诲，父亲临终时，把他叫到床边，嘱咐说："儿呀，为人臣者，当以忠心为本，不能怀有二心，否则祸及自身，殃及全家呀，切记切记！"父亲的死，一直是他解不开的一个心结。后来他才慢慢明白，皇上就是臣子的天，臣子只能顺应天意，而不应有忤逆之心。君叫臣死，臣不得不死呀。父亲忍气吞声这些年，为了什么？为了萧氏这个大家族。现在轮到自己了，也要学会忍，忍下了，这个家族才能继续繁衍下去。现在就要死了，也要让皇上看到自己的忠心。便对茹法珍说："我萧懿戎马一生，赤胆忠心，日月可鉴。请回去告诉皇上，我死不足惜，一定要皇上提防藩镇拥兵自重。我家三弟雄才大略，雍州兵强马壮，如他知道了我的死讯，难免会生事端，我深为朝廷忧虑呀。"

“嘿嘿。”茹法珍阴笑着说，“大人果然一片忠心，可惜生不逢时，惜哉痛哉。”

萧懿缓慢站起，面向皇宫，跪地磕头：“皇上保重。”猛地双手捧起酒壶，咕咚咕咚喝了下去，顿觉天旋地转，霎时眼前一片漆黑，不一会儿就口吐鲜血，倒地而死。

当天下午，茹法珍以皇上要看主衣库为名，要萧畅带钥匙进宫，趁机把他杀了。然后带领宫中禁卫，满京城搜寻萧懿家族成员，家家人去屋空。他又来到街上，仔细盘查，果见一辆马车仓皇出逃。武士们追了上去，围了起来。茹法珍上前仔细打量了一番：“原来是萧主簿呀，对不起了，随你大哥一起走吧。”一挥手，众武士上来，一阵刀枪乱刺，萧懿五弟萧融顿时倒在血泊中。

茹法珍恶狠狠地说：“斩草除根，妇女孩子全都给我杀掉。”在一阵绝望的尖叫声中，萧融全家被灭。

蒋山定林寺的和尚慧思正在街上化缘，刚走出巷子，忽见前面有一人拼命地跑着，后面几个持枪甲士疯狂地追赶。

这个被追赶的人就是萧懿的六弟萧宏。他知道大哥立了功，做了尚书令，为了过享乐浮华、高人一等的生活，毅然撇下家眷，只身来到京师，投奔萧懿，要官要权。可他不学无术，游手好闲，萧懿怕给自己丢脸，更怕他惹出是非来，把他训了一顿，没有给他谋取什么官职，只是留他在自己的府邸中，帮着料理家务。可萧宏是一个不安分的人，整日外出结交市面豪强，欺行霸市，倒卖文物，牟取暴利。可谁知天有不测风云，当他正在集市闲逛之时，得知大哥被害的消息，没敢再回府邸，拔腿就往城外跑。

慧思来不及细想，救人要紧，迅速跑上去，把那人拉进了巷子。

二人拼命跑到了郊外，身后已没有了追兵，慧思喘着粗气说：“追兵不见了，歇息一会儿吧。”

萧宏看了看四周，胆怯地说：“不行，这里一马平川，四周没有遮挡，万一追兵上来，没处躲藏。”

慧思说：“那我们再往前走走。”

二人来到一片树林，慧思说：“施主，快逃命去吧。”

萧宏问：“你是哪个寺院的？”

“定林寺的。”

“你们寺院的住持僧祐师父我认识。师父救人救到底，我要是再到别的地方去，说不定会被官兵抓到。”

慧思想了想：“那就跟贫僧去寺院吧。”

萧宏看着慧思的僧服说：“师父且慢，跟你商量个事。”见慧思不解地看着自己，萧宏说，“我借一下你的僧衣可以吗？”

慧思说:“这有何不可?”顺手脱下僧衣,穿在萧宏的身上。

萧宏穿着僧衣,因为没有剃发,显得有点不伦不类,着急忙慌地说:“快走。”一个箭步跑在了前头。

慧思惊愕地看着冲出好远的萧宏,喊道:“施主,走错了,向右边走,右边有小路。”

萧宝卷在芳乐苑办起了店肆,让宦官宫女充当小贩,在那儿吆喝买卖,潘贵妃做市令,自己当市录事。遇有买卖争执,都由潘贵妃裁断。萧宝卷若有过错,潘贵妃照样审讯,罚萧宝卷长跪,甚至加杖。萧宝卷甘之如饴,情愿为奴。

任何事都有玩腻的时候,何况萧宝卷是个喜新厌旧之人。这天,在芳乐苑折腾一番之后,萧宝卷翻身上马:“黄泰平,到外边透透气去。”

“是。”太监黄泰平躬着腰,牵着马往前走。

不知怎么回事,来到池塘边,那马似乎受了惊吓,竖起前蹄,一扭身子,跌进了水中,把萧宝卷摔到了水里。

“皇上! 皇上没事吧?”黄泰平急忙上前拉起萧宝卷。

萧宝卷淋淋漓漓一身水,踢了黄泰平几脚,从腰中抽出宝剑,要杀他。

黄泰平爬起来跪在地上,磕头如捣蒜:“皇上,奴才无罪,奴才无罪,今日之事,恐有鬼神作祟。”

“什么鬼神? 分明是你这个狗奴才故意要害朕。”

茹法珍走过来,想借机生事:“皇上,或许黄公公说得有些道理。朱光尚善识鬼神之事,何不让他作法驱除魔鬼?”

萧宝卷把剑放进鞘中:“好吧,看看朱光尚怎么说,如是你有意害朕,抽你的筋,扒你的皮!”

一会儿,一身道士打扮的朱光尚来到萧宝卷面前。他见皇上频繁出游,荒疏朝政,想借机劝谏一下,便煞有介事地闭上眼睛,念了一会儿咒语,睁开眼,指着远处说:“小人看见先帝在那里生气。”

萧宝卷问:“先帝生什么气?”

朱光尚说:“先帝生气皇上游乐。”

萧宝卷说:“走,你带朕去找先帝。”

这回是朱光尚带头,围着芳乐苑转了一圈,他一直在摇头,说先帝不在这里。

最后他们又回到了水塘边,朱光尚指着地面说:“先帝灵气在此。”

“朕怎么没看见?”

“先帝已逝,这里只有先帝的灵气,要想看得见嘛……”朱光尚诡秘地凑近萧宝卷耳边,低语了几句。

萧宝卷点了点头,命令身边的武士下水捞菰草,扎成先帝之形。

一会儿,先帝之形扎好了,头脸身子俱全,立在水塘边。萧宝卷手起刀落,菰草人头立马落地,他气愤愤地说:“看你以后再来惊吓御马。来人,将这鬼头挂在芳乐苑门上警示众神。”

朱光尚吓得面如土色,缩到了一边。

梅虫儿趁机说:“皇上,这鬼神之头砍下来了,可有一个活人头却一直长在脖子上。”

萧宝卷掉转头问:“是谁……谁的人头?”

“萧衍的人头。虽说他的哥哥萧懿这一祸害被除,但他临死说的话不得不防。萧衍远在雍州,听说正在大肆招兵买马,万万不可麻痹大意,纵虎容易收虎难。如他知道萧懿被杀的消息,肯定要报复,不如趁早把他杀了。”

“怎么杀?”萧宝卷想起了父皇遗训,不要放虎归山,可当时由于自己尚未成年,辅臣弄权,让萧衍金蝉脱壳,逃了出去。几年过去了,这只雍州虎想必更加硕大健壮。不能再纵虎为患了,杀是一定要杀的,关键是怎么个杀法。

茹法珍斟酌着说:“派兵去不好办,雍州路途遥远,山高水长,兵派少了无济于事,派多了兴师动众,况且萧衍早有提防,恐难奏效。”

“别光摆困难,你只说怎么办,要钱有钱,要人有人。”

“这个嘛……”茹法珍斟酌了好一会儿,“有了,郑植不是在宫中任直后吗?他的弟弟是雍州长史,可让郑植以探望弟弟为名前往雍州,见机行事。”

“就这么办,如大事成功,重重有赏。”

郑植奉命马不停蹄来到襄阳,郑绍叔见哥哥从宫中而来,感到意外,脸上挂着不解。

为了消除弟弟的疑惑,郑植说:“也没什么事,这几年我在宫中忙来忙去,也不知忙些啥。长时间没见弟弟,甚是想念,特告假来看看。”

二人说了些家长里短,又谈到了母亲,郑植眼圈微红:“过几天我就回家把咱娘接到京师,让她享几天福,咱娘一生辛苦忙碌,把我们拉扯大不容易。”

入夜,二人躺在床上,说来说去,说到萧衍身上,郑植问:“他最近忙些啥?”

“也没啥,无非是些州上的事,一州刺史,事儿也挺多的。”

“他有什么爱好? 能喝酒吗?”

“不大喜欢喝酒,但如有客人,勉强也能喝几杯。”

“他喜欢打猎吗?”

“喜欢呀,尤擅打山鸡,百发百中。”忽然觉得哥哥问得有些蹊跷,郑绍叔警觉起来,“你问这些干啥?”

“没……没啥,只是随便问问。”郑植忙把话岔开,“我也累了,咱们睡觉吧。”

一连几天,郑绍叔白天忙公务,晚上兄弟二人喝点酒,说说话。他发现哥哥对萧衍的关心胜过对自己，好像他是专为萧衍而来。

这天，郑绍叔早饭后要去府衙办公，郑植说："你去吧，我也出去转转，去山上打点野味，做下酒菜。"

郑绍叔随同萧衍骑马走在路上，远远看见哥哥在一棵大树后拈弓搭箭，向萧衍瞄准，郑绍叔策马向前，挡在了萧衍身边。郑植无法放箭，气得把箭扔在了地上。

回家后，在郑绍叔的一再追问下，郑植才说出了实情："我奉圣旨来杀萧衍。皇上说，如杀了萧衍，就封我仆射，也封你为刺史。你只需给我创造一次与萧衍见面的机会，余下的事就不用你管了。你瞅空抽身，溜之大吉。"

郑绍叔嘴上虽然答应着，心里却犯起了嘀咕，给你找一次机会不难，可萧衍非等闲之辈，你能下得了手吗？即便下得了手，你能走得脱吗？我能跟你逃走吗？跟随萧衍这么些年，知道他是个仁义之人，自己受他的恩惠不少，更重要的是他有经天纬地之才，不是等闲之辈，定能成就一番事业。于是便说："你就多住几天，容我慢慢周旋。"

安顿下哥哥，郑绍叔去见萧衍，报告了郑植此来的目的。

情急之下，王茂未及考虑郑绍叔兄弟二人的亲情："这个浑蛋，我去结果了他。"

萧衍说："哎，那怎么行呢？郑植大老远地来看望弟弟，我等当以礼相待。这样吧，要给他接风，晚上炒几个菜送到你家，我约左右几个人陪你哥哥喝几杯。"

十一　两封空函

月挂中天。接风酒宴在融融的气氛中进行着，众人推杯换盏，你敬我祝，醉意沉沉。席间，郑植几次把手伸到衣服里去摸刀，都被郑绍叔用眼色压住。

萧衍醉眼蒙胧地说："郑大人，你身为宫直，平日里公务繁忙，能与弟弟见一次面不容易，就不要急着回去了，在这里多待些日子，兄弟二人好好叙一叙。来，祝你雍州之行顺心如意。"于是端起酒杯一饮而尽。

郑植勉强喝下杯中之酒，有些晕晕乎乎，可他仍没忘记皇上的密旨，禁不住又去摸口袋。

萧衍看在眼里，故意醉腔醉调地说："郑大人，这次朝廷派你来，一定有使命吧？我也喝醉了，就快下手吧。"半阴半阳的一句戏谑，引得大家哄堂大笑，郑植也尴尬地咧嘴笑着。

"你们兄弟团聚，我从内心里感到高兴啊。"萧衍动情地说，"论起来，我也算你们的大哥，来，咱们兄弟三人再喝一杯。"

郑绍叔与萧衍碰杯："萧将军待我情同手足，对家母也是关照有加。"

"哪里哪里，都是应该的嘛，你们的母亲就是我的母亲。"萧衍边喝酒边说，"郑大人，我已备好了银两，回头带给令堂，让她补贴家用。"

郑绍叔推了郑植一把："还不谢谢将军？"

郑植不得不起身施礼道谢："我替母亲谢过萧将军。"

"哥哥，明天就回去吧。"郑绍叔怕郑植在这里说不定什么时候会惹出麻烦，趁机催促，"有将军照顾，我这里一切都好，你不用惦记。"

"哎，不急不急。"萧衍劝道，"既然来了，就多住几天，明天我正好有空，陪你兄弟俩出去转转，也好领略领略这雍州风景。"

第二天，萧衍领郑植来到军械库，让门吏打开门，库内摆满了刀枪剑戟等各式兵器，看得郑植目瞪口呆。萧衍说："抵御外侮，没有武器怎么能行？手中有粮，心中不慌嘛。"郑植只得点头称是。

萧衍又领郑植来到城墙角楼，观看城防工事，但见城墙高耸，垛口林立，萧衍指着远处说："你看那里，士兵正在操练。"郑植见城墙之下战旗猎猎，军容整齐，喊声震天，吓得变了脸色，一句话也说不出来。萧衍露出一丝微笑。

回来的路上,萧衍气宇轩昂地走在前面,郑植悄悄对弟弟说:“雍州兵强马壮,不是朝廷能够轻易征服的。我留在这里无益,这就走吧。”

郑绍叔送到南岘,分别时说:“哥哥还朝,告诉皇上要把心思用在富国安民上,不要乱生事端,更不可对藩镇用兵。如果他一意孤行攻打雍州,我只能随萧将军迎战,只是战事一起,咱兄弟二人就成了敌人。俗话说,战场无兄弟。还望哥哥多多保重!”

郑植拉着弟弟的手,二人相互凝视良久,似乎有许多话要说,但又觉得一时难以尽言。亲兄弟不知不觉中站在了尖锐对立的两个阵营,他们无可奈何,只有相抱流泪。

当天晚上,萧衍在自己府邸吃完饭,正在书房内读书,一个人从外面踉踉跄跄走来,刚跨进门内,正要张口说话,不料却晕倒在地。

萧衍急忙命陈庆之拿来茶水灌下,那人慢慢醒来,仔细看时,原来是萧懿手下长史徐曜甫。

萧衍把徐曜甫扶到坐榻之上,徐曜甫拉住萧衍的手,两眼含泪,述说了萧懿以及萧畅、萧融遇害的前前后后。

萧衍双手捂脸,失声痛哭:“大哥……四弟、五弟……啊啊……”

过了好一会儿,萧衍慢慢抬起头,用手拭干眼泪,让陈庆之召集张弘策、吕僧珍以及长史王茂、别驾柳庆远等到府议事。

窗外寒风呼啸,屋内气氛沉重,几人围绕到底要不要废除暴君,争论异常激烈。

萧衍站起来严肃地说:“萧宝卷生性残暴,不仁不义,杀害辅臣,残害百姓。我大哥有功于国,忠贞耿直,却被无故杀害,这种祸国殃民的昏君,留之何用?我决意起兵,救黎民百姓于水火,还天下以太平,诸位意下如何?”

“这个萧宝卷杀人杀昏了头,早就该除掉了。”张弘策也站起身,“现在齐室衰微,四海将乱,将军心怀匡济之心,废昏立明,必能建旷世之功,成万世之业。”

“嗐,啰唆这些干什么?”王茂不耐烦地说,“主公,快下命令吧,赶快挥师杀进京师,拧下昏君的狗头,为令兄报仇。”

“王长史莫急,举义之事大计已定。”柳庆远若有所思地说,“关键看怎么个打法,尤其第一仗,一定要打赢,方可振作士气,奠定东进的基础。”

“柳别驾谋虑深远,诸将还有什么意见?”萧衍环视了一圈。

众将领压低声音说:“愿听将军吩咐,我等赴汤蹈火,在所不惜。”

萧衍说:“那好,我已集训甲士万余人,战马千余匹,眼下急需战船。”

张弘策胸有成竹地说:“我来监造战船。”

萧衍会意地说:“好,你带五百人马,去把檀溪中的竹木装成战舰。”

此时正是齐永元二年(500年)十一月十九日,萧衍建牙誓师,决定举兵除暴。几天后，萧衍前去檀溪视察造船现场，只见舟舰装备一新，“萧”字战旗迎风飘动，发出啪啪的声响。

张弘策指着一排排战船：“叔达你看，这船足有三百艘。”

“我们兵种齐全，骑兵、步兵、水兵三路兵马装备精良，这是克敌制胜的基础。”萧衍信心十足地说。

远远看见前面乱成一团，走近细看，原来诸将在争抢船橹。

吕僧珍走进争吵者中间：“有话慢慢说，吵什么？”

诸将纷纷说：“我的战船没橹。”“我的战船也没有橹。”“船多橹少，这不跟没船一样吗？”“没橹怎么行船啊？”

“大家不要争吵。”吕僧珍不紧不慢地说，“船橹我早已备好，诸位跟我去取。”

萧衍与张弘策相视而笑，看着他们远去的背影，微微点着头。

要打仗了，将会很长时间见不到自己心爱的令光，况且战场胜负难料，生死未卜，夜晚，萧衍拖着疲惫的身子回府和丁令光辞行。

家里拾掇得井井有条，见夫君回来，丁令光非常高兴，她端来热水，让萧衍洗脚，然后把床铺整理好，嘱咐他早点休息。可萧衍始终没有上床的意思，这也许是生死别离呀，明天就要上战场了，战事瞬息万变，刀枪不长眼睛，如果自己有个三长两短，令光今后怎么生活？她毕竟还年轻呀。想到这里，他真想不去打这个仗，可是想到屈死的父亲、被害的兄弟们，作为一个七尺男儿，能屈从命运的捉弄吗？

最后终于上了床，萧衍紧紧地抱着丁令光，把她娇小的身子压在身下，可丁令光小心翼翼地把他推了下来。

萧衍迫不及待地又抱起丁令光，又被她推了下来。

萧衍不解，疑惑地看着丁令光。

丁令光有些羞涩地说：“我有了。”

萧衍抱着丁令光的头亲了亲，又把她轻轻地揽在怀里：“几时有的？怎么不早点告诉我？”

“从上次你回来，也有两个月了吧。以后你就一直没回家，怎么告诉你呀？”

萧衍感慨地说：“是呀，我一直在外忙忙碌碌，都是为了啥呀？”

“我知道，你是为了这个家，为了我，也为了孩子。”

“为了这个家，为了萧氏家族，这仗一定要打，而且只能赢，不能输。”

“夫君要打仗？”丁令光眼睛瞪得大大的。

萧衍重重地拍了拍丁令光的肩头，他把这次举义的原因、准备情况和将帅士气跟丁令光扼要说了一遍。丁令光知道不能阻止，只是低声抽泣着。

天亮了，萧衍起床，一身戎装，跨上战马，就要往外走。

丁令光跑上来，拉起萧衍的右手，把一件东西郑重地放在他手里："这是我亲手做的荷包，已向佛祖许过愿，保你平安吉祥。"她深情地看着萧衍，"我在家等你，你要好好地回来。"

萧宝卷玩兴不止，他又下旨在芳乐苑开渠建坝，坝上设立店铺，进行买卖。这天，萧宝卷来到店铺内，一边切肉，一边叫卖，潘贵妃在一旁卖酒。忽听远处传来孩童的唱歌声："阅武堂，种杨柳，至尊屠肉，潘妃沽酒……"

梅虫儿惊愣地看着萧宝卷，观察他的反应，可他好像没听见一样。孩童的唱歌声更加清晰："阅武堂，种杨柳……"

梅虫儿害怕地说："皇上，奴才有罪，没有清好场子，这就去把墙外那几个顽童抓过来杀了。"

"为什么？"萧宝卷没有抬头，仍然在切肉。

"他们对皇上不敬。"

"朕怎么没有听出来啊？"萧宝卷抬头笑着说，"朕不是在屠肉？贵妃不是在卖酒？他们唱的都是实情嘛。"

这时，茹法珍气喘吁吁地跑来："皇……皇上，不好了，萧衍反了，他正调集人马，准备率军东进，攻掠京师。"

"他想干什么？"萧宝卷抡起刀，把一块肉狠狠地插在木板之上。

"说是要……要废昏立明。"

"郑植不是说萧衍没有二心吗？不是说他勤于政务、亲民爱民吗？不是说他没多招一兵一卒、多备一刀一枪吗？"萧宝卷狠狠地拍着桌子，"原来他们串通一气，在欺骗朕。来人，把郑植拉出去砍头！"几个武士领命而去。

"皇上，雍州兵强马壮，一旦过江，进逼京师，恐不好对付。"

"那怎么办？"

"微臣以为，荆州离雍州最近，且荆州刺史是皇上的弟弟萧宝融，应当十分可靠。可传旨荆州调兵阻止萧衍东进。"

"就依爱卿之计。"萧宝卷意识到萧衍不好对付，他的父亲萧顺之就勇猛无比，曾端坐朱雀桥吓退黄回兵将。老子刚强儿不弱呀，大儿子萧懿不到一个月的时间就消灭了劲敌崔慧景，这个三儿子号称雍州虎，更是智勇双全，必须派精兵强将与荆州配合，方能制服他。便说："命辅国将军刘山阳率两万精兵，即日启程，会合荆州之兵，扑向雍州虎窝，打死这只老虎，运回京师，朕要用刀子割他的肉当猪肉卖。"

茹法珍躬身施礼，刚要出去传旨，只听萧宝卷喊道："回来。"

茹法珍以为自己犯了什么罪，吓得额上冒汗。

"刘山阳现在不还是巴西、梓潼二郡太守吗？如果端了萧衍老巢，就封刘山阳为雍州刺史。”

听说老朋友要起兵，沈约告假来到襄阳。萧衍在府衙客厅盛情接待了他。

听完萧衍的介绍后，沈约说：“一定要大造声势，提振士气，凝聚民心。我草拟了讨伐昏君檄文，请将军过目。”

“这真是及时雨啊，我正需要这东西，你就送来了。”萧衍高兴地接过檄文。

“朋友有事，自然要帮忙了。”沈约笑了笑。

萧衍看完檄文，激动地说：“太好了，说出了我的心里话，尤其‘火烈高原，芝兰同泯’，很有警醒作用啊。”

“我的意思是要告诉朝廷文臣武将，不要同昏君一起玉石俱焚。我们要善于借势，化敌为友，这是取胜之道。”

萧衍点着头，刚要说话，王茂等不及了，他呼地站起来：“现在兵足将广，士气旺盛，再不出兵，更等何时？快下命令吧，我都憋不住了。”

柳庆远笑着，走过去把王茂按在坐榻上：“王将军，现在东进，能走得了吗？荆州就是个羁绊呀。刘山阳已率征讨大军西上，不解决好这些问题，我们能走得了吗？”

“管他干什么？谁扯我们后腿，我们就吃掉谁。”王茂急不可耐地说。

“那将处处陷入被动。”柳庆远略作思忖，“不战而屈人之兵，善之善者也，我们是不是想办法把荆州刺史萧宝融争取过来？”

“唉，越说越离谱了。”王茂不以为然，“萧宝融不过十二岁的小孩子，争取他有何用？”

“尽管年幼，但他是南康王，是昏君的弟弟，如果他能支持我们，我们就可以号令天下。”柳庆远说，“当然了，王长史所言也不是没有道理，萧宝融还是个孩子，他的长史萧颖胄行府州事，管理着荆州的事务，争取了萧颖胄，也就争取了萧宝融。”

沈约插话道：“我檄文上的‘芝兰同泯’，就是针对这类人说的，可先发出檄文，让他们反省。”

萧衍说：“诸位所言都有道理，这第一仗怎么个打法，还要再考虑，要旗开得胜，方能赢得民心。”

送走沈约之后，萧衍想到了多年的好友陶弘景，便骑马来到茅山。陶弘景遍读经典，十岁得葛洪《神仙传》，昼夜研读，遂立养生之志。十五岁得《寻山志》，倾慕隐逸生活。萧道成建立齐王朝，陶弘景先后出任巴陵王等诸王侍读，兼管王室牒疏章奏。其间萧衍与他多有来往，很佩服他对时事的见解。可陶弘景看不惯官场的污浊，心中一直怏怏不快，终于在齐永明十年上表辞官，挂朝服于神武门，退隐茅山，谢绝世交。

茅山树木葱茏，怪石嶙峋，在一片绿树掩映的山坡之上坐落着一排石砌房屋，这就是陶弘景的修仙悟道之地。

陶弘景正在打坐练气，见萧衍走进石屋，他并没有感到怎么惊讶。萧衍四下里打量着，只见室内陈设简单，除书籍和几件生活器具外，别无他物。地面洁净，物品摆放有序。日光透过窗棂照进来，落在地面之上，使内外浑然一体，悦耳的鸟鸣声传入耳内，让人顿生超然物外之感。萧衍由衷叹道："怪不得老朋友忘却了世间烦恼，不愿出山了，原来这里真是世外桃源啊。"

陶弘景直截了当地说："叔达远道而来，必有大事，就直说吧，不要拐弯抹角了。"

萧衍微微一笑："也没什么事，路过此处，看望老朋友。"

"瞒得了别人，瞒不过我，你脸上写着呢。"

萧衍禁不住摸了摸自己的脸，又看了看手，没有说话，端详着陶弘景，静等他的高见。

陶弘景慢条斯理地说："现今朝廷昏庸残暴，群雄虎视眈眈，必有大人物横空出世，来收拾天下，想必你已有此大志。"

"陶先生如何知道？"萧衍惊讶地问。

"已有星相显现。"陶弘景一脸平静，"我夜观天象，西边有紫云星特亮，光芒四射。今日又见襄阳方向有紫云腾起，状如蟠龙，这团紫云今天转移到茅山这边来了。"

萧衍哈哈笑："知我者，通明也。"便把自己的想法和盘端出。

"你举义旗，除奸臣，诛暴君，荆州是过不去的一个坎，如若荆州之兵在后面牵制着你，你将施展不开手脚。虽然历史上荆州人怕雍州人，但这几年萧颖胄招兵买马，广积粮草，力量不可小觑。现在你手中的箭不应对准外藩，而是瞄向京师。"

萧衍豁然开朗："雍荆联合，是上上之策。"

陶弘景会意地笑，不再说话。

萧衍回到襄阳，立即召集部将开会。王茂上前一步首先发话："刘山阳已到巴陵，我愿领军前去迎战。"

"王将军莫急，诸位将领先听我说。"萧衍已然成竹在胸，"我考虑再三，我们的策略是联荆除暴。襄阳地处边陲，连年征战，人皆知兵，而荆州人素来畏惧襄阳人，荆、雍二州唇齿相依，他们响应我的可能性极大。"

诸将纷纷点头："是呀，人多力量大嘛。""刘备联吴抗曹，最终成就了三分天下。"

参军王天虎喊道："这个办法好，我举双手赞成。"

萧衍制止了大家的议论："现在，刘山阳已进驻巴陵，若他与荆州会合，我们这第一仗着实不好打，即使打赢了，也伤筋动骨。《孙子兵法》说：'用兵之道，攻心为上，攻城次之，心战为上，兵战次之。’我决定说服萧颖胄与我们联合，携手东进，到那时，即使韩信、白起再生，也不能阻挡，何况昏君当朝，将士离心？诸位将军，谁愿前往？”

柳庆远看着王天虎，目光中充满了期待。王天虎站了起来，此人虽是武士，可外表上文质彬彬，显得极有风度。他慷慨地说：“末将与萧颖胄有过交情，愿前往说服他。”

“王参军，你可想好了，此去深入虎穴，生死难料。”萧衍提醒着。

王天虎说：“铲除昏君，乃天之大义，为大义而死，死得其所。”

柳庆远拍手道：“王参军能言善辩，派他出使荆州，定能成功。”

“那好。”萧衍拿起案上书信，递给王天虎，“这是我给萧颖胄和他弟弟的两封信函，你务必当面交给他们。”

王天虎来到荆州府，见到萧颖胄，寒暄之后说：“当今朝政混乱，昏君残暴，萧将军举起义旗，除暴安良，望你看清形势，与萧将军共襄义举，安定天下。事成之后，自然少不了位登三公，风光无限。”

萧颖胄摸着下巴，支吾着：“这个嘛……”

“萧行事不信？”王天虎从怀中掏出一样东西，“这是萧将军的亲笔信函，请你过目。”

萧颖胄打开一看，信函中只有一句话：天虎口具。他抬头问王天虎：“萧将军有何交代？”

“都在信函里呀。”王天虎不知内情，茫然说不出什么。

萧颖胄打量着王天虎，不免心中狐疑：“王参军舟车劳顿，先去驿馆歇息，兹事体大，我要向王爷禀报，再行定夺。”

王天虎又去找萧颖胄的弟弟萧颖达，也给了他这么一封空函，萧颖达心中也不免疑惑不定。

一连几天，王天虎来往于萧颖胄兄弟二人府邸，荆州的官员认为他们之间必有不可告人的密谋，因而产生了怀疑。刘山阳到江安后，听到了荆州的传言，认为王天虎跟萧氏兄弟有什么事瞒着自己，也心生疑窦，不敢再往前推进。

萧颖胄闻讯，心里忐忑不安，不知如何是好，连忙召集城局参军席阐文、咨议参军柳忱等僚佐商议对策。

萧颖胄介绍了当前的形势后，皱着眉头道：“现在摆在我们面前有两条路，一是与刘山阳联合，剿灭萧衍；二是按兵不动，等待形势明朗后再行定夺。”

“第一条路行不通。”柳忱果断地说，“主上昏庸残暴，京师百官人人自危，我们有幸远在外藩，所以才能苟延残喘至今。当时萧懿以精兵数千，破崔慧景十万之众，使朝廷转危为安，功勋如此卓著，却为昏君所害。前事不忘，后事之师，这个教训就像警钟在我们头顶上敲着。况且雍州兵精粮多，萧衍英才盖世，必非刘山阳所能敌。刘山阳一旦败北，我们就要受到牵连而被朝廷怪罪。到那时进退失据，事情就难办了。何去何从，望萧行事三思！”

“第二条更可怕，坐山观虎斗，最终会被老虎吃掉，无论哪方取胜都轻饶不了我们。”席阐文分析道，“江陵人素畏襄阳人，人所共知。且萧衍畜养士马，非止一日，与其相抗，必败无疑。即使侥幸取胜，将来必被朝廷疑忌，不肯相容。刘山阳在江安逗留不进，是由于对我们有所怀疑。不如诱杀刘山阳，与雍州共同举事，另立天子号令诸侯。这样则可建一代霸业，立不世之功。”

萧颖达似乎感到眼前明朗了许多，兴奋地说：“二位参军所言，句句在理，哥哥别再犹豫了，迟则生变啊。”

萧颖胄终于下定决心：“那好吧，就依席参军所言，只是怎么去实施呢？”

“在下有一计谋，请行事定夺。”席阐文站起身，附在萧颖胄耳边嘀咕了几名，萧颖胄点着头，眉头渐渐舒展开来。

第二天早晨，萧颖胄驱车来到王天虎所住驿馆，直截了当地说：“昨晚我想了一夜，终于想通了，我决定响应萧雍州，只是缺一样东西，还望将军成全。”

王天虎一听喜形于色：“那真是太好了，天虎愿意竭尽全力。如果我办不了，也会回禀萧将军，他定能倾力相帮。”

“这事不劳萧雍州，你办得了。”

“请行事明言。”

“我想借将军人头一用。”

“啊？”王天虎大惊失色，“我无罪，为什么杀我？”

“我知道将军无罪。”萧颖胄表现出很无奈的样子，“前些日子萧雍州让将军送来两封空函，说是以你口信为准，可你又说不出什么，导致人们猜疑我们之间有什么密谋，刘山阳也因此逗留不前。我只能将计就计，借将军首级来诱杀刘山阳。”

王天虎用恳求的目光看着萧颖胄：“萧行事，我们是老朋友了，你知道我家中的情况，我上有老母，下有妻儿……”

“谁家没有妻儿老小？我也是没法子呀！”萧颖胄眼圈微红，但语气坚定，“事已至此，只能借你头来诈刘山阳，你知道，从前樊於期也曾经把头借给荆轲。请将军放心，我定当厚待将军家眷，以慰将军在天之灵。”萧颖胄接过席阐文手中的一碗酒，“来，请喝了这碗酒，算是给将军送行了。”

刘山阳得到王天虎首级，又听说萧颖胄要发兵进攻襄阳，便不再迟疑，继续向江陵进发。等他率军抵达江津，把部队安顿下来后，便单车白服，率随从数十人前往江陵拜谒萧宝融。萧颖胄早已埋下伏兵。刘山阳刚要跨过城门门槛，悬门闸板突然落下，正巧砸中他的车辕，他跳下车子拼命逃跑，中兵参军陈秀挺戟追去，将他杀死在门外。

十二　雍州虎啸

严冬来临，北风凛冽，雪花打在行人的脸上，就像针刺刀割一般，只得缩着脖子，揣起两手，小跑着前行。可襄阳府衙内却没有一点寒意，此时萧衍及其部将正在热烈讨论战事布局。忽门外有一来使骑马飞奔而来，他翻身下马，手提着两个盒子，直奔议事大厅。萧衍一眼就认出此人是荆州中郎城局参军席阐文，急忙向前搭话："席大人不避寒冷，远道而来，欢迎欢迎。"

席阐文环视了一圈："诸将都在呀……啊呀，竟陵太守也来了。"

曹景宗指着王茂说："我是来看望老朋友，多日不见，挺想念的。"怕席阐文不信，他又补充了一句，"毕竟我们都是做太守的。"

"啊……哈哈，对，老朋友，一日不见，思之如狂嘛。"席阐文诡秘地笑着。

"他又不是什么美女，就一个臭男人，可他真情直爽，我们俩就是对脾气。"曹景宗指着席阐文手中的盒子说，"你来看谁？带了什么礼物？"

"奉南康王之命前来看望萧将军。"他把盒子放在书案上，"这礼物嘛，是王爷让我捎给萧将军的，请将军过目。"

"那就恭敬不如从命了。"萧衍走近盒子，小心打开，定睛一看，大吃了一惊，手猛地缩了回来。众将上前围观，原来两个盒子都装着人头。

王茂怒火中烧，两眼瞪着席阐文，抓住他胸前的衣领往面前一拉，又猛地推了出去："这是怎么回事？"

席阐文打了一个趔趄，又站直了身子："这是王天虎王将军的首级，那是刘山阳的。"

王茂指着席阐文，怒吼道："我知道是我哥哥的，我问是怎么回事？"

"这个，这是萧颖胄行事……不……不是，是天虎将军自刎而死。"

王茂唰地拔出腰中宝剑，架在席阐文的脖子上："你杀了我哥哥，今天我就杀了你。"

柳庆远上前挡在中间："王将军不要胡来。"

张弘策从王茂身边按住他的手腕："休得莽撞。"

萧衍抚摸着王天虎的首级，眼泪纵横："好兄弟，我的亲兄弟，你舍生取义，杀身成仁，真乃忠义之士啊，你为我军立了头功。"他直起了身子，擦了一把眼泪,“传我命令,厚葬王天虎,善待其亲眷。”

众人面面相觑。萧衍说:“席参军说得对,是天虎将军献出自己的人头,才赚取了刘山阳的人头,不费吹灰之力扫除了刘山阳部,拔除了朝廷给我们设下的一颗钉子。”

王茂把拿剑的手松了下来,仍然气愤地说:“我要给王将军报仇!”

柳庆远说:“对,是要报仇,不过这仇要报在昏君身上。”

“王将军息怒。”萧衍用眼色制止着王茂,“天虎的血没有白流,他换来了雍荆联合,雍荆联合起来,必将攻无不克,战无不胜,昏君倒台的日子不远了。”

“荆州方面正在做战前准备。粮草方面,萧颖胄行事拿出自家钱粮,又转借大量钱财,以助军饷,还动员长沙寺僧人取出数千两黄金,充当了军费;用人方面,萧行事善于识才,度量宏大,州府军政大事常向左右人等请教,因此大家都支持他。南康王颁发戒严令,释放囚徒,施恩布惠,还定出赏格,激励有功将士,又以萧颖胄为都督,掌管荆州各项军政事务。”席阐文从怀中取出一样东西,“这次,南康王特拜萧将军都督前锋诸军事。这是虎符,请接纳。”

“不能领!”王茂伸手拦着萧衍,张弘策也摆手制止。

萧衍把两人的手推开,走上前,拱手施礼:“谢南康王信赖。”双手接过虎符。

席阐文说:“既接了虎符,就得听从调遣。时值冬季,天寒地冻,仓促起兵,恐非良策。萧行事已命人测算,此时用兵,年月不利,故决定明年二月行动。”

“兵贵神速。”萧衍把虎符揣在怀中,“打仗全凭一股锐气。《左传》中,曹刿说:‘夫战,勇气也,一鼓作气,再而衰,三而竭。’是说用兵就得环环相扣,不能迟疑。现在是十一月,到明年二月,还有一百多天,这么长的时间,军心和士气肯定会有变化。再说屯兵十万,都在这里吃闲饭,粮草供给也是个大问题。这期间如果再有小人撺掇,那么大事将前景难料。”

“将军之言差矣。”席阐文颇具耐心地说,“自古凡事都讲究黄道吉日,上自朝廷盛举,下至黎民小事莫不如此,这是基于天人感应、星辰运行所做出的正确判断。再说,这也是南康王的决策,还望将军遵从。”

“箭在弦上,不得不发。”萧衍朗声道,“过去武王伐纣时,正好犯太岁星,结果怎样?还不是经过牧野之战,奠定了乾坤吗?所以做事要因时制宜,不能等待所谓的黄道吉日。”

“将军既如此说,在下只能回禀南康王,再做定夺。”席阐文见劝不动萧衍,只得拱手告辞。

送走席阐文,曹景宗若有所思地说:“萧将军,我们起兵总得有个旗号,既然荆州愿与我们结盟,就应该将南康王接到雍州来,建立尊号,定都襄阳,挟天子以令诸侯,名正言顺地铲除昏君。”

“劝南康王称尊倒可以考虑。”萧衍摸着下巴思忖着,“至于接到雍州嘛,那倒没有必要。”

王茂急了：“一个昏君没铲除，又蹦出一个小皇帝来，你曹景宗还想把他接过来，接过来咋办？你有空，你侍奉着，本人可没有那些闲工夫。”他转脸面对张弘策，“如今萧宝融掌握在萧颖胄手里，是他挟天子令诸侯，主公若被他利用，岂是长久之计！你怎么不说话呀？”

张弘策本来知道萧衍胸有大志，可萧衍今天的表态，他也感到不解，如此下去，果真有一天打下了天下，还不得拱手让给别人？便说：“叔达，请你三思，眼前的事一定要有一个正确决断。”

“我向来主张重实际而不图虚名。”萧衍目视张弘策，“倘若出师不利，举事失败，则兰艾同毁；倘若举事成功，以我军之雄武，必定威震四海，到时号令天下，谁敢不从？岂能碌碌无为任人摆布？我的心思，别人不了解，你还不清楚？”

张弘策如梦初醒，会意地点着头。

萧衍接着说：“我们的目的是铲除昏君，如果孤军奋战，恐多有不服。只要能消灭昏君，我们就应该借助一切可以利用的力量。现在的关键是什么时机起兵，大家议一议。”

王茂按捺不住了：“主公，快下令吧，现在我们兵精粮足，此时不出手，更待何时？”

曹景宗附和道：“现在士气正盛，不可错失良机。”

“将军，我军战船充足，可挥师东下。”吕僧珍信心十足。

“将士的棉衣怎么办？”张弘策问道。

吕僧珍又说：“张参军，我早已准备好了。”

萧衍笑道：“知我者，僧珍也。听说北魏枭雄元恪身患重病，短期内不大可能骚扰边境。我军仗义而动，天时地利人和俱在，此时举兵，正当其时。”他转身指着地图，“雍州至荆州有沔水贯通，我军乘船顺流而下，直达竟陵郡，与荆州兵遥相呼应，再沿长江东进。曹太守，你熟悉那里的地理形势，你看这行军路线该怎么走？”

曹景宗走过去，指着地图说：“沔水哪里深哪里浅我都了如指掌，我愿为前锋，为义军开路。”

“那我就放心了。你与王茂、张安法抓紧整顿兵马，择日起兵。至于襄阳嘛……”萧衍注视着自己的两个弟弟，“萧伟留下来吧，总管雍州事务，萧憺就留守襄阳周围的军营。”

萧伟心想，留在雍州功劳就都被别人抢去了，便说：“三哥，我也要跟大伙一起出征，为哥哥争得头功。”

“我也要去帮哥哥。”萧憺也附和着。

萧衍上前拍着两人的肩膀：“八弟，十一弟，襄阳可是咱们的根基啊，襄阳在，义军就没有后顾之忧，襄阳一旦有失，一切都将化为泡影。二位弟弟肩上的担子不轻啊。”

萧伟转忧为喜：“愿替哥哥分忧。”

萧憺说：“请哥哥放心，我们人在襄阳就在。”

萧衍转脸对张弘策说：“我们要两条腿走路，舅父，你抓紧起草一封书信，快马送到荆州，劝南康王称尊，我们奉南康王之命起兵。我们的口号就是：联合荆州，推翻暴君。”

众将齐喊：“联合荆州，推翻暴君！”

建康宫内，正在举行一场丧礼，逝者是潘妃所生女儿，出生刚过百日就夭折了。萧宝卷亲自穿着孝服，为其守灵，他的左右嬖幸们也都穿着孝服。

日已中天，梅虫儿送来珍馐佳肴，放在萧宝卷面前：“奴才让御厨做了几道可口的肉食，请皇上用膳。”

萧宝卷瞪着梅虫儿：“谁让你做的？朕这十多天来，心情非常悲痛，不出游，不听乐，不吃肉，只吃蔬膳，你难道不知道？”

“不是，皇上一向喜欢肉食，这么长时间不吃肉，身体怎么受得了呀？如皇上身体有恙，怎么临朝执政，为民造福呢？”

“皇上疼爱公主的心情可以理解，可这样清苦，恐于龙体不利，奴才心里也不好受啊。”黄泰平用特有的太监腔调说。

“滚开，这里没……没你说话的份。”萧宝卷怒斥着。

黄泰平灰溜溜地退下后，王宝孙走上前来：“皇上这些日子清瘦了不少，这一瘦，怎么有力气领着奴才出去游猎呀，贵妃娘娘可是最爱吃皇上打的野鸡。”

萧宝卷的脸色缓和下来，他看着盘中的荤腥肉食，不禁咽了口唾沫。

茹法珍从外面进来，看到眼前的一切，也劝道：“皇上龙体系于天下安危，龙体安则天下安，还望皇上进食肉食。吃完后，臣有重要事情禀报。”

“阿丈，你先说吧。”萧宝卷又咽了一口唾沫。

“皇上，雍州反了，荆州也跟着反了。萧衍已挥军南下，准备与萧颖胄会合。萧颖胄已发布檄文，传送到建康和各州郡，这是他们的檄文。”茹法珍把檄文放在萧宝卷的面前。

萧宝卷看都没看：“上面怎么说？”

茹法珍一脸凄容：“他说皇上穷肆凌暴，荼毒亲贤，杀戮宰辅，百官惶恐，黎民惊扰。他要……要……”

“要怎么样？”

“他要斩杀微臣和梅大人。”

“大胆！”萧宝卷咬着牙狠狠地说，“这头雍州虎要翻身了，要狂吼了，朕要砸烂他的虎头，剥光他的虎皮，割了他的虎肉。刘山阳死了，那就让辅国将军张欣泰当雍州刺史。萧颖胄要东进，郢州是必经之路，命骁骑将军薛元嗣、制局监暨荣伯率军前往郢州，随行携带军粮，与郢州刺史张冲会合，共同剿灭叛贼。”

“是。”茹法珍领命往外走去。

“回来！”萧宝卷喊着，“此前不是敕命召回房僧寄吗？再下诏书，让他先不要来了，就任命他骁骑将军，留守鲁山，再遣孙乐祖率五千人马相助。”

茹法珍转身往外走去，萧宝卷迫不及待地拿起盘中一个肘子，狼吞虎咽地猛吃起来。

武宁郡太守邓元起收到萧颖胄的檄文，心中反复掂量着，到底要不要响应。这天，他正在郡府内办公，忽一快使送来一封信，拆开看时，原来是萧颖胄的劝降书。他的部下纷纷劝道：“郢州刺史对大人一向不错，不能忘恩啊。”“还是回郢州吧，不要听从反贼蛊惑，误入歧途。”

邓元起已思谋成熟：“朝廷残暴无道，诛杀宰辅，群小乱政，已失去人心。荆、雍二州联手起兵，衣冠之士都前去投奔，建康何愁不克！”

有部下说：“邓太守，我们为朝廷效力多年，远离父母，已是不孝，如再归附叛贼，又是不忠，这不忠不孝的罪名贴在脸上，不好看啊。”

“死守无道的昏君，那是愚忠，是愚臣，只有识时务者才是俊杰。”邓元起整理着案上的书籍，“弟兄们，快收拾行装，我们即日启程，前往江陵。”

十二月的天气，天寒地冻，丁令光有个习惯，早上起来，从井中提上水来，把水缸里打满，虽已怀孕，从未间断。

这天，丁令光因晚上惦念夫君，一直睡不着，于是早早起床，来到院子，四下里漆黑。她正要向井边走去，不想被横在地上的一段木头绊倒了。可她为了保护腹中的孩子，用手捂着肚子，艰难地往前爬着。

玉姚从屋里走出来，揣着手站在一边：“哎哟，怎么这么不小心呀？跌了你的身子不要紧，可别摔掉了我父亲的骨血，到时候吃不了兜着走。”

丁令光本指望玉姚能拉她一把，没想到玉姚竟说出这样的话来，她吃力地爬起来，看着玉姚。

玉姚翻着白眼：“看我干什么？我又不是故意的。我今天也起得早，出来洗脸，被这木头绊了一下，我心里生气，就没把它竖起来，我要让它再绊一绊别的人，好解解气。你走路也不长长眼，我母亲就是因为没看清人，才被人害死的。”

丁令光忍着气，两手扶着井台，吃力地站了起来。

侍女莲叶上前扶着丁令光，回到屋内：“夫人，你别自己干活了，这些事我来做。”

“不要紧的，操持家务是女人的本分。”丁令光站起身去拿针线，她要趁着身子方便些，抓紧给未来的孩子做一身软和贴身的小棉袄，没有想到，身子还没站直，就感到腹中隐隐作痛，出了一头汗。莲叶急了，急忙派人去叫郎中。

郎中把完丁令光的脉说：“有孕在身，怎么这么不小心？这是动了胎气，必须保胎，不然容易流胎。”

听到流胎，丁令光这才急了，腹中的孩子就是夫君的命根子，也是自己的命根子。夫君在外打仗，为的啥？往大里说是为天下，往小里说，还不是为了她和腹中的孩子？自己怎么这么不小心？万一出了什么事，最对不起的就是夫君，还有孩子。

“先生，你看还有救吗？快帮帮我吧。”丁令光用乞求的眼光看着郎中。

郎中说：“我开个方子，连用十天，保你好，不过以后可要小心。”

丁令光这回不再倔强，连连点头：“谢谢，谢谢！”

而此时的萧衍经过长途跋涉，已推进至竟陵安营扎寨。一路上，不断有州郡刺史、太守率兵归附。

先是上庸太守韦睿，他与萧衍早有深交，深信萧衍能夺取天下，听到萧衍起兵，马上率两千人马赶来。萧衍看着又矮又黑又瘦的韦睿，上前握着他的手使劲地摇着：“往日见君之面，今日见君之心。有君辅佐，大事必成！”均口戍副冯道根在家为母亲办丧事，听到萧衍起兵，认为机不可失，扬名后世、光宗耀祖才是最大的孝，便以“金革夺礼古人不避”为由，率乡人子弟投奔萧衍。秦梁二州刺史柳惔、华山郡太守田康绚等也都率众响应。萧衍在沔水南岸设立新野郡，以安顿新附各军。

此时萧衍正召集部将议事，陈庆之进来报告说：“老爷，襄阳大捷。魏兴郡太守裴师仁、齐兴郡太守颜僧都二人趁襄阳兵力薄弱，觉得有机可乘，联手袭击襄阳，萧伟和萧憺二位将军率兵在始平郡进行阻击，不足旬日就打败了这两股敌军。”

“好，襄阳保住了，我无后顾之忧了！”萧衍高兴地说，“现在我们又增添了这么多生力军，诸位议一议，看怎么打好这第一仗。”

王茂抢先上前，手指地图：“鲁山就在眼前，给我五千人马，我要率先拿下鲁山，给明公送上一份过年礼。”

“过年礼倒是吉祥。”柳庆远说，“只是这鲁山、郢州和武昌都有重兵把守，我们的兵力不足以齐头并进打好这三场硬仗，而如果只打一处，他们又会相互增援，使我军陷入重重包围之中。现在天寒地冻，万一他们切断我军的粮草供应，局面将不可收拾。”

“这有何难？牵牛要牵牛鼻子。”曹景宗手指着郢州说，“他们的鼻子在这里，我们集中兵力，攻打郢州，拧下这个牛鼻子，鲁山、武昌守军必然土崩瓦解。”

“曹将军说得有些道理，打蛇要打七寸嘛。”萧衍面向地图，思忖着说，“要打郢州，必过汉水，而此处汉水宽不过一里，敌军若在对岸射箭，我军战船将无法靠岸。况且郢城乃兵家必争之地，朝廷万万不会轻易放弃。郢州刺史张冲忠于昏君，我曾写信劝他，又派辩士说服，他都断然拒绝。他盘踞郢州这么些年，必定布置充分，准备停当，硬打伤亡肯定很大。与郢州城隔江而望的鲁山，房僧寄重兵据守，与郢城互为犄角。我们去打鲁山，郢州之军必定前来增援；如果我们绕过鲁山去打郢州，鲁山守军也会在我军背后插刀子。即使我们拼力攻杀，过了汉江，如果他们封锁了江面，我军孤军深入，腹背受敌，粮草不继，也是死路一条，所以，我看这仗应该这么打。”

王茂又抢先道：“先打武昌？”

“那不是舍近求远吗？我是说哪里也不打。”萧衍双手在胸前做包围状，“咱们不是怕他们包围吗？正好反用此计，我们包围他们，从外围切断他们的救援兵力和粮草补给，把他们捂在城内，煮他们的饺子，这才是新年最好的礼物。”

“那得等到几时才有仗打？”王茂茫然地看着萧衍。

“这一计叫围城打援。”柳庆远兴奋地说，“这可是主公的一着活棋，我们在这长江和汉水交界处安营扎寨，后有雍州大本营做依靠，还有荆州做外援。我们牢牢封锁住长江和汉水水道，后面就有好戏看了。”

“我军可以分兵两路。”萧衍吩咐道，“王茂、曹景宗听令。”

二人出列：“末将在！”

“你二人为前锋，率军渡过长江，与荆州派来的冠军将军邓元起、军主王世兴、田安等部会合于夏口，进逼郢城，围而不打。”

“是！”

“张惠绍、朱思远听令。”

“末将在！”

“你二人驾船游弋江中，昼夜巡逻，切断郢州、鲁山之间的信使往来。”

“是！”

“我再率一队人马包围鲁山。”萧衍满怀信心地说，“以兵多粮足之军，长久围困两座孤城，这样，天下之事就是不动刀枪也可以得手。”

十三　围城打援

新年将近，可军营之内没有一点年味。王茂率军来到汉口安营扎寨，张冲急忙派中兵参军陈光静出城。王茂率军奋力掩杀，郢州军大败而退，陈光静被乱箭射死。张冲不敢再出战，被迫固守。王茂等麾军前进，将郢城团团围住。

王茂没有忘记曾许下的诺言，要给萧衍一件新年礼物，眼看着鲁山不能去打，心里痒得难受，现在奉命率军围困郢州，机会难得，他想何不发起突然袭击，一举拿下郢城，献给主公，让他高高兴兴过个新年？他三番五次跟曹景宗商议，可曹景宗这个老古板认为这将破坏主公的整体战略，断然拒绝。没办法，王茂只得单独行动了。

这天晚上，趁曹景宗熟睡之际，王茂偷偷率领一千骑兵攻入郢城，没想到中了张冲的埋伏，王茂被团团围住。王茂发起一次次突围，可由于天黑迷路，处处遭到敌军的攻击，将士折损大半。

直至天亮，曹景宗闻讯率兵赶到，拼力厮杀，终于打开了张冲的包围圈。

王茂正与张冲对阵，见曹景宗杀来，精神为之一振，大叫一声，挺枪直刺张冲，张冲一边招架，一边后退。

曹景宗赶到，与张冲厮杀一番，边打边说："王将军，快撤。"

王茂喊道："撤什么？煮熟的鸭子哪能让他飞了？"

曹景宗没法，只得用枪把王茂逼出阵外。

曹景宗与张冲对起阵来，战了四五个回合，便虚晃一枪，趁张冲招架之时，一枪刺中他的肩部，顿时鲜血直流。幸亏他的儿子张孜率众将赶到，救下张冲，返回营中。

营房内，柳庆远、曹景宗等坐在对面，表情严肃地注视着王茂，长时间没有说话。

王茂抬起头，瞪着红红的眼睛，看着曹景宗："看什么看？不认识了？要不是你，我怎会一无所获？"

"要不是我，你定将全军覆没！"曹景宗指着王茂，"哪还能坐在这里吹胡子瞪眼睛？说不定早就丢进汉水喂鱼了。"

柳庆远两手往下按着："二位将军不必争吵，这事全怪我，没有提早防备。"

“都怪我呀。”曹景宗自责着，“其实柳军师早有预料，让我随时注意，可我放松了警惕，结果捅出了这么个大娄子，要罚就罚我吧。”

王茂见二人都把错误往自己身上揽，便低下了头：“我也有错。”

柳庆远笑着说：“知错就好呀，以后注意就是了。为了配合围城打援战略，萧将军要在汉口建一座新城，定名为汉口城，命你前去驻守，你可要把这个家看好呀。”

“那我就不能上前线了？”王茂感到不解。

“萧将军说，这个任务比上前线打敌人重要得多，这是我军在此地的坚强后盾，负责组织征集兵马和粮草供给，王将军，你肩上的担子不轻啊。”

王茂低下头，闭上嘴，不再说话。他一直把萧衍奉为神明，萧衍的话就是圣旨，他从来都是言听计从。

新年的皇宫，后堂之内，烟雾缭绕。这里供奉着各路杂神，为了保住社稷和自己平安，萧宝卷让巫师天天在这里祈祷。

潘贵妃虔诚地跪在那里，梅虫儿也赶紧跪下，口中念念有词。萧宝卷也要跪下，茹法珍上前一步，拉着他说：“皇上，你不能下跪，你是天子，天子只能跪天……”

萧宝卷一把推开茹法珍：“胡说，朕受众神保佑，怎能不拜？”毅然跪在众神像前，像模像样地施礼叩拜。梅虫儿用眼斜了一下茹法珍，显出讥诮的神色，茹法珍只得也跪地祈祷。

礼神完毕，萧宝卷走出后堂，他问茹法珍：“前线战况如何？”

茹法珍说：“萧衍诡计多端，他派兵死死包围了郢州和鲁山，而且围而不打，官军只能固守，长此下去，一旦粮草用完，将不战自败。”

“这有什么？”萧宝卷显得很有信心的样子，“命江州刺史陈伯之都督前锋诸军事，截击荆雍之军。还有陈虎牙不是与吴子阳在长风城抵御北魏吗？也调他前去增援郢州，率军进驻巴口。”

“那北魏呢？万一魏军伺机入侵怎么办？”茹法珍问。

“这只雍州虎比北方狼厉害，朕只有先打死猛虎，才能去捉野狼，快去拟旨吧。”

茹法珍仍躬身面对萧宝卷，没有要走的意思：“皇上，还有一件事，不知当讲不当讲？”

“少啰嗦，快说。”

“据报，南康王萧宝融在江陵自立为皇帝，任命萧衍为尚书左仆射，加封征东大将军，都督征讨诸军事，手持黄钺，还废皇上为……为……”

萧宝卷焦躁地说：“废……废为什么？”

“涪陵王。”

“放屁！他是朕的八弟，一个小孩子家，能成什么气候?”萧宝卷气冲冲地走在前面，回头又撂下一句，“会有人拧……拧下他的头的。”

萧衍一直围城不打，将士们实在忍不住了，纷纷要求攻城。

王茂说:“主公，张冲被曹景宗刺伤后不治身亡，众推军主薛元嗣和长史程茂为主帅，他的儿子张孜也参与军事，一群乌合之众，这正是一举拿下郢州的好机会，快下令打吧，再不打就把我憋死了。”

曹景宗说:“听说那薛元嗣也是终日惶恐不安，迷信蒋侯神，每天都在厅堂上设醮祷告，祈求消灾降福，钟鼓声昼夜不绝。在城上巡行时，他举着蒋侯神灵牌领路。这样的将领怎能经得起打？主公，快开打吧。”

萧衍摇着头说:“还要再等等，最佳时机还没到来。王茂，你不是想打仗吗?你和萧颖达领兵缩小对郢州的包围圈，还是围而不打，违令者斩。”王茂只得领命而去。

时间一天天过去，到了五月间，朝廷援军由吴子阳率领，已逼至西阳、武昌一带。郢、鲁守军拒不投降，义军和官军长期僵持着。义军内部士气低落，有的要回雍州，有的想去荆州，有的主张先取江州。荆州终于沉不住气了，派席阐文、夏侯详前来催战。萧衍热情地把他们接到营帐之内:“席大人前来，定有指教。”

“将军起兵已有半年，皇上心甚挂念，派席某前来劳军，财物随后就到。”

萧衍躬身施礼:“谢皇上圣意，萧某当殚精竭虑围歼郢州之敌，扫除东下障碍。”

“席某临来之前，皇上一直为郢州之战焦虑，希望尽快攻城，提早向东推进。”

“这是皇上的旨意?”萧衍警觉地问道。

“这……这也是镇军将军萧颖胄等大臣的意见。朝臣认为，萧将军调用兵力营建汉口城，长期屯兵于此，却不去考虑攻城，尽快平西阳、定武昌、取江州，时间一长，士气消耗无余，战机将会丧失殆尽。”

“席大人此言差矣。”萧衍指着地图说，“汉口战略位置十分重要，它水路连通荆州、雍州，控引秦州、梁州，驻军于此，可以左右逢源，粮运资储，全赖汉口，失去此地，粮道必然断绝。如若我军全力进攻郢城，鲁山之敌必抄我后路，扼我咽喉。大军乏粮，军心必然离散，如何能够持久作战？前几天，邓元起将军请求率五千兵马前去进攻浔阳，我没有同意，为什么？浔阳守将如果懂得天命所在，一个说客便可将其说服，何必大动干戈？假如他们执意不降，区区五千兵马也不能攻取。到时我军进退失据，将无所作为。要说平定西阳、武昌二城，拿下来并不需要费多大力气，但是得手之后，就应派兵驻守，要守住这两座城池，起码也得一万人马。如果官军全力进攻两城，两城势必不能自救。我军如果分兵支援，则首尾不能相顾；如果不派兵支援，两城必不能持久坚守。一城陷落，其他各城必然土崩瓦解。这样，天下大势从此去矣。席大人，请你转告皇上，只需耐心等待，郢州、鲁山两城已被我军围困日久，他们粮草有限，坚持不了多久了，胜负将见分晓，何必去损兵折将，自讨苦吃?”

“那暂时就无仗可打了?”席阐文两手一摊。

“我们的策略是围城打援，现在昏君已派吴子阳率领援军向西挺进，我们要派精兵强将打掉这股援军，使郢州陷入孤立无援的境地，破城将指日可待。”

“皇上考虑的是大局，要尽快诛除暴君，安定天下。”

萧衍知道，席阐文又抬出萧宝融来压自己，便说：“谁不想早日平定天下?席大人回去后，劝皇上放心，以我正义之师、数州之众，诛除昏君佞臣，如同悬河注火，哪有不灭之理? 只管耐心等待就是。”

“镇军将军还有一计。”席阐文走近萧衍，附耳低语道，“可请求北魏出兵，这仍不失为上策。”

“这是下下之策。”萧衍断然拒绝，“北面求救于索虏，这不是示弱于天下吗?况且索虏未必可信，如果他们来了就不走了，我们将如何应对? 这不是引狼入室吗?”

“我们与北魏议和通好，签订盟约，依约而行。”席阐文脸色阴沉起来。

“一纸空文有什么用? 北魏觊觎江南日久，就怕到时候请神容易送神难。”萧衍满怀信心地说，“请你转告镇军将军，让他只需坐镇荆州，护卫皇上，前线战事不劳挂念，借镇军将军声威，一切都在掌握之中，静候佳音好了。”

送走席阐文，为了进一步孤立郢州之敌，萧衍决定集中兵力，歼灭萧宝卷派来的援军。他命郑绍叔、韦睿等将领在齐廷援军必经的渔湖、白阳等地修筑城垒，严密设防。这样，吴子阳等率领的援军行至郢城北面的加湖一带时，便再也不能前进一步了，只好下令依山傍水，筑起营垒，以图自保。

七月的一天，襄阳萧衍府邸，丁令光临产，疼痛难忍，稳婆在一边催促着：“用劲，用劲。”

丁令光又痛又累，虽然满头大汗，但她没有发出丝毫的呻吟之声。

稳婆仔细看了看，慌忙走出屋，对莲叶说：“难产，只出来一只手，怎么办?要不要告诉你家夫人?”

“我年轻，我怎么知道啊?”莲叶几乎哭出声来，“她是家里的主心骨，这么大的事不告诉她告诉谁呀? 跟夫人说说吧。”

稳婆又小跑着进屋：“丁夫人，孩子只出来一只手，非常危险。你看是保大人还是保孩子?”

丁令光想,夫君一直盼望我给他生个儿子,他对我恩重如山,为他而死值得,便决绝地说:“一定要保住我儿子!”

稳婆很受感动,俯下身子,细心助产。终于,小孩的头露出来了。

“生了,生出来了!”随着稳婆的叫声,丁令光布满汗水的脸上露出了灿烂的笑容。

加湖一带大雨滂沱。萧衍站在帐内,看了看外面,又看了看地图:“好雨啊,机会就要来了。”

这时,陈庆之骑着马,冲破雨幕,飞奔而来。他走进帐内,淋淋漓漓一身水:“老爷,喜事,喜事,大喜事!”

萧衍正为战事愁眉不展,没好气地说:“去去去,没看见这里正忙着吗?”

陈庆之说:“老爷,真是天大的喜事,夫人生了!”

“生了?是男是女?”

“生了个胖儿子。”

“好啊,我有儿子啦!我有儿子啦……”萧衍喉咙像被什么东西卡住似的,哽咽着说不下去了。

众将也都欢呼着:“人生大喜啊!”“好兆头啊!”“萧将军后继有人了!”

“老爷,夫人让你给公子起名字。”陈庆之满脸笑容。

萧衍思考了一会儿,说:“叫萧统吧,字是德施,小字维摩。”

张弘策说:“‘统’字好理解,就是一统天下。”

众将纷纷点头:“一统天下,一统江山!”

“将军,你哪里是为儿子取名字?”看见众将不理解地看着自己,柳庆远笑着说,“萧将军是借起名表明自己的心志,‘德施’,就是施德于民嘛。”

“是的,我要在儿子身上寄托我的人生理想。”萧衍情绪激昂地说,“我们为什么要举起义旗,率军东进?就是为了推翻暴政,建立一个安定富足的天下。我们这一代人要把这个天下打下来,而要真正建设好,还得靠一代一代的人去努力。”

陈庆之有些不解地问:“那维摩呢?”

萧衍自然地合起手掌:“维摩是与释迦牟尼齐名的大师,我的意思是,将来让儿子做一个奉佛弘法之人,慈航普度,救济苍生。”

陈庆之高兴地说:“我明白了,这就回去禀报夫人。”跑出营门,翻身上马,又冲进了雨幕中。

萧衍回头对众将说:“我要来个双喜临门。现在吴子阳在加湖一带筑起营垒,准备随时攻打驻守在汉口的义军。王将军,你不是老早就想打仗吗?今晚,你去把吴子阳的老窝给端了。”

“遵命！”王茂喜形于色，“今晚我要煮吴子阳的饺子。”

当晚，加湖水暴涨，吴子阳营垒被浑黄的洪水围困。王茂率水兵包抄过来。可吴子阳早有准备，一时万箭齐发，向王茂船队射来，船上的人一批一批倒下去。王茂心急，又组织船队继续围攻。吴子阳又是万箭齐发，士兵无处躲藏，纷纷中箭落水。王茂只得收兵，等待天亮。吃过早饭，又发兵进攻，这回，他命士兵在船上向敌军射箭，压住敌人，强硬靠岸。士兵刚下了船，哗啦哗啦往岸边走，没想到敌军在水中布了铁栅栏，挂了铁蒺藜，士兵不是被缠住，就是被扎伤。又一阵箭射来，士兵跑不动，躲不及，死的死，伤的伤，鲜血染红了湖水。

王茂垂头丧气地回到营帐。

张弘策说：“首战不利啊，王将军，你的神气哪里去了？”

“谁想到吴子阳会用诡计？”王茂说。

“打仗不全是用蛮力，还要动脑子，再说官军也不是酒囊饭袋，我们要智勇并举，方能获胜。”柳庆远说。

“这一仗损失不小啊。”萧衍眼圈微红，“不能再硬拼了，全面后撤，还是围而不打。”

柳庆远说：“吴子阳在水中布铁栅栏，他不会把自己也围起来，这事我看这样……”他凑近萧衍，附耳低语了几句。萧衍频频点头。

又到了深夜，几艘船漂在湖水之上。船舱内不时有人探出头来，向四下里张望，远远看见有船队驶来，向吴子阳营帐靠近。曹景宗小声对士兵说：“这是给官军送粮食的。”他站上船头，仔细观望着，用手比画着。

第二天，营帐内，萧衍说：“官军水道已经摸清，看这仗该怎么打法？”

曹景宗说：“末将愿出战。”

王茂说：“还是我来打，在哪里跌倒我要在哪里爬起来。”

张弘策说：“王将军还是歇息一下吧，曹将军对加湖水道更熟悉。”

萧衍说：“由曹将军和王将军合力攻打，这次定要拿下加湖。”

又到了深夜，曹景宗率领船队向军官营垒高声呐喊：“快快出战！快快出战！”可是船却不再前行。

官军又是万箭齐发，可够不着义军，箭矢落入水中。又是一阵呐喊，又是一批箭矢落入水中。几次三番，官军箭矢越来越稀。

这里张弘策领王茂死死守着加湖水道，终于有船仓皇驶出，张弘策说：“进攻吧。”

王茂大喊：“兄弟们，报仇的时候到了！”率船队冲了上去。

敌船见状，退回了营垒。

王茂率军跳下船，冲上高地与官军决战。一时间，阵地上喊杀声惊天动地。

王茂与吴子阳对阵，二人战了几个回合，吴子阳见自己的士兵死的死、逃的逃，他无心恋战，上前乱砍一阵，刚想翻身跳船，不想王茂一枪刺来，正中吴子阳胸部，他立时倒在了水中。

陈虎牙见势不妙，慌慌张张爬上船："快，快开船！"

"往哪里开呀？"驾船的士兵问。

"去浔阳，投奔我父亲去。"

而此时的建康京城，却上演着一出篡位闹剧。中兴堂内，灯火通明，肴馔满桌，酒香四溢。茹法珍、梅虫儿以及太子右率李居士、制局监杨明泰在为冯元嗣饯行。原来萧宝卷越来越觉出郢州之战的重要性，便派中书舍人冯元嗣前去监军救郢。张欣泰虽为雍州刺史，不过是个虚设的头衔，因为此时的雍州仍在萧衍的控制之下，张欣泰暂时留在朝中。他听说萧宝融在江陵称帝，心里七上八下的，如果萧宝融真的来到京师，自己眼前的一切都将失去，不如趁机与萧宝融来一个里应外合，到时候仍能位列朝臣。于是和自己的弟弟张欣时商议，弟弟也赞同他的想法，又去找宫中直阁将军鸿选和军主胡松密谋，许以高官厚禄。二人觉得方今天下已乱，当今皇帝不会长久，便答应了下来。胡松是萧宝寅的亲信，他去石头城把这一消息告诉了萧宝寅。萧宝寅想，如果哥哥被赶下宝座，自己也会受连累，不如利用这个机会进宫占了皇帝位，号令天下，或是一条活路。

鸿选探听到晚上皇上要和他的嬖幸在中兴堂给冯元嗣饯行，便出宫报告了张欣泰。张欣泰认为时机已到，便安排弟弟张欣时率领武士潜入中兴堂。

宴会正进入高潮，桌子上杯盘狼藉。萧宝卷本想出席夜晚的宴会，可因为潘贵妃发懒，不想出去，于是百般阻拦，萧宝卷只得留在宫中与她做伴。众嬖幸们见皇上没来，喝得更加放肆，一个个面红耳赤，东倒西歪。

茹法珍晃荡着身子站起来："我再敬冯将军一杯，祝你马到成功，旗开得胜。"

梅虫儿也起身相随："一块儿一块儿，祝你早日班师回朝，连升三级。"

正当王宝孙等也纷纷起身附和之时，冷不防门被撞开，几个蒙面人持刀冲了进来，为首的那人向梅虫儿砍来。说时迟那时快，冯元嗣跨出一步，挡在了中间："来者何人？为何要行凶？"

蒙面人不说话，举刀砍了下去，冯元嗣的人头就落在酒桌之上。

茹法珍本有些武功，见势不好，扔掉酒杯，纵身跳上窗子，蹿了出去。

梅虫儿紧张地躲在杨明泰身后。另一蒙面人举刀乱砍，一刀刺中杨明泰的腹部，杨明泰应声倒下。梅虫儿吓得嗷嗷直叫，举起双手去护头，又一刀飞来，梅虫儿十个手指全被砍掉，他拼命夺门而逃。

张欣泰听蒙面人说茹法珍已经逃走，他翻身上马，直入宫中，他要赶在茹法珍之前见到皇上，就说茹法珍已死，请求接过宫中的防务。

而此时的萧宝寅正在做着自己的称帝美梦，他命人把板车画轮拆下，做成八抬大轿，命人抬着，后面跟着他的文武官员，在胡松的护卫下，正在向台城进发。又有数千百姓闻讯，也尾随其后。

张欣泰赶入宫中时，看见茹法珍正在动员直阁、虎贲等武士，发放刀枪，布置任务。

张欣泰气喘吁吁地走过来："茹大人，请给我一队人马，我去防守大司马门。"

茹法珍用异样的眼光看着张欣泰："你这是自投罗网，就怨不得我了。给我抓起来！"

几个武士围上来，架起他的胳膊，把他捆了起来。

"你们那点事瞒得了别人，瞒不了我。"茹法珍得意地说，"张将军歇着吧，人马兵器都已分配完毕。"转身对武士们说，"大家听着，关闭城门，严防死守，如若有人胆敢靠近，不问是谁，一律射死，就连一只老鼠也不让它进来。"

武士们纷纷离去，只留下张欣泰一人呆呆地站在那里。殿内的鸿选看在眼里，也不敢贸然行动。

萧宝寅一行来到杜姥宅，天色已晚，城门紧闭。城上箭如雨下，无法再往前多走一步，跟随萧宝寅的人知道事情不妙，为了保命纷纷弃萧宝寅而去。最后萧宝寅看了看身边已空无一人，也只得逃走。可是整个建康城已经戒严，他在城内躲来躲去，没有人敢收留他。

三天之后，萧宝寅已饿得饥肠辘辘，照这样下去，难免一死。他想来想去，决心博一博，他穿着一身戎装，来到草市尉自首，尉司连忙骑马进宫禀报。

萧宝卷召萧宝寅进宫，他端坐在龙座之上，一脸严肃的表情："六弟，你不是想当皇帝吗？自首干什么？"

萧宝寅痛哭流涕："那天为臣正在书房内看书，忽然进来几个彪形大汉，不由分说就把我抬了出去，硬是塞进轿子，抬起就走。一路上我晕头晕脑，身不由己，等下了轿子，才知道上当受骗，万望皇上恕罪。"

萧宝卷本来就没有多少话头，此时只是冷笑了一声："看在兄弟的分上，朕赦你无罪。今后再有此事，就不要怪朕了。"

"谢皇上不杀之恩，臣当肝脑涂地，以报陛下。"萧宝寅叩头如捣蒜。

"茹法珍，对张欣泰、胡松等人严加审问，所有同党，一概杀头，一个不留。"萧宝卷拍着龙案喊道，"城内张贴告示，让人们知道，这就是背叛朕的下场。"

十四　传檄立定

暴雨连绵，洪水泛滥，郢州城变成了汪洋中荒凉的孤岛。城外山丘与山丘相望，就像一座座孤寂的坟冢。

前些日子，被打掉了外援后，郢城、鲁山两城守军士气更加低落。萧衍命令缩小对鲁山的包围圈，派兵把进出鲁山城的陆路和水路全都封锁了起来。

鲁山守将房僧寄束手无策。军主孙乐祖觉得如再固守抵抗，只有死路一条，不如见风使舵，活命是上策，便劝房僧寄放弃抵抗，缴械投降。房僧寄义正词严地说："要我投降叛贼，那不毁了一世清名吗？"

"房将军，城中已经断粮，士兵四处找吃的，百姓也都扶老携幼纷纷逃命去了。"孙乐祖沮丧地说。

"亏你还是朝廷官员！"房僧寄耐心劝导着，"我们食朝廷俸禄，就得为朝廷卖命，现在是最困难的时候，再坚守几日，朝廷一定会再派援军来的。"

"没吃的还坚守个屁！"程茂没好气地说。

"你再想想办法，看哪里还能弄到粮食。"

"不瞒房将军，能想的办法我都想过了。"孙乐祖无奈地说，"萧衍的包围一天不解除，我们就一天弄不到吃的。"

"水里不是有鱼吗？发动士兵下水捕鱼吧。无论有多大困难，都要坚守鲁山，与鲁山共存亡，这是阻挡萧衍东进的一大屏障，鲁山若失，大齐危矣。"

众将见此，纷纷摇头叹气，无精打采地退出营帐。

看到鲁山百姓逃出来，又听说鲁山守军捕鱼代食，萧衍毅然发起了总攻。一时间城内火光冲天，韦睿从容指挥，王茂冲在最前头，将士们争先恐后地向城门逼近。

房僧寄站在城楼上，命令道："给我放箭。"

一阵飞箭射住王茂的阵脚。王茂停住脚步，向城楼上高喊："弟兄们，快投降吧！我们已经煮好米饭等着你们了，香喷喷的，可好吃了。"他举起手在空中晃了晃，"还有猪肘子，谁先过来就给谁吃。"

城楼上的士兵不再放箭，有几个干脆扔掉兵器，向下走去。

"给我回来！"食物的诱惑力太大了，尽管房僧寄喊声很大，可士兵就像没有听见似的，潮水般地向下涌去。

不多一会儿，城门就被打开，孙乐祖领着将士们走了出来，他们手中空空，没人拿兵器，可由于长期饥饿，有的走着走着就倒了下去。

韦睿热情地迎上前去，紧紧拉着孙乐祖的手："欢迎孙将军，欢迎归顺义军。"

孙乐祖激动地说："我早就盼着这一天了。"

萧衍知道房僧寄是个忠义之士，一心想延揽到帐下，为己所用，反复叮嘱韦睿一定不能伤了他。韦睿说："孙将军，请你领我去拜见房将军。"

当韦睿进到营帐时，发现房僧寄已倒了在地上，脖子上横着一把剑，上前看时已没了气息，他是自刎而死。

鲁山打下来了，可萧衍仍然对郢城围而不打。将士们气势正盛，强烈要求一鼓作气，拿下郢城。

营帐内，众将纷纷要求出战，萧衍只是默不作声。

"叔达，你倒是说话呀。"在这种情况下，张弘策首先开口，"现在我军士气高涨，应该尽快攻下郢城，扫清东下的障碍。"

"我心里矛盾着呢。"萧衍坦言，"要铲除昏君，就得要打仗，而打仗就得死人，我于心不忍呀。"

张弘策劝道："你这是妇人之仁。我们铲除的是昏君和支持昏君的人，这些人一天不除，天下就一天不得安宁。"

萧衍说："自开战以来，已战死了不少将士。这些将士上有老下有小，战死一个人，父母失去了儿子，妻子失去了丈夫，孩子失去了父亲，给他们的家庭带来多大的痛苦呀！"

"这些将士死得其所。"张弘策庄重地说，"用他们的死换来天下的安宁、百姓的和乐，这是他们的光荣，历史会记住他们的。"

"这些道理我懂。"萧衍抬头看着张弘策，"为了铲除昏君，这仗肯定要打，我考虑的是怎样用最小的代价，换取最大的胜利。"

柳庆远说："鲁山一仗，就是成功的战例，可以发扬光大。"

萧衍说："我也是这么想，继续围困郢城。同时为了尽快结束这场对峙，烦请柳别驾亲自跑一趟，看看能否从内部瓦解敌军。"

"好，在下定当尽力劝降郢州，不辱使命。"

柳庆远乔装打扮，随百姓进入郢城。

此时，薛元嗣正在大堂内跪在神像前祈祷，希望蒋侯神显灵，救他于水火之中。

柳庆远来到薛元嗣帐内，与之密谈了很长时间，最后说："薛将军，值此生死存亡关头，求神不如求己呀。"

薛元嗣呆呆地看着面前的神像，没有说话。

“昏君失德，已是秋后蚂蚱，蹦跶不了几天了。”柳庆远意味深长地说，“义军锐不可当，胜券在握，鲁山这一仗你也看见了。识时务者为俊杰，何去何从，望将军三思。”

薛元嗣看到自己昼夜求助神仙发力，可毫无结果，知道萧衍是天命所归，便有意归降，他用询问的眼光看了看左右将士。

张孜因为父亲战死，仍沉浸在仇恨和痛苦之中，用敌视的目光看着柳庆远。

程茂赶紧说：“薛将军，眼下已无路可走，我家妻儿还小，不能没有我这个爹呀。”

薛元嗣摊开双手说：“大家说怎么办？是忠于朝廷，死守到底，还是顺应潮流，归附义军？”

“顺应潮流，归附义军！”众将齐喊。

“那好，既然大家意见一致，我们就弃暗投明了。”薛元嗣见张孜一直不说话，便有意道，“张将军，就请你拟定降书。”

“我……这个……还是让别人写吧。”张孜难为情地说，“其余之事，我唯将军马首是瞻。”

张冲故吏房长瑜急了：“怎么？你也想投降？你忘了你父亲是怎么死的？他就是死于萧衍的威逼啊！你父亲赤胆忠心，浩然正气照亮天地，你可不能让他的在天之灵失望啊！我们不能投降，誓与郢城共存亡！”

“父亲临终时告诉我，说遇事不可固执，要顺应时势，好自为之。”张孜小声嘟囔着。

“好自为之就是投降吗？”房长瑜显然生气了，他用手点着张孜，“他是告诉你事在人为，要努力争取。如果天运不济，我们只得穿好衣服，束好头发，到地下去见你父亲。”

“这又不是我一个人的想法。”张孜辩解着。

“你没有脑子？就不会自己想想？”房长瑜语调降下来，语气稍显温和，“张将军呀，我劝你不要听信柳庆远的鬼话，也不要盲从别人的胡言乱语，这都是萧衍的诡计。你如果中计，出城投降，不但郢州士人看不起你，就连郢州的美女也对你失去了敬仰，到头来你里外不是人，萧衍也不会重用你的。”

“房治中，大势所趋，只有投降这条路是光明大道。”薛元嗣怕夜长梦多，不想再纠缠下去。

“这条路要走你们走，反正我誓死效忠朝廷。”房长瑜说完扬长而去。

程茂和薛元嗣商量，派参军朱晓来到萧衍营帐乞降。萧衍问：“义军必胜，昏君必亡，此乃天命，为什么城中有人一直在骂？”

“主公你想一想，夏桀的狗何尝不对唐尧狂吠呢？”

“难道你们对昏君还有留恋,还想对其效忠?”

“不是,程茂和薛元嗣将军是真心归降,就有几个不识好歹的也成不了什么气候。”

“好,那你回去告诉二位将军,打开城门,迎接义军,我要在城内举行庆功宴。”

萧衍顺利进入了郢城。首府大厅内,庆功宴正在热烈地进行着。萧衍举起酒杯说:“这第一杯酒,我要感谢长期围城的将士们,是你们听从指挥,恪尽职守,耐住性子,等待时机,才保证了义军开局之战的胜利,我要诚心诚意地谢谢你们,请各位将领满饮此杯!”

众将起立:“感谢萧将军,祝贺萧将军!”

“这第二杯呀,我要敬归顺的各位将领,是你们识大体,顾大局,打开了城门,才使义军顺利接收了郢州城,我也要真心地感谢你们呀! 在这里,我向你们保证,对你们一定会一视同仁,原来是什么职务,现在还是,以后如立下战功,再论功行赏。”

各位降将也站起来:“谢谢萧将军,归顺义军,我们义无反顾!”

萧衍喝完满满的一杯酒:“我们这一仗打得好啊。双方将士没有伤亡,而且我们又成了一个大家庭,这正是我的初衷,爱兵如子,爱民如子。”

“都是萧将军高瞻远瞩,运筹帷幄。”柳庆远举起酒杯,“来,大家共同敬萧将军一杯。”众将纷纷起立敬酒。

张弘策举起酒杯说:“萧将军有菩萨心肠,能跟着萧将军是我们的荣幸。萧将军举义旗定天下,也是黎民百姓的福气。来,再敬萧将军一杯。”大家又起立敬酒。

萧衍说:“佛教戒杀,连一只小鸟、一条虫子都不能杀,何况人呢? 等我们铲除了昏君,我就去当和尚,天天为战死的将士祈祷去。”

众将齐喊:“菩萨将军,菩萨将军!”

“当务之急,就是安葬郢城内饿死的百姓。”萧衍吩咐着,“韦睿,现命你为江夏太守,代行郢州刺史事。你目前的任务就是收葬死者,安抚生者,召回逃亡百姓,使郢州尽快安定下来,恢复农耕。”

时间不长,郢州城很快恢复了平静。萧衍牵出马,想出去巡城,刚走到门口,见一个身穿丧服的人径直向他走来,他感到奇怪,呆呆地站在那里。

“看什么? 不认识老朋友了?”那人边走边说。

“哎呀,是范缜! 你怎么在这里?”萧衍疑惑地看着他,“你这是给谁穿孝?”

“母亲病故,我在给她老人家守丧。”范缜说,“听说你到了这里,特地过来看看你。”

萧衍喜出望外:“走,回郢州府坐坐。”

二人携手来到客厅,早有衙役端上茶来。萧衍感叹道:“我们分别也有十多年了吧? 想当年在建康鸡笼山西邸,聚集在竟陵王萧子良的身边,相互唱和,互有辩难,学问日进,友谊日增,那真是一段难忘的岁月。”

“是呀,可自从王融事发,竟陵王遭猜忌,直至抑郁而死,学友们都各奔东西谋取生计去了。最近又听说,沈约去了天台桐柏山金庭观做了道士,你想想,他是这样的人吗? 实在是因为世道险恶,只有忘情山水了。这些年来,时常想念那段岁月,想念朋友们啊。”

“当年的朋友七零八落,现在我率义兵东下,才刚刚起步,还不知结果如何,我怕再也见不到你们了。”

“你举义旗,深得民心,所到之处,官兵归附,百姓欢迎。等你打下了天下,我们这帮文人再与你同聚建康,再续盛事。”

“我举义旗,意在诛除奸佞,铲除昏君,才刚刚拿下郢城,没想到死了那么多人。这仗如再打下去,佛祖也会发怒的。”

范缜说:“我虽不信佛,但我觉得,你救民于水火,佛祖会原谅你保佑你的。你现在旗开得胜,应速战速决,这样伤亡会小一些。如久战不决,百姓将不堪其苦啊。”

萧衍深情地看着范缜,不住地点着头。

送走范缜,萧衍着手考虑东进事宜。可义军内部出现了两种声音:江陵西朝萧颖胄要迁都夏口,想居中坐镇,形成割据之势,缓求东下之计;荆州将领萧颖达、杨公则也心向西朝,都想屯兵夏口,不想再东进。萧衍身边的将领意见也不一致。曹景宗觉得,将士们长期围困郢城,身心疲惫,应当休整一段时间,再向东挺进。萧衍认为,这正是良好战机,从外部环境来看,北魏元宏去世不久,太子元恪即位,也就是个十五六岁的小孩子,听说性格懦弱,短时间内不会南侵,天时地利人和俱在,应当一鼓作气,乘胜长驱,直指京邑。降将薛元嗣担心,原郢城将士因长期被围,粮草不继,个个面黄肌瘦,四肢无力,应当休养一番,待恢复体力后,再开赴战场。萧衍说,原郢州士兵可以不随义军东征,留在这里守城。

“我同意东进,现在义军兵精粮足,士气旺盛,正是征战的最佳时机。”张弘策从怀中拿出一张地图,铺在书案上,“我绘了一张东进路线图,可供行军和安营扎寨时参考。”

萧衍拍着张弘策的肩头说:“有了这张图,义军就可以少走弯路,避免兵力浪费,这就是一把直指建康的利剑啊,有了这把利剑,我们就能长驱直入,直捣昏君老巢。诸将听令! 即日整顿兵马,择日启程。”

王茂高兴地说:“好,又要打硬仗了!”

“你就想着打仗,我们这是征讨。”萧衍从地图上直起身,“征讨未必全凭实战,最重要的是靠声威。加湖之战后,我军声威大震,陈虎牙狼狈逃回浔阳,浔阳人必定惶恐不安,在这种情况下,不必加兵,可传檄立定。”

“将军是说策反陈伯之?”张弘策看着萧衍问。

“正是此计,只是派谁去合适呢?”萧衍侧脸面向柳庆远,“上次你的郢城之行非常成功,这次你再去浔阳走一趟?”

“如派我们的人去,陈伯之未必信任。”柳庆远思虑着说,“最好找一个陈伯之阵营的人,以自己的亲身经历说服他。”

“从哪里找这样的人?”萧衍问。

柳庆远说:“可从加湖之战的降将里找。”

张弘策摸着下巴说:“有一个人倒挺合适……”

“谁?”

“苏隆之。你们想想,他是加湖之战的俘虏,原是陈伯之的幢主,通过这一阶段的说服转化,已认清了昏君的丑恶,也认识到了起义的意义,对主公也很佩服。要不派人叫找来谈谈?”

萧衍说:“不,舅父你亲自跑趟腿,把苏隆之请过来。”

苏隆之很快来到大帐,萧衍非常客气地为他端上一杯茶水。当萧衍把自己的想法告诉苏隆之,苏隆之显得非常高兴:“我在陈虎牙部下就非常仰慕将军威名,现在能为将军效力,末将三生有幸。”

苏隆之来到浔阳,走进客厅。陈虎牙一见,恨得咬牙切齿:“你这个没有骨气的东西!竟然背义忘恩,投降叛贼,给我推出去斩了!”几个士兵上来,架起苏隆之的胳膊就往外走。

可苏隆之并没有害怕,他镇定地说:“我死不足惜,只是这样你就自断了后路了。”

一直低头不语的陈伯之举手制止:“且慢。”

几个士兵又把苏隆之推了进来,陈伯之说:“临阵叛敌,罪不容诛。只是你大老远地跑回来,定有话说,你把话说完吧。”

“我是来劝降的。”

“放屁!堂堂朝廷官员,去投降叛贼,找死啊!”陈伯之把手重重地拍在了桌子上。

“陈将军不要生气,你平心静气地想一想,为什么萧衍举义旗以来所向披靡?又为什么有那么多人投降了他?鲁山将士全部归降,郢州将士全部归降,这是为什么?实是齐朝气数已尽,将来掌控天下者,非萧衍莫属啊。”

“你妄议朝政,论罪当斩!”陈虎牙指着苏隆之说。

“若以昏君律法,我也是一个死了。”苏隆之显得很坦然,“只怕我死之后,就轮到你陈将军了。我奉劝你动动脑子,转转弯子,不要一条道走到黑。”

陈伯之倒显得比儿子灵活:“要我归降,他萧衍开出了什么条件?”

“萧将军说,如果你愿意归降,就让你继续做江州刺史,并封你为安东将军。”

陈伯之想,萧衍起兵,真的就能打下天下吗?前有陈显达,后有崔慧景,不是都败给朝廷了吗?不都一个个人头落地了吗?这萧衍说不定就是第二个陈显达,第二个崔慧景。可转念又一想,萧衍确实有胆有识,谋略超群,身边又有一群能征善战的将帅。方今天下大乱之际,得给自己留条后路呀。便说:“这样吧,你回去告诉萧衍,我愿意归到他的名下,这里也不用过来了,江州这块地盘,我替他守着。”

“这是缓兵之计,看来陈伯之首鼠两端,脚踩两只船啊。”苏隆之返回,向萧衍做了汇报后,萧衍立马看透了陈伯之的心思,“这不是真心归降,是在看风使舵。看来这是个不见棺材不落泪的家伙,我们要趁他犹豫之际,迅速东进,逼他就范。邓元起!”

“末将在!”

“命你与杨公则为前锋,即日启程,向浔阳进军。”

“遵命!”

于是,邓元起、杨公则引军先行,萧衍率众将殿后,沿江向浔阳逼进。邓元起昼夜行军,即将抵达浔阳时,陈伯之留其子陈虎牙去守前沿阵地湓城,自己固守浔阳。可陈伯之万万没有想到,自己刚刚安好营寨,选曹郎沈瑀就跑了进来:“陈将军,不好了,湓城失守了,萧衍军锐不可当啊!”

“虎牙呢?他没事吧?”陈伯之眼泪包着眼珠。

“没事,他正领着残兵败将,往湖口这边赶来。”沈瑀劝道,“还是投降吧,只此一条路可走了。”

陈伯之眼泪禁不住流了下来:“我的几个儿子都在京师,我投降了,他们还有命吗?”

沈瑀说:“京师人人自危,人心思变,谁还有心思顾及你的儿子?你出去看看,我们的将士哪个还愿意打这一仗?他们都在打着自己的算盘,有的想回家,有的想投降,就算有一些忠于朝廷的,也都士气低落。将军如不早日归降,部众恐要发生变乱了,一旦有变,局面将不可收拾,你就成了光杆司令,到那时再投降,萧衍还能看重你吗?”

“只有投降一条路了?”陈伯之迷惑地看着沈瑀。

“其他路都是死路。”沈瑀恳切地说。

“那好,你写降书吧。”

萧衍率大军抵达浔阳城下,陈伯之卸去铠甲,打开城门,率众将士迎了出来,看到面前威风凛凛的萧衍,自觉矮了三分,施礼道:“降将陈伯之参见萧将军。”

“不必多礼，将军请起！”萧衍真诚地还了礼，“将军归顺，壮大了义军力量，今后我们就是一家人了，你仍为江州刺史，虎牙为徐州刺史。”

“谢将军不嫌弃我们父子，今后有用得着的地方尽管吩咐。”陈伯之和萧衍相视而笑。

刚刚安顿了江州，江陵却不安宁起来。萧颖胄派急使席阐文来报，说巴西太守鲁休烈、巴东太守萧璝出兵峡口，东击江陵，刘孝庆败走，任漾之战死，江陵危急。“请萧将军顾全大局，遣还杨公则，拯救根本，不然江陵危矣。”

“杨公则已率兵东进，如让他折回江陵，就是昼夜兼程，恐怕也来不及呀。”萧衍见席阐文一脸焦急的神情，安慰道，“席参军不要着急，现在是保持冷静的时候，鲁休烈等人不过是些乌合之众，没有什么战斗力，蹦跶不了几天。”

“光冷静有什么用？兵来将挡，水来土掩呀。”

“这我知道，萧伟、萧憺都在雍州，如需要兵力增援，可派人去征召。”

当席阐文返回江陵把萧衍的话告诉萧颖胄后，萧颖胄神情阴郁了下来。萧衍有二心呀，是他同意拥立南康王即位的，现在皇上有难，他却撒手不管，分明是想独霸天下，如若他的阴谋得逞，不但皇上性命难保，自己也就死无葬身之地了。想到这里，禁不住心口一阵剧痛，随着一阵沉重的咳嗽声，一口鲜血吐了出来，他也迷迷糊糊晕倒在地。

萧宝融从龙座上走下来，扶着萧颖胄：“萧将军怎么啦？醒醒，快醒醒！”

“萧将军，你不必焦虑，朕这就下诏，让萧伟前来救驾。”

“不要……不要引狼入室。”萧颖胄慢慢睁开眼，听说皇上要征召萧伟，顿时警觉起来，他强打精神站起来，“军主蔡道恭是我们的亲信，速遣他出屯上明，抵御巴军。”

一切准备就绪，萧衍率兵东进。他拍着郑绍叔的肩头：“郑将军，浔阳就交给你了。”

“将军对我恩重如山，我哥哥郑植奉昏君之命去雍州行刺，将军本应处死他，可你手下留情，不但盛情招待，还把他放了回去，没想到让昏君杀了。”郑绍叔双膝跪地，“为家为国为将军，我郑绍叔定当赴汤蹈火，在所不惜。”

萧衍扶起郑绍叔，攥着他的手语重心长地说：“你便是我的萧何啊！出师攻伐不利，我当其咎；粮草接济不上，可是郑将军你的责任！”

郑绍叔听后，泪流满面，复又跪地叩头道：“有绍叔在，浔阳就在，浔阳在，粮草就在！”

十五　厌胜之术

建康太极殿内笼罩着一片恐慌的气氛，文武大臣个个显得焦躁不安，唯独萧宝卷满不在乎地端坐在龙椅之上，用手指点着下面的臣子："看看你们那个熊……熊样，有什么可怕的？天塌不……不下来！"

"皇上，实在是情况不容乐观啊。"尚书令王亮焦急地说，"萧衍自襄阳起兵以来，所向披靡，所到之处，州郡官兵不是被击败，就是倒戈投降，继雍、荆、湘、郢、司五州之后，朝廷又失去了江州，半壁江山尽属萧衍。皇上，当务之急是要保住京师，然后再伺机收复失地。"

"有那么严重吗？"萧宝卷满不在乎地说，"陈显达厉害吧？曾平定宋桂阳王刘休范叛乱，击败叛贼沈攸之，在北魏中也素有威名，为魏兵所畏惧。可他居然反叛朕，怎么样？不是一战即败，悬首朱雀门了吗？崔慧景不是也打进来了吗？围困京师近一个月，最后下场怎样？还不是被割下头装进鱼笼里去了？不要担心，没什么可怕的。萧衍军也不过是些乌合之众，不堪一击，等他到了白门，朕再收拾他。"

茹法珍上前奏道："皇上，萧衍步步为营，他把夺取的州郡都安置了自己的人驻守。"

萧宝卷翻了翻白眼："这有什么？是朕的江山，朕就不能再重新任命吗？命太子左率李居士为江州刺史，让冠军将军王珍国为雍州刺史，建安王萧宝寅为荆州刺史。你再查查京师的官员，把失去的各州都安排上新的刺史，命令他们把这些失地夺回来。"

梅虫儿抱着没有手指的两手施礼道："高招！实在是高招！谁要想当这个刺史，谁就得拼命。"

这时，一快使骑马向宫中飞奔："急报，前线急报！"跑至宫门，太监王宝孙接过信函，向太极殿跑来："急报！急报！"

茹法珍接过一看，顿时吓得脸色惨白，哆嗦着嘴唇："皇……皇上，不好了，叛贼已打到江宁，逼近京师，情势危急了。"

萧宝卷不由自主地晃动了一下身子："什么？申胄不是领兵两万驻守当涂吗？"

茹法珍禀道："皇上，申胄虽为辅国将军，其实就是个大草包！他见叛军气势威猛，不敢组织抵抗，慌忙向后奔退。皇上的三道防线已被叛军攻破了一道。"

"那有什么？重新构筑防线！李居士！"

"微臣在。"

"朕任你为征虏将军，总督西讨诸军事，领兵两万赶赴新亭，构筑第一道防线。"

"皇上，两万兵太少，不足以御敌呀。"李居士面露为难之色。

"新亭不是还有守将江道林吗？他手下有人马万余……再调南兖州刺史张稷入卫京师，受你节制。"

李居士虽然有些怯战，但再也没有推脱的理由，只得表态道："皇上，微臣当拼尽全力，阻挡叛军。"

"皇上，那第二道防线呢？"茹法珍问。

"派王珍国率兵布防于秦淮河南岸。"

"皇上，这道防线非常重要，兵力越多越好。"

"那好，再特赦二尚方、二冶囚徒，充配军役，立有战功的，以功抵罪。"

王亮急谏道："皇上，不可呀，这些囚徒都是作奸犯科之人，放出来不合适。"

"怎么不合适？大敌当前，人人都要效命朝廷。"萧宝卷脸色阴沉。

"是人人都要报答皇恩，可这些人不一样，他们犯有王法，就是一群狼呀，一旦放出去，恐怕约束不住，非但于事无补，只恐继续为患乡里，为害朝廷。"

"那也好办，对他们严加管束，一旦不听指挥，就地正法。"

"皇上，如需补充兵力，可向民间征求壮丁……"

"你看还来得及吗？"萧宝卷勉强压住心中火气，"你是尚书令，管好尚书府的事就行了，军事上的事不劳你操心。"

茹法珍得意地瞥了王亮一眼，问："皇上，还有一些死囚，该怎么处置？"

"对于那些不能赦免的死囚，牵到朱雀门外，斩决结案。"

"皇上，死囚有近千人，一天杀这么多人动静太大。"杀人如麻的梅虫儿也有些为难。

"活人还能叫一泡尿憋死？"萧宝卷讥笑着，"一天杀一百，还用几天时间？这事就由阿兄去办吧。"

"是。"梅虫儿答应着，退到了一边。

"皇上，那第三道防线呢？"茹法珍问。

"台城内有七万甲士严阵以待，还有东府、石头城两翼守军，也要严防死守。这三处守军就由阿丈统一指挥，绝不能让叛贼靠近宫城半步。"

"遵命。"茹法珍躬腰施礼。

萧宝卷打了一个呵欠:“没别的事就下朝吧。”

刚走出殿外,梅虫儿附耳对茹法珍说:“但愿李居士能抵挡这股来势汹汹的叛军,不然咱们得来的富贵丢了不说,恐怕连性命也难保呀。”

曹景宗率兵赶至新亭,由于长途跋涉,衣衫褴褛,显得疲惫不堪。李居士站在城头,远远看见这些士兵正在吃力地修筑工事,轻蔑地嘲笑着:“看呀,来了一群叫花子,消灭他们还不就像踩死一群蚂蚁一样吗?此时不打,更待何时?给我击鼓冲锋!”于是士兵喊叫着向前冲去。

曹景宗见此情景,挥手大喊着:“弟兄们,李居士是无能之辈,吃掉他,天下就是我们的啦!”士兵们手持武器,呐喊着冲入敌阵。

短兵相接中,李居士的士兵体力渐渐不支,阵脚开始紊乱起来。

曹景宗瞅准时机,一箭射向李居士。李居士急忙躲闪,情急之中跨入壕沟,跌倒水边,被士兵扶起,仓皇逃走。

曹景宗喊道:“弟兄们,冲啊!”众将奋起追击,官军由于失去了指挥,像无头苍蝇,慌乱退入城内。

正在李居士收拾残兵之际,萧衍命王茂、邓元起、吕僧珍围攻新亭。新亭城主江道林只得出城迎战,两军对阵,杀声震天。王茂与江道林战了十几个回合,终于看出了江道林的破绽,在江道林面前虚晃一枪,江道林举枪来接,被王茂一枪刺中肩部,落身马下。王茂大喊:“给我绑起来!”从身后闪出两个士兵,把江道林绑成了麻花。

几天之内,义军捷报频传。萧衍率兵来到新林,命吕僧珍驻留江宁以北的白板桥以牵制李居士,目的是甩开李居士,抢占京师周边的军事要地。接着他又命王茂进至城南的越城,曹景宗占据新亭附近的皂荚桥,邓元起进据蒋山附近的道士墩,陈伯之占领建康外城竹篱南门,对建康形成包围之势。

李居士见吕僧珍部下兵力少,便组织一万精兵直扑吕僧珍阵营。吕僧珍站在城墙垛口,见李居士的大军压境,对部下说:“紧闭城门,也不要胡乱放箭,等敌军到达护城河前,再全力进攻。”

李居士的人马全部越过护城河,吕僧珍从容安排士兵向城下的敌军连续放箭,他自己率骑兵悄悄出城,绕到敌人背后,形成前后夹击之势。李居士猝不及防,由于腹背受敌,战无斗志,损兵折将,渐渐败下阵来,他轻蔑的笑容消失了,慌忙收拾残兵,逃回新亭固守相持。

这些天来,听着宫外擂鼓厮杀的声音,萧宝卷终于坐不住了,他身着戎装,金铠银甲,遍插羽毛,外披红袍,两边羽林武士护卫,来到南掖门城楼上观望。一阵阵震耳欲聋的战鼓声和撕肝裂肺的喊杀声不绝于耳,萧宝卷不免有些胆怯。梅虫儿等人也在一旁瑟瑟地颤抖着。萧宝卷故作镇静地说:“众爱卿不必惊慌,这仗也打不了多长时间,萧衍会败得很惨。朕已命仓储太官准备了一百天的粮食和柴草。等打败了萧衍,我们的好日子就来了。”

梅虫儿献计道:“皇上,何不请诸神出来帮忙?一年前皇上曾封三国时蒋子文为神仙,萧懿得神仙之助,打败了叛贼崔慧景,在此危难之际,恳请皇上再次启用蒋神仙。”

萧宝卷说:“还是梅爱卿想得周全,蒋神仙确实挺灵的,就封他为灵帝吧,把他的神像搬到后堂,让朱光尚率众日夜祈祷,求福禳灾。朕一向敬奉蒋神仙,这次也该显灵护驾了。”

“皇上,还可调拨一队人马,让蒋神仙率领助阵。”梅虫儿说。

“宫中已无兵可调了。”萧宝卷咬了咬嘴唇,“要不把仪仗侍卫也用上吧,组织一千人,虔诚礼拜蒋神仙,让神仙授以玄机,然后持刀张弓,出南掖门迎敌。朕在这里观战。”

萧宝卷哪里知道,这些侍卫平时狐假虎威,作威作福,屠杀手无寸铁的官员和百姓是他们的拿手好戏,真要他们上阵打仗,一个个都成了熊包。他们排着整齐的队形向城外走去,战鼓声响起,喊杀声越来越近,还没等义军冲过来,整齐的队形一下子散乱开来,他们一个个抱头鼠窜,身后是他们丢弃的刀枪。

萧宝卷非常生气:“不争气的东西!快……快关门,快关上城门!”忽然嗖的一声,一支飞箭射来,萧宝卷一歪头躲了过去。茹法珍急忙招呼侍卫,把萧宝卷扶下城楼。

李居士潜入京师,拜见萧宝卷:“皇上,城南地形复杂,房屋杂乱,树木丛生,不利作战。臣请火烧南部房屋,开辟宫外战场,这样我军可纵横驰骋,叛军也无藏身之处。”

萧宝卷像是思考的样子,点着头:“有道理,把朱雀航以南、新亭以北的房屋全部烧光。”

“遵命。”

王珍国和卫尉张稷驻守朱雀航,二人商定,张稷守北岸,王珍国守南岸,如南岸被攻破,由张稷继续阻击叛军。南岸营帐内,王珍国正做着动员工作:“朱雀航是建康的南大门,保住了朱雀航,就能保住京师,护卫皇上。刚才有人提出开航背水,那是绝对不行的。”

“怎么就不行呀?”门外传来太监的腔调。

王珍国向门外看去,原来是宦官王宝孙手持白虎幡走进来。

“王公公大驾光临,刚才忙于军务,有失远迎,抱歉抱歉。”王珍国拱手施礼。

“我奉皇上之命,前来督战。咱家认为,开航背水,是一着妙棋。”王宝孙自恃皇上宠幸,显得耀武扬威。

“王公公,这是自断后路啊。”王珍国争辩道。

“这是背水一战,兵法上说,置之死地而后生嘛,咱家觉得用在这里挺合适的。”王宝孙说得理直气壮。

“战场形势千变万化，如若我军有什么闪失，可过航后撤，再组织反击。”王珍国耐心地解释着，“否则，将造成不可估量的损失啊！”

“不能后撤，一后撤叛贼不也就跟着进来了吗？反倒给他们提供了方便。”

“如此一来，将士们的性命就难保了。”

“是将士性命重要，还是皇上重要？嗯？咱家这里有白虎幡，是代表皇上说话，谁敢违抗，就治谁抗旨之罪！”

面对这个没有打仗经验狐假虎威的太监，王珍国无可奈何，太监是皇上身边的大红人，在皇上面前一歪嘴，自己的小命就没了，于是只得闭口遵从。

交战双方拉开阵势，刚开始，因为官军自绝了归路，都拼命向前，左冲右突，义军几乎抵敌不住，渐渐后退。王茂见状，挥舞大刀，身先士卒，冲向敌阵。王茂的外甥韦欣手执铁缠矟，护卫在他的两侧。王茂与王珍国枪来刀往，战了十几个回合，不分胜负。曹景宗领军直上，冒死突入，与官军展开殊死搏斗，官军渐渐抵挡不住。此时战场上鼓声咚咚，杀气腾腾，直杀得天昏地暗、白日无光。忽然西风骤起，飞沙走石，向阵地扑来。

吕僧珍见状，大喊一声：“用火攻！”阵地上立时火起，扑向官军。官军阵脚渐渐紊乱，纷纷后退。

王宝孙见直阁将军席毫被打了回来，跺着脚大声责骂：“看你个熊样！看着人高马大，原来是个软蛋。”

席毫呼啦啦喝了几口水，瞪了王宝孙一眼，翻身上马，冲出营帐，来到阵前，替下王珍国，与王茂对杀起来，但他显然不是王茂的对手，枪来刀往中，被王茂看出破绽，一刀砍于马下。官军见席毫战死，士气更加低落，很快土崩瓦解。王珍国见大势已去，忙率残兵回撤。由于撤掉了浮桥，官军纷纷落水，淹死无数。王茂、曹景宗率兵乘胜追击，官军踏着尸体搭成的桥拼命地往回逃。张稷试图组织抵抗，但兵败如山倒，他已无力挽回败局。

王宝孙回到宫中，跪在萧宝卷面前，浑身哆嗦，大口喘着粗气：“皇上，不好了，叛贼过了秦淮河，已打到白门了！”

“王珍国呢？”萧宝卷瞪大了眼睛。

“王珍国阳奉阴违，抗拒圣命，贪生怕死，不战而退呀。”王宝孙用手抹着眼泪，“要不是奴才跑得快，小命早就没了。”

萧宝卷冷笑了一声：“奴才怕死应该，一个久经沙场的将军怕死就不应该了。”

“张稷呢？”

“张稷更是胆小如鼠，皇上让他守卫京师，可他不知躲到哪里去了，自从开战以来，奴才就没见过他的面。”

“那你说怎么办？杀了他俩？”一向杀人不眨眼的萧宝卷此时倒犹豫起来。

“皇上，奴才也知道，临阵斩将容易动摇军心，可这两人确实太不像话了，是留是杀请皇上定夺吧。”

萧宝卷知道，李居士无能，如果再斩杀这两员大将，将无可用之人，便说：“这样吧，传朕口谕，王珍国、张稷抗敌不力，本当处斩，念其此前微劳，暂不治罪，定要勠力同心，奋力抵敌，杀退叛贼，将功抵罪。”

“是。”王宝孙小心翼翼地退了出来，一离开萧宝卷就昂起了头，向王珍国营帐走去。

朱雀航惨败，士气低落，官民恐慌，可萧宝卷似乎并不放在心上。尚书令王亮心里着急，早早来到宫中，要求觐见皇上。此时萧宝卷正身穿将服，在后堂与“萧衍”对打，潘贵妃和大小太监围着观战。萧宝卷手持精杖，“萧衍”舞着大刀，二人你来我往，战了几个回合。只见“萧衍”手举大刀向萧宝卷头上劈来，萧宝卷躲闪不及，那刀正好砍在他的左肩上，萧宝卷“啊”了一声，倒在地上。

王亮吓了一跳，跑上前去：“快救皇上！”

只见那“萧衍”扔掉大刀，走上前扶起萧宝卷。萧宝卷眯着眼睛，看见“萧衍”过来，猛地一脚踢在“萧衍”的胸部。“萧衍”倒在地上，口吐鲜血，蹬了几下脚，死了。

太监、宫女一齐欢呼：“皇上威武，皇上威武！”

萧宝卷站起来说，指着地上的“萧衍”说：“把他埋了吧。”

几个卫士上前拖着那“萧衍”往外走，王亮走近一看，原来是一个太监扮的，这才长长地舒了一口气。

茹法珍对萧宝卷说：“皇上亲手杀死了叛贼，这是吉兆呀。”

王亮瞪着茹法珍：“怎么搞这一套？这不是胡来吗？”

茹法珍不服气地说：“这叫厌胜，你懂吗？厌胜之术是姜太公发明的，武王伐纣时，天下归服，只有丁侯不肯朝见，姜太公就用了这种方法，才使他臣服。”

“搞这种虚无缥缈的东西有什么用？”王亮知道跟茹法珍说不通，不再理他，对萧宝卷说，“皇上，还是想想退敌之策吧。萧衍包围台城，宫中惶恐不安，宁朔将军徐元瑜献出东府城投降了，光禄大夫张瑰放弃石头城逃跑了。李居士见只有自己孤守新亭，也穷蹙乞降。目前萧衍已率军进入石头城，城内不法刁民走上街头，以血为书，迎接叛军，一些怀有二心的达官显贵也前去投奔或投送名刺。萧衍下令叛军包围台城六门，台城已变成了一座孤城。”

面对众叛亲离，萧宝卷显得六神无主：“爱卿说怎么办？”

“为今之计，是集中兵力守住台城。”王亮不无忧虑地说，“再派人出去联络忠于朝廷的藩镇将领，驰援京师，同时想办法分化瓦解敌军。萧衍阵营虽然表面看起来很有战斗力，其实并不是铁板一块，不少投降过去的将领仍处在观望之中。只要我们守住台城,同时向外发出讨贼檄文,时间久了,叛军必有分化,然后再集中兵力,一举歼灭叛贼。"

萧宝卷看着茹法珍,茹法珍知道,这是皇上向他讨计策了,便说:"皇上,王亮危言耸听,台城城墙坚固,外有护城河阻隔,谅萧衍插翅也飞不进来。"

王亮说:"台城年久失修,请皇上用修芳乐苑剩下的木料来加固城门。"

萧宝卷说:"王爱卿应该知道,那些木料是朕留着日后建造神仙宫用的。"

王珍国说:"目前朝廷将士士气低落,望皇上重赏将士,提振士气。"

萧宝卷说:"此话虽有道理,可哪里来钱呀?"

张稷说:"现在皇宫被萧衍围得水泄不通,钱只能从国库出,等打败萧衍,再补充国库。"

萧宝卷说:"国库也没有多少钱了,剩下的那点钱,朕还得留着战后扩建芳乐苑。"

王亮说:"皇上,军情紧急呀,一旦台城陷落,留钱何用?"

萧宝卷一听,非常生气:"钱……钱,钱钱钱,你们只知道向朕要钱,朕会生钱吗?叛贼打进来,难道只会杀朕一人?你们想想办法,看怎么保住自己的头吧。"

太监黄泰平焦急地说:"皇上,救急如救火呀,还是想办法渡过这一关吧。"

萧宝卷说:"狗奴才,你有资格插嘴吗?"

黄泰平咽了一口唾沫,退到了一边。

太监王宝孙说:"木料好说,可拆除民房,用来加固城门。"

萧宝卷说:"好,这事就由王公公督办。"

"是。"

茹法珍说:"皇上,臣还有一计,不知当讲不当讲?"

萧宝卷说:"快说呀!"

茹法珍说:"据探报得知,陈伯之并不真心投降,可派人晓以利害,许以高官,再派宫中卫士找到他的家人,控制起来,他自然会倒戈的。再联络马仙琕、袁昂等人,里应外合,击溃叛军。"

"好。"

"还有,目前官军屡屡失利,皆是将帅不用心,不出力,望皇上将出战不利者斩首示众,以儆效尤。"

"好,此事就由爱卿去查办吧。"

王珍国和张稷相互对视了一下,目光中充满了忧虑和不安。

陈伯之受命屯兵西明门,他虽然投降了萧衍,并不是实心实意。这些日子,他见不断有朝廷官员前来投降,便想探听皇上对他投降萧衍的态度,为自己多准备一条后路,关键时候可以左右逢源,于是他和陈虎牙频繁接触出降之人,被陈庆之发现,密告了萧衍。

萧衍巡视军情,来到西明门,站在城头,对陈伯之说:“这里战略位置极其重要,昏君若调援军,必定经过此门,陈将军不可掉以轻心啊。”

“萧将军放心。”陈伯之拱手道,“我已安排士卒,昼夜轮守,就连一只老鼠也钻不进来。”

萧衍看看左右,对陈伯之附耳低语道:“你也要倍加小心,听说昏君对你归降义军恨之入骨,要派刺客杀你。”

“哈哈,就算萧宝卷有想法,看哪个长蛋的敢来?”陈伯之拍着自己胸脯说,“我可不是吃素的,我让他有来无回。”

陈伯之知道萧衍在敲山震虎,吓唬自己,可他出于自己的打算,又多次亲自去找李居士密谈。正巧萧宝卷手下将领郑伯伦前来投降,萧衍便派郑伯伦去见陈伯之。

陈伯之把郑伯伦领进客厅问:“宫中粮食还够吃的吗?皇上可安好?”

郑伯伦看了看四周,陈伯之会意:“你们几个,出去站岗,任何人不许进来。”

郑伯伦这才附耳神秘地对他说:“皇上对你恨得牙根痛,想以高官厚禄引诱你,然后设下两招:一是你如果投降,便生割你的手脚,将你凌迟处死;二是你如果不降,再派人前来刺杀你。你可要千万当心啊,这可不是闹着玩的,皇上可是杀人不眨眼。”

陈伯之听着,慢慢低下了头。

十六　手断国命

岁末来临，天气虽然寒冷，可石头城内却非常热闹，各路官军纷纷投降萧衍。营帐之内，萧衍接待了一批归降将领后，对张弘策说："你负责安置这些降将，一定要尊重他们，善待他们，让他们有一种回家的感觉，对那些能征善战的武将要不计前嫌，委以重任。"

"将军海纳百川，招贤纳士，诚如周公吐哺，天下归心。"张弘策赞叹着。

"哎，周公是元圣，我怎能与他相比呢？"萧衍自谦着，"说天下归心倒是真的。现在我们已经把建康城的六个城门牢牢堵死，并筑起长围，昏君已成瓮中之鳖，他的末日快到了。"

"主公，虽然多数官军将士纷纷归附，可是豫州刺史马仙琕拥兵自重，不肯归附，不断抢掠郑绍叔派来的运粮船只。"王茂越说越气愤，"给我一队人马，我去灭了他，省得他在背后捣乱。"

萧衍耐心劝道："马仙琕是一员猛将，必将为我所用。我们现在不是消灭他，而是想办法劝降他。王将军，你去做做他的工作？"

王茂难为情地说："让我使枪弄棒还行，动嘴皮子的事还是另请高明吧。"

"前些日子，主公派马仙琕的朋友姚仲宾前去劝说，马仙琕摆了一桌丰盛的宴席，酒足饭饱之后，把姚仲宾推出营门斩了，以此宣示他决不投降。如再派一般说客前去，恐还是姚仲宾的下场。"柳庆远思虑着，"要派就得派他不能杀的人……哎，有了，他的族叔马怀远不是在营中吗？可派他前去。"

张弘策笑着说："这招有点损，万一马仙琕六亲不认，那不等于把马怀远送入虎口吗？"

"马仙琕乃忠义之士，应当不会做出伤天害理之事。"萧衍虽然嘴上这么说，但他也有些不放心，"可派几名武士跟随，以防不测。"

当马怀远来到豫州府说明了来意后，马仙琕照样摆了丰盛的宴席。他殷勤地敬酒，给叔父夹菜，看看叔父已经喝得差不多了，他站起来，躬身行了个大礼："大义灭亲，圣人所教，休怪小侄无礼了。你虽是我的长辈，可你替叛贼卖命，侄儿不得不送你上路。"

马怀远骂道："你个混账东西！叔父死不足惜，只是我们马家从此也就完蛋了。我原以为你能为马家光耀门楣,没想到你竟不知香臭,毫无仁恕之心。萧衍举义旗,除昏君,天下响应,而你却抱残守缺,马家的一切就要断送在你的手里了。"

马仙琕流着眼泪,声音颤抖地说:"拉出去斩了!动作要利索点儿,不要让叔父受罪。"

一个将领施礼求情:"两军交战,不斩来使。何况他是你的叔父,杀了他,将军将落个不孝之名,影响你的声威啊。"

众将也纷纷劝说:"大敌当前,望将军三思。""弃暗投明,才是正路。"接着一齐跪地,"请将军手下留情。"

马仙琕虽是一员虎将,但他内心深处也有一腔真情。他见叔父面不改色,大义凛然,深怀敬意,便上前亲自为叔父松绑:"叔父受惊了,你回去告诉萧衍,不要再派人来了,我决不投降。"

石头城营帐中,萧衍正在商议军务,几个衣衫褴褛、蓬头垢面的人走了进来,其中一人径直走到萧衍面前:"三哥,我是老六啊。"

萧衍抬起头,仔细端详,才认出了萧宏:"六弟,你没死?你让我想得好苦啊。"二人抱在了一起,失声痛哭,众将也都站在一边流泪。

过了一会儿,萧宏指着另外二人:"这是七弟萧秀,这是九弟萧恢。"

萧衍抹掉眼泪,显出高兴的样子:"你们是怎么出来的?"

萧宏说:"大哥被害后,我一直躲在定林寺职事堂内,寺内住持僧祐把我照顾得很好。"

"七弟、九弟呢?"

萧秀说:"我们藏在百姓家里。"

萧恢说:"昏君放火烧城,我们趁乱逃了出来。"

萧衍两手拍着二人肩膀:"来了就好,来了就好!"

柳庆远拿着一封书信走过来:"江陵传来消息,萧侍中不幸去世了。"

"你说什么?谁去世了?"萧衍似乎不相信自己的耳朵。

"萧颖胄。"柳庆远又重复了一遍。

"他才多大年纪?"萧衍屈指细算,"他比我大三岁,刚进入不惑之年呀,怎么就去世了呢?"

"死生有命,富贵在天。"张弘策说,"想来也是事出有因,你想想,萧颖胄因长期与萧璝率领的官军相持不下,自己辅佐西朝皇上,对外无力开疆拓土,对内又不能振兴新朝,终日郁郁寡欢,忧愤成疾,以他病弱的身子,怎能坚持得了长久?"

"江陵空虚,谁在那里镇守?"萧衍显出焦虑之色。

"皇上想重用夏侯详,连续封他为侍中、尚书右仆射,又任命他为使持节、抚军将军、荆州刺史，可他坚辞不受，执意推举萧憺，最终皇上同意了夏侯详的请求，让萧憺行府州事。”

萧衍松了一口气：“夏侯详倒是个明白人。这就好，雍、荆两州是我们的坚强后盾，不可有失啊。有萧伟和萧憺二人镇守，我也就放心了。这样吧，京口等官军望风而降，七弟去镇守京口吧。”

萧宏一听急了：“还有我呢？我镇守哪里？”

“六弟没有打过仗，就留在我身边当个帮手吧。”萧衍拍着萧宏的肩膀。

“三哥打天下，我说什么也得帮你一把，立下战功，到时候也封我个王爷当当。”

众将士一听，哈哈大笑起来。

萧衍没笑：“不许胡说！陈庆之，你领他们去吃饭，别忘了给他们换一身新衣服。”

听说萧衍包围了台城，沈约在桐柏山坐不住了，他知道改朝换代的时候到了，萧衍是自己的故交，又有文韬武略，必能成就大业。自己蹲在这里，原本只是权宜之计，自己的前程系于当前，沈氏家族也需要振兴，此时不出山更待何时？

当萧氏兄弟刚刚走出营门，沈约就风尘仆仆地走了进来。

萧衍紧紧握着沈约的手：“这几天喜鹊一直在叫，果然喜事连连呀。你看我身边武将成群，就缺文人雅士了。你来得正好，义师至京，州牧郡守望风而降，而吴兴郡太守袁昂拒不投降，你们都是文人，你去劝劝他吧，那个昏君已不值得他效忠了。”

沈约高兴地说：“我了解他的脾气，你就等我的好消息吧。”

深夜，含德殿内，萧宝卷玩得正在兴头上，他对梅虫儿说：“阿兄，你抓紧督促御府制作三百根精杖，等京师解围后，朕把这精杖发给卫士，作为出游时驱赶百姓之用。”

王珍国上前一步说：“皇上，现在叛军围困京师日久，城内人心惶惶，不知何日解困，前线将士多已变节，一些官民也想办法外逃，这精杖之事可否暂缓？还是想想办法怎么解围吧。”

张稷说：“臣附议，望皇上尽快组织得力将士抗敌，再联系外援，形成内外夹击，剿灭叛贼。”

梅虫儿见王珍国和张稷兵权在握，早就心生妒忌，想趁机打压：“有的将领贪生怕死，才使长围不解。皇上久困宫城，应当诛罪立威，杀一儆百，才能鞭策将士为朝廷效力！”

“臣附议。”茹法珍也趁机撺掇，“望皇上严惩庸将逃兵，以振军心，以安民心。”

萧宝卷犹豫起来，抬眼看了一下王珍国和张稷，没有马上表态。

张稷还要说话，王珍国拉了一下他的衣襟，递了一个眼色，示意他不要再说话。

夜晚，王珍国和张稷在室内密谋，张齐在他俩身边手执蜡烛照明。王珍国说：“张参军，你是张稷的弟弟，也是我们的心腹，我有话就直说了。今天从宫里了出来后，我就知道如再继续跟着昏君，恐怕连性命也不保了，不久就要大祸临头，不死在昏君刀下，也会被萧衍所杀。”

“那怎么办？”张齐问。

“我已秘密派心腹送萧衍一方明镜，如果他能接纳我们，就是我们的造化。”王珍国说。

张齐说：“愿听大人吩咐。”三人头碰头看了一会儿宫中布局图，指点一番，最后王珍国问张齐：“你长年在宫中，觉得黄泰平可靠吗？”

张齐想了想说：“他虽是近侍太监，但不受昏君宠信，心怀怨恨，只要晓以利害，我想他会配合的。”

王珍国说：“那就好，他的工作你来做，一定要确保万无一失。”

张齐说：“王将军放心，我哪敢拿自己的身家性命开玩笑？我再去秘密动员钱强，他是后阁舍人，在宫中有些影响力，到时候里应外合，没有不成的事。”

萧宝卷虽然困守孤城，却仍然玩兴不改，且花样不断翻新。这天，他又带领宦官和后宫健妇，在华光殿做战阵游戏，佯作失败，倒地僵仆，令宫人用木板将他抬走，号为厌胜，想以假死代真死，以消灾祛祸。

石头城，营帐内传出哈哈的笑声，萧衍爽朗地说：“厌胜，厌胜，这些道术顶个屁用。萧宝卷不是在宫中把我杀了吗？你们看，我这不是好好的？”

张弘策说：“那都是些小孩子的把戏。”

忽有快使来报：“将军，台城内有人送来一样东西，让你亲自接收。”

萧衍惊愣了一下：“什么东西这么神秘？”说着就要去接。

柳庆远上前一步，用手挡着：“且慢。”

萧衍一下子把手缩了回来：“怎么了？”

“怕其中有什么机关，我先看看。”柳庆远小心翼翼地一层层打开布包，竟是一面镜子。下面有一封书信，柳庆远拿起信，看了一下：“这是王珍国的降书。”

萧衍接过信，看了一会儿：“天助我也！有王将军做内应，何愁宫城不破？”随手拿起镜子，掰作两半，递给来使，“请务必亲送王将军，就说我萧衍盼望与他早日团聚。”

袁昂正在吴兴郡府衙院内徘徊。这些日子，萧衍在台城筑起长围，把皇宫包围得像铁桶似的,城外官军将士纷纷投降,城内文武百官都想方设法向萧衍表忠心,或直接出城归附。自己作为一郡太守,虽然不降,但能坚持多久呢?想想自己的祖先皆是忠义之士,宋文帝元嘉末年,太子刘劭欲杀父自立,叔父袁淑不愿行此大逆不道之事,誓死不上刘劭的画轮车,结果被刘劭杀害,其忠君气节光照千秋。父亲袁粲受宋明帝重托辅佐幼主,面对萧道成的谋逆篡位,他不顾个人安危,欲起兵挽大厦于将倾,结果事与愿违,以自己的生命保全了名节。现在又到了改朝换代的节骨眼上,自己到底何去何从?他内心焦灼不安,似有熊熊烈火在胸中燃烧。正自望着阴沉的天空出神,忽然衙役来报:"沈约求见。"

"他怎么来了?他来干什么?"袁昂下意识地质问道。

"怎么老朋友也不认了?"

袁昂没想到沈约紧跟着进来了,不免有些尴尬:"我以为是谁呢,原来是你,快进屋喝茶。"

二人来到客厅,寒暄了一阵之后,谈话就进入了正题。沈约劝道:"既是朋友,我就不绕弯子了,你不要愚忠了。萧将军让我告诉你,福祸无门,兴亡有数,昏君天之所弃,没有谁能够匡救。他希望你幡然醒悟,这样既可以保全身家性命,还能够留得住官职俸禄。"

"为一己私利而投降叛贼,那不成了乱臣贼子了?"袁昂面露鄙夷之色。

"你怎么不知权变,一味抱残守缺呢?树干既倒,枝叶安附?现在形势已经明朗,你还在这里为昏君卖命,不能说你是忠臣;如义军压境,你再负隅顽抗,反而弄得家门屠灭,你就是不孝。还是顺势变通,弃暗投明,为自己谋取一个好的未来吧。"

沈约的话触动了袁昂的内心,是呀,树干既倒,枝叶安附?这连小孩子都懂得的道理,自己怎么就迷于其中不能自拔呢?他沉思良久,抬头看着沈约:"请你回去告诉萧将军,三吴非用兵之地,这吴兴郡更是偏隅之所,这些年来,百姓已经困苦不堪了,又怎能承受得了战事?现在将军所到之处,州郡望风而降,唯独我踌躇至今,没有前往,为什么?我自知愚笨,不能为义军增勇,反沮义军之威,这里的官员更是庸俗无能,不能为萧将军运一担粮、扛一杆枪呀。"

沈约笑着说:"袁太守太过自谦了,你文武兼备,乃当今俊才。萧将军为什么耐心等待你归附,就是因为他求贤若渴,若你投到他的麾下,就可以驰骋自己的理想,实现自己的人生抱负了。"

袁昂端起茶水,若有所思地喝着。

冬日的夜晚,天空阴沉,阵阵寒风袭人。四处漆黑,对面看不见人。钱强密令手下人打开了进入皇宫的云龙门,王珍国和张稷按照约定悄悄带兵潜入宫中,萧宝卷身边武士丰勇已经成了内应,领着他们埋伏了起来。

含德殿内，灯火辉煌。潘妃的生日宴会正在隆重举行，她穿着华丽的宫装，由两个宫女引领，走上台阶，与早已等候在这里的萧宝卷并坐在一起。

一时笙歌齐奏，乐女们脱去上衣，露出肚脐，脸上涂着红油绿彩，伴着异族音乐，翩翩起舞。一曲终了，潘妃说："好！赏！"

萧宝卷走下宝座："还有更好的呢，朕要亲自为爱妃演奏一曲。"

早有宫女递上笙管，萧宝卷演奏的是《杂曲歌辞》中的"倚歌"《女儿子》。一群舞女舒袖起舞，一个宫女随着乐曲演唱着："巴东三峡猿鸣悲，夜鸣三声泪沾衣。我欲上蜀蜀水难，蹋蹀珂头腰环环。"萧宝卷想努力把调子吹得欢快些，可越吹声音越生涩，宫女越唱调子越哀婉，最后竟至于凄厉。萧宝卷听得不耐烦了，猛地把笙管摔到地上，啪的一声四分五裂，他愤愤地说："你怎么唱的？怎么唱破了嗓子？"

宫女说："这首曲子本来就凄凉哀婉，奴婢唱着唱着，就想到了当下时局……"

"时局是你该想的吗？你只管唱好就行了。"

众宫女一齐施礼道："是。"

梅虫儿小步走上台来："皇上，今日是娘娘生日寿辰，奴才演个杂技给娘娘祝寿。"

萧宝卷说："什么杂技？"

"晃管。"

"难得你有这份孝心，来吧。"

一会儿，两个太监抬上一张桌子，一个太监把一个青瓷管放在桌子上，梅虫儿把一块木板放在青瓷管上，一翻身跳了上去。梅虫儿两只脚踩在木板两头，摆来摆去，人却稳稳地站在上面，忽然，他的右脚一沉，左脚随之跷起，说时迟那时快，他左脚一用力，右脚随之又抬了起来，梅虫儿又稳稳地站在上面。宫女太监都欢呼起来。

萧宝卷喝完一杯酒："好，真来劲！"他来了兴致，随手把杯子扔在地上，脱掉衣服，蹦蹦跳跳地走下台阶，"来，看朕的，抬大缸来。"

几个太监吃力地抬着一口青瓷缸上来，累得气喘吁吁。萧宝卷手指着太监："看看你们那个熊样。"他两手拿着缸沿，轻轻地举在肩头，两手平伸，弓起腰，那缸在他的后肩上左右滚来滚去。他忽一用力，那缸又跳上头顶，萧宝卷顶着大缸绕场子一圈。忽然，萧宝卷仰面躺在地上，用两脚托起大缸，那大缸随着踏蹬，飞速地旋转起来。

场内又响起一阵欢呼声："好！好！好！"

这时，黄泰平悄悄退了出去，与躲在黑暗处的王珍国、张稷窃窃私语了一阵子。

深夜，萧宝卷喝得酩酊大醉。梅虫儿和王宝孙扶着他，来到御榻前，他甩掉靴子,跳了上去,倒头便睡。两个宫女过来,小声说:"皇上,请更衣。"

萧宝卷醉腔醉调地说:"更……更什么衣?朕要就……就寝,不许惊扰,快滚……滚……滚出去!"

宫女小心翼翼地说着"是",退了出去。

还没等萧宝卷睡熟,只听到外面传来急促的脚步声,他警觉地坐起身,来到窗前向外张望,看到有许多人影向宫内逼近。他知道大事不好,光着两脚,慌忙从后窗跳了出去,隐约看见许多人影向四处搜寻着。他慌里慌张地跑着,想起后宫还有他的潘贵妃,打算去拉上她,可后宫门已经关闭,正要叫门,一队甲士冲过来,将他团团围住。

值夜太监王宝孙听到动静,跑出来查看,见一群甲士持枪围着萧宝卷,他拼命地跑过去,惊恐地喊道:"不要鲁莽,他是皇上,他是皇上呀!"张开双臂护着萧宝卷。

黄泰平一刀刺向王宝孙,王宝孙捂着胸口,痛苦地说:"皇上,奴才先走一步了!"黄泰平拔出刀,王宝孙倒在了地上。

萧宝卷指着黄泰平说:"恶奴,你你你……你想造反吗?"

黄泰平说:"不是我想造反,都是你逼的。我本想老老实实做个奴才,可你忒狠毒,几次三番想杀了我。嘿嘿,今晚,报仇的时候到了,看刀!"猛地一刀砍在萧宝卷的腿上,萧宝卷双手抱着双膝,在地上打起滚来。

张齐斜刺里冲上来,举起刀就要往下砍。

"且慢。"萧宝卷强忍疼痛,目光惊愣地瞪着张齐,"你是朕的臣子,朕待你不薄,怎么行此大逆不道之事?"

张齐双手持刀刺向萧宝卷,两眼喷着怒火:"皇上,这都是你自己作的孽呀!你荒诞骄纵,残害无辜,丧失了民心,抛弃了天下,天下已不容你,百姓已不容你。不是我张齐要杀你,是你自己手断己命,手断国命啊!"

萧宝卷知道自己走到了尽头,便说:"朕是皇上,朕自己了断。"猛地攥住张齐刺来的刀刃,拉向自己的胸口。

见萧宝卷已倒在血泊中,张齐抽出长刀,两手用力,一刀下去,剁下了萧宝卷的头。此时正是齐永元三年(501 年)十二月初六,萧宝卷的昏纵人生定格在了十九岁。

第二天,文武百官聚在太极殿前西钟下,周围站满了持枪荷刀的武士。王珍国站在平台之上,大声说道:"诸位大人听着,义军围城日久,皇上迫于压力,已手断己命。愿意归顺义军的,请在降书上签名,大家要想好了,这可是决定你前途命运的关键时刻。"

百官见大势已去,只能顺水推舟,摇了摇头,叹了口气,纷纷起身签字。

突然有人高声喊道:"我决不投降!"

张稷循声望去，原来是尚书令王亮。

此时王亮显得大义凛然："房子已经倒了，为什么还要放上一把火？"

张稷劝道："识时务者为俊杰，事已至此，何必胶柱鼓瑟、抱残守缺呢？"

"国不可一日无君，既然皇上驾崩，我建议扶植新帝，延续国祚。"王亮义正词严。

有人大声说："鄱阳王萧宝寅十分贤德，可拥立为帝。"

"鄱阳王恐难孚众望。"中领军王莹说，"宫城被围已久，人心涣散，必得声威显赫之人方能压住阵脚，萧衍将军近在咫尺，何不先征求一下他的意见？"

"天下者，乃有德者之天下。"张稷慷慨陈词，"夏桀昏暴，九鼎迁于成汤。废昏立明，乃古今通例。良禽择木而栖，贤臣择主而事。今天正是微子去殷、项伯归汉之日，快签名吧，别再犹豫了。"

王亮快速走到冬青旁，摘下一把树叶，用手搓成团塞在嘴里，霎时两眼憋得通红，倒在地上，屏气装死。

张稷上前看了看，摇摇头，叹了口气，没再强迫他。

有几位犹豫了一下，还是签了字。颜见远径直走到案前："这不是落井下石吗？"拿起笔扔在了地上。

张稷把黄油涂在萧宝卷的头上，与王珍国一起送往石头城。

十七　入主台城

十二月的建康，蜡梅怒放，开启了复苏的生机。本来萧条冷落的市面重又热闹起来，百姓陆续走上街头，奔走相告。百官打开城门，揖迎萧衍入城。

此时，萧衍站在台城大司马门外，看着王莹递上的降书，脸上露出满意的笑容。看完后，脸色又严肃了起来："上面怎么没有王亮的名字？"

王莹上前施礼道："这个……签字时，他没在场。"

王珍国不满地说："谁说没在场？他是你的从弟，你在袒护他。你忘了，王亮当时就站在你的身边，他是执意拒签。"

"将军，王亮仍在尚书府里守着。"黄泰平脸上显现巴结讨好的神情。

萧衍对黄泰平说："你去请他过来，我有话跟他说。"

"公公回来！"黄泰平刚要抬脚出门，又被萧衍叫住了，"还是我自己去吧。"

尚书府内，王亮衣冠不整、邋邋遢遢地走出来，见到萧衍，也不施礼，也不让座，表情冷漠。

萧衍关切地问："王大人，是不是身体不适呀？"

"没有。"

"是不是家里有事？"

"没有。"

"看你失魂落魄的样子，是为失去皇上而伤心吧？"

"人非草木，孰能无情？"王亮实话实说，"为人臣者，发生如此惊天动地的大事，能不伤心吗？"

"这也难免，在皇上身边这么些年，要说没有一点感情，那是骗人的。"萧衍不冷不热地说，"我在新林的时候，百官都来拜访，唯独没见你的影子，想必在为辅佐昏君而忙碌吧？"

王亮坦率回答："孟子说，为人臣者，怀仁义而事其君，事君就当竭心尽力……"

"孟子还有句话，"萧衍从容插话道，"君子之求利也略，其远害也早，其避辱也惧，其行道义也勇。可你呢，明知其害而不避，明知其辱而不惧，对于道义之事又不敢担当，你还配称君子吗？"

“尚书府事繁多，岂有心思他顾？”王亮分辩着。

萧衍知道王亮是个可用之人，故意板着脸不满地说：“昏君颠倒是非，你为什么不好好引导他做人做事？为什么不扶持他爱民爱天下，做一个勤政仁善之君？”

王亮一本正经地说：“如果他可以扶持，听我一言，你怎么会有今天？”说罢，又泪眼蒙眬，禁不住哭出声来。

走出尚书府，萧衍看着迅速闭上的大门，站在那里凝视了好久。

王莹劝道：“明公不必在意，王亮是个耿直之人，容他慢慢想清楚。昏君一死，百废待兴，请明公进宫，收拾昏君丢下的烂摊子。”

“怎么？这就进宫？怎么进宫？”围城不足三月而城破，举义旗起兵也才有一年的时间，这一切好像来得太快了，萧衍兴奋之余想得更多、想得更远。他是想进宫，当然越快越好，但以什么身份、用什么方式入宫，就得谋虑一番了。

见萧衍犹豫，王茂又着急起来：“明公，快进宫吧，我们出生入死，不就为了这一天吗？”

“进宫吧！”“进去看看皇宫什么样！”众将也都七嘴八舌地附和着。

王珍国说：“文武百官签名在此，他们都在宫内恭候将军呢。”

张稷也说：“是呀，我们杀了昏君，就是为了迎接明公你呢。”

萧衍摆了摆手：“我哪里也不去，还回石头城，我累了，就想睡一个痛快觉，你们谁也不要在这里聒噪了。要进宫，你们先去吧。舅父，你和吕僧珍带人入宫，封存府库，保护图籍，安排专人监管，要做到秋毫无犯。”

“遵命！”

“王珍国，你和张稷率兵卫城安民，不得掳掠。”

“末将遵命！”

“范云，你去负责处理萧宝卷的丧葬之事吧，他毕竟做过皇帝，不要办得太寒碜。”

萧衍走了，真的睡觉去了。可众文武官员仍然没有要走的意思，他们在尚书府门外议论着。王茂又沉不住气了：“我们过五关斩六将，昏君也人头落地了，进宫就是几步之遥的事，萧将军怎么无动于衷呢？”

张稷不无忧虑地说：“是呀，我们虽然砍了昏君的头，可是昏君的余党还在，如不赶快收拾这帮人，说不定什么时候我们的人头就被他们砍了。”

柳庆远也满脸忧色：“入宫从距离上看不远，但实际上这中间还有很长的路要走呀。你们想想，萧将军是奉谁起兵的？是南康王呀。现在昏君就戮，该谁入主皇宫？”

王莹试探地说：“那该是南康王了？”

“不行，我不同意！”王茂满脸怒气，“天下是我们打下来的，为什么让一个小孩子坐享其成?”

众将也齐声说:“不行,我们坚决反对!”

张稷急忙表态:“我只拥戴萧将军。”

一直保持沉默的范云终于开口了:“这个问题嘛,我看必得有举足轻重的人出场,下旨要萧将军入宫,才能顺理成章。”

“皇帝都死了,谁还能下旨?”王茂不解。

“自然是宣德太后了。”沈约深知宫中故事,“当年明帝接受禅让,也是宣德太后颁的懿旨。不过那时宣德太后是废了自己的儿子,扶了明帝,她口中的苦水只能往自己肚子里咽。可世事变迁,沧海桑田,这次是废明帝的儿子,相信她会痛痛快快接受的。”

“对,就是她,只要她出来说话,一切就名正言顺了。”范云表示了赞同。

过了几天,宣德太后下诏,封萧衍为大司马、录尚书事、骠骑大将军、扬州刺史,这就等于把朝廷的军政大权都交给了萧衍。萧衍叩头谢恩,随后带领文武官员进入台城,住进了阅武堂。

此时,萧衍仍挂牵着两个人:袁昂和马仙琕。他命李元履巡抚东部郡县:“袁昂出身士族门第,世有忠节,你要尊重他,不要试图以兵威让他屈服。”

李元履来到吴兴郡,站在城门外,说奉大司马之命前来看望袁太守。可袁昂仍然没有请降,只是命身边的人打开了城门,撤掉了守军。

李元履安顿了吴兴城内秩序后,又马不停蹄来到豫州,在城门外列阵叫喊:“速开城门,接受安抚! 速开城门,接受安抚!”

马仙琕急召众将安排:“我受命守城,义不容降。现在我做忠臣,你们做孝子,都出城找活路去吧。”

“誓与将军共生死!”众将哭着说。

“不行啊,你们上有父母,下有儿女,你们要是死了,老人无人赡养,妻子成了寡妇,孩子成了孤儿,你们忍心吗?”马仙琕也流下了眼泪。

在马仙琕反复劝说下,城内将士开门出降,仍有数十壮士尾随其后。

李元履趁士兵打开城门之际,领兵入城,把马仙琕重重包围起来。

马仙琕大吼一声:“壮士们,给我上箭,拉满弓!”

李元履见自己的士兵也纷纷搭箭拉弓,急忙摆手制止:“谁也不许放箭,放箭者军法论处!”

就这样,壮士们背靠背把马仙琕保护在中心,拉满弓箭形成了一个圆圈,箭矢一致对向官兵,而官兵也都手持弓箭齐刷刷地对准圆心。

李元履见情势紧张,稍有不慎,就将横尸满地,血流成河。他张开双手,示意压住阵脚,和颜悦色地劝着:“马将军,事到如今,何必如此? 局势已经明朗,道理你也明白,在这里我就不必多说。大司马欣赏你,他说你一定会转过弯来的，他在阅武堂等你。”

壮士们对官兵怒目相对，马仙琕则显得异常镇定，他没有回答李元履的话，只是又做了一个拉弓动作，瞄准李元履的头部。

就这样马仙琕引箭待发，李元履重围不解，一直僵持到日落西山。夜幕降临，马仙琕拉弓的手慢慢松了劲，箭矢也耷拉了下来，最后干脆把弓箭扔掉：“唉！要杀要砍，听你们的便，我不降！”

等到李元履把马仙琕和袁昂押回阅武堂后，萧衍哈哈大笑：“二位终于还是来了，我在这里等得好苦啊。你俩的行为，让天下人知道了什么叫气节！”他看到二人均被捆绑着，不满地说，“怎么这样对待义士呢？”走上前去，亲解其缚。

见马仙琕低着头，面露愧疚之色，萧衍扶着他的肩头：“马将军，是不是为此前的杀使、断粮之事懊悔呀？”

马仙琕打量着萧衍，没有说话。

“哈哈！将军不必为虑，此一时彼一时嘛！齐桓公不计管仲射钩之仇，任其为相，终成霸业；晋文公不念寺人披刺杀之恨，用其计谋，戡定祸乱。这两件事为古人所称赞，值得我们效法。”

袁昂出身仕宦之家，少有大志，本名袁千里，永明年间，齐武帝对他说：“屈原有诗，‘昂昂千里之驹’，就改卿名为昂，以千里为字吧。”袁昂常以此自豪，也以此自勉，要做一个有抱负能成就大事业的人。今见萧衍以齐桓公自况，内心为之一动，敬佩之情油然而生，便放下文人清高的架子，动情地说：“自今以后，愿听命于大司马。”

马仙琕眼圈微红：“降将如失主之犬，无处立身，明公不计前嫌，坦诚相待，在下定当竭力效命！”

萧衍大笑：“得到二位义士，我愿足矣。泰平啊，各赏黄金百两，作为安家之资。”

“是！”黄泰平应声复诵，“赐袁昂、马仙琕黄金百两！”

二月的一个夜晚，鄱阳王萧宝寅的府邸。要在平时，每到夜晚，府内灯火辉煌，主子优游自在，养尊处优，仆人卑躬屈膝，忙里忙外，还有达官贵人、富人乡绅出出进进，宾主寒暄，好不热闹。可今天，府内却一团漆黑，寂然无声。大门外有士兵持枪荷戟，严密监视，任何人也别想从他们眼皮底下逃走。

府内一间小屋子里，灯光如豆。萧宝寅急得就像热锅上的蚂蚁，坐立不安。

阉人颜文智说：“王爷，我听黄公公说，萧衍已假借宣德太后的名义，晋爵为梁王了，还废先帝为东昏侯，皇后和太子都降为庶人了。”

“这个逆贼要干什么？”突如其来的残酷现实把萧宝寅击蒙了。

“这不明摆着吗？太子都被废了，还不是想当皇帝？”萧宝寅的心腹麻拱说。

萧宝寅痛哭流涕:“我也知道他想当皇帝,可他太狠了。我的五哥庐陵王萧宝源、九弟邵陵王萧宝攸、十弟晋熙王萧宝嵩、十一弟桂阳王萧宝贞都被杀害了。”

“还留了巴陵王萧宝义一人。”麻拱小声说。

“大哥是个哑巴,留下他是为了做做样子,可见萧衍的虚伪狡诈。”

“哪条通向皇帝宝座的路上不是洒满鲜血?”颜文智深知皇位争夺的残酷,“王爷,哭是没有用的,擦干眼泪往前看,俗话说,留得青山在,不怕没柴烧。”

“大门和侧门戒备森然,就是长了翅膀也飞不出去。”麻拱急得抓耳挠腮,“要不爬墙吧,我找梯子去。”说着就往外走。

“慢着。”萧宝寅摆手制止,“爬墙动静太大,恐怕不等爬过去就被贼兵发现了。”

“哎,有了。府后有一条臭水沟,府内的污水就从那里穿墙流出。那里不会引起贼兵的注意,可从那里爬出,只是王爷你这身份……”

“皇帝没了,哪还有王爷?我现在还不如一条狗!”说着脱下王服,摘下王冠,扔在了地上。

“只是那洞有些小,平时狗能自由出入,可人不行。”麻拱有些为难。

“活人还能让尿憋死?就不会扒得大一些?麻先生去扒墙,出去后到江边弄条渔船,我们两人准备一下,随后就到。”萧宝寅上前拉着麻拱的手,“患难见真情,如若我能够活下来,定当报答先生。”说着跪了下去。

“王爷,不要这样。”麻拱两眼含泪,拉起萧宝寅,“我家世受皇恩俸禄,正是报答的时候。”

夜深了,大门外的卫兵仍在持枪巡逻着。府后的臭水沟边,一个人影从墙内爬出,一会儿就消失在夜色之中。

府中小屋内,萧宝寅穿上黑色衣服,戴上了黑色毡帽,脚上穿了一双草鞋,俨然一个渔民。

颜文智拿着一个黑色袋子往萧宝寅的腰间系着:“王爷,这是一点钱,路上应急用。”然后领着萧宝寅向府后走去,二人先后从洞中爬出,也消失在夜幕中。

远远传来狗的叫声,门外卫兵警觉起来,立即开门进院查看动静,结果全府都搜遍了,就是不见萧宝寅的影子。最后,士兵相继来到队主跟前:“不好了,王爷跑了!”

队主把长戟在地上一撞:“他娘的!他没有别的地方去,肯定要叛逃北魏,给我追!”

卫兵一路追到江边,不见一个人影。队主大发雷霆:“他娘的!都给我上船,到江面上搜寻。”

卫兵划着几条船,在江面上来回搜寻着。远处有一只小船,近前看时,竟是一条渔船,一个渔夫刚刚拉上网来,一个十五六岁的少年在拾鱼,他低着头拾了一条放进鱼篓，又拾了一条放进鱼篓，做得那么自然。一个卫兵大声问："怎么夜里还打鱼呀？"

"不打怎么办？京师出了乱子，家里好些天揭不开锅了。"渔夫摆弄着网说。

卫兵回头对队主说："是个打鱼的，再到别处去搜。"

可是搜来搜去再也不见一只船影，队主这才恍然大悟："坏了，那个拾鱼少年就是萧宝寅，他今年不是十六吗？他为什么老低着头？就是怕我们认出来，快给我追。"

可此时，萧宝寅已经把船靠到长江对边，弃船登岸，向寿阳方向奔去。

建康阅武堂内，萧衍正在与左右议事。沈约说："大司马主持朝政以来，废除了东昏侯的谬赋、淫刑、滥役，百姓欢庆，万民拥戴。"

萧衍笑着说："这才刚刚开始，以后要做的事情还很多，比如富国强兵，比如重用人才，比如教化百姓。汉高祖打下了天下，秉持道家的'无为'思想，与民休养生息，使生产得到恢复，国家逐步强大。汉武帝根据形势的发展，改变无为而治的策略，开始有所作为，他'罢黜百家，独尊儒术'，以儒学教化天下，统御万民，开创了一代盛世。到了今天，佛教盛行，信佛的人越来越多，佛家最能普度慈航，救度众生……"

正说着，张稷一步闯了进来："大司马，江陵使者求见。"

萧衍看了看沈约，说："让他进来吧。"

只见一个官员模样的人风尘仆仆地走了进来："萧将军劳苦功高，席某受皇上旨意，前来劳军。"

王茂见席阐文对萧衍的称呼不对，生气地说："你这是几时的皇历？萧将军现在已经晋爵为梁王了。"

"皇上什么时候封的？我怎么不知道？"席阐文故作不解状。

王茂瞪大了眼睛："哪里有什么皇上？是太后封的。"

席阐文若有所悟，也有些尴尬："这……梁王原谅，在下实不知情。"

萧衍笑道："不用客气。原来是侍中大人，有失远迎，快来坐下说话。"

席阐文在一边坐下，端起碗，喝了几口水："东昏侯残忍暴戾，恶迹昭著。梁王率义军攻下京城，剪除了暴君，功高至伟。皇上特备银两物资，派我前来慰劳义军。皇上还说，荆、雍一带，是举义的根据地，那里的子民纯厚仁爱，为了表彰他们的忠心，凡随义军东讨的各路军民，一律免除三年赋税徭役。"

萧衍掩饰着内心的不快，脸上挂着笑意："我替义军将士谢过皇上。"

"还有更大的恩典呢。"席阐文说，"鉴于梁王的功勋，皇上追赠你祖父为散骑常侍、左光禄大夫，追赠你父亲为侍中、丞相啦。"

萧衍刚要跪地谢恩，被沈约一把推到了一边："席大人一路鞍马劳顿，还是先歇息一下，劳军安民之事，朝廷自有安排。”

萧衍内心也犯了嘀咕，西朝这是在向自己示好，也是在向自己示威，便别有深意地说：“范云，你带席大人去客房歇息，要安排上好的美酒佳肴伺候，不许怠慢了客人。”

席阐文听见“客人”二字，心里咯噔一下，他把我看成客人，他自己自然就是主人了。正想说什么，范云一把抓起他的手：“走吧，太后还要召见梁王。”

看着席阐文走出门外，萧衍说：“沈大人，你看怎么办？”

沈约面露忧虑之色：“这是萧宝融在向梁王宣示，他是当今皇上，暗示你不要轻举妄动呀。”

“是呀，该如何应对？”

“人既然来了，我们就要热情接待，钱物自然照收不误。”

“这是自然，只是……”

“梁王是不是在考虑怎么对待江陵的皇帝？”

王茂抢过话头：“我看干脆把席阐文杀了，再举义军，开赴江陵，消灭萧宝融，以定天下。”

萧衍瞪着王茂：“休得胡言。”

沈约斟酌着说：“现在梁王刚入京师，局势还不稳定，江陵那边，还要曲意安抚，免生变乱。在下倒是有个主意，请梁王斟酌。”

萧衍急切地说：“沈大人有何高见？快快说来。”

“梁王可请太后称制，这就等于否定了萧宝融的皇位。”

宣德太后王宝明是齐武帝太子萧长懋的王妃，儿子萧昭业。齐武帝驾崩，萧昭业登基，萧鸾为了篡位，密谋杀害了萧昭业，以宣德太后名义下诏，追贬萧昭业为郁林王，并提议立新安王萧昭文为帝。三个月后，萧鸾又请出宣德太后，以萧昭文年幼多病、不懂朝政、难当重任为由，废黜其皇帝之位，萧鸾入宫当了皇帝。宣德太后当时是为自己的杀子仇人出面说话，而现在，她又被萧衍搬了出来，以她对形势的判断，萧衍是不会让萧宝融入主台城的，个中滋味只有她自己体会得到。

几天后，宣德太后临朝称制，众百官跪地齐喊：“太后千岁千岁千千岁。”

宣德太后说：“众卿平身吧，哀家今日临朝，主要是安排朝廷官员事宜。首先是梁王萧衍，诸位爱卿都看到了，梁王举起义旗，铲除了残暴，救民于水火，于国于民功绩卓著。他主持朝政以来，革除积弊，实行教化，局势稳定，百姓安乐。梁王乃是上天选定，武能安邦，文能治国，堪比伊尹、周公，故哀家懿旨，特命梁王都督中外诸军事，剑履上殿，入朝不趋，赞拜不名，百官都要虔诚礼拜。”

萧衍手持笏板，躬腰施礼道：“谢太后千岁千岁千千岁。”

“王亮听旨，哀家任你为尚书令。”

王亮毕恭毕敬拜道:"谢太后千岁千岁千千岁。"

"范云为侍中。"

"谢太后。"

"沈约为尚书仆射。"

"谢太后。"

"柳庆远为侍中,领前军将军,代淮陵、齐昌二郡太守。"

"谢太后。"

"王莹为冠军将军,王茂为护军将军,张弘策为卫尉卿,加给事中。其余人等,各有封赏。"

众臣一齐跪地:"谢太后千岁千岁千千岁!"

原来宣德太后和萧衍都不承认江陵西朝呀,席阐文听着看着想着,皱起了眉,低下了头。

颜文智和麻拱领萧宝寅一路狂奔,又累又饿,在荒郊野外终于找到了一处院落,这是麻拱亲戚华文荣家。华文荣知道眼前这位少年是一位王爷,心想,自己耕种为业,一世清贫,说不定这位王爷就是自己的贵人,能保自己走上富贵之路,于是与族人华天龙、华惠连商议,三人一拍即合,决定抛家舍业,送王爷北逃。华文荣见萧宝寅两脚磨得血肉模糊,翻箱倒柜找出一双崭新的布鞋给他穿上,又出去买了一头毛驴让他骑着,他们一行人昼伏夜行,来到北魏寿阳城。魏军戍主杜元伦驰告扬州刺史元澄,元澄连忙派车马侍卫前去迎接。

见萧宝寅面容憔悴,衣衫褴褛,元澄顿感失望,这哪里像个王爷?俨然一个倒卖牲口的商贩,只按一般客人的礼节接待他。而萧宝寅倒像见了救星似的,哭诉了自己的遭遇,最后要求:"大人,请给我一身斩衰丧服,我要设灵堂守丧。"

"守丧?为你父皇?如果我没记错的话,你父皇驾崩已满三年,过了守丧期了。"元澄脸上现出不解的神情。

"不是为父皇,是为皇兄守丧,我皇兄死得好惨啊!"萧宝寅禁不住又痛哭流涕。

元澄心中犯了嘀咕,怎么这个王爷不懂仪礼?是不是假冒的?但转念一想,觉得假冒还不至于,假冒王爷来到自己面前,那不是明目张胆送死吗?便说:"《仪礼》上说,根据关系的亲疏程度不同,丧服分五种:斩衰、齐衰、大功、小功、缌麻。子为父穿斩衰,弟为兄穿齐衰就可以了。"

颜文智赔着小心说:"虽说兄弟之间宜用齐衰,但王爷与皇上又是君臣关系,臣为君守丧当穿斩衰。"

元澄面色冷峻,当时没再说什么,回去后还是派人送来了齐衰。

第二天,元澄领着官僚来吊唁。萧宝卷神情悲戚,虽然身穿齐衰,可参拜完全按照斩衰之礼。又因为寿阳守军多是裴叔业部下,这些人受过萧鸾的恩泽,都前来吊唁，灵堂内宾主忙着行礼还礼，灵堂外还排着长长的队伍。几天来一直悬在元澄心中的疑问和轻视终于化解了，萧宝寅是个可以利用的叛逃者，回府后立即派人飞马向洛阳魏主禀报。

十八　帐中美色

范云和萧衍在齐竟陵王萧子良的府邸相识，又曾住在邻近的街坊，萧衍很器重他。范云提着昏君的人头来见萧衍，萧衍任他为大司马咨议参军，参与机密大事。范云盼望萧衍能早日南面称尊，可萧衍自从进京后，只是忙着治理整顿，对于登基之事丝毫不提。范云心里着急，想亲自摸清萧衍的想法，他来到阅武堂，见大厅里空荡荡的。路上遇到黄泰平，范云焦急地问："看见梁王没有？"

黄泰平神秘地笑了笑："梁王去了后堂。"

此时，萧衍正站在潘贵妃面前，潘贵妃一看这威武的神态，就知道救星来了。她含情脉脉地瞟了萧衍一眼，一双黑眸闪动着魅人的秋波，拾裙跪倒在地，娇滴滴地说了一声："奴婢拜见梁王！"见萧衍用异样的眼光看着自己，她又极尽妩媚之态，"奴婢衷心祝梁王洪福齐天，万寿无疆！"

萧衍见潘氏如此貌美迷人，而且嘴又那么乖巧，一阵心花怒放，连忙弯下腰拉着潘贵妃的手："快快起来，何必行此大礼呢？"

潘贵妃顺势站起来，紧紧贴在萧衍身边。萧衍像鉴赏价值连城的珍宝一样，贪婪的目光在她身上不停地滑动着，梦呓般地说："国色天香，倾国倾城啊！"

范云来到后宫，只听门内有说话声，他停住脚步，透过门缝向里看去，见萧衍正两手搭在潘氏的肩膀上，脸对脸说着话，半边脸埋在她那乌云似的头发里。范云本想开门进去，却被黄泰平拉了一下衣角，他犹豫了一会儿，摇着头走开了。

一路上，范云反复想着怎样说服萧衍。他突然想到了一个人，那就是王茂。王茂品行方正，敢于直言，让他来劝说萧衍，或能奏效，便火速赶到王茂府上。

王茂来到阅武堂，神情严肃，萧衍不知何故，试探地问："王将军来此何事？"

王茂单刀直入："听说王爷留潘贵妃侍寝，可有此事？"

萧衍知道无法隐瞒，便坦然相告："是有此事。"

王茂一脸不解地看着萧衍，好一会儿没说话，看得萧衍有点发毛。

"王将军，那潘氏本是善良之人，坏事都是昏君干的，与她没什么关系。"

王茂严肃地说："这就是你进宫的目的？一年多来，义军将士抛妻别子，浴血冲杀，历经险阻，才有今日。梁王如此行事，岂不令人寒心？"

“我举义旗,是为了除昏君,保黎民,平天下。”萧衍坐正了身子。

“就是嘛!”王茂脸上重又露出了笑容,“这就是说大司马还没有忘记初衷。”

可是萧衍还是不舍得潘氏:“我也不过是容留一个女人,有什么大惊小怪的?”

“这个潘氏可不是一般人,萧宝卷就是因为宠幸她,才失去天下的。如今普天之下,都说此女可杀,如果你将她留在身边,一定会招致许多非议。为长远之计,此女断不可留,必须杀了她!”

萧衍沉吟了一会儿,幡然醒悟:“王将军,此乃金玉良言!那就不留她了,投进大狱吧。”

陈庆之了解到潘玉儿的情况,来见萧衍,央求道:“我今年已经十八岁了,还没婚娶,请梁王恩准,把潘玉儿赏给我做妻室吧。”

萧衍说:“好吧,你去找范侍中商议。”

范云领着陈庆之来到监狱,对潘玉儿说:“这是梁王的仆人,有意收你为妻,如你愿意,可免你一死。”

潘玉儿哭道:“以前受君主恩宠,如今怎肯匹配下人?如果强求,我只有一死了之,决不受辱。”

范云来阅武堂告诉萧衍,萧衍用征询的目光看着范云,范云不说话,也看着萧衍。萧衍明白了范云的态度,便决绝地说:“既如此,那就遂了潘氏心愿,让她自裁吧,要给她留个全尸。连茹法珍、梅虫儿等嬖幸也一并斩了。还有,后宫那两千宫女全部赏赐给将士,你拿出个分配方案,报来审阅。”

范云走后,萧衍还是坐立不安,走出门外,说道:“来人,快去把黄泰平找来。”一个太监应声而去。

黄泰平气喘吁吁地跑来:“梁王有何吩咐?”

萧衍说:“我府上还缺侍女,后宫余妃和吴淑媛二人,你想办法弄出来,送到府上。对了,还有阮氏。”

“哪个阮氏?”

“就是原先始安王萧遥光那个侍妾。”

黄泰平应声说:“知道知道,请梁王请放心,奴才一定办得妥妥当当的。”

沈约本来出身地位显赫的世族家庭,是远近闻名的江东之豪,可由于刘宋王朝你死我活的皇权之争,父亲沈璞受到牵连被杀,致使沈约幼年孤贫流离,幸亏自己发愤读书,会写诗作文,赢得了别人的赏识,才慢慢走上了仕途。由于家庭的变故,沈约从小就幻想着靠自己的力量重获朝廷信赖,重振家族威风。可刘宋王朝时,他仅做到尚书度支郎,齐朝时也就做到了尚书左丞。由于他看不惯萧鸾父子荒淫残暴,滥杀无辜,几次称病回家,最后干脆去桐柏山做了道士,实际上在等待重新崛起的机会。现在自己的故交"竟陵八友"之一的萧衍入主台城,正好可以借势实现心中的梦想。可自从萧衍请出宣德太后临朝称制后,就没有了下文。这些日子,萧衍既不召集文武大臣议事,更没有单独召见自己。沈约心里着急,径直来到阅武堂。

落座后,沈约见萧衍精神萎靡不振,不停地打着哈欠,不解地问:"梁王是不是身体不适?要不要找太医诊治一下?"

"没什么,就是晚上读书时间长了些,有点犯困。这两年来,光顾打仗,书读得少,诗文也写得少,现在一拿起书,就像见了老朋友一样,面对面地亲切交谈。"

"是呀,想想鸡笼山西邸'竟陵八友'聚会的日子,那可真是文人雅会呀,我们相互切磋,互有唱和,有时甚至激烈辩难,现在想起来,其情其景如在眼前。"

"现在好了,昏君已除,天下太平,你来了,范云、任昉、陆倕也来了,我们'竟陵八友'又可以相聚在一起了。"

沈约脸上现出悲戚的神情:"可惜王融没了,谢朓也没了。"

"他们死得不值啊。"萧衍觉得话题太沉重,便岔开道,"休文,你是'四声八病说'的创立者,诗文创作引领文苑,我还有很多地方要向你讨教呢。"

"哪里哪里,我的诗朴实有余,工丽不足,不及你的诗大气磅礴,你的《采莲曲》和《子夜四时歌》等都是上乘之作,像《子夜四时歌·冬歌》,'一年漏将尽,万里人未归。君志固有在,妾躯乃无依'。描摹女子离别相思的情态,感情缠绵,语言清新,最为动人。我还需要下功夫去学习呢。"

"现在有条件了,下一步,当年的'竟陵八友'要经常聚会,多写诗文,开一代诗风,当然队伍还要扩大,把天下文学之士都发动起来,繁荣当下文苑。"

沈约觉得不对劲,萧衍这是怎么了?为什么只顾谈诗文,只字不提朝廷之事?便把话题打住:"现在诗文对你来说是小事,朝廷之事才是大事。我在来的路上,多处听到街上的顽童在唱'行中水,做天子'。"

"'行中水'是什么?"

"'行中水'不就是'衍'字吗,'行中水,做天子',就是说你要登基做皇上啊。"

"小孩子的一句玩话岂能当真?"

"连小孩子都知道齐祚气数已尽,你怎么还在这里无动于衷呢?"

听了这话,萧衍倒也显得平静:"你看我有那个面相?"

"梁王龙行虎步,乃帝王之相,非人臣也。"

"此事能行得通?"

"天人相应,有何不可?梁王废昏立明,救民水火,功在社稷,天下归心。此时禅代,正是天赐良机。"

“让我考虑考虑再说吧。”

沈约见萧衍心存疑虑，未免有些着急，想趁热打铁：“梁王当初在襄阳起兵时，确实应该仔细考虑。如今天下大事已定，还有什么可考虑的？古人有言：‘天与不取，反受其咎。’倘若西台之主萧宝融来到了建康，君臣名分已定，谁要再想这事，谁就是乱臣贼子，没有人再会支持的。”

萧衍不再说话，陷入了沉思。

两个多月来，范云为萧衍进宫理政殚精竭虑，昼夜奔波，他怎么也没有料到自己的职位竟比沈约低，他期望自己起码是个左右仆射。因此，他时刻留心，恨不得一下子把萧衍推上皇帝宝座，自己成为开国元勋，那自己的前程将一片光明。但是，自从宣德太后封萧衍为梁王后，快一个月了，还没启动受禅程序，连萧衍本人也未曾提及，范云心里非常焦急，本想抽空进言，可萧衍偏偏深居简出，除了对众官员宣布政令外，其余时间都在内殿休养。有时请求拜见，又往往遭到拒绝。去问张弘策，才知道原来萧衍是被帐中美色所迷，将帝业之事束之高阁。

范云洞悉情由之后，又特地邀上王茂一同进谏。二人来到内殿，怎么也敲不开那朱漆铜钉大门。王茂急了，上前双手用力敲打，高声大喊：“开门！快开门！”殿内震得隆隆作响，陈庆之没法，只得敞开一条门缝：“梁王昨晚批阅文书到深夜，正在休息，请勿打扰。”

范云没好气地说：“我有十万火急之事，烦你禀报！”

“梁王吩咐，任何人不许打扰，有事明天再来。”

范云大声质问：“明天，明天，还有几个明天？”

陈庆之不再回答，正要闭门，王茂猛地一撞，顺势挤了进去：“今天让进也得进，不让进也得进！”

萧衍正在内室床榻之上抱着余氏滚来滚去，见一文一武二人同时前来，暗吃一惊，忙整理衣冠，来到客厅。

范云不客气地说：“我说这些日子总是见不到梁王呢，原来沉浸在温柔之乡不能自拔呀。”

萧衍支吾道：“所有宫女都分给将士了，是张弘策有意留了此女放在这里的。”

“张弘策什么东西！他这不是以色迷君吗？”范云回头对站在身后的陈庆之说，“你去把张弘策叫来，我要当面问问他这是什么用意。”

陈庆之没动，看着萧衍，好像在问，去还是不去？萧衍说：“不必了，弘策也是好心，他留下三个宫女，主要为了伺候我的饮食起居。”

“什么三个宫女？分明是昏君的三个嫔妃：余氏、吴氏和阮氏。张弘策脑子上哪里去了？他认为进了台城，就大功告成了吗？”范云耐心劝道，“梁王，这样不行啊。你是读书人，又身经百战，见多识广。你看汉高祖刘邦，本是一个酒色之徒，可他趁乱起兵，入关进入咸阳后，却财物无所取，妇女无所幸，赢得了军心，稳定了民心，最终击败了西楚霸王，打下汉朝四百多年江山。如今明公进驻台城，天下人都在看着你的一举一动，想归附您的人固然很多，骑墙观望的人也不少，更有昏君的余孽复辟之心不死。在这动荡的时刻，怎能承袭那些淫乱亡国的劣迹，迷于美色，自累盛德呢?”

一席话说得萧衍无言以对，他看了看内室的床榻，流露出不甘心的样子。

王茂见状，立即下拜道:“范侍中所言极是！明公当以天下为重，坚守初衷，顺天应人，成就霸业，不可沉迷于红颜祸水啊!”

萧衍一会儿想到余妃的妩媚可爱，感到温柔之乡令人留恋，忽又想到古今美色误国之事，得天下可得美人，但得美人不一定能得天下，于是感到后怕，身子也不由自主地战栗起来。是呀，大事未成，怎能沉迷女色呢？他低头不语。

范云了解这位老朋友的性格，如果他不说话，就证明他默认了，或者认错了。为了给萧衍一个台阶下，便说:“在下有一想法，还望明公恩准。前些日子，你放出两千余名宫女，赏给了众将士，将士们感恩戴德，发誓终生追随于你。唯独王将军因为体恤下属，现今仍独身一人，主公能不能抱个高姿态，将吴氏赏赐给王领军，以慰功臣之心?”

范云说罢，用眼神示意王茂，王茂心领神会，立即躬身施礼:“望明公成全。”

萧衍忙道:“吴氏已经有身孕了。”

范云微笑着说:“吴氏既有身孕，那就把余氏赏给王将军吧。”

如此美貌佳人，萧衍实在难以割舍，心中有一百个不情愿，可转念一想，大事将成，不能为一女子伤了功臣之心，权衡再三，决定忍痛割爱，于是颇有些不舍地说:“既然这样，王将军就把她领走吧。”

那余妃自从服侍萧衍以后，想到日后仍不失嫔妃之位，心里美滋滋的，对萧衍百依百顺，柔媚有加。她万万没有料到会有如此变故，急得蛾眉紧蹙，泪珠横流，当即跪伏在萧衍面前，嘤嘤啜泣:“奴婢愿终生侍奉梁王。”

萧衍不忍再看，把脸别到一边，对王茂说道:“余氏出身贫寒，受了不少苦，我将此妇赐你，你一定要善待她。”

王茂喜形于色:“谢主公成全，末将定当肝脑涂地，以报大恩!”

萧衍干脆慷慨地说:“王将军，我再赏你一百万钱，把婚事办得风光些，让大家看看，跟着我萧衍，必然有回报。还有范侍中，感谢你对我的耿耿忠心，也赏你一百万钱，好好赡养你的老母。”

此时范云也许是激动，也许还有感激，颤抖着双腿，连忙跪地行礼，王茂也跟着跪了下去。

萧衍哈哈大笑:“二位不必客气。王将军，你快回去准备婚事吧，我和范侍中还有事要商量。别忘了，一定要请我们去喝喜酒!”

面前的范云，虽有些年老，但脸色黑里透红，剑眉清朗，胡须苍劲。萧衍觉得他是可倚重之人，就把沈约的话告诉了他。范云也劝萧衍谋取禅代。萧衍说：“真是英雄所见略同，你回去考虑官员的任免事宜，明天早晨跟沈约一起来。”

范云来到沈府，二人又密谋了一番，最后沈约拍着范云的肩膀说：“你一定要等我，我们同进阅武堂。”

“休文不必多虑。”范云拱手道，“明早就在阅武堂门外寿光阁处集合。”

晚上，沈约按捺不住内心的兴奋，在案前写着什么，写一会儿，踱一会儿步子。夜深了，他合衣躺在床上，反复思考着这决定朝廷命运的大事，也是决定自己和家族命运的大事。一个夜晚，他不知起来多少次看时辰，最后干脆来到院子里焦虑地转着圈子。

东方刚刚放亮，沈约便坐车出发了，经过阅武堂门外，已经忘了跟范云的约定，径直走向萧衍的寝室。

沈约从怀中取出写好的受禅诏书和朝廷重要官员封赏名单，萧衍粗略看了一下：“沈大人所写，正合吾意，就照此办理。”

范云也起了个大早，在寿光阁处徘徊，不时地向四下里张望着，始终没见沈约的踪影。他非常焦急，不停地跺着脚转着圈子，自语道：“唉，怎么回事？怪了，真是怪了！”

红日已冉冉升起，天空晴朗无云。范云见前面来了一位殿中卫士，停住脚步问：“你看见沈约了吗？”卫士说：“沈大人早就进去了。”

范云焦急地往里走，沈约已迈着轻快的步子从里面走了出来。

范云面露责备的神情：“休文，你怎么爽约，自己捷足先登了？”

沈约没有说话，微笑着伸出手来，拍了两下范云的肩膀，又举手向左指了指。

范云明白，这是萧衍答应了他俩的禅让建议，并且许诺自己为左仆射，便忘记了心中的不快，高兴地说：“终于成功了，没有辜负我们的期望。”二人在外面又嘀咕了一阵子。

萧衍派人召范云进入，抑制不住内心的兴奋，递给他几份文书，其中一份就是禅让诏书。

范云急切地读着文书，频频点头：“好雄健的文笔，非沈约无以及此。”

“当年在竟陵王西邸时，并没有觉得他有什么过人之处，今日方显其风采。”

“与其说明公终于了解了沈约，不如说沈约终于了解了明公。”

萧衍感叹道：“这篇受禅诏书入情入理，如虎啸龙吟，铿锵有力。我举义兵以来，诸位将领各有功勋，但是真正成就我帝业的，首推你们二位。”

范云受宠若惊，以臣下之礼叩谢了萧衍。

十九　天监在下

天气渐渐暖和起来，柳枝泛绿，随风摇曳。由于时局好转，市面上的人多了起来，朱雀浮桥两边也多了洗衣的妇女和玩耍的孩子。田野的新坟长出嫩绿的小草，在风中怯怯地跳动着。

中兴二年(502年)三月，萧宝融启程东归，到达姑熟时，沈约遣人送信给夏侯详，让他以建康仍不稳定为由，说服萧宝融暂留姑熟。夏侯详早已成为萧衍心腹，见萧衍大事即将告成，便落井下石，遣使入都，与沈约、范云等秘密接洽，议定受禅事宜。

四月初一，在建康宫城，宣德太后颁布懿旨：根据前代宪章，依照魏晋故事，敬禅神器于梁，自己归于别宫。萧衍内心虽然踌躇满志，但表面上仍抗表固辞，齐朝百官及梁台侍中范云等近千人一齐上表劝进，萧衍仍是谦让不肯接受。直至太史令蒋道秀陈述了天文符谶六十四条，又是文武百官再三上书称臣，乞请登基，萧衍方才应允。

四月初八，台城南郊筑起高高的祭坛，旁边燃烧着薪柴，火势旺盛，直冲云霄。道路当中，文武大臣排成两行，相向而立，外围是整齐的仪仗侍卫。萧衍身穿龙袍，头戴皇冠，在羽扇的护卫下款步走上台阶，一时间鼓乐齐鸣。

萧衍登上高台，转过身来，众臣一齐跪地："吾皇万岁万岁万万岁！"

"平身！"萧衍向两边抬起手，众臣纷纷起立，重又分列两边。此时，萧衍抬起头来，遥望远处，蓝天白云下阡陌纵横，河流交汇，俯视近处，君臣垂手侍立，毕恭毕敬，一种壮怀天下的感觉油然而生。

此时，尚书令王亮双手托着玺绂郑重地交到萧衍手中。萧衍拿在手中掂了掂，递给一旁的黄泰平。接着王亮展诏诵读："奉天承运，皇帝诏曰：天象历运，齐祚已尽，钦若天应，以命于梁。唐谢虞受，汉替魏升，爰及晋宋，宪章在昔。齐帝撒手万邦，授以神器。朕自唯匪德，辞不获许。上受皇天之眷顾，下念黎民之期盼，帝位不可久空，国民不可乏主。遂托天下拥戴，膺此王业之福。以兹寡薄，临御万方，顾求素志，躬自谨慎。选此良辰，恭行大礼，登坛受禅，祭告上天。播撒福祉，弘扬伟业，子孙绵延，佑我大梁。"

众臣又齐喊："吾皇万岁万岁万万岁！"

“诸位爱卿!”萧衍庄重地说,“你们知道朕此刻想的是什么吗?”

众臣相互看了看,侍中柳庆远说:“皇上想的是如何休养生息,安顿黎民。”

范云说:“微臣认为,皇上想的是如何教化百姓,使民风淳厚。”

沈约说:“皇上想的是如何选拔人才,治理天下。”

“朕此刻主要想两件事,一是随朕征战阵亡的将士,没有他们的阵前厮杀、喋血捐躯,就没有今天的大梁。因此,朕想着,登基后要做的第一件事就是在佛前为他们祈祷,明天在蒋山定林寺为阵亡将士们举办盛大法会,朝中文武大臣都要前去。”

大臣们齐喊:“皇上慈悲!”

“至于第二件事嘛,大梁建立,年号定为‘天监’,‘天监’出自《诗经·大雅·大明》:‘天监在下,有命既集。’就是说上天眷顾着社稷。因此,朕要替天行道,刚才众爱卿说的安民、教化、选才等等,朕都要一步步实施,使大梁富足,百姓安乐。但是,华夏北方的大片土地仍在鲜卑索虏的蹂躏之下,那里的百姓至今仍过着异族统治的屈辱生活,所以朕还有一个宏愿,那就是修武强兵,驱除索虏,一统华夏!”

文武大臣群情激愤:“驱除索虏,一统华夏!驱除索虏,一统华夏!”

受禅大典结束,还宫后,萧衍召沈约、范云来到御书房:“二位爱卿,召你们来,就是议一议关于西朝的事。”

沈约上前施礼:“请问皇上有什么打算?”

“萧宝融与萧宝卷不一样,所以要妥善安置他。朕想把南海郡改为巴陵国,封他为巴陵王,仍沿用齐的历法,使用齐的典章。”

范云说:“皇上宽宏大度,无所不容,萧宝融毕竟是陛下起兵的一面旗帜。”

沈约说:“萧宝融现在还羁留在姑熟。”

萧衍:“这不要紧,王宫暂且设在姑熟,待巴陵王府建成后,再搬过去。”

“微臣深为陛下忧虑。”沈约面色严肃,“建巴陵国,用先齐历法,这不又是一个国中之国吗?如果萧宝融再让别人当了旗帜,必将引起天下大乱。”

“齐朝官员都已归附大梁,京外刺史、郡守也都投降,还有谁能背叛朕?”

沈约说:“投降归附之人中难免有看风使舵者,还有昏君的余党,他们不会善罢甘休的。再说了,就是萧宝融,他能甘心吗?”

“他一个小孩子家,无功于国,能有多大能耐?”萧衍显出不屑的神情。

“他就长不大了?”沈约说,“等他成人后,他能接受自己的处境吗?如再有小人从中撺掇,说不定会闹出什么大乱子。陛下不可以慕虚名而受实祸呀!当断不断,必受其乱,还望陛下三思。”

萧衍低头沉思了一会儿:“那就让郑伯禽跑一趟姑熟吧。”

一个十五岁的少年坐在楼船之上,在夏侯详等大臣的陪同下沿江游览,应当是非常惬意的事情,可萧宝融怎么也高兴不起来。姑熟是建康西南军事重镇,这里梁山、博望山对峙,显得既神秘又阴森恐怖。长江水翻腾着穿过山谷,似乎暗藏着不祥的玄机。萧宝融呆看着眼前的景象,心里不是高兴,而是忐忑不安。此时,下游来了一个船队,走得飞快,似乎在追赶他。

眼看就要追上来了,萧宝融的侍卫警觉地拉满弓箭,对准了船队。

郑伯禽走上船头大声喊着:“我奉太后之命,来传懿旨。”

听说太后有旨,萧宝融摆了摆手,侍卫们松开了弓箭。

郑伯禽硬是靠上楼船,一群武士冲上船来,把侍卫拿下,然后快速地分立两边。

郑伯禽展开圣旨,宣道:“皇上有旨！萧宝融接旨！”

萧宝融一下子愣在了那里,疑惑地看着郑伯禽,见郑伯禽一脸严肃的表情,他又转脸去看夏侯详。可夏侯详神情木然,目光空洞,好像没发生什么事似的。

“怎么平地又跳出一个皇帝?他是谁?”萧宝融疑惑地问。

“根据太后懿旨,大司马梁王已登基做皇帝了。”郑伯禽生硬地说,“萧宝融接旨！”随着郑伯禽声音落地,几个武士上来,摘下萧宝融的皇冠,脱下他的龙袍,把他按倒在地。

“皇上有旨,大梁初兴,万象更新,德泽浩荡,惠及四海。萧宝融应顺天应命,安居姑熟,依照唐虞、晋宋旧事。钦此。”

萧宝融跪在那里,泣不成声。郑伯禽走过来说:“还不快谢皇上?”

萧宝融声音颤抖:“谢……谢太后。”

傍晚,江水滔滔,江风呜咽。萧宝融换上了王服,凭窗望着船外滚滚而逝的江水,呆呆地出神。

郑伯禽在船舱外跟夏侯详嘀咕了一番,走出来,端着一个盘子,来到萧宝融面前:“皇上,你还小,也许理解得不深,宫廷争夺从来都是血腥的,不是你死,就是我亡,想开吧。这里有几锭生金,你吞了吧,吞下去就一了百了了。”说着把生金推到萧宝融面前。

萧宝融拿起生金,放在手里掂了掂,随手扔进江中:“朕不用这个。”

“你用什么?”

“一瓶醇酒就足够了。”

“也好,上酒！”郑伯禽朝外喊了一声,一位侍从立马端上酒来。

“要说这美酒啊,真是好东西。”郑伯禽一边斟酒,一边说,“快乐时可以助兴,悲伤时可以浇愁,就是到了生死关头,它也可以助你一臂之力,让你走得痛快淋漓。”他把盛满酒的玉制双耳杯端到萧宝融面前,两眼微红,有些湿润,“皇上慢慢喝。”

萧宝融猛地举起酒杯,大口喝了下去,把酒杯摔向远处,接着拿过酒壶,对着嘴咕咚咕咚灌进肚里，不一会儿就感到天旋地转，身子摇摇晃晃，趴在了桌子上。

见此情景，郑伯禽从怀中掏出一块白布，狠狠地塞进萧宝融口中。只见萧宝融呜呜着翻了翻白眼，头摇晃了几下，身子扭动了几次，就气断命绝了。

郑伯禽放下萧宝融，对外面喊："来人，皇上驾崩了！"

建康的夜晚，漆黑如墨，阴雨绵绵。黑暗中，有一队人影押着车辆向北掖门走来。他们翻墙而入，打开掖门，鬼鬼祟祟来到神武门，卸下车上的芦荻，取出藏在里面的刀枪，点燃了芦荻，大火就熊熊燃烧起来，不一会儿，总章观也着起火来。

原来这是萧宝卷的嬖幸孙文明等人趁夜作乱，他们一下子失去了往日的荣耀，既不甘心，也不安分，秘密纠集前朝余党起事。孙文明身穿黑色衣服，站在黑暗中来往穿梭指挥着。

此时，卫尉府异常安静，劳累了一天的张弘策正沉浸在梦乡之中。孙文明在墙外搭起绳梯，翻墙进入府内。睡梦中，张弘策听见有动静，刚要起身，冷不防一刀砍来，正击中他的胸部，他顿时血流如注，倒在床前。

冠军将军吕僧珍正在宫殿内值班，看见城门火起，率领宿卫兵举着火把前去抵抗。但由于乱兵在暗处，官兵手中的火把倒成了他们攻击的目标，一时间乱箭齐发，这里砍上几刀，那里刺来几枪，官军处处陷入被动，一时抵挡不住。

正在御书房批阅奏章的萧衍隐约听到外面有喊杀之声，正要起身出去查看，黄泰平跑了进来："皇上，不好了！尚书省那边出事了，好像有人打进来了！"

萧衍连忙穿上皇袍来到前殿，叫来值宿的吕僧珍："慌什么！反贼夜间偷袭，必定是因为人少，天一亮他们就会跑掉的。"

"那怎么办？任由他们捣乱？"面对如此变故，身经百战的吕僧珍一时慌了手脚。

萧衍略做沉思："这样吧，快去敲五更鼓！"

"是！"吕僧珍转身跑进黑暗中。过了一会儿，咚咚的鼓声响了起来。

门外，宫中宿卫正与乱党交战。鼓声传来，不知谁喊了一声："五更了！天亮了！"乱党慌了神，也乱了阵脚，纷纷丢弃刀枪逃窜。

领军将军王茂、骁骑将军张惠绍听到五更鼓声，知道宫城出了乱子，立刻率兵前来援救。正遇上逃跑的乱党，将他们团团包围了起来，一阵短兵相接，乱党纷纷被杀，就连几个逃向远处的也被搜捕回来，一并杀死。

这些日子，张稷心里闷闷不乐，自己为大梁立了这么大的功劳，没想到却只封了个散骑常侍。皇上的兄弟都加官晋爵，就连不学无术的萧宏也成了临川王，做了扬州刺史。他们都是皇亲，自己无意攀比，可夏侯详等十多人也封了公、赏了侯，却没有自己的份，他的心中愤愤不平，在家里坐不住，便悄悄来到王珍国府上。

王珍国一个人在客厅喝酒，见张稷进来，也没打招呼，独自端起酒杯喝着。

张稷也没客气，在桌子旁边坐下，拿过耳杯，斟上酒，也喝了起来。几杯酒下肚，打开了二人的话匣子。

张稷喝完酒，把耳杯往桌子上猛地一掼："像王茂这等人，确有战功，给个将军，我无话可说。王亮有什么功劳？我们砍了昏君人头，让他签字归顺，他执意不签，可现在他竟然照样做他的尚书令。沈约做了尚书仆射，范云做了吏部尚书，王莹也做了中书监，他们有什么功劳？不就是识几个臭字，会舞文弄墨写几篇酸文章吗？"

"他们有的是随皇上征战的武将，有的是皇上的故交，无论受什么赏做什么官还不是应该吗？"王珍国端起酒杯喝了一口，"只是有些事我不明白，义军进京途中，马仙琕一直在后边骚扰，抢粮夺枪，义军进京，他还是拒绝归顺，想凭长江天险与义军抗衡。可皇上还是任他为宁朔将军。那袁昂又是个什么东西？当时也是拒不合作，可皇上对他也是封赏有加呀。"

张稷又端起一碗酒，咕咚咕咚喝了进去："我咽不下这口气，当时为了里应外合，你送明镜表明心迹，他不是折断后又回赠你了吗？你的这一半还在，皇上那一半呢？"

"我哪里知道？"

"恐怕早就弃之如敝屣了吧。"

张稷起身向门口走去。

"你干什么？"

"我要面见皇上，摆摆理。"

"你摆什么理？皇上金口玉言，说什么都是对的，做什么也是对的，你有什么理可讲？再说了，现在大梁刚刚建立，文武大臣都忙着争官争权，谁有心思帮你说话？你没见过野鸡吗？哪个上蹿下跳，哪个就最先成为人们盘中的美餐。再看看那乌龟，沉默不语潜入深水之中，所以能够保全自身，长生不老。"王珍国拿起酒杯，把张稷按在座位上，"好自为之吧，多喝点酒就什么都忘了，来，满饮此杯！"

嘭！两人酒杯碰在了一起。

河南人褚緭正在建康街头逛荡，见墙面上贴着一张告示：皇上有旨，于公车府谤木和肺石旁边各置一函，欲上言者可投书谤木函，求显达者可投书肺石函。

大家纷纷议论着这是公正之举，这是招贤纳士，这是广开言路，新皇上英明！

褚缉静静地听着，脸上流露出振奋和得意的神情。最近，朝廷重用人才成为街谈巷议的重要话题，皇上唯才是举，无论是名家子弟，还是寒门后进，只要能通经策，便可随才试吏。这就是说选拔人才不再局限于世族，庶族子弟也可以出来做官了。皇上还派官员到民间搜求贤能之士，量才任用。褚缉心想，自己学问不行，可自信有治理才能，应该抓住这个机会，跑跑关系，也趁机捞个一官半职。于是他想到了范云，自己曾与他在鸡笼山西邸见过面。现在他做了吏部尚书，是当今新贵，走走他的门子，或许能得到任命。于是东拼西凑，弄了一百两银子趁夜来到范云府邸。

范云本来就对褚缉没什么好印象，这些年来他一直游手好闲，依附权贵招摇撞骗，因为名声不好，没人愿意推荐他出来做官。今见桌面上放的银两，心中充满了厌恶之情，便坐在那里独自喝茶，不说一句话。

场面虽有些尴尬，但褚缉觉得机会难得，便无话找话："范大人，你现在是朝廷重臣，知道你很忙，所以我特意挑了晚上来拜访。"

范云仍然不说话，继续喝他的茶。

"论起来，大人算是我的恩师。在西邸时，我就跟你学过诗，还记得你的那首《别诗》：'洛阳城东西，长作经时别。昔去雪如花，今来花似雪。'尤其后两句，对仗工整，用分别时雪花飞舞的凄凉和重逢时百花盛开的繁华做对照，把故友重逢的欢乐心情写活了。"

范云毕竟是文人，一提到诗作，便触动了他的内心："我的诗写得不好，沈约大人才是当今诗坛泰斗，我的格律诗还是跟他学的呢。"

见范云开口，褚缉喜不自胜："当时我向你请教写诗，你不顾事务繁忙，不吝赐教，耐心指导，并亲自修改我的拙作，在下终生不忘。"

"文章重要啊，魏文帝曾说，文章是经国之大业，不朽之盛事。要想有功于国，留名于世，一定要把文章写好。"

"是啊。"褚缉的兴趣点显然不在这里，他巧妙地转移话题，"当年我是靠大人的帮助才有所进步的，现在仍需要大人的提携啊。"

"你又写了什么文章？"范云兴致越来越高，"带来了没有？拿来我们一起赏析。"

"不是，这个……文章嘛，我会慢慢写。"褚缉支吾着，"我是说，现在大梁新立，急需人才，我想让大人帮着推荐一下，弄个一官半职……"

范云不禁警觉地看了看桌上的那包银子，褚缉原来是为这事，就凭他那品行和学识，加上一脸赖皮相，能推举他出来吗？到时候还不把自己的脸给丢尽了？便说："皇上不是有旨吗？要谋取官职，可以向肺石函投书，到时候朝廷会量才录用的。"

“皇上那么忙，会管我这点小事？”

“放心吧，皇上圣明，又很勤政，谤木肺石函的书信他每封必读，对于人才也亲自甄选，只要有真才实学，是绝对不会埋没的。”

“我的情况大人最熟悉，还望大人多多美言，我虽不才，做好一方郡守还是有信心的。”

范云脸上显出鄙夷的神情：“好吧，如果皇上问起你的情况，我会如实禀报的。”

“如果能成，大人就是我的再生父母，我会好好报答的，就是给大人做牛做马我也心甘情愿。”

范云见他越说越离谱，直截了当地说：“你请回吧，时间不早了，我还要准备明天早朝的奏章。”

“那好，大人忙着，有机会我再来拜访。”褚缉起身往外走。

范云拿起那包银子递给褚缉：“这个你请带回吧。”

褚缉执拗地推让着：“大人别嫌少，这是我的一点心意。”说完拔腿就往外跑。

范云追到门口，把银子扔到门外，哐的一声关上了门。

褚缉连拍了几下门，没有反应，回头捡起地上的银子，抱在胸前，无精打采地走了。

回去后，褚缉连续写信投入肺石函中，终于引起了萧衍的注意。萧衍在西邸时也见过此人，知道他是一个不学无术的投机钻营之人，与范云商议的结果是此人永不录用。

等了一段时间，褚缉见自己投出的信就如石沉大海，杳无消息，知道自己求官无望，便心生怨恨，那个范老头子有什么了不起，看你满头白毛也威风不了几天了。看着一些自己熟识的人先后做了官，成了新贵，自己有什么罪竟被遗弃？你不起用我，我还不稀罕你呢！何不前去投奔陈伯之，说服他起兵反叛？如若大事不成，再去投奔北魏，仍不失做河南郡守，于是打点行囊直奔江州而去。

二十　乞师伏虎

“这不是过河拆桥吗？小人，简直是小人！”

当陈伯之听了儿子陈虎牙的劝告后，抑制不住心中的怒火，腾地从坐榻上站了起来，一把抓起面前的茶碗狠狠地摔在了地上。

此时，陈伯之已到浔阳赴任。梁朝建立以后，封赏文臣武将，陈伯之仍任江州刺史。他觉得很委屈，自己随义军东下，跋山涉水，攻城略地，力战有功，没想到萧衍封赏了一圈，自己仍是原地踏步，这不是明摆着欺负人吗？

萧衍本来对陈伯之就不怎么看重，他没有学识，是个连扁担横在地上也不认得是“一”字的大老粗，所有文牒词讼仅能做口头说明而已，遇到大事需要上传下达，都得通过典签，所以许多大事的决定权实际掌握在典签等人手中。豫章人邓缮、永兴人戴永忠，过去有恩于陈伯之，陈伯之引以为知己，委任邓缮为别驾，戴永忠为记室参军。这样一来，整个江州没有朝廷的眼线，很容易失控。萧衍便派陈虎牙快马来江州告诉陈伯之，邓缮做他的别驾不合适，朝廷要选派程僧敏取代他。

“邓缮哪里不合适？要德有德，要才有才，老子我觉得就他合适，谁来也不中！”

“父亲，你那倔脾气又犯了，这样不好，胳膊扭不过大腿呀。他是君，咱是臣，君要臣死，臣不得不死啊。”

“呸！我本来就窝着一肚子火，他再派个人来监视我，这不是在我头上拉屎吗？他不信任我，我还不信任他呢，大不了反了，也弄个皇帝当当。”

陈虎牙警觉地看了看四周，见没有别的人，小声说：“父亲还是小心为好，不到万不得已不要走这一步。”

陈伯之想了想：“也好，你且回建康，告诉你的几个兄弟，让他们做好准备，随时撤离。”

陈虎牙刚起程回京，褚缙就来到了浔阳议事厅。陈伯之本来就认识褚缙，褚缙也了解陈伯之，所以说起话来就没有那些拐弯抹角。褚缙说：“陈将军功高盖世，竟被搁在如此蛮荒之地，在下深为你鸣不平。”

“那有什么办法？咱就是一颗棋子，任人摆布！”陈伯之没好气地说。

“司马迁《史记·陈涉世家》当中，写陈胜、吴广被逼上了绝路，于是他二人商量：‘今亡亦死，举大计亦死；等死，死国可乎？’”褚缉看陈伯之一脸的漠然，忽然想起他是个没有学问的人，便解释道，“就是说，秦朝的陈胜、吴广被逼上了绝路，要是逃跑，被抓回来是死，起义造反，顶多也是个死，造反还有可能闯出一条活路，赢得身前的富贵和身后的美名。”

“这么说来，你是让我反叛朝廷？你看我有那个本钱吗？”陈伯之实际也在犹豫当中，他想知道如要反叛，到底胜算有多大。

俗话说，苍蝇不叮无缝蛋，褚缉见陈伯之果然有叛逆之心，便进一步鼓动：“现在天下草创，皇子幼小，宗室薄弱，且连年饥荒，瘟疫流行，草莽饥民都在蠢蠢欲动，要揭竿而起。我夜观星相，火星出现在南斗的位置，俗话说，荧惑入南斗，天子下殿走，此时起兵反叛，上合天意，下合民心，没有不胜之理。”

站在一旁的邓缮也趁机撺掇：“是啊，现在台城府库空竭，东境饥民遍野，因为长年战乱，朝廷也没有像样的兵器了，这是万世一时的绝佳时机，机不可失啊！”

戴永忠起哄道：“是呀，对呀，此时不反，更待何时？”

此时的陈伯之倒也显得冷静，他端起茶碗慢慢地喝着水，实际上是在思虑权衡，直至一碗水喝干，然后放下碗：“邓别驾，这样吧，我再上奏一次，让你继续留任，把朝廷派来的别驾请求改任治中。如果萧衍同意，也就罢了；如萧衍坚决不同意，我们就造他的反。”他掉过脸看着褚缉，听他刚才说的话非常切合自己的心意，以为是张良投刘邦，刘备得孔明，展开了笑脸说，“你既然来了，就做我的参军，让朱龙符做长流参军，如帮我打下了天下，再论功行赏。”

褚缉起身，向陈伯之行了个大礼：“谢主公信赖！在下当肝脑涂地为你效力！”

说着就到了五月，到处繁花盛开，草木葱茏。这天，褚缉一大早来到府衙后面的林地里散步，听见树上的鸟儿叽叽喳喳叫个不停，他抬头留心观望着，只见一群鸟儿在枝丫间跳来跳去，相互唱和着，可远处有一只小鸟却显得很另类，不唱也不跳。这使他想到眼下的时事，想到了一个人，于是他小跑着回府衙见陈伯之。此时陈伯之仍没有起床，他这不是睡懒觉，而是心事重重，不愿意起来。

褚缉来到屋内，看见陈伯之懒懒的样子，关切地问：“主公，是不是不舒服？平常日子，你都是起得比我早，去后面林地里练武、打鸟、打野兽，今天怎么了？”

“唉，怎么办呀？”陈伯之仍把头埋在被子里，“皇上下了敕命，坚决不同意邓缮再任别驾。”

“萧衍怎么说的？”

“他要把邓缮调到别的州郡去，总之必须离开我。”

“这个独夫，太毒了！”褚缉咬牙切齿地说，“看来只有铤而走险，举旗造反了。”

“对，要造反，这个萧衍太可恶了，把他从皇帝宝座上赶下来，我来坐！”陈伯之一骨碌爬起身，穿衣下床，“走，你去告诉各位将领，到大厅议事。”

一会儿，邓缮、戴永忠、朱龙符等都来了。陈伯之说：“诸位知道，建安王萧宝寅已投奔北魏，魏主非常倚重他，拨给他兵马十万，发给他足够的兵器，现在他已率兵到了六合一带。建安王命我们迅速运粮东下，剿灭萧衍。萧衍不是号称雍州虎吗？这只老虎原来是在野外，不好打，还吃人，现在躲到窝里去了，正是打虎的好时机。”

这时，褚缉从袖中拿出一封书信，谎称道：“大家看，这是建安王的书信。”

邓缮拿过书信，仔细看了看，装模作样地说：“果真是建安王的亲笔信，我认识他，他的字迹我也熟悉。”

陈伯之高声说：“我受明帝厚恩，决定誓死以报。咱们联合建安王，打死萧衍这只老虎，弟兄们有没有信心？”

众将齐喊：“有！有！有！”

“好！我们到厅前设坛，歃血为盟！”

众将领来到厅前，每人面前一碗牲血酒。邓缮领诵道：“唇齿相依，生死与共，杀进台城，推翻梁廷！”

众将士端起面前的酒碗，放声大喊：“唇齿相依，生死与共，杀进台城，推翻梁廷！”一齐仰起脖子，咕咚咚灌了进去，随着一声声脆响，所有的碗都摔在了地上。

盟誓结束，褚缉忽然想起早晨林中那只不合群的小鸟，他觉得程元冲就是那只鸟，如不除掉他，将会影响起兵，便急忙走到陈伯之面前诡秘地说：“今举大事，应上下同心，长史程元冲跟我们貌和心不和，应换掉他，不然他将成为一块绊脚石。”

陈伯之也有同感，便问：“那换谁合适呢？”

“这个嘛……”褚缉故作思考状，“临川郡内史王观，是王僧虔的孙子，人品不错，可让他担任长史一职。”

“好吧，你就是我的左膀右臂。”陈伯之重重地拍打着褚缉的肩膀，“你不是想做一任太守吗？那就做浔阳太守吧，浔阳好呀，富得流油，不是我的亲信我是不给的。”

“谢主公厚爱！”褚缉躬身行了一礼。

“再任王观为长史，戴永忠为辅义将军，朱龙符为豫州刺史，你跟邓缮去安排吧，从今天起全城戒严，备战东征。”

范云最近身体不好，浑身没劲，饭也吃得少，不到半年的时间，竟形容憔悴，不成样子了。他招呼仆人抬着自己，去宫里拜见萧衍。

在萧衍的御书房，范云跪倒在地："皇上，微臣看你来了。"

萧衍上前扶起范云，吃惊地看着他："这些日子，大梁内忧外患，朕忙得不可开交，没时间召见你，你怎么病成这样？"

范云本是来说自己身体的，听说朝廷有事，便焦虑地问："微臣只顾在家养病，竟不知朝廷之事，皇上，到底发生了什么事？"

萧衍看着范云："你还有病，不说也罢。"

范云重又跪地道："皇上不说，微臣更加不安，于身体也不利。"

萧衍斟酌道："是这样，五月，陈伯之反了。"

"陈伯之本就是个首鼠两端之辈，反复无常的小人，他有勇无谋，必不能成大事。臣举一人就可以制服他。"

"谁？"

"领军将军王茂。"

"好！陈伯之不是谋反吗？那他这个江州刺史也别当了，来人！"

"奴才在。"黄泰平走了进来。

"拟旨，任王茂为征南将军、江州刺史，率兵讨伐陈伯之。"

"遵旨。"

黄泰平刚刚退下，范云又禁不住咳嗽了起来。

萧衍关切地说："范爱卿，看来你病得不轻，传太医给你诊治诊治？"

范云摆了摆手："不用了，人老了，身体越来越差了，微臣怕不能再侍奉皇上了。"

萧衍说："爱卿何出此言？大梁初建，还有很多事情等着你去做呢。"

"微臣还想再为陛下效力，只是天不假年呀。"

"你要是走了，朕依靠谁呢？"萧衍眼圈发红，"虽说你和沈约为朕登基立了功劳，可朕倚重的还是你呀。"

"沈约有才能，在文人中有很强的号召力，熟悉宫中的典章制度，比微臣有能耐。"

"你为人耿直，有实干精神，沈约太浮了，写写文章还行，办事却很草率，比你逊色多了。大梁初立，需要矫革流弊，移风易俗，朕想从修订五礼做起，实行礼乐之制，同时设立五馆，选拔五经博士，教授五经，以儒学治理天下。这其中有大量的工作要做，谁能帮朕来完成？"

范云说："微臣推荐徐勉，此人年轻有为，熟悉各项典章制度，为人谨慎，办事认真，是个可用之人。"

萧衍说："那好吧，朕明天召见徐勉，亲自策试，随才任用。"

眼看就到了六月，起兵时间不能再拖了，得到朝廷派王茂前来讨伐的消息，陈伯之坐立不安。这王茂是一员骁勇之将，怎么对付他呢？正自想着对策，忽听外面人声嘈杂，往外看时，只见一群人手持武器向议事厅冲来。

原来程元冲因褚緭陷害丢了官，越想越气愤，在家里喝了一顿闷酒，率族人数百闯进大门，冲到议事厅，要找陈伯之问个明白。

陈伯之见状，拿起长枪，来到院内，直奔程元冲。陈伯之从小就有些膂力，因家中贫穷，以盗劫为生，更练就了一身武艺，程元冲哪里是他的对手？二人枪来刀往，战了几个回合，程元冲渐渐抵挡不住，又见闻讯赶来的士兵向他围拢过来，更觉不妙，对家人大喊："快跑！"

家人掉头逃命，被士兵包围上来，一阵砍杀，多数人倒地而亡。

程元冲拼命地跑着，终于摆脱了士兵的追击，回头看时，身边只剩了七八个人，他顿时泪流满面："浔阳是待不成了，咱们逃往庐山吧，要给程家留下火种呀。"

陈伯之的左右谋士和众将士听说程元冲闹事，都来到了议事厅。

此时，陈伯之余怒未消："他妈的，什么东西！就他那点本事，还敢跟我对打，不是因为同乡，我一枪就结果了他的狗命！"

"不能再等了！"邓缮说，"程元冲闹事，王观又不接受任命。夜长梦多，这样下去我们将会束手就擒！"

"可是，豫章郡太守郑伯伦不肯顺从，发动郡兵抗拒，如果我们北上迎敌，怕他在我们后方捣乱。"褚緭不无忧虑地说。

"他娘的，当年围攻建康，我跟投降的朝廷官员说了几句话，就是郑伯伦骗我说朝廷要杀我，阻止我跟官员接触。"陈伯之怒气又上来了，"萧衍老儿又把他安插在豫章，实际上是在我身边钉了一颗钉子。"

"我们要起兵，就必须拔掉这个钉子。"褚緭狠狠地说。

"对，豫章郡是江州重镇，如果豫章不解决，仅凭浔阳起兵也是枉然。"邓缮附和着。

"为了拔掉这个钉子，我要先打豫章。"陈伯之在打着自己的如意算盘，"豫章是江州的大粮仓，打下了豫章，打通了南面的道路，我们就可以征发丁力，把那里的粮草源源不断地运往北方，然后再挥师北上，攻打王茂的饥饿之众，大事定会成功！"

戴永忠觉得立功的时候到了，走上前来："主公，末将愿率军前去，砍下郑伯伦的人头献给将军。"

"你去，我也去！"陈伯之哈哈地笑着，"戴将军好样的，可是郑伯伦不可小觑，要打就得把他一棍子打死。"

邓缮劝道："主公，杀鸡焉用牛刀？消灭郑伯伦，戴将军一人足够了。再说，主公走了,谁来坐镇浔阳呀?"

"不行啊,这是开战第一仗,必须打赢,才能振作士气。至于浔阳嘛……我的同乡褚缉忠诚可靠,让他留守浔阳万无一失。"陈伯之脸上忽又显出忧虑的神情,"只是我们一起兵,我的那几个儿子怎么办?他们还都在萧衍的眼皮子底下。"

"主公不必担心了。"褚緭脸上现出得意之色,"我早已派人送去书信,让他们赶快想办法离开建康。"

豫章城门紧闭,士兵们站在城墙之上,在郑伯伦的指挥下,不停地射箭。陈伯之率兵来到这里,本想一举拿下豫章城,来一个开门红,可万万没想到,半个月过去了,由于郑伯伦固守,无论怎么喊怎么骂,郑伯伦就是不出战。陈伯之一时无计可施,只得照搬萧衍围城打援战术,想把郑伯伦困死城中。

王茂率军来到江州,没有直接去攻打浔阳,而是绕道来到豫章,他要擒贼先擒王。

这天,陈伯之继续在城外搦战,忽然背后传来喊杀之声,一探骑飞跑而来:"报告将军,王茂率大军杀过来了!"

"什么?他怎么来得这么快?"陈伯之惊愕失措。

"他们遇水乘船,无水骑马,昼夜兼程,一路奔袭而来。"探骑说。

戴永忠说:"这些疲劳之师,不足挂齿。"话音未落,王茂率兵已杀至阵前。

陈伯之匆忙挺戟应战,正遇上王茂持刀杀来,二人对打了一阵,陈伯之渐渐乱了阵脚,一慌神,王茂大刀向他的胸口刺去。戴永忠见状,护主心切,飞马冲来。王茂大刀刺中他的马腹,那马前足扬起,一声嘶鸣,轰然倒地,王茂顺势将戴永忠砍倒在地。

陈伯之见势不妙,趁机掉转马头,逃出了阵地。他一路马不停蹄,逶迤来到长江岸边,这才回头看了看身后,跟随自己的士卒已不足千人,顿时泪如雨下:"我半生心血,一日之间全泡汤了,怎么办呀?干脆跳江算了!"他丢下战马,往江边走去。

"主公,主公!"褚緭听说豫章失利,也放弃浔阳,尾随陈伯之而来,此时,他跑上前来,紧紧地拉住陈伯之,"天无绝人之路,将军死都不怕,还怕什么?"

陈伯之看了看褚緭,又哭了起来:"我战死的弟兄们呀!"

"主公,这不是哭的时候,我们得想想今后的出路。"褚緭劝说着,向北指了指。

"罢罢罢,也只有这条路可走了。"陈伯之茫然地望着北方,"兄弟们,事已至此,我带领大家去投奔北魏,求取功名富贵,愿意跟我的这就过江,不愿意的就各自请便吧。"

部分士卒以自己家在江南,尚有父母妻儿需要照顾为由不想过江,陈伯之没有责怪，同意了他们的请求，分给他们银两。最后他领着剩余的部分士卒乘船过江，与从建康逃出来的陈虎牙会合，投奔了北魏。

北魏洛阳宫里，十九岁的魏主元恪问任城王元澄："那萧宝寅真的能行？"

元澄拱手施礼："回陛下，不到一个月时间，他就召集了三千多人，誓死杀回江南，替兄报仇。"

"那好，传旨，召见萧宝寅。"

此时，宫外大雨滂沱，萧宝寅跪伏在门阙之下，尽管浑身已经湿透，可他全然不顾，仍然一动不动地跪在那里。他已经在这里跪求了很长时间了，自从元澄派人把他送到洛阳后，他就天天跪在这里，不管刮风下雨，不管白天黑夜。

"圣上有旨，萧宝寅入宫觐见！"

一声细软绵长的太监声音传来，萧宝寅惊喜得泪水和雨水混合在一起，在脸上横流。

萧宝寅毕恭毕敬地走到元洛的宝座之前，五体投地，深深地行了个大礼。

看到这位落难的王子面黄肌瘦，衣衫褴褛，元恪有些怜悯地问："多大了？"

"回陛下，十七岁了。"

原来比自己还小两岁，竟遭此大难，元恪心生恻隐之心："快坐着说话。"

萧宝寅受宠若惊，不敢去坐，元恪微笑着说："你身体虚弱，但坐无妨。"

萧宝寅看了看元恪，小心地坐了下去，眼眶里充满了泪水。

"说说你是怎么逃出来的吧。"元恪出于好奇，想问个究竟。

当萧宝寅哽咽着诉说完自己的遭遇后，元恪也禁不住为之动容，眼眶竟也红红的，痛快地答应了他的请求："你要乞师伏虎，朕答应你。你在南齐是王，朕就封你为齐王，并任你为镇东将军、扬州刺史，配兵马一万，屯兵寿阳郡东城，受任城王元澄节制，随时准备伐梁。"

萧宝寅激动地连忙起身，复又跪拜于地，痛哭失声："谢陛下再生大恩，微臣当用心血和生命来报答。"

就在这时，一个太监从外面进来："陛下，南梁江州刺史陈伯之来降。"

元恪说："萧衍怎么搞的？怎么一个个都离他而去？让陈伯之进来吧。"

陈伯之小心翼翼地走到大殿当中，向这位少年天子行了叩首礼。好大一会儿，元恪仔细打量这位降将，满头白发，一脸的皱纹，少说也有五十多岁吧，这把子年纪还折腾什么？便问道："来者何人？"

"小人是南梁江州刺史陈伯之。"

"一州刺史，官也做得不小了，怎么不知珍惜，投奔到大魏来了？"

"那萧衍自称以仁义治天下，其实既不仁也不义，对百姓巧取豪夺，横征暴敛，亲近小人，疏远贤臣，我看不惯他假仁假义那一套。陛下圣明英武，爱惜人才，故前来投奔明主。”

“听说你被王茂打败了？”

“没有，末将为了保存兵力，才没与他一战到底。”

“那好，你既有此忠心，朕当重用你，封你为平南将军、豫州刺史。”

尚书令高肇说：“陛下，陈伯之穷蹙而降，是否真心尚未可知，所带兵马又少，不宜封赏过重。况且豫州已有刺史薛真度，如此封赏陈伯之，必使我朝有功将士寒心，有损陛下圣明。”

“这……爱卿说怎么办？”高肇是元恪的舅父，又位高权重，元恪不禁犹豫起来。

“他不是南梁江州刺史吗？那就让他继续当这个刺史好了，他要是能夺回来，说明他还有些本事。”

“那好吧，封陈伯之为江州刺史，驻守阳石，也接受任城王的节制，秋冬时节，举兵伐梁。”

“谢陛下隆恩！”

“平身吧。”

陈伯之仍跪在那里不起来，元恪不解地问：“卿还有事？”

陈伯之支吾着：“与微臣同来的还有褚缙，他也想拜见陛下。”

“就是那个想当河南郡太守的褚缙？”

陈伯之含糊回道：“正是。”

“不必觐见了，让他先在你手下做个参军吧，如确有才能，定当重用。”

二十一 山中名士

见文武官员纷纷推荐少年才俊,培植自己的势力,就连尚在山中隐居的谢朏也上书推荐了朱异,沈约也坐不住了,他要推荐刘勰。刘勰乃前宋朝越骑校尉刘尚之子,父母双亡后,只身来到建康蒋山定林寺,助寺院住持僧祐校经,并有志建言树德,潜心著述,写成了专论文章的《文心雕龙》。此书深得文理,沈约每一次捧读都是爱不释手。几次面谈之后,刘勰那"摛文必在纬军国,负重必在任栋梁"的抱负,深深打动了沈约,这是当今文苑俊杰,一个不可多得的人才,必定能成大器。沈约把《文心雕龙》呈给萧衍,萧衍当时没有表态,只说抽空看看。

不久,五经博士明山宾又向萧衍推荐了朱异,说他好学上进,广涉文史,尤精《礼》《易》,是个很有前途的学子。一次次的推荐,终于打动了萧衍。

这天,萧衍在文华殿召见五经博士,也让朱异前来晋见,见他点头哈腰,神色游离,不似饱学之士,倒像顽劣之徒,心中不免有些失望。实际上,朱异年少时就好聚众博戏,颇为乡里所患,后折节从师,兼通杂艺,博弈书算,皆其所长。朱异善于察言观色,见皇上不高兴,计上心来,从袖中拿出早就写好的《还东田宅赠朋离》献给皇上,请皇上指点。萧衍本也是文人,看到别人的诗作,自然也就上心,当他读到"苍苍松树合,耿耿樵路分。朝兴候崖晚,暮坐极林曛",随口说了声"写得不错嘛"。朱异受宠若惊,急忙跪下道:"陛下武能安邦,文能治国,上追秦皇,下超汉武,是天下第一圣明君主。陛下诗赋文才,亦是天下第一。小人诗文拙劣,还望皇上指点一二。"

萧衍微笑着说:"你还年轻,诗写到这个水平,已是难能可贵。诗文的作用是巨大的,它可以教化民心,也可以经国济世,因为各种礼仪要靠它来完成,朝廷事务要用它来实施,军事国政也要借它发扬光大,所以一定要修养文德,朝廷会重用有德有才之士的。"

朱异满脸高兴:"谢皇上。"

萧衍又关切地问:"你除了《孝经》《周易》之外,还会些什么?"

"回皇上,小人会下棋。"

大臣们你看看我,我看看你,窃窃私语起来。明山宾偷偷地从他的背后扯了一下他的衣襟。

萧衍倒是没有生气:“那好呀,陪朕对弈一局。”

黄泰平麻利地摆好棋盘,萧衍和这个名不见经传的年轻人下了起来。刚走了几步,朱异就败下阵来。

围观的大臣鼓起掌来:“好! 皇上圣明!”

“好什么好!”萧衍非常生气,他知道这是朱异有意让着自己,“你这个年轻人,怎么这么不实在? 朕可不喜欢虚伪狡诈之人,这是欺君!”

朱异慌忙起身跪在萧衍面前:“小人不敢,皇上恕罪,皇上恕罪!”

萧衍表情很严肃:“起来吧,再来一盘,以验你的真伪。”

“谢皇上。”朱异爬起来,小心地摆着棋子,一开始他就采取凌厉的攻势。

萧衍忙于招架,边走棋子边说:“棋艺不错嘛。”

到了中盘,朱异观察到皇上的表情严肃之中略显紧张,他悄悄改变了策略,以守为攻,不知不觉留了一个破绽,把自己置于被动境地,最后一着,萧衍获胜。

萧衍站起来说:“年轻有为,不错不错……明天朕在此讲经,你能讲一课吗?”

朱异起身施礼:“承蒙陛下厚爱,小人三生有幸,当竭尽全力,为陛下效劳。”

第二天,殿内座无虚席,萧衍讲《礼记》,他强调,要彻底革除前朝弊政,弘扬礼法,以礼化民,以儒治国。我们的目标,就是要使社会安定,百姓和乐,富民强兵,一统天下。殿内响起热烈的掌声。

轮到朱异了,朱异虽然年轻,可面对众多的文武大臣,丝毫没有畏难情绪,他从古到今,从天文到地理,由社会秩序到人伦道德,旁征博引,侃侃而谈。殿内鸦雀无声。最后谈到人要顺应社会,顺应自然,处无为之世,行不言之教。朱异讲完,大臣们不约而同鼓起掌来。

萧衍高兴地说:“朱异实异啊,你就先入值中书省,随时听朕召唤。”

朱异连忙跪地叩头:“谢皇上隆恩!”

“明爱卿,你的眼力不错嘛。”萧衍仍掩饰不住内心的兴奋,“像这样的年轻人,要多多推荐,好好培养,使他们成为国家的栋梁之材。”他看了看沈约,“还有刘勰,他的《文心雕龙》很有见地,这样吧,就让他先从‘奉朝请’做起,希望他能成为他所说的文质兼备的梓材之士。”

“谢皇上隆恩。”明山宾和沈约躬身施礼。

夜晚,永福宫内张灯结彩,这里并不像其他皇宫那样热闹喧哗,而是一派安静祥和的气象。为数不多的侍女各自做着自己的事情。这里的主人丁令光正在教儿子习字读经。

萧衍很长时间没来永福宫了,主要是因为朝政繁忙,有时批阅奏章直到深夜寅时,即使有空闲,也被吴氏、阮氏等妃子缠了去。今天,萧衍又延揽了一批人才,尤其得到了朱异这个奇异之士,心里特别高兴。他又想着,也不能眼里只有别人，自己的皇子更要悉心教育，只有把皇子培养好了，大梁才能后继有人，江山才能万古长青。于是处理完朝政，便乘玉辇来到永福宫。

听到皇上驾到，丁令光喜出望外，急步走出，施礼道："奴婢恭迎皇上万岁万岁万万岁。"

"快起来吧。"萧衍说着，看见萧统在那里读书，走上前去，"皇儿在干什么呀？"

萧统听见父皇喊他，回转过身子，像模像样地叩首行礼："父皇好，孩儿想父皇啦！"

萧衍爱怜地抱起萧统："皇儿真乖，父皇也想皇儿呀。"

"父皇每天都在忙大事，你看都累瘦了。"萧统用稚嫩的小手摸着萧衍的脸。

"啊呀，这孩子，小小年纪，竟说起大人话来，了不得。"萧衍喜笑颜开，"皇儿多大了？"

"三岁半了。"

"刚才读的什么书呀？"

"孩儿读的是《孝经》。"

"三岁就读《孝经》了，记得几句了？"

萧统背诵起来："身体发肤，受之父母，不敢毁伤，孝之始也。"

听着萧统童稚的声音，萧衍摸了一下他的脸蛋："皇儿真行，说说是什么意思呀？"

"就是说，要爱护自己的手，爱护自己的脸，不要受了伤害，这就是孝。"

"皇儿知道得真多，谁教你的？"

"是我娘，我娘天天都在教孩儿。"说着就要爬到萧衍的肩膀上。

丁令光走上前来："统儿，不得无礼，快下来，到外边玩去。"

婢女莲叶过来，把萧统领走了。

丁令光性格仁厚宽恕，自己的事从来不麻烦别人，也从不为亲戚之事私下求情，可几天前发生的事，使她心里很不安。皇子萧综刚刚两岁，这几天一直高烧不退，其母吴淑媛非常着急，她信奉道教，打算到宫外找个道士给儿子看病。董淑仪听说后，来劝吴淑媛，说不能找道士，应到寺院找法师，让法师为皇子祈祷，因为佛法无边，能解除人的疾苦。董淑仪刚进宫不久，她见皇上对佛教很感兴趣，便昼夜不停地念诵佛经，目的是跟皇上有更多共同语言，博得皇上的宠幸。今见吴淑媛不信佛教，偏信道教，就有意拿佛教来压她，二人为此争执起来，各不相让。吴淑媛以自己进宫时间长、资历深因而盛气凌人，董淑仪以自己年轻貌美毫不相让，二人言来语去，闹得后宫乌烟瘴气。丁令光觉得不像话，想从中调解，可谁也不听她的，哪头也劝不下。后宫嫔妃如此胡闹，岂不有失国体？今晚皇上临幸永福宫，应是高兴的事，可丁令光因为有此心事，怎么也高兴不起来。

萧衍见丁令光闷闷不乐，再三追问，丁令光才如实相告。萧衍边听边思索起来，自己称帝后，有司多次奏请立丁令光为皇后，可他因为对郗夫人的怀念和愧疚，没有答应，有司又奏请丁令光为贵人，他也没有册封。可后宫发生的事让他警觉起来，丁令光至今没有皇后身份，怎么去管教别人？想想也是，梁朝新建，光朝政大事就把他忙得不可开交，得空又往吴淑媛、阮妃那边跑，竟把丁令光抛到脑后。必须册封皇后，方能规范后宫，母仪天下。

"朕要准备立统儿为太子了。"

丁令光激动地跪地谢恩："奴婢替皇儿谢皇上厚爱。"

"母以子贵，爱妃自然就是皇后了。"

丁令光又惊又喜："奴婢能行吗？"

"爱妃威容昭耀，德冠后宫，皇后之位非你莫属啊。"

丁令光复又跪地行礼："奴婢谢皇上隆恩。"

"爱妃请起，待择良辰吉日再行册封大礼。"萧衍伸手拉起丁令光，"来来来，不早了，就寝吧，朕明天还要早朝呢。"

晚上，丁令光侍寝，二人温存了半宿，也折腾了半宿。丁令光依偎在萧衍身旁睡着了。可萧衍怎么也睡不着，他想起了父亲，想起了母亲，想起了大哥。快天亮的时候，迷迷糊糊中，他看到郗夫人走到他面前，指着他的头皮数落："你长年累月在外征战，我在家为你提心吊胆，没过一天好日子，现在你打下了天下，坐了皇帝宝座，竟把我忘得一干二净。你自己倒好，天天跟一群狐狸精混在一起，尽享人间快乐，而我却在阴间受罪，无衣无食，频遭毒虫叮咬。"

萧衍感到不解："这怎么可能？你临走时，我给了许多金银财宝，居家用具一应俱全，也给你配了侍女。"

"阎王爷说我陷害丁令光，罚我在地狱里赎罪。其实我怎么会害她呢？是她害我呀！"

萧衍觉得好像真的回到了过去，那时郗夫人无缘无故找丁令光的碴儿，令他感到焦头烂额，现在夫人又旧事重提，他不想再听："别说了，光正事都忙不过来，你们女人们那点破事就不要来烦朕了。"

"我不是故意来烦你，是想让你知道我的情况，我带你看看我如今住的地方。"说着去拉萧衍，可怎么也拉不动，又上来两个小鬼，不由分说，拖着萧衍就走，穿过阴暗潮湿的黑道，来到郗夫人的住处，果见阴风凄惨，豺狼成群。忽然一只饿虎张开血盆大口，向自己扑来，他想起身边的郗夫人，想去保护她，可郗夫人早已不见了踪影。再一回头，那饿虎已逼近自己，正要张口吞食，萧衍一阵毛骨悚然，大叫一声："快救驾——"丁令光受惊而醒，紧张地问："皇上怎么了？"

萧衍揉了揉眼睛，知道刚才做了一个噩梦。他回想起郗夫人临终时给自己的信，说自己死了也会变成毒蛇猛兽，绝不放过丁令光，今日果然在梦中应验，看来一切皆有天数，不可妄为。

值夜的黄泰平听见喊声，走进来问："皇上有事吗？"

"没事，起驾回御书房吧。"

萧衍起床，也不梳洗，拔腿就走。丁令光说："吃了早膳再走吧，我已做好豆浆了。"

萧衍冷冷地说："用什么早膳，朕忙着呢！"刚走到门外，犹豫了一会儿，又转身回宫，语气和缓地说，"令光，皇后还是郗徽的吧，她毕竟是正房，谁也不能占了她的位置。"

丁令光莫名其妙，不知如何应答，愣愣地站在那里，流露出疑惑不解的神情。

萧衍上前扶丁令光坐下："你还是做贵嫔吧，昨天有司呈上一份奏章，也是这个意思，朕这就回去御批同意。至于地位嘛，朕考虑要在三夫人之上。再者，统儿是太子，母以子贵，王公、妃子、公主都要以敬太子之礼敬你，其他典章礼数也与太子相同。"

见丁令光一直低着头不说话，萧衍又提高嗓门："你只能做贵嫔，听见了没有？"

丁令光这才回过神来，慢慢伏地施礼答道："谢皇上。"

在萧衍眼里，范云忠诚耿直，所以一直让他担任吏部尚书，掌管朝廷官员的任免大权。对于沈约，虽然他在推动新朝建立中有功，自己也给了他很高的封赏，但多是虚职，实际权力不大。而沈约内心却踌躇满志，一心想为新朝干一番事业，更是为了振兴沈氏家族。

范云事多，整日在吏部忙这忙那，而沈约事少，多在家里聚集文人学士谈诗论文。任昉来京任职，沈约早早安排刘孺在码头等着接他。沈约知道任昉不修边幅，有时穿得很寒酸，现在天冷了，还为他准备了一套体面的衣服，可是任昉上了码头，穿得又破又烂，就像一个乞丐，刘孺竟然没有认出来，没有接到，还是任昉自己打听着来到了沈约府邸。

任昉来京，正好丘迟也来了，沈约又约了一些文人学士，为他们接风洗尘。众学士在沈府济济一堂，谈佛论道，吟诗赏文，好不热闹。

萧衍正在御书房读书，感到有些烦躁："泰平呀，你去找徐勉来，朕要跟他探讨一下儒学的一些问题。"

黄泰平出去不大一会儿，又返身回来禀道："皇上，朱异求见。"

"来得正好，快让他进来。"黄泰平抬脚要走，萧衍说，"摆好棋盘，朕要与他对弈，以解烦闷。"

朱异进来,见棋盘已摆好,就跪在棋盘边,可他无心下棋,迟疑着不动。

"爱卿是不是有什么心事?"

"也没什么事……臣进宫的时候,看见沈大人府前车水马龙,一打听,才知是文人聚会。"

萧衍把手中棋子慢慢放下:"好呀,正巧朕也想放松放松,准备车马,这就去沈府。"

沈约府上,宴会刚要开始,只听门外传来一声"皇上驾到",沈约吃了一惊,急忙出门迎接。

萧衍来到客厅,坐上正位,环视了一周,表情由晴转阴:"学子们都来了,这里比得上竟陵王西邸了。当年西邸聚会,核心人物是萧子良,今天的核心是谁呀?"

场面一下子冷了下来,大家你看看我,我看看你,目光都落在了沈约身上。

竟陵王萧子良结交儒士,深受王公权贵忌惮。齐武帝病重,他与侄子萧昭业争夺帝位,结果以失败告终。想到这里,沈约不由得打了一个寒噤,怕萧衍误会,连忙解释:"任昉进京,学士们都想他了,前来探望。"

"这位是……"萧衍打量了一圈,把目光集中在了一个年轻人身上。

"他就是《文心雕龙》的作者,奉朝请刘勰。"沈约介绍道。

"微臣参见皇上万岁万岁万万岁。"刘勰跪地礼拜。

"朕听说你寄居定林寺十余年,读了多少佛典呀?"

皇上的发问使刘勰内心稍感意外,自己历时四五年呕心沥血撰写的《文心雕龙》,皇上为什么不提及呢?是不是皇上不认可?可面对皇上的发问,来不及细想下去,便如实答道:"微臣在师父僧祐的教诲下,读了近千卷佛典。"

"寺内有多少经藏呀?"

"回皇上,寺内有佛典一万三千余卷,另有诸子百家经典和史学典籍万卷以上。"

"这很好嘛。佛学是博大精深的学问,需要用毕生的精力去学习和修行。"萧衍禁不住感叹起来,"学佛好呀,佛可以清静身心,让人放下执着,放下贪欲,放下争夺,使百姓安宁,国家安定。"

"谢陛下教诲。"刘勰一时摸不透皇上的心思,只能毕恭毕敬地道谢。

此时,萧衍脸上的不快之色慢慢隐去了:"大家聚一聚,叙叙旧情,谈谈诗文,人之常情嘛,现在大梁如日东升,正是诸位爱卿驰骋理想的时候。"

众文士一齐表态:"愿为皇上效忠,愿为朝廷效力。"

"朕要推行礼乐之制。礼以正身,乐以正心。《吕氏春秋》说:'礼所以经国家,定社稷,利人民;乐所以移风易俗,荡人之邪,存人之正性。'现在迫切需要教授'五经'、修订'五礼'。前些日子,朕建立了五馆,设立了五经博士,请大儒明山宾领头教授五经。明士何胤虽不愿意出山，也同意在山中帮朕教授学徒。至于‘五礼’嘛，沈爱卿，你历任朝官，熟悉朝廷典章礼仪，文笔又好，曾撰成《宋书》纪传七十卷，朕看修五礼还得由你来掌管呀。”

沈约觉得修纂五礼一事繁杂沉重，一旦接手，就将埋头故纸堆，再也没有时间谋划自己的前程，可皇上面对这么些人提出此事，能推辞吗？封赏可以推辞，做事能推辞吗？还有一层意思，范云身体不好，他那吏部尚书一职，若论学识、论资历、论功劳，唯有自己有资格接任。想到这一层，沈约便躬身施礼：“承蒙陛下厚爱，微臣当竭心尽力，效犬马之劳。臣还认为，请将五礼各置学士一人，推选得力人员负责抄撰，有疑惑的地方，按照西汉石渠阁、东汉白虎观的旧例，由皇上制旨裁断。另外微臣再推举一人，可参与此事。”

“爱卿举荐何人？”

“奉朝请刘勰，他自幼笃志好学，博通经论，堪当此任。”

“刘勰还年轻，应当到京外任官，这样吧，正好太末县令有缺，就任刘勰为太末令吧。”

见刘勰正要谢恩，沈约急忙说：“皇上，刘勰是文学之士，放到县里恐是大材小用，应当用其所长，为国效力。”

“年轻人都要到下边体察民情，为黎民百姓谋福祉，百姓的事都是大事，怎么能说大材小用呢？”萧衍本来放晴的脸又板了起来。

“那朱异也是一介文士，不也留在朝廷了吗？”

“朱异是朱异，刘勰是刘勰。”萧衍脸上已经阴云密布，“刘勰，你明天就去赴任，否则将治你抗旨之罪，快去准备吧。”

“谢皇上隆恩。”刘勰小心翼翼地退到了一边。

沈约本来还想力劝，但看到萧衍的脸色，又把到嘴边的话咽了回去。

“还有谁能担当此任？”萧衍冷冷地问。

众学士都缩着身子，低着头，不敢再轻易说话。

这时，朱异上前说：“皇上，依微臣看，山中名士谢朏堪当此任。”

朱异的话正中萧衍下怀：“是啊，谢朏和何胤都隐居会稽山中，朕曾两次征召他俩出山，都被婉言谢绝，这次就有劳爱卿跑一趟吧。”

谢朏本想在会稽山隐居下去，可萧衍的“观政听谣，访贤举滞”的诏书传遍大江南北每一个角落，公车府设置的谤木肺石函也让天下人奔走相告，现在有事、有屈、有怨可以跟朝廷说，可以让皇上知道了。尤其前几天，朱异亲自来到山中传达皇上的旨意：“穷则独善，达以兼济，先生世胄后代，出身仕宦，才干政绩、道德声望，可以安天下、济雅俗。现在大梁新立，朕日理万机，负荷殊重，参谋辅佐，实赖群才。思慕招来清泉，止水可当镜照。朕想屈居群僚首位，早晚咨询，实望先生抛却江海，任职魏阙，尽心辅佐，以补朝政寡薄，规范王者政教。”萧衍旨意言辞恳切,朱异劝说句句在理,就像石投水中,泛起浪花,谢朏平静的心开始躁动起来,是不是真正的天子出现了?有必要出山拜见一下当今皇上。

谢朏身穿百姓衣服,头戴粗布方巾,乘小舟从清溪河出发,穿过青山绿水,来到宫阙。他一瘸一拐地走到皇宫云龙门,守门卫士不让进,谢朏语气平和地说:"我是皇上请来的,烦请大人通报。"

守门将打量着谢朏,觉得不像,皇上怎么会请这么一个普通百姓?正犹豫着,谢朏急了:"看我不像是吧?皇上就没有几个穷亲戚了?快去禀报皇上,说我是山人谢朏。"

守门进去了半个时辰,出来时牵着一辆牛车,见了谢朏,脸上露出亲切的笑容:"谢先生,请上车,皇上在华林园等你。"

萧衍穿着陈旧的粗棉布衣,站在华林园中假山前,只有头上的皇冠显示出他的至尊高贵,见谢朏走来,热情地走上前去,扶着他的肩膀:"还是这么仙风道骨,卓尔不群。来,坐在这里。"他扶谢朏坐在一个石凳上,自己也面南背北坐在假山前的石凳上,看着谢朏说,"你终于还是出山了。你出身高贵,满腹才华,蹲在深山里吟风弄月,可惜了。进朝做官吧,朕给你留了左光禄大夫,你可满意?你来了,何胤也会来的。"

谢朏是经历过风雨的人,也曾做过朝廷重臣,只是因为看不惯萧道成阴险狡诈、玩弄权术,便拒绝给他授玉玺,从此隐居深山。现在萧衍用官职来作为出山的条件,如果自己马上答应了,那就显得太轻率了,也毁了自己的名声,于是说:"左光禄大夫,这官位不低,大梁朝最高十八班,这已经是十七班了,我又没有帮皇上打天下,立下一星半点的功劳。"

萧衍大度地说:"隐士们身在江海之上,心存魏阙之下,虽说没有帮朕打天下,可治理天下还得靠你们呀。"

"皇上你看,我的腿脚也不灵便,做官要出出进进,行拜多有不便。"

萧衍说:"《周易》有言:'君子藏器于身,待时而动。'你满腹诗书,为什么要隐居深山?朕猜想,一定是因为你没有找到合适的时机。现在大梁百业待兴,正需要像你这样的人才。你这点脚疾算什么?你是文人,就任文职,又不是上阵冲杀。再说,只要慢慢调理,一切都会好起来的。"

谢朏说:"让草民再考虑考虑。"

萧衍想,你要是不愿出山,何必乘轻舟进宫来见朕?既来见朕,那就是想出山了,何苦再在这里推三阻四的?于是欲擒故纵地说:"一切遵从雅志。"

谢朏说:"皇上,草民在山里待了这么些年,这次出山就直接进宫了,也没回去看看老母,看看自家旧宅。皇上如果没有别的事,草民就告辞了。"

萧衍说:"也好,泰平啊,赏白银百两。"

"是。"

二十二　伴君如虎

五月，范云府邸院内，石榴花正开得正旺，看上去像一簇簇燃烧的火苗，正在孕育新的果实。可房主人却走到了人生的尽头。

这天，范府一改往日的热闹气氛，显得异常寂静。只见家人来去匆匆，脸上流露出焦急慌张的神情，原来范云病情加重了。

听说范云病重，萧衍带着太医徐奘来到范府。徐奘给范云诊了脉："皇上，范大人的病已不可复救。"

"为什么？"

"两年前，范大人得病，我告诉他有两种治法：缓治和速治。速治马上就能痊愈，缓治则需要三个月方能康复；速治虽立时能好，如再复发就无药可治。当时大梁刚刚建立，为了不耽误政事，他选择了后者，致有今日。"

"徐太医，不管用什么方法，你一定要治好范爱卿的病。"

"皇上，事到如今，微臣已无能为力。"

范云向徐奘摆了摆手，徐奘退下后，范云说："皇上，老臣要走了，司马迁说过，人固有一死，这点老臣还是想得开的，只是老臣不舍得陛下呀。老臣能得遇皇上，实在是三生有幸，也是前世的因缘。陛下宏图大略，大业初成，老臣一心想为陛下多做一些事情，只是天不假年……"

萧衍真诚地说："朕这就下旨，找天下最好的大夫给你治病，你会好起来的，大梁需要你，朕需要你。"

"没救了……"范云沉重地咳嗽了几声，喘着粗气，"打天下靠武功，治天下用文治，建立典章制度势在必行。当今天下，论文才，沈约可谓一代辞宗，陛下发挥其才能，让他主持修纂五礼，典章制度的建立离不了他。还有任昉，铁面无私，执法甚严，也是可用之人。江山代有人才出，徐勉、周舍二人年富力强，办事谨慎，可简拔用之，将来必能担当大任。"

此时的萧衍竟然忘记了君臣之分，忍不住哭出声来："范兄，朕离不开你呀！你忠贞正直，为国事深谋远虑，辅佐国政，鞠躬尽瘁，是众望所归的宰辅重臣，现在正是任重道远、长久辅政的时候，你怎能忍心舍朕而去呢？"

"人的寿命是有限的，早走或晚走都是命中注定。今生能遇上陛下这样的明君，微臣也不枉此生了。”范云语重心长地说，“微臣走后，陛下要继续延揽人才，多听直言，虚心纳谏，远离奸佞，方能保大梁江山永固啊。”萧衍痛哭流涕，使劲地点着头。

自天监元年以来，萧衍就一直倡导儒学，以儒学治国，一些王公大臣也都附庸风雅，掀起了读儒学经典的热潮。萧衍身体力行，除了自己潜心研究之外，还要把经书中的重要问题整理出来，编撰成书，以供臣民学习。从范云府邸回到御书房，萧衍又埋头撰书，忘记了白天黑夜，忘记了吃饭睡觉。

这天，中书监王莹来到御书房，萧衍感到意外：“朕没召见，你怎么来了？不过来得正好，这段时间，大臣们上表请求答疑，这不，朕正在撰写《春秋答问》，来阐释这些问题，有些问题朕正好要找你商议。”

“皇上，这些问题容日后再议，臣有急事禀告。”王莹语调低沉地说，“据范府来人说，范云昨晚在家中去世。”

萧衍声音哽咽地说：“朕心甚悲啊！范爱卿什么时辰走的？”

“回皇上，子时。”

萧衍禁不住流下了眼泪：“范云忠心耿耿，勤心辅政，清正廉洁，正是驰骋才力的时候，怎么就说走就走了呢？朕要亲自去吊唁。”

王莹说：“臣还有一事，请皇上定夺。范云去世后，他的吏部尚书之职最好由沈约来接任，凭沈约的声望和能力，能被王公大臣所接受。”

萧衍说：“这个……容朕再考虑考虑，明天上朝再议。”

第二天，萧衍坐在太极殿宝座之上，神情严肃地说：“范云去世，令人悲伤，他是朝廷重臣啊！一生忠贞正直，为朝廷大事深谋远虑，任官以来，政绩清明，追赠他为侍中、卫将军吧，原先的官职不变，再赏赐鼓吹乐一部。”

沈约出班奏道：“皇上，范云一生光明磊落，勤于政务，德布四方。‘道德纯一曰思’，我们朝臣商议，拟请加谥范云为‘思’，请皇上恩准。”

萧衍看了一眼沈约，稍加思忖道：“范云是一个文人，干的也是文职，就谥他为‘文’吧。”

沈约感到有些意外，但仍面色平静地说：“遵旨。”

“皇上，臣还有事要奏。”王莹出列拱手道。

萧衍怕他再提为沈约加官之事，便说：“都去为范云料理后事吧，其他事就先不议了。”

下朝后，沈约独自低头往前走，王莹跟上来，小声招呼着：“沈大人，请留步。”

沈约站住脚，回头看着王莹。王莹扫视了一下四周，悄声说：“沈大人，范云去世，他的吏部尚书之位非你莫属啊。”

沈约平静地说：“谢谢王大人看重，不过这事还得由皇上圣断。”

王莹说：“要不等上朝时，我奏明皇上？”

沈约说:“我居现在之位,已经觉得不错了。”话虽这么说,实际上他的心里还是充满期待的。但作为一个文人,沈约觉得这样的事自己不能明说,也不好委托别人去说,便把满怀希望寄托在皇上的恩赐上。

谢朓回到自家宅第,房前屋后转了转,院内处处杂草丛生,显得荒凉冷落。屋内挂满了蛛网,家具器物上布满了灰尘。几年没回家,家里已经不成样子,哪还是人能住的地方?自己散漫惯了,懒得收拾,或许心里也不想收拾,他期盼能有人来看看这种境况。这天,简单吃过早饭,他拿起书,坐在书桌旁翻看着。

只听门外有人喊:“皇上驾到!”

谢朓面露得意之色,放下书,走出屋外,躬身施礼道:“不知皇上驾到,有失远迎,请皇上恕罪。”

萧衍说:“不知者无罪,快平身吧。”

萧衍要进屋,谢朓说:“屋内还没收拾好,很脏乱的,皇上不能进。”

萧衍一步跨进屋内,回过头来:“怎么?不欢迎呀?要是不欢迎,朕就走了。”

谢朓说:“草民不是这个意思,只是……”说着他又环视了一下四周。

“朕来了,这地方就有光彩,这是朕驾幸过的地方。”

这时侍卫急忙摆好座椅,然后两边侍立,手执长竿羽扇,站在萧衍后侧做遮护状。

萧衍坐下,环视四周:“是呀,这屋子多年没住人,整理起来也费劲。泰平呀,你记着,回去让匠作府安排人来整修。”

黄泰平应道:“奴才遵旨。”

谢朓说:“谢皇上隆恩!我这些年来隐居深山,母亲也回了老家,我想把母亲接来,颐养天年,可这宅第太小了,我还要读书,还要处理政务……”

“孝顺父母,人之大德嘛。”萧衍思虑着,又环顾了一下四周,“这房子是小了些,这样吧,你回老家去接母亲,朕安排在这旧宅基上给你扩建新府大宅。”

谢朓一板一眼地跪下来:“谢皇上隆恩,草民甘愿为皇上效犬马之劳。”

萧衍哈哈地笑了:“快快平身,朕就正式任你为中书监、司徒。礼制是治国安邦的根本,《左传》说:‘夫礼,天之经也,地之义也,民之行也。’你是大学问家,就先帮助朕修纂五礼吧。”

正在萧衍和谢朓君臣二人相谈甚欢之时,有太监小步快跑着进来:“皇上,边关急报!”

萧衍拿过奏报一看,原来是梁魏边境战事吃紧:“回宫,召集文武大臣到太极殿议事。”

太极殿内,萧衍坐在龙座之上,严肃地目视着群臣。

柳惔抢先奏报:“皇上,萧宝寅叛逃北魏后,魏主任命他为镇东将军,都督东扬州诸军事,想利用他来对付大梁,又封叛将陈伯之为平南将军,都督淮南诸军事。二叛贼正积极备战,随时对我大梁发动大规模进攻。"

萧衍不屑地说:"这两个叛贼都是跳梁小丑,成不了什么气候。"

吕僧珍走出来,躬身施礼:"皇上,北魏任城王元澄亲率大军,连拔关要、颍川、大岘三城。我朝徐州刺史司马明素率领三千兵马前去援救九山,徐州长史潘伯邻率军两千援救淮陵,宁朔将军王燮保卫焦城。魏将党法宗等人率部势如破竹拔焦城、破淮陵,擒获了司马明素,杀了潘伯邻,我军损兵折将,连失二城。魏军气势汹汹,现正集结兵马,向阜陵推进。"

萧衍有些不耐烦:"不要长索虏志气,灭我大梁威风。阜陵太守是谁?"

吕僧珍回答:"冯道根。"

"传朕旨意,火速告知冯将军,让他固守阜城,城在人在!"

"是。"

萧衍接着说:"北魏鲜卑小儿元恪不知天高地厚,朕本要准备北伐索虏,一统天下,没想到他竟先行一步前来骚扰我大梁。尚书右仆射柳惔!"

"臣在!"

"前军司马吕僧珍!"

"臣在!"

"朕命你二人分头去筹备粮草兵器,操练兵马。"

其实,冯道根驻守阜陵,对魏军早有防备,至接到圣旨时,他已提前月余修筑城池,并安排士卒昼夜站岗放哨,如临大敌。

僚佐周山不以为然:"冯将军如此小心谨慎,恐怕要多此一举了。"

冯道根正色道:"宁当防御的胆小鬼,不做临战的缩头龟。如果贼寇逼近城下再来做这些事,还来得及吗?"

果然,阜城防御工事刚刚竣工,魏将党法宗率两万兵马,卷起一阵阵黄土,奔袭而来。守城将士大惊失色。而冯道根却异常镇静,吩咐周山:"快去打开城门。"

"冯将军,我们要投降?"周山感到不解,一脸茫然。

"胡说,堂堂大梁臣子,怎能这么没骨气?我冯某宁愿战死,也决不投降!你尽管打开城门就是。"

周山仍然站在那里,疑惑地看着冯道根。

"快去呀,要不就来不及了。如再拖延,军法从事!"冯道根抽剑在手。

当魏军浩浩荡荡拥到城下,城门竟哗啦一声打开了,领头的魏兵正要往里冲,只听党法宗大喊一声:"且慢!"他勒住马头,原地打了一个圆圈,然后急忙挥着手,"后撤,后撤!"

魏军撤离城墙,站在远处向城楼上张望,只见冯道根穿着便服,缓步登上城楼,从容地看了一会儿魏兵,然后回过头去,一挥手,数百骑兵手持刀枪剑戟,呼喊着冲了出来。他们左右冲杀,魏军猝不及防,被动应战,被撞倒数百人,杀死数十人,魏军大乱。

正在这时,魏军游击将军高祖珍骑马狼狈地来到党法宗跟前:“将军,不好了,末将部下三千骑兵被梁军袭击,打得七零八落。”

“啊?我们中计了!快撤!”

随着党法宗一声令下,魏军像决堤的洪水,溃败而去。

消息传到建康,御书房内,黄泰平正手拿奏报向萧衍禀报:“皇上,冯道根击退了魏军的进攻,守住了阜城,还设计截击了魏军的粮草,魏任城王元澄被迫撤军。”

“好!”萧衍由衷赞许,“大梁是不可战胜的!传朕旨意,升冯道根为豫州刺史。”

“遵旨。”

萧衍受禅之前,以宣德太后诏命封梁王,允许独立选拔官员,全部依照朝廷的制度。当时,沈约就被萧衍选为吏部尚书兼右仆射,范云为侍中。萧衍受禅登基之后,沈约和范云因佐命之功都封了侯,食邑千户,范云是宵城县侯,沈约是建昌县侯。官职上沈约只当了尚书右仆射,吏部尚书一职给了范云。现在范云去世了,按理说,这吏部尚书一职非沈约莫属。正在焦急地等待之时,萧衍派人颁诏,策命沈约的母亲谢氏为建昌国太夫人。奉策之日,朝廷官员觉得沈约无比荣耀,都前来祝贺。这也许就是皇上的御人之术,沈约头上戴着无比荣耀的光环,可所居官位多为闲职。平日闲来无事,就在建康北郊东田这地方买了一块地,建了一座郊外别墅。这里背靠蒋山,前有流水潺潺,一派田园风光。新宅建成,他常聚集文人墨客来这里吟诗作赋,文朋诗友互有唱和。看到眼前的美景,想到自己的仕宦生涯,他提笔写了一篇《郊居赋》,很快在文人中流传开来。

实际上,萧衍的内心也在纠结。范云去世后,萧衍觉得好像失去了左膀右臂,耳边直言忠谏也少了,阿谀奉承的话渐渐多了起来。他想起范云的话,要虚心纳谏,远离谗佞。虚心纳谏不假,得有敢谏之人呀,人才难得,范云留下的空缺由谁来补上呢?他一直拿不定主意。若论资历,当然是沈约,沈约家族历代为官,是江南有名世家,他也历任三朝,有丰富的理政经验,可他做事太浮。更为重要的是,从传统上来说,他不想让南方世族压过北方世族。从宋朝以来,统治南方的都是北方南迁的世族,这个定例不能打破。从内心来说,作为皇帝,他很在意为臣的忠节,虽然沈约在诛杀萧宝融一事上有功,但其忠节有亏,因此一直以来,自己虽然给予他高官厚禄,但并没有给他多少实权。这次又面临同样的问题,该怎么办呢?想来想去,脑子里仍没有个结果,便召见朱异下棋解闷。

君臣二人在棋盘上来来往往战了两个回合,萧衍拿过宫女盘中的水杯,喝了一口水，似乎无意地问："最近沈约在忙些什么呀？"

朱异是个最会察言观色之人，此时他见皇上随意而问，也就随意而答："沈大人嘛，前些日子在东郊建了一座别院，那里居高临下，环境清幽，能远望郊外的青山绿水，沈大人常与文人雅士聚饮唱和。他还为此写了一篇赋，文人学士都在争相传诵呢。"

"什么文章？这么吸引人？"

"叫什么来？噢，对了，是《郊居赋》，可谓文采飞扬呀。"朱异在袖中摸索着，拿出一个手抄的本子，"微臣有抄本，请皇上御览。"站起身来，毕恭毕敬地递给萧衍。

萧衍快速地读了起来："好文笔，不愧一代辞宗。你看，开篇起点就高人一筹：'唯至人之非己，固物我而兼忘。'是啊，只有道德高尚的人才能进入无物的境界。"可他读着读着，禁不住皱起了眉头，最后竟一下子把抄本扔在了地上。

朱异不知何故，急忙跪地："皇上息怒！小人不知做错了什么，望皇上明示。"

"狗屁文章，浑蛋文章！这样的文章也值得传诵吗？什么'伤余情之颓暮，罹忧患其相溢'，什么'时复托情鱼鸟，归闲蓬荜'，什么'以斯终老，于焉消日'，全是一派胡言！"萧衍把手猛地拍在棋盘上，棋子哗啦啦滚了一地，"他无望了，他颓废了，他想做鱼做鸟，去游山玩水，消磨时日，以终天年！他这是对自己的现状不满，对朕不满呀！让他去吧，做他的鱼鸟好了！"

朱异仍跪在地上，打着哆嗦，汗水直冒："恕微臣愚钝，没有看出文章的这些深意，竟拿这样的混账文章来亵渎陛下龙目，微臣罪该万死，罪该万死！"

"不干你事，你拿来给朕看是对的，以后这种事要及时禀报，起来吧。"

"谢皇上。"朱异看着萧衍的脸色，仔细揣摩着他话中的深意。

沈约内心所盼望的吏部尚书之位，萧衍最终没有给他，而是让徐勉和周舍二人参与国政，以徐勉为尚书吏部郎，职掌官吏任免，以周舍为尚书祠部郎，职掌礼仪祭祀，以此来弥补因范云去世留下的空白。没有像自己期望的那样，成为继范云之后有实权的宰辅，沈约心里不免有些失落。为什么皇上不让自己担任这个职务呢？开始他怎么也想不明白，过了些日子，还是谢朏向他透露了一点实情，说皇上嫌他办事草率，不如徐勉、周舍，徐勉勤政，办事严谨，周舍清廉，口风很紧，深得皇上信赖。沈约心想，我办事草率，你谢朏还基本不干事呢，一个不干事的谢朏位列自己之上，还让我怎么干事？转念一想，又觉得不行，读书人讲的就是治国平天下，自己虽然年老一些，但还要为国家、为皇上效力，也为了光耀沈氏家族的门楣。

二十三　戡剪索虏

春光明媚，百花吐艳。解决了吏部空缺问题，萧衍心情异常轻松。用过早膳，他信步来到御花园，惬意地欣赏园中美景。

远处，几个孩子正在追逐打闹，抬头望去，原来是萧正德追着萧统不放，边追边喊："站住！你给我站住！"

黄泰平急忙跑上前去，护住萧统："太子别怕，皇上来了。"

萧衍招手喊着："统儿，到这边来。"

萧统来到萧衍面前，趴在地上叩头："孩儿见过父皇。"

"统儿，快起来。"萧衍拉起萧统，让他站在自己身边，"刚才是怎么回事呀？"

"回父皇，我们几个孩子在一起玩耍，正德哥哥说，他本是父皇的儿子，后来不要他了，又把他送回了六叔家。他说六叔天天吃喝玩乐，不是个好东西。我就责备他，你怎能说自己的父亲不好呢？人要首先爱自己的亲人，然后才能去爱别人。"

萧衍高兴地抚摸着萧统的头，比画着萧统的身高："是的，皇儿个子长高了，学问也长进了！告诉父皇，'人只有爱自己的亲人才能爱别人'，你是怎么想出来的？"

"孩儿不是正在读《孝经》吗？经里面说'爱亲者，不敢恶于人；敬亲者，不敢慢于人'，就是说你爱自己的亲人，对其他人也不会差，尊敬亲人，对其他人也不会怠慢。比方孩儿爱父皇，对别人的父亲也会有爱心，是这样吗？"萧统仰起稚嫩的脸，望着萧衍。

"对啊，皇儿真聪明。"

"可是后面还有一句，是说天子之孝。"萧统微蹙双眉，"'爱敬尽于事亲，而德教加于百姓，刑于四海。'孩儿不明白，父皇给孩儿讲讲可以吗？"

萧衍想，统儿如此好学，得找一位老师，让他接受系统的教育，丁令光的学问毕竟有限，要找一个有学问的人来教他，便摩挲着萧统的脑袋说："统儿真聪明，有一个人讲得比父皇好，父皇这就领你去见他。"掉过脸对黄泰平说，"备玉辇出宫。"

一路伴着萧统欢快的笑声，玉辇最终停在东郊的一个院落旁，萧衍说："泰平，进去告诉主人。"

泰平小跑着来到门前，敲了一下门，用细长的声音喊着："皇上驾到！"

门哗啦一声敞开，沈约战战兢兢地跑出门外，跪倒在地："不知皇上驾到，有失远迎，望皇上恕罪。"前些日子，自己因为一篇文章得罪了皇上，使自己盼望已久的掌管枢密的吏部尚书一职没有得手，今日皇上不知何事又来问罪了，他跪在那里，不敢抬头，心里咚咚直跳。

"沈爱卿，起来吧。"

听见皇上语气温和，沈约紧绷的神经稍微放松了些，他站起身，看见皇上身后跟着太子，正自揣摩皇上此来的目的，萧衍发话了："怎么，朕来了，不欢迎呀？"

"这个……不是，皇上驾幸寒舍，微臣倍感荣幸！"沈约在一旁领萧衍来到正厅，让萧衍坐下，自己小心地站在一边。

萧衍说："沈爱卿，这是在你家里，就不用像在朝堂之上那么讲究了，坐下吧。"沈约恭敬地坐在了一旁。

萧衍环顾屋内，见墙壁上皆是文人字画和沈约自己的作品，中间是孔子画像。

萧衍示意萧统："皇儿，那是圣人，快过去拜圣人。"

萧统听话地走到孔子画像前，行叩拜之礼。

萧统起身后，萧衍招呼道："再过来拜先生。"

萧统会意地走到沈约面前："先生，学生这边有礼了。"说着又行了叩拜之礼。

沈约感到不解："这……这……皇上……这是……"

萧衍说："朕想让你教习太子，你可不要辜负了朕的期望呀。"

沈约重又跪地："微臣才疏学浅，如此重任，如何能担当得起？"

萧衍语重心长地说："沈爱卿，你是当今辞宗，名满天下，朕让你做太子少傅，也是经过深思熟虑的。当然不止你一人，朕要多选几位先生，教太子成器。"

沈约说："臣当竭尽全力，把毕生所学授予太子。"

这时，萧统过来拉起沈约："先生，父皇常常教导我，要我多读沈先生的文章，先生的诗我还能背诵呢，'长枝荫紫叶，清源泛绿苔。山光浮水至，春色犯寒来'。"

沈约高兴地说："对，这是微臣的诗，只是忘了是哪一首了。"

萧统说："是《泛永康江》。"

萧衍笑了，沈约也会意地笑了。

公车府门前,大门紧闭。门外一群衣衫褴褛的乡民走来,喊叫着敲门,可没人来开门。一个四十来岁的光头男子大喊大叫:“撞门,把门撞开!一二,撞!一二,撞!”呼隆一声,门被撞开了,乡民一齐涌进去。卫士们持枪拿刀冲了过来,摆成“一”字阵形,锐利的刀锋对着乡民,冷冷地注视着,乡民不敢动了。

僵持了一会儿,一个瘦骨嶙峋的老头问光头男子:“二黑,你看怎么办?”

二黑从人群里挤到前边,高声喊:“老少爷们儿听着,不闹出点儿动静来,官府是不给我们解决的。我们与官兵拼了,冲啊!”一转身,把面前的卫士踢了一脚,那卫士一个趔趄,二黑顺势夺下卫士手中的长刀,向卫士砍去。乡民见状,纷纷与眼前的卫士搏斗起来。不一会儿,地上就躺倒十几个人,有卫士,也有乡民,七倒八歪,喊爹叫娘,呻吟不止。

公车府值守官员见状,骑马冲出大门,不一会儿就叫来了廷尉卿蔡法度。蔡法度忙命人把伤亡卫士抬走,回头对乡民怒斥:“大胆刁民,怎敢来这里无理取闹?”

那个瘦老头说:“没事谁来呀?我们在这里待了二十多天,想找官老爷说话,可就是不见一个当官的出来。跟那些跑腿的小吏反映,他们又说管不了事。”

蔡法度说:“这样吧,你们有事,找几个代表到厅堂里说。”

瘦老头不同意:“我们人人都有事,就是为了一件事,找不出代表来。”

“不找代表!不进去!进去就没有我们说话的份了!”二黑回头问大家,“我们进去吗?”

众乡民齐喊:“不进去,在这里!不进去,在这里!”

“那好吧,就在这里。”蔡法度没法,指着瘦老头,“这位老者先说。”

瘦老头往前挤了挤:“说就说,反正是一个死。我们是蒋山北边山旺乡的,来告乡官利用屯兵屯田之法侵占农田,我们侍弄了几辈子的口粮田都被乡里屯走了。自己的地没了,再向地主租地,可地主也不租给我们,因为官府给的价钱比我们交的租子要高。就这样,今年我们没打下几颗粮食,眼看就要过冬了,让我们喝西北风去?”

另一个老农说:“官大人开开恩,下发救济粮吧,要不我们全家都得饿死。”

蔡法度说:“开官仓济贫,本官说了不算,得向上汇报,等待批示。”

瘦老头说:“我们在这里等了二十多天,就这么一句话答复了?向上报,向上报,报到几时啊?这公车府门前有谤木、肺石函,说是投了管用,我们也请书生写信,向皇上反映,可总是石投大海,没有消息,原来这东西是骗人的。”

二黑攥紧拳头指着:“把它砸了!”说着,轮起刀向谤木函砍去,乡民上来,你一锨我一镢,几下就把谤木、肺石函砸了个稀巴烂。

蔡法度颤抖着手指着乡民:“反了,简直是反了!统统给我抓起来!”卫士们拥上来，逼近乡民。红了眼的乡民哪里还怕这些，他们越聚越多，把蔡法度和卫士们团团围住。

二黑发疯了："还等什么？打呀！"众人混打了起来。蔡法度被几个乡民撕来扯去，忽然一个拳头捣向他的鼻梁，顿时两眼直冒金星，口鼻中也蹿出血来。

几个卫士架起蔡法度，落荒而逃。

"反了，反了天了！"当御史中丞任昉把一份卷宗放在御案上，萧衍拿起来看了一会儿，拍案道，"大胆刁民，竟敢如此猖狂！是谁人指使？哪个领头？查明案情，立即正法，显我大梁国威！"

任昉倒显得很平静："皇上，此事事出有因，不可操之过急。"

萧衍又低头看了一会儿案宗，长叹一声说："爱卿之言有理。朕推行屯兵屯田，本意是为富国强兵，打败北魏，一统天下。经是好经，让下面的人给念瞎了。天下百姓都是朕的子民，得让他们有饭吃呀。"

"土地是农民的命根子，失去土地，就等于要了他们的命，他们还怕什么？"任昉不紧不慢地说，"耕者有其田，民心才能安啊。"

"爱卿是爱护百姓的模范，在义兴太守任上为民办了许多实事，深受百姓爱戴。你再辛苦一下，深入调查了解，看类似情况是否普遍，然后调整政策，让失地的农民重新返回家园，按人口划给他们口粮田，谁也不许侵占。"

"遵旨。"

"还有，对那些闹事的刁民，也不能姑息迁就，口粮田要还给他们，他们犯的事也要按照大梁律令严加惩处。"

"遵旨。"

任昉走后，萧衍自语道："在上化下，草偃风从，世风如此不堪，教化之功任重而道远啊。"

第二天，萧衍坐在太极殿的龙座之上，文武百官肃然地站在殿下。

义兵包围宫城时，百官纷纷归附，唯王亮独不近前，萧衍为此一直耿耿于怀。天监二年正月初一，萧衍朝会各国宾客，王亮推说有病不能上朝，自己却设宴别省，谈笑自若。后萧衍召见公卿问事，见王亮面无病色，非常生气。御史中丞任昉借此以大不敬之罪弹劾，要给予弃市的刑罚。萧衍下令削去他的官职废为庶人，其尚书令一职由谢朏接任。可谢朏一般不向皇上禀奏什么事项，有事就让左右仆射上奏。这次，王莹又说话了："臣有本奏，臣以为以钱赎罪之法可以废止。"

萧衍说："爱卿说说理由。"

王莹说："自古以来，历朝历代都根据国情设立刑法。周初之时，商纣积弊仍然存在，百姓人心涣散，犯法之事层出不穷。如果全部让他们就法服刑，那么牢狱将人满为患，国家将不堪重负；如果加以宽宥，又难以治国，所以便让有罪之人以钱赎身。现在皇上励精图治,百姓安分守己,人人知法守法,故犯罪入狱之人越来越少,大牢慢慢闲置下来,长此以往,可望达到置刑法而不用的境界,故可废赎罪之科。”

“爱卿言之有理,朕同意你的上奏,你来起草诏书,让谢朏审阅把关,然后颁行天下。”萧衍想起了公车府门前的乡民闹事,“现在虽天下太平,百姓安乐,但也有一些刁民为非作歹,聚众滋事,还有官员蒙蔽朝廷,欺压百姓。这些天来,朕反复思量,这是为什么?皆是因为一个‘欲’字,是贪欲,使恶吏横行霸道,又是贪欲,使刁民为非作歹。怎么办?要施行教化。这些日子,朕专心修读佛经,朕觉得,唯有佛经能去除人们心中的欲望,朕准备把佛经撰写成教义,供大家阅读,以此开导众生。”

本来沈约一般是不上奏的,但看到近期北魏陈兵边境,攻城略地,抢夺粮食,奴役百姓,他心里着急,于是跨出一步,手持笏板说:“皇上,臣有本奏。教化黎民,严刑峻法,是治国之策,这是文治,当然要做好。可是皇上,国家还应该要武功。自齐末以来,北魏军队在魏主元宏的率领下,发动了三次大规模南侵,夺得沔北,尽有淮北,占领了淮南重镇寿阳,东扫江北诸戍,西击司州平靖、武阳、凿岘三关,整个淮南几近丧失。元宏死后,北魏新主元恪仍没有停止南侵的步伐,肆意派兵侵扰,对我大梁构成了严重的威胁,当务之急是讨伐北魏,驱除索虏。”

一席话把廷议议题引向了战事。吕僧珍趁势说:“魏军分三线南下,主攻方向寿阳一线,元彧坐镇,拥兵七万,其东翼由萧宝寅领兵一万驻扎东城,西翼由陈伯之领兵万人屯于阳石;汉中一线,邢峦率部南下,取得汉中之地后,正图谋攻取益州;义阳一线,元英率部南下,将我军逼至南义阳一带。皇上,现在沔北早失,淮南近失,汉中刚失,益州将失,战局对我相当不利,得赶紧想办法呀。”

“皇上,尤其义阳一线战斗最为惨烈。”尚书右仆射柳惔接着说,“魏军重兵围困义阳,本来司州刺史蔡道恭随机应战,斩杀魏兵无数,威震敌胆,不料他得急症而死,其堂弟蔡灵恩行使司州事务。魏军听说蔡道恭死,对义阳发动更为猛烈的攻击,战场上短兵相接,异常惨烈。”

任昉忍不住插话:“朝廷不是已派平西将军曹景宗率兵驰援了吗?”

“可别提他了!”柳惔生气地说,“曹景宗到达凿岘后,就安营扎寨,按兵不动,只是让士兵四处来回流动,虚张声势。”

“皇上,”任昉弹劾道,“曹景宗抗拒圣命,见危不救,当按律治罪!”

柳惔:“微臣附议。”

萧衍急了,他怕其他大臣一齐响应,便道:“此事不可盲目下定论,战场的事千变万化,且自古就有将在外君命有所不受之理,曹将军不出战,或许有他的道理。”

“不管怎么说，曹景宗延误战机，致使义阳失守，他难辞其咎。”任昉不依不饶。

萧衍见摆理不行，便摆手制止：“曹将军曾随朕出生入死，功可盖世，他的事就不要再提了。”

柳惔只得继续禀报：“皇上，宁朔将军马仙琕率兵援救义阳，元英听说他是一名勇将，把士兵埋伏起来，装出力量薄弱的样子。马仙琕乘胜进攻到魏军阵地，袭击了元英的营帐；元英假装败逃，引诱马仙琕上当。元英率兵逃到空旷地带，他见目的达到，马上回兵反击。马仙琕知道义阳危在旦夕，率兵奋力杀敌，一日交锋三次，虽屡败屡战，可是次次都不如人意，最后连自己的儿子也战死了。马仙琕只好暂时撤退。谁知义阳城里的守军以为是援军逃走，蔡灵恩惊慌失措，率部投降。北魏在义阳设置了郢州，让邢峦担任了郢州刺史。邢峦又发起了对梁州的全面进攻，敌军所向披靡，很快就占领梁州，梁州即失，益州危在旦夕。皇上，当务之急是抵挡魏军的攻势，夺回被魏军占领的国土呀。”

“皇上，微臣认为，对魏用兵，正是时机。”徐勉奏道，“魏主元恪暗弱，朝政混乱，外戚高肇、宠臣茹皓相互勾结，内外弄权，肆意谗害异己，魏咸阳王元禧、北海王元详等都因此被诛，正有可乘之机。请皇上审时度势，选将派兵，痛击北魏，以雪失地之恨。”

“爱卿只说对了一半。”萧衍面露笑容，“怎么能说是雪恨呢？朕已思谋良久，这不是为了雪恨，而是为了勘剪索虏，直捣洛邑，令普天之下，于斯大同！柳爱卿、吕爱卿，朕让你二人操练士兵，筹备粮草，准备得怎么样了？”

柳惔说：“大梁现在是国力强盛，粮草充足。”

吕僧珍说：“已招募训练完毕，个个武艺高强，摩拳擦掌，就等皇上下旨了。”

“既是兵精粮足，朕决定北伐，动员大梁百万雄师，铁马方原，戈船千里，百道并驱，同会洛邑。这北伐主帅由谁担任，大家议一议。”

王茂说：“臣保举韦睿，此人智勇双全，定能胜任此职。”

柳惔说：“臣举荐昌义之，此人力主抗魏，且多有战功。”

萧衍说：“他们二人确实能征善战，但这次北伐主帅，朕想从皇族中挑选，众爱卿看哪位王侯合适？”

吕僧珍说：“臣举荐建安王萧伟，他有实战经验，曾与始兴王萧憺一起以微弱兵力保住了雍州，使义军有了一个稳定的后方。”

萧伟皱了一下眉头：“臣受陛下旨意，正在建寺造佛。”

萧衍说：“是啊，建安王是有临战经验，曾留守襄阳，后又受命发兵进攻建康。由于兵饷不足，曾下令将寺院佛像铜钟打碎铸钱，还动员一些富僧出钱助饷。当时他曾许愿，等战争结束，重新修寺建佛。现在接受神僧指点，决定在石城建寺，并雕凿大佛，感恩佛祖，此事也很重要。征战一事，另选他人吧。”

这时，站在一边的朱异揣测圣意，异姓大臣他不放心，萧姓王爷里，建安王不合适，实际上他已有战功，那么始兴王与建安王的经历相似，也已有战功，王爷当中没有战功的当数萧宏。他是皇上六弟，天监元年封为临川王，任扬州刺史，可他没有战功，文不能文，武不能武，王公大臣多有不服，让他挂帅北征，是否符合圣意，说呢还是不说？犹豫了一会儿，他终于站了出来："皇上，微臣有一提议，不知是否合适？可微臣不管军事，怕越了职权。"

萧衍知道朱异不会为难自己："爱卿但说无妨。"

"微臣觉得临川王萧宏适合担当此任。"朱异说完，目光打量着皇上，看他面露喜悦之色，心想，这颗棋子又下对了。

沈约站出来说："皇上，这次举全国之力北伐，选对主帅尤为重要。俗话说，兵熊熊一个，将熊熊一窝。此次北伐，如若取胜，将为扫平索虏、统一华夏奠定基础；如若失败，我大梁将面临北魏侵扰的巨大压力。故臣以为，北伐主帅，必得选智勇双全之人方可胜任。"

萧衍皱起了眉头："爱卿是说，临川王没有这个能力？"

"微臣不是这个意思。"沈约为自己打着圆场，"毕竟临川王没领过兵打过仗，故微臣同意刚才吕僧珍提议，如临川王不妥，可考虑始兴王。"

"皇上，微臣以为，此次北伐关系国运兴衰，一定要选战之能胜的将帅。"徐勉见朱异举荐萧宏，也深以为不可，怕皇上用错了人，贻误天下，便说，"微臣赞同沈大人的意见，选派始兴王，他毕竟有临战经验，屡立战功，不会辜负皇上重托。"

"没打过仗就不行吗？朕一开始也没打过仗，后来不是也百战百胜吗？"

"微臣觉得此事重大，一定要稳妥行事，规避风险。"沈约仍然坚持己见。

"稳妥稳妥，瞻前顾后，谨小慎微，能办成什么事？"萧衍训斥着。

"皇上……"

"朱异提议正合朕意，就让临川王都督北伐诸军事，南北兖州、北徐州、青州、冀州、豫州、司州、霍州等八州兵力均由他节制。"

沈约说："皇上，把百万军队交到一人手里，万一有什么闪失，将有辱皇上，有损大梁啊。"

"仗还没开打，怎么就知道会失败？难道我大梁不堪一击？"

"不是，皇上……"

"打仗的事，你就不要插嘴了。"萧衍说，"这样吧，尚书仆射柳惔，你就做临川王的副将，协助他打好这一仗。"

柳惔说："微臣当竭心尽力，辅佐临川王。"

"只可惜柳庆远正丁母忧，如让他担当这次北伐军师，朕无忧矣。"

吕僧珍迟疑了一下，还是主动请缨："微臣愿意随军北伐，效劳于临川王鞍前马后，以解陛下之忧。”

“好，吕爱卿就任此次北伐军师，帮临川王出谋划策。”萧衍用爱怜的目光看着萧宏，“临川王，百万大军啊，朕可把全部家底都交到你手里了，可不要辜负朕望，你还有什么话要说?”

萧宏信誓旦旦：“陛下请放心！皇兄打下天下，臣弟沾光不小，现在报恩的时候到了。这次出征，决不含糊，一定把鲜卑小儿打得屁滚尿流。”

众臣都用异样的目光看着他，有的忍俊不禁，有的面露不屑。

萧衍说：“众爱卿不要以为自己就没事了，王公以下官员要各上国租及田谷以助军资。”

二十四　自求多福

谢朏上任伊始，可谓门庭若市，前来拜访的文人学士和达官贵人络绎不绝。对这些来访者，投缘的，谢朏热情接待，无所不谈；不投缘的，就应付几句，然后自顾自地看起书来。起初担任左光禄大夫，主要职责是观察朝政得失，为皇上拾遗补阙。可他从未提出一项合理化建议，对于下属官员的要求，他则能拖就拖，或干脆推给其他官员办理。渐渐地那些官员不再来汇报工作，府衙门前也就冷寂下来，谢朏每天来到这里，除了看看书、喝喝茶、赏赏花，基本上没有别的事可做。

为了培养儒学人才，萧衍选派一部分优秀书生到会稽山云栖寺，由隐士何胤授业教习，学有所成后，再选拔品学兼优的学子，推荐给朝廷。何胤从这些学子口中了解到谢朏的情况，下山来京师找谢朏。

见到何胤，谢朏异常高兴，把他领进客厅，又是让座，又是上茶。二人边喝茶边聊天，谈得很投机。何胤环视了一下四周："我来了半天，这衙门怎么连一个办事的也没来呀？"

谢朏满不在乎地说："不来最好，落得清静，我也好修身养性。"

"你这是占着茅坑不拉屎啊。"何胤板起了脸，"你本来隐居深山好好的，受皇上征召，出来做官，怎么也得为皇上做点事呀。皇上授你官职，给你俸禄，难道只是为了养你这个闲人？"

"这是两相情愿，与你何干？"

"是与我不相干，可我们原本都是隐士，你现在出山了，也得为隐士争口气，不要让世人误认为隐士是些沽名钓誉之辈，是中看不中用的东西。"

谢朏说："你说我是花瓶？"

何胤说："你不干事就是花瓶。隐居就像隐居的样子，做官就像做官的样子，不要不伦不类的。你担任左光禄大夫时无所作为，现在是尚书令了，地位尊贵，朝廷事无大小，皆归尚书令。我且问你，你对于振兴朝纲有什么打算？对于改善百姓生活有什么想法？现在北魏对大梁虎视眈眈，你又提出了什么样的退敌之策？"

谢朏一时语塞，他搔了一阵头皮，不客气地问："你来干什么？"

何胤说："劝你回去。本来我俩同为山中名士，又同被皇上授予官职，我是右光禄大夫，可我没有应召，继续隐居深山。皇上让我教授学徒，选拔得意门生，推荐给朝廷，这也是为朝廷做事。我且问你，皇上让你制礼，你做了多少了？"

"还没开始，正在查阅有关资料。"

"恐怕连资料也没查吧，典礼分吉礼、凶礼、宾礼、军礼、嘉礼……"

"这个我知道，不劳你教诲。"

"我不是教诲你，我是告诉你历朝制礼的情况。"何胤显得颇有耐心，"自齐永明年间朝廷就开始修订五礼，历时三年，没有完成。后来又将此事交给我，我当时任国子祭酒，因政事繁忙，也没有完成。后来我隐居了，制礼的任务又辗转到其他人手上。可到了东昏侯时期，朝政混乱，礼书文稿散失大半。当今皇上重视礼乐，把制礼的任务交给你，既是你的荣幸，任务也相当繁重呀。需要挑选得力人才，分工负责，分头编撰。"

谢朏辩解着："这个……这个自有人来做。你也知道，我这人怕麻烦，不愿意为这些世俗之事操心，我劝你也不要操这个闲心。皇上任用我，是为了表明朝廷优待世族，重用名人学士，又不是让我来干事的。"

何胤见劝说无效，便站起身来："那好，你就好好地守着你的名声吧。看来你也不想回去了，好自为之，我告辞了。"

敬等殿内张灯结彩，萧衍摆宴为萧宏送行，太监和宫女们有秩序地忙着往桌上传送珍馐佳肴。

宴仪开始，萧衍精神饱满地走出来，身后两个宫女手执长杆羽扇，亦步亦趋地跟在后面。众大臣一齐跪下，喊道："吾皇万岁万岁万万岁。"

萧衍走到御座前，黄泰平扶他坐下，自己走到一侧侍立着。

"都起来吧。"各位大臣纷纷起身落座，萧衍说，"今天大宴群臣，是为临川王北伐饯行，也是为了慰劳众爱卿对朕的衷心辅佐。我大梁自开国以来，励精图治，国泰民安。近来北魏侵我边境，扰我黎民，朕决意北伐，万望勠力同心，奋勇杀敌，扫平索虏，扬我大梁国威。"两手向外张开，显示出天下尽在自己股掌之中的气势。

众臣齐喊："扫平索虏，扬我国威！扫平索虏，扬我国威！"

萧衍情绪激昂，举杯饮尽。

萧宏站起来，朝萧衍拱手道："微臣有话要说。臣蒙皇上垂爱，委以重任，令臣带百万雄师，出征伐魏。臣当殚精竭虑，审时度势，运筹帷幄，决胜千里，不负皇上重托，不辱神圣使命。"说完端起酒杯，一饮而尽。

萧衍说："好，要的就是这个态度，朕在京师等你的好消息。"

柳惔看了一眼萧宏，萧宏点头，柳惔站起来："微臣作为临川王副将，当全力辅佐,英勇杀敌,即使战死疆场,也在所不惜。”

萧衍笑着说:“有这样的忠臣良将,何愁此战不胜? 等你们凯旋,朕为你们摆庆功酒。”

众臣齐喊:“祝北伐成功,谢皇上恩典!”

宴会的气氛越来越活跃,虽然在皇帝面前不敢张扬,但一些大臣,尤其一些武将,看到柳惔一饮而尽,也都豪爽地举起杯来,大口喝了下去。

沈约平时不大喝酒,看到今天的气氛,也喝了一杯。虽然脸色有些泛红,但他感到还没有醉意,他要利用这个机会再次申明自己的看法,便站起身,向右侧跨出一步,抱拳躬身道:“皇上圣明,选贤任能,使四方有志之士前来归附,为国效力。这些贤士文武兼备,有句古话说,武能安邦,文能治国。此次王爷出征,手下有马仙琕、昌义之、韦睿、裴邃等猛将,个个武艺高强,用好这些武将,让他们尽显其能,则北伐胜况可期。”

萧衍点头道:“沈爱卿说得中肯,还望皇弟切记。”

萧宏说:“臣弟牢记在心。”

酒至半酣,萧衍的情绪高涨起来,他志得意满地对群臣说:“有诸位良臣武将,朕对此次北伐充满信心。朕终日听政,孜孜不倦,就是想了解治国理政的得失。诸位都是有识之士,何不趁此酒兴,畅所欲言? 朕从内心里尊重诸位爱卿,当虚心纳谏。”

沈约首先站出来说:“皇上文治武功,自大梁建立以来,整顿朝纲,制礼作乐,尊儒重教,天下大治,奠定了千秋基业。”

王莹说:“皇上不仅治国有方,而且多才多艺,皇上的文章天下无敌,皇上所作乐曲如天籁合鸣,沁人心脾。”

文人往往这样,写文章曲折有致,行事却不知转弯抹角,给个台阶就想上,挖个深坑也敢跳。范缜听了,没加思索,站起来陈词道:“适才皇上让大臣说说为政得失,而诸位大人只谈所得,不讲失误,有失偏颇,也不符合圣意。”

在场官员吃了一惊,皆齐刷刷地看着范缜,如此场合,他怎敢说皇上的不是? 站在他身后的王莹扯了一下他的衣角,示意他不要再说下去。可范缜哪里管这些,他索性向前跨出一步,大声说:“谢朏华而不实,徒有虚名,皇上对他礼遇有加,把他请到朝廷为官,可他到底干了什么事情? 皇上让他修订五礼,他动手了吗? 皇上授他中书监、司徒、卫将军,直至尚书令,作为人臣,可谓登峰造极,可他从不理政,无所事事。王亮擅长治国,为官廉洁,勤勤恳恳,忠于职守,而皇上却把他废为庶人。也许皇上听信了谗言,还望皇上重新起用王亮,为国效力。”

萧衍听了这话,脸色忽然阴沉了下来,指着范缜厉声道:“范缜,你可以说点别的。”

宴会气氛顿时冷了下来,没人再敢说话。萧衍也愤愤地不再看范缜一眼。

这时,御史中丞任昉手拿笏板奏道:"臣有本奏。范缜不遵士操,弄口鸣舌,拨弄是非;居丧时不安分守礼,离家投奔义军,目的在于投机,妄想位居台辅。而一旦未得重用,便心怀不满,党附王亮,妄议朝政,诽谤正直之士,非人臣所为。"

范缜说:"微臣所说句句是实,望皇上明察。"

萧衍生气地问范缜:"你竟敢为王亮鸣冤叫屈!你说说,王亮所犯罪状,哪一件不是事实?朕兴义军到达新林,朝廷内外官员都去路上迎接,那些不能前往的也派人送名刺表达诚心,独有王亮抱残守缺,死忠昏君,这事你知道吗?"

"微臣知道。当时王亮为齐朝尚书令,他也是忠于职守。"

"他依附奸臣,协助凶党,执掌昏政,作威作福,使百姓遭殃,天下昏乱,这算什么忠于职守?京师平定后,朝臣都出来欢迎义军,唯独王亮迟迟不到,还是朕屈驾前往,见朕时他故意穿着破衣烂衫,傲慢无礼,这事你可知道?"

"微臣知道,他平时就是这个样子,不修边幅。"

"天监二年,朕任王亮为左光禄大夫,吉日朝会,王亮请病假不登殿,朕惦记他的病情,诏令公卿前去问候,见他在府邸设宴,谈笑自如,毫无病色。范缜你说,王亮该当何罪?"

范缜说:"这个……王亮只是率性而为,并无不敬之意。"

萧衍说:"不但不敬,而且有欺君之罪。御史中丞上表指责王亮大不敬,论罪当处死示众。朕念他曾有微劳,只削去他的官职,废为庶民,已是对他开恩了。"

任昉说:"王亮对皇上不敬,已被免职;今范缜比王亮有过之而无不及,他搬弄口舌,文过饰非,功微赏厚而不知感恩,搜刮财物却枉称清廉,故臣等参议,免去范缜官职,交付廷尉依法治罪。"

萧衍说:"这样吧,仿照王亮先例,不治范缜之罪,流放广州,去那里好好反省吧。"

皇上金口玉言,范缜知道辩解也没用。这时任昉催促着:"还不赶快谢恩?"

范缜只得跪下:"谢皇上。"

扬州刺史府内,萧宏正与部将商议北伐之事。吕僧珍说:"皇上对我恩重如山,老母去世,皇上亲自慰问,我感激涕零,这次出征,为臣定当舍生忘死,以报答圣上隆恩。"

萧宏说:"说什么报答不报答的,咱们都是一家人嘛。"

柳惔说:"皇上对这次出兵北伐寄予厚望,那就是扫平索虏,恢复中原。身为副帅,为臣倍感压力,还望王爷殚精竭虑,立下战功,以显王爷之威武。"

萧宏说："不要小瞧了本王，不是一些人说我无功受禄吗？我也要拿出个样子给他们看看。"

韦睿说："这次出征，皇上是举全国之力，我当身先士卒，直捣洛阳，活捉元恪小儿。"

萧宏笑着说："听说鲜卑女人很有味道，这次如果能拿下洛阳，说什么也要弄几个尝尝鲜。"

王茂一本正经地劝道："王爷，战场就是生死场，我们是提着人头出征北伐，哪有心思摆弄这些花花肠子？"

萧宏咽回了唾沫，收敛起了笑容："对，说正事。我们这次出征，皇上寄予厚望，本王也有很大压力。元英多谋善断，号称常胜将军。萧宝寅和陈伯之对大梁怀有刻骨仇恨，加上邢峦的骁勇威猛，不好对付啊。我们这次出征，一定要与他们巧妙周旋，不能把家底全部押上，既要保存兵力，又要稳中取胜，大家商量商量看怎么个打法。"

吕僧珍说："寿阳是大梁的门户，战略位置十分重要，我们的第一目标是夺得寿阳，寿阳一旦拿下，将洗雪国耻，提振士气。为此，建议西翼由王茂率部至沔北，向魏境逼进，以牵制那里的北魏守军向东线调兵支援。"

王茂听到有仗可打，非常高兴："据报，魏平南将军杨大眼率兵侵扰荆州，攻取了永宁郡，给我两千快骑，我去打死那小子。"

萧宏说："好，给你五千精兵，西线就靠王将军了，牢记，给我保存好兵力，不要损兵折将。"

柳惔说："东线也很重要，既要夺回被占领土，还要拱卫好京师。"

韦睿说："我愿率兵前去，夺回小岘，把魏兵赶出大梁国土。"

萧宏说："由你领兵，我就放心了。"

"中路是重点，我们要拿出精兵强将，向前推进。"柳惔做着两手合拢的姿势，"可采用皇上的'围城打援'战术，一一攻克梁城、合肥、羊石、霍丘等，把寿阳围得水泄不通，到时候我们就可以来个瓮中捉鳖。"

昌义之说："我愿领军首先夺回梁城。"

萧宏说："好，你们要把兵给本王带好，不要损兵折将，拿下这几座城池后，就向洛口会合。"

韦睿率兵昼夜兼程赶至小岘。此时小岘已被魏军占领，韦睿派长史王超宗和梁郡太守冯道根去攻打小岘，结果大败而归。他感到奇怪："城内魏兵不多，怎么就攻不下来？王长史，这样吧，你召集两百士卒，我们去巡视，实地查看地形，然后再确定对策。"

韦睿来到魏兵栅栏阵地前仔细观察着，忽然有数百魏兵列队走出门外，严阵以待。韦睿对王超宗说："敌人如此行动，一定是内部空虚，我们可趁此机会歼灭他们,然后攻城。”

王超宗仍然心有余悸:“刚才你只说是巡视,所以我们只是轻装而来,没有作战准备,还是等回去穿上铠甲,再来进攻吧。”

韦睿严肃地说:“如此往返,将错失良机。魏军派这些人出来炫耀武力,必定是骁勇善战之人,如果能挫败他们,小岘城就土崩瓦解了。”

冯道根也有些发怵:“看样子有五六百人,敌我力量太悬殊,仓促上阵容易吃亏。”

韦睿回头看身后的士兵,也都面露畏难表情,他怕失去这一战机,从腰间拿出一样东西,举在空中:“这是朝廷授予我的符节,不是装饰之物,谁耽误了战机,就军法论处!冯太守,你火速回去调援兵,我在这里领兵攻击他们。”

魏兵正在加固木栅栏,见忽然冲来梁军,猝不及防,仓促应战。一时间阵地上飞箭如雨,刀枪横空,直杀到太阳落山,魏兵边打边退,准备返回城中。就在魏军打开城门之时,冯道根领兵赶到,韦睿趁机指挥士兵攻城,直到半夜终于拿下了小岘。

萧宏率兵推进到洛口,选择有利地形,扎起营帐,立起锅灶,休整兵马。营帐内,将士们正在讨论如何迎敌,忽有探马飞来:“报王爷,韦睿以少胜多打下小岘,现又占领了合肥。”

“小岘好打,合肥不好打呀,他是怎么打下来的?”萧宏问。

“仍是采用了皇上惯用的战法——围城打援,用有限的兵力打败了杨灵胤的五万援军。韦将军身先士卒,自己虽然身体羸弱,作战不能骑马,可他总是坐着板车亲自督战,因此将士们个个死战,终于攻下合肥,俘获万余人。”

“好个韦睿,没有辜负本王的期望。”

柳惔说:“王爷,我这里也有不好的消息,王茂率兵攻打荆州,杨大眼督率各路军马抵抗,王茂战败,伤亡两千多人。”

萧宏皱起了眉头:“王茂可是个能征善战的将军啊,他是怎么弄的?可惜了我那些兵马。”

“还有,昌义之本来夺取梁城胜利在望,不料萧宝寅和陈伯之合兵赶来,夺回了梁城,这两个逆贼正休整兵力,准备向我军发动攻击。”

吕僧珍说:“这两个败类,发兵直接端掉他们的巢穴,看他们还能在什么地方落脚!”

萧宏说:“不行啊,本王的意思,是少用兵,或不用兵,这叫什么来着?”

吕僧珍说:“叫不战而屈人之兵。”

“对,是不战而屈人之兵。”

吕僧珍说:“我们可以分化瓦解敌军,从萧宝寅的身份来看,他是铁了心了,我们暂且不去管他。至于陈伯之嘛,他虽大字不识一箧,可是极会见风使舵,如能说服他，让他再投降回来，可实现王爷的设想，不战而屈人之兵。”

萧宏说：“怎么说服他？他刚投降过去，还能反回来？”

吕僧珍说：“那就看谁能动之以情、晓以利害了。”

萧宏问：“谁愿前往？”

吕僧珍说：“我与陈伯之有过交往，愿去说服他来降。”

陈伯之正在军营内跟褚缙议事，褚缙说：“萧宏十分胆小，目前一直屯兵不战，士气低落，将军何不乘其不备，一举攻下洛口？这样就打开了向梁军全面进攻的通道。”

陈伯之说：“萧宏虽懦弱，但他手下有几员大将甚是威猛，不可小觑。你不要着急，再拖延些时日，看他们的变化。”

这时，有士卒来报：“将军，门外有一梁军使者求见。”

陈伯之说：“带兵没有？”

差役说：“没带一兵一卒，自己也没带武器，他说叫……叫吕僧珍。”

陈伯之：“打开城门，让他进来。”

不一会儿，吕僧珍走了进来，拱手道：“参见陈将军。”

陈伯之说：“你我也算是老相识了，现在各为其主，你不在萧宏处谋划打仗，人模狗样来我这里干什么？”

吕僧珍说：“多日不见，趁此机会找你说说话，将军别来无恙？”

陈伯之说：“还好，我自投诚以来，魏帝待我不薄，封我为平南将军，都督淮南诸军事，不像有的人不信任我。”

褚缙说：“就是，你们皇上不容人，排斥贤能之士。”

吕僧珍笑着说：“褚太守，你这官还是陈将军封的吧，只听说当时陈将军封你为浔阳太守，你自以为入魏不失做河南郡守，魏主封你了吗？没有吧？”

褚缙说：“这个……这个，等把你们打败了，魏主自有封赏。”

吕僧珍说：“不要过于幻想什么，还是回到现实吧。陈将军，现在临川王都督北伐诸军事，他是御弟，统领的军队器械精良，阵容强大，气势威猛，是大梁建立以来首次大规模征战，念我们曾经相识，劝你不要以卵击石了。”

陈伯之愤愤地说：“兵熊熊一个，将熊熊一窝，由那个萧娘带兵，何足挂齿？”

吕僧珍不解地问：“萧娘是谁？”

陈伯之哈哈大笑：“这是我们魏国将士赏给萧宏的雅号，是说他像个娘儿们似的胆小如鼠。”

吕僧珍冷笑道：“这个不足为据。当今皇上隆恩浩荡，招贤纳士，朝中功臣名将如雁飞行，皆佩紫绶而怀金印，乘车持节，运筹帷幄，驰骋疆场，何等荣耀！你还是回归大梁吧，皇上会念你旧功，赦免你的罪过，我们再同朝为官，共享荣华富贵，该有多好。”

陈伯之想了一会儿说："你这些说辞太空洞了，有什么意义？还是回去效忠你的主子吧，我这里正在商量怎么打赢你们，你走吧，恕不远送。"

吕僧珍无趣地回到洛口军营，向萧宏禀报："王爷，陈伯之无归降之意，他们粮草充足，严阵以待，正准备与我军决战。"

萧宏有些害怕地说："陈伯之乃强盗出身，是个见打仗不要命的东西，如何是好？"

将士们又争论开了，有的说要强攻，有的说可智取。萧宏左右为难，一时拿不定主意。

丘迟见这阵势，思索了一会儿，上前一步，拱手道："将军既是有意劝降陈伯之，不如让微臣再试一下。"

萧宏不以为然地说："现在是讨论打仗，动真刀真枪的时候，你一个文人，就不要掺和了。"

丘迟说："王爷，你不是说攻心为上吗？我想给陈伯之写封书信送去。"

萧宏犹豫了一会儿说："那就试试吧。"

梁城军营内，陈伯之看着面前的地形图，坐下又起来，起来又坐下，显得异常烦躁。忽有哨兵来报："梁军有一个叫丘迟的，送给将军一封信。"

邓缮接过书信，看了一会儿，又看着陈伯之。

"看我干什么，我脸上又没有字。"陈伯之没好气地说，"我又不识字，他写信干什么？这不是污辱我吗？把信给我烧了。"

邓缮要去烧信，陈伯之又犹豫起来："慢……信上说些什么？"

邓缮展开信念了起来："迟顿首陈将军足下：无恙，幸甚，幸甚！将军勇冠三军，才为世出，弃燕雀之小志，慕鸿鹄以高翔。昔因机变化，遭遇明主，立功立事，开国称孤。朱轮华毂，拥旄万里，何其壮也……"

"够了！什么燕雀，什么鸿鹄！尽弄些破烂词儿，谁能听得懂？丘迟来了没有？"

邓缮说："来了，就在营外等候。"

陈伯之说："让他进来。"

丘迟来到营帐，向陈伯之施礼："陈将军别来无恙。"

陈伯之斜了他一眼，没有答话。

丘迟说："陈将军，怎么几年不见，你竟是这般境况？住上了毡帐，穿上了狼皮，怎么越看越像个活兽似的？"

陈伯之气愤地指着丘迟："你个穷酸书生，不知天高地厚，跑到这里来辱骂本帅，是不是不想活了？"

丘迟说："看你原来还像个人样，现在竟成了拓跋氏的一只狗了。想当初，你得遇明主，建功立业，封爵受赏，手持节旄，节制一方，是何等威武！你看看你现在，亡命在此，对着毡帐弯腰屈膝，这又是何等卑贱啊！”

陈伯之破口大骂：“畜生，你吃了豹子胆了？给我拉出去，斩了！”

几个卫士上来：“走！”三下两下就把丘迟推了出去。

丘迟一边走一边骂：“陈伯之，你是个狗都不如的东西，狗还知道看守门户，报答主人饲养之恩。你呢？吃饱了反倒咬主人一口，无耻，卑鄙！”

众卫士把丘迟绑在了木桩上，一个卫士上来，举起了长刀。丘迟说：“慢着，我还有话没有说完。”看着面前的邓缮说，“你也是抛妻别子出来的吧，你就不想念自己的父母，不想念自己的妻子儿女？”

邓缮眼圈有些发红：“你说这些干什么？”

丘迟说：“你进去跟陈伯之说一声，问问他想不想自己的家，想不想知道家里的情况？”

邓缮站着不动，丘迟说：“快去吧，不然陈伯之会后悔的，他轻饶不了你。”

邓缮犹豫着进去了，一会儿出来，对举刀卫士说：“放下吧，陈将军让他进去问话。”

丘迟被拉了回来，陈伯之问：“你知道我家里的情况？”

丘迟说：“当然知道。”

陈伯之眼睛亮了起来：“快说给我听。”

丘迟说：“先把绳子给我解了。”

卫士看陈伯之，陈伯之点了点头。

卫士给丘迟松了绑。陈伯之问：“我家里到底发生什么事？是不是我的妻儿都被萧衍杀了？”

丘迟冷笑一声：“当今皇上是那样的人吗？皇上仁德宽厚，对你法外施恩。你走后，对你家格外关照，你家祖坟仍然完好无损，住宅未曾倾毁，父母健在，妻儿安好，他们天天盼望着你回心转意，重返家园，过几天安稳日子。”

陈伯之眼圈红了，话也软了下来：“丘先生，我一个叛逃之人，还能回去吗？”

丘迟语重心长地说：“将军当时出走，也是事出有因，只因误信了谣言，一时迷惑错乱，才到了这步田地。当今圣上以赤诚之心对待天下，对臣下不计前嫌，皆委以重任，你看马仙琕现在是宁朔将军，袁昂是尚书右仆射，他们都得到了重用。大梁的功臣名将，各有封赏，个个腰系紫绶，掌管金印，参与军国大事。皇上还杀白马立誓，王侯的爵位世袭罔替。而将军你呢？却在这里厚颜偷生，为鲜卑小儿奔走卖命，难道不感到可悲吗？”

陈伯之皱起眉头，嘴唇翕动了几下。

丘迟看了看陈伯之，继续说：“这些年来，北魏窃取中原，可以说恶贯满盈，他们昏聩狡诈，自相残杀，部落之间互相猜忌，分崩离析，已到了穷途末路，其灭亡指日可待，必将受缚京师，悬首街头。而将军现在的状况，就像鱼游在釜鼎的热水之中，又如燕子筑巢于帐幕之上，处境有多么危险，你自己想想看。”

陈伯之望着丘迟：“那你说我该怎么办？”

丘迟说：“现在正值阳春三月，江南水清了，草绿了，花也红了，家乡的风景多么美好呀。你在这里看到故国军队的旗子，回想往日的生活，怎能不黯然伤神呢？望将军早做安排，自求多福啊！”

陈伯之强忍着眼眶里的泪水，对邓缮说：“天这么晚了，领丘先生去吃点饭吧。”

丘迟刚走出帐外，里面就传来陈伯之的哭声。丘迟略一停步，脸上露出满意的表情，然后大踏步向前走去。

二十五　溃师洛口

天监五年(506 年),一天夜晚,四周一片漆黑。寿阳梁城内,陈伯之召集旧部愿归顺大梁者,准备向萧宏驻扎的洛口进发。褚缉劝道:“陈将军,你不能走啊!你能不能再考虑考虑?你是反叛出来的,这次再回去,凶多吉少,弄不好会掉头的。”

陈伯之说:“这些我都考虑过了,大梁对我的亲眷、宅第毫发未动,就是希望我能再回去。是我头脑发昏,背叛了朝廷,失去了自己的家园,就像没娘的孩子,孤苦无依。我这次回去,不再和朝廷作对,也算为朝廷立了一功,皇上会原谅我的。”

褚缉见劝说无效,无奈地说:“陈将军,梁朝不容于我,是你给了我机会,让我能够出人头地。眼看为魏国立功的机会到了,我本想跟你拼杀疆场,建立功勋,博得魏帝的信任,也好日后加官晋爵。你走了,我在这里依靠谁呀?”眼圈红了起来。

陈伯之动了恻隐之心:“要不你也跟我回去吧,如果朝廷还信我用我,你就跟在我身边,有我一口吃的,就有你一口吃的。”

“我是不能回了,我于朝廷无功,回去命就没了。”褚缉指着身边一个人说,“我在这里结识了一位兄弟,叫王足,很有些谋略,你就带在身边吧。”

陈伯之认识王足,他是北魏中山王元英手下部将,战场上冲锋陷阵不行,背后指手画脚却有一套,因而不受元英喜爱,便委派到陈伯之帐下。陈伯之也不怎么待见他,今见褚缉推荐,说得恳切,也就点头同意。

王足急忙表态道:“陈将军放心,末将愿给你牵马坠镫,出谋划策,保你旗开得胜。”

陈伯之没有搭理他,上前紧紧握着褚缉的手:“那你好自为之吧。我有一事相求,我的儿子陈虎牙还在魏营,没来得及联系,麻烦你代为告知,让他快走。”

几日后,陈伯之骑马率军行进在山路上,忽然后方一骑兵飞奔而来:“报,陈虎牙将军被魏军杀害。”陈伯之顿时泪流满面,对身边将士说:“血的教训呀,鲜卑索虏狡诈凶残,没有人性,就是条恶狼呀。”回头向远处看了看,“弟兄们快跑,后面有追兵!”众将士策马飞奔而去。

陈伯之率军来到洛口，在一山脚下安营扎寨，他单身骑马来到梁军大营，高声喊道："我是陈伯之，要见王爷。"

守门士兵听着口气很大，不敢怠慢，火速回营报告萧宏。萧宏坐在大帐内犹豫不决，怕其中有诈。

吕僧珍说："王爷，我认为陈伯之来降是真，前次我去劝降，他并没有表现出强烈的反感。这次来降，想必是丘记室那情真意切的书信打动了他。如果有诈，不可能由他一个平南将军只身独闯军营，还是面见一下为好。"

萧宏说："那就让他进来，你去安排武艺高强的甲士埋伏在大帐之外。"

陈伯之来到营房，拱手道："降将陈伯之拜见王爷。"

萧宏站起来，往前走了几步，拉着陈伯之的手说："哎呀，你终于回来了，你看，弟兄们都在等着你呢。"

"在下叛逃之人，无脸面见王爷。"

"说哪里话？皇上圣明，不计前嫌，陈将军此来，必有用武之地。"

"我还带了部分人马，在荆山脚下扎寨，这些日子鞍马劳顿，望王爷拨给粮草，以解燃眉之急。"

"有多少人?"

"八千余人马。"

萧宏听了，一下子坐在那里，惊呆了。

吕僧珍说："王爷，既是来降，就是朝廷的人了，供应粮草是应该的。"

萧宏勉强镇静下来："对，是自己人，快去调拨粮草。陈将军，你的大义之举，本王深为感动。这些日子，你长途行军，很是辛苦。丘记室，你且安排陈将军好好休整，并尽快写奏章禀告皇上。"

陈伯之刚刚出去，吕僧珍认为机会来了："陈伯之归降，梁城空虚，宜快速出兵，一举可得。拿下了梁城，夺回寿阳就指日可待了。"

裴邃说："王爷屯兵洛口之后，一直没有开战，急得我心里痒痒，趁此良机，打开缺口，我军可乘胜扫清北寇。"

萧宏看了看柳惔："柳将军，你什么意见?"

柳惔说："此是最佳战机，不可延误。"

萧宏说："既是这样，谁愿出战?"

昌义之走上前来："末将愿往，以雪前耻。"

"本王命你带领精兵五千，直取梁城，不得有误。"萧宏又有些不放心，"我还是那句话，要注意保存实力，不要损兵折将。"

昌义之拱手道："遵命！"

天气一天天变冷，山林中层层叠叠地呈现出红、黄、绿深浅不一的缤纷色彩，在夕阳的照耀下，让人眼花缭乱。

萧宏身穿铠甲，腰插长剑，站在洛水边，望着翻滚的波涛想着心事。这些兵力，如果据为己有，能不能打下一个天下，建立一个王朝？如果能成，身边就美女如云了。又想，如果自己做了皇帝，太子自然就是萧正仁的，这小子虽然不成材，但毕竟是老大，天佑老大嘛，如果不是老大，是老二、老三，那麻烦就大了，就萧正仁吧，便宜了这小子。

丘迟从远处走来："王爷，陈伯之归降后，北魏紧急调兵遣将，增援淮南和青徐一线。邢峦被调至东线作战，我军将领蓝怀恭与邢峦在睢口交战，蓝怀恭战败，退至清水之南修筑城堡，邢峦又与杨大眼合攻蓝怀恭，最终城被攻破，蓝怀恭被杀，斩杀俘获我军数以万计。我军将领张惠绍放弃了宿预，萧昺放弃了淮阳，撤了回来。邢峦已领兵渡过淮河，同元英会师，正向洛口进发。"

萧宏咳嗽了一声："哪来的情报？"

丘迟说："是从蓝怀恭处逃出的士兵说的。"

"快扶本王上马，回大营。"萧宏变了脸色，策马返回营地。

营帐内，死气沉沉。只有柳惔在谈着自己的看法："我军节节败退，我认为这是魏军利用了他们的长处，来攻击我军的短处。魏军善于骑射，我军习惯水战。这几次败仗，都是魏军有意将我军诱引到空旷地带，使我军优势无法正常发挥所致。韦睿为什么能顺利攻取合肥，就是因为利用肥水，驱战船打败了敌军。现在正值雨季，洛水暴涨，我们可以多造战舰，引敌于洛水，进行决战。"

"此计甚妙。现在元英正与邢峦合兵攻打被昌义之夺回的梁城。"吕僧珍若有所思地说，"可以派一员猛将，领兵至魏营前搦战，然后假装失败，诱敌于我军的埋伏圈，然后聚而歼之。"

韦睿自告奋勇："我去搦战，与昌义之内外夹击敌军，可保梁城无忧。"

大家用期待的目光看着萧宏，萧宏却没有吱声。

裴邃急了，跺了一下脚："王爷倒是说话呀。"

萧宏吞吞吐吐地说："邢峦和元英都是能征善战的魏国名将，本王觉得，我军不可仓促应战，应该避其锋芒，再图良策。"

"怎么避其锋芒？这不是逃跑吗？"裴邃脸色黑得像乌云。

吕僧珍知道萧宏胆小，不肯出兵迎敌，故意顺着说："大敌当前，知难而退，保存实力，再寻战机，也不失为良策。"

萧宏见有台阶可下，附和着："吕将军此言，深合我意。大家看怎么个撤兵法呀？"

柳惔说："王爷奉皇上之命，都督北伐诸军事，末将作为副手，有话要说。我大军自出征以来，还没打过一场像样的大胜仗，怎能轻易后退？如此必定挫伤我军士气。"

萧宏说："我们这是撤兵，又不是逃跑，是在等待有利战机，怎么会挫伤士气？柳将军不要危言耸听。"

裴邃听了，非常生气，黑瘦的脸上泛起了一层红色，连脖子都红了，大声说道："我多年带兵打仗，只知前进，不曾后退。这次出征，就是为了寻敌作战，现在敌军来了，却要撤退，这算什么？谁愿意撤退那是他个人的事，反正我绝不后退半步！"

萧宏说："裴将军，你求战心切，我理解你的心情，请你少安毋躁，等有了战机，自有你立功的机会。"

裴邃说："等等等，等到什么时候？"

裴邃的话音刚落，勇将马仙琕说得更是直率，他把矛头直接对准萧宏："王爷，你这样优柔寡断，畏葸不前，会断送这次北伐，甚至会亡国的。皇上把全国的军队都交给了你，理当驰骋疆场，宁可向前一尺死，也不后退半寸生！"

萧宏说："你怎么如此说话？现在大梁蒸蒸日上，怎么会亡国？皇上派本王北伐魏贼，我军士气旺盛，又怎能亡国？我们这是在议事，不要如此丧气好不好？"

马仙琕的话激起了裴邃的义愤，他气得头发直竖，连胡子都挺直抖动着，把一口唾沫吐在吕僧珍的脸上，大吼道："末将不是针对王爷，撤兵实由吕僧珍引起，应当斩首示众！哪有率百万之师无所斩获，就望风而逃的？这样的庸碌之辈，还有什么脸面回去见皇上！"他眼含凶光怒视着吕僧珍，拔出腰中之剑，架在吕僧珍的脖子上。

萧宏一下子站了起来，两手发抖："住手……你……你不要认为夺取合肥有功，就恃功自傲。"

裴邃说："我不是自傲，我是看不下去！"

柳惔说："裴将军息怒，有话好说，不要动粗。"

裴邃说："吕僧珍要断送大梁北伐军队，断送大梁王朝，我能不生气？不杀之不解心头之恨。诸位让开，不要沾上胆小鬼的臭血。"说着举刀要砍。

"不可莽撞。"丘迟走过来，"裴将军，你想想，如果杀了吕僧珍，你就犯了死罪，你的命就没了，还拿什么去击退魏兵，还怎么为大梁建功立业？"

裴邃觉得这话有理，出师未捷，却杀了一个胆小鬼，真是不值得，便"唉"了声，抽回长剑，向门外走去。

一个将领见此情景，拔出剑来："想撤退的人自己撤好了，我们要去杀敌！"也跟了出去。

萧宏见裴邃走了，一下子瘫软在椅子上，又慢慢抬起头来："罢了，今天就到这里，诸位将军回去再想一想。"

王茂说："王爷，诸将都反对撤退，说明我军求战心切，士气旺盛，与魏军决一死战，正是时候。”

萧宏瞅着王茂说：“你率军进入荆州，被北魏那个杨大眼打得大败，一直追到汉水，使我大梁失去了五座城池，那时的狼狈相你是不是忘了？”

“那是魏军用了奸计，诱使我军到平原开阔地带，他们的战马比我们的战马彪悍，跑得也快，故此吃了亏，这次一定要报仇雪耻。”

“这仇还是日后再报吧。”萧宏向众将士摆了摆手，“散帐吧，回去好好想一想，等想好了我们再议。”

众将领唉声叹气地走出大厅，吕僧珍小跑着跟上来：“诸将慢走，吕某有话要说。”

众将收住脚，冷冷地看着吕僧珍，不说话。

“唉，我真是弄巧成拙呀！王爷昨天偶感风寒，身体不适，故心神不宁，无心恋战，担心交战失利。我刚才想用激将法促他出战，没想到……唉！”

这时远远地从魏军营地那边传来歌声：“洛水滚滚向东流，蛟龙腾跃鱼虾舞。不畏萧娘与吕姥，但畏合肥有韦虎。”

王茂不解地问：“他们这是什么意思？”

众人都面面相觑，吕僧珍红着脸说：“真是丢死人了，魏军敬畏韦睿将军，讥笑我和王爷都是娘儿们。”

王茂哈哈大笑：“所言不虚！”

“王爷全无谋略，又很胆怯，我曾多次建言进军，俱不接受，看此形势，怎能成功？”吕僧珍心生一计，“诸位将领，是不是这样？咱们来一个突袭，暗自分出一部分人马偷袭围困梁城的魏兵，只要取胜，就能鼓起王爷信心，那时再讨论全面决战也不迟。”

马仙琕说：“要办就快办，反正我是等不及了。”

吕僧珍说：“裴将军，明天出战，有把握吗？”

裴邃说：“吕将军，保证旗开得胜，你们就等我的好消息吧。”

第二天早晨，裴邃率领一队人马士气高昂地前行，他坐着板车走在队伍前头，不料萧宏骑马挡住了去路，手指着裴邃：“你好大的胆子，没有本王的命令，竟敢擅自调兵，这是谁给你的权力？”

裴邃说：“是末将独出心裁，想搞一个试验，如若取胜，说明魏军没什么可怕的，如若败北，听凭王爷裁处。”

萧宏气得脸色铁青，嘴唇哆嗦着：“这……这太不像话了！”挥剑指着路上将士说，“凡有前行者，一律斩首。”

裴邃觉得再也没有什么可说的了，向将士们摆了摆手，众将士只得掉转头，垂头丧气地往回走。

魏国将领奚康生获悉这一消息后，骑马飞奔至元英营帐：“梁军久不进军，必是害怕我们。王爷如果进军攻占洛口,他们自然会败逃。"

元英站起来,用手比画了一会儿地图,谨慎地说:"不可轻敌冒进,急于跟他们交战。萧宏虽然怯懦,但他手下还有不少勇将。还是再等一等,静观其变。"

九月的洛口,天气越来越冷了,北风吹来,草木萧瑟作响。这几天一直阴天,将士们也懒得训练,因为没有仗打,心里憋着的那股劲也就渐渐松懈了下来。二十七日下午,乌云被风裹挟着滚滚而来,雨也淅淅沥沥地下起来,继而狂风大作,仿佛天塌地陷一般,暴雨倾泻而下。吃过晚饭,萧宏营中的士兵们早早回营休息了,那些贪杯的人便聚在一起吆五喝六地喝起酒来。

半夜里,一阵雷声惊醒了丘迟,他点亮蜡烛,想起床看看,却发现满地是水。他就住在萧宏一侧,此时王爷的寝帐内肯定也进水了,于是急忙披衣起床,跑过去拍门喊道:"王爷,不好了,发大水了!"

萧宏闻声起床,往下一摸,水漫到床跟,吓了一跳,快速穿好衣服,大喊:"来人,快来人!丘记室,快去叫本王的卫士!"

一会儿,十几个卫士慌慌张张地进来,萧宏问:"外面怎么样?这水是哪里来的?"

一个卫士说:"这雨很大,下了半个晚上,整个营房都灌满了雨水。"

另一卫士说:"什么雨水?洛水决堤了!快跑吧,不然就来不及了!"

萧宏惊慌失措:"哎呀,怪不得水这么深,快……快给我备马。"

一会儿,一个卫士牵过战马,萧宏翻身上马,扬鞭冲出营房。卫士们一时愣了。丘迟催促着:"还呆着干什么?快去追啊!"卫士们纷纷骑上马,大声喊着:"王爷,王爷!"冲进了雨幕中。

营中的将士们陆续被暴风雨惊醒,纷纷来找萧宏商议对策,见萧宏帐内空空如也,大家分头四处寻找不见,慌了神,像失去蜂王的工蜂一样,在那里乱作一团,不知谁喊了一声:"魏兵打进来了!"

士兵们一听魏兵来了,纷纷四散逃跑,丢弃的刀枪剑戟塞满道路,哭叫声混合着风雨声回荡在洛水岸边。混乱的队伍后边,横七竖八地躺着一具具被淹死、踩死的士兵尸体。

魏军营内,元英站在帐外听见梁营内乱哄哄的声音,知道那边出了乱子,对邢峦说:"士兵们睡得怎么样?"

邢峦说:"末将没敢让他们睡觉,在这暴风骤雨的夜晚,怕梁军来劫寨,士兵们都在严阵以待呢。"

"梁军没有能力来劫寨了。"元英果断地说,"紧急集合!向梁营发起总攻。那个萧娘儿们,不要让他跑了,给我捉活的。"

邢峦说了一声:"是。"飞快地跑进了雨幕中。

邢峦领兵在乱军中四处搜寻,就是不见萧宏的影子。

其实，萧宏早已乘坐小船渡过了长江，连夜赶到白石垒，叩打城门请求进城。城内守将萧渊猷听到守门卒报告，急忙登上城楼，向下观看，可天太黑，什么也看不清楚，便向下面喊道：“你们什么人？”

丘迟仰头大声说：“我们是朝廷的人马，因遭遇洪水，被魏军追赶，来此休整。”

“你说你们是官军，有什么凭证？”萧渊猷不相信。

丘迟回答道：“我们王爷在此。”

萧宏因受冻怕冷，缩作一团，颤抖着声音说：“贤侄，我是萧宏啊。”

“六叔啊，你带了多少人？”

“没几个人，也就几个贴身随从。”

“皇上不是交给你百万大军吗？都到哪里去了？”

见萧宏不好意思地“唉”了一声，丘迟说：“被洪水冲走了，被魏军驱散了。”

“六叔啊，不是我不给你开门，实在是形势严峻。”萧渊猷为难地说，“你身为百万大军主帅，竟是昙花一现，一败涂地，如鸟兽四散。你这一弄，国家的存亡尚且难以预料，我这小小的白石城就更不保了。要是现在打开城门，如奸人乘机生变，我怎么向皇上交代？”

萧渊猷的话听起来虽然刺耳，萧宏一想，也觉得有道理，在这尴尬的时刻，他无言以对。

“六叔既投奔于我，我自当尽地主之谊。”萧渊猷宽慰着，“六叔一定饿了吧？我这里安排人用绳子把食物滑下去，先解你的燃眉之急，等天亮后判明情况，再迎六叔进城吧。”

萧宏六神无主，对丘迟说：“你看如何是好？我们再去哪里？”

丘迟说：“深更半夜，无处可去，就在这里等着吧。”

二十六　舍道事佛

太极殿的气氛异常凝重。文武大臣分列两边，尽管百官行列中多了一个和尚模样的人，可没人敢问。萧衍坐在龙椅上，阴着脸，目光逼视着台阶下的臣子们，沉默了好一阵子，他终于发话了："朕举全国之力，兴师北伐，竟然一败涂地，全军将士丢盔卸甲，狼狈不堪。众爱卿说说这是什么原因，谁的责任？"

萧宏怕文武大臣说出对自己不利的话，急忙上前分辩："皇上，我大梁北伐大军本来安营扎寨，严阵以待，不想突遭百年不遇的暴风雨袭击，洛水决口，淹入营地，使我大梁人马遭受严重损失。是微臣组织避险不力，请皇上治罪。"

吕僧珍说："临川王文武兼用，先是招降了陈伯之，接着一举攻下了梁城，如不是天公不作美，定当还有新的战绩。"

"招降陈伯之算是一功。"萧衍语气缓和下来，"至于攻下梁城，后又被魏军夺走，也就功过相抵了。突遇大雨，天意如此，不可抗拒。朕本已准备好宴席，等着给你们庆功……是道士骗了朕。黄泰平，宣戴先之上殿。"

黄泰平小跑到殿门旁，高声喊着："宣戴先之上殿。"

戴先之被两个卫士押进殿内，见到这阵势，吓得两腿哆嗦。黄泰平训斥道："怎么见了皇上不下跪呀？"一脚把他踹倒在地。

"戴先之，你是陶弘景派来见朕的吗？"

"师父说不便下山，派贫道给皇上陈说天文符谶，预测北伐胜负。"

"你说北伐战况如何？"

"北伐必胜，啊呀，那场面，那真是……"

萧衍右手啪的一声拍在御案上："大胆妖道，你懂什么天文？会什么符谶？纯粹是胡说八道。黄泰平，你说，这戴先之是怎么进宫的？"

"临川王北征前，皇上让奴才去找隐士陶弘景预测此战胜负，这个自称戴先之的人就站在曲山华阳洞外，说是师父让他在这里等候，奴才一时糊涂，便信以为真，就带他进了宫。前几天，皇上又派奴才去找陶弘景证实，陶先生说，他从来没有这么个弟子，也没派人在洞口等皇上的人。"

萧衍大怒："说！你是什么人？"

戴先之嘴唇哆嗦着："皇上饶命，小人不叫戴先之，是曲山下游手好闲之人，叫钱先之,见皇上经常派人跟陶弘景来往,便打起了歪主意,想弄点钱花。皇上,小人是初犯,今后绝不再做第二次了,望皇上恕罪。”

萧衍说:“你以为你还有下一次吗?来人,拖出去,乱棍打死。”

两个卫士把钱先之拖走,不一会儿,外面棍棒击打的声音,混合着撕心裂肺的叫喊声,传进殿内,声音越来越小,最后消失了,太极殿内静得瘆人。

萧衍说:“人无远虑,必有近忧啊。看来道教鱼龙混杂,难以托付,是到了求取真经的时候了。自古以来,人们潜信道术,迷信图谶,一些不法之徒借此钻空子,用鬼神惑众,妄自挑起事端,为非作歹,甚至犯上作乱。汉末张角利用太平道纠集变民叛乱,东晋末年孙恩利用五斗米道组织群众造反,都直接造成了王朝危机和剧变。前事不忘,后事之师呀,朕也曾耽事道术,染此邪法。现在看来,要教化人心,朕以为唯有佛教,因为它能使人去除欲望,教人远离颠倒梦想。志公禅师说:‘何须别处寻讨,大道晓在目前。’因此,朕要弃迷知返,舍弃李老,归事如来,广弘圣教,在上化下,走向正觉大道。”

尚书左仆射王莹说:“皇上,微臣认为,不能随意改变信仰。”

萧衍冷冷地问:“为什么?”

王莹说:“信仰是黎民百姓的精神支柱,随意改变信仰容易引起思想混乱,造成精神危机。再说,道教是我国土生土长的固有宗教,起源于盘古开天辟地之时,创始于黄帝,又经老子庄子发扬光大。道教追求自然和谐、天下太平、社会安定、家庭和睦,是华夏的精神家园。皇上不能因为道教里出现一两个败类,就全盘否定道教。”

“这些年来,朕尊儒尚学,以孝治天下,虽有成效,可也存在很多问题,尤其是民瘼尤繁,廉平尚寡。朕觉得,道为邪,儒为用,佛为本,佛能治心,使人慈悲淳厚,心肠柔和,使民风淳朴,亲近友善。”

王莹说:“佛教乃蛮夷之教,与华夏文化有很大的差异,皇上是华夏之主,不能信奉外来宗教。”

萧衍捋了一会儿下巴的美髯,慢条斯理地说:“沈爱卿,你跟大家说一说,目前京师有多少佛寺,有多少僧尼?”

沈约说:“皇上,京师佛寺四百余所,僧尼也有十余万,还有信佛不出家的白衣居士更是无以计数。”

“大梁王朝有两千多万人口,京师有二十万户,一百二十六万人口,京师中一百人中就有八个僧尼,朕能无视这一现象吗?试想,一个百家之乡,十人持五戒,就有十人淳朴谦和;一个千家之邑,百人修十善,就有百人温良敦厚;以此教化宇内,就会有百万善男信女,这是坐致太平的灵丹妙药。朕改道礼佛,也是顺势而为。”

王莹说:“就如皇上所说,一百个人中有八个僧尼,但仍有九十二人不信佛,占绝对多数。这些人中，有的不了解佛教，有的虽知道佛教，但没有修行的愿望，有的从内心里抵触佛教。教化好这些人，才是天下长治久安的大计。”

萧衍显得非常有耐心：“佛法有无尽的智慧，无尽的觉悟，能通晓宇宙人生的万事万法。推行佛教，笃信佛教，是解决一切问题的灵丹妙药。”

徐勉心存疑虑：“自古以来，历朝历代皇帝都是以儒学治天下，大梁王朝建立以来，皇上更是以儒治国，推行礼乐，孝行天下，才有现在的国泰民安。即使这样，仍有一些人思想顽固不化，违背礼义道德的事时有发生，甚至无视王法作奸犯科，儒学都不能解决这些问题，岂能依靠外来佛法？”

“正是因为这个原因，朕才决意推行佛教。《圆觉经》讲得很清楚，‘一切众生本来成佛’；《华严经》也说‘一切众生皆有如来智慧德相，但以妄想、执着而不能证得’。这就是我们的病根所在。如果我们有意去除妄想，放弃执着，去掉一分，我们就能自在一分，去掉两分，就自在两分。如能去除得干干净净，那人们的佛性就恢复了，恢复到本来佛了，国家也就安定了，天下也就太平了，华夏也就大同了。”

王莹说：“皇上，不可呀……”

萧衍说：“有什么不可？佛教是觉悟宇宙人生的教化，是至真至善圆满的教化。大经中说，世间之道有九十六种，唯佛一道，最是正道，其余九十五种，皆是外道。朕决意舍弃外道，以事如来。从此取消道正之职，道人还俗，设僧正之职，任命法云为大僧正。法云师父来了没有？”

那个和尚模样的人走出百官行列，双手合十道：“臣在。”

“法云师父，朕任为你大僧正，定于四月初八举行仪式。到时候朕要颁《舍事李老道法诏》，你回去做好准备，地点设在重云殿，通知所有在京官员、寺院僧尼、京师部分百姓参加仪式。朕要诏告天下，摒弃道教，皈依佛教。”

法云说：“皇上，微臣还有话说。目前，佛教虽然发展迅猛，但在思想领域仍有一些反对的声音，譬如有人以‘神灭论’攻击佛教。”

萧衍说：“至于思想领域嘛，也不能一枝独秀。朕虽舍道事佛，但儒家思想也不能摒弃。前些日子，谢朏去世，朕本来让他主持修纂五礼，以礼化民，没想到刚开了头他就撒手而去，这件事还要安排人接着做。如有人执迷道教，潜心修行，只要他不反朝廷不反朕，不诋毁佛教，那就让他修行好了。至于少数人坚守‘神灭论’，成不了什么大气候，不会影响人们信仰的主流，适当时候可组织王公大臣进行辩难。退朝吧，朕要去定林寺，向定林寺住持僧祐问经。”

徐勉谏道：“微臣以为不可。皇上怎能屈万乘之尊到那里去呢？如要问经，可在宫中召见他。”

萧衍说：“怎么不可以？朕只有亲临寺院，才能说明事佛心诚，心诚则灵嘛。”

徐勉说:“僧祐只是一个和尚,皇上是一国之君呀。”

“一国之君怎么啦?在佛的面前,我们都是如来弟子,是平等的。泰平呀,去备玉辇吧。”

定林寺坐落于蒋山南麓,这里树林茂密,环境清幽。这天,寺内打扫一新,僧祐也穿好袈裟,站在门口张望。慧超问:“师父,今天把院子打扫得这么干净,你又亲自站在门口等候,是不是有大人物来呀?”

僧祐说:“是的,佛祖有示,今日人主降临我寺。快去叫人收拾禅房,不得马虎。”

萧衍坐着玉辇,头顶华盖,在仪仗的簇拥下,来到定林寺,一个侍卫疾步走到玉辇前跪下,黄泰平扶着萧衍,踩着那侍卫的脊背走下来。这时僧祐上前,双手合十,施以佛礼:“阿弥陀佛,老衲这厢有礼了。”

“住持是佛门弟子,自东晋就有‘沙门不敬王者’一说,就不要对朕行礼啦。”

“哪里哪里,老衲虽是佛门弟子,但也生活在大梁国土之上,深沐皇恩,率土之滨,莫非王臣嘛。再说,皇上有意皈依佛门,那就是佛门弟子,老衲自然要欢迎和表示敬意了。”

“你怎么知道朕要皈依佛教?”

“皇上,这寺门外风大,也不是说话的地方,请降驾寺内荣堂。”

进到荣堂,僧祐把萧衍让在正中,自己则侧立一旁。萧衍说:“住持不必客气,也坐下吧。”

僧祐抬头看,只见仪仗围着萧衍,门外侍卫分列两边,他嘴唇动了一下,似乎想说点什么,可话到嘴边又咽了回去。

“刚才住持说早就知道朕要皈依佛教,此话怎讲?”

“贫僧昨夜梦见佛祖,说大梁皇帝与佛十分有缘,明天必来寺院,要贫僧做好接待。”

“佛祖知道朕的心意,真是佛法无边呀。朕要皈依佛教,当从何做起呢?”

“佛法能启发人真正的智慧,破迷开悟,离苦得乐。要皈依佛教,度一切苦厄,成就无上正等正觉,必须从修心开始,从内心里看空一切,远离颠倒梦想,方可发大悲平等心去拯救世人,发挥佛法在社会上的大用,使人幸福快乐,使国家繁荣富强。”

“朕读佛经已经多年,也深知其中奥秘。”

“明佛理,只是学佛的第一步,关键是身体力行,去除欲望。贫僧想以陛下为例,不知当讲不当讲?”

“住持但说无妨。”

僧祐看了看萧衍身边的仪仗和卫士:“比如皇上出行,有仪仗保驾护航,有礼乐以壮声威，其实就是欲望在作怪。如果能看空一切，那么世间形形色色的万物都是空的，这些东西就没有必要了。”

萧衍看了看周围，略显尴尬：“这些朕倒是没有想到，只是在衣食住行上注意了一些，每天只吃粗粮淡饭，穿粗布衣，寝宫内也只有一张床和简单的坐具。”

“这就是良好的开端。入佛门要先拜师，受三皈依，正式拜释迦牟尼佛做老师，愿意一生依照老师的教训来修行，老师就会传授修行的标准，这个标准就是‘三皈依’，皈依佛、皈依法、皈依僧，也叫皈依三宝，这是进入佛门的第一步。皈依佛就是觉而不迷，皈依法就是正而不邪，皈依僧就是净而不染。这觉、正、净，原是每个人都有的，都是具足的，从前把它忘记了，现在要把它找回来。佛告诉我们，要时时刻刻想到觉、正、净，用觉、正、净来指导我们的修行，这才是真正的皈依。三皈依者，要进一步具足众戒，最重要的是五戒，五戒是佛家的根本大戒……”

“这个朕知道，五戒就是不杀生、不偷盗、不邪淫、不妄语、不饮酒。后四戒朕能做到，只是这不杀生戒……住持你想，朕是皇上，要统御天下，内有作奸犯科的刁民，外有虎视眈眈的索虏，你不杀他，他就会杀你，故这杀害障，实难消除。”

僧祐双手合十：“阿弥陀佛！这三皈依和五戒，虽是对出家的沙弥、沙弥尼、比丘、比丘尼四众弟子制定的，其实对在家的优婆塞、优婆夷同样适用。佛能教人保持清净之心，无欲无求，杀从何来？”

“朕认为这个境界是美好的，可以分步实施，目前情况下，朕以为可儒、释、道并用，共同来教化黎民。朕少年时候就学习周公、孔子儒家经典，儒家强调的是孝义和仁恕；后来又研究道家，道家崇尚自然，清静无为。汉朝初年，民生凋敝，朝廷以道家的无为思想治天下，与民休养生息，社会稳定，经济恢复，百姓生活得到了改善；到了汉武帝，采纳董仲舒建议，罢黜百家，独尊儒术，思想统一，社会安宁，国力增强。佛教传入中国后，汉明帝非常重视，亲派使者到西域访求佛法，带回了天竺僧人和佛经，为弘扬佛法，在都城洛阳建立了白马寺。佛教的传入由民间到皇宫，又由皇宫到民间，逐渐为天下人所接受，因为佛教能引导人心向善。朕认为这三教，虽各有特点，但教化人心的作用是一样的，故朕主张三教同源，共同来教化人心。”

“三教之中，唯佛为至尊，老子、周公、孔子都是如来弟子。”

站在一旁的陈庆之终于忍不住了：“师父，你这话就不对了。如来佛生在迦毗罗卫国，是外国人，是他创立的佛教不假，可老子、周公、孔子都不认识他，而且都比如来佛出生早，怎么会成为如来的弟子？要说弟子，那如来佛是孔圣人的弟子还差不多……”

萧衍瞪了陈庆之一眼：“不得无礼！”

僧祐表情仍然平静:“无妨,无妨。孔子是讲一世的教育,即从生到死的教育;如来则是讲三世的教育,讲过去,讲现在,讲未来。佛是无处不在的,佛的教义也是普遍的真理,是放之四海而皆准的,不能以地域的远近和时间的先后来定论。孔子也曾说过:‘三人行,必有我师焉,择其善者而从之,其不善者而改之。’他并没有以年龄的大小定师尊,而是有善必从,而不计年长年幼。”

陈庆之挠了一下头皮:“师父说得好像也在理……”

僧祐面向陈庆之,合掌道:“阿弥陀佛。为什么三教之中,唯佛至尊?道家是讲出世的,远离世俗烦恼;儒家则讲入世,要人以积极的态度修身、齐家、治国、平天下。但人的欲望是无止境的,这是一切罪恶和苦难的根源。自三皇五帝以来,朝代更替,战事频仍,弱肉强食,所谓劳心者治人,劳力者治于人,治于人者食人,治人者食于人,自古以来,哪朝哪代不是如此?用什么方法来拯救人脱离苦难呢?唯有佛教。佛教能熄灭人心的欲望之火,使人内心归于平静,直至看空一切,最终到达彼岸,修成正果。”

萧衍略有所悟:“三教虽同源,佛法摄其心,如同日月映照众星啊。”

“阿育王摩揭陀国孔雀王朝的第三代国王,他晚年放下屠刀,笃信佛教,兴建寺院,以佛治国,成为护法名王。陛下若能以佛教来教化人心,必将使大梁王朝万古长青。”

“法师所言,正合朕意。只是目前寺院多在京师之外,坐落于山间幽林之中,而京师之内却极少,朕想把秦淮畔同夏里故宅改建为寺院,取名光宅寺,方便朕讲经布法,也方便百姓祈祷,不知可否?”

“陛下宏图大略,这可是由读佛理向身体力行迈出的重要一步啊,僧祐善造佛像,可让他雕凿无量寿佛像供奉其中。”

“那就太好了,建成后,还请住持前往寺里做一场法会,为王公大臣讲《无量寿经》。”

“阿弥陀佛,善哉善哉。”

“好了,去大雄宝殿拜佛祖。”来到殿内,萧衍行了三拜之礼,然后坐在坐垫之上,双手合十,默默祈祷起来。他祈祷大梁江山永固,祈祷子子孙孙绵延永久。

这时,黄泰平走着小碎步进来:“皇上,前线急报。”

萧衍慢慢睁开双眼,看了一下奏报:“什么?魏军调集了大量兵马,正在向钟离进发?如今天寒地冻,他们还想打仗?众爱卿说说,这其中有没有蹊跷?”

黄泰平回头环视了一周,大雄宝殿内空荡荡的。原来皇上把这里误作太极殿了,黄泰平不敢点破,仍是毕恭毕敬地站在一边。

见没有回话,萧衍这才醒悟过来,吩咐着:“起驾回宫吧。”

与此同时,北魏洛阳皇宫内,气氛却显得欢乐喜庆。魏主元恪脸上挂满笑意:“这次洛口大捷,击溃梁军近百万,邢峦将军和元英将军功不可没。梁军在江北的几个重要据点只剩下钟离了。下一步,只要乘胜拿下钟离,那么南梁在江北的屏障就被打破,我们挺进江南就指日可待。现在,元英已经率兵包围了南梁重镇钟离,邢将军,你可率兵与其会合,拿下钟离,荡平东南。”

邢峦禀奏道:“陛下,微臣以为不可。南梁的军队虽然在野战方面逊色,但是守城的本领却棋高一着。眼下倾尽精锐兵马去攻打钟离,如能攻下,所得利益无几,万一攻不下来,所受损失却是巨大的。况且钟离在淮河以南,就是该城敌军束手投降,我们还担心没有粮食作为防守的保障,何况是牺牲将士去夺取呢?到目前为止,我军已出征夏秋两个时令,士卒已是疲惫不堪,故依臣愚见,先修复损坏的边城,安抚各州,休整兵马,等来年再战吧。”

元恪急了:“打仗讲的是一鼓作气,现在我军大败梁军,士气旺盛,拿下钟离,正当其时。如果像你所说,迟延下去,士气消耗殆尽,到那时再言征伐,为时已晚。还望邢将军不要犹豫,迅速动员兵马,向钟离进发。”

邢峦依仗自己对战场形势的熟悉,毫不示弱:“中山王执意进攻钟离,实在让我费解。倘若不顾得失,采取冒险行动,就直接去袭击广陵,攻其不备,或许能取胜。若想以八十天的粮食为限,夺取钟离,臣是闻所未闻。一旦敌人固城自守,不与我军交战,怎么办?再说钟离城壕又宽又深,我军无法填平,填不平这条护城河,我军只能看着一池冰水坐等来春,这样我军将士将会出现不战自溃的状况。若是派我前去,从什么地方获取粮食?我部从夏天就已征伐在外,没有带上冬衣,一旦遇上冰雪,又从什么地方取得御寒的棉衣?故臣宁可承担怯懦而不敢前进的责任,也不愿意接受损兵折将而又徒劳无功的罪名。钟离地处天险,朝廷官员都知道,如果钟离城中有内应,胜负也难预测;假如没有,必然无法攻克。倘若陛下相信我所说的话,就下旨停止进军;倘若认为微臣懦弱无能,我请求把我部兵力全归中山王指挥,我宁可给他当个东奔西走的小卒。”

元恪口气软了下来,微笑着说:“你是率领千军万马的将军,怎能只当一个小卒呢?”

邢峦仍坚持自己的主见:“微臣屡经战事,深知胜负之道,既然臣下认为此举难成,何必勉强于我?”

元恪说:“既如此,爱卿就留在京师休养吧。镇东将军萧宝寅听令!”

“微臣在。”

“朕命你率军赶赴钟离,接受中山王元英指挥,同心协力,拿下钟离。”

“遵旨。”萧宝寅似乎感到了自己在元恪心中的位置,脸上现出得意的神情。

二十七　钟离大捷

“魏军攻下了马头戍，把那里的粮草全都运到了淮北，意欲何为?”建康城皇宫内，萧衍正指着地图，杆子放在马头戍不停地敲着。

萧宏说：“元英趁火打劫，在我军遭受暴雨灾害之际，趋势攻占了马头戍，抢走了城中的稻米。臣认为，这是北魏慑于我大梁国威，不敢再向南踏出半步。”

萧衍看着其他大臣：“诸位爱卿，你们有何高见?”

柳惔说：“索虏打仗向来不按套路，行踪捉摸不透，一时难以判断其撤军动机。”

沈约说：“魏主年轻气盛，向有吞并大梁的野心，此次撤兵，或许是休整，至于下一步行动，还要看其动向。”

萧衍在地图上比画了一会儿，顿有所悟：“元恪乳臭未干，怎瞒得了朕？他这是声东击西之计。他们拉走粮食，撤走兵马，想以此麻痹朕。”

吕僧珍问：“陛下意思是……”

“这是假撤军!”萧衍十分肯定地说，“他们想乘胜东进，扩大战果，下一步的行动，是要攻占钟离。诸位爱卿，看这仗怎么个打法呀?”

柳惔看了一下萧宏，见他低下头，不敢说话，便请求道：“末将愿再次出征，以雪洛口之耻。”

萧衍说：“柳爱卿，你与临川王刚从前线归来，当好好休养身体。”

吕僧珍因为上次被魏军戏称“吕姥”，觉得多少年来的威名被玷污，心中一直怏怏不快，很想找个机会为自己正名，见机会来了，便奏道：“皇上，建安王萧伟能征善战，微臣愿随建安王出征北伐，痛击北魏，不赶走索虏，誓不班师回朝。”

萧衍说：“难得爱卿有如此报国之心。不过，这次钟离保卫战，朕要亲自指挥。现在钟离由昌义之镇守，他只有三千人马，如何能抵挡北魏的虎狼之师?右卫将军曹景宗!”

曹景宗出列：“臣在。”

“朕命你率领十万大军火速赶赴道人洲待命，等各路兵马会集后，一同向魏军发起进攻，切不可急躁冒进。”

曹景宗说："皇上，我军可以直接挺进邵阳洲，这样离魏军更近些。"

"你就屯兵道人洲，不可靠近邵阳洲半步。"萧衍知道曹景宗想独占这次功劳，故给他画了一条红线。

曹景宗只得答应："微臣遵旨。"

萧衍看着徐勉："徐爱卿。"

"臣在。"

"你赶快替朕拟旨，命豫州刺史韦睿率兵自合肥直插钟离，受曹景宗节度，对南下魏军形成两面夹击之势。"

"遵旨。"

萧衍对曹景宗说："韦睿与你同乡相望，你一定要尊重他，诸事同他商量。"

曹景宗说："请皇上放心，末将一定跟韦将军密切合作，打好钟离包围战。"

韦睿接到圣旨，领兵从合肥取直道，由阴陵大泽向钟离挺进。遇山涧溪流和峡谷，兵马行进受阻，韦睿下车查看地形，对部下说："这点困难算什么？架飞桥前行。"

长史王超宗劝道："韦将军，在这里架飞桥非常危险，不如改道前行。"

韦睿一语中的："你这是畏惧魏军强大，想用缓兵之计，拖一天算一天吧。现在钟离城的士兵，为了躲避魏军飞箭，挖地穴居住，背门板提水，我们就是乘飞车赶去，恐怕还来不及，怎么容我们缓速前行呢？"

于是众将士动手架起飞桥，走捷径通过。

萧衍正在御书房研读佛经，黄泰平小步走了进来："皇上，前线送来红翎急报。"

萧衍抬起头说："什么情况？给朕说说。"

黄泰平拿出手中的几份奏报细声回禀着："皇上，曹景宗领兵抵达道人洲后，并没有安营扎寨，而是领兵继续向邵阳洲挺进。"

"混账，朕怎么跟他说的？他难道忘了不成？他这样孤军深入，恐立足未稳，就遭魏军击溃。"

黄泰平看着下一份奏报："皇上，还有呢。曹景宗在进军途中，突遇暴风雨袭击，一些士兵淹进了淮河，曹景宗没法，只好领兵又返回了道人洲。"

萧衍笑了："天助我也。曹景宗行军受阻，这是天意。天意如此，破敌取胜指日可待。"

钟离位于淮水南岸，淮水中有道人洲和邵阳洲。魏军于邵阳洲架桥连接南北两岸，竖立栅栏数百步长，跨过淮河通道，阻止梁军在水上破坏大桥。元英占据南岸负责攻城，杨大眼占据北岸负责粮草补给。

昌义之站在钟离城墙上,远远看见魏军搬土填护城河,有的用车推,有的用肩挑,怕有人消极怠工,又有骑兵巡逻监督。很快护城河被填满。魏军向这边冲了过来,城门紧闭,城墙很高,攻城受阻。紧接着后边士兵推出了冲车,他们在用力撞墙,不一会儿,城墙就被撞去一块,昌义之站在城头,指挥着:“扔石头!”

梁军把事先准备好的石块哗哗地往下倒,一些魏兵被砸进泥土里,城墙也很快被垫了起来。同时一阵飞箭射出,城下魏兵纷纷倒地。就这样,一拨倒下去另一拨又冲上来,双方每天交战数十次,魏兵伤亡惨重。

元英刚回到军营,见朝廷使者范绍已在营中等候。

见元英进来,范绍走到大帐正中:“皇上有旨,钟离攻而不胜,消磨士气,宜暂且班师,再从长计议。”原来,邢峦虽然留在洛阳,但对钟离前线一直不放心,多次上书元恪,要求规避风险。元恪犹豫再三,最终还是派范绍前来传旨。

元英说:“范大人,末将发誓歼灭岛夷敌寇,现在敌我双方战事正处于胶着状态,只是二月以来,阴雨连绵,影响我军攻城进度,等雨过天晴,我就发起凌厉攻势,一举拿下钟离。请转告皇上,再宽限一些时日。”

范绍说:“皇上担心淮南春夏潮湿,我军不宜久留,且用兵时间太久,锐气消磨殆尽,不利再战。”

元英说:“我军士气正旺,攻破钟离,指日可待。范大人既然已经来了,就请多住些日子,看本王是怎样拿下钟离城的,到时候,你再回宫给皇上送捷报。”

范绍说:“王爷不要这么自信。我骑马围着钟离城转了一圈,其城墙高大坚固,急切难以攻下,还是遵旨从事吧。”

元英见软的不成,便来硬的:“进攻钟离是皇上旨意,现在为何要收回成命?还请皇上遵从初衷。再说,将在外君命有所不受,也请皇上耐心等待。”

范绍见状,只得说:“既如此,我只好回京复命了。”转身拂袖而去。

夜晚,曹景宗与韦睿悄悄会师,从道人洲推进到邵阳洲。韦睿要趁着夜色修筑工事,南梁郡太守冯道根说:“且慢。这么多人,如果一拥而上,不但窝工,还有危险。容在下跑马量地,按人头平均分配。”于是他骑马在前测量,每人一段。分配完毕,他动员道:“大家动手干吧,谁先修完谁先睡觉。”士卒争先恐后地干了起来,拂晓前新营就筑成了。

元英一早起来,远远看见梁军已进驻了邵阳洲,并挖起了战壕,竖起了鹿角,大吃一惊,不停地用枪柄敲击着地面:“这是何方来的兵马?是不是神兵天降?”再看梁军阵容整齐,战旗猎猎,他的眼前一阵发黑,好像有几十万大军像洪水一样向他扑来。他揉了揉眼,定了定神,对身边的杨大眼说:“你先出战,给韦睿点颜色看看。”

杨大眼说:“定提韦睿人头献于帐前。”

元英又对萧宝寅说:“杨将军出战,萧将军一定守好北岸大桥,这可是我军的生命通道,不可掉以轻心。”

萧宝寅信誓旦旦地说:“微臣自投诚以来,还没有挣得像样的战功来报皇上恩德,这也正是我报萧衍杀兄之仇的时候。有这两重原因,我一定誓死守卫大桥,人在桥在。”

天刚破晓,杨大眼就来搦战,他率领一万多骑兵在阵前左冲右突,耀武扬威。

韦睿把战车摆成车阵。杨大眼聚集骑兵强攻。韦睿命令两千强弩齐发,成群的箭矢在空中划出刺耳的响声,穿过魏军的铠甲,射中敌人的战马,哗啦啦,魏军一排排倒下去。有一支飞箭好像长了眼睛,追着杨大眼飞来,射穿了他的右臂,他见势不妙,用手捂着肩膀撒腿就逃。

元英见爱将受挫,不得不亲自出马。第二天早晨,他亲率骑兵,把韦睿团团围住。韦睿乘坐着白板战车,手执宝剑,在阵前从容指挥。只见阵中之箭一批一批向四周飞出,元英始终无法往前推进,只得缩回营地。

到了夜晚,元英如法炮制,又偷偷率部前来,让弓箭手不停地向韦睿营地放箭,箭如雨下。梁军猝不及防,四处躲藏。

韦黯见此,上前请求道:“父亲,快进战壕躲箭吧。”

韦睿果断地说:“不行,要是都进了战壕,敌人就会冲过来,那不是白白送死吗?”他见一些士兵抱着头往战壕方向跑,招呼着,“给我回来!临阵脱逃,格杀勿论!”

将士们陆续来到韦睿身边,恐慌的情绪渐渐安定下来。韦睿把弓箭手分成数批,一拨一拨地向元英阵地放箭,黑暗中,双方箭来箭往,谁也不敢向前迈出半步。

清晨,明媚的霞光洒向大地,一群群牛羊在淮河两岸啃着嫩嫩的青草,远处的牧民唱着低沉悠长的牧歌。

梁、魏两军就这样相持着。曹景宗和韦睿边走边讨论怎样打败魏军,解钟离之围。只见远处一匹快马飞奔而来,走近一看,原来是陈庆之。

陈庆之擦擦额头上的汗水:“二位将军好雅兴呀。”

曹景宗说:“哪有什么雅兴?我们正在发愁呢,魏军大军压境,一时难有破敌之策呀。”

“皇上命下官前来,正为此事。”陈庆之从怀中掏出圣旨递给韦睿。

“哈哈!妙招!”韦睿看完信,紧锁的双眉舒展开来,“皇上御赐妙招,赶走索虏,就在眼前。走,我们到营帐内说话。”

时机终于来临,三月初,淮水暴涨。这天傍晚,狂风大作,曹景宗指挥士兵,用战舰载草，舰与桥同高，灌上油膏，直奔大桥。一时间风怒火盛，烟尘滚滚，遮天蔽日。梁军敢死之士拔掉魏军栅栏，接着奔向大桥，挥动斧子砍起桥来，随着一阵叮当作响，大桥轰然倒塌，浮在水中，燃烧着向下流去，成了一条火河。

淮水上游战舰竞发，韦睿指挥士兵冲向魏军，冯道根与杨大眼展开搏斗，士兵们见状，奋勇争先，烟火中厮杀声惊天动地，魏军阵脚渐乱，接着溃不成军。

元英见大桥化为灰烬，通道已经断绝，狂傲的锐气顿时烟消云散，跳上战马逃走。杨大眼且战且退，在魏兵的掩护下，终于脱身回到自己的营寨，一把火烧了军营狼狈逃走。

烟雾中，魏军见没了主帅，一个个营垒渐次土崩瓦解，逃跑的魏军抛下武器铠甲，争相投水逃跑，淹死以及被斩无数。

昌义之站在钟离城墙之上，得到捷报，悲喜交加，激动得举起双手高呼："重生啦！我们重生啦！"

各路大军乘胜追击魏军。沿着淮水一百多里范围内，魏军尸横遍野。梁军生擒魏军五万人，收缴的各种武器堆积如山，牛马驴骡不可胜计。

"大胆元英！朕多次下诏让你撤兵，从长计议，你就是不听。现在怎么样？捷报呢？战果呢？"洛阳宫内，元恪坐在龙椅上，脸色阴沉，"二十五万将士毁于一旦，丢人啊，太丢人了！你的气势哪里去了？"

"皇上，不是微臣无能，实是梁军采用了萧衍的诡计，火烧栅桥，使我军惊慌失措，因而溃败。"元英缩着身子，无力地辩解着。

"你没长脑子呀？三国时周瑜火烧赤壁的战例，你难道不知道？亏你读了多年兵书，打了多年的仗。丢人，太丢人啦！"元恪用手不停地敲击着龙案。

御史中尉崔亮出奏道："皇上，元英这次出征惨败，有损大魏国威。这本来应该避免的事，皇上多次劝他撤军休整，他却一意孤行。萧宝寅守桥不力，使我军兵力损失惨重。按照大魏律令，应处以极刑。"

侍中卢昶历来忌恨元英，可是一直没有可乘之机，今见他兵败回朝，便趁机附和道："元英丧师辱国，当依法从事。"

元恪考虑了一会儿说："元英、萧宝寅二人之罪，按律当斩，但念元英此前微功，萧宝寅投奔大魏，也是一片忠心，姑且免去二人极刑，你二人不要再为官了，除名为民吧。杨大眼抗敌不力，流放到营州充军。"

元英、萧宝寅、杨大眼三人一齐跪下道："谢皇上不杀之恩。"

元恪又说："中护军李崇。"

"臣在。"

"朕任你为征南将军、扬州刺史，给朕好好守住大魏南大门，不允许南梁贼寇再近我大魏半步。"

李崇眼睛亮了起来，觉得自己发财的机会又来了，可以借此笼络人心，广置产业，便抑制不住内心的兴奋："皇上放心，臣当肝脑涂地，以报陛下知遇之恩。"

"为了钟离大捷，众爱卿满饮此杯。"在建康皇宫华光殿内，萧衍满脸的喜悦，举起手中酒杯，在空中转了半圈，然后一饮而尽。

放下酒杯，萧衍说："这次钟离大捷，曹景宗和韦睿二位将军功不可没。朕封曹景宗为领军将军，加竟陵公；韦睿为右卫将军，加封永昌侯；昌义之为征虏将军，移督青、冀二州，加领刺史。"

三人同时跪地谢恩："臣等谢皇上隆恩。"

萧衍说："另外，还有几位大臣也要封赏。泰平，宣旨吧。"

黄泰平细声念道："临川王萧宏、建安王萧伟、右光禄大夫沈约、尚书左仆射王莹，此四人仁德宽厚，勤政爱民，故封萧宏为骠骑大将军、开府仪同三司……"

台阶下传来窃窃私语声，萧衍听在耳中，但不动声色。

黄泰平继续念道："萧伟为扬州刺史，沈约为尚书左仆射，王莹为中军将军。"

萧宏、萧伟、王莹跪在地上道："谢皇上隆恩。"

沈约没有跪，他出列说："皇上，此次钟离大捷，是皇上运筹帷幄，指挥有方，若论功德，皇上当之无愧，微臣无功，怎敢受此封赏？还望皇上收回圣命。"

张稷、王珍国看着萧宏，看他怎么说，可是萧宏就像没听见沈约的话一样，面无表情地向前看着。

"沈爱卿，朕每次给你封赏，你都再三推辞，这次就不要辞让了。此次钟离之战，我们击退了北魏，这是我朝的喜事、盛事，大家应当与朕共享喜庆嘛。"

沈约这才跪下："谢皇上隆恩。"

坐在后边的张稷和王珍国面露不屑和不满之色。

"这次钟离大捷，若论功德，首推佛祖。"萧衍进一步发挥道，"是佛祖在保佑着大梁王朝，保佑我们能够抵御外侮，保佑大梁国泰民安。看来，朕尊崇佛教是正确的。"

众臣齐喊："皇上威武，皇上圣明！"

皇宫内，萧玉姚和萧正德正在玩赌跳，他们轮流比赛，看谁跳得高，如果谁输了，就拿出十万钱给赢者。先是萧玉姚跳，她脱掉外套，只穿便衣，浑身轻松，她活动了一下腰肢，向跳杆跑去，猛一用力，跳了过去。接着萧正德跳，他跑到跳杆边，轻松一跃，也过去了。跳杆逐渐升高，萧玉姚累得汗流浃背，终于跳不过去了。可萧正德继续跳着，杆子越升越高，他越跳越来劲，只见他飞快地跑到杆子前，一个翻身，像一头狼一样跃过了标杆，宫女和太监又是拍掌，又是欢呼。

萧统看得出神，也想试一试。他走到萧正德跟前："哥哥，你教我赌跳行吗?”

萧正德冷冷地看了他一眼,擦了一把汗,朝萧统脸上甩了甩:“看你个熊样,就像个肥猪,你跳得动吗?”

话虽然难听,萧统却不在乎,仍央求着:“只要有志气,做事终究会成功的,还请哥哥教我。”

萧正德不耐烦地说:“看你个酸腐相,去一边吧,谁是你哥哥?我是你哥哥,我怎么没当太子,反而让你抢去了?”

萧玉姚走过来,鄙夷地说:“姐姐教你,以后在哥哥面前要规矩点,别没大没小的。在姐姐面前也一样,要像个小狗一样听话,可不许咬人。”

萧统敛起了笑容,郑重地说:“姐姐,我向来规矩听话,但我不是狗。”

萧玉姚一口唾沫吐了萧统的脸上:“呸!呸呸!你以为你是谁,你又不是皇后生的,你的母亲出身卑微,就是个小贱民。我母亲才是皇后,她是世家大族出身,高贵着呢。”

萧正德走过来,拉着萧统的手说:“过来,弟弟,别跟姐姐一般见识,来,哥哥教你玩赌跳。你这样,先助跑,跑到杆子跟前时,猛一抬腿,就跳过去了。哥哥先跳一个你看看。”

萧统学着萧正德的样子,跑了起来,刚要起跳,不料萧正德把脚往前一伸,萧统一下子绊倒了,啃了一嘴沙不说,鼻子也磕破了,口中咸咸的,用手一摸,竟出血了。他眼泪包着眼珠,吃力地爬了起来。

萧玉姚指着萧统说:“怎么起来了?刚才趴在地上的样子,多像是一条狗呀。”

萧统说:“姐姐,我又没招惹你,你怎么骂人?”

萧玉姚说:“我为什么骂你,你回去问问你那低贱的娘就知道了。”

萧正德走过来,拉起萧玉姚的手:“姐姐,咱们走。”二人手牵手,头也不回地走了。

萧统站在那里,泪水漫过了脸颊,见他二人走远了,一扭头跑回永福宫。

二十八　神灭之辩

定林寺热闹了起来，拜佛的人越来越多，一些达官贵人也经常出入其中，寺院得到的资助与日俱增。这天，僧祐正带领僧徒维修房舍，有的挑水和泥，有的递砖递瓦，屋顶的师父忙着排瓦，虽然活很累，可他们干得很有劲头，脸上都洋溢着舒心的笑意。

有两个官差来到工地，问正在提水的慧思："师父，哪位是住持？"

僧祐听见了，走过来说："贫僧便是。"

官差说："皇上口谕，请定林寺住持僧祐进宫为六宫受戒。"

僧祐合掌致敬道："贫僧遵旨。"

官差道："请住持这就起身。"

僧祐回头跟慧震说："你们一起把屋修好，然后到法堂诵经。"

僧祐跟官差来到寺门外，一直往前走，官差说："住持留步，请你上车。"

僧祐说："不用，我步行去，不习惯坐车。"

官差说："这是皇上恩赐，皇上说僧祐师父有脚疾，特敕乘舆入宫。"

僧祐合掌道："谢皇上隆恩。"

皇宫御书房内，萧衍对法云说："朕推行佛教，目前最要紧的是做好佛经教义的阐释工作。朕正在撰写《大涅槃经讲疏》，以后还要分专题写下去，把佛教经典系统地深入浅出地介绍给信众。"

法云说："皇上高见，这项工作是前无古人的，一定会引导人心向善，离苦得乐，直至皈依佛门，弘扬正道。"

黄泰平进来说："皇上，定林寺住持僧祐拜见。"

萧衍说："快请进来。"

僧祐徐徐走进书房，合掌施礼道："贫僧拜见皇上万岁万岁万万岁。"

萧衍说："僧祐法师，近来朕反复研究，觉得佛教是教化之源，是万善之本。道为邪，佛为正，应舍道事佛；儒家好生，道家长生，不如佛家无生；三教之中，佛祖是唯一的圣，正如法师所言，老子、孔子不过是如来弟子。佛能化度众生，所以朕要以佛治国，度群迷于欲海，引众生至涅槃。要礼佛，先从皇宫做起，今日召见师父，就是想让你给六宫受戒，你看怎么办呀？"

僧祐说："凡皈依佛门之人都应受持戒律，戒律虽然有出家戒、在家戒之分，但是一切戒律都以五戒为根本。皇上要为六宫受戒，那就受五戒吧。《杂阿含经》卷三十三载：'云何名为优婆塞戒具足？应远离杀生、不与取、邪淫、妄语、饮酒等，而不乐作，是名优婆塞戒具足。'《十诵律》对五戒也有详细阐释。不过，《说一切有部》则要求先受三皈依，即皈依佛、皈依法、皈依僧，然后再受五戒。"

萧衍说："那就依经受戒，受三皈依，持五戒。"

僧祐说："受戒得有仪规，基本程序是要请师、礼佛、求皈依、求具戒、法师开示等，每一项还有详细的规定。"

萧衍说："这样吧，就由师父制定受戒规程，朕安排六宫人员进行演练，择吉日受戒。"

僧祐说："贫僧遵旨。"

法云提醒萧衍说："皇上要弘扬佛教，需搬开面前的一块绊脚石。"

萧衍问："什么绊脚石？"

法云说："最近范缜到处宣扬他的《神灭论》，这篇文章本写于齐永明年间，这些年来，他固守先迷，反复琢磨，不断修改，形成了一套完整的理论，在群僚和百姓中影响很大。他自称能'辩摧众口，日服千人'，如不压服住范缜，将对弘佛大为不利，恳请皇上圣鉴。"

萧衍说："他本犯了不敬之罪，流放广州，是朕念他年老，把他召回京师，还授以中书郎官职，让他颐养天年。他怎么不知好歹，背经离道，执迷异端邪说？"

法云说："据微臣了解，范缜始终顽固持守自己的谬论，毫无悔改之意。"

萧衍说："古代三圣设教，都说神不灭。《论语》说：'祭如在，祭神如神在。'是说祭祀祖先就如同祖先在那里，祭祀神就如同神在那里。《礼记・礼运》说，如果在祭祀前三天进行斋戒沐浴，就能见到所祭祀的鬼神。范缜鼓吹'神灭论'，是违经背亲，妄作异端，要组织得力人员发起凌厉的攻势，爱卿先写一篇《与王公朝贵书》，发动朝中王公贵族做好充分准备，参与辩难。"

法云说："微臣明白，这就去筹办。"

萧衍又对沈约说："沈爱卿，东宫舍人曹思文颇有辩才，你去约他一起参与对范缜的辩难，务要把范缜驳得理屈词穷，既无招架之功，更无还手之力。"

几天后，华光殿里，聚集了众多王公大臣及佛教信徒，轮流发起对范缜的辩难。曹思文自以为能言善辩，首先发问范缜："中书郎大人，你说'形即神也，神即形也'，人的形和神不能割裂，形存在神就存在，形消失神就消失，人的形与神是同一回事。我认为不对，无知才叫形，有知才有神，这无知和有知根本就是两回事，不能混为一谈。"

范缜从容地说："形体是精神的实体，精神是形体的灵魂，形体和精神是不能割裂的。"

曹思文说："形体和精神二者名称不同，性质不同，怎么能说是一回事呢？拿人和树木相比，树木是没有知觉的，人是有知觉的。人类虽有相同于树木的质体，却有不同于树木的精神，岂不是说明了树木只有一种特性，人类却有两种特性吗？"

范缜顺着曹思文的思路说下去："曹大人，人类若有相同于树木的形，又有相异于树木的神，倒可以照您的说法。"然后反戈一击，"而事实上，人类的质体就在于它有知觉，树木的质体就在于它没有知觉。人类的质体不是树木的质体，树木的质体也不是人类的质体。这是两类不同性质的东西，怎么可混为一谈？"

曹思文问："死人的形体不就是没有知觉吗？"

范缜回答："是没有知觉的。"

曹思文说："既然这样，可见人类确实既有相同于树木的质体，又有不同于树木的知觉。"

范缜说："死人虽然有像树木一样的质体，却没有不同于树木的知觉，活人虽然有不同于树木的知觉，却没有像树木一样的质体。"

曹思文接着问："那么当活人形体衰亡时，应当立刻死去，为什么人总是逐渐地死去呢？"

范缜依然成竹在胸："这是因为凡是有生有灭的形体，必须有一定的过程。突然发生的，必然突然消灭；逐渐发生的，必然逐渐消灭。突然发生的，如狂风暴雨；逐渐发生的，如动物植物。有突然发生的，也有逐渐发生的，这是事物的变化规律。"

曹思文归纳道："总体来看，你的观点就是形神相合，而我的观点却恰恰相反。我认为'形即非神也，神即非形也'，人活着的时候形与神相互作用融为一体，死了后'形'保留下来，'神'却飞逝了。过去秦穆公睡了七天才醒，而他在天宫听到了美妙的音乐，这不正说明'形留而神逝'吗？"

范缜从容对答："秦穆公梦游天宫时，耳朵听到优美的音乐，口里尝着美味的佳肴，身上穿着华丽的衣服，这就足以说明，人即使在梦中，精神也必须依附于形体，才能享受到快乐，如果人死了，他还会做梦吗？可见离开了形体，一切见闻和感受都谈不上。所以说'神'必须依赖于'形'，即使在梦中也不例外。"

曹思文说："神与形，有合有分，合则共为一体，分则形死亡了，而神却脱离形体而存在。难道你没有听说过庄周梦蝴蝶吗？这不正是神与形分离的最好例证吗？"

范缜说："难道庄周真的变成蝴蝶了吗？如果真的如此，那么醒过来之后，为什么身边没有蝴蝶呢？进一步推想，人梦中变成牛马，怎么醒来后身边却没有死去的牛马？这足以说明人的神、形是相合的。神与形的关系，恰如锋利和刀刃的关系一样，既叫作锋利，当然不是刀刃；既叫作刀刃，当然不是锋利。但是离开了刀刃就无所谓锋利，离开了锋利也就无所谓刀刃，从来没有听说过刀刃不存在而锋利单独存在的，哪能说形体死亡了而精神还能单独存留呢？”

“你……你……你痴迷妄论，不可救药了。”曹思文转身看着沈约，向他求救。

沈约站起来说：“过去之刀，现在铸为剑，剑利就是刀利，而剑形却不是原来的刀形了。它们的锋利没有改变，而形体已经发生了变化。这就好比是人，前生为甲，后生为丙，身体虽有了差异，而精神却是一脉相承的。”

范缜说：“沈大人，你这里说的‘剑利’和‘刀利’中两个‘利’字，字面上虽是一个字，其实并不相同，谁也不能说‘剑利’了也就‘刀利’了？至于你说的‘前生为甲，后生为丙’，这纯粹是佛教的虚妄之谈，怎能拿来说明观点呢？”

法云说：“中书郎大人，我反对你的观点。你说‘前生为甲，后生为丙’是佛教的虚妄之论，这是不对的。沈大人在这里运用的是佛教的轮回理论，佛教认为，众生由于起惑造业的影响，而在六道中流转生死，如车轮旋转，循环不已，所以叫轮回，对此，《法华经》《涅槃经》等都有明确的阐释。其实世间万物皆有轮回，轮回的并不是我们的肉身，而是灵魂和精神，所谓‘六道轮回，心识不灭’。从刀到剑，形体虽发生了变化，但是它们的锋利也就是它们的灵魂却继承了下来。”

范缜说：“我已经说过，人的形体与精神相互依存，人活着，就有灵魂，人死了，灵魂就消失了。人死如灯灭，一切都烟消云散了，怎么会去轮回呢？所以我说，佛教的轮回说是骗人的虚妄之论，其实并没有这回事。现在崇佛之风愈演愈烈，佛教对朝政的危害，僧侣对风俗的腐蚀，就像狂风迷雾一样，疯狂地漫延着，我非常痛心这种弊端。一些人拜佛、崇佛，其实是出于自私的心理。送给贫穷朋友一把米，吝惜的情绪就流露在脸上；捐赠给寺院成千上万石粮食，却从内心到汗毛都感到舒畅。这是为什么呢？因为和尚有帮助你进入天堂的谎言，而穷人却没有一星半点的报答。寺院用渺茫的谎言迷惑人，用地狱的痛苦吓唬人，用天堂的快乐引诱人，使得人们脱下了儒者的服装，换上了僧人的袈裟，废掉了传统的礼器，摆上了水瓶饭钵，家家骨肉分离，户户妻离子散，粮食被游手好闲的僧侣吃光，财富被富丽堂皇的寺院占尽，坏人当道，却高诵‘阿弥陀佛’。如果它的源头得不到遏制，它的祸害就没有尽头。我认为，要改变这一现状，就得顺从自然的法则，劳动者安于他们的田地，统治者保持他们的朴素，在下者把多余的产品供奉给在上者，在上者以亲和的态度对待在下者。这样，就可以养活自己，可以赡养父母，可以满足他人，可以使国家安定，可以让君主称霸！”

法云哑口无言，只是双手合十，两眼微闭，嘴唇不停地翕动着：“阿弥陀佛，阿弥陀佛……”

在场的达官显贵们看到这阵势，本想不再发言，但想到这是皇上的安排，如果一言不发，被皇上知道了，将会降罪于己，甚至落下抗旨的罪名，于是你一言我一语地向范缜发难，但多是人云亦云之语。范缜或直接回击，或不屑一顾，渐渐地发言越来越少，最后竟鸦雀无声了。

御书房内，曹思文跪在萧衍面前，低着头，惭愧地说："皇上，范缜顽固不化，巧舌如簧，强词夺理，颠倒黑白，混淆是非。微臣浪得虚名，没能说服他，实是秉性愚钝，无法折其锋锐，请皇上治臣之罪。"

"这场辩论是长期的，前齐竟陵王萧子良不是也没让他折服吗？你起来吧，朕姑且恕你无罪，回去再做充分准备，择机再与范缜辩难，朕坚信一定会取胜。"

法云说："范缜不仅顽固坚持神灭论，而且肆意诋毁佛教，这是对佛祖的亵渎，也是对皇上大不敬！"

"朕舍道事佛，佛教自是正道，有少数人反对，也不必大惊小怪。关键是，下一步应当怎么进行教化，使天下臣民人人礼佛、归佛、事佛。"

沈约说："臣有一计，可保教化之功。"

萧衍说："快快讲来。"

沈约说："皇上倡导佛教，以佛治国，自是正理。现在有些人不信佛，是因为对佛教不了解，不知道信佛的好处。释迦牟尼佛初成道时，即发出宣言说：'大地众生皆有如来智能德相，只因妄想执着而不能证得。'这就像明镜蒙尘、皓月遮云一样。《法华经》所说的'怀珠作丐''藏宝受贫'，这是众生最大的遗憾。况且佛教发展到今天，典籍浩如烟海，由于人们见识浅薄，凭借一孔之见，难以透彻地理解，有必要整理一部关于佛经的目录和简明读本，便于天下臣民学习和诵读之用。"

"爱卿所言极是，这个读本就叫作《众经要抄》。沈爱卿，朕命你和法云挑选高僧法师，诸如宝唱、僧旻、智藏等，组成一个编撰班子，抄撰经要。地点就设在定林寺，那里有朝廷的佛学顾问僧祐，也好随时指导。宝志法师年事已高，就不让他亲自撰释了，疑难之事可以向他请教。"

沈约说："皇上放心，臣等这就去办。"

这些天来，丁令光很揪心，自从儿子萧统被欺负以后，他就不愿意出门，也不愿意说话，整天闷在宫里，自己一个人玩耍。丁令光觉得这样对儿子的成长不利，便催促着："统儿，今天天气晴朗，咱们去御花园玩会儿吧。"

萧统心里不想去，又怕违了母亲的心意，便说："娘，我还有功课没做完呢。"

"统儿，你是不是怕再遇见你玉姚姐姐呀？"

"虽然孩儿不怕她，可也不愿意再见到她。她侮辱我，骂我是狗。"说着，萧统又不禁流下了眼泪。

丁令光正要安慰萧统，抬头看见萧衍已站在自己的面前。原来，萧衍因为前段时间忙于北伐，无暇顾及萧统的学业，现在钟离大捷，他的心情也格外舒畅，便抽空来到永福宫。刚进门就听到了母子的对话，便走到萧统跟前，蹲下身子说：“统儿，不要哭，你娘贵比皇后，你是太子，怕什么？有父皇呢，你玉姚姐姐欺负你，回头父皇狠狠教训她。”

萧统没想到父皇会来，更没想到父皇听见了母子的对话，父皇很忙，哪能让他为自己操心呢，忙擦掉眼泪：“父皇，没事的，姐姐也是说着玩的。”

“还是统儿懂事。”萧衍抚摸着萧统的头，“最近又学了些什么？”

萧统拿出自己的诗稿：“父皇，孩儿写诗了。”

萧衍笑着说：“皇儿写诗了？给父皇看看。”

“写得不好，父皇不要见笑。”萧统拿出诗稿递给萧衍。

萧衍拿着诗稿看了一会儿，笑着说：“‘大妇舞轻巾，中妇拂华茵。小妇独无事，红黛润芳津。’写得不错嘛，抓住了三个妇人的特点，大妇舞，中妇扫，只有小妇不干活，可她模样长得俊俏。不错不错，观察细致入微，描写也很传神。”他抚着萧统的头，“皇儿七岁就能写诗了，父皇七岁时，还光着腚赤着脚满街跑呢。”

萧统看着萧衍，抿着嘴微笑。

在一边玩耍的萧纲跑过来，站在萧衍面前：“哥哥写妇人，我也要写妇人。”

萧衍问：“三儿为什么要写妇人呀？”

“妇人好，妇人是娘，娘对孩儿好。”萧纲又跑到丁令光身边，依偎在她的怀中。

萧衍开怀大笑：“好好好，等三儿长大了，也写很多很多的诗。”

萧衍对丁令光说：“统儿成了大孩子了，给他纳个妃吧，也好在一起相互勉励学习。他是太子，别的孩子不方便接近他，一人独处，显得孤单。”

丁令光心想，统儿虽然年龄尚小，可看到他被欺负后不愿意出门，觉得有个伴也好，免得受人欺负。

萧衍见丁令光迟疑的样子，又说：“爱妃是不是惦记他年幼啊？不小了，也就搞个仪式，给他找个玩伴。”

“奴婢听皇上的。”丁令光恭敬地说。

“朕看吴兴太守蔡樽家的女孩子不错，聪明伶俐，她的祖父蔡兴宗是宋朝左光禄大夫，为人耿直，纯正有操守。这孩子生在这样的家庭，不会错的。”

“既如此，那就择个吉日，把喜事给统儿办了。”

“这些事，爱妃自去准备吧。”

萧纲跑到丁令光跟前：“娘，我也要纳妃。”

丁令光抱起萧纲：“不许胡闹。”

萧纲任性地说：“哥哥纳，我也纳。”

萧衍笑着说：“待三儿长大了，也给你纳妃。”

萧纲挣脱丁令光的怀抱，高兴地跳着：“纳妃了，纳妃了！”

二十九　功臣怨望

江南的春天，碧水潺湲，香樟滴翠。农夫在田中耕作，妇人在水边浣衣。可魏、梁边境仍然剑拔弩张，杀气腾腾。两国的军队还在固执地对峙着，他们手持兵器，坚守在自己的营地上。苍黄的天底下，一群群乌鸦在空中盘旋，搜寻着地面上一具具尸体。

而在京师建康，乐寿殿内，萧衍正与群臣宴饮。此时，张稷也坐在宴饮席上。依例是皇上赐酒，众臣都一饮而尽，然后是众臣依次向皇上敬酒，感谢皇恩浩荡，表示要为国尽忠，为皇上效命，自然是敬一个喝一个。萧衍看起来很高兴，显得比平日随和，所以大臣们也就稍稍放开了酒量，你敬我一杯，我敬你一杯，宴会气氛就热闹起来。

萧衍慷慨激昂："这次收复朐山，马仙琕功不可没。魏军主帅卢昶指挥琅琊戍主傅文骥深入我大梁腹地，占领了朐山，能站得住脚吗？萧宝寅本来因为钟离之战被免了职，这次元恪小儿又任他为假安南将军，率援军赶赴朐山。卢昶是个白面书生，萧宝寅是个酒囊饭袋，能打得赢吗？马仙琕不负朕望，运用朕的围城打援战略，逼得魏军兵困粮乏，傅文骥献临朐城投降，卢昶单骑落荒而逃，连调兵的符节都跑丢了。"

众臣哄堂大笑。待笑声停止，萧衍接着说："魏军十余万兵力全军覆灭，我军收其兵粮、牛马、器械不可胜数。作为主帅，马将军与士兵同甘共苦，他穿士卒粗布服，吃马夫粗粮饭，住敞篷无帷营，常常独自一个潜入敌境侦察，观察敌方军营、村落和险要阵地，真正做到了知己知彼，百战不殆。他自归顺我大梁以来，忠心耿耿，屡立战功，是朕的股肱之臣啊。"

张稷听了，心中嘀咕起来，从前朝归顺过来的人，若论功劳，谁能比得上自己？当年马仙琕对义军一直顽固抵抗，就是在义军进攻建康城时，他仍然不断骚扰，破坏道路、桥梁，截获义军粮草。可自己的功劳谁人能比？要不是自己置个人安危和家族命运于不顾，杀了昏君，是否有大梁和现在的皇帝，还得两说。而皇上好像竟忘了当年的事情，说功劳提不到自己，论封赏也轮不到自己。萧宏出师北伐，畏葸不前，折兵数十万，无功而返，论罪当斩，现在却居然进位司空、开府仪同三司，而自己还在尚书仆射的位置上徘徊不前，心中真是太窝火了，这种失衡的心态就像关不住的洪水，一旦达到极限，就会汹涌而出。

张稷借着酒胆，端起酒杯，站起身来："微臣敬皇上一杯，祝皇上洪福齐天，万寿无疆，子孙万代，国祚绵长。"

萧衍面色平静："朕也祝张爱卿身体康泰。"

张稷一仰脖子，酒杯陡直地竖了起来，咕咚一声咽了下去。

萧衍看着张稷，象征性地喝了一小口。

张稷又倒满一杯酒："微臣再敬一杯，祝大梁江山永固，万古长青。"一举杯，又倒进了口中。

萧衍说："爱卿不要喝多了，身体要紧，朕还要靠你帮着治理天下呢。"

张稷要的就是这句话，趁机说："皇上，想当年义师兵临京师，宫中波谲云诡，暗流涌动，为臣也是义无反顾，冒着生命危险去剪除昏君。"

萧衍听出他的弦外之音，冷冷地说："你的哥哥张瑰杀了宋朝吴郡太守刘遐，你的弟弟张齐亲手杀了东昏侯，像你们家兄弟这样，手中提着皇帝的头颅，衣服染有天子的鲜血，你认为这是你们家族的荣耀吗？"

张稷见皇上不但不承认他家的功劳，反认为是他家的耻辱，语中含怨地说："微臣虽没有什么美名，可对皇上忠心耿耿，对大梁还算有功。"

萧衍竭力压低声音："这些事你觉得很光明正大？"

张稷此时更加委屈，自己本来有功于皇上，反而成了不光彩的事情，便直言不讳地说："昏君残暴肆虐，义师出来讨伐，天下响应，他的下场，岂是我一人所为？"

这句话反过来刺伤了萧衍，因为要说弑君，他才是真正的罪魁祸首。在这锐利的话锋面前，萧衍内心隐隐约约像被针尖刺了一下，他捋了一下胡须，强装笑颜地说："哈哈！真是酒壮人胆，张爱卿的气势可谓咄咄逼人啊。"举起酒杯，眼睛直盯着张稷，慢慢地喝了下去。

萧衍的锐利目光逼退了张稷的怨气，无形中又增添了他的恐惧。

经过一夜的思想斗争，第二天早朝时，张稷说："皇上，微臣请求到地方任职。"

萧衍不露声色地问："爱卿何出此言？你在朝中为官，干得好好的，为什么要外出任职？"

张稷说："微臣乃一介武夫，不习惯宫里的繁文缛节，只想到北部州郡去，抵御索虏，再为朝廷出一把力。"

萧衍假意挽留："朕舍不得你走，希望你再考虑考虑。"

张稷干脆地说："微臣已经考虑好了，望圣上恩准。"

萧衍略作思虑："也罢，念你是从京师到地方，朕就任你为青、冀二州刺史。"

张稷说："青、冀二州本由王珍国刺史管辖，皇上派我去，王珍国怎么安排？"

萧衍板着脸说:“你只接受任命就行了,其他事不是你应该考虑的。”

张稷一时语塞,叩头行礼:“谢皇上隆恩!”

王珍国被罢免刺史还京,皇上任命他为都官尚书,不是什么要职,他就觉得皇上做事太随意,也太不看重自己了。想当年皇上兴义师攻取京城,自己主动送铜镜表明心迹。诛杀萧宝卷,他也功不可没。皇上怎么这样对待自己呢?这不是过河拆桥吗?于是心里就有了怨气,整天在家里喝闷酒,借酒浇灭心中块垒。刚开始只是晚上喝,逐渐发展到中午喝,以至于早晨也喝。这天,刚起床,他就命仆人去厨房弄来酒肴,又独自一人喝了起来。

夫人走过来说:“夫君,今天要上朝,你就不要喝了,免得说话失了分寸,惹来麻烦。”

“刚刚过完年没几天,喝点酒不应该吗?我又不是酒鬼,心里有数。”

“酒有数,你没有数,你没听人说,酒能乱性,要是喝多了,就管不了自己了。”

“我喝了酒,打过你?骂过你?没有呀,夫人放心,我说没事就没事。”端起酒杯又喝了一口。

夫人还是絮叨:“你没听说张稷,不就是因为在宫里宴饮时,喝多了酒,口无遮拦,说了几句醉话,得罪了皇上,被贬出了京师吗?”

张稷功大赏薄,和自己的情形一模一样,想到这里,一股酒气冲上脑门,王珍国气不打一处来,把手在桌子上一拍:“张稷怎么能跟我比呢?他算什么?我是谁?你又是谁?嗯?给我滚出去!”

夫人摇了摇头,叹了口气,悻悻地走出门,眼里含着泪,嘴里嘀咕着:“离出事不远了。”

太极殿内,萧衍高高坐在御座上,大臣们分列两边。王珍国满身酒气,站在他身边的王暕用手扇着,悄悄离开他,闪到一边去。

萧衍说:“新年刚过,万象更新,正月初一,朕亲临南郊祭天,大赦天下。今天初七,朕要再封几位官员,鄱阳王萧恢。”

萧恢出列道:“臣在。”

“朕封你为护军将军。”

“谢皇上隆恩。”

“豫章王萧综。”

萧综出列道:“儿臣在。”

“朕封你为郢州刺史。”

“谢父皇隆恩。”

“左民尚书王暕。”

王暕出列道:“微臣在。”

“朕封你为吏部尚书。”

“谢皇上隆恩。”

这时,王珍国终于抑制不住,打了一个酒嗝,王暕又远离了他几步。

黄泰平用细长的声音喊着:“有事奏本,无事退朝!”

王珍国挪动了一下身子,要出列说话,被王暕一把拉了回来。

大臣们先后走出宫殿,走向宫门,王珍国却缩在后面,没有要出宫的意思,他有话要跟皇上说。

萧衍回到御书房,刚刚坐下,拿起《大涅槃经》。黄泰平进来说:“皇上,王珍国求见。”

“刚刚下朝,他又来干什么?”

“他说有事要面奏皇上。”

“大殿之上为什么不奏?”

“他说殿上不便奏陈。”

“那就让他进来吧。”

王珍国进来,身子摇晃了一下,复又站稳,躬身施礼道:“微臣参见皇上万岁……万岁……万万岁。”

“平身吧……爱卿是不是喝酒了?”

“这不过年嘛,家里来了客人,喝了一点。”

“既是喝了酒,有事过后再奏。”

王珍国拍了一下脑袋:“微臣没醉,头脑清醒。”

萧衍看着王珍国,迟疑了一会儿:“卿有何事?”

王珍国意味深长地说:“皇上,微臣年前外出,路过梁山,触景生情,大哭了一场,大梁天下来之不易呀。”

梁山是萧宝融被杀的地方,王珍国竟如此大胆,在萧衍面前提起此事,简直是不想活了。萧衍刚要发作,又怕破坏了新年君臣同乐的气氛,便镇定下来,压低声音说:“你如果哭齐和帝,已经晚了;要是哭朕,朕还活着!”

王珍国见萧衍不认账,也不承认自己的功劳,知道此时说什么话也已经毫无意义,便踉跄着起身给萧衍行礼。他缓慢地跪下,两手着地,叩头至地,停留一会儿,再行第二拜、第三拜时,已是泪流满面。

萧衍本来对王珍国就有不好的看法,此时更是倍增厌恶之情,他脸色阴沉,指着王珍国:“你呀,你呀,说你什么好呢!你喝醉了,快回去吧,朕还要注经。”说完甩手走进内室。

王珍国走后,萧衍出来:“泰平呀,看来酒这东西确实能乱人心性,前些日子,张稷因为喝酒出言不逊,今天王珍国又丑态百出。”

黄泰平说:“奴才有一想法,不知当讲不当讲?”

“但说无妨。”

“奴才认为,可在百官中禁酒,尤其是进宫上朝和在公衙理政的时候。”

“对,禁酒!是时候了,快宣王暕入宫觐见。”

王暕来到御书房,跪下道:“微臣拜见皇上。”

萧衍在那里画着画,也不说话,心里还生着气呢。王暕也不敢贸然起来,就这么跪着,心想,是不是我有什么事得罪了皇上?不觉心里七上八下。过了好一会儿,萧衍急躁地在画卷上涂抹了几下,又把毛笔扔了出去,滚落到地上。斜眼看着地上的毛笔,王暕不禁打了一个哆嗦。

黄泰平走过去,捡起毛笔,把案上的画卷整理好,退了出去。萧衍把目光转向王暕:“起来吧。”

王暕站起来,躬身低头立在一边,等候萧衍发落。

“爱卿不用紧张,今日之事与你无关。”萧衍嘴唇哆嗦起来,“王珍国太目中无人了,朕要杀了他!”

王暕这才松了口气,斟酌着说:“皇上杀他容易,只是得考虑影响。王珍国毕竟是有功之人,杀了他会让功臣们寒心的。”

“他当面冒犯朕,实属可恨。”

“他对皇上不敬,可对其进行惩处,免去其都官尚书之职,以儆效尤。”

萧衍想了一会儿说:“那好,姑且免除他的官职,以观后效,你替朕拟旨吧,明日上朝宣旨。”

王暕躬身施礼:“遵旨。”

郁州,青、冀二州的州治所在地,这里四面环水,海鸟云集。张稷离开繁华喧嚣的京师来到这里,感到非常空虚和孤独。他踱到海边,面向辽阔的海面,凝神伫立着。翻滚的海浪不停地吞噬着岸边的一切,在这擎天巨浪面前,他感到了自己的渺小。

这时,长史郑虔气喘吁吁地跑了过来:“大人,边境守兵抓到几个贩运布匹的,已送到府衙,等你回去审问。”

“是北魏的小商,还是南方的小贩?”

“是咱这边的。”

“小贩嘛,本小利薄,也就挣几个钱养家糊口,没什么大不了的,回去放了他们吧。”

“守兵说,一般贩子也就算了,看这几个人鬼鬼祟祟,形迹十分可疑,所以就抓了回来。”

“那好,回去看看。”

二人来到刺史府，张稷坐上正位，看着跪在面前的贩子漫不经心地问着：“你们贩什么呀？”

内中一个贩卒徐道角抬头说：“大人，我们贩布，咱们大梁富足，有的是布匹，北魏那边牲畜多，我们用这边的布匹去换成那边的牲口，再回来卖了，能多赚几个银子呢。”

张稷问：“北魏那边就不打击你们这些南方贩子？”

“也是各有所需、各得其利呀。那些北魏士兵也瞒着长官，用战马换布匹呢，有的直接给钱，出手可大方了。”

一个兵曹参军说：“张大人，这小子极不老实，油嘴滑舌，他表面上去那边贩布，实际上是干见不得人的勾当。”

张稷疑惑地问：“此话怎讲？”

“刚才问他话，他手放在怀里摸摸索索，十分可疑，我在他身上搜出一块布，上面画着地图。”兵曹参军说着上前递给张稷，“大人请看。”

张稷接过那块布，在桌面上展开，仔细看了一会儿，不禁皱起了眉头，继而拍案而起：“大胆刁民，你画地图有何用处？”

徐道角说：“小人不识字，拿这图认路，怕走丢了。”

张稷说：“胡说，这明明画的是青、冀二州地理形势图，而且还标着大梁的兵力部署状况，这也是为了认路？”

“这个……我……”徐道角嗫嚅着。

张稷拍了一下案几：“支吾什么？不说实话，拉出去打你五十大板！”

徐道角还想抵赖：“大人饶命，我真的是为了认路。”

张稷大怒：“给我狠狠地打！”

兵曹参军一把把徐道角推出门外，几个卫士举起手中的板子向他打去，随着啪啪的响声，徐道角痛苦地叫着，最后实在忍不住疼痛，呻吟着说：“长官，饶了我吧，我说……我说……”

徐道角一瘸一拐地回到大厅，扑通跪在张稷跟前：“大人，我原是本分的生意人，做着做着就把生意做到北魏的兵营里去了。开始，那些魏兵对我很好，给的钱多，还管吃管住。后来，他们把我领到北魏徐州刺史卢昶面前，卢昶要我把青、冀二州的地理形势和兵力分布情况报给他们，并许我重金，保我一生的富贵，我见钱眼开，就……就……”

郑虔说：“你身为大梁百姓，怎能为索虏提供情报，你这是吃里爬外呀。”

张稷说：“大胆刁民，竟做出如此奸邪之事！来人，把他押下去，关进大牢！”

几个士兵一拥而上，把徐道角押了出去。

郑虔说：“刺史大人，监狱已经人满为患，把他放哪里呀？”

张稷想了想说：“郁洲岛的东边石堰坍塌，就罚他做劳役，去那里垒石堰吧。”

谢朏去世后，尚书令的位置空缺了很长时间。经过反复考虑，萧衍还是把尚书令给了沈约。沈约虽恪尽职守，但随着时间的流逝，内心的渴望就像水底的气泡，最终会冒出水面的。自己对朝廷对皇上有莫大的功劳，这么些年了，一直没有走出尚书省，现在已年老体衰，恐来日无多，如果再不升为三公，就是对不起自己，更对不起祖宗。自己的家族本是吴兴的名门望族，父亲是宋文帝时期的宣威将军、盱眙太守，可是卷入了刘宋皇族内讧，皇帝刘义隆被刘劭、刘濬二凶杀害后，父亲号啕痛哭，最终积忧成疾，加上自己家族长辈被拘，病情越发加重。后来刘骏起兵，杀死二凶，登基做了皇帝。当刘骏的讨伐义军来到父亲所在郡界时，父亲因为重病缠身，没能及时出门迎接，被进谗言犯了大不敬之罪，无辜遭到杀害，致使自己少年孤苦流离。母亲忍辱负重，艰难困苦中不忘教育自己，自己也笃志好学，终于遍读群书。后遇大赦，进入仕途后，小心谨慎从事，一步步跻身朝臣行列。现在自己有功于皇上，有功于大梁，可皇上为什么不看重自己呢？又为什么对自己不冷不热呢？他觉得这样的事自己不好说，于是想到了多年的好友徐勉，便给徐勉写了一封书信，吐露自己的心声，说自己年事已高，无力推行国家的仁政，弘扬淳朴的民风，光大朝廷的德行，想辞去官职，回家养老。

徐勉看完信，觉得沈约内心有一个结，而这结只有皇上能解，还是禀明皇上吧，于是来到皇宫觐见萧衍。

萧衍高兴地说：“徐爱卿，你来得正好，朕正在写《三慧》，想把儒家的‘礼’、道家的‘无’和佛教的‘善’三者结合起来，提出‘三教同源’的看法，爱卿以为如何？”

徐勉说：“皇上远见卓识，三教结合，相得益彰，共同教化人心，就像阳光普照大地，雨露滋润万物一样。”

萧衍看着徐勉，笑了起来：“还是爱卿懂得朕心，说吧，见朕有什么事？”

“微臣想说说沈约的事。”

“他的事有什么好说的？不说也罢。”

“他现在状况不好呀。他说他现在年老多病，体力不支，精力不足，在外人看来好像还是一个健康之人，实际已大不如前，需要强打精神，才能勉强做事。他说自己每过百十天，就瘦得要紧一紧皮腰带上的洞眼，用手握臂，大致每月就会细上半分。现在年近七十了，希望告老还乡。”

“他这是托词装病，是对朕不满，对自己的官位不满呀。”

“皇上，微臣看来，沈约对大梁是有功的，又是当今文人的佼佼者，在朝中有很大的影响。同样是文人，谢朏在世时官至司徒，位列三公，沈约未免心里不平衡。”

不让沈约做三公，这是萧衍的底线。沈约作为南方世族，本来连做仆射的资格都没有，现在他官至尚书令，已是莫大的恩典了。按照朝廷不成文的规则，三公这样的官职，只能由北来世族担任。沈约的心思萧衍了解，从大处讲，他是想提高南方世族的地位；从小处讲，也是为了提升沈氏家族的威望。但这些话能跟徐勉讲吗？不能啊。于是萧衍神色平静地说：“谢朏是谢朏，沈约是沈约。”

“皇上，要不就授他开府仪同三司，准他回家养老。”

“他有那么老吗？朕还想让他为大梁多做些事情呢。你问问他，他为官这十多年，只是小心谨慎地应付，唯唯诺诺地顺从，只知明哲保身，有什么政绩可言？要说给他荣誉，开府仪同三司太高了，就赐他鼓吹一部吧。”

三十 龙颜虎威

啪啪啪,几个酒碗碰在了一起。"来,大家干了!"这是郁洲东部海边工棚内,几个监工头正在喝酒。酒桌上摆满了鸡鱼肉蛋各种佳肴,地面上酒坛横七竖八地倒着,还有几个不胜酒力的人已东倒西歪地躺在了地上。

而在海边的工地上,服劳役的人们穿得破破烂烂,他们端着能照见人影的菜汤,每人吃着半碗米饭。

咯嘣一声,徐道角嚼了一颗沙粒,"呸!"一下子连沙带饭吐出老远,气愤地说:"他娘的,这日子没法过了。"

几个人围了过来:"怎么了?"

徐道角气愤地敲着碗:"他娘的! 我们在这里当牛做马出苦力,没钱花不说,没衣穿也不说,连羼沙子的饭也吃不饱,还让人怎么活呀?"

一个中年男子瓮声瓮气地说:"反正是死,反了算了。"

"对,反了!"啪的一下,徐道角站起来,把碗摔在了地上。啪啪啪! 大家也纷纷把碗丢在了地上。

中年男子撺掇着:"徐大哥,你就领个头吧,我们推你做大王。"

大家围拢过来:"大王,你发话吧!"

"让我做大王,就得听我的。"徐道角扫视了一下周围的人。

"听你的,你说什么我们听什么!""你指东,我们不打西!""你让我们站着,我们绝不躺下!"大家纷纷表着态。

"那好,大家都过来!"徐道角招呼着,"你们说说,我们在这里出的是牛马力,吃的是猪狗食,都是谁弄的呀?"

"魏兵。""梁军。""监工头。"大家你一言我一语地抢答着。

"呸,都是些猪脑子。"徐道角提高了嗓门,"我告诉你们,全都是张稷那狗杂种给我们遭的罪。"

一个老者挤上前来:"听说那张稷不是个好东西,他跟人合伙把前朝皇帝弄死了,当今皇上也不待见他,捏了他个不是,贬到这岛子上来了。"

徐道角说:"今天就把他杀了,替前朝皇帝报仇,也替各位雪冤,怎么样?"

众人纷纷举起手来高喊着:"报仇雪冤! 报仇雪冤!"

徐道角高高地举起斧子:“有种的,跟我来!”

于是,有人拿棍子,有人拿铁锹,有人拿锤子,围在徐道角的周围。徐道角说:“既然大家都想报仇,那就听我指挥。”

“听大王吩咐,听大王指挥!”

徐道角领着众劳工,直奔工棚。那几个监工头还在吆五喝六地拼着酒。徐道角揪住了监工头。那人吓得哆嗦着:“你……你们想干什么……要造反呀?”

徐道角用手指戳着监工头的鼻子:“我们没法活了,就是要造你的反。”

监工头哀求着:“好汉饶命,好汉饶命。”

“饶了你的命,就没有我们的命了。”徐道角说着,揪起那人的头发,“大家说,这条狗命能饶吗?”

“不能饶,杀了他!”

啪的一声,一斧子砸在那人头上,那人顿时脑浆迸裂,当场毙命。接着棚内一阵乱打,几个监工都倒在了地上。

大家又一起围上来:“大王,现在怎么办?”

“怎么办? 吃饭呀!”徐道角眼瞅着桌子上的菜肴,咽了一口唾沫,“都坐下,把这桌酒肴吃了再说。”

众人不顾眼前的血腥,用手抓起桌上的菜肴,贪婪地往嘴里塞着。徐道角手里拿着一只鸡腿,端着一碗酒,大口嚼着喝着。

刺史府静悄悄的,张稷自从来到这里,每天晚饭吃得早,也不出去巡夜,读一会儿经,拜一拜佛,就上床睡了。此时,他正躺在床上打着呼噜。大门两边,两个卫士也放下手中的枪,坐在地上打盹。徐道角领着劳工蹑手蹑脚地走过去,一斧子砍倒了一个卫士。另一个卫士听到动静,睁眼起身要去拿身边的枪,被人一把抢过来,刺中了卫士的胸口,卫士倒在地上,口吐鲜血。

徐道角带人潜入后院,四处寻找着张稷的住处。突然一阵呼噜声传来,徐道角示意众人不要出声,他屏住呼吸走上前去,用刀子拨开门闩,进到张稷睡觉的内室,环视了一下四周,摘下墙上挂着的宝剑,一把掀掉张稷身上的被子。

张稷惊醒:“谁?”

“我,徐道角。”

“徐……徐道角,是那个贩布的吧,你来干什么?”

“来取你的人头!”

张稷伸手要去取剑,徐道角说:“剑在这里,给你!”猛地刺向张稷胸膛。

张稷一手捂着胸口,一手指着徐道角说:“你没有好下场,朝廷饶不了你。”头一沉,就蜷缩在了床上。

徐道角拔出剑,用力一挥,把张稷的头砍了下来。

众人都围上来:“大王,咱们占领刺史府吧!”

“胡说，就凭我们几个毛人，能占得住吗？走，投北魏去。”徐道角扯了一块床单，包了张稷的人头，领着众人，向北方逃去。

雪花飘飘，寒风刺骨，宫殿的瓦楞上覆盖着厚厚的积雪。

这一年来，梁、魏之间没有大规模的战事。萧衍心情也就好了许多，他更有心思研究佛经，撰写《三慧经讲疏》《大品经注》《净名经义记》等著述。可近几天，他内心不怎么平静，正是因为张稷的事。徐道角等人投了魏军，北魏想趁机占领郁洲。幸亏北兖州刺史康绚及时指挥讨平了徐道角乱党，事情总算平定了下来，可萧衍的心里总是放不下。尽管张稷到郁洲任职有情绪，导致吏治松弛，僚吏为非作歹，鱼肉百姓，结果引发了暴乱。可想来想去，自己总觉得有些愧疚，如果不让他去那里，就不会发生这种事。还有，沈约跟张稷是亲家，这事最好提前跟他透透风，免得上朝时大臣提出此事，沈约一时接受不了。这天，吃过早饭，离上朝还有一段时间，萧衍乘车来到太极殿侧殿，众大臣已在此等候，见萧衍进来，大臣们纷纷施礼道：“参见皇上万岁万岁万万岁。”

“都平身吧。”萧衍显得很放松的样子，“上朝还得一个时辰，来，朱爱卿，陪朕下盘棋，看你的棋艺长进了没有。”

黄泰平马上把棋盘展开，铺在萧衍面前，侍候萧衍坐下。

朱异跪在萧衍对面：“微臣棋艺拙劣，向皇上讨教了。”

萧衍回头看着沈约：“沈爱卿，在朕身边当个参谋吧。”

于是君臣展开了对弈，直到中盘双方还势均力敌，慢慢地，萧衍就占了上风，终局自然是皇上获胜。黄泰平殷勤上前整理着棋子。

萧衍笑着说：“看来，朱爱卿棋艺还有待提高呀。”

朱异说：“皇上的棋艺真是出神入化，凡人莫及。”

这时，陈庆之走过来说：“皇上，北魏派使者送来文书。”

萧衍手执棋子：“你简略说说吧。”

陈庆之说：“北魏想以郯城交换朐山。”

“怎么说?”萧衍一边走着棋子，一边问。

“说是为了休养生息。”陈庆之看了看棋盘，又看了看萧衍，“文书上说，两国交战多年，资财消耗殆尽，百姓生灵涂炭，故提出魏、梁通好，彼此息兵，要以郯城归梁，把朐山还魏。从此和睦相处，永不相侵。”

“这是北魏奸计呀。”萧衍一语中的，“缓兵之计。他们知道，郯城离我大梁近，离北魏远，早晚是大梁的地盘。而朐山是大梁的战略要地，就像下棋一样，守住了朐山，可以步步为营，向前推进，最终完成华夏统一大业。”抬起头对陈庆之说，“告诉北魏使者，说大梁不同意这个议和条件。若真心议和，就退出琅琊郡城，退出郯城。”

陈庆之出去后，朱异趁机谄媚道："皇上以棋局比战局，也把战局看成棋局，运筹帷幄，决胜千里，可谓相得益彰啊。"

"爱卿这话倒也不假，马仙琕就是采用了朕的围城战术，才拿下了朐山。更为重要的是，朕舍道事佛，奉佛守法，有佛祖保佑，焉能不胜？"

萧衍看了一眼沈约，话锋一转："可青、冀二州却不安宁，最近出了一伙乱民，做下了天理难容之事。沈爱卿，有一件事朕想告诉你，希望你不要太难过。"

沈约躬身侍立："老臣一生风风雨雨，什么事没经历过，皇上就直说吧。"

萧衍面露悲伤之色："张稷不幸被刁民徐道角杀害了。"

沈约吃了一惊，但仍镇静地问："怎么会发生这样的事？"

"是刁民滋事。"萧衍叹了口气，"唉，也许是他命定之劫。"

任昉上前启奏："皇上，张稷被杀是咎由自取。他宽弛无防，僚吏侵扰百姓，才导致变乱，本应治其罪，鉴于他已身亡，故微臣奏请削其爵土，以儆效尤。"

"皇上，微臣以为不可。"沈约心想，人既已死了，为什么还要落井下石？还是为他摆摆功，多争取点封赏吧，于是拱手奏道，"张稷被杀内情我虽不知，可他生前屡立战功，为政清廉，历官无蓄积，家中无余财，人所共知。故微臣认为张稷功大于过，不宜治他的罪。"

萧衍没有再接任昉的话茬，而是感叹道："是啊，张爱卿有功于国，是个忠臣良将。朕看这样，在张稷府上布设灵堂，让百官前去吊唁，以表彰其功德。"

沈约觉得皇上既有如此评价，已经足够了，如再设灵堂祭拜，怕引起大臣们的异议，反而不好，便说："张稷出任地方官，是他自己提出来的，现在既已身亡，盖棺已成定论，有皇上忠臣良将之评也就足够了，其他事不必显摆了。"

萧衍一听，脸色骤变，你沈约一面为张稷评功摆好，一面又不让提张稷，这明明是在袒护张稷，亲家毕竟是亲家呀，便龙颜大怒，目光逼视着沈约，胡须哆嗦着，就像猛虎发威："你说这样的话，还算是忠臣吗？"站起身，头也不回，径自走入内殿。

朱异看了看沈约，爬起身来："沈大人，你呀，你呀，唉。"一扭头也走了。

萧衍的质问和行动，给了沈约当头一棒，他呆立在那里，就像一个木偶，目光呆滞，一动不动。

王莹走过去，拍了一下他的肩膀："沈大人，沈大人，你没事吧？"

见沈约不说话，脸上也没什么表情，王莹招呼众人把他扶上车，送回沈府。

等沈约回过神来的时候，已在自家的客堂里，他精神恍惚，两耳嗡嗡作响，好像魂魄已经离散，在神不守舍中产生了许多虚幻的错觉。他莽莽撞撞挪到胡床跟前，一屁股坐下去，结果落了空，摔倒在窗子下面，摔得头晕目眩，抬手一摸，后脑竟起了一个大疙瘩，此时耳内像是战鼓咚咚一般。夫人急忙扶他到床上躺下，不一会儿他就迷迷糊糊地睡着了，从此一病不起。

钟离大捷，胸山大捷，让萧衍收复中原、统一天下的热血重又沸腾起来。他放下手中的经卷，召集文臣武将商讨北伐事宜。萧衍说：“钟离、朐山虽然又回到了大梁手里，可朕心里仍然不舒坦。”他站起来，指着身后的地图，“这里，寿阳仍在北魏的控制之中，它就像一颗钉子钉在朕的心里，是朕挥之不去的一块心病，寿阳不取，淮南不安。最近有大臣建议朕到会稽山封禅，朕为什么没有答应？封禅是帝王的盛德之事，是为报天地之功，祈祷天降祥瑞，保太平盛世，秦皇汉武都曾经有此盛举，可他们是在泰山举行的封禅大典，而现在泰山仍在北魏的控制之下，你们说，朕能舍弃泰山而在无名小山封禅吗？”

众臣没有说话，萧衍接着说：“不能啊，朕要一统天下，到时候，在泰山举行一场盛大的封禅大典，保天下太平，华夏大同。”

众臣齐喊：“天下太平，华夏大同。”

“所以啊，现在要趁朐山大捷的旺盛士气，夺回寿阳。寿阳乃魏之屏障，得到寿阳，便可打通北伐的通道，王师就可长驱直入，直捣洛邑，端掉索虏老巢。众爱卿议一下，看有何良策？”

老将韦睿上前躬身施礼：“从朐山战役来看，北魏已没有能征善战的勇将，不然何以让儒生卢昶去保卫朐山呢？故微臣以为，”他看了看身边的萧宏，“陛下可以像上次伐魏前那样调集全国的精兵强将，再选一位善于运筹帷幄的主帅，开赴寿阳，定能取胜。”

“依爱卿看来，这个主帅当由谁来担当？”

韦睿吞吐起来：“这个……臣一时也说不上来。”

“爱卿能当此任吗？”

韦睿再次施礼：“如是当年，臣当勇挑重任，挂帅出征，只是现在年事已高，精神不济，身体欠佳，步履迟缓，怕误了皇上北伐大事。”

萧衍目光转向曹景宗：“曹爱卿，你以为如何？”

曹景宗这几年一直在京为官，整日沉湎于酒色之中，身体明显胖了起来，已无军人的豪情和锐气，他只是附和着说：“刚才韦将军所言极是，挑选合适的主帅，是克敌制胜的关键。”

“爱卿以为这个主帅当由谁来担当？”

“这个，臣还没仔细考虑。”曹景宗低头不敢再正视萧衍。

此时，萧衍仔细地扫视了一下殿内群臣，当年跟随自己征战的功臣良将皆已头发斑白、年老体衰，觉得已没必要多问，一时殿内寂然无声。这时北魏降将王足走上前来，启奏道：“皇上，寿阳北魏守将李崇号称‘卧虎’，十分骁勇，也很顽固，他守城的决心坚如磐石，如发兵夺城，短时间内恐难以奏效。今夏淮南境内暴雨成灾，寿阳城被洪水围困，大水透过城墙，灌进城内，冲垮了民房，百姓纷纷逃离。李崇驾着小船，日夜巡逻，查看灾情，一直坚持到大水退落。看来大水无情但也有用,我们可以从中得到启发。试想,如果在淮河下游筑一道长堤,提升水位,就可以倒灌寿阳,逼魏军退回淮北。”

萧衍眼睛明亮了起来:“爱卿是说,以水代兵,夺取寿阳?”

王足见萧衍动了心,便进一步鼓动:“正是!水的力量是巨大的,它有排山倒海之势,能摧毁地面的一切,包括所有的生命。”

王茂上前急谏:“皇上,不可呀!水火无情,它既可摧毁敌军,如控制不好,也可使我军蒙受巨大损失。”

韦睿斟酌着说:“自古就有火攻、水攻之计,老臣只是担心,这大坝筑在哪里?能筑得起来吗?即使筑得起来,能把水逼进寿阳吗?”

王足倒显得胸有成竹:“这个问题,微臣已思虑多时。寿阳下游的钟离便是筑堰之地,准确地说就在钟离之东,那里南有浮山,北有巉石山,夹淮河两岸,水流潺湲,利于筑堰。只要在此筑起长堰,拦住淮水,待水位升高,便可倒灌寿阳。到那时魏军纵有千军万马,也尽成鱼鳖腹中之物,寿阳岂不唾手可得?”

“皇上,微臣曾在那里打过仗,取得了钟离大捷。”曹景宗显得顾虑重重,“那地方水流是徐缓些,可那里的河床基本上是泥沙,软而轻浮,托不起重物,在那里筑堰,恐不牢固,如水位暴涨,堰坝必不堪重负,势必崩塌。故微臣以为水攻之法不可行,恐劳民伤财,徒劳无功,甚至反受其害。”

王足不顾众臣反对,仍竭力撺掇:“皇上,北方流传一个童谣:‘荆山为上格,浮山为下格,潼沱为激沟,并灌巨野泽。’说明这里自古就是天然的筑堰之地。”

萧衍求胜心切,加上这些年来读经念佛,信奉普度众生,不想过多地牺牲大梁人马。更为重要的,他相信自己的韬略,此前正是他授以火攻之计,取得了钟离大捷。听到水攻可代替人攻,是一劳永逸之计,便当下降旨:“众爱卿不必有顾虑,朕看这水攻之计实为上策。中书令徐勉。”

徐勉出列:“臣在。”

“朕命你立即拟定诏书,从扬州、徐州抽调壮丁,每户出一丁,凑足十万人,充作民夫,都要自备工具,自带衣粮。”

“太子右卫率康绚。”

“微臣在。”

“朕命你领兵十万,加上十万民夫,计二十万人,旬日之内赶赴钟离,总督筑堰,不得有误!”

“微臣遵命。”

十天之后,役人肩镐挑担,背米裹衣,前呼后应,向钟离进发。一路上,妻送郎,母送子,哭哭啼啼,难分难离。

三十一 业障冤情

萧统被萧正德和萧玉姚欺负，萧衍一直放心不下，这样下去对太子的成长不利。对萧正德，萧衍觉得愧疚，也不好怎么惩罚他，只能狠狠训诫玉姚，把自己喜爱的玉如意都打断了。可他不知道，萧玉姚对萧统更是恨之入骨，郗氏临死的时候，跟萧玉姚说，是丁令光害了娘，要女儿长大后，为娘报仇。这颗复仇的种子一直在她心里深埋着，随着年龄的增长，种子也在生根发芽，萧玉姚想方设法陷害萧统，不然，母亲何以能在九泉之下安息？

被父皇训斥后，萧玉姚心里气不过，来到临川王府，找萧正德诉苦。

萧正德正在练功，神情非常专注，竟没有看见萧玉姚。萧正德又是伸拳，又是踢腿，一个前空翻，立稳脚跟，正巧面前一段木桩，他双掌伸出，猛地往前一推，木桩顿时折断，发出嘭嘭的响声。

萧玉姚站在萧正德身后静静地看着。她从小刁蛮任性，为了对她有所约束，长大后，萧衍把她许配给自己的故交殷睿的儿子殷均，因为殷均性格沉稳，喜欢读书，书法尤其俊美。只可惜殷均又矮又黑，而且羸弱多病，萧玉姚压根儿就不喜欢他，只是碍于父皇威严，勉强维持着夫妻关系。可从完婚的第一天起，她就没与殷均同房过，平常日子，殷均住在驸马府，而萧玉姚住在宫中。殷均父亲早死，生前他一直盼望能早日抱上孙子，享受天伦之乐。殷均恪守孝道，想尽快生下子嗣，传宗接代，可无论怎么恳求，萧玉姚就是不回驸马府，殷均只能望宫兴叹。萧玉姚毕竟青春年少，今见萧正德膀阔腰圆、虎虎生威，内心不禁涌起一股原始的冲动，两腮也绯红起来，下意识地整理了一下鬓发，啪啪啪地拍起掌来。

萧正德回头一看，心中有些不快："你来干什么？"

萧玉姚脸上泛着红晕，娇滴滴地说："姐姐来看你呀。"

萧正德没好气地说："这里是王府，不是皇宫，你来这里，降低了你的身份。"

萧玉姚看了看四周，见没有其他人，便走近萧正德："姐姐想你了，就不兴过来看看你了？"说着，两眼火辣辣地看着萧正德。

"嘘，你想我，可皇上不想我，贵嫔不想我。"萧正德推了萧玉姚一把，"去你的吧。"

“你怎么不了解姐姐的心呢？姐姐刚来，你就赶我走，你舍得呀？”

萧正德这才正眼看着萧玉姚：“你什么意思？”

“姐姐没什么意思，姐姐想让弟弟教几招防身术，免得有人害我。”

“你是大公主，谁敢害你？”

“有人能害我母后，她就能害我。”

“谁？”

“丁令光。”萧玉姚看了看四周，见没有别人，便放大了声音，“是她逼死了我母亲。昨天父皇狠狠地教训了我一顿，让我以后离太子远一点。晚上躺在床榻上，我整整哭了一夜。天蒙蒙亮的时候，迷迷糊糊睡着了，就见母亲走来，说自己是被丁令光害死的，要我为她报仇。母亲还说父亲也不是个好东西，母亲刚嫁过来，他信誓旦旦说，不再娶二房，后来竟把丁令光这个小妖精领回了家，且百般疼爱。丁令光狗仗人势，欺负母亲，为了霸占这个家，怀第一胎时，找人算着是女孩，竟狠心打掉，后来才生了萧统。从此，母亲在家中地位一落千丈，只有一死。”

萧正德眼露凶光，飞起一脚，把脚边一块石头踢出老远：“我要杀了她。”

萧玉姚见目的已经达到，便走上前来，拉着萧正德的手：“心急喝不得热粥，这事得慢慢来。这样吧，你先教我几招吧。”

“这不成问题。打蛇打七寸，打人打死穴，打头，打眼，打胸口。”萧正德不停地比画着，“你看，你的仇人就站在你面前，你先把左手在他眼前一晃，右手快速出拳，直击胸口，轻者半死，重者当场毙命。”

萧玉姚学着萧正德的样子，把他当成靶子，演练了几次，不觉气喘吁吁，大汗淋漓，便撒起娇来：“弟弟，姐姐又热又累，改天再练吧，走，回屋歇息去。”拉着萧正德径直走向后房，这里是萧正德睡觉的地方。来到屋内，萧玉姚坐在床榻之上，感到燥热难耐，她站了起来：“今天真热呀。”随手脱下外套，扔在床上，“弟弟，我刚才不小心扭着肩膀了，你给揉揉。”

萧正德回头看了她一眼，没动。萧玉姚说：“听见没有？过来呀！”

萧正德站起来，走向萧玉姚：“哪里？”

萧玉姚用手指了指：“这里……啊……这里……啊……”

萧正德抬起手，不好意思地放在萧玉姚的肩膀上，慢慢地揉捏起来。因为离萧玉姚太近，一股奇异的香味钻入鼻孔，直渗进他的五脏六腑，他不禁打了一个喷嚏。他低下头，猛然看见萧玉姚脖子上那雪白的肌肤，忍不住又打了一个喷嚏，肆意地揉起来。感到玉姚的皮肤是那样细腻柔软，他咽了一口唾沫，俯下身子，把脸贴到玉姚的耳边，小声说：“姐姐，你真美，真香，我闻闻行吗？”

萧玉姚抛着媚眼：“我看你就是一个小馋猫，闻吧，让你闻个够。”

萧正德再也顾不得揉捏，把萧玉姚抱起来，在她的脖子上、脸蛋上闻了又闻,最后竟把嘴对在她的唇上,饿虎扑食般地嗅着、舔着、啃着。萧玉姚刚开始还有些被动,后来竟也主动跟萧正德亲吻起来,直到两人的舌头绞在了一起。两人只觉天旋地转,进入了忘我的境地。萧正德下意识地去解萧玉姚的内衣纽扣,被她一把攥住,两人又亲吻了一会儿。萧正德浑身燥热,下身更热,又去解她的纽扣,这回萧玉姚没有阻拦。萧正德扔掉内衣,玉姚胸前露出两只小白兔,萧正德一下子捉在手中,贪婪地玩弄着,仍觉得不过瘾,竟直接把嘴对在白兔中心的小枣子上,忘情地吸吮着。

萧玉姚喘着粗气说:"你翻翻身,压得我喘不动气了。"萧正德翻身的当儿,一把扯下萧玉姚的裤子,一个冰肌玉骨般的美女完全暴露在他的眼前,他也禁不住喘起粗气来,紧紧把萧玉姚抱在胸前。二人在床榻上滚来滚去,直折腾得天昏地暗、汗淋如雨。萧玉姚"啊呀"一声,之后屋内归于平静。萧正德问;"怎么啦?"

"你弄疼我了……哎呀……出血了。"

"这……我不是故意的……怎么办?"

萧玉姚用手戳了一下萧正德的额头:"你真是个傻瓜,你把我最宝贵的东西要去了,以后要对我好。"

"姐姐,我一定对你好!"萧正德信誓旦旦,"你要什么我给你什么,要我的人头也行。"

"我什么也不要,就要你这颗心。"萧玉姚用手点着萧正德的胸口。

萧正德瞪大了眼睛:"要我的心?"

萧玉姚笑着戳了一下他的鼻子:"你要听姐姐的。"

萧正德也不好意思地笑了:"姐姐让我做什么我就做什么,上刀山行,下火海也行。"

"这就是你的心。"萧玉姚坐起身来,"现在,姐姐不需要你去上刀山下火海,姐姐先要帮你。"

萧正德不解地问:"帮我什么?"

"如果没有丁令光,就没有萧统,没有萧统,太子之位就是你的。如果没有丁令光,我母后也不会去死。所以,我要帮你除掉萧统,还你太子之位。当然不只是我,还有一个人也能帮你。"

"谁?"

"萧综。"

"萧综,他……他能听我们的?"

萧玉姚一边穿衣一边说:"萧综的事你不知道吧?"

"什么事?"

萧玉姚诡秘地说:"他不是父皇的儿子。"

“这怎么可能?”萧正德吃了一惊。

“怎么不可能?不但可能,而且是肯定的。”萧玉姚说,“你想啊,父皇打进京城,进了皇宫,纳吴淑媛为妃,七个月生了萧综,你说他能是父皇的亲生儿子吗?”

“那是谁的?”

“你个榆木脑袋!还能是谁的?东昏侯的呗。这件事满城议论纷纷,而父皇像是没事人似的,也不知他是怎么想的。如果能拉拢到萧综,肯定对我们有利,他对萧统有一种骨子里的仇恨,必欲杀之而后快。”

萧正德醒悟似的说:“对,我这就去找萧综。”说着就要披衣下床。

萧玉姚一把拉住他:“别急嘛,你这样性急能办成什么事?这种事得慢慢来,要瞅合适的机会,做得天衣无缝,然后咔嚓一下……”她在空中做了一个砍头的动作。

回宫的路上,萧玉姚故意往吴淑媛的宫殿走,路上遇到玉婉、玉嬛两个妹妹,于是她招呼二人结伴同行。正走着,萧综跑过来:“姐姐,姐姐,我跟你们玩行吗?”

萧玉姚轻蔑地看了他一眼:“去去去,一个野小子,谁愿意跟你一起?自己找地方玩去。”

萧综没法,低下头,悻悻地走开。萧玉姚跟妹妹说:“他以为他是谁,还叫我们姐姐,连自己的父亲都搞不清楚,还有资格跟我们玩,美得他!”

玉婉奇怪地问:“姐姐,他的父亲不是父皇吗?”

“嘘,美得他!他的父亲呀,就是那个被砍下头的萧宝卷。”

玉嬛急忙制止:“姐姐不可乱说。”

“谁乱说了,千真万确的事。”斜眼瞅了瞅萧综。萧综分明听到了他们的对话,满脸委屈,眼含泪水,拔腿跑去。

这些日子,吴淑媛心里有怨气,萧衍刚进宫时,三天两头往这边跑,自己享受专宠,引得姐妹们争风吃醋。自从他当了皇帝,外边的美女一批一批地进宫,一个比一个漂亮,一个比一个年轻,皇上来这里就越来越少了。等到他舍道事佛以后,处理完政务,就回到御书房研经撰文,粗茶淡饭,身体状况也不行了,不但不临幸自己,也不让别的嫔妃侍寝。宫中的姐妹们都在私下抱怨皇上成了绣花枕头。这不正是接近皇上的机会吗?自己的生日快到了,生日那天,要办一个席面,再找几个宫女跳几段舞,多做些可口的佳肴,让皇上补补身子。皇上吃得好了,精神头足了,自然就会临幸自己的。想着想着,她嘴角泛起难得的笑容,两颊也绯红了起来。

这时,萧综气喘吁吁地跑进来,没好气地说:“娘,我是谁的儿子?”

吴淑媛感到奇怪,他怎么会问这么没边没沿的事?便说:“孩子,你是为娘的儿子呀。”

“我不是问这个,我的父亲到底是谁?”

“这孩子,你父亲就是皇上呀。”

萧综显然不信,大声喊着:“你不要再骗我,外面的人都说我不是他儿子,只有你在哄我。”

见儿子不信,吴淑媛叹了口气:“孩子,你如果不是皇上的儿子,他怎么会封你为豫章王呢?要知道,只有皇上的至亲骨肉,才有资格当王的。”

萧综那股蛮劲上来了:“你要是不说,我这就去问萧衍!”说着拔腿就往外跑。吴淑媛急了,一把扯过萧综:“你给我回来!”她死死地拉住他。萧综无论用多大的力,怎么也挣不脱。

萧综是谁的儿子,吴淑媛心里最清楚,生萧综时,她只说早产,萧衍好像也没怀疑。现在要是把这事翻出来,不但自己性命不保,这孩子也将掉进万丈深渊,想到这里,不觉后怕起来。“娘就你这么一个孩子,你不要给我惹是生非好不好?”她禁不住哭出声来。

萧综也哭了:“娘呀,这样的事只有你清楚,你就跟儿子说了吧。”

吴淑媛咬着嘴唇不说,萧综猛地用拳头敲打着自己的胸膛:“娘不说,儿子只有一死,连自己的父亲都弄不清,活着还有什么意思?”

吴淑媛没法,只好说:“为娘生你时早产,你是紧挨着太子的次弟,能有这份荣耀就足够了,千万不要节外生枝。”

“俗话说,十月怀胎,听说娘七个月就生了我,这里边定有蹊跷。娘快说,这是为什么?”

吴淑媛不再说话,她只是低头哭泣,难道这是先皇前世业障未消,要报在今世吗?她不敢再想下去,她要活着,更要儿子活着,万一事情败露,儿子说不定会闹出塌天大事来,那就一切都完了。

吴淑媛不再说话,她知道,实话不能说,其他说什么都是白搭,便紧紧地抱着萧综,抽抽搭搭地哭着。

萧宏骑马去蒋山打猎,身后跟着别驾柳信之和几个仆人。进入山林中,野鸡在树上叫着、跳着、飞着。萧宏拈弓搭箭,瞄准,再瞄准,嗖的一声,一支箭穿越林中空隙,直奔野鸡,那野鸡惊叫了一声,扑棱棱掉下来。仆人跑过去拾起来:“王爷箭法真准,射中鸡头了!”

萧宏扬扬得意:“几只了?”

仆人回话:“王爷,六只。”

萧宏哈哈大笑:“够了,够了,够美餐一顿了,打道回府。”

萧宏骑马在前,一路前行,下得山来。眼前视野开阔,近处流水潺潺,注入一方池塘，池中荷叶铺绿，莲蓬高举。往南看，阡陌纵横，稻浪翻滚。萧宏脸上流露出贪婪的神情，自语着："这地方真好，如能在这里建造一处郊外别居，有山有水，再有美女做伴，又是一处人间仙境。"

柳信之嘿嘿了两声，说："要是王爷能在这里建造别居，小人也能跟着享几天福。"

萧宏指着远处说："柳别驾，你看，那里已经有一处院落，原来有人捷足先登呀。"

柳信之说："那是沈约的，他现在领太子少傅，深得皇上宠信。"

萧宏说："这么说，这确实是一块宝地。不过沈约的别居在西边，这地方是东边，我看比那边要好，东方为上嘛，哈哈哈！只不知这块地是谁的？"

"这个，在下却不知晓。"

"你下山去打听打听，如找到这块地的主人，就请他到府上来。"

"好的。"柳信之翻身上马，直奔山下。

萧宏回到府中，仆人把山鸡拿到厨房，嘱咐厨师，今日王爷高兴，要多做几个好菜。

大约一个时辰，一桌酒肴就摆上了桌子。这时，柳信之领着一个中年人走了进来："回王爷，这是赵贤良，他就是蒋山南那块地的主人。"

萧宏客气地说："来来来，坐坐坐。"

赵贤良不敢坐，站在那里，紧张地搓着两手，无所适从的样子。萧宏抬头看着他："坐呀，相见就是缘分，来，喝上一杯。"

柳信之拉赵贤良坐下，仆人马上给他斟了一杯酒。

"来，为我们有缘相见喝一杯。"萧宏端起酒杯，一饮而尽。

赵贤良小心地拿起酒杯，喝了一小口，又放在桌子上。

萧宏劝道："喝呀，第一杯就要赖，这可不行。"

赵贤良难为情地说："我不喝酒。"

"说哪里话，哪有男人不喝酒的？喝了，快喝了！还得本王给你端呀！"

赵贤良只得端起酒杯："岂敢岂敢，小人喝了就是。"

就这样，又接二连三地喝了几杯，赵贤良感到晕乎乎的，眼冒金花，头也不自主地晃荡起来。萧宏见时机成熟："赵老弟呀，本王有件事想让你帮帮忙。"

赵贤良乘着酒兴说："能为王爷效劳，小的万分荣幸。"

"本王今天上山打猎，看见你山下那块薄地，有意买过来，建几间房子，你意下如何呀？"

尽管喝醉了，可一听萧宏要买地，赵贤良头脑一下子清醒了。那块地是一家几代人辛辛苦苦起早贪黑挣来的，爷爷、爹爹为了置地，不舍得吃，不舍得穿，自己也是早出晚归，辛勤耕耘，才把地侍弄得如此肥沃。便说："王爷，不好意思，别的事都好说，这地嘛……是祖宗留下来的，爷爷临终时千叮咛万嘱咐，这地就是咱家的命根子，无论什么情况都不能卖，要一代一代传下去。”

见赵贤良不同意，柳信之接着又殷勤劝酒：“来来来，我们第一次认识，也是第一次喝酒，我来敬你一杯。”一口喝下一杯。赵贤良看了看柳信之，也勉强喝了。

柳信之说：“赵老兄，不就是块薄地嘛，卖给王爷，王爷能亏待了你？”

赵贤良不经意地问了一句：“一亩多少钱？”

萧宏说：“那地方也就是块山岭薄地，顶多值一千钱。”

赵贤良夸赞着：“那地可不薄，我们一家三代侍弄了三辈子，肥得流油。就是山下那些地，一亩换一亩，我都不换。”

柳信之问：“有多少亩？”

“一百多亩。”

柳信之算计着：“一亩一千，一百亩，十万钱，再多加一千钱，王爷可是大方之人。”

赵贤良摇着头：“这地卖不卖，我说了也不算，我得回家商量商量。”

萧宏哈哈笑着：“商量商量是应该的嘛，这毕竟也不是件小事。这样吧，限你两天，后天给我回信。来来来，再干一杯，预祝我们这次买卖成功。”萧宏一饮而尽，“痛快，真是痛快！”

赵贤良端起酒杯，犹豫不决。柳信之也端起酒杯，硬是跟他碰了一下：“怎么就像个娘儿们似的？黏黏糊糊！快喝了，两天后我就去你家。”

赵贤良一口喝呛了，一阵咳嗽，酒喷了一桌子。

萧宏闻见酒臭味，站起来，不住地用手在嘴巴边扇着。柳信之指挥着身边的仆人：“你看看，怎么这么不胜酒力？快把他送回去。”

第三天，柳信之来到赵贤良家，落座后，他单刀直入，把一份写好的文书放在桌子上。

赵贤良愣了一下，不解地问：“这是什么呀？”

“地契，你卖地的地契。”

“我什么时候卖地了？”

“你这人怎么不认账呀？不是大前天在王爷家说好的吗？”

“唉，别提了，我那天在王爷家出丑了，喝得酩酊大醉，回家睡了两天才醒酒，什么都不记得了。”

柳信之不耐烦地说：“那天说好的，你蒋山下那一百亩地卖给王爷，本来一千钱一亩，王爷开恩，又多给了一千钱，一共十万一千钱。钱在这里，你数数。”

“卖什么地？哪个王爷？”一个老人一步跨进屋内，厉声问。

柳信之看了一眼这位老人，又看一眼赵贤良。

赵贤良说:“这是我爹。”

柳信之故做温和之状,脸上挤出一丝笑意:“老爷子,是这样,我家王爷看中了你家蒋山下的那块地,想买下来。”

“那是我们一家人的命根子,多少钱也不卖。”老人语气坚定,不容商量。

柳信之急了:“这……我们已经跟赵贤良谈好了。”

“跟谁谈都白搭,只要我活着,这家就得我说了算。”老人指着赵贤良大骂道,“你个败家子,你要是动了那地一根草,我就死给你看。”

柳信之无奈地说:“那我只好回禀王爷了。”

萧宏正在跟侍妾吴氏逗鸟玩,听柳信之一说,气不打一处来:“他妈的,给脸不要脸,我就不信这个邪了,他家屯田了没有?”

“没有,他家拿这块地像宝贝似的,哪舍得屯田呀?”

“那好,皇上不是下诏屯田吗?就把那块地给屯了,他要是再不同意,就以蔑视朝廷问罪。你再写个屯田文书,送他家去。另外再选五十名强壮家丁,到那里护田,谁也不许靠近半步。”

第二天,赵贤良去地里干活,地里已站满了人,手里都拿着刀枪,不让他走近。他们回家告诉了父亲,父亲气得大哭一场,吊死在了屋梁之上。

看着赵贤良家的惨状,乡亲们纷纷说:“冤!太冤了!”“真是没有王法了,王爷有什么了不起?”“王子犯法与庶民同罪,写状子上告,直接告到皇上那里。”

赵贤良无助地看着众人,呆呆地点着头。

三十二　滴血认亲

听说萧正德要去就任吴郡太守，萧玉姚特地出宫去看他。刚要进萧正德房间，只听里面传来女人娇滴滴的声音："哥哥，想死我了，嗯……嗯……"

萧玉姚一听，气不打一处来，狠劲地用脚踹门："萧正德，你不是个东西，我恨你，恨死你了！"拔腿就往回跑。

屋内，一个妖冶的美女整理着散乱的头发，小声问："哥哥，外面是谁呀？"

"是玉姚那个疯子，别理她。"

"她是大公主，不能得罪她，快出去哄哄她吧。"

萧正德开门，在后面喊着："姐姐，你等等，我有事跟你说。"

萧玉姚站住，满脸怨恨："我不想再见到你，离我远远的！"

萧宏从外面回来，刚走下轿子，见玉姚哭得泪人一般，关心地问："公主怎么了？谁欺负你了？"

萧玉姚斜了萧宏一眼，没有说话，继续往前走。萧宏上前一步，拦住她："公主，你这样回去，别人还认为你在王府里受了委屈，要是让皇上知道了，对我也不好呀。来来来，到客厅坐坐，消消气。"

二人来到客厅。萧宏了解到是萧正德欺负了萧玉姚，哄小孩似的说："那个不成器的东西，别理他！不怕，有叔叔在，看谁还敢欺负你！"顺手从口袋里摸出一样东西，递到玉姚面前，"来，你看这是什么？"

萧宏慢慢张开手，是一个晶莹剔透的手镯，玉姚破涕为笑："叔叔，这镯子真漂亮，是给大婶娘的，还是给小婶娘的？"

"呸，谁也不给，是专门给你的。来，叔叔给你戴上。"

萧玉姚注意地打量着眼前这位叔叔，见他身材魁梧，容貌俊美，尤其那浓浓的眉毛和疏朗有致的胡须搭配在一起，透露出成熟男人的威猛之气，不觉热血沸腾，眼神迷离，手慢慢地伸到了萧宏面前。

萧宏拉过玉姚的手，仔细给她戴镯子。她的手太滑了，太软了，镯子戴上了，可萧宏竟不舍得放下，又抓起另一只手，往自己的胸前拉了拉，把玩了一会儿，目光转向玉姚的脸，在玉姚的脸上滑来滑去，慢慢地把她拉到胸前抱住，颤抖着说："公主不怕，今后谁要是再欺负你，我轻饶不了他。"

玉姚也喃喃地说:“叔叔说话可要算数。”一下子抱紧了萧宏。

御史府内,任昉在大厅内踱来踱去,脸上显出焦急的神色。年初,有秣陵老人曾向皇上提出,皇上为法,急于黎庶,缓于权贵。皇上虽有心改变这一现状,可“急于黎庶”积弊并没有多少改善,“缓于权贵”的情形反而越来越严重了。这段时间,上告萧宏的案卷越积越多,如掠夺财产、加收赋税、抢夺民女等等,当然也有告其他官员的,如萧伟、萧颖达、曹景宗、邓元起等等。这些人要么是功臣,要么是皇亲,都是些达官显贵。如果都报给皇上,皇上能受得了吗?又从谁下手呢?想来想去,任昉决定先弹劾萧宏,如果皇上大义灭亲,查办了萧宏,就能杀一儆百,其他官员还敢贪敢腐吗?

御书房内,萧衍正在埋头撰文,黄泰平进来:“皇上,御史中丞任昉求见。”

萧衍没抬头,有些不耐烦地说:“他来干什么?没见朕正忙着吗?”

“他说有要事面见皇上。”

“他能有什么事?不就是那几件案子吗?有那么急吗?”

“他说是大案,只有皇上能够裁断。”

“那就让他进来吧。”

任昉进门叩首:“微臣拜见皇上,打扰圣驾了。”

“爱卿前来,不是又有弹劾奏章吧?”萧衍单刀直入地问。

“正是。”

“那就等到上朝时再议吧,朕正在撰写《制旨大涅槃经讲疏》,没时间看这些东西。你看,这是你上次送来的案卷,朕还没审阅完呢。”

“这些案卷虽多,主要牵扯两个人,一是吕僧珍的贪腐问题,一是萧渊藻的横行不法……”

没等任昉说完,萧衍就急忙抢过话头:“吕僧珍是大梁功臣,又那么大年纪了,他还能吃多少?还能用多少?就让他享几天福吧。”

“那萧渊藻呢?”

“他是皇兄的儿子,如惩办了他,对不住皇兄呀……这样吧,虽不惩办,但要好好训诫,这事就由你来负责,亲自找他们谈话。”

任昉把奏章递给萧衍:“皇上,再看看这份吧。”

萧衍拿着奏章看了一会儿,抬头问:“此事属实?”

“完全属实,受害者赵贤良亲自把状子投到了公车府谤木肺石函,又到御史府来告状。为了厘清案情,微臣亲自去蒋山进行了调查了解,案卷由微臣亲自执笔,没有半字虚假。”任昉拿起另一份案卷,“又据报,萧宏王爷家产过亿,家中库房盈满,还有美女逾千……”

萧衍又打断任昉的话头:“赵贤良作为大梁子民,屯田也是应该的,只是萧宏方法过于生硬了点。”

任昉不依不饶：“屯田是应该，可朝廷规定屯田是为富国强兵，并且要自愿，而萧宏王爷强占了那块土地以后，并没有耕种，而是闲置在那里，意欲占为己有，据说正在规划建造郊外别居。”

“萧宏的事，朕再考虑考虑。”

“皇上，不能再耽搁了，此事已经闹出人命，民怨沸腾呀……”

这时，黄泰平进来：“皇上，太子右卫率康绚求见。”

萧衍似乎找到了岔开话题的理由，急切地说：“快宣。”

康绚进来，伏地跪拜：“微臣拜见皇上万岁万岁万万岁。”

“快快平身！浮山堰修得怎样了？”

康绚不敢正视萧衍：“半月前就已筑好……”

萧衍高兴地说：“好呀，大功告成了！爱卿劳苦功高，此堰可为大梁建立不世之功。”

康绚为难地说：“皇上，浮山堰本来已经修好，可是又被洪水冲垮了。”

萧衍吃惊不小：“冲垮了？怎么回事？”

“回禀皇上，”康绚奏道，“浮山堰筑好后，水越蓄越多，眼看就要倒灌寿阳了，可万万没有料到，连日暴雨倾盆，淮水猛涨。一天夜里，轰隆一声巨响，犹如天塌地陷，海啸山崩。天亮时，人们赶到河边，只见水茫茫一片，筑成的堤堰早已无影无踪。”

萧衍感到非常失望：“这不是前功尽弃吗？”

“堰垮后，微臣六神无主，故特来请旨。”

萧衍一时没了主意：“泰平呀，快去召集王足及韦睿、王茂等朝臣，前来议事。”

几位大臣见旨后很快来到文华殿，萧衍坐在龙椅上听着大臣们的议论。

王足歪着头问：“康大人，浮山堰为什么会冲垮？”

“因为连降大雨，蓄水太快。”

王足两眼紧盯康绚：“我是问根本原因。”

“这个……”康绚支吾起来。

“你是用什么筑堰？”

“用土石。”

“装在什么里？”

“装在用杨杞柳条编织的大筲里面。”

“原因就在这里。”王足语气肯定地说，“大家想一想，那大筲是用杞柳编织的，浸在水里时间长了就会腐烂，一腐烂就会透水。俗话说，千里之堤，溃于蚁穴，何况堰体处处透水？”

萧衍似有所悟地点头:“王爱卿说得有理。”

“陛下,还有呢,此前微臣曾对淮水两岸做过勘察。据乡老所言,江、淮多蛟,能乘风雨破坏堤岸。浮山堰溃塌,亦是蛟在作怪。”王足煞有介事地说,“微臣又遍查古籍,得知蛟最怕生铁。所以,微臣建议,可广收天下生铁,熔后铸成铁柱,立于坝中,以此为筋,填土筑堰,不仅坚固,更使蛟望而生畏,浮山堰必成。”

梁武帝听罢,拍案道:“此计甚好,朕要二次筑堰。”

徐勉急忙谏道:“皇上,不可呀!这次浮山堰垮塌,说明那里根本就不适合筑堰。”

萧衍不以为然:“堰坝溃决,主要是技术上的原因,如果解决了这些问题,二次筑堰,必定成功。”

韦睿说:“皇上,打仗关键看将帅的指挥运筹能力和兵马的英勇作战能力,怎么能靠一河之水呢?还望皇上三思而行。”

徐勉说:“上次筑坝,已是扰民,为了编织大筲,民夫兵丁见树就砍,村村落落,刀砍斧锯声此起彼伏,诉苦叫冤声连绵不绝,闹得沿淮州县鸡犬不宁,怨声载道。如再收集生铁,百姓不堪重负,恐引发民变呀。”

王足说:“徐大人这是骇人听闻,生铁非百姓生活必需品,放在家里无用,贡献出来,有何不可?”

徐勉说:“百姓家里哪有闲置生铁?有的只是些铁锅、铁犁、铁锨,如果把这些东西收了来,他们靠什么劳作和生活?”

萧衍脸上露出不悦的神情。朱异认为,皇上决心筑堰,任何人也改变不了他的意志,与其犯颜直谏,不如顺水推舟,便说:“这些年来,皇上笃信佛教,传经布道,为的是什么?为了普度众生,为了江山社稷。这次筑堰,也是为天下苍生着想,以最小的代价,换取最大的回报。皇上以诚事佛,佛祖也会保佑的。故微臣以为,二次筑堰,定能成功。”

萧宏站在一边,一直不说话,萧衍问:“临川王,你有什么想法?”

萧宏吞吞吐吐地说:“我……没……没有想法,一切听皇上的。”

萧衍说:“好,朱爱卿言之有理,拟旨吧,拿出东、西二冶全部生铁,如不足再命官员分赴各地,向民间征收,二次筑堰,不得有误。”

萧综约萧正德来到一家妓院,要给他饯行。老鸨看见他们,老远就迎了上来:“哎呀,二位公子哥,怎么好久不见了?快,里边请。”

二人来到客厅,一群妖冶的美女扭动着腰肢迎接着,其中一个拉着萧正德:“官人,多日不见,想死我了。”

萧正德捏了一下她的腮帮子:“越发漂亮了。”

另一个美女要去拉萧综:“哥哥,这几天到哪里去了?是不是到别的地方采花了?”萧综本来心情就不好,一听这话,气又上来了,用力一推,把那姑娘甩了个趔趄。那姑娘爬起来,委屈地哭着跑开了。

老鸨走过来:“二位官人,最近来了一位绝佳美人,十四岁,还没开苞呢,不知你俩谁愿享用?”

萧综没好气地说:“老子什么也不馋,只想来这里清静清静。”

老鸨说:“那好呀,后院有一处房屋,优雅寂静,绝无世间喧嚣。”

萧正德说:“那就快领我们去吧。”

老鸨说:“二位官人,跟老身来吧。”

他们来到后院,这里果然僻静,萧综吩咐老鸨:“快上几个可口的菜肴。”

一桌山珍海味一会儿就上齐了,两位美女分别给他们倒了酒,端起来:“公子请慢用。”

萧综拿过酒杯,一口喝了下去:“慢用个屁,快滚开!”两位美女对视了一下,小心地退了出去。

萧综自己拿过酒坛,也不说话,一杯一杯地喝着。

萧正德说:“兄弟心里就是有事,也不能这样折腾自己呀。”

萧综说:“我们兄弟二人也不是一天了,我的心事你了解,你的心事我难道不了解?按理说,你是皇长子,应立为太子,可现实呢,不但没当上太子,还被扫地出门。你虽然是轻车将军,现在又当上了吴郡太守,但这也只是一般的官职。为什么萧衍这样对待你?就是因为你不是皇子,他若拿你当皇子,早就封你为王了。”

萧正德苦笑着:“老弟,我与你有天壤之别。你是豫章王,深受皇上眷顾。”

萧综表情痛苦:“我不如你呀,你虽遭受不公待遇,可你父母健在,而我……就像被秋风吹掉的树叶,不知道根在哪里……”

萧综虽然没有说下去,可萧正德心里清楚,传言他其实不是皇上的儿子,而是东昏侯萧宝卷的遗腹子,而皇上竟然还处处护着他,也不知怎么想的。今天萧综既然在自己面前挑明此事,那就说明他信任自己,便旁敲侧击地说:“兄弟,今天咱们不说这些事,说点轻松的,我讲个故事解解闷。这些年,南北战争不断,有位父亲被征发去北伐,就是那次洛口之役,我军溃败,死伤无数。几年后,父亲没有回来,儿子想念父亲,打听到父亲战死的地方,找来找去,竟找到一堆尸骨,儿子不能确定哪是父亲的骨骸,在那里守了许多天。后来听说,可以用血验证,如果自己的血很快融入骨头,便是亲生的。他便咬破手指,逐个滴入骨头,就这样滴来滴去,直到头晕昏倒,醒来后继续滴血,终于一具骨骸滴血即入,他确认了父亲的遗骨,背回家,入土为安。这个方法叫滴血认亲,很灵验的。”

萧综听着听着,眼睛逐渐明亮起来,他有些颤抖地端起酒杯:“哥哥,你明天就去赴任了，为弟敬你一杯，祝你一路顺风。”两只酒杯啪地碰在了一起。

几天后的深夜，曲阿东昏侯萧宝卷墓前，一个平民打扮的人与几个黑衣人在低头耳语，火把的微光映照出那人的面庞，原来是萧综，在他的指挥下，黑衣人用镢头不停地挖着坟墓。远处的狗吠声在空中回荡，令人悚然。

随着咚的一声，坟墓终于被挖开，萧综急切地拿过一个火把，向棺椁中照去，只见萧宝卷的尸体已经腐烂，人头骷髅端正地摆在那里。萧综朝一个黑衣人一挥手，那人敏捷地跳进了棺内，迅速地扒开衣服，拿出一段腿骨，递给萧综。萧综拿着骨头端详了一会儿，递给一个黑衣人，从腰部抽出一把刀子，嗖地割破自己的左手食指，霎时鲜血直流。他拿过骨头，将鲜血滴入横断面，只见鲜血很快融入，几个黑衣人异口同声地“啊”了一声。萧综表情痛苦，手哆哆嗦嗦地颤动着，他咬紧了牙，默默地看了一会儿骨头，抬起头，对其中一个黑衣人说：“胡龙牙，你跟苗文宠把这块骨头放回原位，小心把棺椁盖好。”

萧综想，根据滴血认亲的说法，这应该是自己的父亲。那么这方法到底准不准呢？如果不是自己的亲骨肉，血就不能渗入吗？不行，还得验证一下。待黑衣人重新把坟墓整好，萧综又对黑衣人耳语了一阵。他们来到远处空旷地带，找到一冢孤坟，黑衣人手脚麻利地扒出坟内骨头，萧综重又将自己的血滴到骨头上，可血就是不往里渗，只是顺着骨壁流了下来。萧综突然大叫一声，将骨头扔出老远。

回到家里，妻儿已经睡熟，次子刚刚出生一个多月，躺在母亲的身旁，看来睡得挺香的。萧综合衣躺在床上，却怎么也睡不着，那坟中之人真是自己的父亲吗？不然为什么自己的血真的就渗进去了，而那野坟之骨怎么就滴不进去呢？想来想去，他还是不敢轻易相信。自从记事起，他就没有相信过任何人，包括自己的母亲。母亲从来就没有跟自己说过实话，只说他的父亲是萧衍，逼问急了，她就哭，哭什么呀？肯定有难言之隐。那么这个滴血认亲的传说可靠吗？只凭一次验证，好像还不能断定，接下去该怎么办呢？这时，儿子哭了几声，小嘴像是在吮吸的样子。夫人也许白天劳累，竟没有听到，仍在呼呼地睡觉。看着小儿子，萧综突然产生了一个奇怪的想法，自己的血如果滴到儿子的骨头上，能渗进去吗？如果再次渗进去，那就证明这个滴血认亲正确无疑，多年来的疑问也就迎刃而解了。可是孩子才这么小，怎么办呢？孩子是无辜的，才刚刚来到这个世上，还不知自己的父亲是谁，自己的母亲是谁，能让他走吗？可如果不这样，自己的疑团解不开，自己的身世搞不清，既然弄不清自己的身世，孩子也就是无根的浮萍，最终必被风浪卷走。这时，他又想起了一句俗语，叫作“舍不得孩子套不着狼”，便毅然地抱起这个襁褓中的婴儿，流着眼泪向外走去。只听门外传来一声婴儿的啼哭，接着一切就归于寂静。

趁着夜黑人静，萧综抱着死去的次子，走到荒野之中，挖了一个深坑，埋了进去，为了防止野狼来挖食，他在那里守了一整夜。

萧正德心里的疙瘩也是系得紧紧的，当时自己过继到萧衍家，是为了继承萧衍家业延续他的支脉，可没想到萧衍娶了丁令光，很快就有了萧统，致使自己的希望化为了泡影。那次玩赌跳时怎么就没有下狠手把他弄死呢？可转念一想，即使把他弄死，还有老二萧综、老三萧纲，怎么也轮不到自己。都怪那萧衍老儿无情，让自己还了本，现在连王子的身份也没有，只是一个侯，低人一等。既然如此，还待在萧衍的手下干什么？这个岛夷之国有什么可留恋的？还不如投到北魏去，据说魏主非常重视人才，萧宝寅投到那里，不但封了王，还当了将军，让他带兵打仗。主意已定，趁吴郡府上下人等熟睡之际，他骑上那匹黑色战马，向北奔去。

一路跋山涉水，风餐露宿，终于来到洛阳城，这里的一切都是新鲜的，萧正德怀着兴奋的心情走在街上，心想自己从此可以脱胎换骨，抬起头来做人了。他来到洛阳宫外，多次击鼓求见魏主，可魏主一直没有召见他。

月黑风高的晚上，一个人影在田野里晃动，这是萧综去挖那个被他杀掉的儿子。一个多月了，他受尽煎熬，夫人哭得死去活来，向他要儿子。他百般解释，咬着牙说孩子半夜自己死了，怕她伤心，才趁夜埋掉。妻子不信，一直哭闹。他只得好言相劝，曲意安慰。更让他煎熬的是，到底自己是谁的儿子，虽说上次开棺滴血成功，但他还是将信将疑，如果这次自己的血能够融入儿子的骸骨，那就确信无疑了。想到这里，他快速地挖出儿子的尸体，尸体已经腐烂，散发着刺鼻的腐臭味，他顾不上这些，掘出一块骨头，咬破手指，将血滴了上去，血立时融入了骨头。萧综放声大哭起来，他哭自己的儿子，也哭自己的父亲，不，是自己的父皇。

回到王府，他备上牲礼供品，来到萧宝卷墓旁，焚香祭拜，拜得十分虔诚，然后五体投地，趴在地上悲咽着，边哭边说："父皇啊……父皇……孩儿看您来了，孩儿终于搞清，你就是孩儿的亲生父亲，孩儿就是你的亲生儿子。是萧衍害了您，孩儿与他不共戴天，总有一天，孩儿要亲手杀了他，用他的人头来祭奠父皇的在天之灵。"

三十三　禁断酒肉

京师建康的街面上，熙熙攘攘。在一处繁华的地段，有一个大型的古玩市场，每天都有人来这里出售古玩，自然也有人来这里寻宝，其中有古玩爱好者，有为了捡便宜低价买高价卖的，也有为了巴结达官贵人寻找稀罕物件的，还有少数纯粹是为了来这里看热闹寻衅滋事的。萧宏的爱妾吴氏的弟弟吴法寿，今天闲来无事，约了几个好友，来这里逛荡。见前面一群人围在那里，不知干什么，便走上前，挤进去一看，原来有一中年人抱着一件瓷器在叫卖："我是前齐朝尚书令徐孝嗣的亲戚，叫徐荣。这是当年皇帝赏给他的青瓷莲花尊。这可是件宝贝，你看这形状，多么大气，这尊盖，就像一顶僧帽，多么好看。再看这质地，这釉彩，多么精细，尤其这莲花、莲叶，巧妙搭配，多么逼真。我也不会说什么，反正是一件稀世珍宝。只因父亲体弱多病，没有出仕做官，因此家道中落。近两年，父亲的病越来越重了，不知看了多少郎中，用了多少药，总不见效，家中实在拿不出钱给父亲抓药了，只得瞒着他卖了，给父亲治病。"

一个青年后生走上前，伸手要摸一摸。

徐荣说："别动，弄坏了怎么办？只许看不许动！"

一位老者说："这东西不真吧，听说当年齐朝皇帝信道不信佛。"

"就是嘛，皇帝不信佛，怎么会赏给大臣这种东西？"吴法寿一把抓住徐荣的肩膀，往前一拉，"我看看。"

徐荣不给，往后退了几步。

吴法寿又逼上前去，两手插在徐荣的胸间，环抱着莲花尊，粗野地夺着。徐荣紧紧地抱着不松手。

吴法寿说："再不松手，我就不客气了。"

"你要怎么着？"

"给你砸了。"

徐荣没法，只得松了手。

吴法寿拿着莲花尊，凑近眼前，装模作样地端详了一番，弯腰捡起地上一块石子敲了一下，发出清脆的响声："假的！花纹这么粗，声音破拉拉的，肯定是假的！"

“真的。”徐荣上前，指着莲花尊底座，“你看这里有官印，这是专供皇宫的御制品。”

“胡说，这破官印谁不会造？”吴法寿两眼盯着徐荣，“卖几个钱？”

徐荣说：“急着用钱，就一千两银子吧。”

吴法寿装作吃惊的样子：“就这破玩意儿，还值这么多银子？”

徐荣耐心解释：“这位看官，这是家传宝贝，本不应卖的，实是不得已，救命要紧。”

“给你五两银子，卖不卖？”

徐荣看了看吴法寿，心想，他肯定是个混混，惹不起还躲不起吗？要去抢莲花尊：“我不卖了。”

吴法寿把莲花尊举过头顶：“今日你卖也得卖，不卖也得卖，我要定了。”

徐荣脸色沉了下来：“东西是我的，卖与不卖，我说了算。”又要去抢。

吴法寿一手高高地举着莲花尊，一手指着徐荣的鼻子：“现在是我说了算。你以假乱真，冒充宫中用品欺行霸市，我要报告官府，治你的罪。至于这玩意儿嘛，就没收了。”

徐荣指着吴法寿说：“你是谁呀？大白天的，明抢明夺吗？”说着上前夺莲花尊。

“你说我是谁？我是你爷爷！”吴法寿说，“你再向前半步，我就把它摔了。”

徐荣哪里肯听，硬要上前去夺。吴法寿一时性起，把莲花尊扔出老远，哗啦一声落在地上。

徐荣跑过去一看，心爱的宝贝摔了个粉碎，他捡起一块瓷片，回头扑向吴法寿：“还我宝贝！还我宝贝！”

吴法寿用手一挡，瓷片划破了手背，出血了。他怒气冲天，一脚踢在徐荣的腹部，徐荣双手捂着肚子呻吟着蹲了下去。

吴法寿顺势飞起右脚，踢在徐荣的头部。徐荣倒在了地上。吴法寿又上前朝他的胸部连踢了几脚。徐荣口里冒着鲜血，咕哝着：“强盗……强……”头慢慢地耷拉了下去。

“杀人了！杀人了！”围观的人见状，吓得四处逃跑。

吴法寿不由心虚起来，趁人乱之际，钻进了深巷中。

萧衍对佛教越来越痴迷，衣食越来越俭朴，只穿草履葛巾，不着罗绮华服，每日一餐，只吃豆羹粗食，不食鱼肉珍馔。尽管边境忧患不断，也没有打断他研习佛典。一个多月的时间，他伏在御案上撰写了一篇长文，经反复推敲，终于完成。他掷下手中的笔，感到无比轻松和惬意。

黄泰平见萧衍心情不错，马上递过水来：“皇上，歇息一会儿吧，不要累坏了龙体。”

萧衍站起身，舒了舒腰肢：“泰平呀，朕要做一件大事。”

黄泰平恭维着：“皇上所做之事都是大事，没有小事。”

萧衍端起莲花碗喝了一口水：“你快去通知王莹、法云，还有定林寺住持僧祐，前来华林殿议事。”

三人接到召见通知，火速赶来。施礼见过之后，萧衍回到龙椅之上：“诸位爱卿，近年来，在朕的强力推行之下，大梁境内寺院与日俱增，僧尼越来越多，佛事日益兴盛，全国上下呈现出一派尊佛崇佛的可喜局面。”

“皇上，听说魏主元恪也信佛，引来西域和尚三千多。”法云双手合十道，“元恪非常高兴，认为自己是‘发心’，因佛经有云，‘发起大悲心，救护诸众生，永出人天众，如是业应作’。大悲心是大菩提的根本因行，于是他急命修建永明寺安置这些外来和尚，由于寺院蔚为壮观，远近信佛之人闻风而至，信众越来越多……”

王莹觉得法云有夸饰北魏之嫌，忙打断他的话：“这只是传言而已，北魏哪比得过大梁佛事兴盛？”

“那也叫信佛？”萧衍显出鄙夷的神色，“不过是些表面文章而已。朕亲自研读佛经，撰写佛经释义，大兴佛寺，信徒众多，仍不敢妄说已参透佛理，得佛教真谛，他元恪一个小孩子懂什么？”他拿起面前的文稿，“朕要诏令天下僧尼禁断酒肉，目的是净化佛家弟子身心，彰显佛法真义，这是朕写的《断酒肉文》。”

法云说：“佛界对于饮食酒肉，持守不一，有必要提出明确的要求，也好使信众遵守。”

僧祐说：“贫僧一直恪守此戒，不杀生，不饮食酒肉，今后定当严格要求定林寺僧徒恪守此戒。”

王莹疑惑地问：“皇上，禁断酒肉，佛法可有此戒？如无依据，恐不足以服天下。”

萧衍道：“释典对此言之凿凿。《大般涅槃经》说：‘迦叶，我今日制诸弟子，不得食一切肉。’戒律也说：‘饮酒犯波夜提。’是说如果饮酒，将堕入八寒八热的地狱。而现在的出家人仍然有人食肉，是有违佛典的。”

王莹又问：“皇上，佛教自汉明帝时传入，原教规准许僧侣食‘三净肉’，即‘不见杀、不闻杀、不为我杀’，如所食之肉为此三者，当不算破戒。”

萧衍道：“这种想法是不对的。《大般涅槃经》说：‘一切肉悉断，及自死者。’连自然死亡的动物都不能吃，何况那些被杀的？《楞伽经》上说：‘为利杀众生，以财网诸肉，二业俱不善。’所以说，无论是杀死的，还是买来的，都不能吃。”

王莹说：“如不留心，吃了又如何？”

萧衍双手合十道："阿弥陀佛。《大般涅槃经》说：'夫食肉者断大慈种。'食肉之人远离了菩萨法，远离了菩提道，远离了大涅槃，如此修行，如何能成正果？"

王莹说："皇上渊博，令微臣顿开茅塞。此前没有强调这一戒律，僧众持守不一，如果现在统一推行此律，微臣担心有些僧尼有疑惑，或内心抵触，一时接受不了。"

"朕正是出于这种考虑，所以打算举行禁断酒肉法会，地点就定在华林殿，京师所有僧官、重要官员和主要僧尼都要参加，使大家提高认识，自觉守戒。"

第二天，华林殿广场坐满了王公大臣和寺院僧众。萧衍面南背北坐在就地铺设的座位上，大僧正法云以主讲法师的身份登上东向高座，定林寺住持僧祐作为辅讲法师登上西向高座。萧衍说："僧祐法师，你来宣读《大般涅槃经·四相品》。"

"谨遵圣命。"僧祐正襟危坐，高声诵道，"尔时迦叶菩萨白佛言：'世尊，食肉之人，不应施肉，何以故？我见不食肉者，有大功德。'佛赞迦叶：'善哉善哉！汝今乃能善知我意，护法菩萨应当如是……'迦叶菩萨复白佛言：'世尊，云何如来不听食肉？''善男子，夫食肉者断大慈种。'……"僧祐的诵经声伴随着飒飒的树叶声传进每一个人的耳朵里，诵经完毕，华林殿广场响起了热烈的掌声。

"食肉者断大慈种，说得多好啊。"萧衍端正了一下身子，"法云法师，你说一说，什么叫'断大慈种'？"

法云合掌道："谨遵圣命。何谓断大慈种？凡大慈大悲之人，都有一颗善心，能令一切众生得到安乐；那些食肉之人，失去了慈悲之心，会让一切众生不得安宁，由此，众生舍他而去，他也就远离佛、法、僧三宝，所以说食肉者断大慈种。"

"所以，朕据此写了《断酒肉文》。"萧衍拿起文稿，"提出了食肉者有'六远离''三十八障'，出家人即使不能在短时间内成就大慈大悲无上佛果，成就无上菩提，也应该先忍此腥膻，禁食一切众生之肉。下面就宣读《断酒肉文》，道澄法师，你来吧。"

道澄是耆阇寺的住持，他登上向西的高座，坐定后，毕恭毕敬地展开《断酒肉文》，用舒缓平和的声调读着。尽管文章很长，但诸位僧侣都双手合十，凝神静听，场内鸦雀无声。

宣读完毕，萧衍站起身来："朕为什么要撰写《断酒肉文》？经教有云，佛法寄嘱人王，朕就是为了彰显佛祖大慈大悲的本怀，所以一心一意来弘扬佛法。下面朕带领大家盟誓。"他走到佛像前，虔诚地行礼，众臣也随之伏地施礼。礼毕，萧衍端坐在拜垫之上，收敛表情，双手相合，置于胸前："弟子萧衍于十方一切诸佛前，于十方一切尊法前，于十方一切圣僧前，与诸僧尼共申约誓，从今日起，禁断酒肉，共修正果。"

"禁断酒肉，共修正果！"众臣和僧尼连唱三遍，庄严的声音在华林殿广场上空回荡。

萧衍复又起身，降旨道："诸位僧尼回去后，定要告诫寺院所有僧众，遵从佛规戒律，清净身心，禁断酒肉。如有违反者，不但要按佛法惩戒，还将以王法治罪。"

接着是诸寺法师轮流讲经，可这些经文对于萧宏来说简直太枯燥了，就像嚼木渣子，他如何能听得进去？其实他来宫中，是另有目的的。就在法师讲经的当儿，他从后边猫着腰悄悄溜了出来。他三转两转，就转到了永兴公主萧玉姚的寝宫。

此时，萧玉姚与侍女烛儿在园中嬉戏。侍女无知，看到水池中一只鸭子三番五次地追逐另一只鸭子，最后终于追上，踩在那只鸭子背上，愤愤地说："这只鸭子太欺负人了，我过去打它。"

萧玉姚扑哧一声笑了："你不懂，它们这是在玩，玩得可高兴了。其实，那底下的鸭子也舒服着呢。"侍女不解地看着公主。

站在她们身后的萧宏听到二人的谈话，脸上显出得意之色："公主好雅兴。"

"什么风把王爷吹来了？"萧玉姚喜出望外。

"长时间没来看公主了，最近可好？"

"托王爷的福，还行。你不是被皇上免职了吗？怎么还能进宫？"

"前几天复职了，还进位太尉，进入三公行列了，所以第一时间来向公主报喜。"说着眼睛直勾勾地盯着萧玉姚。

萧玉姚会意，眨了一下眼睛："烛儿，你去浇浇门外的花草，本宫跟王爷说会儿话。"

进到房内，萧宏挑逗道："玉姚，多日不见，更漂亮了。"

萧玉姚抬手抚了一下头发，又低头看了一下自己的衣服："是吗？王爷看我哪里漂亮？"

"脸上漂亮，身上也漂亮。"说完，萧宏不自觉地咽了一口唾沫。

萧玉姚红着脸说："王爷不要忘了，你可是我的叔叔。"

"本王还真忘了，只记得你是我朝思暮想的美人。自从上次相见之后，我一直有事不能前来，背后有人在陷害我，皇上轻则训斥，重则免职，虽在宦海沉浮当中，可一时也没忘记公主。"

"是吗？看你相貌堂堂，竟也沉迷于儿女私情。"

"公主就像画上的美人，永远是这么个俊模样，我的心思无时无刻不在公主身上。"

"听说王爷府上侍妾美女上千，个个如花似玉，妖冶风流，就是这样，你还经常在外眠花宿柳，哪里还顾得上我这个孤寂之人？”

“公主不一样，公主身份高贵，美艳绝伦，是我的心肝宝贝。”萧宏抚摸着萧玉姚的光滑细腻的脸蛋，好像想起了什么，“听说殷均升任了太子家令，掌东宫书记了。太子是什么？未来的皇上，侍奉好了太子，将来前途无量啊。”

“不要提那个丑鬼。”萧玉姚显得非常生气，她挣脱了萧宏的搂抱，“提起他我就气不打一处来，就他那丑样还想要我给他生孩子，美得他！”

原来，前几天萧玉姚回驸马府，殷均听说后，便向太子告了假，回府跟她团聚。可萧玉姚早有准备，为了打击他的情绪，她把殷均父亲的名字殷睿涂鸦似的写在纸上，贴了满满一墙，铺了满满一地。晚上，殷均回来，看到这些字纸，还以为公主在练字，非常高兴，可掌灯仔细看去，竟气得嘴唇哆嗦，手也不停地抖动。这还了得？平日里，殷均在公主面前总是谨小慎微，唯唯诺诺，可今天，她这是有违孝道。俗话说，逝者为大，何况她冒犯自己的父亲，便和公主争执起来。谁知公主毫不相让，说自己正是出于孝敬，念念不忘长辈，才这样做的。殷均说，公主以后不要再这样，否则他就禀报皇上。萧玉姚大声呵斥，你去呀，皇上是我父皇，看看父皇向着谁？顺手把殷均推出了门外。

萧宏上前重又搂抱着萧玉姚安慰着：“宝贝不要生气啦，都是我的错，都是我的错还不行吗？”

萧玉姚噘起小嘴：“我的心在哪里，难道王爷不知道？”

“知道，当然知道。”萧宏一边说，一边走到门口，向外看了看，见没人，急忙把门关好，转回身，抱住了萧玉姚，“美人，你可想死我了。”

萧玉姚用两个白嫩嫩的小拳头雨点似的敲着萧宏的胸脯，娇滴滴地说：“想你，想你，想死你了。”

萧宏抱起萧玉姚，走向床榻，麻利地脱了她的上衣，露出了雪白的肩膀。

萧玉姚娇滴滴地说：“哎呀，我的亲叔叔啊。”

萧宏低下头去亲她雪白的肌肤，二人一齐倒在了床上，床帐徐徐合拢，衣服一件一件扔在了地上。

等萧宏回到华林殿广场，讲经刚刚结束。萧宏坐上车，得意扬扬地向宫外走去。

萧宏回到府上，仆人早已准备好了饭菜，饭桌上摆着数个精心烹制的鲫鱼头，其他山珍海味纷然杂陈。

还没坐下，夫人就问：“王爷今日进宫，时间这么长，有什么大事呀？”

“除了念经就是念经，没完没了的。”萧宏支吾着。

“念经好呀，都说了些什么？”夫人还想刨根问底。

萧宏有些不耐烦：“什么禁断酒肉，吃斋拜佛，就是……就是不让吃肉。”

“吃斋拜佛，倒也是正事。”因为夫人信佛，平时就不吃肉，所以对断肉持肯定态度。

“王爷，不吃肉也好，你看看。”侍妾吴氏用筷子指着盘子，“府里天天吃鱼头，我都吃腻了，一见鱼头就恶心得想吐。”

“你不知道这鱼头，营养可丰富啦，吃了养身子。”萧宏夹起一块鱼肉放在嘴里咀嚼着。

夫人抱怨道：“为了吃鱼头，厨房每天要进三百条鱼，吃都吃不完，天又热，变了味就得扔掉，太可惜了。”

“你们懂个屁，这鱼头得精挑细选，尽管是同一种鱼，可有的好吃，有的不好吃，全在厨师的眼力和技艺上。这东西好啊，妇人吃了下奶，你们有奶了，我也就……”萧宏陶醉似的做了个吮吸状，接着独自嘿嘿地笑起来。

爱妾江氏穿着鲜艳的服装，满身的珠光宝气，她用筷子拨拉着盘子中的鱼刺：“看你那出息，我就喜欢穿戴，还不如省了钱给我买布做衣服。”

“钱还用省吗？”萧宏用筷子指着外面，“库房里有的是钱，有的是织锦丝绢，或去买，或去做，全凭你的喜好。”

夫人看了江氏一眼，生气地站起来：“我吃饱了。”阴着脸出去了。

吃完了饭，吴氏用眼睛勾萧宏。萧宏会意，拥着吴氏进了侧房，一屁股坐在床上，摸着她那雪白细嫩的脸蛋：“爱妾的皮肤好滑，来来来，亲一亲。”把嘴对在脸上亲了一会儿，抬起头来，“再摸摸身上。”说着把手插进胸前，摸来摸去。

吴氏心里有事，抓着他的手：“大白天的，让下人看见笑话，晚上有你的，还是说说正经话吧。”

萧宏用右手食指刮着她的鼻子：“说什么呢？”

“王爷也不给吴法寿谋个官职，整天让他待在家里，老惹我娘生气。”

“你那弟弟是个做官的料吗？他脾气那么暴躁，就是现在还打着我的旗号四处勒索钱财，要是再做了官，谁能管得了他？还不净给我丢脸？”

“他是你的内弟，你不管谁管？”吴氏噘起嘴，阴着脸背过身去。

萧宏讨好地赔着笑脸：“你不要生气，我管，我管还不行吗？我一定留心，看哪里有空缺，给他谋个美差。”

这时，门吏来报：“王爷，有司捕快要进府找人，正在门外等候王爷回话。”

“他们找谁呀？”

“说是找吴……吴……”

“呜呜什么，快说呀！”

门吏看了一眼吴氏：“找吴法寿，说他杀了人。”

萧宏看着吴氏：“这是怎么回事？”

吴氏手指门吏，正色道：“你们是不是弄错了？我弟弟会杀人吗？他从小胆小怕事，不会欺负人。”

门吏说:"我跟捕快也是这么说的,可捕快说是奉命行事,被害家人都在御史府告状,人证物证都有,错不了的。"

吴氏走到门口,大声嚷嚷着:"这是王府,怎么能随便闯入?别人犯了罪,又怎会跑到王府来?快让他们滚回去!"

萧宏觉得,有司既然来这里,必定有他们的道理,便说:"不得无礼。"

门吏说:"捕快一口咬定吴法寿就藏在府里。"

吴氏一脸怒气:"胡说!他们怎么知道在这里?他们听谁说的?谁看见了?"

萧宏说:"既然这样,就打发捕快回去吧,要好言相劝,不要得罪了他们。"

门吏拱手施礼道:"是,王爷。"转身出去了。

门吏回话之后,捕快说:"既是如此,只好上报了。"

御史府接到报告,感到问题棘手,直接禀报了萧衍。萧衍非常生气:"杀人偿命,这是王法。这样吧,朕下一道圣旨,再去搜查,王者之言,必有法制,看谁再敢阻拦?"

夜幕降临,吴氏躺在床上很生气,胸膛一鼓一鼓的。萧宏坐在床边,捋着她的头发:"这么大的事,你怎么不早跟我说?如只是有司来问,还可勉强应付,要是告到皇上那里,事情就闹大了。"

吴氏推开萧宏:"我不管那些,他是我弟弟,我要救他。"

"他犯的是杀人之罪,要杀头的。"萧宏抬手挠着头皮,"不行,得想个万全之策。"

这时,捕快走了进来,萧宏吓了一跳,手指着捕快说:"你们怎敢擅闯王府?"

捕快展开圣旨:"皇上有旨!"

萧宏翻身下床,跪在了地上:"微臣听旨。"吴氏也哆嗦着跪在萧宏的身后。

捕快宣读圣旨:"吴法寿触犯大梁刑律,定要严加追讨,任何人不得阻拦,抗旨者斩。"于是众捕快迅速散开,到各房间找人。

吴氏哭泣着说:"王爷,他们这样蛮横无理,是瞧不起你。"

萧宏小声道:"皇上圣旨,违抗不得。"

一会儿,捕快押着吴法寿进来,推倒在萧宏面前。萧宏指着吴法寿说:"你呀,你呀!唉!"

吴氏大哭起来:"弟弟,姐姐救不了你了。"

御史府紧锣密鼓地对吴法寿进行审问,厘清案情后,报告了萧衍。萧衍当即下旨,将吴法寿正法,为死者偿命。

三十四　火烧赤章

华林园内，燕子花那紫色的花瓣在微风中颤颤地抖动着，显得有些忧郁和无助。

萧衍举行了两次断酒肉法会，又连续下了五道敕文，尽管佛教界仍有不同的声音，但在皇权的强势推动之下，禁断酒肉执行得相当成功，各寺僧尼已不再饮酒食肉。这天，萧衍的心情特别好，由侍卫陪伴着在东苑游赏美景。水池内的长脚鹬、白鹤、灰鹤、红嘴鸥等水鸟正嬉戏追逐着，激起一片片水花，呈现出一派安乐祥和的气氛。萧衍好像想起了什么，问身边的王莹："沈约多长时间没有上朝了？"

"也有小半年了。"

"不知他的病好了没有？"

谁都知道，萧衍和沈约之间关系微妙，也很敏感，谁也不愿意蹚这个浑水，故王莹斟酌着回道："微臣近来事务繁忙，没去看他，不知道他的状况。"

法云说："最近他带病写了《述僧中食论》。"

萧衍问："都写了些什么呀？"

法云回禀道："他认为，扰乱人身心的事有三：一是势利荣名，二是妖妍靡曼，三是甘旨肥浓。这三件事会使人心神错惑，不能得道。"

萧衍似乎自言自语着："是呀，'甘旨肥浓'使人神志错惑，沈约这是在响应朕的《断酒肉文》，他是支持朕的。他现在病魔缠身，朕岂能不闻不问？朕要亲自去探望他。"

王莹劝道："皇上日理万机，不如先派一位臣子前去探望。"

萧衍想，文人有个执拗脾气，你抬举他，他就顺竿子往上爬，你要冷落他，他就孤芳自赏。自己去看他，反倒助长了他的气焰，先派别人去探听一下也好。便说："这样吧，黄穆之是管理宫廷典籍的主书，沈约又喜欢藏书，他们有共同的话题，就先让他代朕前去探望吧。再带上太医徐奘，好好给他诊治诊治。"他又看着朱异，"沈约不是一直推举刘勰进宫任职吗？刘勰任太末县令已届满，吏部考核他政有清绩，考虑他佛儒皆通，文章尤善，就让他任东宫通事舍人吧。朱爱卿，你去把朕的旨意告诉沈约。"

看了不知多少郎中,吃了不知多少药,沈约的病总是时好时坏。这天,他感到身上一阵冷一阵热,又让夫人安排仆人请来郎中。郎中把完脉,说无大碍,开了几服药,嘱他按时服用。夫人按郎中嘱咐,给沈约煎了药,侍候沈约喝下,服侍他躺好。可沈约感到浑身不得劲,翻来覆去睡不着,被子几次掉在地下。没法,夫人只好守在床前,这样一直折腾到下半夜。也许是汤药发挥了作用,沈约慢慢地睡着了,可梦又一幕一幕地展开。时而梦见自己少年苦读,母亲怕他操劳过度,就悄悄减少灯油,劝他早点睡觉,告诉他读书不是一朝一夕的事,劳逸结合才是正确的方法。时而梦见自己作为太子家令,深得文惠太子喜爱,每逢去见太子,总是谈到很晚才出来,太子对他说:"我有时很懒,起不来床,而和你交谈学问,就忘了睡觉,你如果要本宫早点起床,就早些进宫。"进而梦见自己与文学之士聚于竟陵王萧子良西邸,谈学问,述志向,宴饮赋诗,互有唱和,那时真是意气风发啊。旋而梦见自己看好了萧衍,跟范云合谋劝他建立帝王之业。萧衍当了皇帝,自己也成了朝廷的重臣,虽然没有达到理想的巅峰,也算为沈氏家族增了光、添了彩。正在沈约高兴之时,他隐约看见齐和帝萧宝融手持宝剑向自己走来,恶狠狠地说:"朕之所以被萧衍所弑,全是你在背后撺掇的结果,快拿舌头来,看你以后再怎么嚼舌根子搬弄是非?"沈约见势不妙,慌忙下跪道:"皇上明察,禅代之事,确实不是臣的主意。"萧宝融说:"事到如今,还敢狡辩,看剑!"只见一道寒光向他逼来,霎时自己的舌头就被割了下来,沈约拼命挣扎、喊叫,可话怎么也说不清楚。呜里哇啦的叫声惊醒了病榻前的夫人,她吃惊地问:"老爷,你怎么了?"

沈约吃力地睁开眼,看见了夫人,用手一摸嘴巴,没有血,伸了伸舌头,舌头还在,才知道刚才又做了个噩梦,便和夫人说了梦中之事。

第二天,沈约夫人让人请来一位巫师。这巫师又是烧纸请神,又是跳舞,口中还念念有词,最后用阴森悠长的颤音说:"我是和帝,是沈约害了朕,朕要杀了他。"沈约听了,竟和自己梦中的情景一模一样,不觉吓出了一身冷汗。他现在虽然信奉佛教,但有病乱求神,于是他急命族人出去叫来徐道士。道士问明沈约的病情,说:"贫道善做斋醮,可以免灾求福。"

沈约说:"徐先生,那就在本府院内设个道场吧,拜托了。"

徐道士说:"需要向天官上奏赤章,以禳灾祈福。"

沈约点头道:"既请先生来,一切由先生做主。"

徐道士拿出一方红色布帛,铺在桌子上写了一会儿,拿起来,走到沈约床前,展开让沈约看,上面写道:"禅代之事,不由己出,望天官告知和帝,消除误会。"

沈约点了点头:"此事不可外传。"

徐道士说:"大人放心,天机不可泄露。"

众道士身着道袍，手持法器，演奏起所谓仙乐，吟唱着道曲，围着一堆燃烧的木柴跳起怪异的舞步。斋醮达到高潮时，徐道士把红帛奏章放在燃烧的柴堆上，奏章顿时燃为灰烬，被熊熊的火势带到了空中，接着一道金光直冲云霄。

徐道士回房告诉沈约："大人，赤章上天了，你的病根消除了。"

沈约说："徐先生辛苦了，夫人，快给先生打点银两。"

徐道士说："不客气，哪能让大人破费？"

沈约说："这是先生应该得的，也是花钱免灾嘛。"

徐奘接到圣旨，首先来到沈约府邸，向门房说明来意。门房殷勤地给他带路，路上无意中说起了赤章之事，说自从那天向天神祈祷后，沈大人的心病去了大半，近日好些了，能起床看书写文章了。他来到沈约病床前，给他诊了脉，开了药，正在交代如何用药，朱异和黄穆之也来了。

沈约见皇上前后派这么些人来看他，心里自然高兴。坐定后，朱异说："沈大人，皇上时刻都在惦记着你的身体，这几天皇上正忙着撰释佛经，希望大人好好养病，早日康复，为国效力。"

沈约说："请你回复皇上，微臣身体无大碍，已经好多了，过些日子就亲自向皇上谢恩。"

由于心里高兴，沈约主动向黄穆之打听文人学士的近况，都有哪些新作。黄穆之说，最近钟嵘作了《瑞室颂》，听说他正在撰写《诗品》，是一部专门品评诗作的专著；萧子云撰成《晋书》一百一十卷。他们又谈了图书的版本、经典的解读等等。二人谈得很投机，沈约脸上也微微泛起了红晕。

直到夕阳西下，朱异等才返回宫中向萧衍复命，说沈约的病有些好转，气色还不错，照这样下去，很快就会康复的，沈大人还嘱我代问皇上好呢。萧衍说："朕这就放心了，等他病好了，朕还要跟他谈诗论文呢。"

走出宫门，徐奘在那里犹豫徘徊了好一会儿，他觉得不应该向皇上隐瞒赤章之事，万一事后皇上知道，岂不是罪过？踌躇再三，又折回了宫中，来到御书房，未及说话，先自跪下，连连叩头："请皇上恕臣欺瞒之罪。"

萧衍一脸疑惑的表情："朕恕你无罪，说吧。"

徐奘回禀尚未结束，萧衍就勃然大怒："大胆沈约，朕好心待他，他竟做出如此悖谬之事！"萧衍想，起草禅让诏书，动员朕杀掉萧宝融都是沈约所为，他怎么推得一干二净？太可恶了！"快传王莹，让他代朕当面质问沈约，要狠狠地训斥他！"

徐奘吓得两腿直打哆嗦，口中答应着"是"，缩着身子退了出去。

北魏皇宫内，魏主元恪正在议事，宦官刘腾上奏："皇上，宫外有一人前来投降，说是梁国的废太子。"

元恪拍案叫好："看来，梁国已留不住人才，大魏敞开国门迎接来降者，快宣他觐见。"

萧正德迈着试探的脚步左顾右盼走进殿堂。

元恪故意问："来者何人？"

萧正德伏身叩拜："我是梁国废太子萧正德，前来投奔明主。"

元恪问："你为什么被废？"

萧正德说："我本为梁国太子，萧衍为了能够长久坐在皇帝位上，立了比我小的萧统为太子，把我逐出家门。怕我报复，还要加害于我，故前来投奔。"

元恪想，一国太子被废，必有其原因，不能盲目表态，便说："这样吧，你暂且回避，容大臣廷议一下。"

萧正德走后，元恪问："众爱卿，大家看这个萧正德说的可是实话？"

"微臣以为是实话。"刘腾抢先奏道，"他要是冒充废太子欺瞒陛下，那不是找死吗？"

萧宝寅此时眼睛红红的，萧衍是杀害皇兄的仇人，他恨不得率兵直捣建康，活捉萧衍，斩首示众，对萧衍家人也是怀有刻骨仇恨。因此，他上前一步奏道："皇上，此人不可留，更不可用。微臣知道他的身世，他根本就不是萧衍的儿子，更不是太子，他是萧衍六弟萧宏的儿子。此人从小顽劣，无恶不作，恳请陛下将他逐出国境，免生祸端。"

高肇说："陛下，不管怎么样，他对梁国有反叛之心，那就对我们有利，可以将他留在京城，说不定什么时候就能派上用场。"

萧宝寅说："哪有伯父做天子，父亲是权倾朝野的王爷，反而抛弃亲人，远投他国的？这种人无君无父，其中必然有不可告人的目的，趁早杀了他。"

高肇说："陛下，若驱逐此人，以后谁还来投降？当此用人之际，不可草率从事。"

元恪说："这样吧，先让他住在扶桑馆，然后派人打探他的身世和投降原因，再行定夺。"

萧正德叛逃北魏的消息传到萧衍的耳内，萧衍气急败坏，不停地骂着："孽障，朕对他厚爱有加，他却做出如此叛逆之事，可悲！可恨！来人！"

黄泰平进来："皇上有何吩咐？"

萧衍狠狠地说："快给朕拟旨，削去萧正德的侯爵和一切官职。"

黄泰平："遵旨。"

"朕要讨伐索虏，踏平洛邑，看这个逆贼能逃到哪里去。"萧衍好像想起来了什么，回头问朱异，"最近有没有钟离的快报呀？也不知浮山堰筑得怎么样了。"

朱异柔声细气地说："皇上，康绚有奏报，说由于朝廷督办得力，收集到的生铁堆积如山,他们将生铁熔化,铸成铁柱,立于水中,可谓坚固异常,这次筑堰定能成功。”

萧衍显得豪情满怀:“希望如朕所愿,拦住淮水倒灌寿阳,打开北伐的缺口,挺进洛阳,直捣索虏老巢,一统华夏。”

朱异不失时机地附和着:“皇上雄才大略,定能一统天下,实现大同。”

黄泰平走了进来,小声说:“皇上,据沈府来报,说沈约病危,怕挺不过今日了。”

萧衍说:“快备御辇,朕要亲自探望。”

这些日子,沈约深受病痛的折磨和精神的摧残,已吃不进饭食,时而昏迷,时而清醒,清醒时往往惊悚不已。想想自己十几个月来受此病痛折磨,无以复加,即使据刀坐剑,也比这种痛苦为轻,这也许是命归西天前要过的一关吧。现在弥留之际,魂魄随时就要离开自己,觉得一生也没有什么遗憾的,只希望皇上继续弘扬佛教,使天下黎民沐浴佛光。想到这里,他强支病体,让夫人扶他起来,手指着案几上的笔墨纸砚。夫人会意,帮他铺纸研墨。沈约用颤抖的手,写下了临终遗表。写完最后一字,复又进入糊里糊涂的状态,嘴里不断地念叨着:“和帝来了! 不是我干的,不是我干的!”家人忙把门关上,怕外人听见,引来不测之祸。直到沈约咽下最后一口气,才敞开门,布置灵堂,通知在京的亲朋好友。天一亮,沈夫人正要安排人带上沈约的临终遗表,进宫禀报皇上。

“皇上驾到。”一声长喊,沈府上下人等忙出门相迎。

“参见皇上万岁万岁万万岁。”沈府家人全都跪在了萧衍面前。

“都平身吧。”萧衍表情严肃。

沈夫人递上沈约的临终遗表,萧衍看着,流泪感叹道:“沈爱卿受苦了,‘抱疾弥留’之际,遭受‘据刀坐剑’之痛,仍希望朕继续‘深入法门’‘重加推厉’。沈爱卿是朕的股肱之臣,爱卿去世,朕心甚悲啊。”他缓步来到沈约的灵柩前,双后合十,默念经文,众和尚也都一起诵起经来。

第二天上朝,徐勉奏道:“沈约去世,按照他生前功绩,有司拟议谥号‘文’,请皇上定夺。”

“沈约算是有功之臣,其葬礼可比照三公的等级进行,丧葬费也按三公的标准拨付,至于谥号嘛,”萧衍思忖着,按说他是一个文人,号称一代辞宗,当以“文”谥之,可他心里不敞亮,到底想的是什么,让人摸不着头脑,于是说,“情怀不显曰隐,就谥为‘隐’吧。”

与此同时,洛阳皇宫内,魏主元恪忧心忡忡:“诸位爱卿,南梁在钟离一带筑堰修坝,他们叫浮山堰,想用此堰倒灌寿阳城,真有那么大的威力吗?”

任城王元澄说:“据探报得知,浮山堰已经筑成,长有九里,高有二十丈,如果蓄满水,寿阳城将变成一片汪洋。”

大臣们一时慌了神,言论纷纷:“这可怎么办呀?”“这个萧衍够毒的,不用一兵一卒,就能轻取寿阳。”“趁雨季未到,赶快发兵毁堰。”

元澄上前请战:“陛下,修堰之人是一群乌合之众,臣愿领兵击之。”

元恪说:“好,朕任你为上将军,都督南讨诸军事,击退修堰军民,摧毁大坝。”

尚书右仆射李平出班奏道:“陛下,微臣以为不需要调兵遣将,淮堰终将自行崩溃。”

元恪说:“寿阳有大魏的军马粮草,还有那么多的黎民百姓,如真的被水淹没,损失不小。”

李平说:“陛下勿虑,微臣对那里的地形做过深入的勘查,当淮水涨到一定程度,堰体自会崩溃,萧衍将为他的臣民自掘坟墓。”

元恪说:“话是这样说,水火无情,不得不防啊!”

李平说:“军中无戏言,愿立军令状!如若寿阳被淹,微臣愿以脖子上的人头向陛下谢罪。”

元恪说:“那好,朕就相信你一次。任城王也要训练好兵马,随时待命。”

寿阳大地,暴雨连绵,淮水猛涨。夜里,康绚接受上次教训,不敢睡觉,跟王足提灯巡视着大坝。忽听王足大喊:“康将军,不好了,那边大坝裂口子了!”

康绚也大喊着:“快,叫人堵堰!”

二人拼命地往回跑:“来人啊,快来堵堰,快来堵堰!”

刚跑到岸边,只听身后轰的一声巨响,堰坝顷刻之间坍塌崩裂。洪水像千万冲破牢笼的猛兽,发出摄人心魄的吼声,铺天盖地席卷着一切,向下方卷去。岸边的筑坝将士、劳工,连同沿淮城戍及村落百姓,全被洪水吞噬。

王足见状,摸黑找到自己的战马,策马向北魏逃去。

康绚则牵出马匹,回京师谢罪。

消息传到洛阳,魏主元恪喜出望外:“李爱卿料事如神,也算为朝廷立了一功,赏白银万两。”刚说完,感到眼前一阵发黑,趴在了龙案上。

身旁一位太监急忙上前:“陛下,你怎么了?”

大臣乱作一团,高肇也慌了:“快……快传御医。”顺势把李平往外推了一把。

李平刚走到殿门,元恪慢慢抬起头:“李爱卿,回来吧。”

高肇问:“陛下没事吧?”

“朕刚才过于激动,感到一阵心慌,浑身酸软无力,这会儿好些了。”元恪直了直身子,“淮堰崩溃,南梁近期不会再对大魏用兵,朕身体不适,也不想再动干戈了。传朕命令,谕告前线将士退出作战区域,休兵待命。”

而在建康宫内，萧衍听完康绚的奏报，仍在蒲团上打坐念佛。他挥手屏退左右，微闭的双眼里流下两行浊泪。第二天，萧衍在无碍殿举行了盛大仪式，率领京师诸寺法师唱诵经文，为沿淮城戍村落十余万兵民祈祷，连续三天三夜。

三十五　步步杀机

萧正德栖身洛阳扶桑馆，感到非常孤独和无聊，既没有达官贵人拜访他，也没有平民百姓打扰他，他就像关在笼子里的野兽，失去了自由。平时在建康自在惯了，想放火就放火，就杀人就杀人，现在一切都不敢轻举妄动。他去找萧宝寅，希望他能帮自己一把，奏请魏国皇帝封给他官职，最好封他个王位。萧宝寅含糊其词，只是反复劝他，要耐心等待，皇上善待四方来降之人，你的事早晚会有结果的。回来后，又等了些日子，仍然泥牛入海无消息。是不是魏主不相信自己？怎么才能让他相信呢？他想来想去，突然，一句俗话在自己耳边萦绕：舍不得孩子套不着狼！只有真正割断跟梁国的一切关系，包括亲情，北魏才会相信自己。萧综杀子验亲，可自己的孩子不在身边，该怎么办呢？想来想去，无计可施，便到街上游走，看到街上陌生的面孔，听着行人异样的腔调，他有一种落魄之感。也不知走了多少条街道，看了多少行人，只觉得人越来越少，抬头一望，竟到了郊外。望着南飞的大雁，心中五味杂陈，尽管南方有自己的家，可已经不能回去了，开弓没有回头箭呀，怎么办？只有在这里立住脚，活出个样来给萧衍看看。远远看见一个少年背着一捆草向这边走来，他心中猛地一动，何不用他来冒充自己的孩子？主意已定，便跑过去吆喝道："喂，打柴的，问你个路。"

小孩回过头，一脸的饥相："迷路了？去哪里？"

"这个……不是……你怎么一个人出来打柴呀？"萧正德四周看了一下，"你家大人呢？"

"我爹在钟离大战中被梁军打死，我娘体弱多病，不能干活，这不，家里缺米少柴，娘还等着用这点薪柴烧火做饭呢。"小孩脸上露出无奈的神情。

萧正德心中刚刚泛起的一点点怜悯之情，马上飞到九霄云外去了。这时，天上正巧飞来了一行大雁，他拿出弓箭，嗖地射了出去，只听大雁嘎的一声，扑棱着翅膀掉了下来。萧正德说："去吧，把那只大雁拿回家，煮煮跟你娘吃了吧。"

小孩看了一眼萧正德，又看了一眼远处，目光中充满着疑惑。萧正德催促着："去呀，不骗你。"

小孩似乎放心了，咽了一口唾沫，扭头向大雁跑去。

小孩抱起大雁,回头喊着:“好沉呀……”萧正德麻利地拿出弓箭,一箭射去,小孩应声倒地:“哎呀……我当你是好人……”口中冒出一股鲜血,断了气。

萧正德快步走过去,说了声:“对不起了。”把小孩拉到路口旁,埋了起来。埋完后,便趴在坟前大哭:“我的儿呀,你跟着爹受苦了,爹实在是没有办法呀。”引来不少路人驻足观看。萧正德见人越聚越多,边哭边诉说着:“我是南梁的废太子,投奔大魏来了,这孩子非要跟着来,来了又想家,想母亲,我没法,只得把他杀了。既然选择了这条路,我就一头走到底了。”

消息传到洛阳宫内,元恪问萧宝寅:“听说萧正德杀了自己的一个儿子,埋在洛阳南郊,他这是自断后路,说明他投降是真心的,可否在慕化里赏赐住宅,再封爵授官?”

萧宝寅躬身谏道:“陛下,像这样无君无父之人,不要对他抱任何幻想。现在他又杀死了自己的亲生儿子,天理难容,禽兽不如。这样的人避之唯恐不及,怎能把他留在身边?微臣还是那句话,杀了他,不然后患无穷。”

元恪犹豫着:“既是来投奔大魏,不好撵他走,就让他继续住在扶桑馆,再看看他的表现吧。”

徐荣家族乃是名门望族,家人被杀,岂肯善罢甘休?虽然吴法寿已经伏诛,可事情并没有完结。徐家继续上告,徐荣家人聚集在御史府,要求惩治萧宏。吴法寿正是在萧宏的庇护下才敢胆大妄为,而且杀人后一直藏匿萧宏府中,拒不上报,拒绝搜查。如不处理,将一直守在这里,绝不罢休。

任昉没法,整理了吴案卷宗,入宫觐见萧衍。

“什么?还不算完?还有王法没有?杀人偿命,吴法寿已经伏法,还要怎么着?”萧衍显然有些生气。

任昉说:“徐荣家人的要求也不过分,且徐家也是世家大族,不处理萧宏恐怕压服不了民怨。”

“那该怎么处理?”萧衍看着任昉,显出无可奈何的样子。

任昉上前一步,把一份奏章递上去:“皇上,我们御史府拟了一份处理意见,请圣上御览。”

“什么?还要免官?”

“皇上,徐家以窝藏罪犯、纵容不法为名状告萧宏,按照大梁刑律,是要受刑坐牢的。”

“此事到此为止吧。”萧衍拿起御笔,在奏章上写道:爱宏者兄弟私亲,免宏者王者正法,所奏可。然后画了一个朱红圆圈,表示同意,递给任昉:“快拿去执行吧,免去萧宏司徒、骠骑大将军、扬州刺史三职,王位的事,不要再议。”

回到御史府,任昉向徐家宣布对萧宏的处理决定,徐家还是不服,说是处理太轻了,说什么也要让他坐牢。任昉百般劝说,他们才离开御史府。当御史大门关闭以后,有人私下里撺掇:“明的不行,咱来暗的,说什么也要扳倒萧宏。”

这些日子,萧综像变了一个人,不再追问自己的父亲是谁,也很少出门。吴淑媛心里没有底,怕儿子出事,便悄悄跟踪他观察,看儿子到底在干些什么。这天吃罢晚饭,儿子照样没说什么,独自出了门。他悄悄来到后堂房后,这里有一个圆形跑道,上面铺了厚厚的一层沙子。吴淑媛看见儿子脱掉鞋子,赤脚在上面跑起来,越跑越快,简直像飞一样。跑了一个时辰,又在树林中练起功来,他在大树间来回穿梭,一会儿以掌击树,震得树枝唰唰作响,忽地又蹿上树干,在树桩间弹跳着,就像一只猴子那样矫健敏捷。最后,两脚轻快着地,慢慢挺直身子,长长地吐出一口气。

这时,有几个黑衣人从树上飞下来,向萧综施礼:“王爷久等了。”

“少废话,跟我来。”萧综领着黑衣人来到后堂,打开门,点亮了几支火把,顿时满屋通明。他指着屋角的一个木头人:“胡龙牙,看见了吗?那就是萧衍老儿,这是我用了几天时间,按照他的身高和体形雕刻的,今天我们就用他作靶子,看谁打得准、打得狠。”

吴淑媛从窗外看着那木偶人,还真像皇上,尤其是国字形的脸,疏密有致的络腮胡须,浓黑的眉毛,大而有形的鼻子。他的目光是坚定的,在他的注视下,文武大臣人人俯首帖耳,后宫佳丽个个温柔顺从,自己就是在他的目光下,不自觉地听凭他的摆布,也使自己逃过了一劫,不然在当时的形势下,极有可能像潘妃一样,命丧黄泉。可儿子这是怎么了?怎么在训练杀皇上?他是不是疯了?必须制止这种玩火的行为。她推开门,来到屋内,只见一支飞镖当的一声,恰好刺中木偶人的心窝。萧综对胡龙牙说:“杀人要击中要害,要害在哪里?一是头部,一是心脏,击中头部,要使脑子开花,击中心脏,要使他鲜血喷涌……”

吴淑媛浑身颤抖,大喊道:“综儿,你要干什么?”

听到母亲的声音,萧综显得异常镇定,他回头瞪了一眼母亲,知道她进来有一会儿了,自己的话母亲肯定听到了,便也不再遮掩:“我要杀萧衍。”

“他是你父皇啊,你为什么要杀他?”吴淑媛竭力压低声音,她是怕外面有人听到。

“他不是我父皇,我父皇被他杀死了。”

“你听谁说的?这是谁在害你?”

“我已知道真相,母亲不用隐瞒了。”

“即便他不是你父皇,他还是皇上,皇上能说杀就杀吗?你能杀得了他吗?这可是杀头之罪啊。”

“他杀了我父皇,我要报仇,我要亲手杀了他。”萧综眼中喷着怒火。

“你现在贵为王子,上有母亲,下有妻儿,可不能胡来啊。”吴淑媛流泪哀求着，“儿子，你的命是母亲用命换来的，要珍惜眼前这一切啊。”

“不杀了萧衍，我就不是一个好儿子。”萧综顺手扔出一支飞镖，嗖的一声，镖尖正插在木偶人的额头上。

吴淑媛吓得哆嗦了一下，双手捂着脸，哭了起来：“儿啊，赶快收手吧，现在还来得及。”

“开弓没有回头箭，我不但要杀萧衍，还要杀他全家。”他推开吴淑媛，“你快回去吧，不要在这里啰唆了。”

吴淑媛拼命地用脚蹬着地：“你不听娘的，今晚娘就死在这里。”

萧综一听，干脆松了手：“你死不了，要死在我没出生前你就死了。”

“你这个不孝之子！我没有你这个儿子！”

“我也没有你这样的母亲！”

萧综对黑衣人说：“把她拉出去。”

吴淑媛被架出门外，一屁股坐在地上呜呜地哭起来。

萧衍的佛事活动越来越多了，他废寝忘食地撰释佛经，在宫内外讲经，还经常巡幸各个寺院。这天，萧衍对黄泰平说：“朕要驾幸光宅寺，走骠骑航，沿途也好观赏风景，你去准备一下，通知大僧正和尚书令随驾。”

吃过早饭，萧衍乘金根车，驾六马，在众侍卫的簇拥下向光宅寺走去。他边走边欣赏秦淮河边的景色，到了朱雀桥，看到桥下船来船往，有农家妇女在河水边洗衣，小孩子们在水中嬉戏，萧衍不禁受到感染，敲了敲车辕：“停下，朕要下去走走。”

黄泰平说：“皇上不是要走骠骑航吗？那里奴才提前做了安排，这朱雀桥的道路没清啊。”

萧衍说：“这里景致很好，扶朕下去看看。”

于是，黄泰平急忙安排仪仗随萧衍上桥，桥下百姓见是天子仪仗，纷纷跪地喊道：“皇上万岁万岁万万岁。”

萧衍对袁昂说：“看到百姓生活安乐，朕心里高兴啊！”

袁昂说：“皇上体恤万民，遍施恩泽，福佑天下，现在的百姓遇到圣君明主了。”

萧衍心里一激动，热血上涌，感到一阵心慌，身子摇晃了几下。黄泰平急忙上前扶住：“皇上没事吧？快传御医。”

“不用了。”萧衍摆了摆手，“可能是刚才走了几个台阶，走急了。这样吧，朕就不走骠骑航了，从这里过去。”

萧衍来到光宅寺，拜佛、祈祷、讲经，一直到日落时分。刚要上车回宫，几个侍卫押着三个武士进来：“报皇上，这几个人埋伏在骠骑航边，形迹可疑，故抓了审问,他们说是……说是……"

"支吾什么？有话快说。"

"他们说是萧宏王爷安排的,在那里等待皇上。"

萧衍看着跪在地上的三个人,语气平和地问:"你们果真是萧宏安排的?"

其中一个说:"是的,是王爷安排我们在那里等待皇上,叫我们便宜行事。"

萧衍顿时变了脸色:"光天化日,竟敢如此胆大妄为,快传萧宏来见朕。"

萧宏匆匆来到光宅寺,远远看见萧衍脸色阴沉,地上还跪了三个人,他小心翼翼地走到萧衍前面,躬身道:"臣弟拜见皇上。"

"你还知道你是谁呀？看你干的好事！还配做御弟吗?"

萧宏听了,吓得慌忙跪地:"臣弟不知何故,望皇上明示。"

"这三个人你不认识?"

萧宏摇了摇头:"不认识。"

萧衍又问那三人:"你们认识他吗?"

三人一齐说:"他是临川王。"

萧衍又问"你们为什么被抓到这里来?"

其中一人说:"是王爷安排我们在骠骑航那边等候皇上,见机行事。"

萧衍对萧宏说:"你可听见了?"

萧宏慌了,显出很无辜的样子:"你们无中生有,陷害本王。"又转向萧衍,"皇上,绝无此事,绝无此事啊！一定有奸人在背后搞鬼。"

萧衍不听萧宏辩解:"阿六啊,是不是因为朕撤了你的职,你就怀恨在心？可你怨得了朕吗？你做的那些事,是有违王法的,朕只是碍于兄弟情面,才没把你投进大牢啊。"

萧宏跪在地上,双手哆嗦着:"皇上,微臣知道,皇上的恩泽,我一刻也不曾忘记。"

萧衍手指着萧宏,上下点着:"没忘君恩,怎么还行刺朕？你是想当皇帝了吧?"他的手在空中颤抖着,"阿六啊阿六,朕的才能胜你百倍,做天子还战战兢兢,如履薄冰,就你那点本事,能当得了吗？朕不是不能像汉文帝诛杀谋反的弟弟刘长一样把你杀掉,而是可怜你笨,可怜你蠢呀。而你不知感恩,反而心存非分之想,太没良心了,太不知天高地厚了!"

萧宏辩解着:"这是有人暗中设局陷害我,皇上明察,皇上饶命。"

"无风不起浪呀！免去你的王位,贬为庶民,戴罪反省吧。把这几个人拉到野外斩了!"

萧宏哭着说:"皇上……"

萧衍不再理睬:"起驾回宫。"

夜晚,洛阳上空,月朗星稀。萧正德躺在床上,百无聊赖。虽然杀了一个孩子冒充自己的儿子,也没人怀疑,可北魏朝廷对自己仍是不冷不热,虽是吃穿用度皆按时供给,可没有一个朝廷官员来拜访。是不是朝廷忙,还没来得及考虑自己的事儿?还是自己根本就没引起北魏的重视,自己在魏主的眼里根本就没有什么利用价值?要是这样,就不能再在这里傻等了,得另寻出路。可自己的出路在哪里?在梁国时,自己想怎么着就怎么着,谁敢在自己面前龇牙?现在竟落魄到这种地步,还能回去吗?正想着,有人敲门:"侯爷,请开门。"

这么晚了,怎么还有人来?他们称自己侯爷,是沿用梁国的称呼,还是北魏封自己为侯了?不管怎么样,既然有人开门,说明自己的事情有眉目了。他急忙整理了一下服饰,开门把来人请进屋内。

一共进来两个人,挺年轻的,一个白脸,一个黑脸,奴仆打扮。白脸说:"侯爷,我们是齐王府的奴仆,齐王吩咐我俩看望侯爷,希望你少安毋躁,朝廷会重用你的。"

黑脸打开食盒,取出一只烧鸡、一个肘子、一块牛肉,还有几个小菜:"齐王公事繁忙,让我们带了几样小菜,跟侯爷喝几杯,暖暖身子。"拿出三个酒杯,一大两小,给萧正德倒了满满一大杯,他们二人用那两个小杯。

萧正德喜形于色:"这太客气了,代我感谢齐王。"

白脸说:"哪里哪里,齐王说,你们是宗亲,关心侯爷是理当应该的。"

"我酒量不大,一喝就脸红。"萧正德谦让着把大杯推给黑脸,"我喝这个小杯就行。"

谁知黑脸竟慌了手脚,忙把酒杯换了回去:"不行不行,还是你喝大杯。"

白脸劝道:"侯爷,你就不要客气了,来了这么长时间,也没像模像样地招待你。想必你也很长时间没喝酒了,听说侯爷海量……"

萧正德咽了一口唾沫,又把大杯推给了白脸,白脸也推了出来,这引起了他的怀疑,是不是他们另有所图?或许这是一场鸿门宴。便不再推让,冷静察言观色起来。

这时门外传来一阵马嘶声,两人有些紧张地朝外张望。

萧正德说:"你们骑马来的呀?怎么放在门外?快牵进来吧。"

二人起身去牵马。萧正德迅速把面前杯中之酒倒给黑脸,麻利地用水洗了酒杯,又盛了一杯水,也起身出去看马。

三人回到房间,开始喝酒。白脸说:"首先,祝贺侯爷弃暗投明,日后必有重用,到时候可不要忘了提携我们呀。"

"那是当然,我跟齐王是宗亲,齐王的兄弟就是我的兄弟。"

白脸笑着说:"侯爷痛快,喝!"端起酒杯,喝了一口,品了品,"好酒哇!平时王爷还从来没给我们喝过这么的好酒。"竖起杯喝了进去。

"哥哥喝了,我跟上。"黑脸拿起酒杯,一饮而尽。

白脸把手掌伸到酒杯前:“侯爷请喝。”

“我这杯太满了。”

“满了好,这叫圆……圆满……满……”黑脸说话已不利索。

“感谢二位兄弟,我就不客气了。”萧正德端起酒杯,慢慢吸入口中。

这时,黑脸“哎呀”了一声,手指着萧正德,口中吐出鲜血,倒在了地上。

萧正德猛地站起来,按住白脸,反剪了起来,扔在桌边,用脚踩着他的头:“说,是谁派你们来的?”

白脸见已无招架之力,便说:“齐王,是齐王派我们来的。”

“萧宝寅想干什么?”

“这不明摆着?他要杀了你。”

“我跟他无冤无仇,他为什么要杀我?”

白脸用力地抬着头,哀求道:“侯爷,饶命,饶命。”

“少啰唆,快说。”

白脸嘴啃着地面,呜里哇啦地说:“你跟齐王无冤无仇,可萧衍跟齐王有杀兄之仇,齐王发誓要亲诛萧衍,也不放过他的任何一个亲眷。侯爷,我跟你真是无冤无仇,你不要杀我。”

“你送毒酒,这不是仇?亏得我识破了你们的鬼把戏,不然这会儿躺在地上的就是我了!来吧,我让你尝尝死的滋味。”猛地抬起脚,朝他的头部狠狠跺下去。

“侯爷,饶命饶命!以后我给你做牛做马,做什么都行,我听你吩咐。”

“你这样的癞狗,你爷爷我不稀罕。我可是杀人不眨眼,弄死你小菜一碟。”又猛地一脚踹向他的胸部,那人顿时口喷鲜血,挣扎了几下,头耷拉了下去。

“他娘的,这里是待不成了。”萧正德急忙收拾衣物,跨上马,窜进了夜幕中。

三十六　王爷生计

北魏彭城府衙，徐州刺史元法僧有些坐立不安。刚过而立之年的元恪染病，不幸驾崩，太子元诩继位，因年龄尚小，胡太后临朝听政。元叉因为是胡太后的妹夫，在门下省掌权，又兼管宫中禁卫，恃太后之宠，日益骄横。元法僧原来曾依附于元叉，自己在外为官，宫内有这么一个人为自己通风报信，关键时候能为自己撑腰，为自己说话办事。可近来，元叉恣意妄为，滥杀王公大臣，还听说与胡太后有一腿。这种心无廉耻、目无国法的小人，注定没有好下场，如果不摆脱他，必定受其连累，便有意疏远他。前些日子，适逢元叉生日，那些攀龙附凤之人趁机奉送金银财宝，以博得元叉的欢心，获取元叉的信任。自己因为心存芥蒂，什么也没送。没想到这么快元叉就兴师问罪了，他派中书舍人张文伯前来，且看他葫芦里到底卖的是什么药。

元法僧来到刺史府客厅，张文伯早已坐在了上位，见元法僧进来，傲慢地说："怎么见了朝廷命官不行跪礼呀？"

元法僧一生戎马倥偬，指挥千军万马，哪受得了这等气，便说："本官上跪皇上，下跪父母，其他人恕不跪拜。"

张文伯从袖中取出一样东西举起来："看，这是什么？"

元法僧一看，原来是皇上符节，只得下跪："皇上万岁万岁万万岁。"

"这就对了嘛。本官奉皇上之命，前来劳军，元将军可要好好配合呀。走，去看看士卒吧。"

元法僧只得带领张文伯巡视军营，来到营前。士兵正在操练，阳光下，战旗猎猎，有的练对阵厮杀，有的练骑马射箭，有的练擒拿格斗，放眼望去，场面蔚为壮观。

看着看着，张文伯的眉头皱了起来，他转向元法僧："元将军，朝廷派给你的兵马是多少呀？"

元法僧想都没想，冲口而出："五千。"

元叉指着山下黑压压的士兵："这是五千？嗯？"

"是五千。"

"我看足有五万，你这是越制，随意增加兵员，朝廷早已明令禁止，你怎么解释？”

“彭城处在与梁军对峙的最前沿，戍守任务十分艰巨，末将多次向朝廷奏请增加兵员，可朝廷只是口头答应，而没有实际行动。没办法，我只得招募一部分壮丁，补充兵力不足，还望张大人回去奏明皇上，拨给兵马。”

“这不关我的事，反正你私自招兵，国法不容，回去我倒要把这事奏明皇上。”

元法僧强压着心中怒火，恳求道：“大人多多美言，多多美言！”

“哼。”张文伯一甩袖子，“走，再去看看军械。”

元法僧迟疑着，不想领他去：“张大人平日公务繁忙，好不容易来一回彭城，末将领你看看这里的名山胜水，公务的事，明天再说。”

“听谁的？嗯？你说听谁的？”

“当然是听大人的。”

“那就去军械库。”

军械库门徐徐打开，张文伯抢先一步跨了进去，转了一圈，走出来，指着元法僧：“这么多兵器，是朝廷发的？”

“多数是朝廷发的，也有一部分是士兵自己制造的。”

“谁给你的权力？嗯？擅自扩充兵力，擅自制造兵器，你想干什么？”

“干什么？你说干什么？为了抵御梁军。”元法僧终于压不住心中火气，大声说，“我们在这里流血流汗，提着人头为朝廷卖命，你张大人说是来劳军，可一句慰劳的话也没有，反倒指责这指责那，我倒要问问，你这是干什么？”

“哎嗨！反了，反了！你私自招兵买马，原来是有谋反之心哪！”

一听“谋反”二字，元法僧的胸中怒火终于喷薄而出，他捋着胡须，手向下滑着，顺势抽出腰中之剑，在眼前比画着：“本官本无反叛之心，你这一说，倒是提醒了我。现在朝廷奸臣当道，再不值得为其卖命，反了就反了！”

“我要禀报皇上，灭你九族。”张文伯气急败坏，瞪着牯牛似的眼睛，骂道，“反贼，不得好死！”

“本人做事从来先礼后兵，我且问你一句，我想与你去危就安，共创大业，你愿跟着我干吗？”

“我就是死了，去看孝文帝坟墓上的松柏，也不会舍弃忠义跟你去当叛贼！”

“还算是个硬骨头，那就对不起了，记住，明年的今天就是你的祭日。”元法僧举起剑，直刺张文伯胸口。

张文伯双手捂胸道：“元叉让我来试探于你，果不其然……”慢慢倒在地上。

建康东宫之内，鼓乐齐鸣，洋溢着一派喜庆气氛。太子萧统在太极殿举行完加冠礼后，在这里接受王公大臣祝贺。

萧统坐在大厅正中，太子家令陆襄念着礼单，萧统不露声色地听着。“安成王萧秀恭贺太子行加冠礼，贺礼一万钱，天竺国产象牙一对；建安王萧伟敬祝太子行加冠礼，贺礼一万钱，南海特大珍珠一盒；始兴王萧憺贺太子行加冠礼，贺礼五千钱，精雕玉如意一件……”

萧统和太子妃蔡氏一一起身行礼致谢，并安排各位宾客到客堂喝茶。

门房继续传报：“晋安王萧纲到！”“湘东王萧绎到！”

陆襄继续念礼单：“晋安王贺礼，书法一幅；湘东王贺礼，绘画一幅！”

萧统走上前，握着二人的手：“二位贤弟，你们的礼物很特别，本宫很喜欢。”

萧纲高兴地说：“我们都是读书之人，知道太子需要什么。”

“让三弟费心了。”

萧纲拿起那幅书法，走到桌子前，展开放在桌面上：“殿下看看这幅作品。”

萧统走上前去，仔细端详，赞叹道：“这字写得飘逸俊秀，不知出自何人之手？”

“这是我的拙笔，太子殿下怎么就不认得了？”萧纲显得有些得意。

萧统禁不住又细看起来，原来是萧纲的一首诗《九日侍皇太子乐游苑》：

离光丽景，神英春裕。副极仪天，金锵玉度。

监抚昭明，善物宣布。惠润昆琼，泽熙垂露。

秋晨精曜，驾动宫闱。露点金节，霜沈玉玑。

玄戈侧影，翠羽翻晖。庭回鹤盖，水照犀衣。

兰羞荐俎，竹酒澄芬。千音写凤，百戏承云。

紫燕跃武，赤兔越空。横飞乌箭，半转蛇弓。

萧统似有所悟地说：“三弟，这事我还记得，那次我们兄弟在乐游苑宴饮的情景还历历在目。你看，‘紫燕跃武，赤兔越空’，描写骑马，何其英武雄姿；‘横飞乌箭，半转蛇弓’，描写射箭，多么形象逼真。谢谢啦。”转向萧绎，“七弟，再看看你那幅画吧。”

“这也是我自己画的，你看看画的是谁？”

“这不是画的我吗？太像了！哈哈，太像了！”平日不苟言笑的萧统此时也轻拍手掌赞叹着。

萧绎说：“我有志于人物画，这些年来朝拜大梁的番客络绎不绝，像扶南、百济、于阗、滑国、蠕蠕、盘盘、丹丹、新罗、天竺、婆利、干陀利和狼牙修国等国使都很有意思，他们的相貌不同，神态各异，我想把他们画下来，留传后世。”

“哈哈，你记得不少国名呀。”萧统笑得非常真诚，“这个想法好，可以向世人展示友好邻邦前来朝贺大梁的盛况。”

萧纲站在一边,有点忍不住了:"太子正在编选《文选》,要求文章情采并茂,提出'事出于沉思,义归乎翰藻'的标准。而我认为,写文章与立身不同,立身须庄重谨慎,文章要随性放荡,不受传统思想的束缚,要放开去写,内容上要打破陈规,形式上要实现新变。我有一个想法,想编一部诗集,名字已经起好了,叫《玉台新咏》。"

"好啊,现在皇上实行文治,并亲自提笔著述,引领风尚,在这种形势下,你编一本诗集,把文质兼美的诗选出来,供人们学习,是很有意义的。"

"不,我喜欢宫体诗,我想编一部宫体诗集。既然文章是生活的反映,我们从小就生活在宫廷当中,应当把这种生活记录下来,尤其要注意文采,有文采的诗才是好诗。"

"我们还应该把眼光放宽一点,诗不仅要写宫廷生活,还应当反映征战生活、边塞生活,还有百姓生活。"萧统不同意三弟的关于诗的观点,纠正道。

"太子为了编《文选》,选拔了不少文人,我也要奏请皇上,选拔一批文人,聚于我的门下。"

萧统不再说话,似乎陷入了一种深深的忧虑之中。

只听门房高喊:"大公主驾到!"

萧玉姚打扮得十分娇艳,款款地走来:"听说太子行加冠礼,本宫从心里高兴,专门弄了两棵千年高丽山参,给太子补补身子。太子整日读书写字,也太劳累了。这山参鲜活着呢,赶紧吃了它,不要让它死了。"

"怎敢劳姐姐费心?快进屋喝茶吃点心。"

"不了,本宫近日身体不好,老是恶心,吃不进什么东西,就先回去了。祝太子身体安康,早登大宝。"

萧统吓得看了一下四周,小声说:"姐姐,话可不能这么说。我们要共祝父皇身体永远健康……"

萧玉姚凑近萧统,小声说:"谁不想早点当上皇帝?别看你外表装得很孝顺,其实你的心思本宫知道。"

"殿下,这山参怎么办?"蔡妃拿着山参,走过来问。

萧统愣愣地看着萧玉姚,直到她的车消失在门外。

蔡妃又问:"这人参怎么烹制?"

"让厨房师傅做成汤,给来宾每人一碗,大家一起享用吧。"

蔡妃小心翼翼地打开人参盒,忽然一条蜥蜴蹿了出来,蔡妃"啊"的一声吓跑了。萧统回头一看,一阵眩晕,倒在了地上。

太监魏雅跑过来,他懂些医道,急忙按压太子人中等穴位。蔡妃强忍恐惧镇定下来,细心给太子喂水,萧统才慢慢睁开眼睛。

这时,门外又传来门房的喊声:"黄公公到。"

萧统慌忙起身，整理衣服，对蔡妃说："适才之事，千万不要让皇上知道。"

黄泰平走进来："老奴祝太子行加冠礼，祝福太子健康成长，大展宏图。"

萧统躬身施礼："谢黄公公。"

黄泰平说："皇上驾幸永福宫，宣太子殿下前去觐见。"

晚霞均匀地洒在宫殿的碧瓦之上，显得多彩而温馨。

永福宫内，萧衍坐在正堂当中，丁令光在一旁侍坐，脸上显得有些忧郁。

萧衍看出了丁令光的神情："儿子已经长大成人，爱妃应当高兴才是。"

"儿子成人，奴婢自然高兴。"丁令光脸上勉强泛出笑意，"只是这孩子仁慈，无防人之心，真怕他有一天受到伤害。"

"仁慈好呀，这正是朕想要的。佛家以慈爱为本，作为太子就应当有慈爱之心，以慈悲救度众生。"

这时，萧统进来跪拜："儿臣叩见父皇万岁万岁万万岁。"

萧衍说："起来吧，皇儿已经加冠，可以临朝听政了，有些国事也应当帮着朕处理。过些年，等朕老了，就把皇位传给你。"

萧统诚惶诚恐："父皇寿比南山，万寿无疆，儿臣离不开父皇，黎民百姓离不开父皇。"

"哎，人吃五谷杂粮，哪能不老？朕又不是神仙。"萧衍显得很达观，可话刚出口，他忽然想到长生不老，想到长生不老之药，如果真有这种药，天下之大，芸芸众生，也只有皇帝一人可以享用。道士陶弘景很长时间没来觐见了，也不知他现在干些什么，据说道家能炼一种仙丹，吃了可以长生，何不让他试试？

"父皇是上天派来统御万民的，自然与天地同寿。"萧统的话打断了萧衍的思绪。

"啊……对，皇帝是要统御万民……皇儿知道什么是王道吗？"

"儿臣认为，王道就是以仁义治天下，以德政安臣民，施行仁政，是王道之本。再就是广揽天下英才，得人才者得天下。"

"皇儿说的这些都对，可这些只停留在理论层面，实行王道还应学会统御之术，得天下难，御天下更不易啊。你看前宋朝，最后为什么被齐朝取代？就是因为昏君刘昱嗜杀成性，恶贯满盈，后来竟以领军将军萧道成的肚脐作为箭靶练习射箭，为自己也为宋朝掘下了坟墓。再看前齐朝，为什么萧宝卷失去天下？还不是因为他视黎民如草芥，视僚属为寇仇吗？他的倒台，就是从杀戮开始的，他的暴行引起了多少王侯将相的反叛。前齐皇帝逼死了你皇祖父，朕已经心怀怨恨，昏君萧宝卷竟又杀了你大伯父，于是父皇举起义旗，天下豪杰纷纷响应，不到两年时间，齐朝政权就土崩瓦解。皇儿呀，这些血的教训一定要记取啊。"

"儿臣以为，君临天下，要爱民如子。西汉刘向《新序·杂事一》说：'良君将赏善而除民患，爱民如子，盖之如天，容之若地。'国君是一个国家的精神支柱，只有国君爱民如子，百姓才会信奉国君，爱之如父母，仰之如日月，敬之如神明，畏之若雷霆。如果一个国君肆虐于万民之上，这就有违天道，百姓绝望，精神支柱就会倒塌，国君将会失去天下。”

“好啊，皇儿博览群书，深明事理。”萧衍高兴地说，“可皇儿只说了问题的一方面。怎么治理百姓？朕认为，对百姓要恩威并施，如若有违大梁刑律，该杀就杀，不可姑息迁就。而对于王公贵族，万万不可得罪啊，要接受魏晋以来皇族内斗、江山易姓的教训，对皇室成员要法外开恩，不要动辄对宗室动杀念。前车之鉴，不可不记啊。”

萧统看着萧衍，不住地点着头：“父皇教诲，儿臣谨记。”

“皇儿最近忙些什么呀？”

“正在编纂《文选》，儿臣想编一部文体最全、文辞最美的优秀文选，供天下士子学习。”

萧衍笑着说：“好啊，如果人手不够，可向朕奏请，天下学子任你挑选。”

“父皇先前御批的刘孝纯、王筠、刘勰等十人，都是当今才俊，他们博学多才，能够以一当十，不需要再增加人员。”

“皇儿也不要太累，很多事情可让学士们去做。”又把目光转向丁令光，“爱妃也一样，宫中之事，让别人多做一些，不要事必躬亲。朕看你比先前瘦了。”

“皇上不必挂念，这些日子妾身没有出宫，忙于读佛经，饭也就吃得少些，故而不胖。”

“饭还是要吃的，毕竟身体是第一位的。”

“谢皇上疼爱。”丁令光看了看窗棂的日光，回头吩咐宫女，“快去把银耳莲子汤端来，让皇上补补身子。”

萧衍连忙摆手制止：“不必了，朕现在笃信佛教，就得遵循佛规。《增一阿含经》《四分律》都要求过午不食，爱妃知道个中原因吗？”

丁令光目视萧衍，摇了摇头。

“其实，这故事还跟女性有关呢。”萧衍解释道，“早期佛教规定，吃饭最好吃化缘得来的食物，因为这样最能接近底层，最能体会到人世间的冷暖。迦留陀夷尊者是释迦牟尼佛的老师，释迦牟尼开创佛教，他的老师也跟着出了家。迦留陀夷尊者长得黑，模样也不算好看。一天晚上，下起了雨，他因肚中饥饿外出化缘，来到一户人家。这家施者是一位孕妇，这时一道闪电从天空中划下来，借着电光，孕妇看见迦留陀夷尊者，吓了一跳，认为是魔鬼现身，结果流了产。释迦牟尼佛知道后，为了避免再发生此类事情，规定僧人中午后不能再出门化缘。很多人对这一规定不理解，认为这有悖人道，其实这正是人道的体现，它说明了佛祖对人类的慈爱。”

“原来是这样，那奴婢也要过午不食。”

"爱妃身体虚弱,还是要适当吃些有营养的食物,也要多出去走走,这样才能强身健体。"

丁令光好像想起来了什么:"对了,听说临川王侍妾江氏病了,臣妾明天上午前去探望,也顺便散散心。"

萧衍的目光明亮起来,他想到近些天来,弹劾萧宏的奏章一份接一份,甚至有人说他私藏兵器,便说:"不用等明天了,今天就去,朕也去。"

"皇上,下午看病人不太合适,还是等明天吧。皇上日理万机,这等小事就不劳皇上屈驾了吧。"

"没有什么不合适的,只要朕去就合适了,这就去,来人!"

黄泰平闻声走着碎步进来:"皇上。"

"黄公公办好两件事,一是通知任昉和丘佗卿,让他们立即赶到临川王府;再就是准备一桌丰盛的佳肴送到临川王府上,你也要一同去。"黄泰平答应着出去了。

回到御书房,萧衍觉得此行吉凶难测,便速召陈庆之带五百甲士随行:"萧宏如有异动,朕许你便宜从事,格杀勿论。这是符节,你带上。"

陈庆之接过符节,跪了下去:"微臣誓死保护皇上。"

听说皇上要来府上,萧宏感到非常意外,也非常害怕,跟江氏说:"皇上来府,有何用意?"

"你没听黄公公说,皇上跟丁贵嫔听说妾身病了,特来探望。"

"就为这事? 皇上日理万机,能为这等小事亲自跑到府上来?"

"王爷不是刚刚被皇上免职吗? 也许亲临府上安慰。"

萧宏正疑惑间,听到"皇上驾到",急忙跑出去迎驾,刚跨出门口,没想到萧衍坐着轿子直奔而来,萧宏慌忙下跪:"罪臣叩见皇上万岁万岁万万岁。"江氏也随着跪在他身后。

萧衍绷着脸:"起来吧。"

丁贵嫔下轿走上前去,扶江氏起来:"身子可好些了?"

"托皇上和娘娘洪福,已经大好了,也就是头痛脑热的一点小毛病……"

"好了就好,"没等江氏说算,萧衍立即插话,"六弟,把家人都找来,一起吃顿晚饭。"

与此同时,陈庆之布置甲士包围了王府。

一会儿,客厅的餐桌上就摆满了美酒佳肴。萧衍当仁不让地坐在了客堂正中,萧宏要去坐下首,萧衍招手说:"来,到朕的身边来。"

萧宏脸上现出惊喜的表情:"谢皇上。"

"任昉和丘佗卿,你俩坐朕这边,各位家人都随意坐。"萧衍放下紧绷着的脸,"朕平日在宫里忙于国事佛事,没空出来,今天过来探望江氏,诸位也就沾光了。”

在座的人都会心地笑起来，萧衍也微笑着：“也是朕想放松放松，大家一定要开怀畅饮，来，为江氏病愈喝一杯。”端起酒杯一饮而尽。

萧宏眼睛看着面前的酒杯，没有端起来。萧衍问：“六弟怎么不喝呀？”

“微臣不敢喝。”

“为什么？”

“一来微臣乃是戴罪之身，岂敢与皇上同饮？二来呢，微臣已信佛，不能饮酒，饮酒就破戒了。”

“哎，这不叫破戒，是开戒。佛法不是用来束缚人的，它是利乐众生的。佛法常讲‘慈悲为本，方便为门’，菩萨行四摄法，运用善巧方便度化众生，使一切众生欢喜接受教化，进而舍妄归真，入佛智海，同成佛道。开戒就是为了在随缘里面度众生，使众生得到快乐。所以佛法的戒律是活性的，是自在的，今天是家宴，朕不是也喝了吗？大家都随缘吧。”

萧宏规矩地端起酒杯喝了下去，其他人也都依次喝了起来。黄泰平又给每人倒满了酒。

萧衍说：“亲情最重要，这些年来，朕虽然心怀天下黎民苍生，但在朕的心里，一直把亲眷放在重要位置。朕打下这个天下，诸位兄弟都是立了功的，故每每顾及亲情，多所照顾。朕坐这个天下更不容易，还望众亲眷合力帮扶。”

萧宏想到这些年来皇上对自己的关照，而自己却每每让他失望，不自然地低下了头。

萧衍看了萧宏一眼，继续说：“来，为宗室的繁荣兴旺，为国家的太平强盛饮了这杯。”

这样的酒谁敢不喝？于是大家毫不犹豫地喝下杯中酒。宴饮的气氛是热烈的，在场的男人自不必说，在场的女人也不甘示弱，江氏更是因为皇上亲自来看望自己，脸上有光，因而喜上眉梢，也喝了几杯，脸上红红的，似盛开的桃花。吴氏虽然因为自己的弟弟刚刚被杀，心里不痛快，但也不敢表露出来，勉强随着大家喝了几口。萧宏夫人不喝酒，只静静地自己吃菜。

酒至半酣，萧宏紧张的表情也放松下来，因多喝了几杯，脸上放出红光，配上他那漂亮的须眉，又显出平日的翩翩风度。

萧衍装作半醉的样子，拍着萧宏的肩膀，意味深长地说：“阿六，朕想到你的后房去散散步。”

萧宏一听，吃惊不小，脸色唰地变了，浑身打着战：“皇……皇上，正喝到兴头上，到后房干什么？那里黑灯瞎火的，也……也没什么好看的。”

萧衍见状，越发怀疑，看来萧宏私藏兵器传言不虚，便说：“去散散步，回来再喝。泰平，提灯照明。”

萧宏惶恐地站起来，但又不敢站直，高大的身躯就成了一张弓，弯在萧衍面前，发着抖。萧衍看了萧宏一眼，露出不屑的神情，直奔后房而去。

王府后面有几排房屋，隐避在茂密的树林之中，萧衍站在屋前，问萧宏："这里边盛着什么东西?"

萧宏支吾着："也没什么东西，就……就是一些日常家用物件……"

"是物件吗？那你紧张什么？快打开，让朕看看。"

"这个……"

"这个什么，男子汉大丈夫敢做敢当，看你那个熊样儿。"

打开房门一看，满屋的钱，萧衍借着灯光仔细地查看，每一百万码在一起，用黄色的木牌标记着。他拿起来掂了掂："丘佗卿，你来数一数，这屋里一共有多少钱?"

丘佗卿一串一串认真数着，萧衍一句话也不说，其他人围在一边，大气也不敢出。

数完一间，丘佗卿说："皇上，这间共有一千万钱，上面悬挂着一个紫标。"

"看看有多少间。"

丘佗卿逐间查看，最后说："像这样的房间一共有三十间。"

萧衍屈指数算了一下："这就是三万万钱啊。"

萧宏早已吓得面如土色，大汗淋漓。

萧衍看着萧宏紧张的样子，说："所有房间都要看，不得遗漏。"

库房管家逐一打开房间，丘佗卿逐间细看："皇上，这间全是布，没有别的。""这间全是丝。""这间全是棉。""这间全是漆。""这间全是纻。""这间全是蜡。"萧衍的脸色逐渐放开了，直到最后，也没见到一样兵器，脸上才露出了满意的笑容，转身对任昉说："这下你可放心了吧，今晚朕也能睡个好觉了。"

回到客厅，萧衍胃口大增，端起酒杯说："朕高兴啊!"一口喝了下去。黄泰平又小心地斟满，萧衍复又端起："真是高兴啊!"一仰头，一杯酒又进了肚。

众人用异样的眼光看着萧衍，想劝又不敢劝。萧衍放下酒杯："阿六啊，你的生计不错嘛，朕再也不用为你的吃穿用度操心了。泰平啊，拟旨吧，恢复临川王的职务，明日赴任。"

夜深了，两行灯光缓慢前行，一些飞蛾追逐着微弱的光亮，多日的担忧彻底消除，萧衍坐在御轿里伴着路边蝈蝈的叫声，呼呼地睡着了。

三十七　迎降纳叛

元法僧杀了张文伯，一时没了主意。杀了钦差大臣，是要灭九族的。洛阳是回不去了，死守徐州孤城，也不是长久之计。如果朝廷派兵来讨伐，就凭城中的那点粮草，靠眼下那些兵马，恐也坚持不了多长时间。

大儿子元景仲说："父亲，以城降梁吧，或许能保住身家性命，重新获得荣华富贵。"

元法僧说："我本为拓跋氏宗亲，建立了不少功勋，只因一时脾气上来，杀了朝廷官员，过去的一切都付之东流了。"

二儿子元景隆说："父亲不必忧心，自古良禽择木而栖，听说南梁对投降之人待遇十分优厚，南梁皇帝笃信佛教，以慈悲为怀，相信他会善待我们的。"

元法僧说："只是道听途说，梁主果真有那么好吗？"

元景仲说："有先例的。给事黄门侍郎元略投降南梁，南梁皇帝封他为中山王，任命他为宣城太守，很受厚待的。"

元法僧说："投降是一条不归之路，不到万不得已不能走呀。"

这时，有士卒来报："朝廷来人要见大人。"

"来者何人？"

"高谅。"

"快请他进来。"

话音未落，高谅一步跨了进来。

元法僧连忙行礼："行台大人远道而来，有失远迎，抱歉抱歉，快快请坐。"

高谅坐上客厅正位，端起茶杯喝了几口水，挺起身子，严肃地说："我这次奉皇上之命，是为了调查张文伯被杀事宜，元将军，你可要实话实说，张文伯是怎么死的？"

元法僧觉得事已至此，没法隐瞒，便说："被我所杀。"

"你为什么杀他？"高谅瞪着眼睛，大声质问，"他怎么你了？"

"他侮辱本官，说我谋反。"

"他诬陷你，你就杀他？你置朝廷于何地？置皇上于何地？你眼中还有没有王法？他如有罪，自有朝廷来处置，你有什么权力杀他？"

“这个……”元法僧一时无言以对。

站在一侧的元景隆气愤地瞪着高谅的后脑勺。

“你这样目无朝廷，目无皇上，目无王法，当立即回京请罪。”高谅站起来，“快去收拾行囊，跟我上路。”

“我要是回京，你觉得我还能活命吗？”

“这就不关我的事儿了，朝廷自有裁断。”

元景隆怒火中烧，拔出腰中之剑，直接刺向高谅后背：“我先送你上路吧。”

元法僧一看，急了：“景隆，你要干什么？”

“父亲，不杀这些奸贼，我们只能死路一条。”只见高谅口吐鲜血，软软地倒在了地上。

“儿子，你这是把我往绝路上逼啊。”

“反了！”元景隆把剑扔在地上，大步跨出门外，“我这就去召集将士，宣布造反。”

“你给我回来！”元法僧喊道，“你还嫌不够乱啊！你也不想想，就凭我们手中那点兵力，能反得了吗？我们连杀了两个朝廷大臣，朝廷讨伐大军已到，我们就成了瓮中之鳖，还有退路吗？”

元景仲焦虑地问：“父亲，那怎么办？”

“唉！”元法僧长叹一声，“为今之计，只有投靠南梁这一条路了，你赶快向梁主写降书，就说我们拿彭城投降，梁国想取彭城日久，这是我们仅有的资本了。景仲，你带领一百骑兵，务要把降书交给梁主，我们全家人的性命就系于你一身了。”

元景仲双膝跪地，斩钉截铁地说：“父亲放心，儿子的命是你给的，定要用性命保全家安宁，命在信在！”

元法僧一面派人去建康送降书，一面动员士兵跟随自己反叛朝廷，他要做好两手准备，万一投降受阻，就只能破釜沉舟，最后一搏了。

长史元显和对元法僧投降极为不满，与几个知己密谋一番之后，决定起兵反抗，不料走漏了风声，元法僧派儿子元景隆把他抓到了自己帐中。

一见元显和进来，元法僧走上前去，拉着他的手说：“我们一家人，有话好商量。”

元显和怒视着元法僧：“你还说得出口！你这还像一家人的样子吗？你背叛朝廷，背叛祖宗，你的良心何在？道义何在？”

“唉，话可不能这样说。当今朝廷奸臣乱政，腐败透顶，荒淫无度，丧失民心，已不值得效忠。咱们一起干吧，共同闯出一片新天地，仍可拥有高官厚禄。”

元显和嗤之以鼻：“你这个不要脸的老东西，我们同是拓跋氏的子孙，而你今天却以城叛国，你对得起祖宗吗？你就不怕有良心的史官把你的丑行记于史籍吗?"他不屑地别过脸去,看着门外的远山,年轻英俊的脸上双眉紧蹙。

"你年轻气盛呀,何必这样动气?还是来点实际的吧。"元法僧威胁说,"你看啊,你如果跟我一同起事,我保你生命无忧,前途无量,否则,你也许就回不去了。"

"前途个屁,你这是去送死呀,即使不死,也是寄人篱下,给人家当牛做马,看人家的脸色行事。看来,你是死驴撞南墙,一条道走到黑了。那我就明白告诉你,"元显和手指着元法僧的鼻子,大吼道,"我誓做忠义之鬼,绝不当叛逆之狗!动手吧。"

"那这就怨不得我了,来人!"

进来两个持刀武士。

"把他拉出去!"元法僧指着元显和的手慢慢耷拉下来,"送他上路吧,动作麻利点,让他少受点罪。"

"是!"两人把元显和架了出去。

"哈哈,佛光普照啊,菩萨真的显灵了。"京师建康太极殿内,萧衍坐在龙椅之上,显得异常兴奋。

殿下群臣传看着元法僧的降书,有的点头称赞,有的小声议论着。

"阿弥陀佛!"萧衍双手相合,面露喜色,"看来朕舍道事佛,以佛治国,这条路走对了,这也是不战而屈人之兵啊。一直以来,朕有一个梦想,那就是一统天下,实现华夏大同。现在有佛祖保佑,大梁无往而不胜。"

众臣齐声高唱:"慈航普度,一统华夏!慈航普度,一统华夏!"

萧衍说:"堡垒往往是从内部攻破的。从今以后,凡是北魏来降者,不论是王公贵族,还是文武大臣,也不论是外藩郡守,还是征战将士,我大梁一律来者不拒,要打开国门,敞开胸怀,热情接纳,优抚善待,让他们有归家的感觉。"

众臣齐喊:"皇上圣明。"

徐勉手抱笏板,上前一步:"皇上,对于元法僧,应当迅速派人接应,免得夜长梦多。"

"哪位爱卿愿意前往?"

朱异想,自己是凭着文才和棋艺进宫,并以此得到皇上宠爱的,可一些大臣多有不服,认为我是一介弄臣,是仅供皇上消遣解闷的工具而已,如今虽任散骑常侍,也只是个皇上的顾问,并没有什么实权。现在机会就在眼前,元法僧投降看来是真的,因为他杀了朝廷要员,已经没有退路,去那里接应一下,当不会有什么危险。既没有危险,又能立功,这可是千载难逢的好机会,便迫不及待地走上前:"皇上,微臣愿意前往接应。"

萧衍说:"爱卿能行吗?彭城山高水长,内部情况又不明朗,怕有不测之祸。”

“为了大梁江山社稷，为了天下一统，微臣就是肝脑涂地也在所不惜。”朱异挺直了胸膛，显得大义凛然。

“朱爱卿不愧是大梁的股肱之臣啊，好，朕答应你。但爱卿一人去朕不放心，中山王元略！”

“臣在！”

“朕命你为大都督，率兵前去接应，一定要不辱使命，并保护朱爱卿的安全。”

“这个……皇上，家事不幸，微臣不忍目睹，还是另选良将为好。”

“哎，爱卿既归大梁，当以大梁为家嘛。再说，爱卿对北魏的情况比较熟悉，你去接应，最为合适。”

话已至此，元略觉得已无法推辞，便道：“微臣遵命便是。”

“此次接应元法僧，朕要三线并进。北线由元略指挥，再派陈庆之、成景俊等将军辅佐，领军北上，前往接应元略。南线由夏侯亶统领，接替病逝军中的裴邃，全力攻打寿阳。此前裴将军坐镇合肥指挥北伐，寿阳周围的城戍等均被拿下，寿阳已是一座孤城；中线由萧渊藻率兵屯于淮北之涡阳。一旦接应元法僧成功，就三线并进，直捣鲜卑索虏老巢洛阳，完成华夏一统大业。”

听说元略正在调集士卒，前去接应元法僧，豫章王萧综坐不住了，他认为这是千载难逢的机会，此时不行动，更待何时？便来到萧衍御书房，请求带兵接收彭城。

良久，萧衍从泛黄的经卷中抬起头，仔细打量着萧综。这小子确已长大成人，细细数来，应该是二十五岁了，长得体阔腰圆，有一股蛮力，据说他能徒手制服发狂的烈马。满脸乌黑，还算帅气，只是眉宇之间透露出一股愁云，眼神中放射出一股杀气。这几年来，他的性格越来越孤僻，行为越来越怪异，挥金如土，结交异士。让他担任南兖州刺史，他竟不接见宾客；审判案件时，隔着帘子听；外出时，则在车前挂着幕帘，好像怕见人似的。这次去接应元法僧来降，事关重大，如有闪失，不但统一华夏的梦想会搁浅，还不知闹出什么事来。便说：“皇儿，你就不要去了，那里是边境之地，山高水长，路途遥远，你去如有不测，让父皇何以心安？你在兖州刺史任上好好守着比什么都好。”

“父皇……”萧综勉强称呼着，“孩儿已经成人了，还没有立过像样的功劳，将来何以立身？不但诸王子瞧不起，就是朝廷官员也不服气。三弟萧纲驰骋疆场，都已立下了赫赫战功，儿臣非常羡慕，也想带兵上战场，打几个胜仗，让他们看看，我也是一条铁骨铮铮的硬汉子。”

“刀枪不长眼睛，父皇担心你没有打过仗，会吃亏的。”

“谁都有第一次，兖州离京师太近，根本就没有什么仗可打，可憋死我了。”

“哈哈……”萧衍笑了起来，“没仗打就憋死你了？没仗打好啊，说明天下太平，百姓安乐。”

“儿臣不管这些，就是想打仗，父皇不是经常说，是骡子是马牵出来遛遛吗？我也想遛遛自己。”

萧衍笑得满脸温情：“好个遛遛自己，有骨气！”

见萧衍已经放下脸来，萧综得寸进尺：“父皇这次派陈庆之出战，他也是第一次呀。”

“你跟他不一样，他是家奴出身，一直跟在朕的身边，也算耳闻过无数的战争，谈起攻伐之术，倒是有一番见识，这次朕要试试他的身手。”

“孩儿也想一显身手，为父皇争光。”

这些年来，萧衍耳朵根子越来越软，禁不住他人的软磨硬泡，尤其一遇到亲情，就往往把是非曲直置之脑后，一味姑息迁就，甚至纵容包庇。此时他满面含笑：“看见皇儿虎虎生气，就想起朕的当年，那真是明知山有虎，偏向虎山行啊。好，朕答应你，拨给你三千精兵，元略已经出发，他就为先锋，你殿后，如果元略有什么闪失，你要及时增援，务必把彭城拿到手。”

“父皇放心，孩儿一定打个漂亮仗，风风光光地回来！”

元略领兵昼夜兼程，看看离彭城还有近百里的路程，士兵身心疲惫，时近傍晚，他命令安营扎寨，烧火做饭，准备第二天早起，开进彭城。不想魏主早已派安乐王元鉴领兵前来讨伐。元鉴侦知元略领兵前来接应，他了解元略的秉性，虽器度宽雅，文学优赡，可领兵打仗不是他的强项，尤其不能在风云变化的战场上运筹帷幄，当机立断。元鉴领兵早就埋伏在彭城之南的山路两边，等元略兵马解甲卸鞍支篷休憩之时，元鉴一声令下，万箭齐发。元略兵马猝不及防，只得被动后撤。

陈庆之见此情况，收拢人马，让成景俊护送元略和朱异绕道北上，与元法僧会合，自己则带领一队骑兵向南奔去。

而此时，萧综带领的人马也在一山坡下安营扎寨，萧综吩咐各首领把营帐扎结实，要在这里多住些日子，好好休整休整。

营房内，萧综正在比画着擒拿格斗动作，忽听帐外士兵喊道：“王爷，宣猛将军陈庆之参拜。”

萧综收住脚步，整理了一下衣服，坐在了帅椅上：“让他进来吧。”

陈庆之气喘吁吁进来，上前拱手施礼道：“王爷命士兵搭建帐篷，垒起炉灶，看来有长远打算呀。”

“是啊，士兵千里行军，旅途劳顿，是得好好休息一下。”

“可前方军情紧急啊，元略遭魏军袭击，危在旦夕，恳请王爷火速增援，以解燃眉之急。”

“士兵长途跋涉来到这里，已是筋疲力尽，再也无力前行，容他们歇息几日，就当前往迎战。”

“战场形势瞬息万变，一旦我军失利，不但完不成皇上交给的任务，还会把北魏降将元法僧重新送入虎口，这样会失信于天下，往后谁还愿来归附？”

“士兵疲劳困顿，仓促迎战，同样还不是白白送入虎口吗？”

“皇上有旨，元略为前锋，王爷殿后，现在前锋危急，王爷自应火速救援，哪能袖手旁观呢？”

“这是袖手旁观吗？这是养兵蓄锐，你懂吗？”萧综生硬地说，“这些人马是本王的，没有我的命令，谁也别想调动一兵一卒。”

“那……为臣告辞，王爷好自为之。”陈庆之几步跨出营门，翻身上马，急驰而去。

在彭城脚下，元鉴紧紧咬住元略不放，他率领骑兵左右夹击，最终把元略包围了起来。元略指挥士兵突围，战了一天一夜，眼看自己的人马越来越少，元鉴的包围圈越来越小，形势十分危急。

就在这时，陈庆之率领骑兵赶到，他一马当先，冲入敌阵，左右砍杀，魏兵纷纷倒地，硬是撕开了一道血口子，与元略会合一处。

夜晚，营房内，元略与陈庆之等正在商量如何突围。

元法僧听说援兵已至，领兵杀出彭城，与元略形成内外夹击之势。这次仍然是陈庆之冲杀在前，迎面正巧遇上元鉴。元鉴骑在马上，右手挺枪，向陈庆之直奔而来。陈庆之一勒马头，侧身马下，就势伸出枪柄，绊倒了元鉴的战马。只见元鉴在马前打了一个滚，翻身站起来，抄起地上的枪，向陈庆之奔来。陈庆之见状，跳下马来，与元鉴对起阵来。

元鉴说：“我是魏安乐王元鉴，来者何人？赶快报上名来，本王从来不杀无名之辈。”

“我乃大梁宣猛将军陈庆之。”

“无名小辈，本王还从来没有听说过这个名字，你回去吧，本王不想害你性命。”

“战场上无仁慈，刀枪也不长眼睛，我俩谁胜谁负还说不定呢，你出手吧。”

“念你初出茅庐，你先出手。”

“承让，那就不客气了。”陈庆之手执长刀向元鉴杀去。元鉴也挺枪回来招架，同时不断地瞅准机会，向陈庆之发起攻击。二人来来往往，战了十几个回合。毕竟元鉴年老，体力渐渐不支，只见他的枪向陈庆之的脸部刺来，陈庆之用刀往下一压，就势猛力一抽，元鉴的枪飞出老远，陈庆之转身把刀指向元鉴胸部。这时，后边飞来魏军二员大将，一人把元鉴拉上马背，一人上前与陈庆之对战起来，不几回合，就被陈庆之斩于马下。

见主帅已跑，魏军纷纷溃退。陈庆之指挥人马，进入彭城。

彭城府衙内，朱异满脸堆笑上前，紧紧握住元法僧的双手，使劲摇晃着：“元大人，欢迎啊，欢迎你归顺大梁！”

元法僧也笑脸相迎：“魏朝腐败无能，在下早就对大梁心向往之。”

朱异说：“皇上听说你以城来降，非常高兴，皇上爱才，大人必有用武之地。”

元法僧看着陈庆之：“这位是……”

朱异说：“噢，光顾说话，忘了介绍，这就是宣猛将军陈庆之。”

陈庆之伸出手，与元法僧握着：“久仰将军大名，如雷贯耳。”

元法僧说：“真骁勇之将，后生可畏啊。”

朱异指着旁边的元略说：“这位是……”

元法僧打断他的话：“大人不需介绍，这是我族叔……”上前想跟元略握手。

元略把手缩在身后，面无表情，看着元法僧满头白发，冷冷地说：“如果我没记错的话，你应该七十多了吧？”

“七十二了，人生苦短啊。”元法僧尴尬地抽回手，摇头感叹着。

“你还认得你家族叔？我看你越老越糊涂了，一大把年纪了，也不掂量掂量自己的分量，你还能折腾几天？”

“这个……叔叔有何见教？”

“我能有什么见教？你给祖宗长脸了。”元略很不屑地退到一边去。

朱异见此，急忙上前：“离别之情过后再叙，元将军，是不是安排大家歇息一下？”

元法僧借坡下驴：“对对对，诸位大人，今天晚上，我为大家接风洗尘，酒席早已备好，走，我们去痛饮一番，然后好好睡个大觉。”

这时，陈庆之走进人群当中，从胸中掏出一样东西，高高举起：“彭城大捷，皇上有旨。”

众人一阵惊愣，面面相觑。朱异拨开众人问：“陈将军，不要开玩笑好不好？从京师到彭城，再快的驿使也得半月之上，我们这里刚拿下彭城，还没来得及向皇上奏报，怎会有旨？”

“皇上乃明主圣君，运筹帷幄之中，决胜千里之外，今日大捷，早在皇上预料之中，朱大人难道还有什么怀疑吗？”陈庆之把圣旨正面朝外，举在空中转了一圈，“诸位大人请看。”

众人果见圣旨在前，纷纷跪在了地上。元法僧见状，迟疑了一下，也就跪下了。

陈庆之宣旨道：“彭城大捷，朕心甚慰，元法僧即日起程，进京受赏。钦此。”

朱异回头对元法僧说：“元大人，你的好运来了。”

“皇上还有口谕。”陈庆之接着说，“此次接收彭城，元略功不可没，还要让他再辛苦一下，暂守彭城。其余人等一律班师回京。”

还没等元略受命，萧综急不可待地说：“让元略也回京师吧，本王愿在此守城。”萧综之所以这样说，是有用意的，好不容易争取到这次带兵出征的机会，自己的打算还没有实现，如再返回，将错失良机。

“皇上特意嘱咐，一定要让豫章王平安返京，不要耽搁了。”

“烦你跟皇上奏明，我年轻，能吃苦，想留在这里戍守边陲。请父皇放心，我会照顾好自己的。”

“这个嘛，我只是宣皇上旨意，没有权力答复你的请求。”

见陈庆之有些为难，朱异劝道：“王爷，你还是领旨回去吧，毕竟中山王了解这里的情况，也年长些。”

“我意已决，不再更改，那就烦请朱大人奏明皇上吧。”

“王爷，这话我也不好说呀。你自己留在这里，皇上怎能放心呢？”

“不放心什么？难道留一个降王在这里就放心了？”

朱异看了看元略，说：“不是，我不是那个意思。这里环境太差，皇上担心你受不了那份罪。”

“我早已成人，自有主张。将在外，君命有所不受，烦请朱大人回朝奏明吧。”萧综转身走出了大厅。

萧综翻身上马离去后，众人面面相觑。

建康临川王府后花园内，萧宏正在水池边专心钓鱼，忽然不知谁从身后把他的眼睛捂住了。萧宏摸着她的手：“吴美人，别胡闹！鱼快上钩了，放开，快放开！”

萧玉姚双手紧紧地箍着不放。

萧宏嬉皮笑脸道：“是江美人吧，你的手柔柔的、滑滑的，一定是江美人，你放开，等我钓了鱼，你吃了好下奶。”

萧玉姚气不打一处来，抽出手，用力把他向水中推去。萧宏打了一个趔趄，一只脚陷进了水中，萧玉姚一伸手，又把萧宏拉上来，可她还生着气：“王爷眼中除了爱妾就是爱妾，哪里还有别人？”

萧宏一看是萧玉姚，笑着说：“是大公主呀，你怎么来了？”

“我怎么就不能来？这王府难道就没有我玉姚的立足之地？”

“不是，我不是这个意思。”萧宏放下钓鱼竿，拉玉姚走到岸上，在一石凳上坐下来，看着萧玉姚，“公主怎么了？额头上怎么起了大包，啊呀，好几个呀！”

“被人打了。”萧玉姚沉着脸说。

“谁敢打你？你说是谁，我这就去宰了他！”萧宏刚要起身，被萧玉姚拉住了。

“快说,到底是谁?”

“是父皇。”

“啊?”萧宏语气软了下来,“他为什么要打你。”

“还不是因为那个殷坨子?急着让我给他生儿子,可我就是不给他生。看着他就恶心,怎么给他生呀?前天晚上,他强行要与我同床,被我骂了个狗血喷头,还骂了他父亲。他一气之下,去父皇那里告了状。父皇把我叫去,放下手里的什么经书,狠狠地教训了我一顿,又用手中的玉如意打了我,专打我的头部,说是让我长长记性,如意都打碎了。幸亏我躲闪及时,否则这会儿就见不到王爷了。我恨透了他。”

“恨谁?”

“恨姓殷的,也恨老头子。”

“你对皇上不能恨,你眼前的一切还不都是他给的?”

“我受了委屈,就跑到你府上来了。一路上我在想,要是你做了皇上,那该多好啊。”

萧宏警觉地看了看四周,捂住了萧玉姚的嘴:“我可爱的公主,你怎么敢说这话?”

“怕什么?我才不怕呢。要是你当了皇上,还能打我?”

萧宏又看了看四周,站起身,拉起萧玉姚:“走,进房说话。”

二人来到竹林后面的房内,这里是萧宏平日休憩的地方,他把萧玉姚推到里面,回头往身后看了看,插上门闩,两手张开,萧玉姚会意,凑到他的怀里。这时,门外突然响起嘭嘭的敲门声,萧宏紧张地问:“谁?不知道我在这里休息吗?”

“我是门房仆人,王爷,侯爷回来了。”

“哪个侯爷?就说我身体不适,谁也不见。”

“是萧正德侯爷回来了。”

“啊?他怎么回来了?在哪里?”

“还在门房内。”

“让他到客厅等我吧。”

仆人走了,萧宏对萧玉姚说:“宝贝,你先待在这里,我去去就来。”

萧玉姚噘了一下嘴,一歪身子躺在了床上。

萧宏来到客厅,见萧正德衣衫褴褛,清瘦的脸上布满茂盛的胡须,便问:“你怎么回来了?怎么会是这种狼狈相?魏主待你不好?”

萧正德扑通一下跪在地上,哭着说:“儿子能够活着回来就不错了,北魏待我还行,只是萧宝寅忌恨我们一家,派人杀我,亏我识破了他的诡计,不然早就被他杀害,弃之荒野,再也见不到你了。”

“你也不要哭,哭顶个屁用。”萧宏宽慰着,“能回来就好,可现在你还不能蹲在王府里,得找地方躲一躲。我刚刚恢复了官职,如果皇上知道你藏在这里,说不定又闹出什么事来。”

“我不到这里,还能到哪里去?你不管我,还有谁能管我?”

“你的事我管不了,你作的孽太大了,你背主忘恩,叛逃敌国,论罪当灭九族啊。你快走吧,来人!”

一个仆人进来:“王爷,有何吩咐?”

“领他去厨房吃顿饱饭,给他换身像样的衣服,让他走吧。”

“父亲让我到哪里去?”

“到哪里去你比我清楚,谁能管得了你的事,你比我更清楚。”

“父亲是说让我去找皇上?”

萧宏点了点头,萧正德会意,起身跟着仆人出去了。

萧宏看萧正德走出门外,又一折身,到后花园去了。

三十八 彭城之变

梁军接收彭城后，萧衍本想让萧综回京师。这些年，萧综行为怪异，越来越不像样子，让他守彭城，守得住守不住还很难说。万一彭城有失，自己挺进中原、统一华夏的梦想又将化为泡影。而内心里，他还有不能说出的疑问，就是萧综是不是自己的亲生儿子。当年吴淑媛未及足月而生育，她坚称是早产，自己当时也没太在意。可这些年，从萧综的长相来看，酷似东昏侯，从他的言谈举止来看，他好像已经知道些什么，万一这小子不识好歹，做出越轨的事来，岂不闹出天大的笑话？可现在萧综执意留守彭城，也没有更好的理由让他回来，就是强行把他弄回来，恐怕也要出事，不如顺水推舟，先让他暂时留在那里，过后再找合适的时机调他回来。于是萧衍命萧综把大本营设在彭城内，指挥各路伐魏兵马，总领徐州府事，又让陈庆之留在彭城帮助萧综，实际上也是为了监督和牵制他。

元法僧以城降梁，魏主元诩非常生气，又派临淮王元彧、安丰王元延明率两万精兵攻彭城。这些天来，萧综一直深居简出，只命陈庆之和成景俊率兵抵抗，魏兵久攻不下。

魏军营内，元彧感叹道："这个陈庆之何许人也？怎么这么骁勇善战？"

"听说他是萧衍家仆，一直跟在萧衍的身边，又善与萧衍下棋，对萧衍的用兵韬略耳濡目染，深得其用兵之道。"元延明说，"梁军的长处是守城，我军的长处是骑射，他现在坚守城池，我军就是有再大的本事，也难有用武之地。"

"有陈庆之这样的谋略，加上成景俊的拼命，恐是我等不可逾越的两座大山呀。"元彧一时感到束手无策。

正说着，一个士卒来报："有梁军使者求见。"

元彧和元延明相互对视了一下，元彧说："让他进来。"

萧综的心腹谋士梁话进来，递给元彧一封书信。元彧打开信看了一遍，脸上写满了疑惑，把信又递给了元延明。元延明看完信，也满脸狐疑："这是你们主帅的亲笔信？"

梁话说："是豫章王的亲笔信。王爷说，这是他多年的愿望，请将军认真考虑。"

元彧说:“此话当真?”

梁话说:“我敢拿脖子上的人头担保。”

元彧站起来,怒气冲冲地说:“来人,先把他关起来,如有欺诈,格杀勿论。”

进来两个士卒拿绳子要绑梁话,梁话也不反抗,伸出手来,让士卒捆绑起来,跟着士卒走了出去。

元彧皱着眉头自言自语道:“皇帝的亲生儿子,一个权倾朝野的王爷,怎么会投降呢?其中必有缘故。”

元延明说:“是呀,凡是投降过来的人,必定与皇家有着深仇大恨,比如萧宝寅。”

元彧说:“那目前这事该怎么处理?如果是诈降,该如何应对?”

元延明迟疑着:“这个嘛……”

元彧捋着胡须良久:“要不这样,派一敢死之士进入彭城,探明虚实,然后再做对策。”

大厅内静悄悄的,没有人敢答应前去。

这时,监军鹿悆站出来:“二位王爷何必如此纠结?如果萧综有诈,正好可以把梁军引出来,我们杀个痛快;如果他真的有诚意,我们就峰回路转了。这可是一条大鱼呀,钓上这条大鱼,王爷就立大功了。因此,我愿替王爷效命,前去彭城探个究竟。”

元彧说:“好,给你派十名武装死士,保你安全。”

鹿悆说:“不用,如果是诈降,就是派一百死士也无济于事。我既然前往,就是抱了必死的决心,如有不测,恳请王爷对我的父母加以抚慰,使之能够安度晚年。”

元彧说:“鹿监军尽管放心,我会向皇上给你邀功请赏的。”

第二天,鹿悆单骑抄小道而行,径直来到彭城。城门紧闭,鹿悆在门外高声喊叫:“开门,快开门,我是魏军使者!我是魏使!”

城墙上的士卒问:“你来干什么?”

鹿悆说:“是临淮王让我前来,与你们王爷有话要说!”

一个士卒悄声问:“是不是有诈?”

另一个士卒看了看远处:“不像,看后面没有什么埋伏。要不我下去问问王爷吧。”

“好,快去快回。”

萧综正在大厅内与众将士闲话,听了守门士卒的报告,对成景俊假意说:“是有这么回事。元略是从魏国不得已投降过来的,我怕他据城反叛,所以向皇上主动请缨,自己来守彭城。为了摸清元略的底细,我派人诈称是元略的使者,去魏营投石问路,他们果然派人来了。我们可以将计就计,就说元略病了,不便接待，让使者进来，探听魏军内部的虚实。苗文宠，你跑一趟吧，把魏使领进来。”

城门打开，苗文宠与鹿悆见面，两双手紧紧握在了一起。苗文宠见周围没人，悄悄说：“你来得正好，咱们有事好商量。”

“鹿某就是来商量大事的。”鹿悆没有正眼看苗文宠，只是望着远处，傲慢地说。

苗文宠试探地问：“鹿大人，我看魏军将少兵弱，想来光复彭城，能得手吗？”

鹿悆话中有话：“彭城是我魏国的东部边境，势在必争，得手与否在于天命，非人力所能预料。”

苗文宠哈哈大笑：“对啊，谋事在人，成事在天嘛。不过，见到我军将领，还得把戏演好。”

“好的，我心中有数。”鹿悆理解地点着头。

夜幕降临，萧综让陈庆之去巡视城防，故意把他支开。

萧综、鹿悆一番密谋后，来到大厅，见众将领都在，萧综装腔作势地说：“中山王元略非常想见你，无奈身上不大舒服。”

成景俊走上前来，坐在鹿悆身边，两眼逼视着他：“你不会是来行刺的吧？”

鹿悆一眼看出他不是萧综的亲信，带着几分幽默的语气说：“哈哈，今天我是奉命当使者来的，还想回去复命呢；行刺这样的伎俩，大魏人不屑去干。”

成景俊说：“既然如此，两国交战，不斩来使，那就请入席吧。王爷已备好一桌酒席，请你不要见外。”

大家分宾主坐定，刚端起酒杯，进来了一个人，向鹿悆深深施了一礼：“元略大人让我代他向你问好。”

鹿悆说：“什么病不能来？要不我亲自去探望他？”

那人说：“突患疾病，形容消瘦，他不想让家乡人看到他现在的样子。元大人说，他过去投奔南梁，实是迫不得已，所以派人叫你来，只是想当面听听家乡的情况，谁知事不遂人愿，等以后再找机会吧。”

鹿悆假意安慰道：“我这次冒险前来，可惜不能拜见，内心实在不安。烦你告诉元大人，好好养病，有空我再来探望他。”

成景俊以为真的是元略所约，也就渐渐放松了警惕，乘着酒兴问：“鹿大人，你们有多少兵马？真的能拿下彭城吗？”

鹿悆夸大其词地说：“我军有三十万精兵，攻下彭城，只是时间问题。”

成景俊摇着头：“纯是虚夸之语，真有三十万兵马，为什么只在远处扎寨，而不攻城？要我看，你们人马不过三万，听说魏主对在外将士不放心，不会调拨大量人马让一个人统领，所以这次就派了两个王爷来打仗，为了相互牵制。”

“我说的哪一点是虚夸？不信咱们走着瞧。”

众将哈哈大笑:“好,走着瞧,喝酒喝酒!”

酒后,成景俊送鹿悆出城,他指着坚固的城墙,自豪地说:“彭城固若金汤,你们魏军怎能攻取啊?”

鹿悆一语双关地说:“守城在人,人心固则城固,人心散则城危,岂是城墙坚固就能守得住的?”

第二天,天已大亮,吃饭的时候,萧综的房门一直没开,梁话和苗文宠的房门也闭着。刚开始,人们还不敢去叫醒萧综,怕平白无故受他训斥,实在等不及了,成景俊小心地去敲门,可里面一直没人应声,再用劲敲,也没有反应。是不是王爷出什么事了?大家用力撞开门,吓了一大跳,里面空空如也,不但人影没见,连平日使用的物品也没了踪影。

其他将领也纷纷来报告说:“梁话的屋内空了。”“苗文宠的房内也空了。”大家惊慌失措,乱作一团,不知如何是好。

陈庆之站向高处:“诸位不要着急,我们分头去找。半个时辰后,无论找到找不到,都去大厅集合。”

城墙外,鹿悆骑在马上,领着几个魏兵高声喊着:“城里的梁军听着,你们的王爷已经投降,这会儿就在我们营内,快快受降吧。”

“不要胡说,昨晚一夜城门紧闭,哪有人出去?不要骗人了。”守城士兵哪里知道,萧综这几年来苦练徒步行走的本领,昨晚他就是领着亲信绕道步行出城的。

这时上来几个士兵,跟守城士卒窃窃私语:“王爷满城都找不到,可能真的投降了。”“那怎么办?”“怎么办?跑吧,这年头,保命要紧。”慌慌张张跑下城墙。

城内已是一片混乱,梁军将士就像受惊的蚂蚁,四散逃跑着,兵器丢得满地都是,年老体弱者都被撞倒在地,痛苦地呻吟着。

元彧骑在马上,见梁兵已乱作一团,挥舞着长枪高喊:“进城!”魏兵势如破竹,攻进了彭城。

陈庆之见军心已经动摇,无法守城,便组织身边将士,夺路出城,向京师奔去。元彧领兵一直追到宿预,才住了脚,进驻彭城,安营扎寨。屯兵涡阳的萧渊藻听说彭城有变,慌忙弃城南奔;夏侯亶正在全力围攻孤城寿阳。这时,萧衍怕因前线溃退引起魏兵追击,便密诏夏侯亶班师回防合肥。

僧祐接受皇命去剡山整修石城寺和雕凿大佛,历时一年,已经竣工,回京复命。他来到御书房,庄重施礼:“臣僧拜见皇上万岁万岁万万岁。”

“僧祐师父,你来得正好。”萧衍指着台阶下一个书生模样的人说,“这位是荀济,是朕的故交,为人有些性格,对以佛治国有不同看法。朕这次召他来,是让他亲眼看看朝廷崇佛的氛围,受些熏陶,以就正道。”

僧祐向荀济施礼道:“荀先生好。”

萧衍说:“僧祐师父,你辛苦了,建安王奏表说,石城寺佛像高大端庄,形神兼备,你劳苦功高啊。”

“全赖皇上隆恩,给予人力物力的鼎力支持,请皇上有机会驾幸石城寺,将是石城寺的幸事,也是佛教的幸事。”

“朕会去的。”

“臣僧曾上书,禁止在丹阳、琅琊二境内水陆捕杀生灵,得到皇上恩准并实行之,效果很好。为了深入禁杀生灵,臣僧建议宗庙祭祀禁用牺牲。”

“这个问题朕曾命尚书省进行讨论,至今没有结果,你又提出这个问题,很好嘛,大家再议议看。”

袁昂说:“皇上,臣认为不可,宗庙去牺牲祭,是对祖宗的不敬,请皇上三思。”

法云说:“既奉佛教,天下之祖乃佛祖如来,敬佛祖是最大的敬,何言不敬?”

王暕说:“法云师父,敬佛是宗教之事,敬祖是世俗之事,我们都是祖宗的子孙,怎能数典忘祖呢?臣建议,既停止宰杀,可用大脯代替整牛作祭祀用品,这样就没有了生类的腥气。”

萧衍说:“用大脯虽没有了生类的腥气,但仍不彻底,那大脯还不是用生类做成的?还是免不了要杀生。”

僧祐说:“用大脯不好,臣僧建议改为新鲜果菜。”

萧衍说:“左丞司马钧等也曾上书建议用大饼代替大脯,朕准奏,其余皆用新鲜果菜。自今日后,凡太医治病,不得以生类为药;凡是公家织造的官纹锦饰,也要禁断仙人鸟兽之形,因为织锦上有鸟兽图案,容易亵渎衣服,裁剪时也有违仁恕之德。还有,朕早已禁断酒肉,今后连鸡蛋和蜂蜜也不再食用。”

法云说:“皇上仁慈。”

僧祐合掌念道:“阿弥陀佛。”

荀济看着僧祐,显出不屑的神情。

法云说:“皇上,最近社会上盛传一卷轴,叫《三破论》,人们争相抄阅,影响颇大。”

萧衍说:“这《三破论》的内容是什么?”

法云说:“其主旨在于贬抑佛教,它说佛教本是从西域传来的,那西域之人本性野蛮,所以老子出关想教化他们,不想伤其形,故只剃光其头发,‘浮屠’即‘屠割’之意。”

僧祐笑道:“这完全是牵强附会嘛,凡是出家人都要剃光头发,这在佛教中叫作剃度。佛教认为人世是虚幻的,人生是苦难的,只有断除一切烦恼潜心修行，才能达到永恒的幸福，所以，佛祖释迦牟尼最初对迦叶等五人说法时，亲手为他们剃去了头发，接受他们做自己的弟子。我国接受了剃度这一方式，表示出家人要去除一切烦恼，切断亲情牵挂，摆脱世俗羁绊。”

萧衍说：“这才是正本清源的说法。法云，你且说，那《三破论》是指哪三破？”

“是说佛教破国、破家、破身，这是那卷轴，请皇上御览。”

太监走下台阶，接过卷轴，呈给萧衍。萧衍打开卷轴，扫了一眼，一下子扔在台阶之下：“完全是离经叛道的虚妄之谈！这是谁写的？把他找来，朕要当面跟他辩论。”

法云说：“署名是张融。”

“这张融是齐朝人物，官至左徒长史，永明中曾写《门律》，自称家世奉佛，又认为佛、道同源，已经去世二十多年了，他怎么会写《三破论》？显然是托名的。朕舍道事佛，看来道教宗派仍有不服，想借名人身份诋毁佛教。”

这时，荀济上前一步，拱手道：“皇上，臣有话说。”

“荀爱卿，多年不见，想必有了长进，你说吧。”

“皇上，《三破论》所言极是，佛教践踏伦理纲常，违背人性，毁灭家庭，甚至盗窃华典，倾夺朝野，导致家不家，国不国。微臣认为，佛教的危害不是三破，而是七破，故微臣劝皇上放弃佛教，回归正道，以儒治国，方能天下大治。”

萧衍的脸色顿时阴沉下来，不耐烦地用手指敲着龙头椅扶手。而荀济竟没注意到这些，无所顾忌地说：“臣认为，其一，佛能误国；其二，佛能短祚；其三，佛弃忠孝；其四，佛能害政；其五……”

萧衍听不下去了，手拍御案：“够了！朕以佛治国，这不是好好的吗？如今天下安宁，百姓和乐，哪里有什么‘三破’‘七破’？”

“皇上，这些年来，佛教泛滥，排我王化；营造广厦，僭拟皇居；兴建大室，堪比明堂；广布妖言，胜过诏敕；自称三宝，傲视君王。礼仪法统何在？皇上威严何在？佛教使父子之亲隔绝，君臣之义背离，夫妻之和丧失，朋友之信断绝，这一切都是谁造成的？都是那些僧尼，那些口中称善、内心龌龊的贼秃！”

“有理说理，不要骂人。”萧衍强忍心中怒火。

“皇上以四海之主，违黄屋之尊，就苍头之役，对佛祖三事陪臣之礼，对佛教来说，恩宠无与伦比，可对皇上来说，简直是一种贬低、一种侮辱！”

萧衍变了脸色，拍了一下御案，大声说：“闭上你那张臭嘴吧，不要信口雌黄了！你原来就喜欢乱风俗，唱反调，时至今日，朕以为你会有所改变，谁知竟还是这般顽固不化！”

“皇上……”

“你听朕说，朕笃信佛教，以佛治国，是为了在上化下，移风易俗，达到天下大治。朕曾写过《述三教诗》，提出儒、释、道三教同源。儒家讲究入世，建功立业；道家讲究出世，天人合一；佛教讲究救世，点化世人，普度众生。教派不同，但其教化作用是相通的。朕认为，三教之中，佛教是本，就像日映众星，因为佛教可以度群迷于欲海，登常乐之高山，从这个角度来说，佛教是终极的源、唯一的圣，老子、周公、孔子不过是如来弟子。”

“笑话，天大的笑话！”荀济面露鄙夷神情，“微臣只听说孔子是万世之师，从来没听说孔子还是如来的弟子，他们二人处在不同的国度，从来没有见过面，怎么会成了师徒关系？据臣所知，释迦牟尼比孔子还要小十多岁，他怎能成为孔子的老师？”

“可恶，简直太可恶了！”萧衍怒不可遏，“有人竟敢假托道家之士攻击佛教，用心险恶。法云和僧祐二位师父，你们回去后，动员王公大臣、佛界僧侣、才学之士，撰写文章，像当年反驳《神灭论》一样，对《三破论》进行辩难。要狠狠地批，揭去他们的画皮，戳穿他们的丑恶本质，使之在社会上无立锥之地。”

法云和僧祐一齐说：“臣僧遵命。”

“还有，从今以后，取缔道教，命天下道人都要还俗。散朝吧。”说罢要站起来，却打了一个趔趄。黄泰平小心上前，扶起萧衍走下台阶。

萧衍走到荀济跟前，狠狠地瞪了他一眼：“朽木不可雕也。”

荀济还想说什么，刚要开口，萧衍移开目光，拂袖而去。

荀济今日的表现，萧衍越想越生气，真是文人无行啊，给脸不要脸，还蹬鼻子上脸了，不给点颜色瞧瞧，不足以震慑这帮蛊惑之徒，便喊道：“来人！”

进来两个侍卫，萧衍说：“把荀济拿下，投入大牢。”

朱异知道要杀荀济，觉得皇上信奉佛教，禁杀生灵，如对排佛者大开杀戒，有违佛规，会使皇上处于尴尬的境地，便密告荀济，赶快逃命。

侍卫来到荀济住处，已是空空如也，有知情人说，荀济已投北魏去了。

三十九　皇帝菩萨

太极殿内，陈庆之跪在地上，战战兢兢："是微臣无能，使彭城得而复失，有负皇上重托，微臣罪该万死。"

"爱卿何罪之有？不但无罪，而且有功啊。你在我军失去控制的情况下，力挽狂澜，率军突出重围，保住了大梁将士，维护了大梁尊严。"

"是微臣组织不力，使我军蒙受巨大损失。"

"此次彭城之变，是朕躬不明啊。朕没有授你符节，致使你在紧急情况之下，无法节制全军。"

"微臣事先没有发现征兆，如有征兆，微臣定会力阻萧综投魏。"

"不要再提这个畜生。"萧衍气得两手颤抖，把桌子上的奏章扔了一地，"白眼狼，白养了他二十多年，竟然反起老子来了。他不认朕，朕也不认他这个儿子。来人！"

黄泰平应声进来："皇上有何吩咐？"

"拟旨。"萧衍流下了眼泪，"削去萧综的爵位和封地，从皇籍中除名。"

"豫章王也许是一时糊涂，假以时日，或许还能回心转意，望皇上三思。"黄泰平用太监特有的腔调说。

"住嘴，这里有你说话的份吗？"萧衍声音嘶哑，"还有，萧综的儿子萧直也要改姓，不能再姓萧了，悖逆不道，就改姓悖，叫悖直吧。"

"遵旨。"黄泰平小心地答应着，弯腰捡起地上的奏章，往外走。

"回来！"这时，萧衍又想到了吴淑媛，是她在自己刚入宫时，给自己带来了久违的床笫之欢，带来了无尽的快乐。但一想到萧综是她的亲生子，且有隐情不报之嫌，便发狠道："把吴淑媛打入冷宫。"

"遵旨。"

洛阳金陵馆里，气氛凝重，哀乐低回。大厅正中布置着灵台，这是萧综在为自己的父皇举哀，他身穿斩衰丧服，表情痛苦。和他一起投降过来的梁话、苗文宠里里外外忙活着，收拾物品，招呼宾客。萧综的长史江革是被魏军俘虏过来的，此时也在金陵馆里，只是他倒清闲，站在一边，面无表情地看着眼前的情景。

听到外面有人喊:“太后驾到!”太后即胡充华,北魏元恪嫔妃,幼主元诩生母,是司徒胡国珍的女儿。元恪在位期间被召入宫,封为充华。当时皇后是高肇的侄女高英,貌美心妒,严禁嫔妃随侍元恪。胡充华靠着美丽的容貌、乖巧的言行,打动了元恪,也使高皇后放松了警惕,破例允许她入侍皇帝,很快怀孕,生下男孩,取名元诩,三岁时立为太子。时北魏有旧制,生儿为太子,生母必死。胡充华通过宦官刘腾向元恪寻求庇护,保全了性命。元恪患病驾崩,太子继位。权臣高肇被诛,高皇后被逼出家瑶光寺。胡充华则入居崇训宫,因元诩年幼,她便临朝理政,随后自称为朕,以国君自居。

此时见胡太后被太监宫女簇拥着,走进金陵馆。

萧综跪拜在地:“降将拜见太后。太后百忙当中前来吊唁,我感到惶恐不安。”

胡太后看着眼前这个虎背熊腰的年轻人,顿生怜爱之情。她躬身去扶萧综:“卿快平身。今天你能为你的父皇公开举哀,正了你的身份,以后那种屈辱的日子一去不复返了。你的名字也得改了,大魏百官都称赞你的义举,就叫萧赞吧。”

萧综复又跪地:“谢太后再生之恩! 今后,萧赞的一切都是大魏的,甘愿为大魏赴汤蹈火,直到流尽最后一滴血。”

“爱卿既已归顺,就是大魏臣子,今后朕要帮你复仇,让梁主萧衍恶有恶报,尝尝弑君的恶果。”

“我要亲手杀了萧衍,用他的头祭奠父皇的在天之灵。”萧综眼中喷射着复仇的怒火。

“会有那一天的。”胡太后满意地说,“萧赞听封。”

萧综跪在胡充华面前,双手扶地,头也紧紧贴着地面。

“爱卿在南梁是王,朕也封你为王……就封你为丹阳王吧。”

萧综激动地失声道谢:“谢太后隆恩。”

“还有梁话和苗文宠,忠心事主,皆任光禄大夫。鹿悆因出使彭城有功,封为定陶县子,任员外散骑常侍。”

三人纷纷跪在胡太后跟前,叩头谢恩。因为江革是被俘过来的,没有什么封赏,他孤零零地站在一边,神情木然。

胡太后对萧综说:“爱卿也要节哀顺变,保重身体,朕还等着你建功立业呢。”

胡太后走后,元延明走近江革,笑着说:“江长史,识时务者为俊杰,不要老想着那个南梁朝廷了,因时权变吧,这里也有你的荣华富贵,就看你的表现了。昨天祖暅之为我的欹器写了《漏刻铭》,我十分喜欢,听说你的字也不错,烦你给我书写《祭彭祖文》,我会当作墨宝收藏。”

“呸！祖暅之这个没有骨气的东西！他辱没了祖先，辜负了朝廷！”江革愤怒地说。

元延明还是笑着：“长史大人，不要生这么大的气嘛，我看祖司马做得对，何必在那一棵歪脖子树上吊死呢？何况那棵树已在数千里之外了。”

“呸！”江革一口唾沫吐在了元延明的脸上。

“我看你是活够了！”元延明哆嗦着右手指着江革。

“我江某也快六十岁了，如能为气节而死，是我之大幸。你听好了，我誓不为索虏夷贼执笔！”

元延明用手抹掉脸上的唾沫：“不识抬举的东西，你等着，有你的好果子吃！”气呼呼地走了。

萧综叛逃，萧衍觉得这是自己教育的失败，该用什么方法来拯救他的灵魂呢？只有佛教，只有佛祖释迦牟尼。他先是在光宅寺做法事，那法器与木鱼的合奏声在幽深的寺庙中回荡，让人听了有一种超凡脱俗的感觉。接着在重云殿讲经，所有在京的王公大臣都来听讲，一连讲了许多天，他要把自己这些年来撰写的佛经释义全部讲出来，希望以此来教化他的臣民。萧衍滔滔不绝地讲着，大臣们恭顺虔诚地听着。时近中午，萧衍仍没有停讲的意思。

黄泰平在场外转来转去，像是有什么事情似的，可皇上早已有诏，在他讲经时，无论什么事都不能禀报。黄泰平只好耐着性子在外面等着。

看看午时已到，大僧正法云启禀道：“皇上，斋饭已经备好，请皇上稍事休息，准备用膳。”

萧衍看看透过窗棂射进来的日光：“好吧，饭后继续宣讲。”

这时，一个小太监跑了进来：“门外有一人请求拜见皇上，已在那里等候多时了。”

“谁呀？他怎么不进来听经？”

“奴才刚进宫，不认识他。他说没有皇上的恩准，不敢擅自进来。”

“朕讲经，四部大众都可以听的，快让他进来吧。”

小太监答应着出去了，一会儿，领进来一个人。萧衍一看，顿时气得坐在了禅椅上。全场本已起身走动的王公大臣也都回到了原位，屏神静气地看着眼前的一切。

过了好大一会儿，萧衍用颤抖的手指着那人：“萧正德，你不是在北魏吗？怎么回来了？”

萧正德双膝跪在地上，缩作一团：“侄儿不懂事，做出了丢人现眼之事。侄儿在北魏，无时不在想念家乡，想念大梁，想念……”

“胡说八道！果真如此，你能叛逃吗？你说说，你为什么降魏？是朕对你不好吗?”

“不是……”

“是嫌你的官做得不够大?”

“不是……”

“你这个没良心的东西！朕是怎么对待你的,你难道心里没数？朕恨不得掏出心来给你,你却拿刀子捅它,真不是个东西!”

萧正德脸上抽搐着,假意道:“是侄儿昏了头脑,不识好歹了。侄儿能回来,就是为了赎罪,要杀要剐,听凭皇上裁处,侄儿绝没有半句怨言。”

“你看你那个出息,跑到北魏,能有你的好日子过？有你的好果子吃？想得太天真了。”萧衍双手相合,“阿弥陀佛,罢了,回来就好,佛法无边,回头是岸。皈依吧,菩萨会帮你清净身心的。”

“侄儿遵命,从此后,好好念佛,皈依菩萨。”

“要三皈依。”萧衍提醒说,“皈依佛,皈依法,皈依僧。”

“别说三皈依,八皈依、十皈依都行。”萧正德信誓旦旦地说。

黄泰平扑哧笑出声来,其他王公大臣也都窃笑着。

萧衍说:“你虽伤了朕心,可朕仍要一如既往地对待你。自即日起,恢复你的爵位,恢复你的官职,好自为之吧,佛无时无刻不在看着你。”

“谢皇上隆恩。”萧正德喜形于色,连磕了三个响头,“侄儿定当建功赎罪,报答皇上的恩情。”

萧衍之所以如此快地宽容了萧正德,既是想感化萧正德,也是做给萧综看的。他想如果不容忍这个名义上的儿子,等于是公开告诉天下人萧综是萧宝卷的孽种。他不想让这一丑闻公之于众,更不想让世人嘲笑自己分辨不出亲种,因此,他在萧综叛逃北魏不久就恢复了萧综的皇籍,还封萧综的儿子萧直为永新侯。因为深研佛理,《金字三慧经》《涅槃》《大品》《净名》等佛教经典成了萧衍的精神支柱,他觉得自己已经参透佛理,世间本是来无来相,去无去相,增也没有增相,减也没有减相,也没有什么是与非,也无所谓对与错。他牢记刘宋王朝、萧齐王朝的教训,皇室内部相互残杀,最终导致皇权崩溃,江山易姓。他不仅自己要这样做,还要告诫子子孙孙,要优容皇室成员,保祖宗万世基业。现在既然以佛治国,那就要让佛的光芒普照天下,包括这个不争气的侄儿。想到这些,他便对萧正德说:“朕不需要你报答,今后为人做事,要对得起天,对得起地,对得起佛。你做事如何,佛会看到的,自会有因果报应。佛说:‘自作自受,共作共受。’‘行上品十善者生天,中品十善者做人,下品十善者做阿修罗;犯上品十恶者落地狱,中品十恶者堕饿鬼,下品十恶者沦畜道。’有因必有果,有果必有因;善恶之报,如影随形。你此前作恶多端,只有佛能救你,你要潜心修行,才能脱离苦海。”

“侄儿记住了。”

“还有萧综，他不是也跑到北魏了吗？只要他能回来，朕也要以博大的胸怀接纳他，同样恢复他的王位和官职。皇侄呀，朕下午还要继续讲经，就留在这里听经吧。”

萧正德嘴上答应着“是”，心里却不情愿，他还想出去会会自己的那些结拜兄弟，一年多了，不知他们在干些什么。

此时在洛阳的金陵馆里，萧综正思虑着怎样请求带兵讨伐南梁，既是为父皇报仇，也是为在北魏立住脚跟积累一点资本。萧宝寅知道了萧综的身世后，觉得毕竟是自己的侄儿，或许将来对自己有帮助，便来金陵馆看望萧综。他站在萧宝卷的灵位前，行了叩拜之礼，哭着道：“皇兄，臣弟看你来了。”

萧综知道萧宝寅在北魏屡立战功，势头正盛，依靠这位叔父，或许对自己复仇有帮助。因此见萧宝寅前来，非常热情地把他请进屋内，脸上堆着笑意，又是让座，又是倒茶：“侄儿来到这里，人生地不熟的，一切仰仗叔父关照。”

“你怎么这么见外？我们一家人不说两家话，有什么想法尽管说。”

“侄儿想拥有兵权。”

“这个嘛……你不要着急，得慢慢来，要首先取得朝廷的信赖，然后才给你兵权。”

“萧衍杀了父皇，我要让他血债血偿。”萧综眼中射出凶光。

“仇肯定是要报的，我们与萧衍不共戴天。可现在还不是时候，要等待时机。今后，你就跟着我干吧，有朝一日，我定会帮你报仇雪恨。”

“侄儿不要什么荣华富贵，只想杀死萧衍老儿。”

“我们是齐朝皇族，一定要想办法恢复大齐……”

萧综只想杀仇人，至于以后的事，他还没有想过，现在听叔父这么一说，正想问个究竟，门房仆人来报：“王爷，南梁派人送来一个包裹。”

“是什么东西？”

“王爷看了便知。”

萧综疑惑地围着包裹前后左右端详了一会儿，然后小心谨慎地打开，里面竟是自己小时候的几件衣服，有褂子，有裤子，还有母亲为自己缝制的布鞋。看着这些东西，他的眼圈渐渐变红了。待他再拿起小褂端详的时候，一封书信掉了出来，拾起来展开看时，原来是萧衍的手笔：“综儿一时迷惑，投奔北魏，皆因父皇照顾不周。望皇儿睹物思亲，回心转意，父皇与你母亲翘首以待，盼望早日团聚，以解相思之苦。”萧综一看，气不打一处来，把信撕了个粉碎，骂道：“这个老东西，谁跟你团聚？见鬼去吧。来人！”

仆人进来：“王爷有什么吩咐？”

“把这些东西拿出去烧了。”

"这……"仆人犹豫着。

"听见没有？拿出去烧了。"

"是。"仆人抱着衣服出去了。

四月八日，是释迦牟尼生日，也是传统的浴佛节，萧衍要在这天受菩萨戒。定林寺大雄宝殿内，钟鼓齐鸣，香烟缭绕，琅琅的唱经声萦绕在大殿内外。萧衍身穿僧衣站在佛祖面前的拜垫之侧，大殿两边整齐地站着手拿各种法器的和尚。

仪式开始，鸣引磬，接钟鼓，众僧诵唱着。

萧衍面朝佛祖金身像，表情虔敬，两手慢慢合起，五指向上，置于胸前，慢慢伏身于地，双手分开，掌心向上托起，似接佛足状，额头触于拜垫。众僧和百官也都拜伏于地。

僧祐随引礼师走进大殿，僧众顶礼三拜，为首者执香旁立。僧祐升座，拈香，敛衣而坐。众僧高唱举香赞。

萧衍用拇指、食指夹住香，其余三指合拢，双手将香平举至眉齐，就像佛在眼前接受香供奉似的。他恭敬谨慎地将第一支香插于香炉中间，默念"供养佛"；第二支插于右边，默念"供养法"；第三支香插在左边，默念"供养僧"。上香完毕，双手合掌默念："供养一切众生，愿此香华云，遍满十方界，供养一切佛，尊法诸贤圣。"

此时，大僧正法云语气庄重地主持道："夫宅中宝藏，非指示而莫晓；衣里明珠，必解说而方知。若不依僧，安能闻法？苟非佛法，无以出尘。今居士等人，身处世俗，念欲皈真，理须求请明师，乞受净法。我今为汝等恭请僧祐法师做三皈本师。请师之语，汝合自陈。恐汝未能，我今教汝，自今之后，自称法名。"

萧衍道："弟子冠达。"

法云道："其余言辞，皆随我道，大德意念。"

萧衍道："弟子冠达，于大德所乞受一切菩萨净戒，维愿须臾不辞劳倦，哀悯听授。"

法云道："就一拜。"

萧衍合掌跪拜，其余僧众和文武官员一齐跪拜，如是者三，然后长跪而听。

此时，僧祐朗声道："善男子等，汝今既已殷勤申请，可为汝做三皈本师。所有言辞，听我开导。原夫佛未御宇，邪师说法，言皆是妄。法不契理，盲引痴愚，欲升反坠。佛出世间，如杲日丽天，群昏灼破；似皓月当空，万有清凉。诸佛诚为反邪归正之导师，与乐拔苦之慈父……"

仪式程序枯燥反复，萧宏越听越困，越看眼睛越发花，眼前隐约有一美女在晃动，他又故技重演，悄悄从后面溜了出去，直奔永兴公主萧玉姚寝宫。

此时萧玉姚正在梳妆,忽然铜镜中现出了萧宏那方正漂亮的面庞,两张面孔凑在一起,就像一对情投意合的爱侣。萧玉姚不觉腮上飞红,转身对萧宏说:"王爷呀,你怎么进宫了?"

"今天皇上举行受戒仪式,抽空来看看公主。"

"你信佛不诚,菩萨是不会保佑你的。"

"有公主保佑,我还怕什么?"

"现在父皇心里只有佛、法、僧,早把女儿忘记了,多少年了,从来没召见过我,更没来看过我。"

"我来看你还不一样?公主今天穿了这身大红裙子,更漂亮了。"

萧玉姚看了一眼烛儿。烛儿会意,端起脸盆,退了出去。萧玉姚说:"怎么能一样呢?你又不是皇上。"

萧宏厚着脸皮说:"我怎么就不可以当皇上?如有那么一天,就封你为皇后。"

"此话当真?"

"我从来都是说到做到,绝不食言。"

"就凭你那点本事,要武不能,要文不行,怎能当上皇帝?"

"有公主在,还有什么事情办不成的?"

"我一个女人,有什么能耐?"

"公主离皇上近呀。"

萧玉姚沉下脸来,犹豫了片刻:"这可是死罪,是一条不归之路。"

萧宏笑了笑,故作轻松地说:"我只是开个玩笑而已。"

"这样的玩笑能随便开的?还是小心为好。"

"公主是我的心上人,此事只有你知我知、天知地知。"

萧玉姚回过身去,呆呆地端详着铜镜中的自己。萧宏凑过来,摩挲着她的鬓发,慢慢低下头,闻着她的头发:"公主今日身上有一股花香之气,是怎么弄的?"

"瞎说,哪有花香?"

"不是花香是什么?"

萧玉姚站起来,猛地把嘴凑到萧宏的嘴上,撒着娇说:"花在这里,让你闻个够。"

萧宏抚着她的头又嗅又亲,然后一下子抱起她,走进了床帐。

定林寺殿内,受戒仪式依然进行着,法云念道:"愿消三障诸烦恼,愿得智慧真明了;普愿罪障悉消除,世世常行菩萨道。"

萧衍仍然跪在佛祖金像前,虔诚地颂道:"自皈依佛,当愿众生,体解大道,发无上心；自皈依法，当愿众生，深入经藏，智慧如海；自皈依僧，当愿众生，统理大众，一切无碍。”

颂毕，引磬声起，众僧端正坐姿，抬头挺胸，放声诵经。

诵经结束，萧衍走出殿外，来到法堂，坐在漆榻之上。众朝臣一齐跪地行礼。法云大声说：“今日，皇上已受大乘菩萨戒律，从今日之后，就是皇帝菩萨了。”

众法师和王公大臣高声齐喊：“皇帝菩萨，皇帝菩萨！”

萧衍说：“一切众生，都有佛性，人人都可以成佛，不能成佛的原因是什么？是欲望，人心感外物而动欲，这就形成了患累。患累来自哪里？来自耳、目、鼻、舌、身、心六尘，六尘之中唯有二障最难消除，这二障是什么？是酒肉，是女色。朕是先除这二障，然后倾意佛法的。天监十二年，朕就不食鱼肉，不与女人同屋而处，为的是什么？为的是广弘佛法，化度众生。仰愿如来佛祖，常来护持。保我国土，风调雨顺，谷果丰成；万姓四民，永安富乐；江山一统，天下大同。”

众臣又高喊：“江山一统，天下大同！”

四十　舆榇死谏

就在萧衍醉心于释典无暇他顾之际，太子萧统却要去京口招隐寺读书选文。丁贵嫔听说后，心里着急，她来到东宫，苦苦相劝："统儿，听说招隐山环境恶劣，寺里房屋十分破旧，陈设异常简陋，还是不要去了。东宫后面不是也有个玄圃园吗？那地方就很适合读书撰文的。"

萧统说："玄圃还是在宫里，孩儿想出去游历游历，一为增长见识，二为博览天下群书。"

丁贵嫔哭着说："统儿，你出居东宫，整日读书听政，母子都难得相见，如去招隐寺，相见机会就更少了。"

"孩儿不是要久居深山，只是政务不忙时去那里住些日子。"

丁贵嫔没法，只得去告诉萧衍。萧衍说："太子终究要登大位，让他出去走走，了解一下风土民情，对以后临朝执政有帮助。"

萧衍想，自己现在身体尚健，局势还算稳定，可萧宏一直在暗地里使阴招，自己只是觉得他不是对手，便一再原谅了他。他的儿子萧正德，投魏归国后不但原谅了他，还恢复了他的爵土，可萧正德仍然心存异想，觊觎皇帝之位，明目张胆地召集亡命之徒，以他为首的什么四凶，不顾王法，专事猎杀，常常杀人于道，无所顾忌。这些事只有自己心知肚明，怎能跟贵嫔说呢？

萧衍见丁贵嫔不住地哭，便安慰道："这是好事。你应该知道，战国时期赵国触龙说赵太后一事吧，'父母之爱子，则为之计深远'呀，不能因为溺爱就放在自己的眼前看着，这对孩子的成长不利。贵嫔放心，朕会给统儿多提供一些帮助的。"

知道父皇赞同自己去招隐寺，萧统便吩咐地方官派遣工匠，在那里造房砌屋，建起了读书台，又在读书台边建造了一座雕梁画栋、宽敞明亮的五开间小客厅，起名叫增华阁。一切停当后，萧统准备出行，丁贵嫔急急来见太子，还带着两个太监，对萧统说："皇儿，让这两位内监也跟着吧，到了那里也好有个使唤。"

萧统看了看这两位内监，觉得还算年轻机灵，便欣然接受："谢母亲疼爱。"又想自己身边原也有两个太监，平时魏雅比较勤快，服侍周到，鲍邈之有时丢三落四不说，还小心眼，好嫉妒别人，便安排道："魏公公跟本宫去招隐寺，东宫也得有人料理，鲍公公就留在宫中吧。”鲍邈之瞥了一眼魏雅，低下头，微闭双眼，咬了两下牙关。

由于皇上尊佛，带头舍钱捐物营建佛寺，塑造金身佛像，朝野崇佛之风日盛，一些官宦人家给子女取名时，往往加一个“僧”字，或者干脆给自己改名，冠以“僧”字，普通百姓也是竭尽财力崇佛事佛。而有些不法僧侣则趁机巧取豪夺，致使天下财富大量流入寺院。南梁郡丞郭祖深看在眼里，急在心里，他在思虑着怎么向皇上陈说利害，去佛兴儒，回归正道。上次荀济进谏，险些丢掉性命，最后逃到魏国，看来只能破釜沉舟了。

这天，萧衍正坐在朝堂议事，一太监进来，对黄泰平耳语了几句，黄泰平快步走进来：“启禀皇上，郭祖深在宫门外抬着棺材进谏。”

萧衍正色道：“这是死谏呀，他想干什么？”

黄泰平：“说是要皇上放弃佛教。”

萧衍说：“真是树欲静而风不止啊，荀济没死，又跳出一个郭祖深，朕就不信这个邪了，看看他到底怎么说，让他进来。”

黄泰平朝外喊道：“宣郭祖深进殿。”

郭祖深整理衣冠，走进大殿。

萧衍板着脸问：“卿来何事？”

“微臣劝皇上禁毁佛教。”郭祖深把写好的《舆榇诣阙上封事》递给黄泰平，黄泰平转身呈给萧衍。

萧衍浏览一下奏文，抬头问：“爱卿为何持有此议？”

“现在皇上大兴佛教，要以此来移风易俗，导致全国各地竞相建造佛寺，京师更是寺院林立，皆宏伟富丽，资产丰厚。至于各地郡县，也是举步佛寺，抬眼僧尼了。”

“朕大兴佛教，没有寺院怎么能行？寺院资产丰厚，还不都是大梁的？”

“这是财富不均啊。现在，信佛之人中还有不出家的白徒，僧尼则收留养女，这些白徒或养女都不在民籍注册，由此天下户口几乎减少一半。而白徒大多不守教规，养女都身穿锦缎，败坏世风，玷污佛门。故微臣建议废止白徒、养女，令其还俗务农，寺院僧尼都要穿粗衣吃粗食，不准蓄财。这样才能使僧侣安分，国家富足，百姓殷实。否则，长此下去，恐怕将来处处都成寺庙，人人皆为僧尼，连一尺土一个人也皆非国有了。”

大殿里鸦雀无声，有几个站在郭祖深身边的大臣稍稍地移动着身子，尽量离他远一点。萧衍面无表情地坐在那里，静静地注视着郭祖深，很长时间不说话。

郭祖深想，既然抬棺进谏，就要义无反顾，便继续说：“陛下往年尊崇儒学，设立五经学馆，京师内外到处回荡着读书声；而今仰慕佛教，结果普天之下家家持斋受戒，人人忏悔礼拜，空谈佛理，不务农事。臣见患病的人去找道士治病便让你打醮画符，找僧尼则让你斋戒听经，找巫师则让你驱妖捉鬼，找医家才给你诊疗用药。臣认为治国之术，犹如治病，治病应摒弃巫师鬼神，去找华佗、扁鹊，治国应当远离异端邪说，黜退奸佞之徒，尊崇儒学，选贤任能。如今皇上所信用之人，都是些蝇营狗苟之徒，他们所说的都是些虚妄之谈，他们所想的只是苟安于江南，苟且于浮华淫乐。长此以往，君主慈悲，臣下怯懦，不图进取，使得中原百姓怀恨南望，怎能广施仁德、普惠天下？”

萧衍仍然没有说话，只是静静地看着郭祖深，他觉得郭祖深比荀济可爱得多。

郭祖深因为话已说出口，便无所顾忌：“微臣如今直言冒犯了陛下，可能还会被宽恕，而得罪权臣，就有不测之祸。臣之所以不避死罪知无不言，是以国家社稷为重，以个人性命为轻，假使皇上能采纳臣的意见，臣死而无憾。”

萧衍扫视一下全场，冷静地问道：“众爱卿认为，郭祖深说得对不对呀？”

尚书右仆射徐勉说：“皇上，郭祖深诋毁佛教，妄谈国事，臣请皇上治其罪。”

中书郎周舍说；“皇上，郭祖深诬蔑圣上，犯大不敬之罪，按律当斩。”

郭祖深也不辩解，静等皇上降旨治罪。

萧衍的表情由严肃渐渐变得温和：“听了郭祖深的话，朕的心里不平静啊。大家想想看，他说的现象存在不存在？其实在一定程度上是存在的，这是朕所不愿看到的。朕舍道事佛，就是为了教化天下黎民，而一些奸邪小人苛刻暴虐，一些不法僧尼贪婪奢侈，今后定当善加教化。事佛兴佛，这是正道，任何人也动摇不了。”

郭祖深脸上现出失望的表情，大声喊道：“皇上啊，听微臣一句忠言吧……”

萧衍又说：“郭爱卿，你抬棺死谏，是为了严惩不法僧尼，朕欲为白衣僧正，也是出于这个原因。你抬棺死谏，忠心可鉴，朕念你心底无私，任你为员外散骑常侍，侍奉朕的左右，拾遗补缺，望你不要辜负朕的厚望。”

招隐寺虎跑泉流水淙淙，泉下有一个巨大的水池。萧统正与众文人学士在池中划船，他说：“我们荡舟碧波，听着潺潺水声，四周树木环抱，百鸟齐鸣，蝶飞蜂舞，置身于这样的环境，有一种要写诗的冲动。”

殷均说：“太子文采超群，何不赋诗一首？”

萧统说：“不能写了，有刘洗马的《咏素蝶诗》，再写就是多余的了。”

殷均随口咏道：“随蜂绕绿蕙，避雀隐青薇。映日忽争起，因风乍共归。出没花中见，参差叶际飞。芳华幸勿谢，嘉树欲相依。”

萧统说：“刘洗马的诗可谓形神兼备呀。‘出没花中见，参差叶际飞。’你们看,在那风和日丽之时,蝴蝶随着蜂儿翩翩于绿蕙丛中,时而避雀隐形,时而浴日而舞,深得自然之真谛,怪不得世人把先生与何逊并称为‘何刘’,当之无愧啊。”

刘孝绰说:“哪里哪里?与殿下相比,微臣甘拜下风。何逊的诗更不值一提,他的诗多贫寒之气,哪及我的诗有雍容之美?要说并称,也是‘刘何’,怎么是‘何刘’呢?”大家相视而笑,笑声在山林中回荡着。

这时,朱异来到山上,欣赏着太子和众学士水中泛舟畅游的情景。

殷均指着岸上说:“殿下,宫里来人了。”

萧统上岸,与朱异寒暄了一阵,来到增华阁。朱异环视阁内,除了书籍,几乎没有别的什么陈设,便说:“这里太简陋了,怪不得皇上惦记着。这不,皇上派微臣给太子送东西来了。”对一个太监说,“让他们进来。”

太监领着一队侍女进来。朱异说:“这些宫娥彩女,皇上让殿下平日里使唤。”太子连想也没想,摇了摇头说:“本宫不要。”

接着又进来一队太监。朱异说:“这些太监侍从,皇上让他们帮太子照料生活起居。”萧统不说话。

又有一些人抬着珍珠古玩和山珍海味进来,放在地上。朱异又说:“这些东西,是太子平日里生活所需。”

萧统说:“谢父皇垂爱。这样吧,请朱大人回禀父皇,这些宫娥彩女用不着,古玩也用不着,把能吃的东西留下,再留八位公公随侍,好让他们整理花草树木。”

朱异说:“把那几个乐女留下吧,也好给殿下解闷。”

萧统说:“记得西晋诗人左思有《招隐诗》云:‘何必丝与竹,山水有清音。’只要有书籍,有山水,本宫就不闷得慌。请朱大人禀报父皇,让人把东宫的藏书运来吧。”

洛阳皇宫的御花园内,石榴花开得艳丽无比,引来各色各样的蝴蝶在花间飞舞,逗趣嬉戏,成群的蜜蜂则忙着在花心内觅来觅去,采集着花粉。一群宫女簇拥着胡太后,走在花间小径上。

今天胡太后穿着艳丽的花色衣裙,涂着大红嘴唇,头上插着几朵鲜花,有两三只蝴蝶围着她的头飞来飞去。

一宫女说:“陛下,看这只蝴蝶落在了您头上,奴婢把它赶走吧。”

胡太后没有直接说赶还是不赶,而是问:“你说蝴蝶为什么会落在朕的身上?”

“因为陛下身上芳香四溢。”宫女小心地回答着。

另一个宫女说:“陛下走在这御花园里,就像美丽华贵的牡丹花,引得彩蝶留恋，翩翩飞舞。”

胡太后咯咯笑着说：“还是你会说话。那你说，这蝴蝶还能赶走吗？”

宫女齐声说：“不能赶，奴婢有幸欣赏陛下的美丽。”

正在胡太后心猿意马，思索着今晚要临幸谁的时候，一个小太监来报：“陛下，元顺求见。”

胡太后走近一棵牡丹，用手托起一朵怒放的牡丹花，凑近鼻子闻着，柔声柔气地说：“让他进来吧。”

元顺进来，把胡太后全身上下打量一番，跪地道：“微臣参见陛下万岁万岁万万岁。”

胡太后回过头来：“元侍中，这么急着进宫，有什么事吗？就不能等到明日上朝？”

“陛下，元叉已死，是不是把他的尸体扔进乱葬岗子？再就是除恶务尽，要把元叉同党一网打尽。”

元叉是胡太后的妹婿，凭这种裙带关系不断升职加爵，且日益骄横，又与胡太后私通，淫乱宫闱。清河王元怿对他的淫乱行为极为不满，联络王公大臣要除掉他。元叉知道后，先下手为强，与宦官刘腾密谋了一番，以有人要谋害皇上为由，把元诩拥进了前殿，禁锢起来。当时胡太后在后宫嘉福殿，元叉又矫诏将她幽禁于后宫，使母子不能相见。元怿还蒙在鼓里，像往常一样上朝，刚来到含章殿，几十个武士一拥而上，将他按倒在地，捆了个结实。元叉假托皇上旨意，以谋反罪处死了元怿。元叉惧祸，辞官以求解罪。胡太后虽对元叉这种目无君上的行径很不满，但为了麻痹元叉，表面上没有答应。终于有一天，元叉出居在外，胡太后趁机解除了他的官职，以谋反罪赐其自裁。

此时，听到元叉已死的消息，胡太后长长舒了一口气：“不，要厚葬，再追赠他为侍中、骠骑大将军、仪同三司，封其子元亮为平原郡开国公，食邑一千户。至于他的同党嘛，爱卿以为，当拿谁下手？”

“微臣以为，幽州刺史卢同与元叉表里为奸，阴谋叛逆，应当正法。”

“好，朕命你着手调查卢同的罪状，按罪定刑，其他奸党也一并查实。”

“还有元叉的父亲江阳王元继也应治罪。”

胡太后思忖着说：“至于元继嘛，因年事已高，又身患疾病，就贬为庶人，在家养老吧。”说完目光落在了前边的花丛上，回头见元顺仍然跪在那里，没有起身要走的意思，便问，“还有什么事吗？”

元顺抬头上下打量着胡太后，看得她有点不好意思：“陛下，臣有句话不知当讲不当讲？”

“有什么不能说的？朕把你从济州召回，视为心腹，有话直说，何必吞吞吐吐？”

元顺抬起头，看了看胡太后花花绿绿的衣服和浓妆艳抹的脸："微臣要说说陛下的事。"

胡太后警觉起来，但又想听听他说些什么："朝廷之事有什么遗漏的，爱卿及时提醒。"

"非朝廷之事，纯是陛下之事。"

"那就别绕弯子了，快说吧。"

"恕微臣直言。按照古礼，妇人夫死，自称未亡人，衣服穿着宜朴素，不宜戴珠玉饰品。陛下也快到不惑之年了吧，还打扮得如此娇艳，怎么能威仪天下呀？"

胡太后虽面露羞色，但仍强词狡辩："哎哟，你是朕的堂叔，这样的话怎么说得出口？女人家爱打扮怎么了？这是女人的天性，是天性，你懂吗？"

"我懂，但是陛下不一样，陛下是摄政王，就应该有摄政王的样子。"

"你老糊涂了！朕把你从千里之外召来，难道就是为了让你当众羞辱朕吗？"

元顺仍以长辈自居，直着脖子劝谏："陛下既然不怕天下人的唾沫星子，难道还怕微臣一句直言吗？"

胡太后不再回话，也不看元顺，对宫女说："气死朕了。走，到前面去。"

元顺"唉"了一声，跺了一脚，无趣地走了。

胡太后回头看着元顺的背影，对一个太监说："快传李神轨，朕有要事。"

李神轨时任给事黄门侍郎，此人皮肤白皙，相貌端正，眉宇之间透出一股将帅之气，早得幸于胡太后。此时他跟着太监来到胡太后寝宫，胡太后把所有的宫女都赶了出去，只他们二人在里面谈"要事"。一直谈到华灯初上，宫女进来提醒用膳，被胡太后训斥了一番："瞎眼了，没见朕正忙着吗？"宫女只得蹑手蹑脚地退出门外。过了一会儿，屋内传来胡太后断断续续的淫荡之声。众宫女不约而同地向四周散去，每人站在一个角落，监视门外的动静。

四十一　兄弟私亲

夏日骄阳似火，萧玉姚在宫里坐不住，穿了轻纱，准备出去找树荫纳凉。刚要往外走，烛儿进来说："公主，有位公公求见。"

"让他进来吧。"

太监进来，跪下道："奴才参见公主。"

"平身吧，公公有事吗?"

"今日是吉日，皇上搞斋戒活动，请公主饭后去斋宫。"

萧玉姚合了下眼皮，略做思考，问："大臣们都去吗?"

"皇上说，今日主要是女眷斋戒，大臣们不来。"

萧玉姚狠狠地咬了咬牙根："知道了。"

太监刚走，萧玉姚招呼烛儿进来，对她耳语了一阵，烛儿匆匆出去了。一会儿，带来了两个书童。萧玉姚端坐在椅子上，招呼书童："到本宫跟前来。"

两书童对视了一下，不知犯了什么错误，以为公主要惩罚自己，不敢往前走。萧玉姚生气地说："过来呀，本宫就那么吓人吗？吃不了你。"

书童胆怯地走过来。萧玉姚伸出手，把二人的头对在一起，耳语了几句。二人扑通一下一齐跪在了地上："奴才不敢，公主饶命。"

"看你们那个熊样，你们既已知道本宫的想法，觉得自己还能活着出去吗?"

二人慌忙跪地磕头："奴才不敢，公主饶命。"

"要想活命，就听本宫的，事成之后，必有重赏。"

其中大一点的书童说："奴才听公主吩咐。"

另一个也只得随着说："听公主吩咐。"

斋宫内，金色释迦牟尼像庄严地端坐正中，左边是阿弥陀佛，右边是药师佛。香炉内，炷炷高香笔直挺立着，烟雾徐徐升腾。佛像下边坐着两排和尚，朗朗地诵着经文。

丁贵嫔强支病体，打起精神，站在斋宫门里，迎接每一个到来的女眷。每有人进来，她都亲切问候，然后告诉她们应坐的位置。

见萧玉姚走了过来，丁贵嫔说："公主好，公主这身打扮真得体。"

萧玉姚有点不自然地说："谢娘娘夸奖。"脚步谨慎地迈进了门槛。

丁贵嫔见后面两位侍女走起路来有点笨手笨脚，便注意地看着。她们见贵嫔娘娘在打量自己，更加不自然起来，迈过高高的门槛时，其中一个侍女一不小心，鞋子被门槛绊掉了一只。

侍女掉鞋的闪失吸引了宣猛将军陈庆之的目光，他见那鞋好像比一般女人的鞋要大，再去看那侍女的脚，简直就是男人的大脚，便产生了怀疑，注意地打量着。

萧玉姚见状，训斥道："毛手毛脚的，成何体统？还不快穿上！"侍女慌忙去捡鞋子，萧玉姚手指着她的头皮，"看我回去怎么收拾你这个笨丫头。"

陈庆之悄悄把丁贵嫔叫到一边，说出自己的怀疑。丁贵嫔又仔细看了几眼侍女，也觉得这两人像是男人，想告诉皇上，又怕引起混乱，惹皇上不高兴，便对陈庆之说："陈将军，今日是你轮值，此事由你全权处理，一定要确保皇上安全。"

陈庆之出去，叫了八名宫中甲士，嘱咐道："尔等担负着保卫皇上的重任，如有异动，要舍身保护皇上，若有半点闪失，叫你们人头搬家。"他命卫士身上裹了白棉布，既是防止刀枪穿刺，也是为与斋宫的白色帷幕一致。

萧衍走出来，穿着粗布衣服，两个太监抬进一把禅椅，安在他的身后。萧衍盘腿坐上去，说："今日风和日丽，朕召众女眷在此斋戒，目的就是清静身心，谨防懈怠。关于斋戒，《大般涅槃经》中有明示，《阿含经》《楞严经》《十诵律》等诸经中也有规定，诸经解说虽有差异，但大体归为八戒：第一，戒杀生；第二，戒妄语；第三，戒饮酒；第四，戒卧高广大床；第五，戒偷盗；第六，戒涂饰花香及歌舞观听，就是不佩戴鲜花香草，不观看歌舞表演。朕每举行朝宴，从未准许歌舞奏乐；第七，戒食非时食，此戒要求过中不食，这是八戒中很重要的一戒，尤其女眷最难坚守，因为平时多有吃零食的嗜好……"

诸女眷交头接耳，小声说起话来。

萧衍道："既是斋戒，今日就做到这一条，过中不食，亦不许吃零食。还有更为重要的，第八，戒淫邪。朕今年六十二岁了，五十以后便不再与嫔妃同室，古今帝王无人能比。"

全场女眷都低下头，萧玉姚脸上泛红，也慢慢低下了头。

萧衍继续说："佛经告诉我们，人人皆可成佛，世人奉佛，有着美好的彼岸前景，但要真正成佛，关键在于此岸的修习。诸位女眷一定要潜心研习佛经，持守戒律。今日斋戒，朕要亲自讲《大品般若经》，还请了法云、慧约、智藏等法师分别讲说，诸女眷一定要悉心听讲。"便有板有眼地讲了起来。

而在萧宏的王府，气氛跟平时却不同，没有了来来往往的办事官员，也没有进进出出的闲杂人员，只见为数众多的士兵排着整齐的队伍，手持刀枪，随时等待萧宏的命令。

日薄西山之时，一群乌鸦在树上盘旋着。

萧衍和众女眷坐斋完毕,女眷们纷纷离去。这时,萧玉姚起身,走到萧衍跟前:"父皇,女儿有要事相告。"

萧衍:"玉姚有事尽管说。"

萧玉姚上前,对萧衍做耳语状。萧衍好像没听清:"你说什么?大声点!"

这时,两个侍女悄悄绕到萧衍身后,每人一边,手伸进了腰间。那个高个儿侍女拔出腰刀,向萧衍背部刺去。陈庆之一个箭步冲上来,挡在了中间。高个儿侍女挥刀向陈庆之乱刺,一下子刺中了他的左臂。陈庆之右手抱着左臂躲闪着,瞅准机会,飞起一脚,踢中了侍女的手腕,侍女痛得一松手,刀子当啷一声掉在地上。就在矮个儿侍女去刺萧衍的当儿,八名甲士从帷幕后冲出,将侍女按倒在地,反绑起来。

面对突如其来的变故,萧衍吓得面如土色,从禅椅上跌落了下来。

丁贵嫔嘴唇青紫,一手捂着胸口,上前搀扶着萧衍。陈庆之走过来,扶起萧衍,连声说:"皇上莫怕,刺客已被擒获。"

丁贵嫔浑身颤抖,脸冒虚汗:"皇……皇上,你……没事吧?"

萧衍说:"朕没事,贵嫔没吓着吧?"

丁贵嫔感到一阵眩晕,继而天旋地转,倒在了地上。

萧衍说:"来人,快把娘娘抬回宫中,派御医诊治。"上来几个太监和宫女,把丁贵嫔抬到车上,直奔永福宫。

萧衍恢复了镇静,对陈庆之说:"把刺客带上来!"

甲士们把两个侍女推到萧衍面前,一人一脚把她们踹倒,跪在地上。

陈庆之上前,撕掉了侍女外衣,扯下了头上的假发,原来是两个书童。

萧衍问:"原形毕露了,你二人为何要行刺朕,快快从实招来?"

两书童不停地叩头:"皇上饶命,这全是大公主的安排。"

萧衍回头看了一眼:"玉姚?玉姚呢?"

陈庆之转身搜了一圈:"皇上,大公主跑了。"

萧衍说:"快把她抓来。"

一会儿,萧玉姚被带到萧衍跟前,浑身抖得像筛糠似的。

萧衍问:"玉姚,你为什么要谋害父皇?"

萧玉姚见事情再也瞒不过去,只求保命:"孩儿受了别人蒙骗。"

萧衍问:"是谁指使你干的?"

萧玉姚说:"是临川王。"

"他要干什么?"

"他觊觎皇帝之位已久。"

"他觊觎皇位,你怎么会知道的?"

萧玉姚低头无语。

萧衍又问书童:“你们知道公主跟临川王的事吗?”

一个书童说:“皇上,公主跟王爷来往已久,他们明铺夜盖,尽人皆知,只有皇上蒙在鼓里……”

萧衍右手一摆:“住嘴!推出去斩首!”

一会儿,斋宫外就传来两声凄惨的叫声。

萧玉姚哭着说:“父皇饶命,孩儿知罪。”

萧衍向外摆了摆手,说:“已经太晚了,来人,把她送出宫去吧!”一甩袖子,转身离去。

傍晚时分,一辆黑色的车子载着萧玉姚,向宫外走去。

萧宏知道斋宫之事败露,解散了整装待发的士兵,安排好值守人员及时向他通风报信,这次他再也没有心思去江氏房间厮混,独自一人在客厅里坐立不安。一会儿,仆人来报:“王爷,公主被一黑色车子拉到郊外,关到一个无名寺里去了。”萧宏一下子坐在了身后的椅子上,颤抖着说:“继续打探。”

夜深了,萧宏仍然坐在那里,毫无睡意,反思着事情的前因后果,担心着自己的身家性命。茶几上的水,侍女换了一杯又一杯,他一口也没喝。忽听门外马蹄声响,继而是推门之声,一个仆人火急来报:“王爷,公主已在寺院自缢身亡。”萧宏感到一阵头晕恶心,手抚胸口,口吐鲜血,昏倒在地。

丁贵嫔自斋宫受到惊吓之后,病情加重了。萧统急忙从招隐寺回来,一步不离地侍奉着她,亲自为她熬药,侍候饮食起居,跟她说话解闷,这才渐渐有了好转。

洛阳宫里,胡太后与李神轨打得火热,每隔几天,她就召幸李神轨。郑俨失宠被冷落,他本来是胡太后的父亲胡国珍司徒府里的参军,通过这层关系,胡太后早就与他好上了。后来元叉掌权,囚禁了胡太后,郑俨随萧宝寅西征。元叉被杀,胡太后重新临朝听政,郑俨向萧宝寅请求回京,胡太后任他为谏议大夫,并兼尝食典御,把他牢牢地拴在宫里,随时召幸,从不让他回家。郑俨就是有急事回家,胡太后也派太监跟随,即使与妻子见面,也只能说说家事而已。为此,郑俨一度感觉无比烦恼,可自从李神轨受到胡太后的青睐,郑俨被召幸的机会越来越少,他又怕失去眼前的权势,人不能在一棵树上吊死,必须寻找新的靠山,这靠山在他看来,那就是皇帝元诩。于是他悄悄来到御书房,委婉地奏报了李神轨的行为。元诩虽然年轻,可对男女之事早已知晓。母后留情李神轨,有失朝廷尊严;而宠幸郑俨和徐纥,使二人有恃无恐,搅乱朝政,他们都是一丘之貉,必须尽快除之。可他们经营多年,党羽遍布朝野,盘根错节,仅凭自己的力量,恐一时不能如愿,便想利用尔朱荣的势力铲除奸党,整肃朝纲。于是元诩亲撰密诏一封,派亲信太监送往并州府晋阳。

尔朱荣是敕勒族尔朱代勤的孙子。尔朱代勤曾随太武帝拓跋焘征战，功勋卓著，深孚众望。一次出外打猎，部落中有一个成员射虎，误中了他的大腿，他把箭拔出来，没有治罪当事人，因此部落成员莫不对他心悦诚服。尔朱代勤当了肆州刺史，受爵梁郡公，死后他的儿子尔朱新兴继承了爵位。尔朱新兴当敕勒族的酋长时，畜牧业尤其兴旺，牛、羊、骆驼和马群，都以毛色分组，这些成群的家畜奔跑在川谷之中，数量多得像白云和草丛。魏国每到出兵时，尔朱新兴总是献上马匹和粮食，得到孝文帝的多次赏赐。尔朱新兴年老了，请求把爵位传给儿子尔朱荣，朝廷同意了。尔朱荣皮肤白皙，容貌俊美，更重要的是他处事果敢，管理部落井井有条。此时四方豪杰蜂起，正合乎尔朱荣的雄心，他也像比他小三岁的豪杰高欢一样，把牛羊分散给众人，招募亡命之徒，结交地方豪杰，引得侯景、刘贵等人前来投奔。

刘贵很看好高欢，觉得他有匡时济世之才，这辈子不会白活，跟了他定能发达，便把高欢引荐给尔朱荣。尔朱荣见高欢面容憔悴，不像有什么奇才大略，脸上流露出不屑的神情。尔朱荣把高欢领到马棚，指着一匹凶悍的烈马说："他娘的，这匹马鬃毛太长太厚了，一跑起来热得直淌汗，你给它剪了。"

高欢看了看尔朱荣，又看了看那马，没动。

尔朱荣把一段绳子扔在地上："怕了？绑了！"

高欢拾起绳子，扔到了一边。他走到马前，既没有捆绑马蹄，也没有套马笼头。他轻轻拍了拍马头，又捋了捋马鬃，嘴里嘟囔着，似乎跟马说着什么，用剪刀慢慢剪了起来。奇怪，那马既没有嘶鸣，也没有闹腾，而是乖乖地任由高欢摆弄。

剪完马鬃毛，他转身对尔朱荣说："防范恶人也跟对付烈马一个道理。"

这时，尔朱荣的表情由阴转晴，拉着高欢的手："走，到客厅说话。"

尔朱荣请高欢在他座椅前面的一个矮凳上坐下，命左右退下，问了一些时事。高欢见对方终于正眼看自己，内心里暗暗高兴，正儿八经地说："我听说您有十二个山谷的马，按颜色分群，请问荣公养这么多马究竟有什么用?"

高欢说完，观察着对方的表情，只见尔朱荣不露声色，捋了一下络腮胡子，从容地说："尽管说出你的想法。"

尔朱荣说着，故意把视线投向远方，给高欢留下无限想象的空间。

高欢觉得面对这个有雄心大志的人，没必要绕弯子，便直率地说："当今皇上暗弱，太后淫乱，奸臣当道。以荣公的雄才大略，趁机起兵，以清君侧之名，讨伐郑俨、徐纥之徒，霸业就能像挥动马鞭一样，闻响即成。"

其实尔朱荣内心早有此打算，只是还没有找到合适的时机，听高欢如此说，便故作镇静地说："以你看来，这第一板斧该砍向何处啊?"

正说着，侯景进来："大人，皇上圣旨到。"

一小太监左顾右盼地走了进来，看了看高欢。尔朱荣会意，挥手让高欢退下。

太监从怀中掏出一样东西，递给尔朱荣，小声说："皇上密旨，命你接旨后迅速行动，不得有误。"

尔朱荣小心地打开圣旨，原来皇上让他率兵拱卫洛阳，逼太后归政。

尔朱荣拿不定主意，又叫来高欢商量。

高欢说："主公，你的机会来了。"

尔朱荣直视着高欢，眼里流露出不解的目光。高欢问："皇上今年多大了？"

尔朱荣更加疑惑地看着高欢："别人的年龄不好说，皇上的年龄，天下人谁不知道？皇上今年十九岁了。"

"这就是说，皇上已经成人了，完全能够自主行使皇权了，因此他在偷偷地培植自己的党羽。通直散骑常侍谷士恢就很受宠爱，皇上命他统领宫中禁卫，而太后早有提防，多次暗示谷士恢，想让他到外地为官，谷士恢觉得皇帝宠爱自己，不愿外出，太后便以大不敬之罪杀了谷士恢。还有一个密多道人，会说匈奴语，皇上经常带他在身边。胡太后派人在城南杀了他，还假惺惺地悬赏缉拿罪犯。因此，皇上和太后的隔阂越来越深。这次皇上命你举兵向内，无非是借你的声威，逼太后逊位。而你一旦入宫，惩除了奸臣郑俨、徐纥，天下还不运筹于你股掌之中吗？"

"他娘的，机会真的来了，事不宜迟。侯景，赶快去集合兵马，明早立即发兵。"

尔朱荣走出室外，看着天空的一弯残月，长长地舒了一口气。

建康城内，刘勰、王筠二人来永福宫拜见萧统。丁贵嫔身体见好，萧统的心情轻松了些，见到刘、王二人，显得非常高兴。王筠说："《文选》编出来了，请殿下过目。"

刘勰捧起书递给萧统："遵照殿下旨意，《文选》共三十卷，七百六十篇作品，收录文家一百三十家，上起子夏，下迄当今。当世虽说文章繁富，可是根据生人不录的原则，一些名家名作没有选进去。"

萧统说："陆倕刚刚病逝，本宫很是悲伤。他曾是太子中舍人，颇有文才，曾奉诏撰写《石阙铭》，受到父皇褒美，赐绢三十匹。这次就把他的《石阙铭》收入《文选》，作为对他的纪念吧。"

刘勰说："这样一来，他就是收录得最晚的文家了。目前就是这个样子，如有不足之处，望殿下指出，我们继续修订完善。"

萧统小心翻看着《文选》，就像怜爱自己精心养育的孩子："终于成书了，这是二位先生的功劳，也是诸位学士的功劳。"

王筠说："全是殿下宏才大略，不然怎会有此盛事？"

刘勰说："《文选》的编纂前无古人，'事出于沉思，义归乎翰藻'的选文标准也很正确。"

"正是因为爱卿在《文心雕龙》中强调事义对于文章的重要性，所以本宫才把它作为选文的标准。"

"是呀，一篇好的文章，就像一位体健貌美的君子，事义就是他的骨髓。微臣只是在理论上提出了这个问题，殿下却把它贯穿到《文选》中，变得更加具体和明确了，可见殿下的胆识。"

萧统说："这样吧，二位爱卿回去继续组织众学士校正。本宫明日就去面见皇上，禀报《文选》纂成一事。"

御书房内，萧衍拿起《文选》，仔细看完了目录，说："这部《文选》是有开创性的，它是有史以来第一部诗文总集，对于突出诗文的地位，促进诗文发展具有重要意义。皇儿做了一件名垂青史的大事。"

"父皇文治武功，堪比秦皇汉武。在学术方面，父皇六艺备佳，经史研究，著作等身，佛学造诣，前无古人。孩儿学识浅陋，还望父皇多多赐教。"

"做皇上就要文武双全，皇儿身为太子，也应当文武兼修。"

"儿臣遵命。"

"你母亲病可好些了？"

"好些了。"

"这都是佛祖的功德，你要坚持祈祷，祈求佛祖保佑你母亲早日康复。"

"孩儿谨记。"

"朕有心天天烧香拜佛，但一是忙于政务，二是寺院离皇宫较远。因此，朕决定在宫后再建一寺院，寺名已经想好了，就叫同泰寺，到时候你就可以去那里祈祷了。"

萧统毕恭毕敬地说："是。"

正在这时，黄泰平进来："皇上，不好了，临川王不行了。"

"他怎么了？"

"临川王府来报，说是王爷病危。"

"你快去通知法云选一百名僧人前去临川王府。"

黄泰平刚要往外走，萧衍喊道："回来，准备玉辇，朕要前去探望。"

临川王府内，萧宏躺在床榻之上，面容憔悴，眼窝沉陷。他的侍妾吴氏、江氏等在床前跪成一片，哭哭啼啼。

萧宏断断续续地说："我要走了……这些天来，我想了很多。我这一生，蒙皇上厚爱，位及三公，权倾朝野，享尽荣华富贵……自得病以来，皇上已六次来府上探望，我知足了……只是我不放心你们呀，我走了，你们的福分也就到头了……我走了，你们……”话没说完就窒息似的咳嗽起来。

只听门外喊道：“皇上驾到。”萧衍带了太医徐樊进到屋内。

萧宏挣扎着要起身，可体力不支，又咳嗽了起来。

萧衍上前扶萧宏躺下：“御弟不要动，快快躺下，身体虚弱，就不要多礼了。”

“皇上，我要走了……”又止不住咳嗽起来，而且声音越来越重，直咳得眼前发黑，最后竟吐出一口血来。

徐樊急忙上前，给萧宏把脉，又小心地翻了翻萧宏的眼皮，然后退到一边。

萧衍看着徐樊，似乎在问：“怎么样，不要紧吧？”

徐樊躲开萧衍逼视的目光，只是不停地摇着头。萧衍已明白他的意思，便走到萧宏的床前，拉着他的手：“老六啊，有什么话，你就说吧。”

慢慢地，萧宏终于缓过一口气来：“如有来世，我一定要……”又一口痰涌了上来，似乎满满地堵在他的喉咙里，怎么也咳不出来，只是在里面呼啦呼啦地响着，脸色慢慢地变紫变青，眼球向上翻着，停在半空中的手也落了下来。跪在床前的家眷、侍妾一齐哭了起来。

萧衍把萧宏的手摆平，又往上拉了拉被子，缓缓地走出门外。这时，众僧念起经文，萧宏的魂魄随着缥缈的“阿弥陀佛”之声，飘向西方世界，接受佛的评判去了。

四十二　淫牝司晨

清晨，洛阳崇训宫内。胡太后正在侍女的伺候下梳洗打扮，一太监急急地进来禀报："陛下，中书舍人郑俨求见。"

"大清早的，有什么事呀？"胡太后板着脸问。

"奴才不能参与朝政，故不曾问。"

胡太后脸色和缓下来，露出一丝笑意："还算明白，让他进来吧。"

郑俨进来，太监又来禀报："中书舍人徐纥前来晋见。"

胡太后知道必有大事，便说："还啰唆什么？快来见朕。"

徐纥慌慌张张进来："陛下，不好了！尔朱荣以高欢为前锋，率兵攻到上党了。"

胡太后故作镇静地说："慌什么，他到上党干什么？"

"奴才不知。"徐纥看了看站在一旁的郑俨。

郑俨说："据奴才探知，尔朱荣此次出兵，有皇上密旨。"

"皇儿有旨？他要干什么？"

"陛下不要忘了，皇上已经成人了。奴才听说，他对陛下处置谷士恢颇为不满，既然不能在宫中培植自己的亲信，那就借助外藩的力量，对陛下施加影响。"

胡太后想，她与面前二位的隐情是不是皇儿已经知道了，想借助外力来限制自己？其实事情远没有胡太后想得那么简单。

郑俨说："皇上密诏尔朱荣出兵，目的就是要逼陛下逊位，还政于皇上。"

"他敢！"胡太后显然来气了，"一个乳臭未干的毛孩子，他懂什么？"

郑俨还想借机扳倒一个人："陛下，奴才听说元顺参与了此事，是他给皇上出的主意。"

胡太后看了一眼郑俨，没有说话。

"尔朱荣诡计多端，一直怀有不臣之心。皇上让他率兵进逼京师，这是引狼入室呀。朝廷的精兵强将都在南方抵御梁军，守卫京师的兵马多是老弱病残，怎能抵挡他的虎狼之师呀？"徐纥缩起了身子，双手不停地抖动着。

"怕什么？阴沟里翻不了船！"胡太后显然把事情看得很轻。

郑俨说："陛下，此事不可小觑呀。一旦尔朱荣打进京师，陛下的摄政王之位还能保得住吗？就是皇上的地位恐怕也难保，到时候我们这些人弄不好都要身首异处啊。”

徐纥听了，浑身颤抖起来，跟胡太后在床上时那股威风已烟消云散，他哆嗦着嘴唇说：“陛下，我们该怎么办？”又觉失语，用手扇了自己一个耳光，“不是，是朝廷，是大魏朝廷，朝廷该怎么办呀？”

胡太后此时也皱起了眉头，一时没了主意。

倒是郑俨还能临事不慌，他指着徐纥道：“看你那点出息，天塌不下来。”转身对胡太后说，“当断不断，必受其乱。陛下，出手的时候到了，不能犹豫呀。”

“依爱卿之见，当如何处置？”胡太后看着郑俨，希望能有一个万全之策。

“依微臣之见，立即下旨，明令尔朱荣停止进兵，不许再前进半步，如若抗旨不从，格杀勿论。”

“立即拟旨，告诉尔朱荣，京城兵多将广，固若金汤，无须增兵，见旨即罢兵回晋阳，不得拖延。”

“遵命。”徐纥答应着，仍没有要走的意思。

胡太后看了他一眼：“快去办，事不宜迟，还在这里磨蹭什么？”

徐纥犹犹豫豫地退了出去。

“陛下，退兵是第一步，还有第二步……”

“第二步该如何？郑俨，这里没有外人，有话就直说吧。”

“这第二步嘛……”郑俨警觉地环视四周，“这第二步嘛，应当这样。”他慢慢地抬起右手，在空中做了一个砍头的动作。

“砍头？砍谁的头？引尔朱荣进逼京城，是元顺的主意，难道要砍他的头？不可不可。”元顺是拥戴她的，他要铲除的是郑俨、徐纥二人，便替他辩解道，“元顺也许受了小人撺掇，他对朝廷忠心耿耿，砍他的头无道理呀。”

“不光砍元顺的头。”

“还有谁的头？是皇儿下密旨让尔朱荣进逼京师的，难道……”

郑俨郑重地点了点头。

“砍皇儿的头？你不要命了！”胡太后瞪大了眼睛，“这可是逆天大罪呀，你怎敢出这样的馊主意？”

郑俨仍然没有说话，又使劲地点了点头。

“不行，绝对不行！他是皇儿，是朕的骨血，朕怎能忍心杀自己的儿子？”胡太后不停地摇着头，“不行，坚决不行。”

“若不如此，一旦朝廷有变，局势将无法掌控，到时候就有人会对陛下不客气。”

“砍头？”胡太后害怕了。

郑俨又点了点头。

胡太后一下子瘫坐在龙椅上，眼圈红红的，忧郁地望着窗外。

建康东宫之内，到处冷冷清清，只有几个宫监在浇花剪草。殷均走过去问："这里怎么这么冷清？太子去哪里了？"

一个宫监说："贵嫔娘娘病了，太子在永福宫侍奉。"

殷均又来到永福宫。萧统正在给母亲喂汤药，有宫女进来，小声说："太子殿下，外面殷学士求见。"

丁贵嫔打起精神说："统儿，我这会儿感到身上好受了些，坐着说会儿话，你去忙吧。"

怕母亲害冷，萧统端起火盆，放在她近前，然后悄悄退出，把殷均引到侧面书房。殷均见萧统比过去明显消瘦，眼圈发黑，便劝道："殿下，你太操劳了，可要保重身体啊。"

"本宫年轻，没事的。"

宫监魏雅说："自娘娘生病以来，殿下就从东宫搬到这里，从早到晚侍奉娘娘左右，睡觉从没脱过衣服。"

殷均说："娘娘的病可好些了？"

萧统眼睛红红的："一直用着药，这几天见好了，精神头也足了些。"

"冬天容易生病，天气转暖，万物复苏，娘娘的病就好了。"殷均宽慰着，"殿下也要注意身体，身体好了，才能更好地侍奉母亲，这也是孝呀。"萧统赞同地点着头。

自萧玉姚出事后，身为驸马的殷均遭受了沉重的打击，现在反而劝起自己来，萧统深为感动，因不好再提他的家事，以免引起他伤心，便问："殷先生，你的《四部书目录》完成得怎样了？"

所谓《四部书目录》即经、史、子、集四大部类经典书籍分类体系目录，是殷均于天监年间任秘书丞时所编。萧玉姚事发，萧统为了让殷均排遣心中的郁闷，要他根据近年来四部书籍的增加变化情况，再行补充完善。殷均是个认真的人，对萧统安排的事情从来都是一丝不苟。现在太子问起此事，殷均高兴地说："承蒙殿下关照，《四部书目录》已经校定完毕，这是样本，请太子指正。"

萧统接过书，掂量了一下："你又为大梁立了一功，必将载入史册。"

"不求青史留名，只求不要以讹传讹，要留给后人完美无缺的珠宝，而不是良莠不齐的杂草。"

"先生有这样的治学态度，自会名垂青史的。"

"微臣以此自勉。"

"能载入史册的还有刘勰。僧祐圆寂后，父皇敕命他和慧震于定林寺校撰佛经，也不知现在怎么样了。"

“他现在忙着呢。前天我去定林寺上香,拜访过刘勰,他和慧震吃住在经堂,天天埋头佛典,在晨钟暮鼓里度日月,和僧侣的生活没什么区别。”

“他没说什么时候能完成呀?”

“这个不好说,或许三年五年,或许十年八载。”

正说着,鲍邈之进来:“殿下,娘娘又咳嗽得厉害。”

萧统一听,身体不自觉地颤抖了一下,也没来得及安顿殷均,便急匆匆地向母亲寝宫奔去。

此时,丁贵嫔脸色憋得铁青,大口大口地喘着气。萧统走进来,焦急地说:“母亲,您怎么了?可不要吓唬孩儿。”他焦急地搓着双手,看了看室内的青瓷莲花香熏,对身边的宫女说,“把这个拿到外面去吧。”

萧统接过宫女手中的热汤,用勺子舀起,慢慢送到丁贵嫔的嘴边。丁贵嫔喘着气,摇着头:“不必了……不必了……孩儿,你要学佛、信佛、奉佛,佛能使人的一切得到解脱。”接着吃力地念起《净名经》,“稽首能断众结缚,稽首已到于彼岸,稽首能度诸世间,稽首永离生死道,悉知众生来去相,善于诸法得解脱……”一阵撕心裂肺的咳嗽打断了诵经声。

萧统回头对宫监魏雅说:“还站着干什么,快去请太医呀。”

丁贵嫔还是摇头:“不必了……死生有命,富贵在天……母亲这一生富贵已极,死而无憾,只是放心不下皇儿呀……”

“母亲……啊啊……”萧统禁不住失声痛哭起来,“母亲,孩儿离不开你,孩儿一定把你的病治好……”

“天下良医无数,只是治得病治不了命呀……为娘走后,你要好自为之,学会保护自己。你处在太子的位置,高处不胜寒,不要得罪了诸王,无论什么事情,要依赖皇上,皇上是最疼爱你的。有皇上垂爱,你才能走得更远……还有……还有就是……”又是一阵窒息似的咳嗽。

平时,萧统无论有什么事情,从来不麻烦父皇,怕惊扰了父皇,今见母亲病成这样,在此人命关天的关键时刻,他已全然顾不了这些,起身对魏雅说:“公公在这里好好照看着,我要去面见父皇,让父皇派最好的御医为母亲治病。”又对鲍邈之说,“快去备车。”

“孩儿,回来……”丁贵嫔声音微弱,萧统哪里听得见,他不能没有母亲,他要救母亲,他疾步走了出去。

萧统刚刚走下宫殿台阶,只听身后传来撕心裂肺的哭声,萧统急忙收回了脚步,发疯似的往宫内跑去。

按照规定,丁贵嫔灵柩要移到东宫的临云殿。萧统穿着孝衣,步行跟在灵车后面,几次痛哭欲绝,直到丁贵嫔尸体入棺,他没吃一口饭,没喝一口水。

萧衍知道丁贵嫔去世的消息后,坐立不安。丁令光是在他最寂寞的时候来到他身边的，那时候她刚刚十四岁，单纯善良，勤劳朴实，却受到郗徽的冷遇，可她从不计较这些，含辛茹苦支撑起这个家。自己当了皇帝，完全可以封她为皇后，可他没有这样做，真是太愧对她了。他只知道这几年她身体不好，没想到竟然这么快就走了。他放下身边的军国大事，丢下手中的经卷，来到临云殿。

萧统正在丁贵嫔的灵前哭得死去活来，听说皇上驾到，挣扎着要站起身，可刚直起身来，又一屁股坐在了地上。正要努力再起身时，萧衍已经来到了面前。萧统只能顺势跪在父皇面前，行了个大礼。

见萧统又黑又瘦，眼窝沉陷，原来肥胖的身体现在竟变得瘦骨嶙峋，萧衍禁不住眼窝发热，流下泪来："皇儿是不是病了？泰平，快叫御医给太子诊治。"

听萧衍如此说，萧统眼含热泪："孩儿没病，父皇不必担心。倒是父皇要保重身体，不要为孩儿操心。"

萧衍对宫监魏雅说："你们是怎么伺候太子的？为什么让他瘦成这样子？"

魏雅跪下道："皇上恕罪，太子自打娘娘染病后，就亲自侍疾，昼夜伺候娘娘榻前，不离左右，晚上也很少睡觉，饭也少吃。娘娘薨后，太子悲恸欲绝，不吃饭，不喝水，也不睡觉，整天跪在灵前，以泪洗面。"

萧衍心疼地劝道："皇儿，这怎么可以呢？你以太子之躯而不知珍惜，将来怎么能够君临天下、为国操劳？"

萧统跪在那里，抽泣着没有回话。

"朕还健在，你这样糟蹋自己，怎能让朕安心？"

萧统还是抽泣着。

"居丧期间，朕知道你悲痛伤心，可不吃饭导致身体虚弱，这也是不孝啊！你想想，如你母亲知道你这样，她能走得安心吗？"

提到母亲，萧统又禁不住哭出声来："父皇放心，孩儿吃饭就是了。"

魏雅赶紧去厨房端来一碗热乎乎的稀粥，萧统勉强吃着。

萧衍说："你母亲在世时，仁厚宽恕，勤劳俭朴，布德执义曰穆，就谥为穆吧。"

萧统正吃着饭，闻听此言，眼泪止不住滴到了莲花碗里。

送走萧衍，萧统对刘孝绰、殷均说："麻烦二位了，还请你们接待好前来吊唁的宾客，勿要怠慢失礼。"

刘孝绰说："请殿下放心，我等昼夜在此轮值守候，对来客做好登记，用心接待，保证万无一失。"

通事舍人刘杳进来："殿下，明日是贵嫔生日，按礼应做生忌，该怎么准备？"

萧统考虑了一下说："按礼设祭，要庄重肃穆，东宫之内禁止一切乐舞。"

刘杳说："是。"

萧统说："要安排好值班，白天你在那里照应，让魏雅留在你身边使唤，夜晚让鲍邈之值守。”

贵嫔生忌这日,白天一切正常。到了晚上,太子祭奠完毕,回到贵嫔灵堂。鲍邈之在祭堂坐了一会儿,感到无聊,起身走出堂外。到处很静,路上没有一个行人。再看远处,有灯光闪烁,顺着灯光走去,隐约听到宫女的说话声。走近一看,是一老一少两个宫女在值房守夜。鲍邈之走进去:“原来是你们二位,在值夜呀?”

老宫女问:“鲍公公,深更半夜的,你怎么来了?”

鲍邈之说:“今日不是给贵嫔娘娘做生忌吗?太子让我在祭堂值守。”

老宫女说:“公公来得正好,你陪一会儿丁香,我出去小解。”

鲍邈之瞅了一眼丁香,笑眯眯地说:“你放心去吧,我陪着她。”

老宫女走后,鲍邈之说:“丁香,你说话声音真好听,柔柔的,绵绵的,很美,我就是被你的声音吸引过来的。”

“大家都一样,在宫里,谁敢大声说话?”

“你不一样,我喜欢听你的声音,”鲍邈之盯着丁香的脸说,“妹妹长得真俊。”抬手捏了一下她的腮帮子。

丁香羞得满脸通红:“公公不要动手动脚的,让外人看见多不好。”

鲍邈之向门外看了一眼:“这会儿人们都睡了……天这么冷,你身上冷不?”凑上前去掀丁香的衣服,“你穿得太单薄了,来,哥哥给你暖和暖和。”一把拉着丁香,就往怀里抱。

丁香摇晃着身子挣脱着:“不要脸,我喊人了。”

鲍邈之使劲地抱着丁香:“来吧,我亲亲你……”

萧统去祭堂巡视,不见鲍邈之,非常生气,听到这边有说话声,过来察看,正碰上鲍邈之和丁香拉拉扯扯。萧统一步跨了进来,鲍邈之慌忙跪下:“奴才参见太子殿下。”丁香则跪在一边抽泣。

“鲍邈之,你不在祭堂值守,跑到这里干此勾当,你可知罪?”

鲍邈之吓得浑身哆嗦,连连磕头:“奴才该死,殿下恕罪。”

“看你那点出息,还不快走?”

“谢殿下宽恕。”鲍邈之起身一溜烟小跑着去了。

几天后,萧统叫来鲍邈之和魏雅:“本宫托人为母亲购得一块上好墓地,在蒋山之脚下,鲍公公带人前去除草整理,务要干净整洁。魏雅留在宫里接待宾客,务要周到细致。”

鲍邈之本来因为那夜之事,心里七上八下的,今见太子让自己去干又脏又累的重活,却让魏雅干体面之事,便气呼呼地往外走。这时,宦官俞三副从侧门走了出来:“鲍公公哪里去?”

鲍邈之说:“太子让我们去清理贵嫔娘娘墓地。”

俞三副把他拉到一边,诡秘地耳语了一阵。

于是，鲍邈之尾随俞三副来见萧衍，俞三副说："皇上，太子为贵嫔娘娘选了一块墓地，在蒋山脚下。"

萧衍问："你是怎么知道的？"

俞三副指着鲍邈之说："这是东宫内监，太子正要派他去那里，幸亏奴才遇见。皇上，听说那地方风水不好，恐对皇上和大梁不利呀！"

萧衍说："既是这样，就不要用那块地了，再选块风水宝地吧。"

俞三副说："奴才听说建康北郊有一块地，风水极佳，适合做贵嫔娘娘墓地，只是地价高了点。"

萧衍说："多少钱？"

俞三副说："要价六百万钱。"

萧衍说："这是谁家的地，要这么高的价？"

俞三副说："听说是建康城一个富商，叫什么来着？对，想起来了，叫高成，他是给自己留的墓地，就这价他还不舍得卖呢。"

萧衍说："既是这样，就开辟做贵嫔陵墓，贵嫔一生喜欢安宁，就叫宁陵吧，这事由你全权办理。"俞三副抑制不住内心的喜悦，全部流露在了眼角上。

第二天，俞三副带钱出宫，见到高成："买卖我是给你做成了，该怎么谢我？"

高成说："咱不是说好了吗，只要成交，给你二百万。"

俞三副大笑着："哈哈，跟你办事就是痛快。"

高成说："俞大人，大白天的多有不便，等晚上派人送你府上去。"

俞三副说："那就恭敬不如从命了。"

虽然父皇降旨要求萧统进食，但是发自内心的悲痛使他食不甘味。萧衍听说，又下诏道："听说你每天吃饭很少，身体已经很虚弱，几乎支撑不住了。朕本没有其他毛病，可听说你这个样子，也心生郁闷而得病。你要强制自己吃些饭，不要老让朕替你担心。"

萧统只好每顿吃一碗稀饭，蔬菜瓜果一点也不吃，结果体重锐减，等到母亲殡葬时，已经瘦得不成样子。

出殡那天，萧统拖着瘦弱的身体，几次哭昏倒地，围观百姓无不伤心落泪。

"什么？皇上被毒死了？"尔朱荣进驻上党后，魏主元诩又恐其蛮横强悍不好控制，私诏他退兵。退回晋阳不久的尔朱荣正在牧场与元天穆一起骑马巡视，听到亲信都督高欢禀报，翻身从马上跳下来："他奶奶的，好好一个皇上怎么就死了？谁干的？"

高欢说："据洛阳宫中内线探知，是奸竖郑俨、徐纥实施了这次谋杀，他们惧祸，对外宣称皇上暴病身亡。再说，如果太后不默许，他们敢这么做吗？这可是诛亡九族的滔天大罪呀。皇上被杀后，太后立了潘嫔所生的皇女为帝，后又怕纸里包不住火，改立已故临洮王元宝晖世袭之子元钊为帝。这元钊还不到三岁呀，这样太后就可以继续独揽大权，与其情夫继续快活。她还假惺惺地大赦天下，文武百官各晋两级，管宫廷安全的将领晋升三级，以掩人耳目。"

"真是骇人听闻，为了一己之利，竟然杀死自己的亲生儿子，豺狼不如呀，天下哪有这样的母亲？"尔朱荣转身看着元天穆，"皇帝刚刚成年，本指望能有所作为，实现大魏中兴，不想遭此不测之祸，而今又立了一个不懂事的小孩，这不是坑国害民吗？我想率铁骑直赴洛阳，杀死奸佞小人，更立成年皇帝，你认为如何？"

元天穆赞同道："如此甚好，铲除奸党，再造大魏，天下所愿。此为义举，当有檄文颁行天下。"

"对，是得有檄文。"尔朱荣对高欢说，"高都督，你来写，就说我要前去京师，参与军国大政，询问侍臣帝崩之由，查访禁卫不知之状，把徐、郑之徒交给有司治罪，雪不共戴天之耻，以谢滔天大怨，再择宗亲以承宝祚。"

正说着，直阁将军尔朱世隆风尘仆仆地进来。尔朱荣高兴地说："兄弟，你来得正好，宫中可有什么有用的消息？"

"太后让我来慰问哥哥，赏你白银万两，还让我带来了粮草，让哥哥按兵不动，原地休整。"

"什么休整？明明是对我不放心嘛。"尔朱荣情绪激昂地说，"我正要驰檄天下，讨伐淫妇奸夫，你就不要回去了，这里正需要帮手呢。"

"不可操之过急，你现在兵不过五万，而朝廷有百万大军，你不是朝廷的对手。目前朝廷已经怀疑上你了，派我前来，就是想敲打你。我来时，太后已经把我的家眷看管起来了。你现在把我留下，我的家小就没命了，还会提前做好防御准备，对哥哥并没有什么好处。"

"言之有理，那好，你就作为哥哥在宫中的内线，有什么情况及时告诉我，这天下打下来，自然有弟弟的份。你了解宫内情况，你说，当今天下，谁当皇上合适？"

尔朱世隆摸了一下耳朵："这个嘛，太后所立元钊还不到三岁，此举其实是为了巩固自己的摄政地位，朝臣多有不服。若论能力和资格，诸王之中大有人在，可这些都是太后所不喜欢的。"

"我不管太后喜欢不喜欢，我就要选一个大家都认可的皇帝。"此时的尔朱荣觉得天下已运筹于自己掌中。

"依我看来，立皇上，当有一定的根基，而且要有好名声。"元天穆斟酌着，"武宣王元勰于国有功，他的儿子长乐王元子攸有德有才，如让他继位，当能压服住口声。"

"那就元子攸啦。弟弟，你回宫后找元子攸面谈，看他有没有当皇帝的愿望，更重要的，要看他能不能听话。"尔朱荣把"听话"二字说得很重，"只有听话的人，才有资格来当这个皇上。"

四十三　蜡鹅事件

晋安王府,萧纲正在书房里与庾信论诗。庾信说:“王爷所写《咏内人眠》堪称宫体诗的典范,无人能及。‘北窗聊就枕,南檐日未斜。攀钩落绮帐,插捩举琵琶’……”

萧纲接着吟道:“‘梦笑开娇靥,眠鬟压落花。簟文生玉腕,香汗浸红纱。’这才叫宫体诗,是真正的诗。什么‘事出于沉思,义归乎翰藻’,完全是不知变通的陈词滥调。”

“王爷以宫体诗引领文苑,必能开一代诗风。”

正说着,侍从进来报告:“东宫太监鲍邈之求见王爷。”

萧纲皱了一下眉头:“东宫太监?以前来过没有?”

侍从说:“从没来过。”

庾信说:“既来王府,必定有事。”

萧纲这才放下板着的脸:“让他进来吧。”

鲍邈之小心翼翼地来到萧纲面前,跪地行礼。

“太子身体好些了?”萧纲关心似的问道。

“在慢慢地恢复。”

“母亲刚刚去世,太子悲痛过度,身体虚弱,鲍公公要用心照顾。”

“王爷,太子仁孝,奴才十分敬佩,只是太子近来有一个心病,使他闷闷不乐,奴才十分着急。”

“什么心病?”

“太子本已为贵嫔娘娘选好了一块墓地,被俞三副从中作梗,皇上诏令更换,为此太子心中怏怏不快,总觉得不如原来那块地好,有愧于娘娘。”

萧纲思索了一会儿,说:“这样吧,本王认识一位道人,叫朱启明,擅长看风水,你去找他问问。”

看着鲍邈之走出的背影,萧纲脸上闪出一丝得意的阴笑。

几天后,东宫里来了一位道士,这人就是朱启明,要求见太子,说有重要事情相告。门吏报告太子,太子召见了他。

朱启明进来,跪下叩头施礼道:“贫道拜见殿下。”

萧统声音微弱:“起来吧。”

“殿下如此消瘦,必有缘故。”

“有话直说,本宫不喜欢拐弯抹角。”

“如殿下恕贫道直言之罪,方敢实说。”

“本宫恕你无罪,先生就说吧。”

朱启明转了一下眼珠,神秘兮兮地说:“殿下之病,来自宁陵,贫道颇善看风水,经相看得知,宁陵不仅不利长子之体,也不利于长子践祚。”

萧统不禁咳嗽了起来,脸色也变得蜡黄。魏雅递过水来,他喝了几口水,喘了几口气,说:“母亲已经下葬,该如何是好?”

朱启明似乎早已谋虑在胸:“贫道有一厌祷之术,或可一用。”

“说来听听。”

“可在贵嫔墓侧长子之位埋下蜡鹅,便可镇伏邪祟。”

“这个嘛……你且回去,容本宫考虑考虑。”

晚上,萧统躺在床榻之上,反复思虑厌伏之事。自己从小崇信佛教,现在父皇以佛化国,道教成了不能登堂入室的歪门邪道,道人的蜡鹅厌祷之术自然不宜使用,可朱启明的一番话又在他心里挥之不去,以致彻夜难眠,想了一个通宵。第二天一大早,他悄悄找来魏雅,让他单独去母亲墓侧埋下蜡鹅,反复叮咛:“魏公公,你是本宫信任之人,这事只有你知我知天知地知,万万不要告诉他人。”

御书房内,萧衍正在宫中跟尚书左仆射徐勉商量建造同泰寺的事:“现在正值深冬腊月,没法施工,可做好设计,备好材料,明年开春动工。”

这时,黄泰平来报:“皇上,东宫内监鲍邈之求见。”

听是东宫来人,萧衍说:“让他进来。”

鲍邈之叩头施礼完毕,诡秘地说:“皇上,奴才有密事禀报。”

萧衍看了一眼徐勉,徐勉会意:“微臣告退。”

徐勉走后,鲍邈之说:“皇上,近日东宫发生了一件邪祟之事,奴才怕有误皇上……”

“噢,什么事呀?”

“魏雅勾结道士,在贵嫔娘娘墓侧埋下蜡染鹅,明里为太子厌祷,实则诅咒皇上天年,以期太子早登帝位,望陛下明察。”

萧衍倒吸了一口凉气,皱起了眉头:“有这等事?朕知道了,你且回去吧,东宫有事,及时来报。”

鲍邈之有些得意地说:“奴才遵命。”

萧衍派黄泰平挖出蜡鹅,带着徐勉等人,气呼呼地来到东宫。

吃过早饭,萧统感到身上稍微好受了些,便召刘孝绰等人讨论《文选》还有什么疏漏,忽听皇上驾到,慌忙跪下叩头:“儿臣拜见父皇万岁万岁万万岁。”“微臣拜见皇上万岁万岁万万岁。”

萧衍从黄泰平手中一把拿过蜡鹅,掼在地上:“萧统,你看这是什么?”

萧统见蜡鹅事情暴露,便说:“是儿臣糊涂,父皇恕罪。”

“你这是什么意思?是不是等不及了?”萧衍拍了拍胸脯,“朕现在身子还硬朗着呢。”

萧统两手发抖,语带颤音地说:“父皇明鉴,儿臣绝无此意。”

“既没此意,为何发抖呀?”萧衍转脸对徐勉说,“徐爱卿,你去查一查,到底是谁安排埋蜡鹅的,一定查个水落石出,朕要严惩不贷。”

“皇上息怒。”徐勉上前启奏,“微臣曾先后任太子右卫率、太子中庶子、太子詹事,深知太子为人,太子仁孝,绝对做不出如此邪祟之事。”

萧衍指着地上的蜡鹅:“这怎么解释?”

徐勉说:“微臣任职东宫期间,太子经常于殿内解读《孝经》,沈约等文人学士都曾侍讲。”

萧衍说:“讲经是一回事,做人又是一回事,这么简单的道理,你难道不懂吗?”

“要说为人,太子堪为天下表率。”徐勉竭力为萧统辩解,“贵嫔娘娘有病,太子朝夕侍奉左右,衣不解带,及娘娘薨后,每哭辄绝,殡葬过后,胖壮的身体消瘦过半。士庶百姓,莫不称太子仁孝。老臣坚信,蜡鹅之事,绝非太子所为,其中必有隐情。”

刘孝绰站在一边,不敢说话。萧衍把目光转过来:“刘学士,你说说,这是怎么回事?”

“微臣只是负责接待宾客,蜡鹅之事,实不知情。”

“你是东宫通事舍人,这样的大事难道一点都不知道?这不是失职吗?”

萧统见父皇要怪罪刘孝绰,忙说:“此事他人真的不知情,全是孩儿一人的过错,父皇要惩罚,就惩罚孩儿吧。”

萧衍说:“你勇于担当,那好,来人!”

几个卫士走了过来,来到萧统身后。这时魏雅突然从后边走出来,跪在萧衍面前:“皇上息怒,蜡鹅之事,不与太子相干,也不与他人相干,全是奴才一人所为。”

鲍邈之一脸的不屑,小声嘀咕着:“又出来一个担事的。”

魏雅瞅了一眼鲍邈之,然后收回目光,继续说:“是奴才不明事理,听信道士的蛊惑之言,做出了埋蜡鹅的荒唐事,奴才罪该万死。”

徐勉说:“皇上,这道士才是蜡鹅之事的祸害之源。”

魏雅说:“道士说,埋蜡鹅有利于贵嫔在地下安息,绝无针对皇上之意。”

萧衍问:“道士在哪里?”

魏雅说:“就住在朱雀航边一家客栈里。”

萧衍说:“立即抓捕道士,查明实情,如是道士撺掇,乱生事端,立即斩首。”

卫士走后,萧衍狠狠瞪了萧统一眼:“越来越不识好歹了。”说完谁也不看,头也不回,坐上金根车,径直回宫去了。

看着萧衍渐渐远去的背影,一直跪在地上的萧统,起至半身,站立不稳,打了一个趔趄,跌倒在地。

就在萧统因蜡鹅之事纠结于心,积郁成疾,病卧床榻之时,北魏洛阳宫又上演了一出惊天动地的宫变大戏。

尔朱荣率兵向南挺进,尔朱世隆听说堂哥已在洛阳的北大门河内安营扎寨,他领着长乐王元子攸前来会合。

尔朱荣在军营内搞了个简单仪式,拥戴元子攸继位。元子攸给了尔朱荣一长串官职:侍中、都督中外诸军事、大将军、尚书令,又封他为太原王。

胡太后接到奏报,完全失去了往日的狂傲和风骚,代之而起的是恐惧和六神无主,她急忙召集王公大臣商议退兵之策,可朝堂之上鸦雀无声。只有徐纥厚着脸皮,强打精神:“尔朱荣只不过是一个部落小头目,他这次起兵冒犯京师,是吃了豹子胆了,我看凭宿卫兵就可将其制服,只要固城防守,对付这支长途跋涉的疲惫孤军,胜利一定掌握在朝廷手里!”

“那就严密防守,拒敌于城门之外。”见众朝臣还是没人应声,胡太后没法,只得说,“命李神轨为大都督,率部抵抗;郑季明、郑先护为副将,率兵保卫黄河大桥;武卫将军费穆驻扎在小平津,严防贼寇强渡黄河。”

可没想到,郑先护与元子攸早有瓜葛,听说元子攸当了皇帝,就同郑季明一起打开黄河大桥的北岸城门,迎接尔朱荣的部队进城。

李神轨听说大桥已经失守,狼狈逃回了老家。

费穆听说李神轨逃跑,干脆领着士兵投降了尔朱荣。

徐纥是一个见风转舵的高手,他见大势已去,假传圣旨,命令守城卫兵打开宫殿大门,从骅骝厩里牵出了十四御马,向兖州方向奔去。

洛阳宫内乱作一团,平日里论起治国强军之策口若悬河的王公大臣已不知去向,几个太监正在把后宫嫔妃们赶往崇训宫。

崇训宫里,气氛凝重。胡太后已脱下了艳服,换上了缁衣芒鞋,当她把那头乌云似的秀发剪下后,皇宫嫔妃们都泣不成声,乖乖地穿起了素衣。

郑俨趁胡太后不注意,悄悄地溜了出去。

胡太后整理了一下衣领,合起了手掌:“六道轮回,因果报应,朕带领你们去瑶光寺好好修行吧。阿弥陀佛。”

有几个年轻的嫔妃脸上挂着泪，站在一边不想走。一个宫女趁胡太后不注意，想溜走，胡太后回头一看，拿过身边太监手中的宝剑，投掷过去，那宫女应声倒地。胡太后平静地说："谁不遵旨，就是她的下场。"众人只好乖乖地跟在她的后面。

在一阵撕心裂肺的哭叫声中，一队骑兵从远处飞奔而来，高欢跑在最前头，不停地叫着："给我仔细搜，不要放过任何一个女人。"

前面传来悠长的钟声，循着钟声望去，一座寺院呈现在眼前。有几个士卒摇了摇头，要掉转马头，往岔道上走。高欢勒住马头，看着寺院紧闭的大门，露出一丝阴笑："给我进去搜。"

士兵呼隆一声撞开大门，拥了进去。大雄宝殿内，众僧尼正在拜佛，每个人都目不斜视，双手合掌，口中念念有词。

士兵手执长枪大刀围住僧尼，有几个士兵用枪头托起僧尼的脸仔细查看，没有发现可疑的人，只好退到了外围。这时，高欢忽然发现角落里有个小孩紧紧地靠在一个尼姑的身后，两手紧紧抓着尼姑的衣襟，非常胆怯的样子。高欢走上前去，扳起这位尼姑的头，顿时惊呆了。这位妇人面容姣好，气质高雅，非一般僧尼可比。高欢从来没有见过胡太后，可他知道眼前这位妇人非同寻常，又见其身后紧跟着三岁左右的孩子，更引起了他的警觉，大喊一声："带走。"

几个士兵上来，要擒拿这位尼姑，她慢慢站起身来，环视了一下周围，然后目光逼视着眼前的几位士兵，一股威严之气使他们不敢再往前走。尼姑说："钊儿，跟朕走。"

众士兵大惊失色，有几个不由自主地跪在了地上："拜见太后、皇上，万岁万岁万万岁。"

高欢正要跪下，可又觉得不对，复站直了身子："我奉尔朱荣将军之命，前来请太后到营中说话。"又对身边的士兵说，"还愣着干什么，带太后走啊。"

几位士兵又围上前来，胡太后说："慢着，给朕一匹骏马。"

高欢觉得此时还不能得罪这位太后，事情的结局还很难说，万一扳不倒她，那就吃不了兜着走了，便说："太后就请骑我的马吧，实在找不到再好的马了。"

胡太后一手挟着元钊，轻捷地跃身坐在了马上。众士兵一时惊呆了。

河阴营房内，尔朱荣正在与元子攸议事，高大魁梧的尔朱荣站在身材瘦小的元子攸面前："皇上，我们进宫后，对先皇的文武百官该如何安置？"

元子攸小心翼翼地说："一切遵从尔朱将军。"

"对太后及太后扶植的元钊该怎么处置？"

元子攸还是那句话："悉听将军裁处。"

正在君臣单调对答之时，高欢气喘吁吁地进来："禀报将军，我给你带来了个大猎物。"

“他娘的什么大猎物?”正在他朝门外看时,只见胡太后手牵元钊,高傲地走了进来,身后跟着几个持枪的士兵。

见到胡太后,尔朱荣着实吃了一惊,正愣愣地站在那里不知所措,胡太后威严地说道:“见到朕,怎么不行礼呀?”

这时,尔朱荣才惊醒过来,他虽不承认胡太后安排的小皇上,但太后毕竟是太后,她的威仪尚存,便躬身行了一个礼:“参见太后,让太后受惊了。”

胡太后没有正眼看他,径直走到正中的帅椅上,拉元钊站在一边:“尔朱荣,你发兵围困京师,挟持皇上于此,可有朕的旨意?”

“没……没有。”尔朱荣一时没找到说话的头绪。

“无旨发兵,挟持太后,控制皇上,样样都是死罪。大胆尔朱荣,还不给朕跪下?”

尔朱荣愣了一会儿,听到“给朕跪下”几个字,他如雷轰顶,幡然猛醒,自己才是这里的主人。他起兵包围洛阳,就是为了推翻淫妇奸党,这个女人竟在这里指手画脚,必须给她一记耳光,让她明白现在的处境,便向左右侍卫递了一个眼色:“给我拿下!”侍卫跨步向前,把她从帅椅上拉下来,反剪了双手,扔在了地上。一个侍卫一把提起元钊,丢在胡太后的身边。元钊受到惊吓,哇哇大哭起来。

“胡仙真,你现在知道自己是谁了吧?”尔朱荣指着地上的胡太后问道。

“朕是太后……”胡太后看着许多持枪卫士把自己死死围了起来,觉得一下子从万里高空跌入了万丈深渊,很显然,如果现在不示弱,将要面临不测的后果,“哀家是太后呀。”

“还什么‘朕’呀‘哀家’的,你现在什么都不是了,别忘了,你的名字叫胡仙真,这会儿就是一个尼姑。”尔朱荣耐着性子说。

“对,是尼姑,阿弥陀佛。”胡太后合起双手,她想借助佛祖的力量来拯救自己,“阿弥陀佛,大慈大悲的观世音菩萨,慈航普度,救赎众生,慈航普度,救赎众生。”

“呸,你也配念佛经?是你玷污了佛祖的圣洁。你自己想想,一个荒淫无道的淫妇,佛祖会救你吗?一个滥杀无辜的毒妇,佛祖会救你吗?你再想想,吃人的猛虎、恶狼都爱护自己的幼崽,你竟亲手杀死自己的亲生儿子,你还是个人吗?你连个畜生也不如,你想想,佛祖会救你吗?”

“不要说了。”胡太后声音有些颤抖地说,“诩儿不是我杀的,诩儿不是我杀的!”

“不要自欺欺人了,你做的事有人见,有天见,有菩萨见。说说吧,你选择怎么个死法?”

“尔朱将军,你想要什么?你说出来,朕……不是……贫尼满足你的一切要求。”待到胡太后的心理防线崩塌之后，她也就只有哀求的份了。

“我现在什么都不要，就想要你的命，用你的人头向先皇谢罪，向天下人谢罪。”尔朱荣扭过头去，不想再多看她一眼。

“尔朱将军，朕现在还是太后，是摄政王，还有至高无上的权力，朕现在就封你尚书令，封你为大将军，统领全国兵马，还有……”胡太后挖空心思地想象着尔朱荣所要的一切。

“哼哼，杀了你，这些东西还用你给吗？”尔朱荣冷笑着。

“如果你想做皇上，那就做吧。只是不要杀死这个孩子，他还那么小，什么也不懂，贫尼还要照顾他长大。我们什么都不要了，就在这寺院里为尼、为僧，终老一生。”

“太后呀太后，我这是最后一次这样称呼你，你也不想想，事情到了这个份上，我还能留着你吗？留着你，我能保住这条命吗？来人！”

几个卫士上来，眼睛放射出凶狠的光，注视着胡太后。她环视了一下四周，不见她的文武大臣，不见她的虎贲勇士，不见她的郑俨、徐纥，也不见她的李神轨，她害怕了。此时自己已成为别人的阶下囚，还有什么资格跟他们谈条件，留得青山在，不怕没柴烧，便示弱地说：“尔朱将军，不要杀我，不要杀我，贫尼求你了！”她哆嗦着身子，拉起身边的元钊，“钊儿，快给爷爷磕头，跪下磕头。”

“够了。”尔朱荣背过身去，把手往外一甩，“把她扔进黄河喂鱼吧。”

众卫士齐声说：“是！”

高欢凑到尔朱荣的身边，对着他的耳朵小声问：“这个小元钊怎么办？”

“怎么办？这还用说吗？让他们娘俩做伴，也好有个照应。”

高欢背过身去：“动手吧。”

卫士们一齐上来，七手八脚地把胡太后和元钊装在了两个竹笼子里。

“尔朱荣，你这只恶狼，你这条毒蛇，你丧尽天良，你不得好死，你会得到报应的。菩萨不会放过你的……”胡太后的骂声越来越小，直至消失，尔朱荣一屁股坐在帅椅上，愣愣地看着门外，表情空洞不可捉摸。

四十四　梵呗乐声

建康皇宫北掖门路西，同泰寺规模宏大，蔚为壮观。寺内有浮屠九层，大殿六所，小殿及堂十余所，东西般若台各三层，大佛阁七层。璇玑殿外，积石如山，盖天仪激水，随滴而转。所铸十方金像、十方银像，高大伟岸，金光闪闪。站在寺外的远处遥望，塔刹的圆形金顶在阳光的照耀下熠熠生辉，塔铎在微风的吹动下，发出悦耳动听的乐声。萧衍开大通门以对同泰寺南门，方便朝夕入寺拜祭。

为了纪念同泰寺的建成，萧衍改年号为大通，这一年为大通元年(527 年)，寓意一个新纪元的开始。

每当萧衍进入同泰寺，就有一种人生苦短、佛海无边的感觉，尽管他有时也怀疑这虚空的世界，但是他已涉入其中，只能坚定地走下去。因为他觉得在这个战乱频仍的时代，只有佛能使民心向善，只有佛能让天下安定，也只有佛能实现他四海清一、天下大同的梦想。

现在，他正坐在大雄宝殿正中，一边敲着木鱼，一边默念经文。尚书令袁昂进来："皇上菩萨，喜事，喜事呀！"

木槌有规律地落在木鱼之上，殿内充满了梆梆之声。待念完了一段经文后，萧衍启齿道："信佛之人，心无旁骛，波澜不惊，色受想行识五大皆空，因此也就无所谓喜与不喜。"

"皇上菩萨！真是天大的喜事！寿阳光复了！"

原来，此前因为萧综突然叛魏，收复寿阳功败垂成，萧衍一直耿耿于怀。尽管他沉迷于佛事，但收复寿阳的决心一日也没有消退，趁北魏内乱，发兵两路南北夹击，北魏扬州刺史李宽见孤城难守，献城投降。

此时，萧衍的目光一下子明显亮了许多，他数了一会儿念珠，说："好啊！自从南齐豫州刺史裴叔业献寿阳降魏，已是二十六个年头了，现在寿阳终于又回到了大梁怀抱，朕心甚慰啊！"

"皇上菩萨，不但寿阳回来了，我军还收复了淮南边城五十二座，收降男女军民七万五千余口。"

"现在寿阳由谁把守？"

“宣猛将军陈庆之已入据寿阳，东宫直阁将军兰钦率军把守各个城戍。”

“寿阳光复，淮南又成了大梁的北部屏障。就以寿阳作为豫州府，改合肥为南豫州，暂让夏侯亶为豫、南豫二州刺史吧。定要轻徭薄赋，务农省役，安顿流民，恢复农耕。”萧衍好像突然想起了什么，“兰钦是东宫出来的吧？第一次带兵打仗就没有让朕失望。”提到东宫，萧衍又想到了萧统，近几年来，因为蜡鹅之事郁结于心，他对太子从不过问，似乎把太子忘了，现在东宫官员为大梁争了光，触动了他的内心。“太子最近怎么样呀？”

袁昂说：“太子的身体稍好了些，只是仍然不愿意出门，只在东宫慧义殿讲经念佛，闲暇时就与文人学士吟诗唱和。”

“这就对了，佛能静心。”萧衍又平静地微闭双眼念起经来。

这时，侍中朱异面带微笑，上前一步说：“皇上菩萨，刚才尚书令所说，就好比在北魏这只野狼肚皮上挠痒痒。据前线急报，在这只野狼的心脏，发生了惊天动地的大事，绞得这只野狼肝肠寸断。”

萧衍微睁双眼：“什么事呀？快说来朕听。”

朱异见萧衍来了兴趣，便不慌不忙地说：“北魏完了，尔朱荣举兵攻洛邑，立彭城武宣王元勰的儿子元子攸为帝，胡太后被扔进了黄河。”

萧衍内心感到一阵吃惊，但脸色却极力显示着平静，他双手合在胸前：“阿弥陀佛，胡太后造佛寺，凿石窟，塑佛像，敬佛祖，北魏信佛之人众多，难道信佛有错吗？”

朱异了解萧衍的内心，这是明知故问，目的是告诫众人要静心修行，便道：“皇上，胡太后表面上崇佛拜佛，可她做的那些淫秽之事，菩萨看在眼里，记在心里，终于给了她应有的惩罚。”

“阿弥陀佛，因果报应啊，口中有经，心内无佛，放浪恣肆，纵情声色，佛祖是不会宽恕她的。”萧衍又现身说法，“看来朕禁绝房事，是做对了。朕虽然受了菩萨戒，但还不够，还要虔诚修行，积累更大的功德。”

“皇上菩萨做的事件件都是功德，都功在当今，利在后世。”朱异现在是权倾朝野的宠臣，就是因为他侍奉萧衍左右，谈诗论文，下棋绘画，曲意奉迎，才深得萧衍宠爱，今见萧衍大发感慨，便接着禀道，“皇上，还有更为震惊的呢，尔朱荣在黄河之滨杀了两千余名王公大臣。”

“他是怎么杀的？”

“他以新皇刚刚即位，要到黄河之滨的淘渚祭天为由，把元诩旧臣诳到那里，痛加训斥，说如今天下丧乱，先皇暴崩，皆是你们贪虐成性，不能辅弼的缘故，还要你们这些人干什么？都跟随先皇去吧。他的亲信慕容绍宗等怎么劝也不听。他命胡骑列队聚拢来，挥舞起锐利的长刀一阵砍杀，从丞相高阳王元雍、司空元钦，到尚书仆射，全都死于刀下，血流成河啊，先前投降我朝的义阳王元略也未能幸免。”

“阿弥陀佛……业障啊！早知如此，当初北魏以释放江革、祖暅之为条件，交换元略，朕不应该答应啊……也是前世孽障，非人力所能及。那尔朱荣何许人也，竟敢如此胆大妄为？”此时，萧衍又来了一个明知故问。

朱异会意地解释道：“他就是一个部落酋长。”

“一个放牧之人率兵进宫，清除了淫妇奸党，如能包容权贵，选贤任能，辅佐新帝，或能有所作为。可他不分青红皂白，滥用杀无辜，树敌太多，必将天怒人怨，未来定遭报应。”萧衍笃信佛教，事事都要归结到佛理上。

“报应就在眼前。尔朱荣到明光殿见元子攸，跪在他面前，假惺惺地为淘渚事件谢罪，表示今后不会再发生类似事情。元子攸起身拉起了尔朱荣，说将军为大魏铲除了奸佞，今后定当用而不疑。接着元子攸赐宴尔朱荣。因为心里高兴，尔朱荣又是表演骑马，又是表演射箭，还与亲随手拉手地唱《回波乐》，随后喝得酩酊大醉。元子攸本想趁机杀了他，左右心腹以他羽翼未丰，怕遭不测，苦苦相劝，因此没敢动手，让人用车把他送到了中常侍省。他半夜醒来，见自己竟然躺在省府里，不禁毛骨悚然，非常后怕，从此以后再也不敢在宫中喝酒了。”

萧衍扼腕叹息道：“哎呀，这个元子攸，到了嘴边的肥肉，又掉在地上，糊涂啊……”

朱异心里偷偷发笑，你天天念经祈祷，不杀生，不妄语，而今却为元子攸没能杀了尔朱荣而惋惜，可见修行还不到家，嘴里却连忙说：“皇上，还有更离奇的事呢。”

“说来听听。”见皇上难得有这样的好心情，朱异微笑着说，“尔朱荣想让自己的女儿尔朱英娥当皇后。”

“他要独揽朝政，这当是较好的一招。”

“问题是尔朱英娥早已是魏主元诩的嫔妃，而元子攸是元诩的堂叔，这不是乱伦吗？这事怎么能成？”

萧衍点头赞同：“是不能成。”

朱异话锋一转：“可这事竟然成了。元子攸本已看透尔朱荣想利用女儿操弄国柄，可此时尔朱荣陈兵洛阳，自己根本没有回旋的余地，为了暂时保住皇位和性命，大臣力劝，说这事尽管不合经典，却合乎大义，不必犹豫不决，撮合了这门亲事。尔朱荣顺理成章地当上了国丈，喜得起舞盘旋，挥刀弄剑，骑马飞奔，路上杀死了两个小沙弥，回家后喝得酩酊大醉。”

“这个尔朱荣，太无法无天了，北魏大敌还有后头。”萧衍又微闭起双眼，合起双手，念起经来。

就在萧衍沉浸在佛的国度静心修为之时，黄泰平迈着碎步进来：“皇上，北魏又有王公大臣前来投降。”

萧衍一听，兴奋地睁开眼睛，急切地问："都是些什么人？快说与朕听。"

"皇上，北魏汝南王元悦、北海王元颢、青州刺史元隽、南荆州刺史李志都上表乞求称臣，他们都自称北魏伪官。"黄泰平停顿了一下，语气稍显严肃，"只有元彧，上表自称魏临淮王。"

"哈哈，这个元彧，倒是有些性格，就尊其雅度吧。"萧衍眼睛明亮了起来，"看来北魏内部已出现了松动，这是上天赐给我们的大好时机，一统天下有望，实现大同可期。传旨，今晚赐宴华林苑，明日早朝颁旨封赏。"

朱异顺势问道："皇上难道要趁机用兵，驱逐索虏，统一华夏？"

"不，继续念经，继续事佛，菩萨会保佑大梁的。你难道不记得梵呗乐中的歌词吗？不灭天神，普度众生；北虏无道，南梁乾坤；有佛有道，江山永恒……"

这时，梵呗乐响起，众僧用低沉的音调齐声唱了起来："不灭天神，普度众生……"

为母守孝三年，萧统一边调养身体，一边研习佛理。萧衍忙于修寺造佛，讲经布道，从不驾幸东宫。萧统因为有孝在身，政事也很少参与。只是前几天，通事舍人刘杳说，皇上下诏，派王弈等到吴郡、吴兴、义兴三郡征发民丁去开挖河道，萧统曾多次到这三郡考察民情，对那里的情况比较了解。吴兴连年歉收，百姓多外出逃荒；吴郡十城，也旱涝不均；只有义兴郡去年秋天收成稍好些，但也不能再承担繁重的徭役了。眼下东部粮价昂贵，盗贼蜂起，当地官员为了自己的政绩，都瞒不上报。再说，前方出征的人还没回来，乡里的强壮劳力已经很少。此次工程虽然不大，只怕短时间内也难以完成。现在正值春种大忙季节，如果再出丁役，定会耽误蚕事与农耕。出于对百姓的关心和政事的考虑，萧统写了《请停吴兴等三郡丁役疏》，报送父皇，可几天过去了，一点消息也没有，难道父皇不同意自己的疏文？

正在胡思乱想之际，通事舍人刘杳进来，满脸的欣喜："殿下，宫内传来文书，你的奏疏批下来了。"

萧统一下子站了起来，急切地问："父皇怎么说？"

刘杳说："皇上开恩，下诏按太子的意思办理。"

萧统长时间阴郁的脸上终于露出了久违的笑容，流下了两行泪水，定了一会儿神，说："刘舍人，你去准备一下，本宫要去同泰寺祈祷。"

萧统来到同泰寺，身后跟着刘杳和魏雅。未及进门，早已听到那熟悉的诵经声。他来到大殿，只见众僧坐在当中，朗朗地诵着经文。萧统轻轻走进去，焚上香，来到高大的金色释迦牟尼佛像前，跪在拜垫之上，掌心向上，庄严地磕了三个头，然后起身，坐在那里，诵起经来。他默默地祈求佛祖保佑父皇身体健康，保佑母亲在地下安息，保佑自己身体尽快好起来，多为父皇分忧。

拜佛出来,萧统的心情显得特别好。他走到后宫池塘边上,见池水在日光的照耀下,泛着耀眼的金光,野鸭在水中追逐嬉戏,他来了兴致,对魏雅说:“本宫要到水上看看,快叫划船的宫监来。”

魏雅来到东宫,选了两个善于划船的宫监。鲍邈之听说后执意要去,魏雅说:“你在这里照应宫内之事吧。”

鲍邈之缠着不放:“我去是为了保太子安全,刘杳一个文人,没有多大力气,万一有事,你自己怎么应付得了呀?”

魏雅听着有些道理,只得同意,吩咐着:“既如此,那就再带上两个卫士。”

萧统来到画舫之上,两个宫监用力划着船,魏雅和鲍邈之侍奉在他身边。萧统坐在船头,头顶着蔚蓝的天空,脚踩着清澈的池水,吹着和暖的春风,听着哗哗的水声,他长长舒了一口气,看着远处的美景:“快一点,再快一点。”太监一下一下地划着。

鲍邈之对萧统说:“殿下快看,那边的莲叶长出来了,真美呀。”于是他扶太子往画舫的右边走。刚走到船边,只觉船体倾斜,萧统脚下一滑,一个趔趄没站稳,想去扶栏杆,没够着,想抓鲍邈之的手,鲍邈之缩着手,似乎在专注地看前边的莲叶,装作没看见的样子。就这样,萧统失去了重心,哗啦一声,跌入水中。

魏雅站在船边大喊:“殿下,太子殿下!”又向岸边大喊,“来人!救命啊,快救太子!”

两个卫士跳入水中,托起萧统,向岸边游去。

太子坐在岸边,淋淋漓漓一身水,他努力着想站起来,却感到右腿剧烈地疼痛,又一下子坐在了地上。

鲍邈之故作关切地问:“殿下没事吧?”

萧统瞪了他一眼,没说话。

刘杳对魏雅说:“快去叫车。”

萧统被拉回东宫,躺在床榻之上。太子妃蔡氏站在床边不停地啜泣着。太医徐奘正在为其诊治:“太子这次意外,伤了股骨,刚才诊脉,发现心脉很浊,如此看来,一来股骨折,二来心脉浊,需要静养,不能再受刺激。我开几剂汤药,慢慢调理吧。”

蔡妃禁不住哭出声来,萧统安慰着:“爱妃不要难过,本宫年轻,不会有事的。”又对身边的人说,“本宫患病之事,谁也不许外传。刘杳,你负责奏知父皇,就说本宫偶感风寒,不日即愈,请父皇放心。”

半个月过去了,萧统的病情越来越严重了,不但不能走动,连视力也开始模糊起来。

鲍邈之见状,出宫潜入了晋安王府。萧纲很客气地接待了他,屏退左右,领鲍邈之进入内室,密谋了一番。

鲍邈之从晋安王府中回来后，悄悄去见蔡妃："娘娘，太子病得不轻，奴才心里着急，想起有一个老乡叫周恒，曾给我娘看过病，他极善作法，很灵验的，要不请他来给太子看看？"

"是不是个道士？"

"会些道术。"

"那就算了吧，此前听信道士之言，弄出蜡鹅之事，直到现在还心有余悸。"

"那是魏雅做事不慎，走漏了风声，这次奴才一定做得神不知鬼不觉。"

见蔡妃眼睛直瞪着自己，鲍邈之才感到说得不得体，用巴掌抽了自己几个耳光："奴才嘴拙，奴才该死。"

蔡妃叹了口气："你自己去办吧，记住，这事我不知情，更不要告诉太子。"

鲍邈之阴笑了一下，轻手轻脚地退了出去。

萧衍正在宫中打坐参禅，萧纲求见，黄泰平在门外跟他说："皇上口谕，参禅时谁也不许打扰。"

萧纲往里看了看，见父皇在那里正襟危坐，双目微闭，双手相叠，掌心向上，放于腹前，俨然进入了禅的境界。

萧纲知道，此时奏事，既是对父皇不敬，也是对佛祖不敬。既然来了，事情紧急又不能走开，便走进大殿，坐在萧衍身后，念起佛来。直到日已中天，萧衍打坐完毕，问道："皇儿有事吗？"

"儿臣听说太子病得很重，已经瘦得不成样子，是不是请法师做做法事，或许能够见效。"

"他不是说偶感风寒吗？怎么会病成这样？"

"他一直瞒着父皇，怕父皇担心……还听人说，太子之病本没什么大碍，是听信了道士之言，服了什么丹药，中毒了。"

"统儿一向信佛不信道，怎能听信妖道一派胡言？快传御医，随朕一起去看望统儿。"

东宫之内。周恒围着太子前后左右仔细观察了一圈，出来对蔡妃说："太子是心病重于实病，且有恶魔附体，搅得他心神错乱，我来做个法事，求助天神祛除太子身上的邪气。"

道场就设在东宫院内，当中放一个长方桌子，桌上摆了一个生猪头和果蔬供品。周恒又是烧纸，又是燃香，然后跳起舞来，口中念念有词："人道渺渺，仙道茫茫；鬼道乐兮，当人生门；太上清灵美，悲歌朗太空；唯愿天道成，不欲人道穷……"

蒸腾的烟雾中，周恒手持长剑，挥来舞去，把空中翻飞的一个个纸人斩落在地。

只听门外喊道："皇上驾到！"

蔡妃慌了手脚，小跑着出来，跪在地上："奴婢叩见皇上万岁万岁万万岁。"

萧衍说："起来吧，太子怎么样了？"

蔡妃说："这会儿还睡着，奴婢这就叫醒他。"

远处，周恒在烟雾中跳来跳去。萧衍走过去，一看来气了："怎么搞这一套？"看见供桌上的猪头，指着道，"连牺牲也用上了，朕不是早就敕命禁断牺牲了吗？"

那道士仍然旁若无人地跳着。萧衍气愤地说："把妖道拿下。"二卫士把周恒从烟雾中拉出来，按倒在地。

萧衍来到萧统病榻前，萧统挣扎着直起身，大口大口地喘着气，两手不停地摩挲着，跪在床上："儿臣叩见父皇。"

萧衍问："皇儿怎么病成这样？"

"儿臣偶感风寒，不曾去拜见父皇，望父皇恕罪。"萧统喘着粗气，两手摩挲着要下床。

"皇儿，你眼睛怎么了？是不是看不见？"

近几天来，萧统的视力确实越来越差了，几乎看不清任何东西，但他不想让父皇知道，免得操心，便避重就轻地说："孩儿刚才起身猛了些，有些眼花，没事的，父皇不用担心。"

"皇儿不用下床，快躺下。"

萧纲上前扶着萧统慢慢躺下："哥哥静心休养，慢慢会好的。"又机械地掖着被角。

萧统听到萧纲的声音，激动抓住他的手："三弟，你不是在雍州刺史任上吗？怎么回来了？你事务繁忙，不劳惦记。"

"我……父皇已任命我为扬州刺史了。"萧纲看了一眼萧衍，见他没有不快的表情，继续说，"父皇隆恩浩荡，还授我为骠骑将军，都督南徐州和扬州二州军事。"萧纲目光专注地盯在萧统的脸上，想看看他的反应。

萧统本是处事不惊的人，可此时他的内心却如长江之水，滚滚翻腾。谁都知道，扬州和京师一体，扬州刺史只有皇帝最亲近最信任的人才能担任，自己因为蜡鹅之事被小人诬陷，被父皇误会，父皇已经很长时间不来东宫了。他一直担心自己的太子之位不牢固，想到这里，不禁气喘起来。

萧衍见太子身体确实虚弱，气稍消了些："统儿啊，病成这样，这是实病，怎么还搞什么道场，弄那些乌七八糟的东西？"

"父皇，儿臣不知何事。"

"统儿真的不知道？"

"望父皇明示。"

"宫内的道场是谁安排的？"

蔡妃怕父皇迁怒于太子,慌忙又跪了下去:“父皇恕罪,是奴婢见太子病得厉害,故请了个道士来作法祛病。”

萧衍用颤抖的手指着蔡妃:“你糊涂啊！太子病成这样,弄那一套管用吗?御医在哪里?”

徐奘走近前:“小人在此。”

萧衍说:“你好好给太子诊治,不得有误。”

徐奘说:“皇上放心,小人自当竭心尽力。太子福德双全,上天会眷顾的。”

萧衍走后,萧统躺在床上,有气无力地说:“我不是不让你们跟父皇说吗?是谁告诉父皇的?”

魏雅说:“不知道,东宫内没人出去。”

萧统说:“为什么让父皇知道我已病得这么重?为什么又发生了让父皇反感之事?”接着就呜咽着哭了起来。众人力劝,萧统才慢慢停了下来,喘了几口气,忧虑地说:“刚才我梦见和晋安王下棋,下着下着就乱了章法,我就把班剑给了他。他这次进京任职,里面大有玄机呀。”

四十五　卫送傀儡

在兖州瑕丘一带，北魏泰山郡太守羊侃被魏兵围得水泄不通。原来，羊侃见尔朱荣专权，残酷暴虐，不少王公大臣纷纷投梁，觉得不能再为这样的朝廷卖命了。他的祖父曾在刘宋朝廷做过官，对南方有一种魂牵梦绕的归属感。胡太后被杀，徐纥盗得御骑宝马十匹，逃到了兖州，投奔了羊侃。徐纥见羊侃整日闷闷不乐，看透了他的心思，动员他以城降梁，二人反复谋划后，派使者去建康送了降书。萧衍诏令羊鸦仁率部接应羊侃。消息传到洛阳，魏廷派十万大军把他围在了瑕丘。而此时，南梁援兵毫无消息，形势十分危急。徐纥主动要求到建康去搬救兵，可十多天过去了，不但救兵没来，徐纥也一去杳无音讯。眼看粮草就要用完，又值隆冬季节，将士们忍饥受寒，军心不稳。正当羊侃在营帐中焦急万分束手无策之时，忽然一名士卒跌跌撞撞地跑了进来："报……将军，徐纥他……他不见了。"

"他不是跟你一起去搬救兵了吗？救兵来了没有？"羊侃焦急地问。

"哪有什么救兵呀？徐纥跑了！我们几人跟他上路，他一直催我们快走，说时间紧迫，耽误一天，羊将军就会多一分危险。我们信为以真，马不停蹄地赶路，出了兖州，日落西山，他领我们找了一家驿馆歇息，可天亮后，就不见了徐纥。所有的银两都被卷走了，连我们的马匹也牵走了，我们只得步行回来……"

"哎呀！"羊侃跺起脚来，"我怎么这么糊涂呀！这种不知廉耻的淫贼，怎么能相信他呢？"他走出营帐，对将士们说，"弟兄们，我们面临着生死抉择，是生是死，全在我们自己。我们已被官军重重包围，只有杀出一条血路，冲出包围圈，才能活命！"

将士纷纷说："愿听将军吩咐。"

"好！把所有的弓箭都集中起来，从南边撕开一道血口子，突出重围。今晚把剩余的粮食都吃了，能活着出去，算你命大，就是战死了，也不至于当个饿死鬼。"

众将士齐声高喊："杀开血路，突出重围！杀开血路，突出重围！"

当天夜里，估计魏兵已睡，羊侃一声令下，众将士风驰电掣向南冲去。魏兵慌忙起来迎战，只听见箭矢嗖嗖作响，因看不见射箭之人，很难躲避箭矢，不知不觉中就送了性命。战场上战马嘶鸣声，兵器撞击声、呐喊助威声、凄惨喊叫声，混作一团，空气中飘荡着浓烈的血腥气味。

直到第二天下午，羊侃人马才渐渐脱离魏兵追击，他骑在马上，往身后看去，估计还有步骑士卒万余人、战马两千匹。因为一天一夜的苦战，早已人困马乏，刚到渣口，队伍就走不动了，羊侃只得吩咐原地休整。

刚一坐下，呻吟之声四起。伴随着滚滚的长江之水，这呻吟声竟慢慢变成了哀婉的悲歌："敕勒川，阴山下。天似穹庐，笼盖四野。天苍苍，野茫茫。风吹草低见牛羊。"

听着听着，羊侃也不禁落下泪来。他站上一个高台，大声说："弟兄们，故土难离啊，我也感同身受。这样吧，是去是留，就在此决定，愿投梁的站在我左边，愿回家的就到我右边。"

有一个年老的士兵站起来，用手搭起眼罩向南望去，只见远处水茫茫一片，看不到尽头。他摇了摇头，叹了口气："羊将军，恕我不能跟你走了，我老了，该回家了，老婆已经为我俩选好坟地，我这把老骨头说什么也要埋在家乡。"他哭着给羊侃跪下了。

就在这位老兵趴在地上哭泣的时候，他的身后紧接着又跪下几个，不一会儿就跪了一大片，而站到他左边的则不足千人，且多是孤苦无依之人。

羊侃流着眼泪慢慢跪了下去，给兵士们行了一个大礼，然后起身上马，在北风的催促下，向南奔去。

建康同泰寺内，萧衍正在禅房研习佛理。忽然一份奏折引起了他的注意，这是北魏北海王元颢的折子，他说他是北方人，虽然在这里受到皇上的厚爱和关照，可他无时不在想念自己的家乡。尤其是尔朱荣独揽朝政，操弄国柄，大肆屠杀，上自王公大臣，下至黎民百姓纷纷出逃，致使昔日繁华的洛阳变成一座死城，家家闭门锁户，市面萧条冷落。因此他泣请皇上准他率兵北伐，问罪尔朱荣，以报国恨家仇。萧衍觉得元颢要求北归，虽然表面上是讨伐尔朱氏，可明眼人一看便知，他想趁乱夺取皇位。他遇难投到这里来，自己待他不薄，如果元颢回去果真当了皇帝，那么对大梁来说，或许是件好事，这样可以通过扶植北魏宗室傀儡，实现北伐不能达到的目标，最终完成南北统一大业。可兹事重大，应该交由朝臣廷议。

翌日早朝，萧衍端坐在太极殿龙椅之上，表情显得庄重严肃。众大臣跪拜之后，静静地站在各自的位置上，大气不敢出，只是不解地递换着眼色。

萧衍终于开口了，他直奔主题："现在北魏内乱，洛阳处于一片恐怖之中，黎民百姓纷纷外逃，洛阳成了一座空城。元颢请求朝廷派正义之师卫送他北归，众爱卿议一议，看如何安排?"

没有人说话，等了许久，萧衍实在沉不住气了："平日里你们口若悬河，侃侃而谈，现在怎么了？个个都成了闷葫芦？"

御史中丞郭祖深耿直敢言，这次他又首先站出来说话了："北魏虽然正发生内乱，元子攸暗弱无能，俗话说，百足之虫，死而不僵，何况尔朱荣称得上是个指挥千军万马的一代枭雄？如果送元颢北归，他岂能袖手旁观？就怕到时候白费心思，白费钱财，白损兵马，还望皇上三思。"

尚书左仆射柳津说："北魏这些王爷个个桀骜不驯，尤其那个元颢，更是飞扬跋扈，根本没把大梁王朝看在眼里，虽然他在蒙难之时投奔而来，可他骨子里根本就没有归顺之意，只有不臣之心。把他送回北魏，我看不出对大梁有什么好处。前些日子，皇上答应了元彧回国的请求，他回去后就把皇上对他的恩德忘得一干二净，连封信也没送来。"

柳津是大梁功臣柳庆远之子，萧衍受禅建梁，非常倚重柳庆远，封常侍、将军等多个要职，没想到天监十三年(514 年)死于雍州刺史任上。遗体运回京师，萧衍出宫哭吊，并让柳津承袭其父职。可柳津不像父亲那样见识宏深，胸怀通达，且性格强直，因此萧衍不甚喜欢。此时萧统面无表情地说："元彧是元彧，元颢是元颢，元彧归国是为了做官，元颢回去是为了千秋大计。"

尚书令徐勉一向以老成持重闻名，此刻他斟酌着说："依微臣看来，此时送元颢入魏，极易激化梁、魏二国的矛盾，故此事不可操之过急，可从长计议。"

侍中朱异一向善体圣心，从萧衍表情上早已揣测出他的真实想法，他是想培养一个听话的魏主，然后再用自己的善心去同化他，达到南北和解、天下一统的目的。因此，此事可行不可行，实施后效果如何，朱异都置之脑后，只要皇上喜欢就行，便说："皇上自登基以来，以仁义治天下，选贤任能，爱民如子。这些年来，又以佛治国，以慈心普度众生，官员为官清廉，百姓纯朴善良，天下安宁，士庶归心，众多北魏王公大臣前来投奔就是最好的证明。"

散骑常侍贺琛上前一步说："微臣不同意朱大人的说法。什么为官清廉？什么民风淳朴？纯粹是子虚乌有。现在的官员，哪个不是以权谋私？有的尚书奸诈狡猾，有的钦差鱼肉百姓，有的刺史横征暴敛，有的太守贪婪残酷，这样的官员怎么指望他为民谋取福祉呢？"

大殿内充满着紧张的气氛，官员们有的看着贺琛，有的看着萧衍。

萧衍慢慢地睁开眼睛："贺常侍，你怎么能信口雌黄？是哪一位尚书奸诈狡猾？哪一位钦差鱼肉百姓？哪一位刺史横征暴敛？又是哪一位太守贪婪残酷？这些人夺取了谁的物品？如果有，你要说出他的名字，否则你就是信口雌黄，恶意构陷。"

"微臣现在不能说，因为有的人就站在大殿里。"

萧衍扫视了一下他的文武大臣，怕贺琛说出哪位王爷，一时无法处理，反陷自己于被动，便没有接话。

贺琛说："现在朝野夸富严重，府衙浪费成风，不仅糟蹋了国家的财富，也败坏了社会的风气。"

"你说的是事实吗？"萧衍又睁大了眼睛，"你先看看朕，朕力倡节俭，并且身体力行。朕住的地方不过一张床而已，没有任何饰物。朕近年来从不饮酒，不摆声乐，也不与嫔妃同室，这是王公大臣有目共睹的。朕勤于政务，每日只吃两餐，繁忙时甚至一餐了事。朝廷如有宴请，朕也只是吃一些蔬菜。你抬起头看看朕，朕的腰围原来超过十围，现在瘦成什么样子？"萧衍显然有些激动，上下嘴唇禁不住哆嗦起来，"朕这是为了谁？为了百姓，为了大梁，为了天下！"

朱异听着听着，不禁热泪盈眶，他连忙跪在地上，哭着说："皇上心系天下，德比天高比地厚，与日月齐光！"

众臣见此，也纷纷跪地："皇上盛德，与日月齐光！"

而贺琛对眼前发生的一切好像并不在意，他只顺着自己思路说事，这些事在他的肚子里憋了很长时间，不吐不快："皇上以一人治天下，是万民楷模，皇上所说确实如此。可别人照样子学了吗？没有！现在百官竞相向皇上邀宠，为的是什么？为的是用自己话堵别人的嘴，掩盖自己的罪责，借机求取更大的利益。"

"贺琛！"萧衍用手指点着御案，发出咚咚的声音，"你眼里还有好人吗？难道朕的百官都是贪官污吏？难道朕是一个昏君吗？"

"微臣绝无此意，只想保大梁万古长青。"

"说得倒是冠冕堂皇，你这是沽名钓誉！无非是为了向别人炫耀，你敢于向朕直言，只恨朝廷不采纳你的意见。"

"微臣敢于在这里向陛下进言，绝不是为自己捞取什么名声，完全是为朝廷着想。现在许多事情让微臣忧心忡忡，陛下笃信佛教，让许多投机取巧之人钻了空子，搞得寺院乌烟瘴气，一些人官不官、僧不僧，混迹其中攫取利益……"

"闭嘴，不要再说了！今天的议题是什么？是关于元颢北归的问题！朱侍中，刚才说到哪里了？"

朱异顺风转舵："陛下，微臣以为现在大梁国富民强，社会稳定，北魏王公大臣纷纷来降，说明我朝有强大的吸引力。让元颢返回北魏，必能消除两国间的隔阂，有助于实现陛下大同的理想。"

贺琛还是忍不住："元颢是北魏叛王，送他入洛，无非有两种结果：一是被北魏打败，我们只落得个损兵折将，损我大梁国威；二是元颢获胜，当了魏主，必不肯做我大梁附庸，终将成为大梁的敌人。"

"贺大人之言差矣。"朱异反驳道，"送元颢还都，这叫以夷制夷，就像一把尖刀插入北魏腹中。如若元颢失败，消耗的是北魏国力，使混乱衰败的北魏更加雪上加霜；如若获胜，元颢定不会忘记皇上隆恩，与大梁修好，久而久之，定当归附。到那时兵不血刃，皇上一统天下的梦想就将成为现实。”

“朱爱卿言之有理，谁还有什么补充？”萧衍微闭双眼，显然他不希望别人再有异议。

徐勉对此颇为忧虑：“皇上，元颢北归，必然会引起北魏内部一场你死我活的权力争夺，真要让他在北魏站住脚，得需要强大的兵力作保障，且有能征善战的将领，而我朝现在缺的正是这些。”

“你是说大梁无人？不错，不少开国将领是相继去世了，王茂去世了，曹景宗去世了，韦睿去世了，可这些年来，朕一直注重选贤任能，优秀人才层出不穷，像陈庆之就是其中的佼佼者。”

朱异说：“陈庆之有对北魏的作战经验，涡阳一战，他以少胜多，连破魏兵十三城，斩获数万。故微臣建议，派陈庆之卫送元颢，必能马到成功。”

“就封陈庆之为彪勇将军。”萧衍脸上露出了一丝笑容，“让他训练兵马，筹集粮草，尽快起程。散朝吧！”

萧衍步履蹒跚地走在台阶之上，不小心一个趔趄差点跌倒，黄泰平急忙向前搀扶：“皇上，回宫歇息？”

萧衍喘着粗气：“不，去同泰寺，为大梁祈祷，有菩萨保佑，陈庆之此行方能成功。”

元子攸当了皇帝，觉得光宗耀祖的时候到了，他尊父亲为文穆皇帝，庙号为肃祖。这还不够，他还要把父亲的灵位迁到太庙。元彧觉得不合礼仪：“孝文帝乃千古名君，仁德传布天下。肃祖虽有赫赫战功，但毕竟是孝文帝的臣子，如迁于太庙，共同享受君主祭祀的礼遇，这就如同君臣共筵，叔嫂同房，于礼有悖，望皇上三思而行。”元彧降梁后，听说元子攸当了皇帝，请求回到了洛阳。元子攸给了他很高的礼遇，任命他为侍中、骠骑大将军、加开府仪同三司。元彧也知恩图报，要全心全意地辅佐少主。

“朕已经深思熟虑了，朕是皇帝，就应尊崇自己的父亲，为天下垂范。”元子攸想找历史根据，“过去汉高祖称帝后，尊父亲为太上皇，并在长安街的香街立庙，这不是古有先例吗？”

“这不一样。”元彧说话的声音显得更加洪亮，“汉高祖是开国之君，他自然有资格立规定矩。而陛下是继位称帝，自然应当遵守本朝祖制。陛下可效仿光武帝刘秀，他是汉朝皇帝的继位者，他登基后，并没有去追封自己父亲为什么帝，而仅仅封为南顿君，依然把汉成帝以下作为刘氏皇家的正宗，这是何等的胸怀！因此深得王公大臣和黎民百姓的拥戴。”

“父以子贵，朕既然做了皇帝，就要让父亲有显赫的地位，这是朕的孝心，怎能阻止朕为父亲行孝呢?”

“不要再争吵了!”尔朱荣人还没有进到殿内,声音就钻了进来,他挺胸腆肚地走到元子攸跟前,勉强拱了拱手。

元子攸立马露出笑脸:“国丈大人,免礼免礼,快快请坐。”

尔朱荣也不客气,痛快地坐了下来,看了看元子攸,又看了看元彧:“又在说迁灵的事吧?活人的事都管不过来,哪有心思管死人之事?”

“怎么了?”元彧问。

“麻烦了,元颢称帝了。”

“什么?他不是在南梁吗?”元子攸一下子站了起来,脸色骤然变得蜡黄。

“他回来了,他在南梁将领陈庆之的护送下,一路过关斩将,拿下了睢阳,就在那里迫不及待地登基做了皇帝。”尔朱荣两手拍打着座椅扶手,“他娘的,这个陈庆之确实有两下子。”

元彧问:“陈庆之带了多少人马?”

“就七千人,皆身着白袍,勇猛无比啊!”尔朱荣绘声绘色地说,“元颢称帝后,封陈庆之这小子为卫将军、徐州刺史,命令他继续向西挺进,直逼洛阳。我朝大将杨昱拥有七万大军,据守荥阳城。元颢派人劝杨昱投降,杨昱也没有答应。微臣又命元天穆和骠骑大将军尔朱吐没儿率三十万大军赶赴荥阳,支援杨昱。可陈庆之没用五天时间,就攻下了荥阳城,活捉了杨昱。陈庆之了不得!怪不得有人称他为战神,当之无愧,当之无愧啊!”

元子攸哆嗦着双手:“元爱卿,怎么办?难道我们要坐以待毙不成?”

元彧身经百战,具有临战不慌的心理素质:“慌什么?区区七千人马,成不了什么气候。目前最要紧的是布置精兵强将,固守洛阳。洛阳是大魏京师,京师稳则民心稳,京师一旦失守,则士气瓦解,民心涣散,天下大势去矣。”

“胡说!洛阳不可固守!”尔朱荣的大本营在河内,他早就想把元子攸挟持到河内,以号令天下,然后再寻机取而代之,今见机会来临,便趁机撺掇,“皇上,陈庆之不可小觑,我大魏近四十万人马在他的攻击下,几乎全军覆没,现在整个洛阳士兵仅剩老弱病残,怎能抵挡这只下山的猛虎?不如避其锋芒,先迁都河内,然后再图剿灭良策。”

元彧了解尔朱荣的心思,一旦他的阴谋得逞,则大魏亡矣,自己这个重新得势的王爷将一落千丈,甚至性命难保,因此他是从内心里反对:“皇上万金之躯,不能轻举妄动。坐稳洛阳就会拥有天下,失去洛阳,则失去战略主动,被动就要挨打,这是尽人皆知的道理。”

“北海王,你现在手中无兵,怎么能掌握战略主动权?纸上谈兵,一切都是空的。目前去河内是上策,那里有重兵镇守,陈庆之就是长了十个脑袋,也没法攻进去。如去河内,我敢用自己的性命保皇上无忧,保江山无忧。”

“既有如此兵力,何不调来护卫洛阳?这不是两全其美吗?”元彧步步紧逼。

“这个嘛……那些兵士多从牧羊人中招来,没有作战经验,更没与南梁交过手,只能远远地对陈庆之起震慑作用,不能草率地让他们上阵交战。”尔朱荣胡乱地辩解着。

“你这是什么道理?我就不信,举全国兵力就不能消灭远道而来的七千人马,简直是笑话。俗话说,养兵千日,用兵一时,你现在陈兵河内,在这生死存亡的关头不用,是何居心?”

尔朱荣红着眼瞪着元彧:“你说是何居心?是为了保护皇上。你在这里空口说白话有什么意义?皇上,赶快告知后宫,整理行装,马上起程。”

元子攸犹豫着看看尔朱荣,又看看元彧:“要不这样,此事重大,交朝臣廷议吧。”

就在北魏君臣为是否迁都争论不休的时候,陈庆之手下将领要杀掉俘虏杨昱,为战死的将士报仇。陈庆之领着十几位将士,走进元颢御帐前,伏地叩拜:“陛下,我军自进入魏地以来,一路过关斩将,可荥阳一战,折损将士近百余人,故我等请求陛下把杨昱斩首示众,以告慰阵亡将士的在天之灵。”

“这个……这个嘛……”在元颢眼里,陈庆之虽然护送他有功,但他毕竟是南梁人,杨昱虽然据荥阳城抵抗自己,但在他的内心里,杨昱才是自己人。他想说服杨昱为自己所用,同时也好用他来牵制陈庆之,便说:“朕在建康时听说,义军东下进入京师之时,吴郡太守袁昂一直不肯归降,贵国皇上每次提到他,都称赞其忠贞气节。杨昱也是一样,他是一位忠臣,不可妄杀。”

陈庆之的副将马佛念说:“陛下,我大梁近百将士不能就这样死了,要让他血债血偿。”

陈庆之说:“皇上,大梁将士死在杨昱的手里,不杀之不足以解心头之恨。”

“哎,人又不是他杀的,皆是他手下的将士所为,大家要报仇,心情可以理解,多杀几个他手下的将士,食其肉,喝其血,都可以嘛。”

马佛念说:“杀了他们,剖心煮了当下酒菜。”

这时,一兵士进来禀报:“皇上,元天穆又率军卷土重来,包围了荥阳城。”

元颢一时没了主意,他起身上前,扶起仍然跪在地上的陈庆之:“陈将军,怎么办?”

“皇上放心,兵来将挡,水来土掩,我们已经跟元天穆交过手,他不是我们的对手。”转身面对身后的将士,“弟兄们,报仇的时候到了,把杨昱手下将士拉出来祭旗,然后出城杀敌,报仇雪恨,再立新功。”

众将士齐喊:“报仇雪恨,再立新功!”

重新振作起来的将士,在陈庆之的率领下,拼死搏杀,打得元天穆、尔朱吐没儿落荒而逃。陈庆之率军一鼓作气,直捣虎牢,虎牢守将是尔朱荣的堂弟尔朱世隆，听说这位百战百胜的陈庆之前来攻城，怕这个活阎王要了自己的命，尔朱世隆弃城狼狈逃走。

虎牢失守，洛阳宫内一片惊慌。安丰王元延明建议先去长安，因为那里有帝王之气，是几代王朝兴起的地方。

元彧不同意："关中几经折腾，已经荒芜残破，怎么能到那里去？元颢的部众不多，只是乘虚而入。陛下若能组织禁卫军固守洛阳，再以重金招募勇士，多加奖赏，背城死战，一定能打败元颢的这支孤军。"

尔朱荣急了："关键时候，保皇上要紧，只要皇上在，大魏王朝就在。恳请陛下暂去河内避险，微臣再亲率大军与陈庆之决战，剿灭叛贼，重回洛阳。"

元子攸眼里流着泪水，点了点头。

四十六　梦断洛阳

月黑风高,元子攸在尔朱荣的挟持下,慌慌张张向河内进发。尽管身边只有他的玉辇和护卫人员,尽管嫔妃和文武百官都衔草而行,可吱吱的车轮声和嘚嘚的马蹄声还是惊动了城中百姓。人们纷纷起来窥视,有的感到了事态的严重,也匆匆收拾行囊,扶老携幼外逃避难。

元彧送走了元子攸,心里并没有感到轻松,他悄悄折回家中。夫人端上茶水问:"皇上走了?"

"走了。"

"那咱什么时候动身?"

"动什么身?"

"去河内啊。"

"咱们不走了,我已奏请皇上,留守洛阳。"元彧看了一下周围,压低了声音说,"再说了,我在这里还有更大的使命,新皇上马上就来了,我们要迎接新帝。"

"皇上不是走了吗?怎么又冒出一个新皇帝。"

"这个皇帝就是过去的北海王元颢,他从南梁回来了。元子攸受尔朱荣挟制,必定无所作为。北归的皇上才是大魏的希望所在。"

"元颢真的能成事?"

"唉,我这也是赌啊,命运如何,就看上天安排了。"元彧在屋内踱来踱去,显得心神不安,"我出去查看府库,联络百僚准备迎接新帝,你在家看好孩子和家当,这可是我一生的心血啊。"

元颢很快就进入了洛阳。一时间,洛阳上空酒气弥漫,人们不知是在用酒麻醉自己,还是庆祝所谓的胜利,不管是百姓还是百僚,都泡在酒里打发时光。此时的洛阳宫内,元颢正在赐宴陈庆之等文武群臣:"陈将军,朕要先敬爱卿一杯,此次朕能进入洛阳,爱卿立下了汗马功劳。朕封你侍中、车骑大将军,赐府邸一座。"

陈庆之拱手施礼:"微臣接受大梁天子之命,卫送陛下入主洛阳,这是微臣应尽的责任。陛下之所以有今天,全赖大梁天子隆恩,全靠佛祖保佑,非微臣一人之力能及。"

"将军何必谦虚？来，请满饮此杯。"元颢盛情相劝。

这时元彧起身："微臣敬陛下一杯，祝贺陛下入主洛阳，陛下能有今天，实是陛下洪福齐天，天授帝命，也是大魏国祚绵长，中兴有望。"

元延明也站起来说："陛下能有今天，全赖祖先保佑和佛祖垂爱。"

"哈哈，爱卿真会说话。"元颢被暂时的胜利冲昏了头脑，经元彧一番奉承，觉得自己所以能当这个皇帝，是命中早已注定，"朕自进入洛阳，爱卿放弃元子攸的伪朝廷，率百僚归附，对这些官员，朕定当赏赐官职，封赏爵土。"他端起酒杯，"来，也请爱卿满饮此杯。"

陈庆之听出元彧的用意，他是想劝元颢摆脱自己，摆脱大梁，便起身说："陛下，我们远道而来，口服心不服者大有人在，尤其尔朱荣重兵据守河内，随时就会反扑，如再有人里应外合，则洛阳危矣。"

元颢一听，觉出了问题的严重性，脸色骤变："爱卿说得对，该怎么应对？"

"现在还不是歌功颂德的时候，更不是坐享清福的时候，应当赶快整顿兵马，在洛阳城门布防，严阵以待。"陈庆之严肃地说。

元颢看着元彧："元爱卿熟悉洛阳地理形势，就由爱卿来组织防御吧。"他本想以此来摆脱陈庆之，摆脱南梁的牵制。而陈庆之也正想离开元颢，以保将士安全，便说："洛阳有元将军镇守，末将请求前去彭城，与洛阳形成掎角之势，牵制尔朱荣。"

陈庆之的提议使元颢感到为难，他要是走了，洛阳怎么办？元颢不敢设想，如果没有陈庆之护卫，自己将是一个什么样子。他不禁打了一个寒战，便放低了姿态："大梁天子把保卫洛阳的重任交给爱卿，爱卿如果擅自走了，有人会说你明哲保身，而不是为了国家的长治久安。这样不仅有损于爱卿美名，恐怕连朕也会受到指责呀。"

话说到这个份上，陈庆之便不再坚持己见："那好，末将愿与元将军一起保卫洛阳。为了圆满完成大梁天子的重托，我已奏请皇上增加援兵，同时也恳请陛下向各州下旨，凡是从大梁流落到魏国的壮士，要征集到洛阳以扩充兵力。"

元延明不满地说："皇上，陈将军所言，微臣认为没有必要。难道我大魏就没人了吗？大魏人丁兴旺，没必要请求南梁增兵，更没必要吸收南梁流民参军。这些乌合之众好管吗？有战斗力吗？"

"这个嘛，容朕考虑考虑。"元颢看了看陈庆之，又看了看元延明，他想起日前元延明的再三嘱咐，陈庆之兵马不过数千，尚且难以控制，如果援兵再至，大魏的宗庙恐怕就要毁了，于是他端正了一下身子，"这个嘛，事情是这样，现在河北、河南已经平定，各州郡刚刚归附，正需要安抚，不宜加兵，以免动摇民心。这样吧，这事陈将军就不要再管了，朕再表启大梁天子，无须增派援兵。"

建康同泰寺内,香烟缭绕。萧衍拿着元颢的奏表,笑着说:“怎么样?朕的决策是对的。元颢已经在洛阳站稳了脚跟,一旦他统一了北魏,那么梁、魏就能和睦相处,亲如一家了。”

朱异在一旁合起双手:“阿弥陀佛,皇上料事如神,就是秦皇汉武也不能比呀。”

“快马传旨,命令援军停止前进,班师回朝。”

“遵旨。”朱异拱手行了礼,出去了。

萧衍收起笑容,也合起手来:“阿弥陀佛,佛祖保佑,看来朕以魏人治魏的韬略是正确的,海内清一、世界大同的梦想有望实现了。”

在河内行宫内,元子攸愁眉不展。自己的皇位还没有坐稳,冷不丁又冒出一个新皇帝,且这个皇帝年逾四十,正处在年富力强的阶段。自己羽翼未丰,处处受人掣肘,元颢又这么一搅和,大魏的前景黯淡,自己的命运堪忧。

尔朱荣也不痛快,现在自己已拥军百万之众,本想挟天子以令诸侯,成就一番霸业,没想到元颢节外生枝。如不赶快剿灭这股势力,自己就白忙活了。想到这里,他急急地来到元子攸面前,行了个叩拜大礼。

元子攸又是一如既往地从龙座上下来,拉起尔朱荣:“老皇亲,快快起身,不必多礼。”

尔朱荣站起来,两只手掌拍打了两下:“皇上,老臣要去打一只老虎,拿来给皇上开心。”

“老皇亲不要开玩笑了,现在大魏危在旦夕,哪还有工夫去打猎?即使打了来,朕哪有心思把玩?”

“哈哈哈……”尔朱荣的一阵大笑把元子攸弄得不知所措,他看着元子攸,继续笑道,“俗话说一山不藏二虎,一国不容二君,那个元颢他娘的就是个假老虎。我要亲手把他杀了,食其肉,寝其皮,方解心头之恨!”

元子攸尴尬地笑了笑:“那就有劳老皇亲了,朕在这里备宴等候,准备庆功封赏。”

几场大雨过后,六月的黄河浩浩荡荡,一浪压过一浪向前滚去。尔朱荣率兵来到黄河之北,与镇守在那里的陈庆之相遇。陈庆之在这里守卫黄河大桥的中城,元颢亲自坐镇大桥南岸的城防内。尔朱荣发起一次次进攻,都被陈庆之打退,伤亡惨重。正在抓耳挠腮无计可施之际,元颢阵营中一位投机之人求见,尔朱荣让他进到帐内,见这人长着一对贼溜溜的小眼睛,不像是可信赖之人。小眼睛站在尔朱荣面前,滔滔不绝地说着:“我在元颢手下做事,为他镇守河中之洲,可那元颢只顾自己,我请求增兵他不给,请求增加军饷他也不给,哪有白白卖命的道理?洲中士卒怨声连连,纷纷要求反正,投奔大将军,故派我前来……”

“不要啰唆,你有何能耐给我做事?”尔朱荣不耐烦地问。

“我有一计,可保大将军旗开得胜。”小眼睛诡秘地说,“我据守沙洲,离大桥最近。我趁夜把大桥烧了,陈庆之粮草断绝,后无援兵,大将军可趁机乘船渡河,收复洛阳。”

“嗯,这倒是个好主意,能行!来人,赏黄金百两。”

当盛满黄金的盒子打开,那金灿灿的光芒熠熠生辉,小眼睛禁不住一下子抱在胸前:“大将军放心,你就等我的好消息吧。”

深夜,当小眼睛船载柴草准备去放火时,元颢的手下发现了他的阴谋,急忙把他捉了起来,砍下头颅,扔进了黄河。

尔朱荣没有接应上,在营帐内垂头丧气,准备退回河内,再寻良机。

高欢说:“怎么能半途而废呢?胜败乃兵家常事,何况我们并没有受到损失,不能因为一次失利就盲目撤兵。现在朝野都在观望,如果你尔朱将军成功,则众望所归,如若失败,则让天下人失望,导致人心涣散,群雄并起,谁胜谁负就很难说了。”

“不撤兵又当怎样?”尔朱荣勉强按捺住性子问。

“现在陈庆之在黄河北岸,元颢兵在南岸,大桥已毁,他们首尾不能相接。”高欢依然成竹在胸,“我们可用一部分兵力牵制陈庆之,其他兵力沿黄河分布,多做木筏,杂以舟楫,沿河布阵,广造声势,使元颢顾了头顾不了尾,然后再择机渡河,大功必成。”

侯景也趁机说:“如今皇帝的法驾在外漂泊,主忧臣辱。将军如果分散渡河,破敌易如反掌,怎能轻易退守,让元颢重新有喘息的机会呢?元颢根本就不是一只狼,更不是一只虎,仅是一只野兔子罢了。这次渡河,在下愿为前锋,把这只兔子抓来。”

尔朱荣虽然赞同侯景的看法,但内心里并不信任他:“好,就让尔朱兆和贺拔胜率军从硖石过河,侯将军领兵在北岸牵制陈庆之。”

深夜,元颢的儿子元冠受所率士兵还在睡梦中,只听一阵呐喊,尔朱兆和贺拔胜已经率兵冲进营内。一时火光四起,喊杀声震天,士兵们喊着抱头鼠窜。元冠受被数十个士兵护卫着狼狈撤退,被尔朱兆一箭射中肩膀,掉下马来。尔朱兆用枪指着元冠受说:“一只小兔子,给我拿下!”

元延明的部众听说元冠受被擒,遂像黄河决口一样溃退。随着黄河南岸的守军败逃,元颢失去了洛阳,他在一片兵民大逃亡的声浪中,率领帐下几百名骑兵向南逃去。陈庆之也不敢恋战,收拾兵马,沿黄河向东转移。元彧见元颢大势已去,没有跟着他逃走,他潜藏了下来。

尔朱荣听说陈庆之逃跑,他认为消灭这支劲旅的时机到了,便率骑兵前去追击。陈庆之且战且走，来到嵩山脚下，忽然山洪暴涨，士兵死的死、逃的逃，陈庆之奋力脱身，来到一个山寺，扮作和尚，从后门逃走。尔朱荣领兵进寺搜索，一无所获。

成年累月沉迷于佛法的萧衍一早起来，喝了一杯豆浆，吃了一个粗面馒头，就匆匆来到御书房，准备继续研习佛理，抬头看见桌上放着一顶官帽和御赐佩剑。

萧衍望着这两样东西，疑惑地问："这是怎么啦?"

黄泰平小心回禀："是陈庆之的。"

萧衍心里吃了一惊，可仍面色平静地问："陈将军回来了？怎么见物不见人呀?"

"他说无颜面对皇上。"

"他怎么了?"这下萧衍的脸色变了，"快快召见陈庆之。"

"是。"

此时，陈庆之正在宫门外负荆请罪，听到召见，随黄泰平来到御书房。

萧衍正坐在龙椅上，手里拿着一部《金刚经》。陈庆之进来，跪地叩拜："皇上，罪臣有负圣望，非但没有完成元颢复国的使命，连皇上的七千人马也丢了，臣有罪，罪该万死啊……"说着眼泪纵横，禁不住哭出声来。

听到这样的结果，萧衍反倒冷静下来，平静地说："爱卿起来说话，元颢到底怎么了?"

"听说他逃到临颍县，被一个小吏捉住，砍了头，送到洛阳领功请赏去了。"

"阿弥陀佛。"萧衍双手捧在胸前，"那七千人马是怎么丢的?"

"皇上，都是微臣领兵无方。当时看元颢大势已去，便率兵强渡黄河南撤，尔朱荣亲率大军追击，我军且战且退，本无多大伤亡，不料行经嵩山脚下，正在吃饭歇息之时，突然山洪暴发，人马无备，被无情吞没，微臣束手无策，幸在高处拾得一条性命。是微臣葬送了大梁七千人马，微臣无颜面见皇上，无颜面见江东父老，恳请皇上把臣杀了，以告慰七千将士的在天之灵。"

萧衍扫视了一下侍立一旁的朝臣，又念了一句："阿弥陀佛。"

柳津手持奏表，出列道："启奏皇上，陈庆之战败消息，臣已有耳闻，现在京师议论纷纷，说什么的都有。微臣认为，陈庆之战而无功，应当按律治罪。"

郭祖深见萧衍没有表态，趁机出奏："皇上，微臣认为，应当将陈庆之斩首。他贪生怕死，只顾自己逃命，白白断送了我大梁七千人马，有损大梁国威，也给无数家庭带来了无可挽回的灾难，故微臣建议立即处死陈庆之，以谢天下。"

朱异看萧衍翻了翻眼皮，没有说话，知道他不同意二位大臣的意见。送元颢北归是皇上的旨意，他本想以此来牵制北魏，进而完成南北统一大业，尽管现在看来，一切都化为泡影，可谁敢说这项决策错了？如果要斩杀陈庆之，那不就等于说皇上错了吗？不能啊。便说："皇上，陈庆之无错也无罪，他本来是能够全身而退的，谁知遇上了天灾，这是人力所不可抗拒的。"

郭祖深说："什么人力不可抗拒？我看这不是天灾，而是人祸，是完全可以避免的。陈庆之为什么率军在嵩山脚下驻扎？怎么就不会到别的地方去？这是他指挥不当所致。再说，元颢就是个扶不起的阿斗，当初如果不去送他，何来现在这种悲惨的结局？现在倒好，不但什么目的都没达到，反而加深了梁、魏两国的矛盾，使我大梁陷入被动难堪的境地。"

"阿弥陀佛，命由己造，相由心生，世间万物皆是化相。元颢有此结果，也是前世冤孽，宿命轮回，非人力所为。"萧衍用佛理解释着眼前所发生的一切，可他毕竟是皇上，他要面对现实，便感慨道，"陈爱卿此前已有奏报，区区七千人马，连续四十七战，攻下三十三座城池，占领了洛阳，这就是莫大的功劳。只是错在元颢，表奏不要援兵，结果功亏一篑。陈爱卿能够回来，是朕之大幸，大梁之大幸。朕需要你，大梁需要你，回来你一人，就能抵得上千军万马。最近兖州有妖贼僧强，不知天高地厚，竟然自称天子，聚众三万余人，攻城略地，滋生事端。朕封你为卫将军、兖州刺史，前去剿灭，为朕解忧。"

陈庆之感激涕零："谢皇上不杀之恩，臣当戴罪立功，不负圣望。"

萧衍目光转向侍立一旁的徐勉："徐爱卿，朕召你们几位前来，是想议一议在同泰寺举办四部无遮大会的事。"

这时，黄泰平急急地进来："皇上……皇上，东宫急报。"

"什么事这么急呀？"萧衍有些不耐烦，"朕不是早就说过，凡朕做佛事时，任何事情都不能打扰吗？"

"皇上，东宫急报，太子殿下病危。"

"什么？怎么不早说？快起驾去东宫。"

萧衍站在萧统的床前，眼里泛着泪水："什么时候走的？"

蔡妃说："昨天下午看着好些了，还多吃了一点稀粥，说多吃点饭，早点好起来，去看父皇，免得父皇为自己担心。"

萧衍一下子哭出声来，哭得老泪纵横："皇儿，你才三十一岁，刚过而立之年，怎么说走说走了？朕天天拜佛祈祷，为的就是天下苍生安宁，皇子皇孙幸福。难道这也是你的宿命？也是朕的宿命？"

朱异上前劝道："请皇上节哀顺变，给太子殿下安排后事吧，让他一路走好。"

萧衍擦了把眼泪，沉痛地说："朱爱卿去安排吧，用帝王之礼入殓，谥号昭明，司徒左长史王筠撰写哀册文。"

送葬的队伍排得长长的,京师男女老幼都穿上孝衣,来到宫门外,为这位仁德的太子送行。

萧统的长子华容公萧欢哭得最伤心,其三弟萧纲则哭得声音最大:"长兄呀,你走了叫我怎么办啊?谁来跟我讨论诗文?谁能给我兄弟亲情?"大家感到有些意外,各怀心事地看着他。

一顶黄色的伞盖下,萧衍木然地看着子孙、大臣、民众哭泣,为萧统送葬。有时,他双手合十,全神贯注地念着《涅槃经》。朱异见他哀伤过度,身体虚弱,劝道:"皇上,请回宫吧,别哭坏了身子。"

萧统殡葬期间,萧衍除了伤心痛哭外,考虑最多的是太子新立之事。自古流传下来的立嫡原则是立嫡以长,按说萧统既薨,应当立皇长孙萧欢为太孙,自己也曾怀有这种想法,把萧欢从京口南徐州刺史任上调来京师。可考虑再三,又觉得萧欢才十五六岁,怕不能承担如此重任,况且其父蜡鹅事件的阴影至今还萦绕于心,不能释怀。其他四个孙子更小,根本不用考虑。再看看自己的儿子吧,次子萧综为吴淑媛所生,本来有些才学,封他为豫章王,官至侍中,没想到他竟是萧宝卷的骨肉,投靠北魏后,连名字都改了。但他在北魏不得志,两年后,原已投降北魏的萧宝寅据长安起兵反叛,萧综前去投奔,途中被魏军俘获杀害。后来有大梁子民盗取他的灵柩送来,自己还是以子礼葬于祖茔之旁。假如萧综不去投降北魏,假如他没有死,能让他做太子吗?不能,绝对不能。三子萧纲虽然行事比较中正,可他优柔寡断,且整日舞弄那些风花雪月的宫体诗,能让他入主东宫吗?四子萧绩少时聪慧机警,封为南康郡王,任江州刺史,没想到染病薨于任上,才刚刚二十五岁呀。五子萧续有武功而少文略,难当大任。六子邵陵王萧纶骄横放纵,行事乖张,竟然将他的司马崔会意装在通气的棺材里头,用轻车拉着并唱挽歌,就像送葬一样,还让崔夫人坐在丧车上痛哭,真是荒唐至极。听说有一次他微服私访来到渔市,问一个卖鳝鱼的对刺史有什么看法,他本想听到好评,没想到那个鱼贩竟不知深浅,说刺史就是一个恶棍。萧纶气愤至极,竟把一条鳝鱼硬是塞进鱼贩子嘴里,鱼在腹中不停地绞动,疼得鱼贩子满地打滚,口中流血,不一会儿就痉挛而死。像这样一个毫无怜悯之心的人能成大器吗?七子萧绎性情阴晦,心术难测,笃信黄老,沉迷道术,有违以佛治国方略,将来怎能让他君临天下?

四十七　立储风波

夏天的洛阳，处处呈现出欢腾的景象。因为皇帝回来了，人们在一阵敲锣打鼓、载歌载舞之后，纷纷走向街市、走向田野，于是街市繁荣起来，田野也焕发了生机。

可洛阳宫内却死一般地沉寂，元子攸由太监宫女簇拥着在御花园里逛来逛去，各色的鲜花、飞舞的彩蝶，并没有引起他的兴趣，他感到一阵阵心烦。自从消灭了元颢，自己给尔朱荣的食邑已达二十万户，这在王公大臣中前所未有，又加他为丞相、天柱大将军，封赏已登峰造极，以后会封无可封。可尔朱荣好像并不满足这些，他的贪欲无限膨胀，他在自己的身边肆意安插党羽，朝野遍植亲信，前些日子因为曲阳县令的安置不符合他的心意，竟然口出狂言，要另立新君。还有他那个女儿，自己的皇后，如今虽然怀孕，可她生性好妒，排挤嫔妃，经常在自己面前耍横，好像这天下就是他们父女的。凡此种种，都说明尔朱荣的反意越来越明显，如不加以制衡和防范，这大魏王朝恐怕就变成尔朱天下了。

正独自低头想着，一个小太监来报："皇上，天柱大将军求见。"

元子攸强打精神，下意识地整了整皇冠："让他进来吧。"

其实尔朱荣早已站在身后："老臣拜见陛下。"他装模作样地拱手行礼。

元子攸表面客气地说："国丈快快免礼。"

"陛下怎么了？"尔朱荣打量着元子攸。

"没怎么。"元子攸有点不自在，手也不知放哪里了。

"陛下好像不高兴，脸上有一层阴云。"

"朕高兴呀，这不，闲来无事，在这里赏花。"元子攸故作轻松自在之状。

"哈哈！陛下瞒不了老臣。"尔朱荣此时又恢复了那股野性，环顾了一下四周，"这里其实没什么好玩的，可是又不能出去，因为外面有野狼，等老臣消灭了那只野狼，陛下就可以出宫游乐了。"

"是哪只野狼？"元子攸不解。

"是葛荣，他自率领北镇流民在定州左城举事后，兼并鲜于修礼和杜洛周部众，占据了河北数个州县，自称天子，想跟陛下分庭抗礼，这难道不是一只野狼吗？"

“葛荣无法无天，该怎么办呢？”元子攸满脸忧色。

“陛下勿忧，让车骑将军尔朱兆前去捉拿，一定会手到擒来。”尔朱兆是尔朱荣的族弟，这样的功劳他不想让别人抢走。

尔朱兆虽然骁勇刚猛，但不善谋略，面对葛荣浩荡的声势，心生畏难情绪，于是找来高欢和侯景商议。

高欢说：“将军不必忧虑，虽然葛荣乱民号称百万，但都是些乌合之众，可派兵各个击破，贼兵自会瓦解。”

尔朱兆说：“我们的兵马既要镇守河内，保卫大本营，还要拱卫京师，保护皇上，怎能分散兵力去各个击破？”

侯景瘸着左脚走上前：“尔朱将军，区区小事，何须忧虑？都说葛荣是只野狼，我看充其量是一条狗，顶多是一条野狗，我愿为前锋，剿灭葛荣权当是一次小小的狩猎。”

“那好，就命你为先锋，率骑兵五千，多带弓箭，前去破敌，我率军跟后接应。”因为侯景关键时候总有奇招，而且多能获胜，故尔朱兆不及深思，答应了侯景。

“打狗何必浪费箭矢？”侯景用他那特有的沙哑腔调说。

“那用什么？总不能赤手空拳上阵吧？”尔朱兆瞪着不解的眼睛。

“木棍，打狗就得用打狗棍。”

邺城葛荣军营。听说侯景率骑兵来攻，葛荣并不在意，他站在高岗之上，看着面前黑压压一大片士卒，傲慢地笑着：“五千骑兵，只够我们打牙祭的。弟兄们，每人准备一段绳索！”

一个士兵问道：“杀官兵用刀用枪，用绳子干什么？”

“绊马呀，见官兵来了，把绳子一拉，把马绊倒，胜利就是我们的，洛阳就是我们的，宫中那些美女就是我们的！”

众兵齐喊：“打到洛阳，享受美女！打到洛阳，享受美女！”

会战开始，侯景手持长枪向前指着：“弟兄们，给我冲啊！”一时间山呼海啸，扬起的尘土像沙尘暴一样翻滚，刺耳的呼哨声、战马的嘶叫声、喊爹哭妈的号啕声，随着遮天蔽日的尘埃腾空而起。葛荣士兵看不清方向，分不清敌我，手中的绳子根本派不上用场，纷纷扔到空中，被滚滚尘埃卷走。接着一阵乱棍打来，葛荣士兵逃的逃、躲的躲、装死的装死，倒地的人不是脑浆迸裂，就是血染杂草。

这时一个骑兵手提几颗人头来到侯景眼前：“这是我杀的，给我记功。”

侯景一脚把人头踢出老远：“娘的！记什么功？这是一群咬人的狗，你不打死他，他就会咬死你。此次大战，不以人头为准，只以大胜封赏。”

士兵“噢”的一声，扬起木棍，冲入敌阵。

这时，尔朱兆从外围发起总攻，与侯景形成内外夹击之势，冲破了敌阵。葛荣士兵阵脚混乱，丢盔卸甲，抱头鼠窜。

葛荣见大势已去，骑上快马，向北逃窜。侯景见状，扔出绊马索，将葛荣绊倒在地。几个士兵向前，把他捆了起来。其余部众见此，纷纷扔掉武器，举手投降。

一辆囚车载着葛荣向洛阳走去，尔朱兆骑马跟在队伍后边，往前看是黑压压的士兵，往后看也是黑压压的人群。望着这些投降的士兵，他有些犯愁，该怎么处置他们呢？如果强行遣散，极易引起他们的疑虑和恐惧，弄不好还会聚集闹事，想来想去无计可施。

庆功宴上，尔朱兆又提出这个问题："这么多降兵该怎么办？要不就全部杀掉？"

侯景放下酒杯："我军不足万人，怎么去杀这几十万降兵，再说万一激起兵变，群起闹事，后果将不堪收拾。"

"那该如何办？"

"我有一计，叫化整为零。"侯景好像早已深思熟虑，"先让他们官兵分离，然后让士卒自行选择去向和居住地，没有不愿意的，因为他们在外漂泊多年，自然想找一个安定的地方，过上安稳的日子。"

"哈哈，侯将军与我不谋而合。"尔朱兆随声附和着。

"不能放！"高欢饮完一杯酒，起身朗声道，"他们都是受了葛荣的蒙骗，本没有什么罪过，当此用人之际，可编入军中，选心腹人做统军，严加训练，为我所用。如有反叛，就问罪将领。"

"高将军说得也是。"侯景说，"我推荐一个人，他叫宇文泰，六镇起事时，曾是鲜于修礼的部属，鲜于修礼死后，宇文泰又投奔了葛荣。此人极有韬略，善于领兵打仗，用好了是个将才。"

"那就先用他做统军，果真有才能，再论功重用。"尔朱兆说。

高欢斜了侯景一眼，没有说话。

贺拔允不知就里，莽撞地说："可让高将军统领全部降兵。"

高欢大怒，起身挥拳朝贺拔允脸上打去，贺拔允被打掉一颗门牙，满嘴流血。高欢大骂："你放什么屁？你认为你是谁？尔朱将军没发话，能轮到你开口吗？"

尔朱兆很感动，觉得高欢对自己忠心耿耿，加上喝了些酒，头脑发热："贺拔允说得对，统率葛荣降兵，非高将军莫属。"

高欢喜出望外，向尔朱兆隆重行礼："谢将军信赖，在下当肝脑涂地，以报将军。"

趁宴席上推杯换盏之际，高欢悄悄溜出大营，向降兵宣令："我受命统管镇兵，你们都要听我号令，违令者斩。"

长史慕容绍宗把尔朱兆拉到一边,悄声说:"将军,让高欢领兵,甚是不妥。现在四方乱起,各怀异想,给高欢兵权,就像借蛟龙以云雨,恐失去控制啊。"

尔朱兆说:"我跟他结拜为兄弟,他能背叛我?"

"亲兄弟尚且反目为仇,自相残杀,何况硬凑合起来的结拜兄弟。"

"哎,慕容将军不必过虑,别人不敢说,高欢我还是了解的,放心吧。来来来,咱们接着喝。"

正月初一,萧统儿子萧欢府上一派喜庆气氛。自太子薨后,蔡妃一直心情不好,整日以泪洗面。夫贵妻荣,本指望太子登基后,自己能母仪天下,没想到天不遂人愿,太子英年早逝,自己就像掉进了万丈深渊。幸得父皇慈爱,多次派人抚慰,才打消了随太子而去的念头。就像往年一样,大年初一,父皇要去南郊祭祀。除夕之日,黄公公亲自前来,反复嘱咐,要萧欢也参加祭祀,说皇上有重要旨意。问黄公公什么旨意,黄公公笑而不答。蔡妃知道,太子驾崩后,新太子人选一直是朝臣热议的话题。按照法统,太子去世,当由皇长孙入主东宫。自己的家人也多次催促,袁昂等大臣也曾来府上提醒,要她去找皇上,替萧欢说情。可她知道,父皇平日里虽然和善,但事关军国大事,他的意志坚如磐石,任何人都改变不了,只能听凭命运安排了。今日南郊祭祀,父皇有重要旨意宣布,一般祭祀只是举行仪式,是不降旨的。既要降旨,必是重大决定,肯定就是太子人选问题了。去年,父皇把萧欢从封地召来京师,似乎让她看到了一线光明。难道自己多日的期盼今日就要实现了?想到这里,不禁心里一阵窃喜,她强掩内心的兴奋,吩咐仆人忙里忙外地准备着,等萧欢回来,一定要庆贺一下,要搞一次宴饮,还要鼓乐齐鸣,歌舞助兴。一时,府内上下人等忙碌起来。蔡妃自己也闲不住,一会儿指挥着仆人挂灯,一会儿查看厨房的备菜进度,一会儿来到侧殿,亲自指挥排练歌舞。

日过中天,萧欢还没有回来,蔡妃急得坐立不安,她带领家人来到门口等候,众家人分列门口两边,翘首张望着。还是小孩眼尖,萧誉指着远处说:"快看!哥哥回来了!"人们顺着他手指的方向望去,只见一辆牛车缓缓向这边走来。

牛车渐渐近了,当人们确认就是萧欢时,萧誉一声令下:"擂鼓奏乐!"

一时间,鼓声震天,乐声激荡,人们欢呼雀跃。

萧欢缓慢下了牛车,面无表情,耷拉着头,步子也不像平时轻捷和矫健,走到蔡妃跟前,未及说话,眼泪早已纵横奔流。随着一声痛哭,萧欢双膝跪了下来:"母亲!"

"我儿怎么了?"蔡妃扶起萧欢,用手擦着他脸颊上的泪水。

"母亲,没戏了。"萧欢一头扑到蔡妃的怀里,失声痛哭起来。

萧誉会意，挥手制止了喧嚣的鼓乐之声。

“到底怎么回事?”

“母亲，皇爷爷给孩儿封了个豫章王。”

“哥哥封了王，这是好事啊，你哭什么?”萧誉天真地说。

“你小孩子家懂什么?”蔡妃失望地说，“封了王，这说明皇上对太子之位有别的想法了，你哥哥进不了东宫了。”

“啊?”众家人就像霜打的茄子，一下子蔫了。

蔡妃领着家人往回走，身后高挂的红灯撤了下来，搭起的戏台拆了开来，客厅内丰盛的美味佳肴没人问津，蔡妃独坐在角落里垂泪。

“干!”几只酒杯啪啪地碰在了一起。这是萧正德在与几个家丁亲信饮酒。这几个人身穿黑色衣服，个个脸上有股杀气。听说萧欢封了王，萧正德也觉得萧欢没戏了，那么萧欢的几个弟弟更不必指望了，因为他们都是些光腚小屁孩。既如此，那太子就只能从萧老头的几个儿子中产生，自己虽是萧衍的过继儿子，在萧衍生子无望之时，自己的到来给他带来了多少欢乐。可这个老儿翻脸不认人，有了亲生儿子，就把自己扫地出门，这口恶气一直憋在心里，早晚要发泄出来。按照萧衍老儿的逻辑，他一定会选萧纲做太子，那就从萧纲下手吧，谁冒尖，我就掐掉谁。

几杯酒下肚，萧正德瞪着牛眼，恶狠狠地说:“你们要手脚麻利，把事给我做得干干净净，有你们的荣华富贵。”

一个黑衣人说:“王爷放心，我们保证做得不声不响、干净利落。”

其他人也纷纷表示:“王爷放心，保证马到成功。”

“我可把话说到前头，如果事出意外，诸位可要……”用手掌在脖子上做了一个动作，“我会管好你们的妻儿老小的。”

“誓死为王爷效命，舍生取义，杀身成仁。”

与萧欢府上冷清落寞不同，晋安王萧纲府邸则是热闹非凡，一派欢乐气氛。一方面此时正处在新年之中，府上处处洋溢着新年的喜庆和吉祥，同时，这里的人对未来怀着美好的憧憬，王爷一旦成了太子，那他们上下人等可就鸡犬升天了。可萧纲毕竟也年届三十，深知宫廷争夺的残酷，不到最后一刻，不能轻易言笑。此时，他坐在书房里，面对书架上一排排典籍，无心翻阅，他在反复思索着怎么疏通王公大臣的关系，为自己登上太子之位出谋划策，最好能在皇上面前说上好话。想来想去，他觉得朱异是关键人物，他的推举将会起到举足轻重的作用。对，就找他，明天就去……不行，这样的事，白天不行，最好是晚上，事不宜迟，就是今晚。于是他起身整理了一下衣服，拿上年前下属献给自己的一对金龟，揣在怀内，就要出门。

忽然，从房侧的树上跳下四个黑衣蒙面人，把萧纲团团围住。

萧纲慌忙从身上抽出宝剑，与四个黑衣人对峙着。一个黑衣人狠狠地挥剑刺来，萧纲迅捷躲过，另一黑衣人又持刀砍来。就在这万分危急之时，一下子上来十几名卫士，与黑衣人展开了殊死搏斗，黑衣人相继倒下，当最后一人搏斗到筋疲力尽之时，被众卫士持枪逼在地上。这时，萧纲急喊："慢着，留下活口。"

说时迟，那时快，黑衣人一口咬碎口中药丸，立时口鼻喷血，断气身亡。

立储恶斗很快传到萧衍耳中，不但有人要杀萧纲，就连六子萧纶和七子萧绎也相互攻讦，致使无辜官员命丧黄泉。事情如不早日了结，将殃及儿孙性命，影响国祚的延续，于是他从同泰寺来到宴居殿，召集王公大臣廷议太子人选。

萧衍睁开被香火熏得红肿的双眼："诸位爱卿，太子萧统纯孝仁厚，他的去世是朝廷的重大损失。可太子之位不能长久空着，今日召诸位商议新立太子之事，诸位都谈谈看法。"

整个大殿静悄悄的，在这决定朝廷未来命运的大事上，虽然每人心中都有不同的希冀，但谁也不敢先说话，万一说错，将影响自己的前途，甚至身家性命。

萧衍说："朕这一个多月来，寝食难安呀，到底谁适合接任太子？"

金紫光禄大夫孔休源出来叩拜于地，试探着说："皇上，自古以来，立嫡以长，根据这个原则，当立萧欢为皇储。"

袁昂说："臣赞同此议，立萧欢为皇储。"

许多大臣一齐说："臣等附议。"

朱异不说话，他默默地观察着萧衍的表情。此时萧衍脸色阴沉，两边嘴角耷拉着，这说明他不赞同孔休源的提议。既然不接受萧欢，而这萧欢又是最年长的，其他四位皇孙尚未成年，根本没戏，这就说明皇上中意的一定是皇子。想到这里，他脸上露出了一丝微笑。

萧衍注意到了朱异的表情，便问："朱爱卿，你有什么看法？"

"立储之事，是国之大事，当然得皇上做主，皇上说谁就是谁，微臣唯命是从。"

"你到底有没有主意？"

"皇上，微臣以为，如皇孙年幼不能监国，可从诸皇子中考虑。"

"还是朱爱卿明白事理啊，朕快七十岁了，人生七十古来稀，而皇孙都还年幼，万一朕有一天驾崩，以他年轻弱小之躯，能担当起治理社稷的重任吗？"

孔休源说："皇上龙体康健，万寿无疆。"

萧衍说："胡说！自古以来的皇帝，有哪一位能活过百岁？你们平时喊万岁，只是一句祝愿的话，现在也就是一个称谓。所以这次不能像当年那样，萧统刚刚两岁就立为皇太子，那时朕是真正的年富力强，现在老了，要选一个顶天立地的人来担当太子。朕以为，诸皇子之中，唯三子萧纲堪当此任。众卿再议议看。”

袁昂说：“晋安王虽然文武双全，但古训立嫡以长不以贤，太子薨后，当立太子之长子，若立晋安王，则事有不谐亦不顺，请皇上三思。”

萧衍说：“没有仁爱之心便不能教化苍生，没有公正之心便不能君临四海，没有文武之才，怎能够担当得起国家的重任呢？所以，尧让贤于舜，是因为舜有美好德行；文王舍弃伯邑考而立武王，是因为武王有文治武功。晋安王萧纲，善事尊长，聪明机智有威望，对百姓有仁爱之心，适合立为太子。”

孔休源说：“望皇上三思而行……”

萧衍说：“晋安王如此贤德，有何不可？这事就这么定了。朱爱卿，你负责起草诏书，公布天下。”

走出宴居殿，朱异一脸的满意，一身的轻松，快步走上自己的牛车，匆匆离去，可这次他去的不是自己的府邸，而是晋安王府。孔休源则显得无精打采，低着头往前走。袁昂走过来，拍了一下他的肩膀，二人停下脚步。袁昂说：“还为刚才之事烦心？”

孔休源说：“是呀，立储之事，既是天子家事，也是朝廷大事、天下大事。立储要讲个名正言顺，何为名正言顺？有嫡庶之分，有长幼之别，还有德才之辨啊。萧欢已到志学之年，再过五年，就是弱冠之年，就成人了，有何不可？为什么就不能立为皇储？”

袁昂伸出右手食指和中指，放在孔休源的嘴唇上，嘘了一声，看了看四周，见没什么人，把他拉到旁边的墙角下：“晋安王做丹阳尹时，周弘正曾为其主簿，二人交情甚笃，何不让他说服晋安王让出太子之位？”

四十八　壮士断腕

晋安王府内洋溢着喜庆的气氛，王爷成了太子，全府上下都来祝贺。先是男子，接着是女眷。看到眼前的情景，萧纲禁不住想到了诗花浪漫的未来和三宫六院的嫔妃。一则可以实现自己的抱负，二则可以更好地发挥自己文坛领袖的作用，在更广阔的背景上铺写春风秋雨、浮云明月、宾驾宴集、边塞征戍。从狭义的方面讲，也为那些描写美人艳情的诗作提供有利条件。想着如锦似绣的前景，萧纲抑制不住兴奋的心情，平日冷峻的脸上挂着灿烂的笑容，接受着人们的祝贺。这时，一个宫监来报："司议侍郎周弘正求见。"

萧纲爽快地说："快快请进。"

周弘正快步走到萧纲近前，下跪拜道："微臣衷心祝贺王爷被立为太子。"

"快快起身。爱卿曾是王府属官，本宫能有今天，全仗了你等的悉心辅佐。"

"尊敬的殿下，四海之内都盛赞你的美德，所以皇上向殿下发出了福音，这是皇上的大德。"

"本宫当不负父皇重托。"

"殿下，当今社会浮躁成风，人们削尖脑袋追名逐利，谦让的美德被束之高阁，微臣希望你能弘扬这种美德，成为万世楷模。"

"好呀，本宫愿闻其详。"

"《左传》记载，宋桓公得了重病，公子兹父再三请求说：'目夷虽是我的庶兄，但有仁爱之心，恳请立他为国君继承人。'宋桓公就让目夷当世子。目夷见弟弟如此谦让，对父亲说：'能够辞让君位，有如此博大胸怀，我不如兹父。再说我如当世子，是名不正言不顺，不足以让天下人信服。'于是就让出了世子之位，最终兹父继承了王位，这就是宋襄公。"

萧纲听着听着，脸色渐渐阴沉了下来："周弘正，你这是什么意思？"

"公子目夷崇尚仁义，不愿居王位，所以惜墨如金的《左传》对他写下重重的一笔。他避开国王的玉舆而不乘坐，放弃天子的尊位就像抛弃一只破鞋一样，只有这种大贤的气节，才能改变追名逐利的世风。古时有这样的贤人，如今能够效仿古人付诸行动的人除了殿下，还能有谁呢？殿下如能谦让太子之位，使这样的义举流传后世，难道不是一件盛美之事吗？"

“圣人有言：‘当仁不让于师。’子贡也有言：‘子从父命，孝矣；臣从君命，贞矣。’本宫继位太子，这是父皇之命，岂敢违抗？否则便是大不敬之罪。”

“荀子有言，从道不从君，从义不从父。在家孝敬父母，出外尊敬兄长，这是人的小德。对上级顺从，对下级宽厚，这是人的中德。顺从正道而不顺从君主，顺从道义而不顺从父亲，这是人的大德。普通人能做到小德和中德就很不错了，只有圣贤之人才具备大德。”

“圣人是高高在上的偶像，我们无法望其项背，本宫现在只想遵从父皇之命，做好太子，别的什么也不想。”

“王爷……”

“本宫现在是太子，不是王爷，明天就要去东宫行太子之职了。”

就在建康城内因争夺太子之位风起云涌的时候，洛阳城内正在上演一出保卫皇位的大戏。尔朱荣消灭了葛荣，剩下的目标就是皇帝之位了。皇后有时也流露出自己的怨恨，抱怨自己当为公主，而不应该是皇后，因为这天下是尔朱家的。城阳王元徽等大臣看透了尔朱荣的险恶用心，多次劝元子攸除掉他。元子攸鉴于河阴淘渚惨案，担心尔朱荣最终难以为臣，也有意铲除尔朱荣。可天下没有不透风的墙，早有人密告了尔朱荣。尔朱荣竟拿这话来试探元子攸，元子攸只得强装镇静，说这完全是小人挑拨，意在离间我们君臣关系，不必放在心上。尔朱荣虽然表面应诺，内心却另有盘算。有一次尔朱荣与亲信元天穆来到西林园，一边宴饮，一边玩射箭游戏，尔朱荣趁机奏请：“陛下昼夜批阅奏章，为国事操劳，非常辛苦，这皇家园林太小了，何不带上骑兵到外面围猎一番，也好放松一下身心。”元子攸知道，尔朱荣想以围猎为名，把自己诓到晋阳，以图大事。看来一日不杀尔朱荣，朝廷就一日不得安宁，可有什么万全之策呢？元子攸昼思夜想，以至于噩梦不断。

这天，他早早来到光明殿，召见元徽议事。元徽叩拜行礼，看见元子攸脸色蜡黄，眼圈发黑，问道：“陛下是不是龙体欠安？要不要传御医诊治？”

“难得爱卿一片忠心，朕身体还好，要说有病，也是心病。朕昨夜又做了一个噩梦，梦见自己持刀割掉了十个手指，醒来吓出了一身冷汗，接着就怎么也睡不着了。不知此梦是吉是凶？”

“这个嘛……”元徽沉吟了一会儿，“蝮蛇咬手，壮士断腕。陛下梦中断指，这是吉梦啊。是到了该断腕的时候了，当断不断，反受其乱啊。”

元子攸忧虑地说：“尔朱荣非等闲之辈，上次本想留他在宫中宴饮，可他托词有事，提前走了，致使计谋泡汤，这次该如何布局？”

“就说尔朱皇后诞下皇子，召尔朱荣进宫探视，他必信不疑，陛下提前布置下宫中卫士……”

“皇后怀孕才九个月，这是尔朱荣都知道的，如此诓他，必定不信。”元子攸觉得此计不妥，思忖着，“要不等到皇后临产时……”

“陛下要痛下决心，尔朱荣蓄谋已久，夜长梦多，万一他先行一步，一切就来不及了……”元徽劝道，“早产是常有的事，尔朱荣不会怀疑的，关键要看谁去报喜。”

元子攸咬了咬嘴唇：“也罢，世上哪有完美无缺的计谋？一分计谋，七分运气，就依爱卿所言，成败在此一举。这个说客非你莫属，就委屈爱卿去尔朱荣府上跑一趟吧。”

在大丞相府，尔朱荣与元天穆正在下棋，下着下着就乱了套，他气得一把把棋盘拨拉到地下。

元天穆捡拾着棋子：“丞相焦躁不安，莫非有心事？”

“人生如棋啊。”这个平日里粗直鲁莽之人竟说出这样的话来，元天穆瞪大了眼睛。

尔朱荣叹气道：“唉，下棋输了可以重来，人生要是赌输了还能重来吗？”

“丞相何出此言？”元天穆想问出个究竟。

“最近我右眼皮一直在跳，俗话说，左眼跳财，右眼跳灾，是不是会有不祥之事？”尔朱荣显得心神不宁。

“哎，这都是民间戏语，不足为据。丞相为国事操劳，日理万机，有时通宵达旦，缺少睡眠，眼睛劳累是自然的事，歇息几日就好了，不必放在心上。”元天穆搜肠刮肚地安慰着。

“如果我有不测，谁能替我掌控天下？”

尔朱荣的忧虑也引起了元天穆的警觉，他思虑片刻道：“丞相虽然过虑，可也不无道理，俗话说，人无远虑，必有近忧呀。”

“那你说怎么办？”

“先下手为强。”元天穆伸出双手，形成合抱之势，慢慢收拢，最后两手相攥，狠狠地握在了一起。

正说着，元徽骑马飞奔而来，门人领他进到大丞相府客厅。元徽径直上前摘下尔朱荣的帽子，就地跳起了欢快的鲜卑舞。尔朱荣起身一把夺过帽子，又戴在了头上，生气地说：“你这是干什么？”

“恭喜恭喜恭喜，大将军有喜啦！”元徽真诚的笑脸让人没有理由怀疑。

“喜从何来？”

“皇后诞下皇子啦！”

可元天穆这时头脑却异常清醒：“丞相三思，这其中是否有诈？皇后才怀孕九个月呀。”

尔朱荣嗖地从腰间抽出一把防身刀，顶在元徽的脖子上：“快说，真的还是假的?”

“丞相息怒,此等天大之事,本王怎么会撒谎?又怎敢撒谎?如若是假,不光你不愿意,皇上也会要了我的命。”

“又怎么知道你不会跟皇上串通一气?”元天穆乜斜着眼睛看着元徽。

元徽手指元天穆:“大胆,你怎敢怀疑皇上?这可是杀头之罪。”

正在这时,一群文武官员纷纷来祝贺。尔朱荣不再怀疑:“真的假不了,假的真不了,当今天下谁敢欺瞒我?我女儿生皇子啦!我有外孙了!我要进宫贺喜去!”

尔朱荣夫人不放心:“我做梦都盼望女儿生下皇子,可这几天心口窝一阵阵乱跳,怕不是好兆头。”

尔朱世隆怀疑宫中举动有异:“我风闻皇上发誓要做一件大事,在此敏感时期,不可轻举妄动啊。”

“看把你们吓成这样。”尔朱荣往地上狠狠地吐了口唾沫,“就是借他一百个胆,他也不敢对我龇牙。”

光明殿内,元子攸显得心神不宁,他站起又坐下,坐下又站起,他走到中书舍人温子升跟前:“当年王允是怎么诛杀董卓的?”

温子升说:“国贼董卓欺君罔上,滥杀无辜,天人共愤。他有一义子吕布,骑马射箭,武艺高强。因为董卓性情暴躁,有一次对吕布发脾气,把身边的戟投向吕布,幸亏吕布躲闪及时。王允趁此离间了他们的关系。适逢献帝病愈,在未央宫会见大臣,董卓入宫,让吕布护卫。吕布早已安排心腹勇士守在宫门口。董卓的车一进宫门,就有人拿戟向董卓刺去。董卓用胳膊一挡,被戟刺伤了手臂。他忍痛跳下车,叫着‘我儿何在’,吕布从车后站出来,高喊‘奉旨讨贼’,举起长矛,一下子戳穿了董卓的喉头。兵士们拥了上去,把董卓的头砍了下来。”

“照此说来,尔朱荣跟董卓差不多,都有一身武艺,吕布力大诛杀了董贼,可朕体弱无力,如何能制服得了尔朱荣?”元子攸面有难色。

“皇上,我已安排了铁甲卫士,只要他进宫,就让他有来无回。”

“朕即便是死,也要一搏,只是……只是朕心里还是害怕。”元子攸脸色发青,嘴唇也哆嗦起来。

“死都不怕,还怕什么?皇上稳住呀,一定要稳住,面色平静,沉着应对,大事方可成功。”

元子攸颤抖着声音说:“爱卿,让朕喝……喝杯酒吧。”

“这样也好,酒能壮胆。”温子升从旁边的几案上拿起一杯酒,递给元子攸。

元子攸手拿酒杯,哆嗦着往嘴边送,杯中的酒淋淋漓漓往下滴。

元子攸喝完酒,对温子升说:“快起草诛杀尔朱荣的敕书。”

温子升早有思想准备，在旁边一会儿就写好了。元子攸看后点头同意："稍后宣诏。"

温子升拿着诏书往外走，在宫门口正遇上元徽领尔朱荣进宫。

尔朱荣左顾右盼地往里走，看见温子升手中的诏书，问道："这是什么东西?"

温子升面色从容地说："是赦敕。"

元徽接过来，看了一眼，递给尔朱荣："大丞相请看。"

尔朱荣看完赦敕，戒备之心一扫而光，转身进了宫门。原来温子升准备了两份敕书，瞒过了尔朱荣。

尔朱荣的儿子尔朱菩提领着数十名武士也要进宫，被守门卫士挡在了门外。原来，尔朱荣不放心，想带随从入宫保护自己，见卫士不让进，他下意识地按了按胸口，迟疑着说："我先进去看看，你们就在这里等我。"

光明殿内，元子攸向西端正地坐着。

尔朱荣进来，象征性地拱手道："老臣参见陛下万岁万岁万万岁。"

元子攸这时情绪已稳定下来，神态自若地笑着："恭喜老皇亲，皇后诞下龙子了。"

尔朱荣笑容满面："恭喜皇上，大魏后继有人了。"

"丞相请坐，朕要在此设宴庆贺。"元子攸把尔朱荣领到大殿一侧，然后回到龙座。

元徽上前一步："陛下，美味佳肴都已备齐，可以开始了吗?"

元子攸威严地说："开始吧。"

元徽大声喊道："宴会开始!"

只听外面咚咚咚一阵鼓声响起，震得人心惊肉跳。

正在尔朱荣向外张望之时，只见几十名武士手执寒光闪闪的大刀从殿东门跑进，尔朱荣见势不妙，急忙起身，从腰间摸出短刀，逼近御座。可元子攸早有防备，迅疾抽出御座下的宝剑，狠狠地刺向尔朱荣的胸部。

尔朱荣双手紧紧按着喷血的胸口，指着元子攸："他娘的，没想到让你小子抢先了一步。"

众卫士一齐上前，一阵乱砍，把尔朱荣和元天穆砍倒在地。

宫外，在一阵喊叫声中，尔朱菩提及数十名武士全被斩杀。

元徽走近尔朱荣，仔细搜着他的衣袋，在紧贴胸口的布袋内发现一块上朝用的笏板，上面写有元子攸身边的亲信大臣姓名，旁边一个鲜红的"杀"字，连忙递给元子攸。元子攸看后大惊失色，大汗淋漓："好险呀，这个契胡要是活过了今天，后果不堪设想啊。"

刺骨的寒风裹着冰冷的雪花在晋阳大地上四处乱撞。营帐内，侯景一瘸一拐地来回走动着，显得焦躁不安。尔朱荣被杀的消息传来，他着实吃了一惊，本想依附尔朱荣博取人生的荣华富贵，现在一切都化为泡影，他感到自己已被逼到悬崖边上，不小心就会掉进万丈深渊。虽然帐外冰天雪地，可侯景额头上却汗气蒸腾，他干脆把兽皮帽子一把抓下来，扔在地上。

亲信丁和弯腰拾起帽子："将军，跟帽子置气不管用，还是想想办法吧。尔朱荣死了，可他的从弟尔朱世隆还在，何不去投奔他？"

侯景没说话，只是摇了摇头。

丁和又说："要不就去投奔尔朱荣的堂侄尔朱兆？他骁勇刚猛，善于骑射，曾深得尔朱荣赏识。"

侯景还是摇头。

"要不投靠慕容绍宗，他胆略过人，曾反对尔朱荣大肆诛杀朝臣，只是他现在还屈居尔朱兆手下。皇上诛杀权臣尔朱荣，命官兵南逼晋阳，攻打尔朱兆。尔朱兆屡战屡败，遣使向高欢告急，请他出兵援助。慕容绍宗极力劝阻，认为不能给高欢发展壮大势力的机会，结果反被尔朱兆囚禁了起来……"丁和不厌其烦地推荐着人选。

侯景仍是摇头："是呀，他现在还不行。"

"要不这样，趁尔朱兆疲惫之际，率军攻占晋阳，再广招天下豪杰，举起义旗，直捣洛阳，大事或有可成。"说完这话，丁和注视着侯景，反叛朝廷，这可是杀头的死罪，侯景该不会怪罪吧？

侯景张了一下嘴，还是没说什么。丁和紧张的神经稍微放松了下来。

站在一边的王伟走上前来："侯将军，在下认为，尔朱家族已是秋后的蚂蚱，蹦跶不了几天了。尔朱世隆手下虽有兵马，但他无将帅之才，不懂用兵之道，难成大器。尔朱兆虽骁勇果敢，但缺少谋略。天柱将军被杀后，形势急转直下，尔朱世隆本想逃跑，后来听从谋士建议，先是率部攻占了黄河大桥北岸，擒杀了奚毅等人，入驻了护卫大桥的中城，随时准备回师洛阳。尔朱兆攻陷了战略要地丹阳后，又亲率骑兵强渡黄河，抓住了皇帝，将他锁在永宁寺的楼上。尔朱世隆进入洛阳，本想跟尔朱兆好好谋划谋划未来，但尔朱兆居功自傲，狂妄骄横，手按宝剑，怒目指责，说叔父在朝日久，应有许多耳目，为什么竟让天柱将军遭此大祸？尔朱世隆只好服软认输。关键时候尔朱家族应当抱成一团，他们却如此不睦，注定成不了大事。现在尔朱家族大势已去，投奔他们无异于送死。"

"尔朱家族已经失势，再无翻身可能，那么谁是当今天下枭雄，想必先生心中已有数了。"侯景盯着王伟的脸问。

"已有浅见，不知是否符合将军心意……"

"慢着，我俩共同写于掌心，然后击掌同看。"

丁和迅速从案上取了毛笔递给二人，二人背对背写完，转身啪的一声，两掌合在一起,二人目光一齐集中在手掌上。当手掌完全翻开后,二人哈哈大笑起来。

侯景从丁和手中拿过帽子,戴在头上:“事不宜迟,马上出发。”便一瘸一拐地向帐外走去。

深夜的壶关大王山,一顶顶帐篷扎在山脚下,这是高欢的军营。尔朱荣被杀,幽、安、营、并四州行台刘灵助自称燕王,高欢请求领兵征讨,实际上是为摆脱尔朱兆的控制。此时,他腰佩长剑,正在巡视兵营,忽听远处传来女人嘻嘻的笑声。营中怎会有女人?这是他一向禁止的。他快步来到帐外,仔细倾听,原来是儿子高澄在和一个女子说话,他一脚踹开门,闯了进去。只见一个十四五岁的羯族女子坐在铺边,上身已被脱去,露出雪白的肩膀,虽然有些尴尬,他还是一把把儿子扯了出来。

“那女的是谁?哪里弄的?”高欢气急败坏,剑眉陡竖,满脸怒气。

“是……是一个士兵找来的。”高澄不敢与父亲的目光对视。

“胡说,士兵都知道营中规定,怎敢弄女子进来?是不是你出去掳掠来的?”

高澄低下头,不再说话。

“你才多大年纪呀,嗯?不满十四的小孩子,竟做出这等苟且之事。”高欢用手指点着儿子的头皮,“等你裤裆里的小鸟长大了再说吧,当然也包括这个葫芦。”他狠狠地用手敲着高澄的头。

这时,进来一个卫士:“高将军,营外有一叫侯景的人求见。”

“领他到大帐吧。”

侯景来到帐内,嘴唇干燥,眼圈发黑,由于长途行军,显然已是劳累过度。因为高欢本来就跟他熟识,所以不需要什么寒暄。高欢吩咐侍卫:“快去拿些酒菜来。”

一会儿,美酒佳肴摆了一桌子。侯景不停地撕肉、倒酒,直到吃得打起饱嗝来。

待到侯景用手一抹嘴唇,站起身来,这才给高欢行礼:“末将参见高将军。”

高欢冷着脸:“说吧,打算在这里住几天?”

侯景心中一愣,心想,他这是在试探我啊。但他此时只能放低姿态,好言逢迎:“来了就不打算走了,末将前来投奔,愿效犬马之劳。”

“带来几千人马呀?”高欢知道侯景乃反复无常的小人,可现在正是用人之际,他既然来投,就要暂且留下,也为天下豪杰树个样子。

“四千,愿献明公麾下。”

“好吧,我诚心接纳你,只是有个疑问:天柱将军待你不薄,是他在你穷途末路之时收留了你,让你领兵打仗,博取功名,在他有难之时,你怎能不为其尽节,帮他一把呢?”

“这个嘛……有道是，良禽择木而栖，贤臣择主而事。”说着就跪地叩拜。

“这可不行，侯将军怎能行此大礼？”

“明公雄才伟略，盖世无双，怎能久居人下？尔朱兆凶残无道，上弑君主，下虐百姓，这正是英雄立功的机会。末将前来，就是想助将军一臂之力。”

对于侯景的表态，高欢内心里是赞同的，但他还想试探一下，便一本正经地说：“我的功名富贵也得益于尔朱氏，岂能忘恩负义？”

“明公这是抱残守缺，不知变通，不是英雄所为！”侯景干脆打开窗子说亮话，“尔朱氏专横残暴，人神共愤！明公历来威名远扬，人人倾心仰慕，若能举义起兵，天下莫不响应，如此则大事可成，霸业可就。我侯某即使肝脑涂地，也在所不惜。”说着竟痛哭流涕。

此时，高欢的心扉已被打开，他转身倒了两碗酒，递给侯景一碗。侯景会意，两只碗一声脆响碰在了一起：“干！”

侯景喷出一口酒气，絮絮叨叨盘算着：“这壶关大王山听起来虽然吉利，但不是久留之地，这里缺乏粮草，不能助明公成就大事。如果前往冀州，高乾兄弟肯定会拱手相迎，殷州也可以委托给李元忠。这样冀、殷连为一体，那么沧、瀛、幽、定四州自然会顺服，只有相州刺史刘诞是尔朱荣同一部落，也许他会抗拒，但他孤掌难鸣，成不了什么气候。”

高欢听完这番话，紧紧地握住了侯景的手：“愿与将军共创大业。”回身安排心腹孙腾，“侯将军长途跋涉，一定累了，先回帐中歇息，明日我等再长谈。”

侯景来到一个帐房内，收拾完毕，刚要解衣，高欢领着一个羯族女人进来，嘱咐着：“好好伺候将军。”又笑着对侯景说，“这是我给将军准备的解乏之物，好好享用吧，明天不用早起。”说着走出帐房。

侯景见眼前这个妙龄女子十分可人，自己长年征战在外，对于男女之事已是久违了，内心的饥渴使他浑身燥热起来。他迫不及待地抱起羯女，用满是胡须的嘴巴在她脸上亲来亲去，没想到这羯女也是个熟谙风情的，竟哼哼唧唧地呻吟起来。

羯女的呻吟声激怒了站在帐外偷听的高澄，他是跟随父亲来到这里的，今见自己弄来的尤物被这个矮瘸子蹂躏享用，禁不住怒火中烧，从地上摸起几块石头，狠狠地向帐房砸去。

当侯景持枪出来查看时，高澄早已跑得不见踪影。

四十九　颠倒梦想

知道萧纲成了太子，萧正德心中很是不平。因为萧衍不守信，不但使自己与太子之位擦肩而过，而且连个王位也没得到，他在府上喝了一顿闷酒之后，坐上马车去找朱异。

见萧正德进来，知道他必定有事，朱异放下手中的麈尾，把他领到内室。萧正德二话没说，先从口袋中掏出几根金条放在桌子上："朱大人，我的事还望你多多帮忙。"

"在下也就是皇帝身边的一个常侍，能帮上你什么忙呢？"朱异看着萧正德，心中揣测着他的用意。

"大人不必谦虚，自从周舍去世后，你接替他掌管朝廷机要，所有公文审察裁断，全在你的掌握之中，深得皇上信赖。在皇上面前，你可是一言九鼎呀。"

朱异看了一眼桌子上的金条："这东西还请带回，能为王爷效劳，是微臣莫大的荣耀。"拿起金条要递给萧正德。

"区区薄礼，不成敬意，还望大人笑纳。只是我现在还不是什么王爷，只是个小小的侯爷。"

朱异慢慢捋着胡须说："这个，容微臣周旋。"

腊月的寒风吹得同泰寺的松柏瑟瑟作响。萧衍在大雄宝殿念完经后，来到禅房，对朱异说："来来来，陪朕下盘棋。"

"皇上菩萨是下棋高手，微臣总是赢不了。"

萧衍笑着说："爱卿的棋艺也有长进嘛。"

朱异摆好棋盘，柔声细气地说："微臣又要讨教了。"

二人在棋盘上斗智斗勇。开始，朱异还能出几着，萧衍则刚柔相济，着着出新，终于逼得朱异无路可走。

"皇上棋艺达到了出神入化的境界，微臣望尘莫及呀。"

"朕这是用禅理指导下棋，故能超凡脱俗。"

见萧衍高兴，朱异趁机说："皇上，臣有一事，不知当讲不当讲？"

"爱卿有何顾忌？尽管讲来。"

"时间过得真快呀，转眼间又快过年了。这一年来，皇上佛化治国，天下太平。立萧纲为太子，亦是众望所归，昭明太子之子皆封为王，也是圣明之举。如此一来，必保大梁王朝长治久安。”

“朕也是用心良苦啊。”

“只是还有一事，望皇上三思。皇上封赏了一圈，不能忘记曾经过继的萧正德呀。”

“从感情上讲，应该封王，可他横行不法，为非作歹，朕没治他罪就不错了。”

“现在西丰侯在家里无所事事，如不加以抚慰，消除他心中的怨气，怕又搞出什么乱子来。”

“爱卿言之有理，朕再考虑考虑。”

新年正月，京师建康。大街上游人如织，不时看到三五成群的和尚走过，就连普通百姓见面也多施以佛礼，双手合十：“阿弥陀佛，善哉善哉。”

这天，王公大臣脱下新年便装，穿上官服，到太极殿上朝。因为是新年第一次上朝，大家都来得很早，大殿外站满了文武官员，大家寒暄着。

袁昂走近萧伟：“老臣衷心祝贺王爷进位大司马。”

“本王也祝贺你，你也进位司空，位居三公之列了。”

“老臣感谢王爷抬爱，感谢皇上隆恩。那不是太子之子萧大器吗？他已经进位宣城王了，走，过去道贺道贺。”大家都走过去，围拢在萧大器周围，纷纷表达着恭贺之意。

只有萧正德站在外围，显得有些孤单。朱异给萧大器祝贺后，挤出人群，来到萧正德身边，小声说：“王爷，恭喜你呀。”

萧正德愤愤地说：“我能有什么喜？”

“皇上封你为临贺王了。”

萧正德缓和了一下脸色：“这个迟到之王全是朱大人成全的，要说感谢，我只感谢你。”

“哪里哪里，全是皇上恩赐。”

“这种事，我心里有数。”

那边袁昂对萧纲说：“听说北魏发生了内乱，北魏枭雄尔朱荣被元子攸设计杀害后，他的侄儿尔朱兆率军渡过黄河，攻进洛阳，派骑兵抓住了元子攸，弄到晋阳三级佛寺绞死了。那个之前来降的临淮王元彧也被殴打致死。”

“可惜呀。”“早知如此，说什么也不能让元彧回去呀。”“他能不回去吗？他的根在那里，他的人脉在那里。”“是呀，是呀。”众朝官围上来，一阵感叹。

“城阳王元徽也可惜了。”朱异是个最会讲故事的人，为此深得萧衍宠爱，此时他也挤在人群中，讲起了元徽的事，“听说魏主元子攸逃到皇城的云龙门外，遇到了城阳王元徽，元子攸喊他，可他骑在马上，冷眼看了一下，掉头溜之大吉。

元徽逃到洛阳南龙门山南麓，转来转去，最后决定去前任洛阳令寇祖仁家，因为寇家一门三位刺史都是他推举出来的，想必能救他一命。来到寇家，寇祖仁热情招待了他，酒足饭饱之后，整理床铺让他休息。由于疲劳，元徽一会儿就睡得鼾声大起。寇祖仁却没有睡着，他悄悄起床来到院内，看着元徽领来的五十匹宝马，匹匹高大健壮，还有元徽所带的包裹，沉甸甸的，一定是金银珍宝，他禁不住眼睛发红，馋涎欲滴。听说尔朱兆正在悬赏缉拿元徽，如果捉到他，可封千户侯，这可是一生的荣华富贵呀。第二天早晨，寇祖仁告诉元徽，官府正在到处捉拿他，让他赶快到外面躲避。元徽走后，寇祖仁带领家人乔装打扮，在一片丛林里拦截了他，当场把他杀死，洗劫了黄金、宝马。当寇祖仁把元徽的人头送给尔朱兆时，你们猜怎么着……"

"自然封了千户侯啦。""赏了金银财宝。""做了官了。"众臣纷纷议论着。

"其实是竹篮打水——一场空。"朱异不紧不慢地说，"尔朱兆根本没提千户侯的事，反问他元徽的财物在哪里。面对这样一个杀人如麻的尔朱兆，寇祖仁不敢隐瞒，只得如实相告，有百多斤黄金和五十匹宝马。可尔朱兆怎么也不信，一个王爷就这点黄金吗？派人去寇祖仁家中搜查，又把他家中的三十斤黄金和三十匹马全搜了去。而对寇祖仁这样一个不仁不义的小人，尔朱兆一怒之下，下令武士把他捆绑了起来，用绳索吊在树上，脚上坠上石头，十几条鞭子围着他边数落边抽打，最后竟是血肉模糊，吐血而死了。"

"这就是小人的下场。"徐勉愤愤地说道，"元徽当初投降我朝，纯粹是为了避难，后来依附元颢，元颢完蛋后，他又投靠元子攸。在元子攸落难之际，你看他那表现，竟是不屑一顾，没想到最终栽倒在一个下人手里。像这样一个投机取巧的之人，其下场就是天数注定。"

袁昂则用佛理来解释："元徽如此下场，也是因果报应。欲望使人亡身，寇祖仁这样的小人，完全毁于贪欲。佛曰，色不异空，空不异色，色即是空，空即是色，世上万事万物都是空的。人啊，还是恪守佛道，远离颠倒梦想吧，何必迷惑执着呢？阿弥陀佛。"

众人受其影响，也都合起手来："阿弥陀佛。"

朱异睁开眼，抬起头："善有善报，恶有恶报，不是不报，时候未到，时候一到，一切全报。"

徐勉无论什么时候，总是首先想到朝廷军政大事："北魏内乱，正是北伐的最好时机，今日微臣想奏请皇上尽快调集兵马，挺进魏境，收复华夏河山。"

萧纲说："是呀，本宫支持爱卿的主张，父皇南北统一的宏愿就要实现了。"

朱异听见了，凑上前来："徐大人，魏国虽然发生了内乱，但百足之虫，死而不僵，高欢兵强马壮，不可小视，魏主身边也有一批能文善武之士。如若北伐，将使生灵涂炭，因此我主张议和，可保百姓安宁。"

因为朱异帮了自己，所以不管朱异的观点正确与否，萧正德都要附和他："我赞成朱大人之言，还是议和对大梁有利。"

袁昂说："我们不能长期偏安江南，要有宏图大略，华夏情怀，一统天下。"

朱异说："议和就不能一统天下了吗？说不定到时候北魏就自然归附了。"

袁昂面带讥笑地说："天下会有这等事？你这是痴人说梦。"

朱异说："你说谁是痴人？我看你们这些文人个个都痴。"

萧纲说："诸位不要争吵，等面奏皇上，自有定夺。"

"对，要面奏皇上。"袁昂转身看了一眼爬上殿顶的太阳，"上朝时间已过，皇上怎么还没来呀？"

"是呀，父皇怎么还不上朝？"萧纲面露焦急之色，大臣们骚动起来，纷纷议论着，皇上平时上朝很准时的，今天怎么了？

黄泰平跑着碎步过来，焦急地说："诸位大人，皇上已舍身同泰寺，不来上朝了。皇上说……说……他不贪天下，那龙座还不如一草芥，这可怎么办呀？"

大臣们一时没了主意，纷纷说："这该如何是好？""国不可一日无君呀！""怎么就当了和尚呢？"

袁昂说："在这里傻着急有什么用？走，去同泰寺面见皇上。"

同泰寺大雄宝殿内释迦牟尼佛像前，十多个僧人正在祷告，舒缓的梵呗乐曲萦绕在大殿上空。萧衍剃掉了花白的头发，脱下了龙袍，穿上了法衣，正襟危坐在众僧当中，双手合十置于胸前，二目微闭，静静地欣赏着梵呗乐中的歌词：不灭天神，普度众生；北虏无道，南梁乾坤；有佛有道，江山永恒……

袁昂等众臣进来，不敢多言，依次在后面跪下，双手合十念起经来。

乐曲终了，萧衍起身，来到思过斋。斋内陈设极其简陋，一张素床靠北安放着，墙角案几上摆放着一个莲花碗和一双铁箸。萧衍面南背北，坐在床上。众大臣一拥而进，跪了一地："皇上菩萨，皇上菩萨，皇上菩萨。"

萧衍合掌道："阿弥陀佛，朕做够了皇帝，如今舍身同泰寺，决意做和尚，不再回去了。"

袁昂说："皇上菩萨，国不可一日无君，为了大梁王朝的江山社稷，为了黎民百姓的幸福安宁，还请皇上回宫吧。"

萧纲说："儿臣离不开父皇，还要随时听父皇训导。"

萧衍说："皇儿有什么事要问，就来同泰寺好了。"

袁昂说："现在北魏内部矛盾重重，大有分裂之势，正是北伐的最佳时机，还得皇上运筹帷幄，决胜千里。"

萧衍正色道："你们不要说了，朕现在考虑的是怎么修行，使功德更加圆满。朕要举行四部无遮大会，京师所有僧尼、善男、信女都来参加，这是一次广结善缘的盛会。众爱卿回去做好安排，人越多越好，最好开成个万人大会。"

众臣你看看我，我看看你，没有一个有要走的意思。

萧衍冷冷地说："朱异，你怎么还不走？还有别的事吗？"

朱异乖乖地说："微臣没事，微臣这就回去。"起身退了出去。

萧衍说："众爱卿也都请回吧。"

袁昂问："皇上，那朝政之事怎么办？"

萧衍说："朕既已舍身，便不再过问世事。"

回到东宫，萧纲又吟诵起他挚爱的宫体诗来。此时，他正在书房内吟诵着自己的新作《美女篇》："佳丽尽关情，风流最有名。约黄能效月，裁金巧作星。粉光胜玉靓，衫薄似蝉轻。密态随羞脸，娇歌逐软声。朱颜半已醉，微笑隐香屏。"吟到动情处，竟摇头晃脑起来。

刘杳气喘吁吁地跑进来："殿下，不好了，有人来东宫告状了。"

萧纲问："刘舍人莫急，你慢慢说，是告谁的状？"

"说是要告鲍邈之的状，来了很多人。"

"有多少人？"

"不下五十。"

"这么多人都进来不合适，先传鲍邈之来见本宫。"

鲍邈之低着头弯着腰进来，萧纲问："宫门外有人告你，你老实交代，你做了什么事？"

鲍邈之知道事情败露，但他还想避重就轻："也没什么大不了的，奴才只是找了些人帮我堂兄做活。"

"给了工钱没有？"

"没有。"

"让他们回去了没有？"

"没有。"

"大胆奴才，这不是诱掠人口吗？你可知罪？"

鲍邈之大汗淋漓，跪在了地上："奴才犯法，奴才知罪。"

萧纲对刘杳说："你去接见那些告状的，让他们一个一个地进，逐个核实清楚。"

半个时辰后，刘杳核实完毕回来禀道："一共诱掠人口三十四人，全是青壮男丁。"

萧纲心想，这鲍邈之本是昭明太子的宫监，因为些许小事，便怀恨在心，当时虽然他多次来通风报信，客观上助了自己一臂之力，其实他是为自己泄私愤、报私仇。他现在诱掠人口，按照律令，虽罪不至死，但这种吃里爬外的小人留在身边必有后患，尤其怕他说出当日设局陷害之事，便喊道："来人，鲍邈之身为宫监，知法犯法，诱掠人口，影响恶劣，立即斩首，以儆效尤！"

鲍邈之吓得魂不附体,哭着喊道:“殿下饶命,太子饶命!”

萧纲的眼圈始而泛红,继而阴下脸来,慢慢咬紧了牙关,对卫士说:“还愣着干什么? 行刑吧。”

太极殿的皇座上空荡荡的,大臣们聚集在殿内,商议皇上舍身之事。

袁昂说:“我昨日又去同泰寺拜见皇上,皇上说,他已经是同泰寺的人了,要想离开同泰寺非得积大德、行大善不可。”

徐勉问:“怎么积大德、行大善?”

萧伟说:“皇上已经是大德大善之君了。”

萧纲说:“父皇为了奉佛把自己舍给寺院,功德无与伦比,可与日月同光。”

还是朱异懂得萧衍的内心,他说:“普通百姓出家再还俗,还得交一笔钱向寺院赎身,何况堂堂一国之君,还俗怎么能不出钱呢? 依我看,这大德大善就是出钱奉赎。”

袁昂向来对朱异不理不睬,可这次听了他的话也频频点头称是:“朱大人说得对,皇上笃信佛教,朝廷大臣们就得为佛事出力,这才是大德大善之举。”众臣纷纷表示赞同。

徐勉问:“那出多少钱呢?”

朱异说:“我已查明,府库中还有一万万钱,本是准备用于扩充军械的,现在奉赎皇上是头等大事,只怕这钱少了些……”

袁昂说:“皇上是万乘之尊,钱少了肯定不行,我们这些王公大臣都得捐一点,起码凑足二万万钱。”

众臣一时都不说话了,都相互看着对方。有人不愿出这个钱,有人虽愿出钱,但不敢带这个头,怕出多了或出少了都不好,就这么僵持着。

萧纲说:“我出一千万钱。”

萧伟看了看萧纲,也说:“我出八百万钱。”

徐勉说:“我出五百万钱。”

袁昂说:“我也出五百万钱。我们光在这里报数不行,这样吧,从今日开始就在尚书省府前摆放案几,安排专人收钱,专人记账。再派出人员四处动员,争取十日内募捐到一万万钱,加上府库的钱,共二万万钱,去同泰寺奉赎皇上。”

几日后王公大臣排着长长的队伍,向同泰寺走去,身后也是一溜长长的队伍,他们抬着一箱箱募集的银钱,浩浩荡荡走进同泰寺。

朱异走在最前头,他最先来到萧衍常住的僧寮,可是里面空无一人,只有素床上摆着一摞一摞的经卷。

“皇上是不是上早课去了?”朱异自言自语着,退了出来,来到大殿。大殿内也是空荡荡的,只有几个信客在焚香叩拜。他问门前扫地的老僧人:“皇上在哪里?”

老僧人头也没抬，边扫边说："这里没有皇上，只有和尚。"

无奈，他们只好又去香积厨寻找。香积厨内，一群僧人正在择菜、洗刷餐具，虽有这么多人进来，可好像没有一人注意，他们各自忙着手中的活计。

朱异问众僧："各位师父，打扰了，请问见到皇上没有？"仍然没人抬头，没人答话。远远看见水池边一老年僧人仔细地洗着每一棵菜，洗好后，整齐地放在旁边的篮子里。看着那宽大的臂膀，朱异心中一动，那不就是皇上吗？他激动地走过去，正面一看，果然是皇上，不由浑身颤抖着跪了下去："皇上！"

众朝臣见状，也纷纷跪地："皇上……皇上……"

萧衍缓慢地直起身子，用手揩了一下前额的汗水："各位施主都起来吧，这里没有皇上，贫僧法号冠达。"

见众臣没有起来的意思，仍然虔诚地跪在那里，萧衍说："你们不起来，冠达就要跪下磕头了。"

众臣无奈，只得起身。朱异躬身行礼："皇上，满朝文武都来了，请皇上回宫处理国事，国不可一日无君啊。"

"冠达早已看破红尘，视皇帝宝座为草芥，不再回去了。"

"皇上回宫吧，皇上回宫吧！"众臣一齐央求着。

住持法云见这里拥挤，器物也多，不成样子，便放下手中的菜，走过来说："各位施主，请到荣堂说话。"

萧衍身穿袈裟，手捏佛珠走在前面，身后跟着满朝文武，来到荣堂，坐在正中的禅椅上，众臣再次跪拜。

这时，袁昂出来说话了："皇上菩萨，近来北魏内乱，正是组织北伐、实现江山一统的大好时机；还有国内变民造反，需要调兵遣将进行剿灭，一切都需要皇上决断。望皇上以国事为重，为天下着想，为黎民解忧，脱下袈裟，换上龙袍，君临天下，不要在这里念经拜佛了。"

"你是说冠达心中无天下、目中无百姓吗？"看来萧衍有些生气，"你错了，冠达悉心弘法，就是为了教化百姓，使人心向善，实现天下大同。"

皇上是身在佛寺，心怀天下，徐勉看出了萧衍的心思，他吃力地挪动着病弱的身子，拜在萧衍面前："皇上菩萨，您奉佛是为了有功于天下，有德于百姓，满朝文武也受皇上感染，自愿捐钱为寺院做大功德。"他回头对门外喊，"进来吧。"

只见一队人马抬着箱子陆续进来，箱子摆满了一屋子。

萧衍不再说话，把双手举在胸前："阿弥陀佛。"

法云看着这么些银钱，脸色显得很平静，缓慢地数着手中的念珠。

沉默了片刻，萧衍说："诸位爱卿诚意可嘉，忠心可鉴。今日冠达讲《涅槃经》，诸位施主都要听讲。"

傍晚，夕阳洒在佛塔之上，显得熠熠生辉。萧衍讲完经，坐上玉辇，在文武大臣的簇拥下,向皇宫走去。

夜幕降临,几个人影鬼鬼祟祟地闪进同泰寺内,夕阳照出了领头的脸面,原来是萧正德,他身后跟着几个纨绔子弟。

萧正德来到大殿周围,看到四下里没人,他诡秘地折进殿内,焚香叩拜,嘴里念念有词,他在为自己祈祷,祈祷太子早死,祈祷自己早日当上皇帝。

几个纨绔子弟没有进殿,他们鬼鬼祟祟来到浮屠之下,把准备好的蜡放在木柴之上,点上火,迅速消失在夜色之中。

整整一个晚上,同泰寺内火光冲天,尽管法云带领众僧奋力扑救,但因火势太大,出于保护生命的必要,只好任其燃烧,无奈撤离,直至浮屠烧毁、坍塌。

第二天,一份份弹劾奏折摆在萧衍面前,萧衍坐在龙座上,表情严肃。

袁昂施礼奏道:"皇上,这次同泰寺起火,乃人为所致,临贺王萧正德有重大嫌疑,祈请皇上下旨捉拿,侦办治罪。"

"什么嫌疑?他本来就是罪犯,这里有铁证。"御史中丞贺琛手托一把剑鞘,展示给文武大臣,"看,这剑鞘就丢在同泰寺的浮屠之下,上面清楚地刻着'临贺王府',这是重要物证。"

萧衍说:"呈上剑鞘,让朕看看。"

黄泰平接过剑鞘,小心翼翼地放在御案之上。萧衍拿起剑鞘,反复端详着,同时也在努力地思考着。

大殿内静静的,人们都在等着皇上表态,只听当的一声,萧衍毫不在意地把剑鞘扔在御案之上:"剑鞘也不能说明什么,临贺王府的剑到处都有,能说明同泰寺的火就与这剑鞘有关吗?能说明当晚临贺王就去过那里?能说明那火就是他放的吗?这样推断未免太草率,容易造成冤案。"

贺琛重又躬身施礼奏道:"皇上,容微臣组织廷尉深入调查,尽快查清此案,捉拿罪犯,以正国法。"

众臣一齐附和:"捉拿罪犯,以正国法。"

"不必了。"萧衍匪夷所思地说,"这当是魔鬼作怪,朕决定,组织京师寺院法师做一场大规模法事,以驱除恶魔。"

贺琛说:"皇上,难道就让放火犯逍遥法外吗?"

"不,魔高一尺,道高一丈,魔鬼最终会得到惩罚的。黄泰平传朕旨意,在同泰寺原地重建十二级浮屠,以正压邪。"

"是。"黄泰平毕恭毕敬地答道。

徐勉劝道:"皇上,我朝所建浮屠最高为九级,从来没有建过十二级的,望皇上慎重考虑,免得事有不成,反倒徒劳无功,白白浪费资财。"

袁昂说:"皇上,自古以来,寺院浮屠多为奇数,《周易》说'阳卦奇,阴卦偶',奇数有清静、吉祥和顺利之意,如建成十二层,于理不合,恐有不利。"

朱异也想卖弄一下,附和着说:“北魏永宁寺浮屠也为九层,请皇上三思,还是奇数吉利,如要震魔除障,可建九层。”

“永宁寺是谁建的?”萧衍冷冷地问。

朱异看了一眼萧衍,小声说:“是……是北魏胡太后。”

“你昏了头了。九层就吉利吗?她是怎么死的,你难道忘了?看你平时还算明白,今天怎么了?再胡说八道,以后不要再来见朕!”萧衍的目光从朱异的身上移开,换了温和的语气,“十二自古就是个吉祥数字嘛,十二地支、十二生肖、十二时辰、十二个月,众卿看朕的皇冠,是不是有十二旒?再说了,佛教中的三藏不也有十二分经吗?药师佛也有十二神将护法。众卿虽然年老,但看问题不能守旧嘛。”萧衍露出难得的笑容,他也许是在笑自己,自己不也是白发苍苍、垂垂老矣?“年老不可怕,思想不能老啊。同泰寺是皇家寺院,就要与众不同。此事不要再议,马上安排大匠卿,尽快绘图,尽快修建,争取早日竣工。”

走出皇宫,几个大臣仍在议论同泰寺浮屠倒塌之事。袁昂说:“皇上如此高调奉佛,释经、造寺、布施、度人,到底有没有功德呀?”

“怎么没有功德?”徐勉说,“这几十年来,皇上勤于朝政,严明法度,劝课农桑,大梁国土良畴相望,阡陌如绣,京师建康更是一派繁荣的景象。从魏晋以降,哪有这样的太平盛世?这不就是功德吗?”

“要说有功德,应该有好的果报,可为什么浮屠倒了呢?”袁昂满脸疑惑。

朱异刚才受了皇上训斥,心里不好受,他凑上前,四下里看了看,悄声说:“天竺国菩提达摩不是来过吗?他说皇上没有功德。”

“为什么?”几个人异口同声地问。

“不瞒诸位说,达摩拜见皇上时,在下就在场。达摩说,这些不过是人天小果,有漏之善,如影随形,虽有非实呀。”

“那怎样才算有功德呀?”徐勉问。

“达摩说,净智妙圆,体自空寂,如是功德,不以世求。”

袁昂叹道:“是呀,凡所有相,皆是虚妄,岂不闻诸法皆空啊,心即是佛,佛在心中。功德要靠内心修炼,明心见性,方成正果。”

朱异说:“当时皇上很生气,问跟朕说话的是谁,达摩竟说不知道,你听听,这不是睁着眼说瞎话吗?送达摩的路上,我责备他,说我们皇上早就受了菩萨戒,人称皇帝菩萨,你怎么能说廓然无圣呢?你猜他怎么说?他说你们的皇上顶多是个菩萨皇帝而已。你们说,这皇帝菩萨跟菩萨皇帝还有什么区别吗?”

众人点头:“是呀,是呀,没什么区别呀。”

“哎,不对呀,皇上是有为之君、有道圣主,怎么会没有功德呀?”徐勉指着朱异,“这可是你朱大人说的。”

朱异自觉失语,捂着嘴,灰溜溜地走开了。

五十　白日续梦

同泰寺失火后，萧衍暂时回到宫中，可他大部分时间仍用在念佛撰经上，光严殿、无碍殿、光宅寺、太府寺成了他活动的主要场所。太子萧纲表面上也念经拜佛，但骨子里他更信奉道教，十分推崇老子的“为无为，则无不治”，他亲自讲解《道德经》，组织文人学士讨论、阐释，他想着，等他做了皇帝，一定要以“无为之道”治理天下。汉高祖开国之初，不就是遵循老子“无为”思想，才使百姓得以休养生息，为后来的文景之治奠定了坚实的基础吗？闲暇之时，他就郊游宴饮，饮酒赋诗，自然，他写得最多的还是宫体诗，他所关注的也多是女人的身体和宫中奢靡的生活。时间就在这诵经声和推杯换盏声中匆匆流过。

此时的北魏正经历着分裂的阵痛，魏主元子攸杀死了尔朱荣，其弟尔朱兆绞死了元子攸，另立元恭为帝。从此，尔朱氏又把持朝政，一个比一个残暴，一个比一个贪婪，尤其是尔朱仲远，独霸一方，搜刮民财，杀夫夺妻，弄得天怒人怨。于是高欢借机起兵，讨伐尔朱氏，把元恭关在崇训佛寺，设计毒死了他。当时，平阳王元修见政局动荡，躲到了乡下。高欢知其胆小谨慎，欲立为帝，便派四百名骑兵把他接到毛毡大帐，泪流满面地表达了自己的诚意。元修知道傀儡皇帝不是一个香饽饽，借口自己没有德行推辞。高欢要的就是没有权力欲的胆小鬼，便跪拜施礼。元修只好回拜同意。第二天，按照鲜卑礼仪，高欢与其他六位大臣身披黑毛毡，组成人体祭坛，元修踩在上面向西拜祭天地之后，进入了太极殿，接受群臣朝拜，封高欢为大丞相、天柱大将军、太师、世袭定州刺史。可元修最终还是不堪忍受高欢的专横跋扈，为摆脱他的控制，逃出洛阳，投奔镇守关中的将领宇文泰。高欢又立元善见为帝，迁都邺城，开启了东魏时代。宇文泰以元修淫及堂姐妹有伤风化为由，鸩杀了他，立元宝炬为帝，定都长安，称为西魏。

在佛经声声中，萧衍觉得非常惬意，他好像少了尘世的欲望，多了内心的宁静，不然为什么众朝臣纷纷劝他趁北魏分裂之际，出兵北伐，统一华夏，可他一直不表态呢？或许他一直在等待一个机会，他的梦还没有实现，内心的火苗是不会轻易熄灭的。

对外不用兵，国内却出了问题。各方变民起义此起彼伏，尤以南方的李贲规模最大,大有蔓延之势,如不加以扑灭,将累及大梁安宁。当一封封奏折摆上萧衍的御案,他问身边的柳津:“一个小小的李贲为什么难以收拾?”

“陛下,李贲造反,是打着反抗交州刺史萧咨苛刻暴政的旗号,百姓不明真相,纷纷响应,赶跑了萧咨,占领了交州大部地区,还自称……自称……”

“自称什么?说话别吞吞吐吐的。”萧衍有些不耐烦。

“他建立了国号叫万春,自称越帝。”

“这不是不自量力吗?此前派去征讨的官军呢?”

“此前,朝廷派新州刺史卢子雄、高州刺史孙冏火速出兵镇压,由逃到广州的萧咨指挥,可很长时间了,一直没有他二人的消息。据传他们不守臣节,暗中与李贲勾结。”

“如果陈庆之在,朕无忧矣,只可惜天不假年,他刚刚去世,朕像是失去了左右手啊。”萧衍面色忧戚,抬眼看着柳津,“爱卿看还有谁能剿灭李贲?”

“臣举骠骑将军羊侃,定能平定贼寇,收复河山。”

“羊侃是能行,但他目前戍卫京师。人无远虑,必有近忧,目前虽然京师平安无事,但也不能轻易调离。再说,他主要生活在北方,去南方恐不服水土。可从南方将领中考虑人选。”

“微臣听说广州府直兵参军陈霸先自幼好读兵书,打鱼练武,颇懂用兵之道。”柳津斟酌着说,“只是没有真正打过实战,不知是否可用?”

“自古成功在尝试嘛。拟旨吧,任陈霸先为交州司马,领武平太守,随新任交州刺史杨𩨭前往讨伐李贲。”

花开花落,树荣树枯。又是一个夏天,同泰寺里鸣蝉焦躁地叫着,可僧寮内却是异常寂静。萧衍正在打坐祈祷,用心感悟佛法的威力。高欢起兵时,他在默默祈祷;元修做了魏主,他仍在默默祈祷。伴随着梵呗乐的祈祷和日复一日的念经声,东魏权相高欢与侯景由开始的蜜月合作,到相互利用,再到后来的猜忌对立,直至发展到反目成仇。

此时的高欢正躺在病床上。此前,高欢曾率主力争夺被西魏盘踞的河东之地,可由于出师不利,命屯集于河阳的侯景率兵增援,侯景军遂向齐子岭挺进,途中遭西魏小股骑兵突袭,他佯装兵败而退,致使高欢七万人马命丧黄泉。高欢从此一病不起,逐渐把权力交给了儿子高澄,而高澄本来就与侯景有宿怨,虽然当年是父亲把自己弄来的羯族女人赏给了侯景,可他把仇记在了侯景身上。尤其这些年来,侯景势力逐渐扩大,加上他狡诈多变,蔑视自己,他曾扬言,高王活着,不敢有二心,如高王去世,难与鲜卑小儿共事。高澄怕将来控制不了他,一直忧心忡忡,看父亲将不久于人世,打算趁父亲在时,以父亲的名义把侯景召回邺城商议国事,趁机杀了他。

远在河南的侯景收到高澄的来信，一眼便识破了机关，他把信撕得粉碎，扔在地上："这是假的。"

"将军怎么知道有假？"行台郎王伟弯腰拾起那片纸端详了一会儿，"这明明是高丞相的字，怎么会假呢？"

"我曾与高王有约，因拥兵在外，怕别人乘机施诈，凡书信来往都要做标记。"

"高丞相要死了。"王伟恍然大悟。

"是的，鲜卑小儿要在他老子死之前灭了我。"侯景道出了其中奥秘。

"那将军还去邺城吗？"王伟问。

"去个屁，找死啊。回信就说我军务繁忙，脱不开身，再派丁和前去探听虚实。"

侯景不来，高澄自然心中忐忑不安，此刻他站在父亲的病床前，显得心神不宁。高欢最善察言观色，高澄的神情哪能瞒得过他？高欢喘了几口气，攒足了力气，问道："为父要走了，你为我送终，为什么神不守舍？你的心思在哪里？是不是怕我死后，你对付不了西魏的宇文泰？"

"不是。"

"是不是担心南梁会来讨伐？"

"不是，南梁皇帝老了，又痴迷佛教，儿子不担心他。"

"那你为什么满脸忧色，双眉紧蹙？"

"我担心侯景呀，他占据河南十三州，拥兵十多万，虽是个瘸子，拉弓射箭不行，但他足智多谋，惯用诡计，他才是东魏的最大威胁呀。"

"是呀，侯景不是省油的灯。"高欢摸摸索索地从枕下拿出一封信，"我死后，不要急着发丧，用这封信把他召回，至于怎么处理，你自然明白。"

高澄展开书信看了一会儿，问："父亲，信末滴了一点墨，怕引起侯景的怀疑。"

"这是我跟他的约定，信末加点就是为了怕别人从中捣鬼。"

高澄听了，顿时浑身燥热，额头上也冒出细碎的汗珠，怪不得自己写信侯景不来呢。可这事能跟父亲直说吗？不能啊。他只得答应着："孩儿谨遵父命。"

"为父授侯景河南大将军、大行台之职，让他专制河南，他诡计多端，不知报恩，反倒萌生二心。上次我们与西魏战于河东，他隔岸观火，拒不驰援，就是为了保存自己的势力，伺机谋取天下。我死之后，在所有的将领中，能够制服侯景的人当数慕容绍宗，之所以没有给他足够的官职和富贵，就是要留下来让他为你尽死力。"

高澄体会到父亲的良苦用心，禁不住哭出声来："孩儿离不开你呀，父亲是孩儿的主心骨啊。"

高欢吃力地摇了摇头:“为父遗憾呀,当年邙山战役时,没有采纳谋士忠告,追杀宇文泰,导致分裂了大魏……”说着大口喘息起来,慢慢地闭上了眼睛。

满屋子的人都失声痛哭起来,高澄站起身,擦干泪水,刚毅地说:“各位大人,各位亲眷,大家都不要哭了。把父亲放进棺椁,秘不发丧。”

这些天来,侯景一直闷闷不乐,自己坐在营帐里喝酒解闷,虽然不说话,但他的内心里却是波涛翻滚。自己脚有残疾,却崇尚武功,因擅长骑射当了怀朔镇兵,因功当了一个小小的军官,见尔朱荣势头正旺,便投靠在他帐下;高欢诛杀尔朱氏,自己见风使舵,又投靠在高欢的门下,也建立了不少功勋;治理河南十三州以来,自己的势力不断壮大,没想到高欢病危,自己又走到了人生的十字路口,到底下一步该怎么走?思来想去,没有一个最佳答案。正自犹豫彷徨之际,帐外士兵进来报告,说高丞相派人送来书信。

侯景迫不及待地拆开书信一看,又是催他进京议事,这回信末加了黑点,定是高王的信了,他的手不禁哆嗦了起来,显出很不安的样子。他没有说话,把信递给了闷头坐在一边的王伟,王伟接过信,只是浏览了一遍,思忖了一会儿,眉头也皱了起来,没有说话。

这时,丁和风尘仆仆地进来。侯景用疑问的目光看着他,丁和说:“侯将军,邺城热闹极了,到处像是过节一样。街市上人来人往,一片繁荣景象呀。”

王伟把信一下子拍在桌子上:“这回高欢真的死了。”

“那这信?”侯景指着书信疑惑着。

“这是高欢临死前的最后一招,秘不发丧,掩人耳目。”王伟肯定地说。

“如此看来,高澄这小子一定要置我于死地了,该怎么对付他?”

“俗话说,置之死地而后生嘛,人不能在一棵树上吊死,得另寻出路。”

侯景捻着胡须说:“我也是这么想的……只是这路……”

话没说完,一名骑兵气喘吁吁地进来:“不好了,据探马侦知,有大批兵马向颍州这边移动。”

“多少人?是不是打猎的?”侯景急切地问。

“应该不是,人很多,黑压压的一片,他们昼伏夜出,从三个方向包抄过来。”

“他妈的!高澄这小儿来绝的了。”侯景破口大骂起来。

“我们跟他拼了吧。”丁和说。

“这是自投狼群啊。”王伟说,“现在高澄手下有几十万大军,一人吐一口唾沫就会把我们淹死。”

“那怎么办?”丁和焦躁起来。

“看来高澄这小狼崽子已经长成一条恶狼了,现在摆在我们面前的只有两条路,一是投奔西魏宇文泰,一是投降南梁,但哪一条路都布满了荆棘。”王伟站起来,迈着两腿在帐内走了一圈,看着侯景,“将军,看我这架势怎么样?”

侯景领悟似的说:“你是说用两条腿走路?”

“是的,为什么我们就不能把两边都投上一块石头呢?”王伟双手做投石状。

“对,投石问路,才知路深浅。这两条路,一条明着走,一条暗着走。先以河南十三州做条件,向西魏上表请降;再派丁和秘密南下建康探路。”

接下来就是焦急的等待,侯景想的是万一自己的请求被拒绝,将如何应对,难道仍屈从于高澄那小子吗?正在他焦急不安的时候,西魏同意接收他归降,授予侯景河南道行台。

高澄得到侯景反叛的消息,不再轻易用兵,因为这将破坏与西魏的关系。父亲刚死,朝中形势还不稳定,万一两国打起来,内忧加外患,将不好应付,便派使者前去与侯景沟通。

侯景端坐在帅椅之上,一副桀骜不驯的神色。东魏使者站在一旁:“侯将军,高将军请你回归东魏,他说只要你回心转意,让你继续担任豫州刺史,还可封河南王。”

“回去还有我的好果子吃吗?高澄那小子早就想除掉我了。你也知道,开弓没有回头箭啊。”

“你别忘了,你的老母和妻儿还都在邺城呀。”

侯景惊愣了一下,可马上又镇静下来:“那又怎样?”

“高将军说,在侯将军回来之前,一定要保证他们的安全。”

“那我要是不回去呢?”

“那就不好说了。”

“这是威胁我呀。”侯景冷笑着,“我侯某从小就吃软不吃硬。你回去告诉高澄,让他好好管好我的老母和妻儿,不许动她们一根毫毛。不然,我就联合西魏和南梁,踏平邺城,活捉高澄,剥他的皮,抽他的筋,挖他的心做下酒肴。”

萧衍正在光宅寺念经,一个小沙弥静悄悄地走进来:“皇上菩萨,朱异大人来了。”

“让他进来。”萧衍说着摇动了两下蒲扇,整理了一下几案上的经书,打量了一下自己寮房内的素床。素床对面是一尊释迦牟尼的金身佛像,高不过一尺,佛像边有香炉、供品;地面上,几个稻草墩就是坐具,唯有一把紫檀木龙椅显得格外引人注目,上面的雕龙栩栩如生。他走到龙椅前端庄地坐下来。

“皇上菩萨好!”朱异人没有进来,声音就飞进来了。

“朱爱卿,又有什么好消息啊?”萧衍说这句话时,干涩的眼神显露出几分企盼,他那瘦削的身躯被一件金黄色厚重的法衣包裹着,显得极不协调。

“皇上菩萨,您看这是什么?”

一个小太监双手托着一个木盒子,沉甸甸的,站在门口,不敢进来。

“是佛典,哪国进贡的?”

“不是,是人头。”小太监冒冒失失地说。

“大胆朱异,这里是佛门圣地,你怎么弄个人头进来?你有违佛典,亵渎佛祖,该当何罪?”

“皇上饶命!微臣不敢!”朱异急忙跪了下去,“这可不是一般的人头,是交州叛贼李贲的人头。陈霸先率兵剿灭了李贲叛乱,割下了他的人头,昼夜兼程,送到了京师。”

“爱卿平身吧。”萧衍脸上的怒气退去,归于平静。

朱异从地上爬起来,向门口的小太监挥了挥手,小太监转身退了出去。

“陈霸先,陈霸先,霸先争先,果然好样的,没有辜负朕的厚望。他来了没有?”

“皇上没有降旨,他怎敢进京?”朱异又恢复了平日的柔声柔气,“再说了,他还要在交州为皇上镇守边陲,也不能来。”

“是不能来。朱爱卿,这样吧,你赶紧让画工画下他的相貌,就挂在御书房,供朕平时观看。”萧衍自然地双手合十,“阿弥陀佛,善哉,善哉。”

朱异知道,皇上又要开始念经了,回身悄悄地退了出去。

建康城的街道上,人来人往,熙熙攘攘,一派繁荣景象。丁和骑在马上,四处张望着,前面门匾上的“朱府”使他眼前一亮,他下了马,门两边的石雕雄狮高大威武,张着大口,好像要把他一口吞下去似的。待门人通报后,丁和小心翼翼地走进大门。屏墙上的仕女、花鸟浮雕栩栩如生,院内假山池沼错落有致,一路花香扑鼻,他觉得似乎进入了仙境。

丁和来到客厅,把沉甸甸的金条放在桌子上。朱异心里虽然美滋滋的,但表情却很淡然,他接过侯景降表,仔细地看了一会儿,抬头问:“侯景可是真心?”

“这还有假?侯将军在东魏劳苦功高,打下了半壁江山,可高澄嫉贤妒能,想方设法排挤他,必欲除之而后快,故侯将军举河南十三州归诚圣朝。”

其实朱异并不关心侯景降梁的真假,大梁有没有这十三州与他何干?他倒觉得可以利用此事从中多捞些好处,便说:“丁先生,既然来了,就请你住在府上,耐心等待,待老夫进宫禀报皇上,自有定夺。”

一辆画轮牛车行驶在进宫的街道上,朱异坐在车上,尽管北风呼啸,可车厢里的木炭火炉散发的热量温暖如春。经过宫城云龙门时,羽林军设在门口的关卡挡住了去路。朱异掀开窗帘,卫兵不敢怠慢,马上启动了卡子,画轮车直奔含章殿。

一缕缕檀香从殿内飘出。此时萧衍面对着佛祖圣像,虔诚地礼拜着。

朱异走进,给萧衍行了跪拜礼,把侯景降表递到他的手里。

看着降表，萧衍两手禁不住抖动起来："显灵了！佛祖果真显灵了！那侯景到底是汉人还是鲜卑人？"

"皇上，他既不是汉人，也不是纯种的鲜卑人。"

"此话怎讲？"

"也不知他爹是鲜卑人娘是羯人，还是他娘是鲜卑人爹是羯人，反正是一个杂种，鲜卑羯人。"

"哈哈……"萧衍一改平日严肃的表情，竟笑出声来，"不管他是什么人种，反正他来归降就是好种，这是千载难逢的机会，抓紧召集朝臣廷议。"

文武大臣很快到齐，萧衍端坐在龙椅之上，两手还在微微颤动着。朝臣们静悄悄地传阅着侯景的降表，没人肯先表态发言。

还是散骑常侍柳津最先打破了沉默："皇上，这些年来，我朝与东魏一直友好相处，边境安定，百姓安宁，现在如果接收了侯景，恐伤了两国和气，造成不应有的后果。"

朱异说："侯景以城来降，如果大梁给以善待，或许能带动东魏其他州郡来降，到时候东魏领土尽归我有，还用考虑两国的关系吗？"

"这是痴人说梦！一个朝廷重臣竟说出这样的话来，你不觉得脸红吗？"侍中何敬容说话从来直来直去，"这侯景是个反复无常的小人，他忘恩负义，先是投靠葛荣，后来又协助尔朱荣剿灭葛荣。尔朱荣被诛后，他又投靠高欢。高欢刚死，他又来投梁，谁能保证他以后不会做出什么缺德的事来？"

朱异说："原先侯景投靠的人，都没靠得住，现在已是穷途末路，来投奔大梁这座靠山。依据侯景实力，掌控东魏十三州，相当于东魏三分之一的土地，如他除掉高澄取而代之，并不是什么难事，他现在举地来降，难道还会有什么阴谋吗？"

骠骑将军羊侃说："侯景降梁，不是出于对大梁的崇拜，此前他曾在高欢面前口出狂言，要领兵三万，活捉我皇陛下，押到东魏去做太平寺住持。这样的阴险小人绝不可信。"

萧衍一直没有说话，是何敬容的话刺激了他，他睁开微闭的双眼："侯景如做出对朕不恭之事，朕用鞭子抽死他。"又见朝臣多不同意接纳侯景，便问萧纲，"太子怎么看这事？"

"孩儿也赞同诸位大臣的意见，侯景降梁，动机不明，应当判明真相，方可做出决断。"

"众爱卿有忧虑，这是对的，凡是预则立，不预则废嘛。"萧衍最后还是表明自己的心迹，"这几十年来，我们屡次伐魏，互有胜负，花了多少钱？死了多少人？可我们的领土又扩大了多少？想必诸位心里都清楚。现在侯景拿河南十三州拱手送给我们，到口的肥肉我们不吃，那不是傻子吗？大事当前，要学会权变，不能胶柱鼓瑟呀。既然诸爱卿意见不一致，回去都好好考虑考虑，我们改日再议。”

下朝后，萧衍就坐上玉辇直接去了同泰寺。寺内佛塔正在修建之中，大匠卿在指挥往上吊木材，看见萧衍走来，连忙放下手中的活计，跪拜在地：“微臣参见皇上。”

萧衍走上前，把他扶起来：“爱卿快起来。刚才朕数了佛塔层数，已到七层了。浴佛节快到了，一定要加快进度，节日那天，再开一个四部无遮大会。”

“这个……马上就到浴佛节了，时间太紧了，皇上，能不能多宽限几日？”大匠卿有些为难。

“节日是固定的，没有改变之说啊，如爱卿感到有困难，可多派工匠，以加快进度。”

“皇上，这不是人多人少的事，人多了也用不上，关键是技术处理，这是个细活。”

“这就是大匠卿的事了，你回去跟诸工匠好好商量商量，务要按时完成。”

“是，皇上。”大匠卿答应着，感到了肩上的担子有千斤重。

“快去干吧，朕为你们祈祷。”萧衍来到大殿，跪在佛祖面前，双手合十，擎在面前，口中念念有词地祈祷着。也不知过了多长时间，他感到有些精神恍惚，自己穿着崭新的龙袍，在羽扇的掩映下，走上龙座，这不是自己平日里召见大臣的地方吗？这念头刚刚闪过，就见众臣皆跪拜在地，高声呼喊着“吾皇万岁万岁万万岁”，怎么宫门外又进来几位大臣？朕怎么从来没见过这几个人？他们是朕什么时候任命的？正在他胡思乱想的时候，这几个大臣跪拜行礼，把降表递上，原来是东、西两魏刺史、郡守前来投降，众大臣齐声庆贺：“皇上威武，天下归心，皇上威武，天下归心。”这里怎么这么静？大臣哪里去了？降臣哪里去了？眼前怎么这么亮？使劲睁开眼睛，原来自己躺在僧寮木床上，日光透过窗棂射了进来。

正在萧衍回忆刚才的梦境之时，朱异坐着他的画轮车，在骑马武士的簇拥下来到寺院，请求拜见皇上。

萧衍穿上袈裟，收拾齐整之后，召朱异进来，他絮絮叨叨谈起了自己的梦。朱异知道萧衍的心思，便恰如其分地圆着梦：“皇上，这是吉梦，是好兆头啊。”

“朕轻易不做梦，要做梦，必能应验。”

“臣以为，这是天下一统、华夏大同的征兆。”朱异已深测萧衍内心，无中生有地说，“侯景使者丁和说，侯景此前也做了个梦。”

“侯景梦见什么了？”

“他来到圣朝，皇上对他礼遇有加，封官晋爵，醒来后，觉得这是吉梦，便决意来降。”

"朱爱卿,你说,这是不是天意?"

"是天意。"朱异借机发挥着,"更是皇上威武圣明带来的。皇上建梁近五十年了,圣明满寰宇,天下归其心,人人以亲睹皇上风采为荣,更以能够侍奉皇上为荣。现在侯景拿东魏三成领土送上门来,这是顺应天意之举。如此真诚的奉送,如果拒之门外,岂不让天下人耻笑,让后来者寒心吗?"

虽然梦境诱人,侯景降表诱人,萧衍内心也闪过一丝担忧,怕事有不谐,引起混乱,那时可就不好收拾了:"现在大梁就像金瓯一样完美无缺,朕怕的是如果突然接受了东魏领地,真的合乎时宜吗?会不会是一个棘手的包袱?如因此出现纷纭混乱,悔之何及?"

"微臣早就说过,侯景来降,其诚意毋庸置疑。"

"可是朝臣多数人反对,该如何对待?"

"这天下是皇上的,一切由皇上做主,而且皇上的决断从来都是英明的,万无一失的。"

萧衍来了精神:"那就不用再廷议了。朱爱卿拟旨吧,封侯景为河南王,任大将军,都督河南、河北诸军事,可以临事制宜。"

"皇上,这权力是不是太大了?封河南王也未尝不可,可要是给他自行决断的特权,那不就是一个独立的王国吗?他侯景就是这个王国的土皇帝了。"朱异感到疑惑,侯景对大梁尚无尺寸之功,无功封赏,恐引起朝野不服。

"侯景举东魏十三州土地来降,这就是莫大的功劳。再者,说什么他也是朕的一个臣子,没什么可担心的。现在的问题是,侯景来降,东魏岂肯罢休?必定断其粮草供应。应马上派人接应……就让司州刺史羊鸦仁去吧,由他押运粮草,向豫州悬瓠进发接应侯景。

"皇上,微臣以为,接应侯景,不仅是粮草的事,高澄已是东魏大丞相,素与侯景有嫌隙,此次必然派军围追堵截,我大梁只有派出重兵,才保万无一失。"

"爱卿言之有理,那就派鄱阳王萧范率兵十万,讨伐东魏。"

"皇上,微臣以为,萧范不能为主帅。"因为萧范多次在公共场合诋毁朱异,说他专事谄佞,独断朝权,行贿受贿,故朱异借此报复,"鄱阳王虽然善战,但是他不爱护士卒,也不爱护百姓,故士卒多有怨言,百姓也不爱戴他。世人传说,他虽有霸气,然也有反叛之气,如再扩大他的兵权,恐失去节制,后果难料啊。"

朱异的话,使萧衍想起了萧综之事,事关皇权国运,不得不防。萧渊明是大哥萧懿的五儿,年少有朝气,他现在是南豫州刺史,镇守寿阳,曾多次请求带兵打仗,这不正是一个机会吗?便以商量的语气问道:"爱卿以为贞阳侯萧渊明如何?"

朱异不假思索地说:"皇上慧眼识英才,贞阳侯是难得的人才,让他担任此次北伐都督再合适不过了。"

“就命萧渊明为主帅，羊侃为副，开辟东线战场。”萧衍转身指着地图，“先在寿阳调集临近数州十万大军，由萧渊明率领北上，直至彭城。在彭城以东，这里，寒山，由羊侃负责在此监工筑堰，引泗水倒灌彭城，夺取了彭城后，与侯景形成掎角之势，可保无忧。”

“这样一来，东魏兵就是肉包子打狗——有来无回啦。”朱异抬头看见萧衍脸色不对，便知失语，皇上早已禁断酒肉，在此提起肉字，岂不亵渎佛祖？便自己打了一个耳光，“微臣死罪，死罪。”

“不要再做作了，快去拟旨吧。”

朱异答应着，转身要往外走。

“还有……”萧衍抬起手，刚要合掌念经，忽又想起了一件事。

“皇上还有旨意？”朱异垂手立在萧衍面前。

“卿再拟一旨，自即日起，将年号由中大同改元太清。”看来萧衍早已成竹在胸，仍然双手相合面向佛像。

“皇上，‘中大同’不是很好吗？中道佛法非常相同，寓意深刻呀。为何改为太清？有什么深意吗？”

“‘太清’一词出自《庄子·天运》篇，‘行之以礼义，建之以太清’。朕越来越深刻地体会到，佛法是极致自然的，天下一统也是自然而然的事情，现在侯景来降，开启了和平统一的进程。”

“皇上深谋远虑，远超秦皇汉武。”朱异从来不考虑问题的是是非非，每每都恰到好处地奉迎着。

“卿回去告诉众朝臣，朕要再度舍身同泰寺，谁也不要来打扰了，朕要专心为大梁祈祷。”

朱异本想规劝几句，见萧衍凝神静气，口中念念有词，便把已到嘴边的话咽了回去。他知道此时再说什么也没用，只好回宫与王公大臣商议奉赎的办法了。

五十一　水陆道场

在邺城的东魏皇帝元善见以为高欢去世，自己可以亲政了，没想到高澄又拥兵自重，把持了朝政。元善见给了他大行台、为使持节、都督中外诸军事等官职，差不多把东魏的权力都交给了他，可高澄不但不感恩，反而更加傲慢无礼，竟然安插亲信在元善见的身边，监督他的一言一行。

这天，高澄陪着元善见饮酒，他举起三角大杯说："陛下既然请臣喝酒，就先喝为敬，把这杯酒喝了！"

哪有这样的臣子？元善见忍无可忍，瞪圆了双眼，怒视着高澄："自古以来，没有一个王朝不灭亡的。朕当这个皇帝，受这般屈辱，活着还有什么意思？"

"朕朕朕，狗屁朕！"高澄恼怒地对身边的亲信崔季舒说，"还不快给陛下端酒？"崔季舒走上前，拿起酒杯举到元善见面前。元善见把头扭到一边不接。见高澄使眼色，崔季舒便把酒送到元善见嘴边，硬是往他的嘴里灌。元善见猛一抬手，把酒杯打落在地。

高澄指着元善见说："好呀，敬酒不吃，还想吃罚酒呀，给我好好教训教训。"

崔季舒问："大将军，怎么个教训法？"

"按照惯例，赏他三拳吧。"

崔季舒看了一下自己的双手，在身上抹了几下，慢慢地攥紧，举到眼前，迟疑了一会儿，在元善见背部轻轻打了三下。高澄拿起座位上的衣服向肩上一甩，扬长而去。

元善见欲哭无泪，一夜没有合眼。第二天天刚亮，他就起身来到宫前的花园舞起剑来，边舞边吟："韩亡子房奋，秦帝鲁连耻。本自江海人，忠义动君子。"

"好个'韩亡子房奋，秦帝鲁连耻'，看来皇上要奋发有为啊。"白发苍苍的荀济进来，拱手施礼。

荀济因进谏反对佛化治国，萧衍不但不接受，反而要杀害他，他无奈逃到北魏。因有才名，高澄担任中书监的时候，想让荀济进宫担任侍读，高欢了解荀济的脾气，为了保全他，因此不同意，高澄坚决请求，高欢这才答应了。因为荀济秉性耿直，疾恶如仇，深得元善见信赖。他早就看不惯高氏父子的专横跋扈，今见皇上吟咏出谢灵运的诗作，便试探着问："陛下，这张子房和鲁连都是刚烈之士。张子房为报国仇,结交刺客,用铁锤狙击秦始皇;秦昭王派兵围困赵国都城邯郸,赵国求救于魏国,魏王屈从于秦国的压力,不敢出兵相救,齐国高士鲁连挺身而出,终于说服魏赵两国联合抗秦。陛下莫不是要效法二位名士,除暴安天下?”

元善见忍不住述说了自己被打的屈辱,荀济义愤填膺:“是可忍,孰不可忍?不杀乱臣贼子,陛下怎得安宁?天下怎得安宁?”

“他在宫中遍置心腹,进宫都是佩刀带剑,跟着武士,没有下手的机会呀。”元善见满脸忧愁。

“那就派宫中卫士去他府上捉拿。”荀济不假思索地说。

“他府上有重兵把守,进不去呀。”元善见摇了摇头。

“那此事只能从长计议,还望陛下少安毋躁。”

“侍中打算什么时候……”抬头见高澄的心腹崔季舒进来,元善见急忙改口,“打算什么时候开讲?”

荀济看了一眼崔季舒,回禀道:“容微臣稍做准备,旬日之后开讲。”

崔季舒上前跪拜道:“奴才来给陛下道歉,奴才不应该逼着陛下饮酒。”

“这是哪里话?朕量大,多喝一点没什么。”元善见故作大度地说。

“奴才还因此冒犯了龙体,心中甚是不安,一夜没有合眼。”崔季舒趴在地上,抬头观察着元善见的表情。

“是朕不应该,高将军的好意朕怎能不痛痛快快接受呢?你也是为朕好,给朕提了个醒,任何时候都应该把姿态放得低一些,得给自己留一条后路。因此,朕不但不会怪你,还要赏你。来人,赐绢一百匹。”

崔季舒表情复杂,几分得意,更多的是忧惧,机械地叩着头:“谢皇上隆恩。”

元善见要在宫中建假山,高澄没有在意,只认为自己对他限制得紧,不让他外出,他在宫中闷得慌,想弄出点花样玩玩罢了。

这天,高澄正在府中吃饭,忽有士兵来报:“大将军,长秋门地下一直咚咚作响。”高澄警觉地放下碗筷,拿起宝剑,冲了出去。他来到长秋门,趴在地上仔细听着,像是有人在挖地道。他命令士兵循着这声音往前找,这条通道竟然直通皇宫后面的假山,高澄一下子明白了,元善见是打着造假山的幌子挖地道到自己的府邸,原来是要谋害自己呀,这狗皇帝不傻呀。他领兵冲进皇宫,见了皇帝也不下拜,一屁股坐在椅子上,目光如炬,逼问道:“陛下为什么谋反?”

此时元善见显得异常冷静:“自古只听说臣反君,从没听说过君反臣的。要说谋反,也是你反朕,怎么来责怪朕呢?”

“我们高氏父子有功于国,何曾有对不住陛下的地方?陛下为什么翻脸不认人?为什么挖地道?”高澄按剑起身,“其中必有小人撺掇,一定是你身边的人所为。对了,是那个荀济,这段日子,他鬼鬼祟祟进出皇宫,与陛下窃窃私语,原来是为这事。来人,给我捉拿荀济。”

元善见训斥道:“此事是朕的旨意,不关别人的事。你如果一意孤行,弑君篡逆,是早是晚你看着办!”

高澄一听元善见把弑君篡逆的帽子戴在自己的头上,手握剑柄本想发作,回头看见周围聚集了很多太监宫女,还有不少羽林武士,迟疑了一会儿,又把剑收了回去,上前拱手假意道:“微臣不敢,微臣一心一意保护陛下,以防小人挑拨算计。”

“既如此,爱卿平身吧。”元善见知道事已败露,自己又输了一着,只得从长计议,“爱卿劳苦功高,朕于宫中设宴,答谢将军。”

宴会在含章堂举行,可由于双方心存芥蒂,气氛有些尴尬。高澄趁宴饮之际,秘密安排武士干掉了皇宫侍卫。宴会结束,元善见要回宫休息,高澄说:“陛下就在这里就寝,在这里处理朝政吧,不要随意出入走动。”

元善见叹了口气,知道自己被软禁了。第二天,一辆鹿车载着荀济来到东市,武士们把他架在木柴之上,准备行刑。侍中杨遵彦说:“荀大人,你这么大年纪了,该是颐养天年的时候,向高将军求求情吧。”

“哈哈!我虽年老力衰,可壮气豪情仍在。动手吧,我不会叫喊一声的。”荀济显得大义凛然,雪白的头发被风吹动着。

见高澄走过来,杨遵彦说:“大将军,荀济自伤年老力衰,还没为国立功,就这样死了,心有不甘。”

看着荀济花白的头发,高澄动了恻隐之心,想留他一条性命,问道:“荀公这把年纪了,还折腾什么?”

荀济怒目而视:“我奉皇上诏命诛杀你高贼,这是大义,不叫折腾!”

高澄气急败坏,手指着柴堆说:“给我点火!”行刑官举着火把点燃了木柴。

“来来来,快坐下,喝两杯!”彭城外营帐内,萧渊明见羊侃进来,热情地打着招呼。原来萧渊明率兵来到寒山,远离彭城安营扎寨。羊侃负责断流修堰,只用了二十多天就筑成了大坝。东魏守将看到梁军修了泗水堰,便关上了城门。羊侃几次建议萧渊明引水攻彭城,萧渊明以时机不成熟为由,一直按兵不动。时间就这样一天天过去,而萧渊明整日与酒为伴,与众将在营中赌博行乐。此时,他们在营帐内安了酒桌,从中午一直喝到日已西斜。羊侃探马侦知,东魏东南道行台慕容绍宗率兵赶来,便前来见萧渊明。一进门,见桌子上杯盘狼藉,一个个醉得东倒西歪,还两两猜拳行令,便气不打一处来。可因为萧渊明是主帅,羊侃不便发作,只是站在桌前,也不坐下。

萧渊明站起来,拉着羊侃的手:“来来来,羊将军,坐下喝酒,我正发愁呢,他们个个都是海量。”他斟了满满一杯酒,推到羊侃面前,“你跟他们拼几杯,杀杀他们的威风。”

羊侃还是不坐："侯爷，战事吃紧啊，慕容绍宗率十万大军已在橐驼岘扎寨。"

"他是来对付侯景的，与我……我们何干？"萧渊明醉眼蒙眬。

"侯爷不要忘了，我们是奉皇上之命来接应侯景的，只有打退慕容绍宗，才能完成这次使命。"羊侃耐心劝着，"机不可失啊，趁敌军人困马乏立足未稳之际，给他来个迎头痛击。"

"羊将军，不……不要急嘛，喝……喝了这杯酒再说。"萧渊明端起酒杯，灌到了嘴里。

"那你们就尽情喝吧。"羊侃见萧渊明醉得一塌糊涂，已无法再谈军事，气呼呼地走了。

回到自己的营地，为了躲避敌军锋芒，羊侃只得领兵屯于堰坝上游。

南梁援军没来，却等来了东魏的讨伐大军，侯景急了，以割让邻近西魏的四州之地，派使者向西魏求救。同时为了避免误会，又派丁和出使南梁，说自己向西魏献地求援，是诱敌的权宜之计。自己既然已与高澄分手，怎肯再去屈就宇文泰？现在从豫州以东到齐海以西的广大地区，都在自己的掌控之下，到时候将悉数奉送圣朝，至于权且献给西魏的四州，只要圣朝大军已到，就合兵重新拿回。萧衍听了丁和的解释，竟没有对侯景的首鼠两端引起警觉，反而从心里感到高兴，耐心地安慰着，大将在外有所自专，侯将军创造奇谋，开启南北统一大业，允许便宜行事。可宇文泰乃人中龙虎，绝顶聪明，他早就看透了侯景的伎俩。侯景同高欢之间本来就有乡党之情，也有君臣的约定，因此赢得高欢信任，让他拥有兵权，位重台司。高欢刚刚去世，侯景马上就翻脸不认人，说明他所图甚大，不甘久居人下。他既能弃恩背叛高氏，又岂能尽节于西魏？因此决定调虎离山，虚封侯景为太傅，召他入长安。侯景当然识破了宇文泰的阴谋，坚辞不去，终于撕破脸皮，誓不与宇文泰并肩同朝。

对东魏派出的讨伐将领，侯景都没放在眼里。及至慕容绍宗率大军前来，侯景着实吃惊不小，他骑在马上，敲打着马鞍，面色恐惧，对身边的将领范桃棒说："这是谁教的高澄？这个鲜卑小子怎么知道派慕容绍宗前来？难道高王没死？"

"侯将军，高欢确实死了，内线人报告，朝廷已为高欢举行了葬礼，规格很高，比照汉代霍光先例，接着封高澄为渤海王、大将军了。"

"看来这小子已经长全身子，成了一匹真正的野狼了。"侯景感叹道。

"可他并不像他父亲那样贪图权力，他坚决辞去了大丞相一职。"

"你头脑简单啊，他为什么不要大丞相？尔朱荣是大丞相吧，死了；高欢是大丞相吧，也死了。这个大丞相很不吉利嘛，他怎么能要？"侯景其实是在以己之心度人之腹，"再说了，他现在看好的也不是这个大丞相，而是更高的位置。"

“一人之下万人之上了，还要怎么个高法？”范桃棒感到不解。

“他想当皇帝。”侯景一语破的。

慕容绍宗率部来到彭城，向萧渊明营地发起猛攻。萧渊明在醉梦中被众将士叫醒，面对汹涌而来的敌军，众将士一时乱了阵脚：“侯爷，慕容绍宗打到潼州了，怎么办？”

“怎么办？你们说怎么办？”萧渊明慌了神，内心虽然胆怯，表面却强装镇定，“潼州在我们的北面，潼州一破，我军将面临很大压力，谁去支援潼州的郭风？”

众将一时哑口，无人愿意承担这一任务。

萧渊明用期待的眼神看着谯州刺史赵伯超，赵伯超有意躲开了他的目光。

北兖州刺史胡贵孙实在看不下去了：“我们带兵来到这里是干什么的？不就是为了打仗吗？现在大敌当前，当拼死一战，怎能贪生怕死畏缩不前？你们不去，我去！”手扶在剑柄上，决绝而出。

营帐内，争论仍在进行：“侯爷，敌军箭矢很猛，躲无可躲啊，怎么办？”“侯爷，敌人从四面包抄过来了，怎么办？”“要是敌军包围了我们，该怎么办？”“要是敌军被我们打跑了，还能追吗？”

营帐顿时爆发出一阵揶揄似的笑声。

“行了行了，别吵吵了！”萧渊明脸色沉了下来，“哪有这么些怎么办？因时制宜嘛，车到山前必有路，到时候就有办法了。至于敌军被我们打跑了，这不明摆着，追呀，追得他们屁滚尿流。诸位还有事吗？没事我还得歇息歇息，昨晚喝得太多了。”

阵地前，胡贵孙对身边的将士们说：“大梁养育了我们，就是为了让我们保家卫国，现在就是我们用鲜血报答的时候，不怕死的跟我冲啊！”举起手中之剑，冲向敌阵。

众将士见此，也都纷纷冲了上去，一个个动作轻捷，冲杀有力，斩杀魏兵无数。慕容绍宗部抵敌不住，且战且退。

刘丰生见状，心中焦急，对慕容绍宗说：“梁军轻悍，不可久战，不如避其锋芒，再寻良策。”

慕容绍宗说：“不急嘛，我有一计，定能成功。”

刘丰生问：“什么计策？”

“诱兵深入。我们兵分两路，你领一路在前面迎战，记住不可恋战，定要且战且退，引诱吴儿跟踪追击；另一路由张遵业指挥，从左右两侧悄悄潜入敌后，实施合围包抄，击其后背，一举歼灭。”

刘丰生说：“侯景熟悉此计，恐不能奏效。”

“哎，侯景是侯景，萧渊明是萧渊明。去吧去吧，抓紧吩咐下去。”

前线消息传到营帐，魏军不经打，正在后撤。萧渊明来了精神，他认为给自己争脸的时候到了，抓起面前的酒壶，一仰脖子，喝了一口，大笑道："慕容绍宗原来不过如此，给我穷追猛打。"

萧渊明继续在帐内饮酒，听得外面喊声越来越远，他脸上洋溢着得意的神情，酒是一杯一杯往肚子里灌着。忽又听到喊杀之声渐近，而且越来越清晰，他认为是将士得胜而归，吩咐道："来人，快去备庆功酒，我要好好慰劳慰劳这些将士们。"

可听着听着感到不对劲，怎么这么乱？喊爹叫娘之声不时传进来。他急忙出帐张望，只见魏兵从四面八方汹涌而来，见人杀人，见马砍马，梁军抱头鼠窜，来不及逃跑者都被砍杀在地。

萧渊明急忙奔向自己的那匹骏马，可是已经来不及了，慕容绍宗领兵把他包围了起来："看他这个熊样，定是萧衍的宝贝侄子萧渊明了，给我拿下！"几个士兵上来，三下两下就把他捆成了一个粽子。

"你们不要胡来，我是大梁贞阳侯、征讨大都督萧洲明。"他站起来，挺直胸脯，仍然摆出侯爷的架子。

"狗屁一个，给我带走！此人打仗不行，说不定还有别的用处。"

羊侃本已在堰坝摆开了阵势，准备迎战，听到主帅被俘，只得指挥士兵，撤退而返。

同泰寺僧寮内，萧衍正躺在那张简易的床上准备睡午觉，可今天不知怎么了，横竖也睡不着。

宦官张僧胤进来，小声问："皇上睡醒了？"

萧衍干脆坐起身："怎么是你？黄公公呢？"

"黄公公前些日子走了。"张僧胤垂立一旁，两手像是没地方放似的，不像黄泰平那样自如。

"朕想起来了，他是七十而终，人生七十古来稀，能得善终，就是莫大的福啊。"

"是，皇上。"张僧胤小声细气地说，"皇上，朱大人要晋见皇上，在外面等了一个时辰了。"

萧衍本来午睡是不允许打扰的，这个规定朱异当然知道，他既然前来，一准有要事。萧衍便起床穿衣，端坐静候。

萧衍拿起朱异递上的奏章一看，四个大字吸引了他的眼球：寒山失利。他大惊失色，身子摇晃了几下，差点儿坠下床来。张僧胤手疾眼快，连忙扶住他，又递上杯子，让他喝了几口水。萧衍慢慢睁开眼，哀叹道："一次次伐魏失利，一个个将帅征战无能，难道大梁要步晋朝亡国的后尘吗？"

侯景听说南梁援军寒山失利，只得率兵退据涡阳。慕容绍宗骑马站在城门外，身后旌甲在日光的照耀下闪闪发光。

侯景站在城头，朝下喊着："慕容将军，你这样步步紧逼，是送客，还是一决雌雄？"

"侯景，高王对你不薄，你为何要背叛他？"慕容绍宗指着侯景，大声喊道。

"高王是待我不薄，可是他那狗儿子不容我。"侯景嘿嘿一笑，"你也随我而去吧，跟着那小子不会有什么好下场的。"

"放屁，我岂能与你这种背主叛逆之人为伍？快做好准备，明日与你决战。"慕容绍宗下了战书，转身而去。

刘丰生策马追上慕容绍宗："将军，侯景诡计多端，喜欢从背后打偷锤。"

"那个瘸子，只要他一调腚，我就知道他往哪走。到时候你跟张遵业打前锋，我来殿后，看他那偷锤怎么打。"

第二天，两军摆开了阵势，侯景果然安排人马在正面决战的同时，自己率领一队人马插入敌后，这些士兵身披铠甲，手带短刀，个个都猫着腰前进。

慕容绍宗见敌人已进入了自己的埋伏圈，异常兴奋，挥舞着长枪大喊道："弟兄们，给我冲啊！活捉侯景，升官发财！"

不一会儿，两军就厮杀在一起，可侯景兵的招数让慕容绍宗部摸不着头脑，他们并不在意跟你对阵格斗，而只是瞅准机会，弯下腰专门去割骑兵的人腿马腿，一时间，慕容绍宗部人仰马翻，战马嘶鸣，士兵惊慌失措，乱作一团。正在束手无策之时，他的坐骑也被人割了一刀子，那马疼得一个跳跃，接着后腿蹲地，人和马都倒在了地上。刘丰生也被砍伤了腿，见慕容绍宗有危险，瘸着腿跑过去，救起他，返回营帐。

营帐外雪花飞舞，士兵们都在帐内围着炉子烤火。慕容绍宗心事重重，作战多年，从没有遇到像侯景这样难敌的对手，他无心窝在帐内，便骑马围着涡阳城转圈，忽地他眉头舒展了开来，对身后的刘丰生说："这次我们要瓮中捉鳖。"

"怎么个捉法？"

"上次让侯瘸子钻了空子，讨了个便宜。"慕容绍宗指着涡阳城说，"这次我们把他围在城内，然后攻心。"

"这个我也知道，兵法说，攻心为上，攻城次之。可怎么攻心呢？"刘丰生担忧起来，"侯瘸子狡诈无比，他不会上当的，上次……"

"走走走，回营商量。"慕容绍宗一拉缰绳，掉转了马头。

第二天，侯景还没起床，他的一员部将暴显就跑了进来："将军，不好了，整个涡阳城被魏兵围了起来。"

"怎么个围法？"侯景光着膀子，一下子坐了起来。

"四面都有魏兵，围得水泄不通了。快过年了，本想打下这一仗回家看看老婆孩子,这下子可完了。”一提老婆孩子,暴显眼圈竟红了起来。

范桃棒也说:“是呀,今天早晨,许多士卒都在哭,问他们,都说想家……其实,我也想家,我老婆快生孩子了。”

侯景问暴显:“今天是腊月初几了?”

“初七……我也想家呀,我的老娘有病……”

“离过年还早嘛,急什么?”其实,侯景也想起了自己的老婆孩子,他们都在邺城,也不知现在怎么样了,虽然心里也惦记他们,可是能表现出来吗?不能啊。便说:“看你们那个熊样,个个都像娘儿们似的,还算个男人吗?”

忽然一士卒慌慌张张跑进来:“报!魏兵在城墙外喊话。”

“走,去看看。”侯景抓过身边的兽皮大衣,披在身上就往外走。

侯景登上城头,只听远处慕容绍宗向这边高喊着:“弟兄们,你们往常都能回家过一个团圆年,今年怕是不行了,你们为了什么?又得到了什么?不要再跟着侯瘸子瞎闹腾了。”

“不要听他胡说。”侯景急了,他知道,千里征战在外,最打动人心的就是亲情了,便对身后的士兵说,“你们没有家了,你们的家眷和我一样,都被高澄杀光了,无家可归了。”

“该死的高澄,千刀万剐了他也不解恨。”“打到邺城,活捉高澄。”“抽他的筋,剥他的皮。”士兵纷纷议论着。

“不要听侯瘸子的,你们的老婆孩子都安然无恙,为了过一个欢乐祥和的年,高将军仁慈,每家还分了几斤肉呢。”

有士兵高喊:“是真的吗?”

“当然是真的啦,不但分到了肉,还百般抚慰,只要你们能回去,不但不处罚,还可官职如旧,立功再加封赏。”

又有士兵问:“你说这话可有凭据?可不要骗人呀。”

侯景急了:“他是一派胡言,不要信他的,都给我守城去,谁有失误,格杀勿论。”士兵们都不情愿地四散开去。

“侯将军,你看,那边的士兵有骚动。”暴显指着东城门方向说。

“你快去看看,吩咐下去,不要听信他们撺掇。”

慕容绍宗见侯景部下有动摇,为了让他们更加相信自己,便拿掉了帽盔,披散着头发,脱下了上衣,光着上身。寒风中,他面向太阳,发起誓来:“我慕容氏若有半句假话,天打雷劈,叫我全家人不得好死。”又挥刀割下自己的一绺头发,举在空中,“我要是骗人,就像割头发一样割掉我的头颅。”

此时,涡阳城四周,东魏将领都做着同样的表演,说着同样的话语。

侯景的部将暴显本来就是北方人,他是被侯景胁迫过来的,内心里更不愿投梁。更为重要的是,他的老母已经年逾七十,体弱多病,妻子无能,照顾了老的，照顾不了小的，想起这些，心里更加着急，现在听慕容绍宗这么一说，解除了顾虑，趁侯景按下葫芦起来瓢的时候，打开了东城门，投降了魏军。

暴显开门归顺，部将纷纷效仿，一时间，侯景部纷纷溃散，士兵们争着抢渡涡水，淹死踩死者不计其数。

慕容绍宗率兵攻进城内，四处寻找侯景，竟无下落。

侯景战败，不知所踪，急报传到京师建康。东宫之内，太子萧纲正在讲解老庄，身后是他亲书匾额"无为而治"。"所谓无为而治，就是通过不治达到天下大治。什么是无为？从字面上看，无为似乎是无所作为，其实这是望文生义。老子所说的无为……"

"殿下！"太子詹事何敬容进来禀报，"据老臣打听到的消息，侯景没有死。"

"怎么又活了？"萧纲有些不耐烦，"他死没死与本宫有关系吗？"

"关系大着了。"何敬容一直不看好侯景，"他要是死了，是朝廷之福、百姓之福；他要是活着，将是一盆子祸水，流到哪里哪里遭殃。"

"为什么？"萧纲不解地问。

"侯景朝三暮四，黑白颠倒，出尔反尔，他要是来到大梁，将是祸乱的根源，终当乱国啊。"

"何爱卿不可信口胡说，你现在是尚书令，乃百官之首，说话不要失了分寸。"

"殿下，微臣丝毫没有夸大其词，如果侯景没死，请不要再接纳他，趁他新败之际，一举剿灭了他，免生兵患。"

"料小小侯景，也翻不起什么大波澜。接纳不接纳他，这是父皇之事。况且人是死是活，一切顺其自然。老子说过，人法地，地法天，天法道，道法自然，我们对世事要有自然大道的观念，得之泰然，失之淡然，争其必然，顺其自然，何必执着于自己的成见呢？"

"殿下，侯景虎狼之心……"

"行了行了，你要是没有别的事，就一起谈经论道吧。"

"殿下，现在大梁宛如一座大厦，牢不可破，就怕侯景一来，给捅了个窟窿。处此生死存亡关头，哪有心思摆弄玄虚？过去晋代为什么发生了丧乱，不就是因为上自王公大臣、下至黎民百姓痴迷谈玄吗？"

"本宫谈玄怎么了？于国事有碍吗？"

"长此下去，将引发战乱，招致国难。"

"越说越离谱了。这经没法讲了，散了吧。"萧纲摆了摆手，示意官员退下，自己气呼呼地进书房去了。

出来后，何敬容独自摇头叹气："皇上迷佛，太子迷道，江南恐离祸乱不远了。"

听到侯景战死的消息，萧衍心情很悲痛，自己本想利用侯景，实现南北统一的大梦，没想到事情刚刚开始就结束了，他感到惋惜。派去接应侯景的将领不是被俘，就是逃跑。那个羊鸦仁更令人气愤，五十万担粮草被魏军抢劫一空，竟然还厚着脸皮一再保证，给他一段时间，他定要把粮草夺回来。像侯景一个降将，竟置生死于度处，这不正是大梁将领应该效法的吗？对，要给侯景做水陆道场，让法师们诵经七昼夜，来超度亡灵。此举定能激励将士们奋勇杀敌，为国尽忠，更能给魏国文臣武将树立一个榜样，使他们能够效仿侯景义举，前来投奔大梁，再创亘古未有的盛业。

水陆道场是萧衍的首创。一天夜里，他梦见一位神僧来访，神僧说："六道里的众生，受苦无量，何不做水陆大斋普济群灵？"他梦醒后查遍佛教经典，得"阿难遇面然鬼王"的典故，恍然大悟，与宝志禅师一起撰制成水陆仪文，开始在宫内设立道场，后又在京口金山寺举办过水陆法会。

现在给侯景祈祷的水陆道场设在同泰寺，分内坛、外坛。内坛正中供奉毗卢遮那佛、释迦牟尼佛、阿弥陀佛三像。此时，道场内法器之声摄人心魄，诵经之声不绝于耳。因宝志禅师已驾鹤西去，由法云法师主持仪式，宣读仪文。

萧衍身披袈裟，亲临地席，面佛而拜。法云念道："皈依十方尽虚空界一切诸佛……"

萧衍领众高僧一拜。

"皈依十方尽虚空界一切尊法……"

萧衍领众高僧二拜。

"皈依十方尽虚空界一切贤圣……"

萧衍领众高僧三拜。

殿内响起一片诵经声："南无弥勒佛，南无释迦牟尼佛，南无法天敬佛，南无断势力佛，南无极势力佛，南无慧华佛，南无坚音佛，南无安乐佛……"

萧衍领众僧正在依次唱诵二十四部佛经，这时，只见一个驿卒气喘吁吁地跑进来，找到朱异，小声说着什么。朱异的脸上慢慢挂上了笑容，站起来，悄悄走到萧衍身边，对他耳语着："皇上菩萨，侯景没死，正率领残兵向寿阳进发。"

萧衍合掌向佛诵道："阿弥陀佛，我佛慈悲，保佑爱将不死，侯景有福，大梁有福啊。"转身对法云说，"让高僧在这里继续诵经，为阵亡的将士祈祷，朕要回宫议政。"

当萧衍在文武大臣和众僧的簇拥下刚刚走出寺门，只听身后轰隆一声巨响，回头看时，新建的十二级浮屠轰然倒塌，萧衍吓得目瞪口呆，面向佛塔，合拢双手，举在胸前，口念佛经，虔诚祷告。众臣、众僧则跪了下去，五体投地，接着，嗡嗡的念经声响成一片。

五十二　狼子野心

此时的侯景刚刚渡过淮河。涡阳溃败后，他从硖石一路逃窜，过了淮河，清点身边的人马，只剩步骑兵八百余人，不禁黯然神伤，一屁股坐在地上，望着波涛滚滚的淮水唉声叹气。

正在举足无措之际，突然后面一队人马飞奔而来，身后扬起滚滚尘土。

侯景站起身来仔细看时，原来是慕容绍宗领着一队人马追了过来。侯景回头逃跑，只听慕容绍宗大喊道："瘸子，哪里跑？还不下马受降？"

侯景翻身上马，挺枪迎战，只见慕容绍宗已拈弓搭箭，对准了侯景。众士兵围上来，也把箭矢对准了他。侯景说："慕容将军，你是不是太绝情了？我现在如丧家之犬，你就不会给我留一条活路？你不要忘了，狗逼急了会咬人的，何况是一只狼，一只野性十足的草原狼。"

"我不杀你，不管你是狼是狗，我要捉你回去，交给高将军，是杀是剐，由他定夺。他会给我加官晋爵的。"慕容绍宗用力准备拉弓。

"慢着。"侯景用右手做了个制止动作，"在你射箭之前，我有一句话要问你。"

"穷途末路之人，有话就说吧。"

"慕容将军，你好好想想，我要是被你灭了，高澄要你还有什么用处？"

慕容绍宗的手在空中抖动了一下，侯景的话捅到他的心窝子里了，乱世英雄要自保，需得养寇自资。慢慢地，他的手耷拉了下来，箭矢也掉在了地上。

侯景见状，拱手施礼道："谢将军不杀之恩。"转身策马向南逃去。他领兵渡过淮河，直奔寿阳。寿阳是南豫州的州府所在地，此时由韦黯镇守，他的父亲是令北魏闻之丧胆的大将军韦睿。要去寿阳，一定要经过一个马头小站，这里的戍主是刘神茂，他一向与韦黯不和，听说侯景来了，开门迎接了他。

侯景围着马头站转了一圈，觉得这里太小，无法容身，便问刘神茂："我想前去寿阳投奔韦黯，不知他容不容我？"

刘神茂心想，侯景不是个省油的灯，他要是进了寿阳城，看你韦黯怎么办！便趁机撺掇道："众所周知，你已归顺了大梁，皇上已封你为河南王、大将军了，韦黯应该出来迎接你。只要进了城，你是王爷，一切事情还不是你说了算？"

“我要是占据了寿阳,你们皇上会不会兴师问罪?”侯景右手拈着下巴的那几根胡须,不无忧虑地说。

“没事,皇上仁慈着呢。大王得到寿阳之后,不要马上奏报皇上,等过一段时间再慢慢让皇上知道,这样皇上认为大王与东魏拼战了很久,退守寿阳是万不得已的事,就不会怪罪你了。”

侯景紧紧握着刘神茂的手,不住地摇着:“你就是指路的菩萨呀。”

“大王放心,我给你带路。”刘神茂得寸进尺,他要利用侯景好好修理修理韦黯。

深夜,侯景来到寿阳城下,派士兵轮番敲门。

寿阳城内,韦黯正在睡梦中,忽有士兵来报,说有人要进城。韦黯认为是盗贼来了,便披上铠甲,抄起长枪,登上城墙。

侯景部将范桃棒在城下喊着:“快开门,河南王来了,因长途行军,人困马乏,要进城休整。”

“有皇上圣旨吗?”韦黯朝下喊道。

“这还需要圣旨吗?都是自己人,理应相互照顾。”侯景解释着。

韦黯果断地说:“既没奉旨,恕本官不便擅自开门。”

侯景对刘神茂说:“事情不好办呀。”

刘神茂想了想说:“韦黯懦弱,又缺少智谋,可派说客进城疏通。”

“谁去当这个说客?”侯景看着身边的范桃棒,范桃棒低下头,没吱声,其他人也没有要去的意思。

徐思玉认为出头露脸的机会到了,献媚道:“不劳将军费神,我原来与韦黯有些交往,愿进去一试。”

徐思玉来到城内,见到韦黯,质问道:“皇上很看重河南王,现在因为暂时失败来投奔,你为什么不接应呢?”

韦黯干脆地说:“我奉皇上之命守卫寿阳城,自当万分警惕。侯景战败是他的事,跟我有什么关系?”

“朝廷把兵权给你,就是为了守卫国土,保护将士和百姓安全。”徐思玉见直说不行,便委婉恐吓道,“侯景是皇上刚刚御封的河南王,如果魏兵追来,他有什么闪失,你怎么向皇上交代?”

韦黯低下头,一时无话可说,过了好一会儿,抬起头来:“好吧,只让侯景一人进来。”

“侯景手下就那几百人,且多是伤残,他们进来就是为了疗伤休养,不会有什么妨碍的。”

“好吧,进来后不许到处乱走,就到城北的破旧祠堂养伤,那里安静。”韦黯勉强答应了下来。

等在城外的侯景听到韦黯同意进城的消息后，紧紧拉住刘神茂的手："救我的人是你！"刘神茂诡秘地笑了笑。

城门打开，侯景率领人马走了进去，可他们没有去祠堂，而是麻利地分成了四队，分别把守四个城门。

韦黯疑惑地看着侯景："你这是？"

"没什么，就是怕魏军追来，让他们好好看着点。你们南方人摸不清北方狼的爪子印。"侯景解释着。

"这不行，我们不是都说好了吗？你们入城，只是休养，不负责防守。"韦黯感到不妙，催促着，"快让他们回来，侯将军鞍马劳顿，还是回去歇息吧。"

不提防身后上来几个彪形大汉，把韦黯的手反剪了起来，用绳子捆绑着。韦黯胆战心惊，两腿哆嗦，用不解的眼光看着侯景："你这是干什么？要恩将仇报吗？"

"不拿我们当人，杀了他！""杀了他，杀了他！"侯景的士兵纷纷喊着。

侯景走上前来，解开正在捆绑的绳子："哎，都是一家人，不要伤了和气，韦将军也是好心好意。这样吧，让伤兵去休养治病，身体好的，就去站岗放哨，反正闲着也是闲着。"

韦黯看着远去的侯景士兵，无可奈何地摇了摇头，回头向府衙走去。

侯景拍掌笑道："韦将军办事就是痛快，我们大老远来了，你不给我们接风洗尘呀？"边说边追着走在前面的韦黯。

自从萧渊明被东魏俘获后，就一点消息也没有，萧衍日思夜想，竟没想出妥善解决的办法。加之同泰寺佛塔倒塌，又成了他的一块心病，挥之不去，以致忧虑成疾，感到浑身无力，这些日子他只窝在御书房里，多数时间躺在龙榻之上，连佛经也念得少了。一连几天，萧衍都没有上朝，众朝臣只得三五成群地来御书房探望。

朱异进来禀报："皇上，侯景派使者于子悦送来了奏表。"

"朕就不看了，你说说吧。"

"皇上，这份奏表细说了他战败的过程。"

"过程就不用介绍了，只说结果吧。"萧衍已知道侯景没死，至于他怎么败的，已无心无力去听。

"现在侯景已驻兵寿阳，他请求免去皇上授予他的一切职务，包括王位。侯景说如果陛下垂怜他，给他一条活路，请拨给他粮草辎重，他将感恩戴德，养精蓄锐，东山再起，踏平东魏，帮陛下统一天下。"

何敬容心急，不待别人说话，抢先道："皇上，不要接应侯景，免得日后麻烦。"

“你说说理由。”萧衍面容冷静地说。

“皇上，江山易改，禀性难移。”何敬容试图用历史的教训来说服萧衍，“恶人更是如此，过去吕布杀了丁原，投靠董卓，可他最终杀了董卓，成为背恩之人。刘牢之背叛王恭，归附司马元显，后又背弃了司马元显，致使司马元显被杀。为什么呢？因为狼子野心，最终是要吃人的。侯景就是这样的人，先是他依赖高欢的提携，身居高位，独霸一方，可是高欢坟土未干，他就反咬一口，向西寻找新的主子，见宇文泰不容他，就又投奔大梁。皇上海纳百川，先前接纳侯景，是希望侯景能以土地和兵马抗击鲜卑恶狼，为大梁效力。而现在侯景丧师失地，成了一介匹夫，如收留这个杂种，就会得罪东魏，对大梁实为不利。陛下以佛教治理国家，以仁爱教化天下，可妇人之仁要不得，望陛下以江山社稷为重，三思而行。”

“柳爱卿以为如何？”萧衍又冷静地发问。

“微臣赞同何大人的看法。”柳津回禀道，“侯景不是守节尽忠的臣子，他抛弃乡国就如脱下草鞋，背叛君亲就像丢掉一根草芥，如果收留他，等待他东山再起，报恩效力，臣认为这是缘木求鱼，下水捉鸟，徒劳无益，反而会成为大梁的包袱和灾难。望陛下深思熟虑，免生后患。”

“太子以为如何？”萧衍好像要多方征求意见。

“军国大事，全凭父皇做主，儿臣唯命是从。”萧纲恭敬地答道。

“朱爱卿呢？”最后萧衍把目光落在了朱异身上。

善体圣心的朱异从萧衍的表情上已知道他的心意，便道：“先前侯景兴盛之时，我们接纳他，现在成了败亡之将，兵力有限，就像一只落水狗，难道我们只站在岸边袖手旁观，不施援手？这样怕是会被世人耻笑。”

“诸位爱卿能够畅所欲言，忠心可嘉，朕听来听去，还是朱爱卿明白事理。救人救到底，现在侯景败了，如不加以抚慰，有失大国风范。况且也应依佛经教义，慈念有情，德怀天下，这样才能功满春秋。传朕旨意，”萧衍直了直腰，挺了挺胸，一副居高临下的样子，“正巧朕刚刚调整过州治，以悬瓠为豫州，寿阳为南豫州，改合肥为合州。本想把鄱阳王萧范调至南豫州，接替萧渊明坐镇寿阳，因为侯景新败，不忍心再让他奔波，就任他为南豫州刺史吧，改萧范为合州刺史，镇守合肥，也好相互有个照应。还有，侯景请求粮草、衣被、兵器支援，照实拨付吧。”

朱异拱手施礼：“遵命，微臣这就去办。”

“皇上不可呀。”“皇上，这可是一日纵敌，数世之患啊。”“皇上，这是养虎为患啊。”众朝臣苦苦劝谏着。

萧衍咳嗽了几声，慢慢起身，走到龙榻前：“朕累了，歇息一会儿，众爱卿都回吧。”

待众臣走出御书房,柳津快步追上萧纲:“殿下,皇上龙体欠佳,你要勇于担当,敢挑重任,国家生死存亡时刻,不能听之任之啊。”

“有父皇在,本宫能担当什么?再说还有朱异,大权在握,左右朝政,本宫也就帮着处理一些小事。我要是什么事都担当了,将父皇置于何地呀?父皇会同意吗?朱异会顺从吗?”

柳津无言以对,呆呆地看着萧纲坐上车,回东宫去了。他独自跺着脚:“大梁恐为侯景所乱呀。”

柳津回到家,晚饭也不想吃,一直在唉声叹气。儿子柳仲礼不知何故,反复询问,才知道事情原委。柳津嘱咐道:“儿啊,国家已到了多事之秋,大梁前景堪忧,以后为人做事,可要好自为之啊。”

淮河岸边,侯景正在训练士兵,这些士兵有的在摇船,有的在持枪对阵,只是因为船在水中颠簸得厉害,他们厮杀起来还不那么自如。

侯景叫停了士兵:“过去,马背就是我们的战场,我们骑马驰骋疆场,可以说是战无不胜;现在我们来到南方,就得熟悉水战,不然的话,怎么能够在这里站住脚扎下根?听明白了没有?”

众将士齐喊:“熟悉水战,征战沙场!”

只见岸上于子悦骑马飞奔而来:“侯将军,大事,大事,天大的事!”

侯景下船来到岸边:“什么事这么急躁?”

“侯将军,我们捉到了萧衍的信使,截获了他的书信。”于子悦仍在喘着粗气。

侯景接过信一看,连肺都气炸了,那信上萧衍用笔工工整整地写着:贞阳朝至,侯景夕返。原来萧衍跟东魏做起了买卖,他要用侯景把贞阳侯萧渊明换回来。侯景一把把信撕得粉碎,扔在了空中,哆嗦着嘴唇:“气死我了,这个老吴公心肠太黑了!”

原来,侯景失败以后,东魏收复了悬瓠等城,恢复了原有的疆土。高澄为了养精蓄锐,也为了置侯景于难堪的境地,提出和南梁修好,他利用萧渊明作为议和筹码,告诉萧渊明,如果梁主不忘旧好,即可让他回梁。萧渊明于是给萧衍写了书信,派人送到建康。萧衍看后,痛哭流涕,便想重修旧好,换回萧渊明。有大臣提出,哪有旗开得胜反而主动求和的?这明明是高澄在挑拨离间,逼侯景做出祸乱之事,狗急了会跳墙的。可朱异力主议和,认为这样可以化敌为友,安息黎民,况且侯景是落魄的败军之将,一个使者就可把他召来。萧衍救侄儿心切,于是复信萧渊明,同意高澄议和一事,没想到信被侯景截获。

于子悦说:“上次我出使建康回来,有一件事没敢跟将军说。”

侯景看着于子悦:“有话快说,有屁快放。”

“将军曾向萧衍提出，想娶江南望族王氏或谢氏的女子为妻，当时萧衍说王、谢太高，可在朱、张以下家族中求妻。”

“他妈的！这个老东西，太瞧不起人了！等我打到建康，剥了他的皮，抽了他的筋，把王、谢的女儿一个个都许配给兵士当奴仆。”

“好啊，将军终于口吐真言了。”王伟显得异常高兴。

“什么？刚才我说什么了？”侯景丈二和尚摸不着头脑。

“将军不是说要打到建康吗？也就是说要反了，只有反了，才是将军唯一的出路。”王伟捡起地上的一块书信纸碎片，“萧衍一封书信，打碎了将军归附南梁的迷梦。现在我们是坐等也死，造反也不过一死，同样是死，不如图谋江南，或许能死里逃生，这叫置之死地而后生。”

“对，图谋江南，成就霸业。”侯景在原地转了一圈，他是在思索，站定后说，“反是要反的，但不是现在，大家都给我听着，此事暂不声张，继续向老吴公要钱要粮，偷偷招募兵士。”

合州在豫州南部，豫州寿阳之内的动静瞒不过鄱阳王合州刺史萧范的眼睛。侯景酝酿反叛的风声不时传到他的耳朵，他多次向萧衍上奏侯景要谋反，但此时萧衍专心佛事，朝政基本上交给了朱异，而朱异骨子里本也看不起侯景，又加上多一事不如少一事的心理，一直压着没有上奏给萧衍。直到萧范要求发动合州兵马去讨伐侯景，他才感到事态的严重性，不得不奏报皇上。

“爱卿以为，这有可能吗？”萧衍并没有感到吃惊，语气和缓地问。

“小小侯景自顾尚且不暇，哪能谋反？他没有那个胆，就是有那个胆，也没有足够的兵力。”朱异自信地说。

“是啊，侯景就像个嗷嗷待哺的婴儿，他哪有本事反叛呢？鄱阳王的启奏，不过是杞人忧天罢了。”

“鄱阳王怎么这么小家子气？连朝廷这么个客人都不容纳，这不让世人笑话吗？”朱异借题生事，竟又攻击起萧范来。

“传朕旨意，就说这事朝廷自有道理，让他专心治理合州，不要去打别人的算盘。以后萧范再有类似启奏，就不要再禀报了，卿自行处理就是。”

“微臣遵命。”

“还有，合州不能动一兵一卒，如有违反，军法论处。”

就在南梁朝廷为侯景是否反叛争议不休的时候，侯景正在与他的谋士们商议如何起兵，胜算几何。他数算着自己的家底说：“我们现在人马不足千人，如果真的举起反叛大旗，能抵挡南梁大军的围剿吗？我们能打过长江，拿下建康吗？”

“将军不可多虑。现在南梁看起来根叶繁茂，实际上已经腐朽透顶了，人心思变,摇摇欲坠。萧衍已经老朽,再也不是过去的雍州虎,早已变成一只温顺的建康猪了。”王伟对南梁的情况应当说是略知一二,他针对侯景的畏难情绪,做了深入分析,“当年随萧衍打江山的良将谋士多已老去,取而代之的多是他们的子侄之辈。这些人坐享其成,只知凌驾于他人之上作威作福,鱼肉百姓,而不知练兵打仗,无智更无勇。由此看来,攻入建康,当不是天大的难事。”

“进攻建康,既有长江天堑,还有南梁的守军,我们该从何处下手?”侯景仍有疑虑。

“堡垒往往是从内部攻破的,将军可以从建康内部寻找突破口,我认为萧衍的文武百官并不是铁板一块。”王伟看着侯景,笑了笑,“再说了,即使是铁板一块,以将军的脑袋,也能给它钻一个窟窿。”

“我的头有那么尖吗?”侯景摸摸自己的头,有些不解地说。

“我的意思是说,可以从建康内部物色对我们有用的人,比如朱异。”王伟连忙解释。

一直站在旁边静听的徐思玉这时走上前来:“南梁萧正德,叛逃北魏的时候是个侯爷,那时我曾与他相识,知道他是一个内心险恶、图谋叛逆的家伙。他回到建康后,萧衍非但没处罚他,反而封他为王。可萧正德仍野心不改,横行不法,储米积货,阴养死士,企盼朝廷有变,他好从中渔利。我们可以从他身上打开缺口。”

侯景一拍大腿,嘿嘿地笑出声来:“真他娘的天助我也。这个法子好极了,我们就来它个里应外合。”

乌衣巷朱府,徐思玉把一个沉甸甸的布包放在桌子上,“这是侯将军孝敬你的五百两黄金。”

朱异喜上眉梢:“都是自己人,何必这样客气?有什么事尽管说。”

“这是侯将军给你的书信。”

朱异展信细读,看着看着,脸色由晴转阴,不屑地说:“让我朱某一起跟侯景谋反,简直是痴人说梦。”嘁了一声,把信扔在了地上。

“侯将军说,一旦事情成功,将有你享不尽的荣华富贵。”

“什么样的荣华富贵?”

“侯将军说,到时候他封你为宰相。”

“笑话,简直是笑话。本官现在是中领军,统领禁军,深得皇上宠爱,几乎可以说是一人之下、万人之上,富贵已极。你也不想一想,我有必要再去折腾吗?”

“你们的皇帝老了,一旦宫车冥驾,新皇登基,你眼前的一切都将失去,还是提早为自己找条后路吧。”

其实这个问题朱异早有布局,他在侍奉皇上的同时,也没忘了疏通与太子萧纲的关系,他把所得宝贝源源不断送往太子府,他知道靠上了太子,就拥有了未来。此时他尽管内心一阵翻腾,脸上却很平静,斜视了一眼桌上的金子,内心嘀咕着,像侯景这样的人,也不能得罪他,起码可以从他身上捞些钱财,便说:“作为朝廷的客人,我朱某待侯将军不薄,前些日子,又拨给他青布万匹,以供他军服之用。望他安分守己,不要轻举妄动,否则将自食恶果。”

徐思玉见话不投机,只得拱手告辞:“侯将军的一切全仰仗大人关照,我代侯将军感谢大人厚爱。”

临贺王府,宴会正酣,桌子上山珍海味纷然杂陈,萧正德正在跟他的狐朋狗友猜拳行令,见徐思玉进来,连忙起身,大声道:“贵客贵客,多年不见,怎么有空来府上?”

徐思玉扫视了一下酒桌上的几个人,说了声:“无事不登三宝殿嘛。”便不再说话。

萧正德说:“先生远道而来,快坐下,喝杯酒暖暖身子。”

徐思玉看了看酒桌,看了看喝酒的人,不坐也不说话。

萧正德知道徐思玉必有怕人之事,便对在座的人说:“大家都回吧,改日我们再聚,再开怀畅饮,把今天的补上。”

待客人走后,萧正德拉徐思玉坐下:“很长时间没见你了,听说你在侯景身边做事,今天来我这里,有什么事吗?”

徐思玉说:“你我相知日久,就不拐弯抹角了,在下受侯将军委托,来帮你完成终生所愿。”

“此话怎讲?”

“王爷不是有意皇位吗?侯将军愿助你一臂之力。”徐思玉把声音压得很低。

屋里尽管没有别人,但在萧正德听来却不亚于一声霹雳。他似乎吓了一跳,连忙回头看了一下周围,当确认没有别人后,方才问道:“你怎么知道我的想法?”

“这个就瞒不过我了,不是为了这,王爷能逃到北魏?”徐思玉冷笑着,“王爷本应立为储君,做皇位继承人,不料中途被换,现在只能屈居人下,多悲哀呀!皇上垂垂老矣,又沉迷佛教,太子暗弱,只尚清谈,不擅国事,能有什么作为?京师内外议论纷纷,对大王呼声很高,都指望你能扶大厦于将倾,再造大梁,重整河山。侯将军顺应时势,愿助大王成就伟业。”

梦寐以求的机会终于来临,萧正德的手不禁颤抖了起来,侯景的想法竟然与自己不谋而合,真是天助我也。萧正德不由站起来,紧紧握着徐思玉的手:“朝廷之事,正如你所说。侯将军如能助我成功,我当感恩不尽,他要什么我就给他什么。”

徐思玉的手被萧正德攥得生疼，抽也抽不出来，只是看着他尴尬地笑着。

萧正德怕机会稍纵即逝，又强调说：“事不宜迟，我要亲自跟侯将军接头。”仍在不住地摇着徐思玉的手。

“欢迎欢迎，侯将军随时恭候王爷。”徐思玉用力把手抽了回来。

五十三　长江幽灵

侯景原本以为，羊侃是从北魏投降南梁的，现在再把他策反过来，为自己所用，应该不是难事，但是他想错了。羊侃一接到侯景的书信，连饭也没顾得吃，就跑到了宫里："皇上，这可是侯景谋反的确凿证据呀，他的反心已明，劣迹已现，望皇上早做准备，免得受其骚扰，蒙受屈辱。"

看了侯景的书信，萧衍心里也有些紧张："侯景真的能反吗？"

"现在侯景只有八百散兵游勇，有能力反吗？皇上对他有求必应，他凭什么要反？没道理呀。"朱异不假思索，脱口而出。

"是啊，侯景不过是朕的一个食客而已，完全仰仗我大梁过活，说他谋反，不过是一种臆测，或是侯景一时的愤言，不必当真。"萧衍放松了紧张的神经。

"皇上，这书信是谁的？"羊侃急了，重又拿起御案上的书信，举在手里，"是侯景的呀，是他的亲信送来的，有证据在此，说他没有谋反之心，能说得通吗？"

此时的萧衍表情木然，他用期待的目光看着朱异，希望他能说出点道理。

朱异明白，皇上既已表态，不想再多说什么，此时正是替皇上说话的时候："至于这信嘛，微臣以为，也不能说就是侯景谋反的证据。这个侯瘸子，向来做事不讲规矩，或许他又缺什么了，想以此为借口，向朝廷要东西。退一步讲，当下南北对峙，形势波谲云诡，难免有人从中作梗，离间朝廷跟侯景的关系，想借刀杀掉侯景。果真如此，陛下更当谨慎从事，以免上当受骗，激起兵变。"

"你说这书信是假的？我从中作梗？从中搬弄是非？"羊侃用愤怒的目光逼视着朱异，"你说假话也不看看对象，我是那样的人吗？"

"行了行了，忙你们的去吧，朕要念经了。"萧衍摆了摆手，示意二人退出。

寿阳府衙内，侯景听完徐思玉的汇报，气得山羊胡子哆嗦着："他娘的，这个朱异真不是个东西！给脸不要脸，还蹬鼻子上天了。那就拿他开刀吧，我要清君侧，领兵打进建康，铲除这个贪得无厌的无赖。"尽管朱异在朝中替他开脱，但因为不愿上他的贼船，侯景竟然破口大骂起来。

"他吃进去的东西，还得让他乖乖吐出来。"徐思玉愤愤地说。

"不但吐出来，还要竹筒倒豆子，把他所有的家底都倒出来。"王伟附和着。

范桃棒有些坐立不安："侯将军，我看还是不打为好。南梁皇上对你不错，封了王，给了官，而且有求必应，对我们照顾有加，我们要知恩感恩啊。"

侯景用手敲击着桌面，恶狠狠地瞪着他："你说什么？知恩报恩？他对我有什么恩？他要把我送给东魏，这是把我往狼窝里推呀，你懂吗？那狼一张口，我的命就没了。我与萧衍已恩断义绝，现在他是我的仇人，我要打到建康，活捉萧衍老儿，出这口恶气，报这个深仇大恨。"

"侯将军，你想过没有？这仗一旦打起来，死伤的可全都是百姓呀。佛祖看在眼里，记在心里，是不会原谅的。"范桃棒试图用佛的力量来制止这场战争。

"什么佛祖？我就是自己的佛祖。"侯景脸上显出玩世不恭的神情，"不是说酒肉穿肠过，佛祖心中留吗？既然佛祖我在心中，那就要听我指挥。现在不是讨论该不该打的问题，而是怎么打的问题。"

王伟最善体察侯景的心思，他走到地图前，指指点点："依在下看，这第一仗至关重要，牵扯到全军的士气，因此我建议，避实击虚。"

侯景走上来："王左丞说得对，是要避实击虚。大家看，目前对我们牵制最大的就是南边合州的萧范，此人极有谋略，且威猛善战。"

王显贵不假思索地说："那就先把他灭了，给萧衍一个下马威。"

"不行啊，我们兵不过千，要是被他缠住，就动不了了，所以要绕开他，曲线向东进军。"侯景手指点着地图，"对，就是这里，先攻取谯州。谯州防守薄弱，这里的刺史是萧范的弟弟萧泰。俗话说，一母生百般，这个萧泰是个荒唐的家伙，听说他欺压百姓，逼人钱财，军民早就想把他除掉，只是没找到机会而已。所以拿下谯州不是什么难事。然后向南直插长江之西的历阳，在那里想办法渡江。"

"侯将军，这一仗我去打。"王显贵说。

"你不能去，你的任务就是给我守住寿阳。"

"侯将军，我很长时间没打仗了，手里怪痒痒，这仗一定由我来打，我要立头功。"

此时，侯景显得颇有耐心："王将军，寿阳是我们的靠山，如若寿阳有失，我们就没有退路了。所以只要你守住寿阳，就和前方将士同样有功。"

"王大将军，侯将军高瞻远瞩，安排周密，你就不要再固执了，遵命吧。"王伟拍了拍王显贵的肩膀，回头对侯景说，"我们面前还有一块绊脚石，如不把它搬掉，会扯我们的后腿。"

"你是说寿阳西边的马头小城吧，这个我早有考虑，马头戍主刘神茂是个草包，咱就搂草打兔子，先把他拾掇了。"侯景轻蔑地说，"就等于先练练兵，让将士们打打牙祭，这个任务就是王将军的了。"

"哈哈，我还是要立头功嘛！"王显贵高兴地拍着自己的胸脯说。

范桃棒说："侯将军，刘神茂对我们有恩，是他在我们走投无路的时候，把我们领进了寿阳城,我们才站稳了脚跟。”

“他那是为了我们吗?”侯景不满地看着范桃棒,“他是为了报复韦黯,才领我们进城的。现在我们既然要反梁,他就是我们的敌人,是敌人就该打。”

范桃棒一时无语,侯景的话听起来冠冕堂皇,但总觉得不对,却又说不出错在哪里。

侯景走出帐外,对士兵们大声说:“我为什么要带大家来到南方,就是为了给大家找一条活路,让大家活得像个人样,成为人上人,你们愿意不愿意呀?”

“这条路怎么走啊?”有士兵问。

“就是打到建康,活捉萧衍,等我们坐了天下,就可以住高房大屋,吃香喝辣,睡漂亮女人,享一辈子福,大家说好不好呀?”

“好!好!好!”“打到建康,活捉萧衍!打到建康,活捉萧衍!”

十月的长江风狂浪急,巨浪一波一波地拍打着岸边。因为前方战事吃紧,萧衍没有去寺院,也没有去太极殿,而是在他的御书房议事。此时他正坐在龙椅上,看着侯景的檄文。朱异站在一边,神情紧张,两手不停地搓着。

萧衍抬起头来:“朱爱卿,侯景起兵,是打着‘清君侧’的旗号,他提出要铲除的四个人,其中就有你呀。”

“皇上,微臣冤枉,微臣对皇上忠心耿耿,一生小心谨慎,奉公守法。”朱异失态大骂起来,“侯景这个狗杂种血口喷人,皇上给老臣做主。”

萧衍没说话,看了看柳津。

柳津用异样的眼光上下打量了一番朱异。他想,朱异确实不是个好东西,可当着这么些大臣的面揭他的短,必然会得罪他,说不定他会给自己小鞋穿,可皇上又用期待的目光看着自己,看来不说话是不行了,便出列道:“皇上,无赖打人总得找个借口,现在侯景打出‘清君侧’的旗号,这也是他的一个借口。依微臣看,可先让侯景提到的四人停职回家。这样一来,侯景反叛的理由便不复存在,看他有何反应,如他再闹事,那就是出师无名,朝廷再派兵前去剿灭,相信……”

“皇上,微臣以为不可。”御史中丞贺琛没等柳津说完,就抢过了话头,“朱异身居要职,操弄国柄已非一日,他身为右卫将军而不理军事,对内勾结朝臣,在外联络藩将,营私舞弊,中饱私囊。如今面对侯景反叛,不为朝廷考虑,专替自己打算。故微臣建议,把朱异等人关进大牢,由廷尉调查其罪状,或杀头或坐牢,依大梁刑律治罪。”

“微臣附议。”何敬容说,“皇上该痛下狠手了。对内要严惩奸臣,凡为官不正、为政不廉、横行不法者,定要严惩不贷。侯景乃索虏奸贼,狂妄自大,干预朝政,宜速派兵剿灭,不留后患。”

朱异急了，揭开了何敬容的老底："自己一腚屎没擦干净，怎么有脸说别人？你忘了你妻弟夜盗官米的事了？你不但不弹劾，反而百般为其解脱，要不是皇上开恩，你早就……"

"不要岔了话头，说正事。"萧衍看着太子，希望他能说点什么。

萧纲却不同意他们的看法："父皇，'清君侧'只是侯景的借口，即使杀了这几个人，他可能还会找出别的理由。故儿臣看来，如今惩办朱异等人，不但对当前的危局无济于事，反而会被世人耻笑，等平定了侯景之后，再论罪处置也不迟。"

萧衍点头道："太子此话有理，不能让小小的侯景牵着鼻子走。再说了，朱爱卿一直侍奉在朕左右，他的为人朕是了解的。此事就不要再提了，议议怎么迎战吧。羊爱卿，你以为这仗该怎么打法？"

其实在众臣讨论如何处置朱异等人时，羊侃一直在积极思考退敌之策，当萧衍问他时，他已然成竹在胸："皇上，可派两千人马快速占领采石，挡住叛军前进的路，再发兵袭取寿阳，捣毁他的老巢，让侯景进退失据，这群乌合之众自会瓦解。"

朱异好像忘了刚才大臣们对他的讨伐，信口开河地说："侯景没有过江的打算，即使有这个打算，他也过不了江，他手中没船，怎么能过江？"

一句话好像又唤起了萧衍的自信："就是嘛，瘸贼就那点人马，能成什么大事？我折一根树枝就能把他抽死。"

"就是，凭我大梁近五十年的国泰民安、兵强马壮，一人吐一口唾沫也能把他淹死。"朱异又完全恢复了平日那种游刃有余的奉迎本领。

"不可轻敌啊，皇上！侯景连续攻下了马头城，拿下了谯州城，说明其作战能力不可小觑。"羊侃见萧衍又顺着朱异，急忙说，"皇上万万不可轻敌，否则后果难料。"

"不要危言耸听了。"朱异下了最大的赌注，"如若侯景打过长江，我敢拿脖子上的人头担保。"

"军中无戏言。"羊侃抓住不放，"朱大人既如此说，可立军令状。"

"侯景既已起兵，我们还是要迎战的。"萧衍打着圆场说，"朱爱卿拟诏，凡斩侯景者，赏食邑三千户，除豫州刺史。此战仍用包围战术，命合州刺史鄱阳王萧范为南道都督，北徐州刺史封山侯萧正表为北道都督，通直散骑常侍裴之高为东道都督……"

柳津上前施礼道："皇上，西面就让犬子出战吧。"

萧衍笑着说："好，将门出虎子，就让司州刺史柳仲礼为西道都督，这样从四面对侯景形成合围之势，来一个瓮中捉鳖。"

柳津问道："谁来统率各路军马？"

羊侃说:“柳大人推荐儿子参战,我儿无勇无谋,不能出战。加之侯景诡计多端,不可小觑,故臣请出战,砍下他的狗头,献于陛下。”

其实关于这次讨伐侯景的统帅,朱异心中早有人选,因为他收了那人的许多银两,可此时不便直接说出,便采取了迂回战术:“羊将军,不就打一只兔子吗？何劳你亲自出马？”

柳津说:“臣推举一人,可为统帅,就是鄱阳王萧范,他驻扎在合肥,离侯景最近,对侯景的谋反早有所料,曾多次上奏提出防范侯景。”

朱异怕萧衍同意,急忙说:“皇上,萧范桀骜不驯,不知变通,怕对付不了侯景的狡诈多变。”

“那就萧纶吧,让他都督各路军马。”萧衍考虑的还是亲情,这个儿子太不争气,自从他无故刺杀何智通被处罚后,自己一直没有理他,这次就给他个将功赎罪的机会吧。

此话正中朱异下怀,因为萧纶也多次到他府上求情,自然没少带金银珠宝,便趁机说:“皇上慧眼,邵陵王是此次统帅的不二人选。”

皇上金口玉言,羊侃不好再反对,为了阻止侯景过江,他又提出了长江的防御:“采石必得精兵强将镇守,方保无虞。”

“目前是谁镇守采石呀?”萧衍问。

“是王质,可他从来没有打过仗,恐难以胜任。”羊侃回答。

“那就改派陈昕吧,他是战神陈庆之的儿子,深受他父亲的熏陶。只可惜庆之去世了,不然朕何须如此伤脑筋？命陈昕为云旗将军,代王质守卫采石,改王质为丹阳尹吧。”

“陈昕同他父亲一样,是个忠君爱国之人。”羊侃觉得这次皇上选对了人,“只要陈将军严防死守,谅他侯景插翅也难飞过长江。”

“至于京师诸军统帅嘛,微臣建议让临贺王来担任。”朱异提议道。

“皇上还是另外考虑人选,临贺王曾叛逃北魏,前车之鉴,不得不防。”羊侃知道皇上顾及亲情已到了走火入魔的程度,在此国家生死存亡的关头,他唯有尽力劝谏。

“臣附议。”柳津等大臣异口同声地说。

“诸位爱卿,此一时彼一时嘛,这些年萧正德的进步有目共睹,不然朕怎会封他为王？就任命他为平北将军,都督京师诸军事,领兵驻扎在丹阳郡,这样设置三层防御,就是侯景削尖脑袋恐怕也钻不进来。”

羊侃知道圣意难违,他只好再次要求出战:“皇上,微臣愿随邵陵王讨伐叛军,袭取寿阳,使侯景进不能前,退失巢穴,乌合之众自然瓦解。”

“羊将军,外出征战是年轻人的事,就让他们去拼杀吧。宫城防务也同样重要,宫城安全了,朕才能安心,才能睡好觉啊,守卫宫城的任务就交给你了,你可不要让朕失望啊。”

听萧衍如此说，羊侃虽不放心前线，可也无可奈何，只得答应着：“微臣遵命。”可一走出殿外，他就跌足长叹，“唉，大梁危机四伏了！”

十月的长江，狂风卷着巨浪一层层翻滚着，两岸战旗猎猎。

侯景骑在马上，向东张望着。谋士王伟走近说：“大王，如果萧纶赶到，我们将陷入包围圈而不能自拔。现在最好的办法，就是放弃淮南，决志向东，率轻骑掩袭建康，与萧正德里应外合，或可成事。兵贵神速，望大王赶快行动。”

侯景用兵向来神出鬼没，便对身边的部将说：“好！就来一个声东击西。我们表面上要大造声势，拿出与敌军决战的架势，暗地里潜入小道，钻出萧衍设下的包围圈，向东挺进，等到了建康，有好酒好肉等着，还有漂亮的宫女伺候着。”于是把手伸进嘴里，立时发出尖厉的呼哨声，“弟兄们，打猎去啦！”策马领兵钻进林木之中。

长江之上，几十艘战船载着芦苇游来游去。船舱内，萧正德正在与沈子睦对饮。虽只有两个人，可酒桌上菜肴摆得满满的。

沈子睦端起酒杯：“王爷，我是京师游军头领，没有固定防地，整天疲于奔命，又缺少补给。自从结识了王爷，你给我们钱，给我们物，管我们吃，管我们穿，你就是我们的再生爹娘，在下终生报答不尽。在这里，我敬王爷一杯，祝王爷福如东海，寿比南山。”一仰脖子，把酒灌进了肚子。

“兄弟，我一个王爷，福是有了，至于寿嘛，这是天命，求也没用。”萧正德撕下一条鸡腿，塞到嘴里嚼着，“我现在所求的，是做一个大官，比王爷还大的官。”

“比王爷还大？那是什么官？”沈子睦一时蒙了，可他脑子转得快，比王爷还大的官，当然是皇上了，他要是当了皇上，自己跟定了他，一生荣华富贵就没得说了，于是急忙起身跪地叩拜，“参见吾皇万岁万岁万万岁。”

“快给我起来，别装这个熊样，时候还没到呢。”萧正德边啃着鸡腿边说，“我看好你，这次带你出来，就是给你立功的机会。”

“王爷有什么意图？”二人正说着，外面传来了这样的问话。原来船头有两个士兵正在嘀咕：“你说王爷这是什么意图？说是让我们运芦苇，可这么多天了，只在水上转圈，也不靠岸，也不知王爷葫芦里到底卖的什么药。”“什么药我上哪里知道呀？就说我们这兵服吧，咱们大梁的兵服从来都是表红里白，可这次让我们统统换成了青里子，真是看不懂了。”“看不懂就看不懂吧，我们一个穷当兵的，不就是卖命养家嘛，只要给我们钱，王爷让我们干啥就干啥呗。”“也只得这样，不然我们这条小命说不定什么时候就没了。”

萧正德气得涨红着脸，用眼睛示意沈子睦出去看看。

沈子睦走到船头，大声训斥着：“好哇，你们两个狗东西，让你们放哨，你们却在这里嚼舌头。注意观察岸边动静,如有情况,及时禀报。到时候一切听老子指挥,否则就把你们的头砍下来,扔到江中喂鱼。”

两人咧了咧嘴,对视了一下,灰溜溜地走了出去。

侯景率兵来到长江边,骑在马上向东望去,血红的残阳下,江水茫茫,看不见一只帆影,只见三三两两的水鸟在水面上翻飞着,发出单调凄厉的叫声。

“这江怎么过呀?”侯景像是自语又像是问身边的王伟,“不知道对岸是谁把守?”

“对面是采石,是南梁的军事重镇。”王伟从地上捡起一块石头,使劲地扔到水中,“想必萧衍老儿会派精兵强将把守。知己知彼,百战不殆,只有投石水中,才知水的深浅。侯将军可派人前去刺探,然后再做定夺。”

“好,正合我意。就派两拨人马驾船前去,一队负责侦察,一队在江边守候,一旦摸清敌情,就交给岸边守候人员,制成箭书射过来。”侯景转身面对自己的部将,思考着说,“于子悦,你带队前去侦察,看对岸驻了多少兵,由谁带领;范桃棒,你留下来负责训练士兵,尤其是水战技巧。”

“将军放心,保证摸清敌情。”于子悦痛快地答应着,去营中挑选了擅长水上作战的士兵,打扮成渔民模样,驾着两只船,向对岸奔去。

一连几天,侯景都在岸边焦急地等待着,忽然空中传来飞箭的响声,他紧盯着那箭,掉转马头,跟着追去。众将士也都跟着追去。箭终于落了下来,徐思玉跑过去,捡起来,恭敬地递到侯景的手里,侯景剥开箭体上的书信,看完后大笑:“万事大吉,老天有眼啊!”

王伟走过来:“什么情况?”

“对岸正在换防,本来采石由王质镇守,萧衍换成了陈昕,王质走了,可陈昕还没来,真是天助我也。起兵过江!”

“将军,那陈昕是已故战神陈庆之的儿子,要有打硬仗的准备呀!”王伟提醒着。

“怕什么?不打一打,怎么知道他是枭雄还是个狗熊?快去召集士卒,今日就出发。”等了几天,侯景有些心急了。

侯景组织人马准备下船渡江,由于船少,他把士兵分成四拨,分批过江。第一拨正在上船,忽然从上游飞马跑来一个士兵,气喘吁吁地说:“报告将军,不好了,那边来了梁军!”

“什么?这个于子悦,他是怎么侦察的?等他回来,看我怎么收拾他。”侯景本来就是个气量狭小之人,他容不得人有过错,说杀就杀,往往令将士心惊胆寒。

范桃棒问:“有多少只船?”

“有四五十艘吧,全是大船。”

“那起码也有几千人,这种大船一船能装百多人。我们撤退吧,避其锋芒,寻机再战。”

正说着,那大船离这边越来越近了,侯景一声令下:“撤!”士兵们拔腿就跑。

只听船上有人喊着:“侯将军,别走,我们是来接应的。回来,快回来!”

侯景将信将疑地站住,一些士兵仍在拼命地跑着。

船慢慢靠近了,船上的人都举着手,手中没拿什么兵器。

王伟朝船上喊着:“怎么能证明你们是来接应的?”

只见船上的人纷纷脱下红色军袍,翻过来,立时变成青袍,远远望去,像是幽灵一般。沈子睦站在船头喊:“我奉临贺王之命前来接应侯将军,看我们的军服,跟你们的一模一样。”

王伟指着船上问:“那船上装的是什么?是不是兵器?”

沈子睦站在船头,举起双手在空中挥着:“将军放心,这里边什么也没有,全是芦苇。”

“怎么证明不是兵器?”徐思玉也附和着,“拉这么些芦苇有什么用处?”

“这是我们王爷的计谋,为了掩人耳目,大王如若不信,把芦苇扔到水里就是了。”沈子睦把手一挥,船上的士兵行动起来,一会儿工夫,江面上就浮动着一片芦苇,沿江而下,战船内空空如也。

正在侯景将信将疑之时,萧正德从大船舱内走出来,跟在身后的侍从举起黑色军旗。

沈子睦喊着:“这是我们王爷,临贺王亲自来了,你们还有什么怀疑的?”

萧正德站在船头挥着手:“弟兄们!本王在此恭候多时了!”

王伟拉过徐思玉问:“这是不是萧正德?”

徐思玉两手打起眼罩看了看:“是,没假。”

此时,侯景紧锁的眉头舒展开来,两手相抱施礼道:“久仰久仰,临贺王义气,侯某感激不尽。”接着回头把手在空中一挥,“大家上船吧。”

一时间,侯景人马争先恐后往船上挤着。船上有几个士兵觉得这是引狼入室,伤天害理,弄不好会掉头的,想阻止侯景的人马上船,站在船头拦挡着。

萧正德走过来,呵斥道:“这是干什么?”

先前在船头说话的那个士兵说:“王爷,这样做不行啊,对不起皇上,毁了大梁啊……”

话未说完,萧正德抽出身上的宝剑,冷不防向那士兵刺去,那士兵口吐鲜血,应声倒地。

“大家都看到了,谁要是不识时务,这就是下场。”萧正德用凶狠的眼光扫视了一圈,那几个士兵便乖乖地溜到后面去了。

萧正德下船走近侯景:“久仰侯将军大名,这次将军率义师剪除奸臣,是万民之福，是大梁之福。”

侯景眯着小眼笑着说：“如事情成功，就扶你当皇帝，实现你心中的梦想。”

“如事情成功，就封你为大丞相，都督中外诸军事。”萧正德以为自己真的成了皇帝，竟也封起官来。

在江边，黑暗中，一高一矮，一胖一瘦，两个幽灵的黑手紧紧握在了一起。

陈昕接到朝廷的任命，率领人马晓行夜宿赶到采石时，天色已晚，由于人困马乏，士兵们草草支起帐篷后，便钻了进去，一会儿营地的呼噜声就此起彼伏地响了起来。

陈昕来到帐内，叫这个不起，喊那个不应，没法只得安排哨兵巡逻，不可大意。可还是不放心，自己也干脆不睡，约几个将领在大帐内喝酒解乏。正在他们猜拳行令之时，只听帐外一阵骚动，接着进来了一个士兵：“陈将军，我们被包围了。”

“什么兵？哪来的兵？”

“不知道，只看见一群黑影向这边移动，像鬼似的。”

“快……快叫醒士兵，马上迎战！”陈昕要起身去拿立在一旁的长枪，可酒劲直冲脑门，一个趔趄，差点跌倒。

等将士们抄枪拿刀冲出营地时，发现已被团团围住，四面黑压压全是侯景的人马。陈昕催促士兵“给我放箭”，可箭放出去，应声而倒的人极少，尤其射中头部的箭矢多被弹了回来，原来他们都戴了铁面具，而陈昕部将不了解详情，不知是谁喊了一声：“不好了，神兵天将，刀枪不入，快逃命呀！”于是士兵丢盔卸甲，弃枪扔刀，纷纷四散逃跑。陈昕拼命制止：“临阵逃脱，格杀勿论！”可溃败就像洪水下泄似的，没有什么力量可以阻挡得住。

一眨眼的工夫，阵地上只剩下刀枪剑戟，尸体纵横，一片狼藉。陈昕被几个部将保护着往后撤退。

范桃棒追上来，一阵对打之后，他的大刀就架在了陈昕的脖子上：“缴枪不杀！”

陈昕见大势已去，他没有父亲的机智，也缺乏父亲的果敢，生死关头，还是保命要紧，否则谁来照顾自己的妻儿老小？想到这些，只好乖乖就擒，日后再图良策。

侯景士兵正在收拾辎重，打扫战场。范桃棒押着陈昕走过来：“将军，这就是陈庆之的儿子。”

侯景指着陈昕对宋子仙、王伟说：“俗话说，老子英雄儿好汉，可南梁这些官宦子弟都他娘的是些酒囊饭袋，战神的儿子也不过如此。大梁没梁了，缺了顶梁柱，这座大厦必倒无疑。”

五十四　旗幡尽黑

太极殿内，一片肃穆。萧衍端坐在龙椅之上，显得老态龙钟，他正在用心倾听着前线的战况急报。大臣们也都屏住呼吸，肃立两旁。萧纲一身戎装，脸上现出焦虑不安的神情。只有宫中卫士进进出出，将一份份战报郑重地交到太监张僧胤的手上。

张僧胤手拿战报，用太监特有的腔调禀报着："侯景过江后，过关斩将，长驱直入，正向板桥一带进发。"

萧衍闻言，皱起眉头。

张僧胤继续念着："淮南太守文成侯萧宁在姑孰抵抗贼军，力尽被俘。"

萧衍眼角流出了浑浊的老泪。

这时张僧胤声调稍微提高了些："南津校尉江子一率领一千水军，与侯景军展开激战，身中两箭两刀，仍带伤拼死力战，定要御敌于江岸渡口。"

萧衍眉头舒展开来，插言降旨道："江子一忠勇可嘉，赐黄金百两！"

这时，张僧胤又降下语调，低声禀报："江子一副将董桃生，因家住江北，不愿再为朝廷效命，与其手下率先溃逃，致使江子一抵抗失利，最后只得收拢残兵，正徒步向京师逃回。"

萧纲见父皇心急降错了旨，便出列奏道："侯景过江，京师危急。父皇，该如何布防，如何御敌于京师之外？"

"太子今年多大了？"萧衍低头合眼沉默了一会儿，慢慢抬起头注视着萧纲。

萧纲愣了一下，父皇何以问起年龄之事，迟疑着答道："这个……孩儿四十六岁。"

"快五十的人了，该顶天立地了。自今以后，国政军事，朕全交给你了。"

萧纲大吃一惊："父皇，孩儿不是这个意思，只是心里着急，想请父皇旨意。"

"你没有这个意思，可是朕有这个想法。朕八十五了，确实老了，没有精力管这些事了，等消灭了侯景，这个座位就该你来坐了。"

"父皇，现在大梁内忧外困。"萧纲几乎要哭出声来，"尤其是侯景过江，搅乱了朝政，孩儿缺乏历练，怎能担得起如此重任？"

"不就是个瘸子吗？他本事再大，还能蹦多高？"萧衍到现在仍没有把侯景放在眼里，"皇儿正好可以借此历练历练，掌握统筹谋划之道，为你将来执掌天下奠定基础。朕只是想多抽出点时间向佛祖祈祷，保大梁江山永固，天下太平。"

"父皇。"萧纲感到天塌地陷一般，两腿一软，跪在萧衍面前。

"看你个熊样，天塌不下来。去吧去吧，快去跟朝臣们商讨对策吧。"萧衍见太子仍眼巴巴地看着自己，摆了摆手，"快去吧，别贻误了战机。"

就在文武大臣惊慌失措，皇帝、太子相互推诿之时，侯景率军由慈湖挺进至板桥安营扎寨。由于对建康的防卫不清楚，心中没底，便派使者进宫，假意议和，探听城中虚实。

萧衍正在净居殿祈祷，太监张僧胤进来："皇上，侯景使者徐思玉求见。"

"让他进来吧。"萧衍虽说把权交给了太子，可侯景过江毕竟不是一件小事，他也想摸一摸侯景的底细。

徐思玉进来，昂着头，不肯下拜。

柳津看不惯，大声喊道："见了皇上，怎么不拜？"

徐思玉说："我从小到大，拜过天，拜过地，除此以外，再也没拜过别人。"

"放肆，你也不睁眼看看这是什么地方？"柳津气愤地说。

"我知道，这是皇宫，我是来见皇上的。"徐思玉不紧不慢地说。

"罢了，他没进过宫，不懂礼数，就不要强求他了。"此时萧衍已不在意这些细枝末节，他急切地想知道侯景派人进宫的用意，"说吧，你进宫见朕，想怎么着？"

徐思玉不屑地看了看柳津，对萧衍说："丞相让在下前来……"

"慢着，哪个丞相？"萧衍指了指何敬容，"这是大梁尚书令，他才是大梁的丞相。"

"是侯丞相。"徐思玉说。

"谁封的？"何敬容大声质问，"他侯景是什么人？竟敢自称丞相，心中还有皇上没有？"

"这个……这是天意。"徐思玉面对柳津逼人的目光，也毫不示弱，"丞相让我来，就是向陛下说明，他这次兵临建康，是在帮陛下。"

"帮朕？朕需要他帮？"

"是的，他要帮陛下剪除身边的奸臣。"

"你说谁是奸臣？"萧衍自视圣明，明君身边怎会有奸臣？

"是朱异，他玩弄权术，欺君罔上，贪赃枉法，巧取豪夺，已是天怒人怨。清除权奸，迫在眉睫。"徐思玉显得理直气壮。

平时见风使舵、巧言令色的朱异，此时吓出了一身冷汗，他不敢再多说一句话，怕引起众怒，龟缩到一边。

“奸臣的事暂且不说，朕自有道理。侯景既然想帮朕，那就让他按兵不动，朕派人前去劳军。”

何敬容急忙劝阻：“皇上，侯景反叛朝廷，罪不容诛，怎能劳军？恐惹天下人耻笑。”

“哎，何爱卿毋庸多言。”

“皇上，这样不行啊。这是善恶不明，这是忠奸不分，这是拿魔鬼当菩萨供啊。皇上可不能糊涂啊。”

“朕虽年迈，但并不糊涂，何爱卿倒是说话颠三倒四的。就这样定了，拟旨吧，派中书舍人贺季、主书郭宝亮二人前去板桥，慰劳侯军。”

徐思玉领贺季和郭宝亮来到板桥营中，附在侯景的耳边嘀咕了几句。

侯景站在营门外，不再挪动脚步。郭宝亮扯了扯贺季的衣襟，想再往前走几步，被贺季一把拉了回来。

贺季挺直胸脯，高声道：“侯景听旨。”

侯景站在原地不动。

贺季又喊：“皇上降旨劳军，侯景听旨！”

这时，侯景才慢腾腾地朝北施礼。

“圣旨在哪里？”贺季问。

“在你手里呀。”侯景说。

“侯将军，为臣的应当面向圣旨叩拜。”郭宝亮提醒道。

“不对，我这是面向北方的祖宗而拜，是祖宗保佑，我侯景才有今天。”侯景强词夺理地说。

“这是大梁皇上降旨，你明白吗？”贺季说。

“我不管这些，我心中只有祖宗。”侯景耍起了无赖，“要授就授，不授就拿着你的圣旨回去。”

郭宝亮见说不到一块儿，只得拿过圣旨，递给了侯景。

贺季用颤抖的手指着侯景：“你到底想怎么样？”

侯景拍了拍胸膛：“我想……我想让你们皇上听我的……”

“你……你胆大包天，你无法无天……你……”贺季已经被气得语无伦次。

这时，王伟见侯景说得太露骨，忙走上前解释：“朝廷奸臣当道，侯将军是为了剪除恶人而来。”

侯景冷笑着说：“贺大人，看来你挺有能耐的啊，那就留在营中为我所用吧。”一挥手，几个士兵上来，把贺季擒了起来。

中书省内，当郭宝亮禀报完劳军的经过后，太子萧纲显得忧虑不安。

柳津首先发话：“对付侯景这条疯狗就得用棍打，若把他当人待，必将助长他的嚣张气焰。”

"活捉侯瘸子,抽他的筋剥他的皮。""消灭侯景,平定叛乱。""驱除索虏,平定天下。"众朝臣纷纷表达了讨伐侯景的决心。

萧纲对侯景叛乱并没有太在意,他认为这不过是一场短暂的游戏,最后的胜负不言而喻。跟他的父皇一样,他考虑的也是亲情,萧大器是自己的长子,将来必定继任太子,应当让他出出头露露脸了,也好树立起良好的威信,便吩咐道:"我们这是先礼后兵,既然侯景不识抬举,那就起兵剿灭,传本宫旨意,命扬州刺史萧大器都督城内诸军事,领兵抗敌。"

可萧大器从来没有打过仗,能行吗?柳津不放心:"殿下,侯贼兵临城下,城防尤为重要,当命有实战经验的将领总督城内诸军事。"

萧纲好像没有理会,继续吩咐着:"羊大人。"

"臣在。"

"你来辅佐大器,可不要辜负本宫的期望啊。"

"臣当竭心尽力辅佐宣城王,即使肝脑涂地也在所不惜。"

柳津见此,也不好再说什么。

"命南浦侯萧推守卫东府城,西丰公萧大春驻守石头城,轻车长史谢禧、始兴太守元贞驻守白下城。"萧纲觉得宫城的城门至关重要,必须严防死守,还是用名将之子吧,"至于宫城城门嘛,就让韦黯率兵把守吧。"

柳津说:"殿下,韦黯恐不胜任,他被侯景从寿阳赶了出来,狼狈逃回京师,让他把守城门,万一有失,京师危矣。"

萧纲说:"那是侯景用了奸计,使韦黯陷入被动。这次让他守卫城门,他会从上次的失败中吸取教训的。再说他是名将之后,得父辈熏陶,不会有错的。"

"名将之后也不一定可靠,陈昕就是……"

没等柳津说完,萧纲不耐烦地说:"陈昕是陈昕,韦黯是韦黯,此事就这么定了,不可再议。"

见萧纲态度坚决,柳津只得说:"殿下,宫城有六个城门,只韦黯一人顾不过来,让我儿也参加此次防守任务吧。"

"好呀,就让柳仲礼与韦将军一起修缮宫城城墙,随时准备迎敌。"萧纲顺水推舟做了个人情,可还是把重要部位留给了宗族,"临贺王。"

"臣在。"

"你领兵去把守朱雀航吧,侯景进城一定会经过那里,宫城的安危系于你一身,万万不可掉以轻心。"萧纲虽了解萧正德不务正业,可不知道他已与侯景勾搭成奸。

"殿下放心,有我萧正德在,就有朱雀航在,他侯景就别想放进一个乌鸦兵来。"萧正德上前一步,拱手施礼,"只是我手下兵力不足,侯景寿阳起兵时,皇上把我的人马征调给了邵陵王萧纶。"

“现在朝廷也无兵可调啊!”萧纲为难地说,“这样吧,本宫身边还有个东宫学士庾信,就让他参战吧。”

“庾信一个文人,能行吗?”羊侃历来看不起文官的谨小慎微,“让他写写《鸳鸯赋》,唱唱什么‘飞飞兮海滨,去去兮迎春’尚可,打仗恐怕不行,还是另找合适的人吧,免得误了大事。”

“东宫学士中,就数庾信还能谈谈兵法,再无可用之人了。”萧纲显出无可奈何的样子。

“殿下,只要有人就行,让他们在后面壮壮声威也是好的。至于前锋嘛……”萧正德假装思虑着说,“现在还有一支朝廷游军可用。”

“谁?”萧纲竟没有想到还有这么一支人马。

“就是沈子睦手下的兵马,就归我指挥吧。”

“可以。”萧纲不假思索地答道。

“东西两冶壮丁不少,可让他们参战,由我来训练,编入官军。”

“先让闲杂人等出来吧,那些工匠还得铸造兵器。”

“这些兵力仍不够,再把大牢的囚犯放出来吧。”

“这个嘛……”萧纲犹豫起来,“不太合适吧。”

“怎么不合适?这仗一打起来,谁还有心思去管他们?让他们出来,既减轻了朝廷的负担,也好让他们将功赎罪,不是一举两得吗?”

“那好吧。”萧纲嘱咐道,“对这些人可要严加看管,可别让他们再生出什么乱子,已经够乱的了。另外,有命案在身的继续关押。”

“殿下放心,我保证让他们在我面前服服帖帖的,训得他们个个就像看家狗一样。”

十月的建康,凉风飕飕,落叶纷纷。百姓听说侯景率兵打来,一个个惶恐不安,扶老携幼涌入建康内城。盗贼趁机到处抢劫财物,人们像躲避瘟神一样躲避着战乱,就连平日车水马龙的御驰大道也是一片空寂,冷清可怕。

庾信站在朱雀门城楼上,拿着一段甘蔗,咬一口吸一下再吐出来,显得心神不宁。自己一直以诗文著称于世,从来没有带兵打过仗,而现在不但要带兵,而且还要担任前锋。想当初,自己曾写过《春赋》,描绘初春苑中美好景色:“新年鸟声千种啭,二月杨花满路飞。”而现在是万物萧瑟的冬天,能不能也写一篇《冬赋》呢?他走近栏杆向下看,只见士兵正在忙乱地走动着,再向远处望去,秦淮河的朱雀浮桥一字排开,战火已经烧到了京城,城中百姓大都逃命去了,而自己的妻儿老小还躲在家中,不知他们怎么样了。正想着,肩膀被人重重地拍了一下,吓了他一跳,回头一看,原来是萧正德。庾信连忙行躬身礼:“参见王爷。”

“庾学士,这里的情况怎么样啊?”萧正德本来已查看了朱雀门附近的布防情况，见这里士气低落，军纪松弛，正合他意，可他还要装腔作势一番。

“这个……回王爷，一切正常，士兵已各就各位，随时准备迎击来犯之敌，只是有一部分是宫中文官，手无缚鸡之力，恐怕不是乌鸦兵的对手。”庾信不无担忧地说，“能否调用有实战经验的士兵过来，这样可以……”

“庾学士不必担心，乌鸦兵嘛，不过是一群乌合之众，不堪一击。再说了，文人都有骨气，你没见他们在朝堂那种慷慨激昂的劲头，有时真是气吞万里啊。”萧正德说着，脸上露出一丝鄙夷不屑的神情。

“这个……”

“不要这个那个了，看好南边的朱雀航，侯景的人马就从那里过来。”

“王爷，先把那浮桥撤了吧，等侯景过来就来不及了。”

“好啊，庾学士很懂用兵之道嘛……”萧纲在侍卫的簇拥下来到门楼，听到庾信的建议，深表赞同。

“参见太子殿下。”萧正德和庾信躬身施礼。

“把浮桥撤了，然后在这里排成箭阵，等侯景来时万箭齐发，让他死无葬身之地。”萧纲补充道。

“不行啊，殿下。你看，那里正有百姓通过。”顺着萧正德手指的方向，确有一些人通过浮桥匆匆往这边走着，萧正德说，“一旦撤了浮桥，会引起百姓恐慌，造成不必要的混乱。侯景到来尚早，应当先稳住百姓的情绪。”

萧纲看着浮桥想了想，觉得萧正德说得似乎在理，便道：“这样吧，注意观察侯景动向，一旦要来，及时撤掉浮桥。”

“殿下放心，有我在，定保朱雀航万无一失。”萧正德信誓旦旦地说。

“有哥哥在这里，本宫无忧了。”

送走萧纲，萧正德也煞有介事地说：“庾学士，我要去宣阳门防守，这里就交给你了。”说完扬长而去。

庾信百无聊赖，又随手拿起一段甘蔗有滋有味地嚼着，忽一哨兵急急跑来：“快看，乌鸦兵来了！”

顺着哨兵手指的方向看去，只见淮河南岸黑压压一片，庾信急了，命令道：“快，撤掉浮桥，弓箭手，准备放箭……”话音未落，只听嗖的一声，一支敌箭飞来，正中庾信手中的甘蔗，连同甘蔗一起钉在了城楼门柱子上。

庾信一个趔趄跌倒，吓得魂飞魄散，爬起来，哆嗦着喊道：“给我放箭，快放箭！”

正在士兵一团慌乱之际，侯景的人马已靠近了秦淮河岸边。浮桥上，刚刚被移走的几条船，又被萧正德的同党沈子睦合拢。侯景率兵通过浮桥向这边涌来。

庾信见状，丢开众人，翻身上马，急驰而去。离京城越来越远，日落西山，庾信有一种穷途末路之感，不由感叹起来：五十年中，江表无事，可现在寒风萧瑟，树叶飘零，难道建康王气就要终结了吗？

朱雀门守兵不见庾信的踪影，六神无主，纷纷溃散。

萧正德骑马站在张侯桥边，四下里张望着。只见远处一队黑色人马，在黑色旗子的引领下向这边走来。侯景骑在马上，走在最前面。当看清桥头之人是萧正德时，他翻身下马，一瘸一拐地快步走着。

萧正德见侯景过来，也快步向前，伸出双手，与侯景紧紧握在了一起："欢迎侯将军，萧某在此恭候多时了。"

侯景扬扬自得，不停地摇动着萧正德的双手："侯某得王爷之助，终生不忘，大事若成，不忘王爷。"

"哈哈，我们彼此彼此，若大事成功，定当厚报。"萧正德回头指着远处说，"那是宣阳门，进了宣阳门，离皇宫就只有一步之遥了。走，我带你进去。"

侯景向萧正德的身后看去，见士兵们行列整齐，手持兵器，严阵以待，都冷冷地看着侯景及身后的乌鸦兵。他手指着士兵："这个……这……"

萧正德会意，回头把手一挥："大家听着，都给我把衣服翻过来。"

士兵静静地站在那里，没有反应。中间一个士兵高喊："我们是堂堂大梁士卒，怎么能换成乌鸦服呢？卖国求荣的事，我不干！"

萧正德顿时气得脸色铁青，他翻了翻白眼，走过去，围着那个士兵转了一圈："不翻衣服也行，那就把你翻过来。"拔出腰中宝剑，刺向那个士兵的胸膛，那个士兵顿时倒地而死。萧正德抬头对众士兵说："本王奉皇上之命，前来迎接侯将军，如有不听者，就随他而去。"

众士卒见状，纷纷翻着衣服，不一会儿，身穿红色军衣的大梁将士，一下子变成黑压压的乌鸦兵。迎风飘扬的"梁"字红旗也黯然倒下，缓缓升起了黑色"侯"字旗。

萧正德伸手示意："侯将军请。"

侯景谦让着："王爷请。"

于是二人翻身上马，并排着走过宣阳门。百姓见侯景进城，就像老鼠见了猫一样，惶恐不安地四散逃去。大街上到处是丢弃的物品。

御书房内，萧衍放下手中的经卷："泰平，泰平，黄泰平！"

张僧胤进来，小声说："皇上，黄公公早就走了，现在是奴才侍奉皇上。"

萧衍拍了拍自己的脑门："唉，老了，糊涂了。僧胤呀，是这样，你快拿朕的法衣来，再安排好专用小车，今天朕要去同泰寺祈祷。"

张僧胤抬头看了看萧衍，又把头低下，站在那里没动。

"没听见还是怎么着？快去呀！"萧衍不耐烦地催促着。

"皇上，宫外正在打仗，宫门紧闭，出不去啦。"张僧胤忧虑地说。

“别人出不去，朕怎能出不去？有谁能拦挡朕？”

张僧胤知道自己劝不动皇上，只得答应着：“奴才这就去准备，请陛下稍等。”他来到门外，对值守的小太监说，“快去找柳大人，让他尽快进宫晋见皇上。”

“我怎么说呀？”

“就说……就说皇上要出宫。”然后慢腾腾地到偏殿去找皇上的法衣。

当张僧胤找出法衣，重又来到御书房，正在给萧衍更衣之时，柳津、朱异、何敬容等匆匆赶到，他们一齐跪地行礼：“参见皇上菩萨万岁万岁万万岁。”

“朕没有召见，你们怎么来了？”萧衍冷冷地问道。

“这……这个……”柳津看了看张僧胤，支吾着，“这个……实在是战事吃紧，我等有要事禀报。”

“如果是佛事就尽管说，如果是朝廷事务，朕已交给太子了，去找他商议吧。”

“皇上，是战事，战事吃紧啊。”朱异说，“侯景已经进入内城了。”

“什么？来得这么快？他是怎么进来的？”侯景的神速令萧衍吃惊不小。

何敬容没好气地说：“皇上，宗族内出了叛徒，萧正德投靠了侯景，是他领乌鸦兵进城的。”

“这个畜生！他要干什么？朕能给他的都给了，他还想怎么着？”萧衍气愤地说，“何爱卿，去告诉太子，好好管管他这个哥哥，太不像话了！”

何敬容试探着问：“皇上，该怎么处置临贺王？”

“这是太子的事，你去跟他商量。僧胤，车来了没有？朕这就去同泰寺为大梁祈祷。”

“皇上，出不了宫了。”“城内到处是贼兵，出不去啊。”众人一齐跪下劝阻。

“太子到！”随着门外太监的喊声，萧纲满脸沮丧地走了进来。

见父皇身穿法衣，众人都跪在面前，萧纲已猜中了八九分，便也走到父皇面前，跪了下来。

“皇儿，朕要去寺院为大梁祈祷。”不等萧纲开口，萧衍先发话了。

“父皇，同泰寺去不了了，那里已被贼将贼兵占领了。”萧纲带着哭腔说。

“侯景有多大的本事？怎么这么快就打进来了？”萧衍还是将信将疑。

“萧正德变节投靠了侯景，合拢了朱雀浮桥，引乌鸦兵进了城，他自己占领了左卫将军府，侯景占领了公车府，范桃棒占领了同泰寺后，进入大殿和藏经阁，将寺内古玩珍品一扫而光，住持法云率众僧逃走了。父皇，他们不是人，禽兽不如啊！”萧纲伤心地哭出声来，“宋子仙占领了东宫，掠尽东宫金银财宝，又把宫女和歌伎强行占有，如若不从，就用刀枪威逼，东宫之内叫声凄惨，一片狼藉啊！”

“你哭什么？哭有何用？”萧衍毕竟经历风雨，能够临危不慌，“兵来将挡，水来土掩。立即下旨，命驻守白下、石头城的官兵回师勤王，形成包围圈，来一个瓮中捉鳖，看这个瘸子往哪里跑？”

“父皇，驻守白下、石头城的将士个个都是孬种草包！”萧纲气得嘴唇哆嗦着，“他们听说侯景进了城，萧大春丢了石头城逃到了京口，谢禧、元贞听说后，也扔下白下城逃跑了。石头城津主彭文粲见主帅已逃，干脆率士兵投降了侯景。父皇，这可怎么办呀？”

“这么点事就把你吓成这样！怕什么？天塌不下来！怎么办？好办！现在最要紧的就是守住宫城，等待援军，朕就不信，这么些年，那些文臣武将食君之禄，能不担君之忧吗？”

五十五　菩萨心肠

侯景骑马率兵巡城，前面有卫士举着黑色旗子开路，身后有士兵敲着战鼓、吹着口哨，喧嚣声震动天地。他们来到东冶，东冶即建康城东郊的一个炼铁厂，这里的劳工主要是朝廷钦犯。此时，这些劳工衣衫破烂，赤着脚，每人背着一块大石头，一步一挪，艰难地往冶铁炉运送着，汗水混合着血水从脊背上流下来。

“停下，停下！”侯景喊着，“让他们都过来。”

卫士们四散开去，把劳工们都赶到了侯景的跟前。这些劳工一个个灰头土脸，呆呆地看着面前这个穿黑衣的相貌异样的人。

侯景骑在马上，用手在面前一划拉：“大家听着，我是北方人，我为什么要千里迢迢来到这里？是来救大家的。你们看看，你们个个瘦得像个鬼似的，还有个人样吗？看看你们穿的是什么？破衣烂衫。你们过的是什么生活？简直是猪狗不如啊。你们再看看那些王公贵族，他们住着高房大屋，穿金戴银，吃香喝辣。他们这样的日子是怎么来的？还不是喝你们的血、敲你们的骨、吸你们的髓得来的。这是为什么？是这个朝廷不公啊，是你们的皇上昏庸啊。如果大家愿意跟着我打进皇宫，活捉萧衍，我保证让你们过上好日子，立有战功的，还可以拜将封官。”

“这是我们大王！”王伟指着侯景说，“他本来被你们的皇上封了河南王，可为了救你们，干脆舍弃了王位，来到这里。大家还不欢迎啊？”

不知谁喊了一声：“大王万岁！”接着众劳工齐喊：“大王万岁！大王万岁！”

“哈哈！我说嘛，我侯景所到之处，万众归附啊。发给他们军服，分给他们刀枪，我们攻城去！”

东华门城楼上，羊侃正在查看防守情况，看见一个士兵躲在垛口背面，不敢往外看。羊侃走过去，拍了一下那个士兵的肩膀，那士兵冷不丁吓了一跳，猛回头看见羊侃，感到有些不好意思。

羊侃说：“看把你吓成这样，乌鸦兵就那么可怕？”

“听说乌鸦兵刀枪不入，会飞檐走壁，不然皇城戒备森严，他们怎么会轻易打进来？”那个士兵规矩地站在羊侃面前，嗫嚅着说。

“放屁！乌鸦兵是人不是神，没那么可怕。”羊侃大声呵斥着，“你们不要当缩头乌龟,要密切观察敌情,一旦乌鸦兵上来,给我神锋弩伺候。如若怠慢后退,格杀勿论。"但他也知道,战场上,军心的稳定是取胜的关键,为了安定军心,他语气又缓和下来,"我们的神锋弩一床三弓,连发连射,无人能敌。再说了,皇上已经下旨调兵,朝廷援兵不日就可到达。"

于是士兵纷纷散去,回到自己的作战岗位。

不一会儿,侯景的人马就赶到了东华门外。

羊侃的儿子羊鷟指着远处的贼兵说:"父亲,快放箭吧,敌人上来了。"

羊侃摆手制止,他透过垛口目不转睛地看着敌军,当他确认乌鸦兵已走进弓箭的射程之内,断然下令:"放!"

一时间万箭齐发,可是侯景早有防备,他的士兵都戴着面具,穿了铁甲,伤亡者极少。可由于官军箭矢密度很大,往前推进也很困难。

侯景骂道:"他奶奶的,后撤!让他们放,看他们有多少箭!"

当侯景人马撤出箭的射程之外后,官军便不再放箭,也不开门出战,两军就这样相持着。

萧纲手捧银鞍,在城墙上来回走着:"将士们,好好杀敌立功,本宫奉旨奖赏。"

王伟骑在马上,围着城门转来转去,然后回到侯景面前:"大王,官军肯定在城内储存了大量箭矢,所以硬攻肯定不成。"

"那怎么办?"

"当用火攻。"

侯景听了,拍手哈哈大笑:"对,火攻。他们不是不开门吗,给我把城门烧开。弓箭手,点火。"

一排弓箭手跑上前来,相继把箭头点上火。

"给我放箭!"侯景把放在胸前的手往外一送,于是几百支带火的箭矢嗖嗖地向东华门飞去,霎时间,城门就着起火来。

其实,羊侃早就料到侯景这一招,他沉着地命令直阁将军朱思:"你带领一队人马从侧门出城灭火。弓箭手掩护。"

不一会,侧门忽地打开,只见朱思率兵提着水,顺着墙根向东华门走着,快要到城门的时候,被侯景兵发现,他们猛烈地放着箭。

羊侃站在城楼上,一声令下,飞箭密集射出,压过了侯景兵。这里朱思指挥着士兵快速泼水,随着最后一桶水泼出,大火终于被扑灭。

侯景急得背着手走来走去:"他娘的,火攻不成,那就把门砍开。刀斧手,给我上!"

一队乌鸦兵手拿长柄斧走上前来。侯景说:"砍开门者赏……赏黄金百两。弓箭手,放箭掩护。"

于是双方箭矢交叉,侯景的刀斧手尽管纷纷倒下,但还是有两人靠近了城门,官军的箭矢已无法射到他们。这二人举起长斧,拼命向城门砍去。当、当、当,声音传到城楼上官军的耳内,是那样惊心动魄,大家纷纷聚拢到羊侃周围,目光焦虑。江子一说:“羊将军,怎么办?”

“凿门!”羊侃果断地说。

“啊?我们也凿门?这不是帮叛军的忙吗?”一个士兵不解地说。

“到时候就知道了,走。”羊侃一手抄起长槊走下城楼。

江子一力大,很快在门扇上凿出了一个孔。羊侃靠近小孔,把槊头悄悄对准孔眼,用尽全身力气,狠命地往外刺去,只听外面“啊啊”了两声,原来,一柄长槊连穿了两个乌鸦兵,就像穿了一串冰糖葫芦。

“啊呀,可惜了我的两个大力士。这个羊侃是翻不过去的一座山呀,怎么办?”侯景遇事不慌,且善于咨询,这也是他能险中取胜的一大原因。

王伟也总能在关键时候说出自己的看法,且多有可取之处:“大王,我们这次打猎,虽然打了一只肥猪,可这猪骨头不好啃,我看只有智取。这羊侃也算是智勇双全,可他也有软肋……”

“什么软肋?”

“他的儿子不是在他身边吗?想办法弄过来,不怕他不听话。”

夜晚来临,萧纲登上城墙巡视,忽然东宫那边传来鼓乐之声,隐约听到猜拳行令的声音,原来是侯景于东宫内饮酒行乐。萧纲气愤至极,咬牙切齿道:“来人,把东宫烧了!”

何敬容劝道:“殿下,东宫烧不得,贼兵未退,却自焚宫殿,大不吉利。”

秘书丞殷均说:“东宫里面还有我编撰的《四部书目录》,还有数万册典籍,很多都是殿下视为至宝的孤本,烧了太可惜了。”

“国家这样,还要这些书籍有什么用?来人,谁去放火?”萧纲决绝地说。

太监魏雅说:“奴才去吧,那里的情况奴才再熟悉不过了。”

东宫内,侯景与士兵正在狂饮,每个将领身边都有一位乐伎相伴。酒至半酣,这些将领拉着乐伎跳起舞来,狂放的鼓乐、鲜卑兵粗野的动作与乐伎纤巧的舞步显得极不协调。

侯景喝得脸红红的,他端起酒杯,跳到座位上,醉腔醉调地说:“大家喝……喝着这样的好酒,还有美……美人陪伴,这样的生活恣不恣意呀?”

有士兵高喊:“恣,恣意极了。”“大王,将领们都有美人伴着搂着,就我们士卒没有,馋死人了。”

“我要说的正是这个。”侯景一口喝掉了杯中酒,“大家莫急,皇宫中的嫔妃仙女有的是,等我们打进了皇宫,你们愿意玩谁就玩谁,愿意睡谁就睡谁,大家说好不好呀?”

“好,好,好!”“打进皇宫,睡宫中美女。”众士卒齐刷刷站起来,喝掉杯中美酒,高声呼喊着。

忽一士卒来报:“将军,不好了,东宫西北角着火啦。”

侯景机警地问:“什么风?”

“西北风。”

侯景眼露凶光:“萧衍这个老吴公玩狠的啦。他放火,我就不会放火?看谁放得过谁。”

不一会儿,宫外的乘黄厩、士林馆、太府寺相继着火。

站在东华门的城楼上,望着滚滚的浓烟和蔓延的火势,萧纲一脸的无奈和忧伤。

十月的皇宫,死气沉沉的,已没有了往日的生机和活力。萧衍坐在龙椅之上,看着一封信,看着看着,手不禁颤抖起来,他抬起头,问萧纲:“这信是哪里来的?”

“是侯景用箭射进宫内的。”萧纲答道。

“朱爱卿,你看看吧。”萧衍把信递给萧纲,萧纲接过信,递给朱异。

朱异看了一下,顿时汗如雨下,原来这信还是说朱异等玩弄朝权,作威作福,我侯景正是被他陷害,才被逼无奈,如果陛下杀了朱异,我侯景定会勒马北归。朱异看完信,扑通一声跪了下去:“皇上,微臣冤枉,侯景编造谎言,陷害忠良,皇上给微臣做主啊。”

萧衍没理朱异,抬眼看着萧纲:“太子你说,侯景所说可是事实?”

朱异专权,萧纲早已忌恨在心,他也想趁此机会扳倒朱异。“朱大人,你自己过的什么生活,你难道不清楚?你高冠厚履,鼎食乘肥,还像正派官员的样子吗?这些年来,你贪财受贿,欺罔视听,朝臣多有弹劾,说你是祸国之豺狼、害民之虺蜴,难道这些都是无中生有吗?”

“朱异,那就委屈你了,马上立案调查,依大梁律法处置吧。”萧衍闭了眼,似乎是不忍心看到朱异痛苦难堪的表情。

“微臣一直忠心耿耿侍奉皇上,没有功劳也有苦劳啊。”朱异眼含泪水,眼巴巴地看着萧衍,“皇上不要听信叛贼胡言乱语,微臣无罪,微臣无罪啊!”

柳津说:“皇上,是朱异弄权乱政,引狼入室,以致朝廷危殆。臣请罢朱异职,以罪判刑,以正国法。”

贺琛上前一步,躬身施礼:“臣请诛杀朱异,以泄民愤。”

“皇上,侯景乃乱臣贼子,他痛恨的正是朝廷所需要的,他喜欢的才是朝廷的敌人。侯景正是为了扫除进宫的障碍,才肆意诬陷于我,望皇上明察,还微臣一身清白。”

“呸！你还有清白可言？也不对着镜子照照，你贼眉鼠目，浑身沾满铜臭，你……”贺琛要把平时对朱异的积怨一股脑儿说出来。

可朱异急着要给自己辩解，急忙打断他的话：“皇上，微臣忠诚为人，勤恳做事，天地可鉴，忠心可鉴啊！”

“如果以你一人之死，换来天下太平，也算对大梁的一片忠心了。”萧衍冷冷地说。

“父皇，朱异现在还不能杀。”萧纲说，“杀不杀朱异，不能由一个叛贼说了算，应以大梁刑律来定罪。儿臣以为，等平定了侯景，再对朱异查办定罪也不迟。”

见萧衍没有说话，只是微微地点着头，朱异趁机说：“谢皇上不杀之恩，谢太子救命之恩。微臣愿领一千人马，杀进敌营，活捉瘸贼献于阙下。我朱异绝不是贪生怕死之辈，不成功便成仁。”

羊侃急了：“皇上，此时出击，非常危险。现在皇宫四面皆被侯景包围，万一失利，门隘桥小，退兵时必会造成大量伤亡。”

朱异也急了，在这关系自己个人前途和身家性命的关键时刻，不能坐以待毙，只能以战功向皇上证明自己无罪，便痛哭流涕地说：“皇上，给臣一次尽忠的机会吧。”

萧衍说：“打仗之事，问太子吧。”

朱异转向萧纲，跪在他的脚下，可怜巴巴地说：“太子宽宏大量，就成全了老臣吧。”

萧纲看着朱异那哀求的目光，不忍心拒绝，点头同意了。

朱异带着一千多人就要出城门作战，羊侃因为阻止不了他的行动，只得反复嘱咐千万小心，如有失利，赶紧撤退，保护大梁将士要紧，并派自己的儿子羊鷟出战。他拍了拍儿子的肩膀：“这次出战，你一定要争气，不要给为父丢脸。”

“父亲放心，我又不是小孩子了，一定立下战功，为朝廷解难，为父亲争光。”

城门打开，朱异向外张望一下，见没有什么动静，大叫一声：“为了大梁，为了皇上，给我冲啊！”骑马飞奔而出。士兵们队形零乱地跟在后面，他们走过浮桥，来到城南的一片空地上，等待与侯景决战。

侯景军发现官军出战，并不上前与他们对阵厮杀，而是像一群乌鸦一样远远地把他们包围起来，包围圈逐渐缩小，接着一阵乱箭向他们射来。

朱异声嘶力竭地喊着：“快放箭，给我快放箭！”士兵们手忙脚乱，因为要躲避敌军来箭，只有招架之功，没有还手之力，一时间，中箭伤亡者过半。

朱异急得直跺脚，这时羊鷟赶过来：“朱大人，乌鸦兵攻势太猛，不如暂且撤回，再图良策。”

“撤什么撤？我要与侯景决一死战！”朱异似乎是把自己的生命置之度外了。这时，一支飞箭射中他的右腿，疼得他差点跌倒。

羊鸾扶起朱异：“朱大人，快撤吧，要不就来不及了。”

这时，射中朱异的那位士卒朝这边大声喊着：“朱老爷，我是你府上的家丁白旺啊，我已归顺了侯大王，你也过来吧。”

朱异强忍着剧痛：“不要脸的东西！你怎么投了贼寇呢？我平时待你不薄，你为什么恩将仇报？”

“老爷，我这是最后一次这么称呼你。”白旺说，“你是待我不薄，可也就够我吃、够我穿。你搜刮来的金银财宝都锁在库房里，从来不让我们靠近半步。你对王公大臣出手大方，对我们下人一点施舍心也没有，就像一只铁公鸡一毛不拔。你家厨房中扔掉的山珍美味，每月都有十几车，却从来不施舍穷人。要说大方，还是侯大王，我刚归顺，就封我将军了，金钱美女什么都有了。你看看我身后，都是豪门家奴，他们跟我一样，都是有官有钱，哪里像你，伺候那个老不死的皇上几十年，只当到个中领军，丢人呀！”

“你这个吃里爬外的东西！”朱异恨恨地说。

“要说吃里爬外，我也是跟你学的，要不是你收了侯大王的金子，在皇帝面前替他说话，给他打掩护，他能打过江来吗？快投降吧，要不我可就不客气了。侯大王让我来取你的人头，有了你的人头，我就更有钱了。”白旺拈弓搭箭，对准了朱异。

“慢着！”侯景骑马上来，围着朱异转了一圈，“原来是朱大人呀，没想到吧，我们竟然在这里见面了。看来大梁没人了，让你这个手无缚鸡之力的白面弄臣出来打仗，寒碜，太寒碜了！”

“你就是侯景呀？也不撒泡尿照照，就你这个丑样，能有什么出息？”朱异因为侯景弄得他里外不是人，早已对他恨之入骨，他指着侯景说，“快放下兵器，归顺圣朝，否则我让你碎尸万段。”

“哎嗨，长能耐了！你这是白日做梦吧，让我投降，没门，打进皇宫，这天下就是我的了。”

“你为什么陷害我？”

“我没害你，我说的是事实。你操弄国柄，贪赃枉法，难道不是事实？是我送你金银财宝，你才拨给我粮草，你看，我们穿的军服就是你拨的青布做的。我送你的那些东西都还在吧？你要给我看好了，打下皇宫，我就派人去取。”

“你……你你你……”平时侃侃而谈的朱异，面对蛮不讲理的侯景竟张口结舌起来。

“不舍得吗？也好，那你投降我吧，这样的话，那些东西我就不要了。”

“要我投降你这个无赖，投降你这个叛贼，你死了这条心吧，我要杀了你。

弟兄们,给我上!"

侯景一挥手:"白将军,给我捉活的!"

白旺挺起长枪:"朱异,我就不客气了。"策马冲了过来。

羊鹭见状,一箭射中白旺右臂,白旺扔掉长枪,左手抱着右臂,疼得趴在了马上。羊鹭冲上前,护着朱异:"大人快撤!"

朱异慌忙策马往回跑。官军见主帅回撤,也纷纷抱头鼠窜。当他们过浮桥时,因为桥面狭窄,加之人慌马乱,掉进水里的又近一半。

这时,羊鹭领着一队人马,一边用箭压住敌军阵脚,一边后退。可毕竟寡不敌众,士卒一个个中箭倒地而死。侯景领兵冲了过来。羊鹭拈弓搭箭准备发射。

侯景喊道:"弓箭手,上箭。"乌鸦兵手拉弓箭一齐对准了羊鹭。

"准备……"正在侯景举起的手要落下之际,徐思玉飞马过来:"大王,这个人我认识,他就是羊侃的儿子。"

侯景想,既是羊侃的儿子,当有别用:"给我拿下,带回营中。"

十月底的寒风,吹凉了建康人的心,也吹走了他们安定的生活。

这些日子,侯景制作了几百只木驴用以掩护士卒,向大司马门发起进攻。羊侃指挥城门守军投掷石块向木驴砸去。因为木驴背部是平顶的,被石头击中,立即解体,里面的士卒有的被砸死,有的出来后被乱箭射死。侯景接受教训,把木驴改制成尖顶,继续攻城。太子萧纲也参加搬运石块的行列,所有朝臣也紧随其后,个个累得满头大汗。可石头投下去,多数木驴安然无恙。眼看城下的乌鸦兵越聚越多,萧纲急得团团转。羊侃沉着地说:"用火攻,快去搬运雉尾炬。"

一会儿工夫,一大堆雉尾炬就摆在了面前。

"快,灌上膏油,投下去。"羊侃一声令下,雉尾炬带着火苗呼呼地向下飞去,城门外顿成一片火海,烧得乌鸦兵喊爹叫娘,连滚带爬往四下里逃命。

侯景把手往后一挥:"把羊鹭押过来。"

两位士卒把羊鹭推到了阵前,侯景对着城楼高喊:"羊将军,不要这么卖力了,大梁快完了,萧衍老儿快死了,你这么卖力到底为了谁?不值得呀。停止抵抗,敞开城门,我封你为大将军。"

"放屁,你这个不仁不义的贼寇,在你落难之际,大梁敞开怀抱接纳了你,皇上对你恩重如山,你却恩将仇报,你这个无耻小人!谁愿为你卖力?那不是瞎了眼了吗?"羊侃怒斥着。

"将军既然如此,我也不勉强你。"侯景指着羊鹭,"你看看这是谁?"

羊侃定睛一看,原来是自己的儿子,关切地问道:"我的儿呀,你怎么样?他们没伤害你吧？”

羊鹭有气无力地说：“他们把孩儿关在铁笼子里，不给吃，不给喝，还不让睡觉，孩儿快不行了。”

羊侃眼含泪水：“儿莫急，我一定想办法救你。”

“男儿有泪不轻弹，只因未到伤心处啊。羊将军，心疼儿子了吧？”侯景冷笑着，“要想父子团聚也好办，你打开城门，我还你儿子。”

“放屁！你看我羊侃是那样的人吗？想让我出卖良心，出卖朝廷，比登天还难。”羊侃断然拒绝。

“想当年你不也是背叛魏主，投降了南梁吗？”

“我那是弃暗投明。”

“你现在归到我的麾下，也是弃暗投明啊。”

“放屁！那是明珠暗投，瞎眼啦！我羊某得遇明主，就是豁出整个家族报效，尚且还不够，怎么会在乎一个儿子？请你早一点杀掉他！”

“我现在不杀，你好好想想吧，想好了给我回话。”

羊侃脸上挂满泪水，回头看看身后的皇宫，看看身边的太子和将士们，决绝地说：“儿啊，我羊氏家族要做忠臣，要精忠报国，即使身家性命也置之不顾。现在朝廷有难，正是我们尽忠的时候，你不要怪爹，实是形势所迫，你不能再活着了，我们来世再做父子吧。”搭箭拉弓，瞄准了羊鹭。正在这时，一支箭飞来，随着“啊”的一声，箭矢穿在了羊侃的右手掌。

“撤！”侯景愣了一下，随即一声令下，乌鸦兵押着羊鹭返回了营中。

攻城无果，士卒死伤又多，侯景打算学习萧衍惯用的战法，围困台城。他一边筑起长围隔断皇城与外界的联系，一边向萧衍启奏，仍然要求诛杀朱异。萧纲另辟蹊径，朝议后向城外射出赏格：有能斩送侯景首级者，授以侯景位，并钱一万万，布绢各万匹。几天过后，城中毫无反应。

文德殿内，气氛异常。萧衍端坐龙椅之上神情安然，手中拿着佛珠机械地数着，文武大臣跪拜于地，闷不作声，就这样持续了很长时间。

也许一段经文已默念完毕，萧衍睁开微闭的双眼：“众爱卿，跪了这么长时间，膝盖受得了吗？有什么事快说吧。”

众朝臣你看看我，我看看你，还是没人敢开口。无奈，太子萧纲只得启奏：“父皇，侯景拥立萧正德在南阙前即位做了皇帝。”

“噢，这倒是个新鲜事，有即位诏书吗？”萧衍倒没有怎么吃惊，他关心的是萧正德当皇帝的细节。

“父皇，有诏书……是伪诏。伪诏说，自普通年间以来，朝中奸臣当道，朝政混乱，民不聊生。如今皇上晏驾，国家危殆，河南王把他推到这个宝位上，只有恭敬接受，以挽大厦将倾，救民于水火。”萧纲越说越气愤，就要到手的皇位竟然被萧正德夺了去,他要借助父皇之力把萧正德拉下来,"即位后,萧正德封侯景为丞相,立萧见理为皇太子,还把他的女儿嫁给了侯景做妾,他给大梁丢尽脸了。恳请父皇下旨,派出虎贲勇士,以谋反罪捉拿萧正德,立即正法,号令天下。"

"一派胡言,朕活得好好的,怎么说晏驾了?皇儿不必惊慌,你想想,一只癞蛤蟆还能蹦跶多高?尽管让他蹦跶好了,蹦跶多高,就会跌多重,等着吧,有他难看的时候。"还是出于菩萨心肠,还是出于不杀亲王的红线,尽管萧正德犯上作乱,犯下了逆天大罪,但萧衍还是没打算处置他,"不要管他,看看他到底有多大能耐。"

"皇上,侯景和萧正德四处散播谣言,守城将士信以为真,目前军心不稳啊。"羊侃忧虑地说。

"民心也不稳定,这可怎么办?"柳津也焦急万分。

"父皇,为了辟谣,请父皇巡城。"萧纲建议道。

当萧衍在宫中卫士的保护下,由太监张僧胤搀扶着来到大司马门城楼上时,守城将士齐刷刷地跪下来,热泪盈眶:"皇上!皇上!皇上万岁万万岁!"军心才安定下来。

萧衍没有惩治萧正德,使他有机会继续助纣为虐。萧正德拿出自己的全部钱财资助侯景,期盼侯景能够早日推翻朝廷。

侯景率两千人马攻打东府城,南浦侯萧推率将士死命抵抗,城上箭石如雨般地落下,乌鸦兵无法靠近城门。宣城王萧大器的防阁许伯众与萧正德早有瓜葛,今见侯景成了萧正德的女婿,而攻城遇阻,有意做个顺水人情,便趁正门交战处在胶着状态之时,悄悄溜出侧门,用箭射死守门士兵,引领侯景进了城。

守城将士见乌鸦兵如从天降,吓得失去了战斗力,纷纷丢弃兵器,四散逃命。

五十六　一门忠烈

太子萧纲率文武官员巡城来到承明门，远远看去，杜姥宅那边一片混乱。侯景站在高处向城楼上喊话："你们看看吧，这是些什么？是人头！东府城已经被我占领了，这是你们的将士，三千多人，都在这里了。你们的侯爷也在。"侯景用剑指着一颗人头，"这是你们的南浦侯，他的名字起得好呀，萧推，我只能用车把他推来了。你们好好想想吧，如果再继续负隅顽抗，这就是你们的下场。"

羊侃走上前来："殿下，这里凶险，请速回避。"

柳津等众臣也施礼哀求："殿下，快回宫吧。"

萧纲向杜姥宅望了一眼，摇着头，叹了口气，正要往下走，江子一血头血脸，气喘吁吁地跑上来，长跪不起："微臣参见殿下。"

萧纲没好气地说："江校尉，你不是守卫东府城吗？怎么跑到这里来了？"

"微臣以身许国，时刻想着为国尽忠。"江子一说。

"那怎么逃回来了？"萧纲厉声质问道。

"侯景屠杀了全部将士，我是战到最后一人才逃出来的，请殿下治臣之罪。"

"败军之将，当以死谢罪。"萧纲手指江子一，不容分辩地说，"来人，把他拿下！"

"殿下，江将军有功无过啊，他是战到最后一人才来报信的。"何敬容看着江子一血肉模糊的身体和脸上还在流淌的血水，心底那股正气直冲脑门，动情地说，"如果朝廷将士都像他这样舍命勤王，京师何至如此啊。望殿下不要责怪他，最起码给他一个将功补过的机会。"

萧纲定睛看了看江子一，心中不免一动，便上前拉他："江将军请起。"

可江子一依然长跪不起："殿下，罪臣不是为逃命而来，而是请求殿下拨给人马，杀出城门，与侯贼决一死战。"

萧纲思忖片刻说："那好吧，本宫手下还有百十号人，你带去吧，希望你能把东府城夺回来，以雪国耻。"

"不能出去！"羊侃张开双臂拦着江子一，"你这是以肉喂虎呀。侯景攻占了东府城，士气正旺，此时出战，将有去无回啊。"

"哎，羊将军，置之死地而后生嘛，本宫相信江校尉的赤胆忠心。"

"这不是忠心不忠心的问题,实在是兵力悬殊啊。"

江子一决绝地说:"微臣发誓,定要豁出性命擒拿叛贼。"

"既然江校尉有此誓言,那就让他去吧,我们也不能长久困守宫城,应当主动出击嘛。羊将军不要再有异议。"因为侯景进城,官军一直是被动防守,见江子一主动请战,萧纲想抓住这个机会,看能不能扭转被动局面。

"哥哥出城杀敌,我也要去,也好有个照应。"尚书左丞江子四说。

江子一看了看弟弟高大结实的身体:"这次出战要跟叛贼短兵相接,你的搏击能力还行,那就去吧,哥哥相信你会立下战功。"

"四哥去,我也去。"东宫主帅江子五说。

江子一不加思考地说:"你就不要添乱了,你身体瘦,力气小,哥哥怕你吃亏。"

"我身体虽然弱些,但我的剑法还行。"江子五拔出手中宝剑,舞了起来。

"弟弟呀,不是哥哥不让你去,实是你不能再去了。"江子五舞剑结束,江子一眼圈红了,"采石一战,子二、子三以身殉国,战场形势险恶,如我和子四遭遇不测,你也好给父亲留一个传宗接代之人。父亲有了我们五个儿子,本想能够家丁兴旺,宗族繁衍,可是至今膝下尚无一孙,他为此一直焦虑烦恼,夜不能寐呀。"

"父亲从小就教诲我们,食君之禄,唯有精忠报国,余下皆可置之不顾。"江子五动情地说,"我一直把父亲的话牢记心间,不敢有半点遗忘。"

江子一眼泪流满了两颊:"父亲的话,我何曾有片刻遗忘?只是男儿不孝有三,无后为大,你的几个哥哥已无法在父亲面前尽孝,弟弟啊,你就代为完成这一心愿吧。"

"哥哥,古人有移孝作忠一说,我认为,忠与孝是一体的,为国尽忠是最大的孝,父亲定会为我们兄弟的壮举感到自豪和骄傲的。"他转向萧纲,大义凛然地说,"恳请太子殿下恩准我的请求,以实现报效朝廷的心愿。"

萧纲眼圈红红的,走上前来,紧紧握着江子五的手,使劲摇晃着:"千万保重,立下战功,定有重赏。"

承明门被打开,江子一率领百余骑冲了出去。他们高喊"杀杀杀"直奔贼营,可阵地上不见一个乌鸦兵,江子一感到奇怪,他骑马围着阵地跑起来,不住地喊着:"叛贼听着,快快出战,快快出战!"

不一会儿,侯景的骑兵从四面包围过来,把江子一团团围住。江子一向四周看了看,大喊一声:"弟兄们,给我上!"挥起长槊,向敌将宋子仙冲去。他二人一来一往战了十几个回合,江子一瞅准机会,把宋子仙的枪往外一拨,正要向他的胸口刺去,不想一个贼兵从背后砍来一刀,正中他的右肩,霎时人肩分离,鲜血喷涌。江子一在地上打了一个滚,奋力爬起来,左手执槊,正要冲向刺他的那个贼兵,宋子仙抢上一步,一枪刺中他的背部,随着"啊"的一声,这个虎胆英雄轰然倒地。

江子四、江子五跑过来，流着泪大喊："哥哥！哥哥！"

江子一睁开眼，吃力地说："弟弟，杀敌立功，报仇雪恨。"说完闭上了双眼。

江子五眼里喷着愤怒的火焰："哥哥已为国捐躯，弟弟要与你做伴。"脱下铠甲扔了出去，赤膊冲进敌阵。

江子四见状，也脱掉铠甲跟了上去。

于是双方刀来枪往，展开了激烈的打斗，互有士卒伤亡。眼看官兵越来越少，最后只剩下这兄弟二人，虽已浑身血肉模糊，可仍在与敌人对打。不料江子四被敌人的长矛穿透了胸膛，立马倒地而死。江子五回头看时，被一枪刺穿了脖子，他回马跑到战壕，躺在地上，鲜血染红了地面，弥留之际，他吃力地翻起身，面朝家乡的方向，艰难地说："爹，孩儿走了，孩儿没给你丢脸……只是今生不能给你生孙子了，来世我们再做父子，给你生一大群……"气绝而死。

"一门忠烈啊！"文德殿内，萧衍听完禀报，感奋地说，"谁说大梁没有忠勇之士？子一兄弟就是托起大梁的脊梁。"

"父皇，怎么表彰他们的功德？"萧纲问。

"怎么表彰都不为过。拟旨，在江氏兄弟家乡建功德碑，朕要亲题'一门忠烈'，赐其父爵位一级，赏黄金千两。"然而萧衍惦记的还是这场战争的胜负，此时他转为沉重的语调，"这场战争打了这么久，就是因为官军缺乏英勇善战的士气，怎么剿灭叛军？众爱卿可要好好动动心思了。"

羊侃施礼道："侯贼诡计多端，坏事做绝。前些日子，他在宫城东西两侧堆起土山，准备登山攻城。城中百姓，不论贵贱被逼着出工运土，稍有不从就肆意殴打，老弱病残者全被杀掉填入土中，号哭之声惊天动地。面对侯景的新战术，官军也只得在宫内造山，以对抗叛军，同时招募敢死之士两千人，厚衣袍铠，昼夜向侯军射箭。现在看来，宫内兵力虽勉强能够防守，但坚持不了多久了，要想克敌制胜，得有援军。现大批官兵在钟离，必须赶紧与萧纶取得联系，调其兵入援京师。"

众朝臣纷纷点头称是："是呀，要调援军。""没有援军难以胜敌啊。""可怎么调动援军呢？城外已被侯景修起长围，内外无法联络啊。"

柳津着急地说："各位大人不要光摆困难，要想想怎么把诏令送出去。"

"派一支敢死队，突围出去。""乔装成百姓送出去。""要不就扮成乌鸦兵。"

"亏你想得出来，堂堂大梁信使，怎能扮成叛贼？这不是自轻自贱吗？"萧衍生气地说。

"皇上，微臣倒是有一个办法，不知合适不合适？"朱异上前躬身施礼道。

"别卖关子了，有话快说。"萧衍说。

"就是放纸鸥。"

大臣们又议论开了："小孩子的把戏。""都到什么时候了，还想着玩。""他就是个玩家。"

"让他说完。"萧衍催促着。

"可在纸鸱内藏诏书，顺风放飞出去。"朱异为了强调纸鸱的可靠性，干脆现身说法，"不怕皇上笑话，微臣向来喜欢这玩意儿，它能飞得很高很远。"

有大臣说："一个纸鸱能保证飞到官军营中吗？"

朱异说："多多益善，总有一只会飞到那里。"

"那万一就是飞不到那里呢？"

"这个好办，总有百姓会捡到纸鸱。在纸鸱上写出赏格，'得鸱送援军，赏银二百两'，重赏之下，必有勇士嘛。"朱异正儿八经谈打仗不行，可说起这些把戏来则头头是道。

"众爱卿还有什么更好的办法吗？"面对萧衍的发问，大家再无话可说。

"既然这样，就由太子定夺吧。"关键时刻，萧衍又来了撂挑子不管那一套。

萧衍的表态，实际上是同意了纸鸱送信之法。第二天，太极殿前，乘着东南风，数百纸鸱飞上了天空。

侯景骑在马上在宫城外巡视，忽抬头看见天上飞着许多褐色鸱鸟，他感到奇怪，士卒们也都仰头观看，不远处一只大鸟摇摇晃晃，一会儿就掉了下来。一个士卒骑马飞跑过去，捡了起来，定睛看时，原来是纸做的，正要撕碎，忽见里面有块带字的黄色布条。他感到不解，是不是上天有什么告示？跑上前递给王伟，王伟定睛一看，大惊失色。

"怎么了？"侯景疑惑地问。

"这是萧衍的求援诏令，快射箭！"王伟说。

"快给我放箭！"侯景拔剑指向天空，"一个都不要放走！"

一时间，万箭齐发。虽有大部分纸鸱落了下来，但仍有少数飞出了箭的射程之外，向远方飞去。

"大王，怎么办？"王伟看着远去的纸鸱。

"什么怎么办？"侯景故意问。

"万一萧衍的援兵赶来，我们将腹背受敌，加之粮草不济，既攻不进城，又无法撤退，我们将进退失据呀。"

"这有何难？留大部人马继续围困宫城，其余人马前往蒋山南侧，既可征集粮草，又能为撤退劈开一道口子。"侯景胸有成竹地说。

在钟离的田野里，一个打柴的农民拾到一个纸鸱，拿回家给孩子玩，孩子正在读书，认识一些字，当孩子把"得鸱送援军，赏银二百两"念出声来时，引起了这个农民的注意。他又拿去给村里的先生看，先生看了诏令，觉得非同小可，便和这个农民一起连夜送往钟离。

侯景起兵时，萧衍命萧纶持节都督众军讨伐叛军，可萧纶并没有领兵合围侯景，而是开至寿阳以东两百里外的钟离安营扎寨，致使侯景钻了空子，过江钻进了京师。此时，萧纶正在与众将士饮酒行乐，营帐内灯光闪烁，酒气弥漫。几个哨兵把这个农民和先生挡在门外，说什么也不让进。

先生说："长官，我们有要事要见王爷。"

"王爷忙，没空。"哨兵说。

"我们是来给王爷送纸鸥的。"先生说。

"就是一个风筝。"农民说。

"开什么玩笑？有病呀！去去去！快滚开！"哨兵一边嚷着，一边用力推搡着二人。

先生急了："不是纸鸥，也不是风筝，是诏令，皇上有旨！皇上有旨！"

一听皇帝有旨，哨兵跑进营内。一会儿，萧纶走出营帐，二人立即跪在地上，递上纸鸥。萧纶接过纸鸥，借着灯光，仔细看了一遍："本王知道了，你们回去吧。"

二人仍跪在那里，没有要起身的意思，哨兵催促着："听着没有？快走快走！"

二人还是跪着没动，萧纶忽然明白过来："你们是不是惦记着奖赏啊？等本王打到京师，消灭了侯景，会向皇上给你们请赏的。"

二人只得磕头谢恩，悻悻离去。

同泰寺大斋堂内，侯景与部将正在饮酒，桌上只有几个小菜，少了先前的山珍海味。

宋子仙端起碗来喝了一口，又嘭地把碗放下："大王，这日子没法过了。"

侯景脸上红红的，醉腔醉调地说："怎么啦？有酒喝，有饭吃，这不是很好嘛？"

"好个屁！你看这酒肴，一点咸菜、一碗土豆丝、一碗炖白菜，还有……就这么点腊肉，怎么吃呀？"宋子仙看了看桌子，不满地说。

"莫急莫急，等打进皇宫，要什么有什么。"侯景宽慰着，"眼下的困难是暂时的，粮草的问题，大家先再想想办法，实在不行，就到百姓家里去拿。"

于子悦面露难色："侯将军，城中百姓躲的躲、逃的逃，粮食都带走了。前些日子，市面上一斗米八十万钱，现在就是一百万也无处买了，街上到处躺着饿死鬼的尸体。这几天，我领着将士满城搜查，杀了几个反抗的，才找到几百斤杂粮，不够吃一顿的，难啊。"

范桃棒今天不大喝酒，似乎一直在想着心事，听到于子悦杀人抢粮，不禁皱起了眉头："到百姓家抢粮，忍心吗？"

侯景瞪圆了双眼："你说什么？不忍心？不忍心就得忍饿。"

"唉，我的部下已经饿了好几天了。"范桃棒双手抱着头，蹲在了地上。

这时，支伯仁兴冲冲地走了进来："啊哈哈！侯将军，今天好运气呀。我们砸开一家大户的门，可屋里什么东西也没有。弟兄们找来找去，你猜怎么着？他把粮食埋到地窖里了，有上万斤啊。嘿嘿，还捎带弄了个鲜物。"他回头一招手，"给我领过来。"

一个士卒把一个小女孩扯了进来。那女孩大约有十一二岁的光景，穿戴倒还整齐，只是看上去非常胆怯，不住地用手抹眼泪。

于子悦咽了一口唾沫，嬉笑着说："这个鲜物呀，模样还行，只是小了点，缺乏女人味啊。"

"你懂个屁，这是难得的四鲜之一，有味着呢。"他捏了一下那小女孩的腮帮子，"你看这皮肤，多白啊，多嫩啊。"

正在这些乌鸦兵对小女孩品头论足、动手动脚的时候，她的父亲跌跌撞撞地跑进来："将军……大王……老爷……粮食我不要了，全送给你们，孩子还我吧，我就这么一个孩子了。"

范桃棒问道："这位老伯，看你年龄也不小了，怎么就一个孩子？"

"她本来有两个哥哥的。"提起儿子，父亲禁不住流下泪来，"大儿当了官军，前些日子跟随朱异大人出战，被你们用箭射死了。"

支伯仁说："妈的，原来是官军家属。"

范桃棒问："你二儿子呢？"

"我的儿啊！"父亲哭出声来，"我二儿子被你们抓去修土山，昼夜劳累，体力不支，被你们打死，埋到土里去了。你们还我女儿吧，我下半辈子只能和她相依为命了。"

支伯仁一把扯着小女孩，扔到了大斋堂的角落："她回不去了，留在这里伺候义军，你走吧。"

父亲气得嘴唇哆嗦着，手颤抖着指向支伯仁："你们是义军？狗屁！你们杀人放火，奸淫掳掠，你们是无恶不作的强盗啊！"说着就向小女孩奔去。

支伯仁上前一脚把父亲踢倒在地："拉出去，杀了他！"

侯景说："拉到寺外去吧，污染了佛寺，佛祖不高兴。"

上来几个士卒，硬是把父亲拉了出去，他一路哭叫着："强盗，没人性的强盗！你们作恶多端，不得好死……"只听"啊"的一声，一切归于寂静。

范桃棒皱着眉头，双手颤抖着，扶着桌子站起来："我身体有些不舒服，先回去了。"

侯景不解："是不是还为粮草的事发愁啊？学学支伯仁，明天也砸个大户，不就什么都有了？"

"不是，我肚子疼，待不下去了，失陪失陪。"说着，用手捂着肚子小跑着出去了。

五十七　喋血宫门

“残忍，太残忍了！”范桃棒来到僧舍，向陈昕述说了刚才的惨剧，感叹着。

陈昕被俘后，侯景并没有杀他，因为他知道陈昕是已故战神陈庆之的儿子，有些影响力，便想利用他，多次找陈昕饮酒套近乎，拉拢陈昕为己所用，让他召回旧部，扩充自己的人马。可陈昕一直没有答应，他父亲一生忠君爱国，自己不能玷污先人的名声。侯景不甘心，把陈昕交给范桃棒看管，企图慢慢做工作，等他回心转意。而范桃棒通过与陈昕接触，觉得他是一个正直之人，自己跟随侯景这么些年，对侯景已看穿五脏六腑，这人不讲信用，没有是非，丧失人性。他早就想脱离侯景，只是没找到合适的机会。今天酒席上的一幕惨剧，给了他当头一棒，让他彻底醒悟，跟着这样的人岂能长久？必须尽早离开侯景。

看着范桃棒痛苦的表情，陈昕知道他内心在挣扎，便试探地问：“范将军为什么不弃暗投明？”

范桃棒眼睛一亮：“我一直在想这个问题，只是没有机会。”

“机会不是等来的，是挣来的。”陈昕凑近范桃棒，“我可以帮你和宫中联络……只是怎么让皇上相信你真心归顺呢？”

“这个……我也没想好。”

“我看是不是这样？你率兵痛打支伯仁一顿，然后投降官军。”

“现在行动，怕过早暴露我们的谋划，反而不利。我把你偷偷送出去，等你和宫中联系好后，我再反戈一击，然后归顺大梁。”

“好，就这么办。”二人手掌击在了一起。

当晚，东华门外，一个人试探着向宫门靠近。城墙上的士兵发现后，大声制止着：“什么人？站住！再往前走就射箭了！”

“不要放箭，我是云旗将军陈昕，要见羊侃将军。”

士兵不敢定夺，叫来了羊侃。羊侃往下仔细看了一会儿，虽然认出是陈昕，又怕其中有诈，向远处望去，确认没有伏兵，急命打开城门，把陈昕放了进去。陈昕述说了自己的遭遇和此来的目的，羊侃觉得机会难得，便立即领他来到文德殿。

“好啊，得道多助，失道寡助，侯景的末日到了。”听了陈昕的禀报，萧衍显得异常兴奋，"羊爱卿，传朕旨意，事成之日，封范桃棒为河南王，并赐金帛女乐。立即把圣旨传给范将军……不，镌刻银券赠范将军，以示朝廷的诚意。"

"遵旨。"羊侃拱手施完礼，不禁咳嗽了起来。

"羊爱卿，你辛苦了，等平定了贼寇，让你好好休养。"萧衍关切地说。

"为国奉献，何惜微躯?"

"若文武大臣都如羊将军，朕何有今日之忧?"萧衍不免有些伤感，"还有陈将军，这些日子受叛贼羁押，也受了不少苦，可你还得回去，当好联络人，把范桃棒归降一事办好。"

"请皇上放心，微臣的心是大梁的，人也是大梁的。"陈昕跪地答道。

"至于怎么接收范桃棒，羊爱卿去跟太子商议吧。"

永福省内，几天来群臣一直争论不休，可他们不是讨论如何受降，而是对是否接纳范桃棒各执一词。太子萧纲始终犹犹豫豫，拍不下板来。他在书案前踱来踱去，不停地叨念着："就怕其中有诈啊，万一有诈，被他赚开城门，后果不堪设想啊。"

何敬容见太子举棋不定，便说："殿下，微臣以为，范桃棒来降是真，侯景不得人心，他的部下弃邪归正是自然的事。"

"有什么证据说明范桃棒投降是真的?"萧纲把两手一摊，"兵不厌诈啊，到目前为止他根本没拿出实际行动，仅凭一番说辞，能信吗?"

"范桃棒现在不能轻举妄动，一旦被侯景察觉，将没有任何回旋的余地。"何敬容说，"一旦范桃棒举兵来降，叛军内部就会出现缺口，官军可趁机进攻，敌情可破。"

萧纲已对何敬容心生厌恶，也就听不进他的话："官军拼死坚守宫城，为的是什么？等待援军，援军一到，叛贼自然土崩瓦解，这是万全之策。现在情况不明，盲目接纳范桃棒，万一有诈，将悔无所及，事关社稷存亡，必须慎之又慎。"

何敬容急了，上前拱手施礼："殿下若以社稷为重，就应该接纳范桃棒，如再犹豫，后事难料。"

"什么后事难料？难道大梁亡了不成?"萧纲有些生气，"大敌当前，怎能感情用事？要头脑冷静，理智面对啊。"

羊侃见萧纲犹豫，也走上前来，劝道："太子殿下，皇上同意接纳范桃棒，嘱我们不要生疑。"

就在萧纲瞻前顾后、不能决断之时，陈昕又潜入宫中启奏："殿下，范将军怕引起朝廷误会，原本想率全部兵马来降，为防止打草惊蛇，这次只带五百人，到达城门时，再卸下铠甲，请朝廷开门接纳，事成之后，保证抓到侯景，献于殿下。这是范将军的书信，时间定在十一月八日，请殿下定夺。"

萧纲接过书信，看了一眼，面无表情地说："本宫知道了。你且回去，容朝臣再议一议。”

待陈昕出去后,萧纲疑惑地说:“听见了吗? 十一月八日,还有两天时间,为什么范桃棒如此迫切,其中必有缘故。依本宫看来,现在仍不能判明真假,要静观其变。”

何敬容抚胸大哭:“太子殿下,失去这次机会,社稷之事难料啊。”

萧纲瞪了他一眼,没有再说什么。

陈昕近几天与范桃棒的多次密会和外出,没有瞒过一个人的眼睛,这个人就是王伟,王伟安排心腹盯梢,终于摸清了事情的真相。侯景命人逮捕了范桃棒,拉到郊外,要对他五马分尸,临刑前,斥责道:“你这个吃里爬外的东西,我待你不薄,你为什么背信弃义?”

“呸!”范桃棒朝侯景脸上吐了一口唾沫,“呸呸呸! 你也配谈信说义? 你这个狗杂种,说你是鲜卑羯人,那是客气了,其实就是个杂种。你肚子里长着一颗狗狼之心,还讲什么仁义道德? 我跟着你,最终也是一死,而且会死无葬身之地。现在我为正义而死,还会留下个好名声。”

“你就一点也不后悔? 现在后悔还来得及。”

“我走得正,坐得直,有什么可后悔的?”范桃棒脸已憋得通红。

只听侯景一声令下,五匹马向外挣着,不一会儿,范桃棒就被肢解了开来。

陈昕并不知道范桃棒被杀,他按照约定来到大司马门外,等待范桃棒,没想到等来的是侯景的人马把他团团包围起来。

“嘿嘿,果真是一个讲信用的人,可惜啦,范桃棒来不了了。”侯景奸笑着,跳下马来,“下一步是我们之间的合作。”

陈昕知道事情已经败露,事到如今,他已将生死置之度外了:“说吧,怎么合作?”

“很简单,按照你们原先的计划,再进宫送信,就说范桃棒暂且带五十人投降。”侯景轻蔑地说,“你们也太笨了,要率五百人入宫,人家相信吗? 人越少越好,而且轻装,方能赚开宫门。”

“你想进宫?”

“是的。”

“来个里应外合?”

“是的。”

“没门! 我堂堂大梁臣子岂能做这样的亏心事?”陈昕义正词严地说。

“哎,何必这么抱残守缺呢? 大梁快完蛋了,如果你这次立下功劳,到时候我会封你一方刺史,这是你最好的选择。”

见陈昕没有反应,侯景又信口说:“要不你就在朝廷做官,封你……封你为中领军吧，把朱异的官给你做。至于书信嘛，已经写好了，快送进去吧。”

陈昕一把抓过书信，看都没看，三下两下就撕了个粉碎，顺手扔进护城河。“呸，你跟朱异是一丘之貉，就是你们这样的人毁了大梁。”陈昕指着侯景说，“离我远点，你身上臊味太重。”

“他妈的，你这个给脸不要脸的东西。”侯景气势汹汹地指着陈昕，“看来你是一条道走到黑了。来人，把他扔到河里，让他跟书信做伴吧。”

立马上来几个士卒，一阵拳打脚踢，把陈昕按倒在地，绑了起来，扑通一声，扔进了护城河。

狂风呼啸，波浪滔天。长江水面上，一排战船载着士兵向南岸驶来，可是由于风高浪急，船在水中颠簸难行，有的甚至东倒西歪，船上的士卒纷纷坠落江中。终于过了江，萧纶清点了一下人数，竟然损失十分之二，他只得重新整顿兵马，准备向建康进发。

谯州刺史赵伯超说：“王爷，目前贼兵在各个交通要道设置了哨卡，如果走大路，肯定会遇到贼兵，我看不如走小道，直奔蒋山，突袭广莫门，出其不意，或能取胜。”

“万一那里有贼兵把守呢？”萧纶顾虑重重。

“不会的，那里人烟稀少，且山势陡峭，贼兵不会去的。为了防止被贼兵发现，我们趁黑夜行军，必无忧也。”赵伯超信口开河地说。

“既如此，那就挺进蒋山，到山下安营扎寨。”随着萧纶一声令下，一大队人马趁夜逶迤向蒋山进发。

蒋山之上，白雪皑皑。柏树上挂满了厚厚的积雪，形成了一株株雪塔。萧纶的人马在山路上行进，有人因为不小心，鞋子陷进雪地里，只拔出了两只光脚丫子。

终于来到了大爱敬寺，萧纶命令安营扎寨，士兵们争先恐后地解鞍卸马，抢占僧寮禅房，点火取暖。

正忙乱间，忽然探马来报：“王爷，侯景陈兵覆舟山，正严阵以待，随时与我军决战。”

“啊？”萧纶不禁大吃一惊，“侯景不是正在合围宫城吗？他怎么知道我军会走这条路？是不是有神仙相助？覆舟山是蒋山的余脉，离我们这里不远啊，这可怎么办？”他回头看着赵伯超，“你不是说走蒋山没事吗？”

“这个……”赵伯超有些尴尬，“这个嘛，侯景诡计多端，他或许已刺探到了我军情报，因此前来阻击。”

“这可怎么办呀？我们一路行军，鞍马劳顿，他们可是以逸待劳啊。”萧纶忧虑地说。

“估计这不是侯景的主力，王爷你想，他侯景要用大量的兵力围城，知道我军前来，只得派出小股兵力虚张声势。”赵伯超似乎又恢复了信心，随口而说，“因此，王爷可直接把兵力推进到玄武湖侧面，在侯景的对面摆开阵势，大造声势，侯军可不战而退。”

时至黄昏，侯景见萧纶阵容庞大，不停地擂鼓呐喊，声震天地。又听说萧纶兵有三万多人，自己这点兵力本来是为了筹措军粮，也为撤兵寻找退路，因此面对萧纶的叫战，他不予理睬，派使者告诉萧纶，今已天黑，明天决战。

侯景的决定，正中萧纶下怀。士兵们听到消息，也放松了警惕，纷纷烧火做饭，一时间营内喝酒的喝酒，睡觉的睡觉，全然没有临战的状态。

皓月当空，侯景兵正在悄悄撤退。驻扎在蒋山脚下的安南侯萧骏见侯景退兵，认为机会来了：“他妈的，原来侯景也有害怕的时候，给我追击，打死这个狗娘养的。”

侯景见萧骏紧追不舍，便回军反击，可因为萧骏军是仓促应战，心里又惧怕这些乌鸦兵，战了不到半个时辰，便溃不成军。萧骏无计可施，只得收拾残军，仓皇逃跑。

萧纶正在营帐中睡觉，睡梦中只听见外面有喊杀之声，急忙起身，刚穿好衣服，赵伯超就跑了进来：“王爷，不好了，侯景打进来了。”

“他不是说明日决战吗？怎么这么不守信用？”

“侯景是狼，不是人啊！怎么能用人的标准去看他？”虽然帐外冰天雪地，可这时赵伯超的脸上却大汗淋漓，“王爷，安南侯被打败了，逃到了我们的军营，营中一片惊慌呀。”

“快，组织反击。”萧纶扛起长枪就往外走。

刚走出帐外，侯景就率兵冲进了营中，三五成群包围了各个帐篷，乱砍乱杀。梁军猝不及防，一个个抱头鼠窜，不少人倒在血泊中。

侯景挥舞着大刀，四处寻找萧纶。

徐思玉瞪着黑豆似的眼睛四外搜寻着，突然向这边指来：“侯将军，萧纶，是萧纶！”

侯景用刀一指：“弟兄们，给我上，捉活的！”

萧纶见侯景率兵包围过来，不再顾及将士的性命，也不考虑大梁的安危，翻身上马，疾驰而去。跑了一段时间，回看身后，赵伯超仍紧跟着自己，身后约有一千多名士卒。萧纶气喘吁吁地问：“赵将军，我们去哪儿？”

赵伯超大口喘着粗气：“前面就是天保寺，可到那里躲一躲。”

“寺院四周都是围墙，万一侯景用火攻，我们无处可逃啊。”

“侯景敢烧如来佛祖吗？那可真是吃了豹子胆了！放心吧，到了那里，我们可以坚守寺院，等待援军。”

鄱阳王萧范营帐中,其部将裴之高正在向他汇报军情:“王爷,邵陵王与侯景一战即溃,最后逃到天保寺。侯景胆大包天,目无佛祖,竟放火烧了天保寺,邵陵王仓皇逃走,我们是不是率兵驰援?否则京师危急了。”

萧范沉吟了一会儿,问:“裴将军,邵陵王去哪里了?”

“据报,可能已到朱方,正在向京口进发。”

“人已逃了,还怎么救援?这样吧,你与世子萧嗣率兵去救援建康,由你来都督援军事务。切记,行至张公洲后安营扎寨,不要轻举妄动,等待长江上游的各路援军,候旨出兵。”

侯景把俘虏押到大司马门外示威。王伟向城内高喊:“你们的援军被我们打败了,三万人马消灭干净,萧纶也被杀死。你们看,这是萧大春,这是他的主帅霍俊,你们不要再指望什么援军,快快开门受降吧。”

霍俊忠勇耿直,他见侯景在蛊惑人心,便挣脱乌鸦兵的控制,挺身上前喊着:“不要听信他们的鬼话,邵陵王只是遇到了一点挫折,已率军赶到京口召集援兵。弟兄们不要惊慌,只要坚守宫城,援兵很快就会到来。”

两个乌鸦兵上来,一阵拳打脚踢,又反剪了霍俊的双手。霍俊弓着腰,拼命喊着:“弟兄们听着,这帮乌合之众成不了什么气候,他们是秋后的蚂蚱、春天的残雪,也就是三日两早晨的事。”

一个乌鸦兵上从背后砍了霍俊一刀,霍俊忍着剧痛,奋力高喊:“皇上万岁,大梁万岁!”

另一个乌鸦兵回头问侯景:“大王,杀了他吧。”

侯景摇了摇头:“且慢,此乃忠勇之士,杀之可惜,留着慢慢开导他,或许能为我所用。”

萧正德抽出腰中宝剑说:“如此顽固不化,留着也是祸害。”跨步上前,一剑刺中了霍俊的胸膛。

霍俊口中喷着鲜血,指着萧正德骂道:“你这个无赖,你这个叛贼,你这个背宗忘祖的东西!你认为你这个假皇帝能坐久吗?你记住,宫城攻破之日,就是你人头落地之时。”

萧正德气急败坏:“朕倒要看看你的人头是怎么落地的。”说着挥动带血的剑,用力向霍俊的脖子砍去。人头虽飞出老远,却正巧面对着萧正德,只见他的两只眼睛流着血水,怒视着萧正德,萧正德不禁退到了侯景的身后。

正在宫城城墙巡视的萧纲看到了这一幕,当他把这一切述说给在佛祖前祈祷的父皇时,萧衍问:“纶儿没事吧?他真的逃出去了?”

萧纲说:“他没事,已在京口驻扎。”

“没事就好,没事就好啊。留得青山在,不怕没柴烧。这场战乱早晚会结束的,我们会继续统治着大梁王国,继续家天下,王天下。”

“可是，父皇，现在宫城危急，援兵迟迟未到。现在儿臣忧心的还有粮食问题。德阳堂内还有些钱帛，可这些东西没法变成粮草，宫外的米价飞涨，前些日子一升米要八万钱，现在拿多少钱也买不到一粒米了。因为没柴烧，官兵只好拆除尚书省的木材当柴火，用床铺的草席切碎喂马。士兵没东西吃，只好煮铠甲的皮革，烧麻雀，烤老鼠，有的干脆杀掉战马，马肉中还夹杂着人肉……”萧纲越说越痛心，最后竟浑身颤抖起来。

“别说了！”萧衍睁眼看了看萧纲，又看了看面前的佛像，他觉得萧纲的话有违佛规，亵渎了佛祖，“你身为太子，怎么连这点困难也不能解决？跑到朕的面前诉什么苦？现在最要紧的是调援兵，知道吗？调援兵！”

“儿臣知道，调兵敕令早已发出，可各藩王、刺史相互推诿扯皮，隔岸观火，就是不往京师发兵啊。”

萧衍思虑了一会儿说：“萧正表不是还在钟离吗？他手里还有些兵力，让他前来援救京师吧。”

“儿臣认为不可。萧正表是萧正德的弟弟，现在萧正德做了侯景的伪皇帝，萧正表能心向大梁吗？”

“怎么了？萧正表还是朕的侄儿呢，你说，他是向朕，还是向萧正德？”

“这个……”萧纲虽然心里认为萧正表定会与其哥哥苟合，但面对萧衍逼视的目光，又不敢直说。

“这些年来，朕对他可以说是恩重如山，赐他为封山侯、北徐州刺史，他还有什么不满意的？还有，朕天天拜佛祈祷，还不是为了天下太平？还不是为了子孙绵延？朕的这片心意，难道佛祖能无动于衷？”

“不是，那萧正德不也是……”

“萧正德是什么东西？萧正表能跟他一样吗？”

面对萧衍的质问，萧纲不再说话。

“不要犹疑不决，你身为太子，要善于决断呀。快去拟旨吧，命萧正表率兵火速赶往京师。”

“是。”萧纲皱着眉，低着头，退了出去。

侯景打败了萧纶，收其铠甲、粮草，集中兵力攻城。他故技重演，又动员兵民用蛤蟆车推土在宫外修建土山，土山越来越高，眼看就要逼近宫城城楼。羊侃命令官兵从宫内挖地道，想掏空土山，他同士卒一起昼夜不停地挖土抬土，由于伤势还未痊愈，他感到越来越没了力气。尽管柳津多次劝他歇息，可他执意不肯：“柳大人，侯贼不破，我哪有心思歇息呀？”

天亮了，太阳慢慢升过了宫墙。羊侃站在城楼上，眼看着侯景的土山慢慢地倾斜，最后呼隆一声，倒了下去。羊侃脸上终于露出了久违的笑容。忽然，他感到一阵头晕恶心,身体发软,倒在了地上,口里流出了鲜血。

柳津急忙走上前去,扶着羊侃,大声喊道:“羊将军,羊将军!你醒醒,快醒醒!”他使劲摇晃着,可羊侃软软的,已没有了反应。柳津大哭:“羊将军,你这是积劳成疾,为国捐躯啊。来人,快去禀报皇上。”

正在这时,有士卒来报:“不好了,宫城东面的土山已接近城墙,叛军眼看就要登城了。”

柳津站起身来,用手抹去脸上的泪水,吩咐道:“快投掷雉尾炬!”

一时间,数不清的雉尾炬像火鸟一样从宫城内飞出,飞向侯景的土山。土山的栅栏着起火来,乌鸦兵的衣服也着起火来,他们嗷嗷地叫着,滚下山去。大火越烧越旺,空中散发着焦煳的气味。

侯景听说萧衍调萧正表援救,立即封萧正表为南郡王,任为南兖州刺史。由侯升为王,加上自己的哥哥当了皇帝,萧正表自然死心塌地为侯景效力。他率领一万人马,声称援救建康,实际上是想偷袭广陵,牵制官军,减轻侯景压力。他写信给广陵县令刘询,让他烧毁广陵城作为内应。刘询把此事告诉了南兖州刺史萧会理,萧会理派刘询率骑兵一千人夜袭萧正表,结果大败了这个没良心的贼子,萧正表又逃回了钟离。

五十八　同室相煎

大庾岭上，土匪侯安都、张偲正在持枪巡逻。张偲说：“大王，我们在这里占山为王，劫富济贫，虽然能领着弟兄们弄碗饭吃，可这也不是长久之计呀。”

侯安都抬起头：“咋的啦？咱能吃香的、喝辣的，你还想怎么着？”

“俗话说，背靠大树好乘凉，我们手中有一千多号人，何不率部投靠官军？凭你我的本领，也能一刀一枪拼出个荣华富贵，封妻荫子。”

“咱们这些打家劫舍之人，官军会收留吗？说不定顺便就把我们剿了。”

“大王，我听说始兴郡太守陈霸先十分英武，曾临危受命，剿灭了交州李贲的叛乱，皇上大为赞叹，让画工给他画了像，挂在宫中，经常观赏。据说他广招揽天下豪杰，我们何不去投奔他？”

侯安都低下头想了一会儿，抬起头来说：“投奔陈霸先倒是一条好出路，可凭什么去呢？”

张偲搔了搔头皮：“哎，有了！前些日子，我们一个弟兄不是捡到一个纸鸱吗？还盖着皇帝的玉玺。”

“我怎么把这事给忘了？”侯安都恍然大悟，“纸鸱上面说叛贼侯景围困宫城日久，急需援军解围，我们可把这个纸鸱献给陈太守，他会收留我们的。”

张偲又搔起了头皮：“是不是有点晚了？这个纸鸱少说也有三个月了。”

“不晚，只要京师的包围未解，侯景叛贼未除，这敕命就不过时。”侯安都决然地说，“走，见陈霸先去。”

广州首府番禺。陈霸先把纸鸱递给广州刺史萧勃，果断地说：“我想奉旨进京，讨伐叛贼。”。

萧勃拿着纸鸱把玩了一会儿，又一下扔在了地上：“奉旨进京？谁给你的权力？再说了，这纸鸱是真是假还很难说，怎么能说是奉旨进京呢？万一皇上怪罪下来，可不是闹着玩的。”

“大人请看，这上面有皇上的玺印，肯定是真的。”陈霸先捡起纸鸱，双手捧着，“现在国难当头，我们就应当挺身而出。”

萧勃见陈霸先正气凛然，语气缓和下来：“京师被围，我也知道。那侯景骁勇善战，可谓一代枭雄。先前去京师的援军不可谓不强，不都被打败了吗？前些日子邵陵王萧纶的三万人马不也被打得落花流水、屁滚尿流，他自己只身躲到京口去了吗？你手下只有三千人马，去建康恐是投肉狼群，有去无回呀。”

“我蒙受皇恩，昼夜想着报答。”陈霸先斩钉截铁地说，“现在京师沦陷，皇上受辱，理应为国赴难，岂能爱惜自己的生命？君侯是皇亲，重任在肩，请准我前去作战，这样既能解京师之围，也能扬你声威，你怎能犹豫不决呢？”

“你这话说到点子上了，我是皇亲，你不过是个异姓外臣，我都没着急，你操哪门子心呀？我劝你不要轻举妄动，我们在这里远远地大造声势，还可能保证皇上的安全，如果兵临城下，保不定那侯景会做出什么事来，狗急跳墙呀！”

陈霸先素知萧勃暗弱，知道跟着他不会有什么出头之日，便说：“君侯既有如此想法，恐也难以改变，湘东王颇有韬略，在下只得去向他请战了。”

“听说岭北地区的王侯闹得沸沸扬扬，这些宗亲钩心斗角，暗设机关，甚至大动干戈，你向他请战，岂不是明珠暗投，陷入皇族内讧的旋涡？望将军三思。”

“只要能解京师之围，保皇上龙体安全，就是粉身碎骨，也在所不惜。”陈霸先说完，走出营门，翻身上马，疾驰而去。

萧勃跑出营门，大喊：“陈霸先，你给我回来！”

陈霸先坐于马上，远远地拱手施礼：“在下恕不奉陪了，君侯自重。”

萧勃急了，回头吩咐道：“快，快去告知蔡路养，让他领两万精兵，围堵陈霸先。”

尽管蔡路养是一方豪强，可陈霸先手下几千人马训练有素，骁勇善战，陈霸先一马当先，冲锋陷阵，终于打败了蔡路养，来到南康，向萧绎上表臣服。

乌云在建康上空翻滚，城里的大街小巷到处躺着一具具尸体，一群群乌鸦贪婪地啄食着尸骨。面黄肌瘦的军民望眼欲穿盼着援军到来。

韦粲、柳仲礼以及宣猛将军李孝钦、前司州刺史羊鸦仁、南陵太守陈文彻等人会师，驻扎在新林城的大院中。屋内酒香浓郁，他们正在宴饮，借此商议援救京师事宜。

豫章内史刘孝仪说：“不可急躁冒进，如果情况真如韦大人说的那么紧急，皇上当有诏令。”

韦粲说：“诏令没有，但你听说过纸鸥之事吗？”

“这只是谣传，怎么可以轻信呢？我们如此兴师动众，盲目自相惊扰，万一弄巧成拙该怎么办？”

韦粲气得把酒杯摔在地上，怒斥道：“我哪里还有心情喝酒！你听听你说的，贼兵已长时间包围京师，你还在这里装聋作哑。现在水陆交通全部被阻断，朝廷怎么向外发出诏令？即使朝廷没有诏令，我们就坐视不管吗？”

刘孝仪被韦粲的气势压住，翻了翻白眼，不再说话。

“不是我发脾气，实在是形势所逼，皇上久困宫城，能不令人揪心吗？”韦粲眼圈发红，几乎要流了泪来，“我们援军会集在一起，合力讨伐贼寇，要有一位总指挥，都督讨伐诸军事，大家看，谁能担当此任？”

于是大家议论起来，有的说萧大器，有的说萧大心，有的说萧大成，有的说萧会理。西豫州刺史裴之高则一直手拿酒杯，面色平静，没有开口说话。

韦粲站起来，张开两手，往下一按：“诸位刚才说的这些人都是皇族，都有资格担任大都督，可这些人都不在这里，现在形势这么严峻，我们到哪里去找他们？依我看，这个援军统帅，还是要从我们身边出，我提议，让司州刺史柳仲礼担任大都督，诸位意下如何？”

裴之高说：“选大都督，得能服众。我不是说仲礼不行，我们这些人当中，论年龄和官位，许多人都超过他，让一个资历浅的年轻人压在这些人头上，气都喘不过来，还让他们怎么去打仗？”

韦粲目视了一圈在座的人，只有裴之高年龄最大，知道他想当这个大都督，便对众将说：“我们选大都督，不是为了论资排辈，而是为了剿灭叛贼。我之所以推举柳司州，是因为他长期守卫边疆，有作战经验，而且他的人马精锐，也曾让魏兵闻风丧胆。”

“不要任人唯亲，还是看看资历吧，我们这些人都是从敌人的死尸堆里爬出来的，我们走的桥也比有人走的路多。”裴之高用手拍了一下桌子，一些年龄大资历高的人也随声附和着。

“我不是任人唯亲，也没有考虑资历，我是为大梁安危着想。论年龄，仲礼比我小，论官位，他也在我之下。我之所以这样做，只是为了朝廷，大家就不要再争论了。现在形势急迫，要以和为贵，将帅齐心，其利断金，若人心不齐，则大事去矣。裴公是朝廷德高望重的老臣，怎么能只考虑个人感受，而影响破敌大计呢？”韦粲捧起双手绕桌子转了一圈，“在朝廷危难之际，我恳请各位将军勠力同心，共赴国难。”

“勠力同心，共赴国难！”将帅们受其感染，纷纷站了起来，齐声喊着。

只有裴之高仍坐在一个角落里，面色阴沉，把玩着手中的酒杯。

“既然大家都赞同，事情就这么定了，诸位将军先回去休息，来日再商讨杀敌策略。裴将军先留步，我还有要事与你相商。”打发走了众将领，韦粲坐在裴之高面前，语重心长地说，“现在国难当头，二宫危在旦夕。裴将军的一举一动牵动着人心的向背呀，将军离心，而众军难合，将军和心，则战无不胜啊。”裴之高的脸色渐渐和缓下来。

“一直以来，皇上对我们恩重如山，现在正是我们回报君恩的时候。”韦粲突然跪在裴之高的面前，行了一个大礼，“在下愿与将军合力同心，精忠报国，唯有全力杀敌，余下置之不顾。”

裴之高深受韦粲感染,流着泪扶起韦粲:“将军高风亮节,实是裴某楷模,从今以后,我愿舍弃个人顾虑,一切听从将军安排。”

京师的除夕,全然没有往年的喜庆和热闹。各家的门户上只挂桃符辟邪,不张红灯贺喜。街上没有行人,只听见单调的狗叫声相互应和着。宫内也没有像往常一样张灯结彩,演奏宫廷大乐。萧衍仍像平常日子一样,在专心念经。

大年初一的早晨,建康城的外围也没有一点新年的景象,柳仲礼正在部署各路军马,准备与侯景交战。最后他来到韦粲跟前:“韦将军,我率军前往朱雀航,你领兵去青塘迎击叛军。”

韦粲有些为难地说:“青塘在建康东南,是通往石头城的交通要道,打起来,是侯景的必经之路,而我兵力太少,且多是老弱病残,恐不能抵敌。”

柳仲礼面含期望:“表兄推举我为大都督,这是对敌第一战,胜负如何牵扯到我的都督地位,也牵扯到军心的稳定啊。青塘是战略要地,非你亲自督战不可。如果你担心兵少,我再派直阁将军刘叔胤领兵协助你。”

话说到这里,韦粲已无法推辞,只得接受了柳仲礼的调遣。

青塘位于玄武湖水南下注入秦淮河处。正月初一这天,这里大雾弥漫,到了夜晚,更是伸手不见五指。韦粲率军赶赴青塘,由于迷路,到了凌晨方才到达,他立即命令士兵安营扎寨,营寨周围立起栅栏,以阻挡敌军。栅栏还没有合拢,就被乌鸦兵发现。

天刚蒙蒙亮,侯景率兵前来攻打。

营帐中,韦粲在部署兵力:“军主郑逸,你率精兵两千攻打侯景前锋,要不惜一切阻止敌军进入青塘。”

“遵命,末将誓与青塘共存亡!”郑逸抄起长枪,出营而去。

“刘将军,侯景兵凶悍,不可轻敌呀。”韦粲对刘叔胤说,“你率一千水师截击其后,牵制敌人,形成两面夹击,不得有误。”

“好吧。”刘叔胤眼神飘忽不定,显出没有信心的样子。

刘叔胤率水师来到敌后,看见乌鸦兵已过了秦淮河,正在弃船登岸,他吓得浑身颤抖,只是呆呆地看着,没有下令追击,任凭乌鸦兵向青塘奔去。

郑逸这边渐渐被侯景兵包围起来,左冲右突,不能突围,只得拼命抵抗。可侯景以逸待劳,郑逸哪里是他的对手?两军对阵,厮杀声此起彼伏,侯景的包围圈渐渐缩小。

朱雀航营内,柳仲礼正在吃早饭。将领郭山石仓皇来报:“柳将军,不好了,青塘战斗惨烈,恐难守住。”

“什么?还不让老子吃了这碗饭了?走,赶快驰援!”柳仲礼扔下筷子,披上盔甲,冲出营门,率百余骑兵向青塘赶去。

由于柳仲礼兵昨晚得到了休息,加上侯景兵人困马乏,交战中,官兵越战越勇,乌鸦兵人头纷纷落地,活着的人也大都丢盔卸甲,向秦淮河岸边散去,企图乘船逃跑。

前面就是侯景,柳仲礼骑马紧追,离侯景越来越近了,他挥起长槊正要往侯景脖子刺去,谁知螳螂捕蝉,黄雀在后,叛贼将领支伯仁飞马斜刺里冲来,举刀砍中柳仲礼右肩。柳仲礼策马快跑,不想马失前蹄,陷入泥淖。众贼兵举起长矛把他围在中心。就在这万分危急之时,郭山石大喊一声:"杀!"连斩两名贼兵,救出柳仲礼,逃回营中。

自此,侯景再也不敢渡到秦淮河南岸。柳仲礼经此一伤,锐气全消,也不再提交战之事。双方就这么僵持着。

御书房内,萧衍颤动着双手,把一篮子鸡蛋一个一个小心地放在枕边的木箱子里。萧纲站在一旁静静地看着。萧衍一边轻拿轻放,一边低声叹气,数完,他抬起头:"这是你六弟送来的?"

萧纲点了点头:"是他暗派使者送进宫的。"

"就没有一点粮食了? 朕是信佛吃斋的,就没有一点大豆吗? 这些日子,朕身体每况愈下,就想喝碗豆浆。这豆浆啊,还是汉淮南王刘安始创的,他是个大孝子,其母患病期间,吃什么都没有滋味,刘安就磨豆浆给母亲喝,母亲感到味美无比,病也很快好了。"萧衍重重地咽了一口唾沫。

萧纲面有愧色:"父皇,宫中真的什么粮食也没有了,不少大臣都饿得面黄肌瘦,有的卧病不起了,朱异也去世了。"

"饿死的?"萧衍瞪大了眼睛,看着萧纲。

"他本来身体就不好,面对朝野内外的责怪和谩骂,心情自然郁闷,平时吃惯了山珍海味,忽然连粗茶淡饭也没有了,身体自然吃不消。"萧纲本来对朱异没什么好感,自然就流露在语言上了,"他平日的媚态渐渐化为了病态,病态变成了死相,最后就一命呜呼了。"

"朱异是个好臣子呀,侍奉了朕半生,对朕可以说是忠心耿耿,就追封他为尚书右仆射吧,也算对他在天之灵的安慰。"也许想到自己的年龄和处境,萧衍感慨着,"人老了,总会死的,司马迁早就说过,人固有一死,或重于泰山,或轻于鸿毛……"

萧衍的话触动了萧纲的内心,他急忙把话岔开:"父皇,现在援军已经逐渐向京师集结,鄱阳王萧范的长子萧嗣、永安侯萧确,还有庄铁、羊鸦仁、柳敬礼、李迁仕、樊文皎等人纷纷率部前来;邵陵王也重新征集人马,与东扬州刺史临城公萧大连、新淦公萧大成等人一起从东边赶来;听说湘东王萧绎也率军向京师进发。"

"好啊,佛祖终于显灵了,侯景的末日到了!"萧衍因为激动,禁不住咳嗽了起来。

萧纲忙向前捶着萧衍的后背,萧衍用颤抖的手指着远处:"快把那碗蜂蜜水端来。"

萧衍喝下蜂蜜水,咳嗽声渐止。

萧纲说:"现在援军加起来有三十多万,这么多人,得有一个统帅。"

"此前谁是征讨大都督啊?"萧衍好像有些糊涂,一时没有想起来。

"先是邵陵王萧纶,他被打跑后,众将又推举柳仲礼。"

"那就让柳仲礼继续当这个大都督吧,他毕竟还有些能耐。"

"可他不是皇族。"

"就别提皇族了,你看看你那几个兄弟,谁是个争气的? 这件事上就不要再犹豫了,再这么拖下去,宫中文武官员都会被饿死,连朕也不例外。"由于激动,萧衍又禁不住咳嗽起来,"不要临战换帅了,所有援军都要受柳仲礼节制,萧纶也一样。"

营帐内,柳仲礼正在与部下饮酒,身边有数名乐伎作陪。此时,他已喝得半醉,似乎全然忘了险些被侯景兵杀死一事,只记得自己挺身而出,把侯军赶进秦淮河一节:"那场面,真叫过瘾呀,乌鸦兵一个个都下了水,就像煮饺子啦。哈哈!"说着端起酒杯,一仰头,喝了下去。

"将军威武,将军海量!"酒桌上的人都附和着。

一个士卒过来倒酒,也不知是用力过猛还是紧张,竟把酒洒在了桌子上。

柳仲礼瞪了一眼那个士卒,大声训斥着:"你干什么吃的? 连酒也倒不好,你还能干点啥?"

那个士卒战战兢兢地说:"将军,我……我不是故意的。"

"不是故意的,酒怎么洒了? 嗯?"

"是我不小心。"士卒说着往后退去。

"还敢狡辩? 你想跑呀! 来人,把他捆起来,给我狠狠地打,打他四十军棍,不,打一百军棍。去他妈的,好好一个酒场,让他给搅和了。"

那个士卒吓得跪在地上,捣蒜似的给柳仲礼磕头:"都督饶命,都督饶命。"

柳仲礼站起来,一脚踢在士卒头上,士卒当时就倒在地上,抱头哭叫。

几个壮汉上来,三下五除二就把那个士卒捆起来,拉了出去。一会儿,外面就传来棍棒打击的声音和凄惨的叫声,那叫声越来越小,直到细若游丝,最后戛然而止。

帐内,酒宴依旧进行,可没有开始时的热闹气氛,个个闷着头,不说一句话。柳仲礼焦躁异常:"你们怎么都成了闷葫芦? 今天二月二,龙抬头啊,援军齐集京师,我又当上了大都督,只要我们一行动,保证打得侯景屁滚尿流,皇上必定开恩大加封赏,你们还不高兴吗? 来来来,再喝一杯。”

正在帐内推杯换盏之时,有一哨兵来报:“邵陵王求见大都督。”

“他来干什么?”柳仲礼有些不耐烦。

郭山石说:“想必是催促对敌用兵。”

“他这么心急? 早干什么去了? 他当大都督时,怎么不着急啊? 不要管他,我们只管喝酒。”

郭山石说:“这样不好吧,他毕竟是王爷。”

“王爷怎么了? 我还是大都督呢。他现在是受我节制,一切得听我的。”柳仲礼对哨兵说,“你去告诉他,就说我军务繁忙,改日再见。”

“可王爷手里拿着鞭子,是不是要来……要来……”哨兵说话声音越来越小,“要来收拾都督。”

“放屁,连这个你也不懂啊,他手里拿着鞭子,是谦恭,表示愿意接受都督差遣。”郭山石说。

“我本来就是大都督嘛,他当然得听我的。”现在柳仲礼想的是,自己上次因为跟侯景交锋,差点儿丢了性命,人死不能复生,得好好活着,他知道萧纶是来催战的,他不想出战,因此便不愿见萧纶,“还站着干什么? 快去回了,没见我这里正忙着吗?”

这天,萧纶一直等到半夜,柳仲礼都没有出来见他。此后几天,萧纶每天都来到营前执鞭求见,柳仲礼跟他玩起猫捉老鼠的游戏,就是躲着不肯露面。终于惹怒了萧纶,你一个外姓都督,有什么了不起? 我执鞭见你,是高看你一眼,你竟如此耍横,太不把本王放在眼里了。他转念一想,这仗也真的不能打,更不能打赢。如果打赢了,那功劳不全是他柳仲礼的吗? 自己上次被侯景赶跑了,那不更显出自己无能吗? 想到这里,他出了一身冷汗,多亏他没见我,要不就把事情办糟了。他妈的,你能喝酒,老子更能喝,回去喝酒去。

就在援军内部推诿扯皮、互相猜忌、同室相煎之际,侯景听说萧绎率领荆州兵马向建康奔来,心里非常害怕,不敢再过秦淮河,他更担心的是,万一援军收紧包围圈,他将插翅难逃。

王伟忙献计策:“大王不必忧虑! 我们可以用求和之策。”

“求和? 求什么和? 我们眼看就要胜了,现在应是萧衍求我们,而不是我们求他。”

“不是真和,是假和。台城易守难攻,不可能短时间拿下。敌人的援兵越聚越多,我军又缺少粮食,我们可以假装求和,来缓解紧张局势,然后偷偷把东府城的大米运进石头城,足够我军吃上一阵子的。在议和期间,援军一定不敢行动,我们借此休养兵马,整修兵器,再瞅机会攻城,定可成功。”

五十九　神坛盟誓

“跟侯景和谈，还不如去死！”文德殿内，萧衍听完萧纲的禀报，怒不可遏，他用右手恨恨地敲击着御案，嘴唇不停地哆嗦着。

“侯景多次派使者任约、于子悦前来，反复申明和谈的诚意。”萧纲说，“儿臣也是恨透了侯景，恨不得食其肉、寝其皮。与侯景订立城下之盟，儿臣也认为是奇耻大辱。既然如此，那就不避刀箭，与侯景决一死战，儿臣愿意豁出这条性命，保父皇平安健康，保大梁江山永固。”说完后，静静地看着萧衍，等待父皇的决断。可萧衍微闭双眼，捻动手中的佛珠，没有回应。萧纲只得继续说下去：“可儿臣又想，叛贼围城日久，军民困苦不堪，城外各路援军袖手旁观，相互推诿，谁都不愿意投入战斗。故孩儿认为还是将计就计，暂且答应议和，然后徐图良策。”

萧衍仍然没有说话，他反复思虑着，就目前情况看，以宫中的兵力，就是加上文武百官，也无法抵敌。萧纶不争气，就是那个柳仲礼也是个酒囊饭袋，没骨气，没担当。议和虽为下策，可在目前内忧外困的困境下，还有哪步棋可走呢？议和归议和，可不能没了骨气，失了尊严。沉吟良久，萧衍睁开眼：“也罢，议和一事，你自己考虑吧，不要贻笑千秋。”

柳津不屑地说：“侯景豺狼心肠，是乱臣贼子、反复无常之辈，微臣不同意与他平起平坐议和。”

何敬容一眼就识破了侯景的诡计，坚决反对：“哪有叛贼兴兵包围宫殿，回过头来再议和的道理？他这样做，是为了麻痹人心，想让援军撤走。”

萧衍说：“跟侯景议和，也是权宜之计。”

何敬容说：“侯景才是权宜呢。不要对他抱有幻想，狼改不了吃人的本性。再说了，堂堂朝廷，哪有同叛贼议和的道理，这是与虎谋皮，狼窝里掏崽啊。”

萧衍让太子自己决断，实际上已经同意与侯景议和，此时他没有理会何敬容的意见，直接问萧纲：“侯景提出了什么条件？”

“侯景提出，让朝廷割让长江西面四个州给他，然后让萧大器把他送过长江。”

“这怎么可以？宣城王是皇上的嫡长孙，地位十分重要，岂可让他去当人质？一旦陷入贼手，朝廷将步步被动。”傅岐直言快语地说。

“止戈为武嘛，善用兵者不必投入实战，不战而屈人之兵，方为上策。”萧衍似乎忘记了侯景围宫时所受的磨难，也忘记了侯景是一个势利小人，抑或是佛性禅心在他身上占了上风，他竟要用自己那博大的胸怀去拥抱侯景，“侯景的条件朕答应，让他都督江西四州军事，他不是想当大丞相吗？让他当好了。”

何敬容急得声音发抖：“皇上，不可呀！这是把豺狼当狗养，一旦吃饱他就翻脸不认人，还会咬人啊。请皇上收回成命，趁机剿灭叛贼。这是大梁最后的机会，错过了这一次，大梁就毁了。”

萧衍训斥道：“你怎么这样说话？”

“微臣这是实话实说呀。一旦侯景硬了翅膀，殿下当了这么些年的太子，恐怕连继位的机会也没有了。”

见父皇皱起了眉头，萧纲指着何敬容怒喝：“你……你简直是信口雌黄！……看你身体不好，回家养病吧。”

何敬容一下子坐在了地上：“太子殿下，听老臣一句忠言吧。大梁天下得来不易，不能失在我们手里！”

萧纲脸色铁青，朝外喊着：“来人，把他架出去！”

上来两个卫士，一人架一只胳膊，把何敬容拖了出去。

当何敬容的声音完全消失后，萧衍说：“侯景是人是狗，俟后便知。这样吧，大器为嫡长孙，就不要去了，他二弟大心现任江州刺史，也不能去，就让他三弟大款去吧，朝廷危难，也是他立功的时候。可择日设立神坛，与侯景盟誓。具体事宜，太子去准备吧。”

“皇上……”柳津还要说话。

萧衍向他摆了摆手：“众爱卿都回去吧，朕累了。”

西华门外，神坛之上，牺牲杂陈，香烟缭绕。本来自萧衍笃信佛教之后，所有祭祀一律禁止使用牺牲，可今天这个仪式，侯景按照鲜卑人的习俗，执意用牛做牺牲。因为此事关系到大梁的生死存亡，萧衍没有反对，只是自己不出面，太子也没出场，由尚书令柳津出面与侯景共同盟誓。

文武百官身着整齐的官服，分行列于神坛之前，个个神情凝重，拱手施礼。侯景立于神坛一侧，神情游移，他的身后是一群持枪拿刀的武士，都身穿黑色军服，像一片落地的乌鸦。

柳津走向神坛正中，他目光如炬，直逼侯景。侯景不由得心虚起来，往前走了一步，差点跌倒，被卫士扶住。

盟誓开始，双方各杀一牛，文武百官皆手捧酒碗，将牛血滴入碗中。

侯景接了一碗鲜血，用手指蘸了，涂于嘴唇之上。乌鸦兵纷纷效仿，皆涂血于嘴，活像一群刚刚吞食完猎物的野狼。

柳津大声念道："我大梁今与侯景订立和约，侯景西去，官兵不追，两不相欺，共存共荣。如有背约，众神鉴之，天地征之，神人共诛之。"

众臣应和完毕，举起血酒，一饮而尽，摔碗于地，发出一阵脆响。

侯景也只得诵道："我与大梁订立和约，率兵西去，官兵不追，两不相欺，共存共荣。上天做证，众神监督，如有背约，必遭天谴。"

乌鸦兵也随着呜里哇啦念了一通。侯景斜视了一下柳津，把碗扔到了出去，当的一声，正巧落在柳津脚下，吓了他一跳。乌鸦兵也接二连三把碗摔到文武百官面前。

"你……"柳津怒视着侯景，要上前同他理论。

"算了，算了。""小不忍则乱大谋。""快回宫向皇上禀报吧。"众臣拉着要柳津，进宫去了。

按照盟约规定，侯景要撤去长围。可是几天过去了，侯景不但不撤长围，反而寻找各种理由以作缓兵之计。今天说船只不够，不能走；明天又说自己想撤，但怕秦淮河南岸的援兵追击。

于是萧衍下旨外围援军不得进逼侯军，为进一步笼络侯景，他封侯景的谋士王伟为侍中，可以直接参与朝政。侯景还不满足，又擅自任命自己的亲信任约、于子悦为开府仪同三司，徐思玉为北徐州刺史，其余人等各有封赏。萧衍只得睁一眼闭一眼，勉强默认。

侯景不退，援兵观望，太子萧纲无可奈何，他在永福宫焦急地踱着步子。侯景的使者任约和于子悦一前一后走了进来。

萧纲急忙整理服饰，正容坐于案前。

任约进来，既没施礼，也不下拜，只是高声嚷嚷着："今奉大丞相之命，前来告知，萧会理、萧退、萧彧联合三万人马驻于秦淮河马印洲，意欲从白下城进攻我军，快命这批人马撤回南岸，如若不撤，我军将不解长围。"

萧纲想，事已至此，反正只要侯景撤兵，什么条件都可以答应，便说："好吧，让萧会理等将人马转移到江潭苑。"

"还有，侯丞相得到消息，寿阳、钟离两城已被高澄夺走，我军已没有立足之地，求借广陵和谯州二地，等我军夺回了寿阳，再奉还朝廷。另外，你们的援军既然集结建康周围，我军只能从京口撤退。"任约不容商量地说。

萧纲沉思了一会儿，虽然心中有一万个不情愿，但舍不得孩子打不得狼，他狠了狠心，勉强答应了下来。但他哪里知道这又是侯景的诡计，侯景要占领京师的咽喉要地京口。

这时，于子悦上前问道："萧确是谁的儿子？"

萧纲有些不解："你问这个干什么？"

"我问自然有问的道理，难道不应该问吗？"于子悦不满地说。

“这个……本宫不是这个意思，萧确是邵陵王的儿子。”

“他怎么会有这么个儿子？一点儿也不像他父亲。萧纶与我军会战，见事不好，拔腿就跑，他这个儿子倒好，这几天一直隔着栅栏骂侯丞相，还有你们的直阁赵威方，也跟着骂，真是吃了豹子胆，不知天多高地多厚了。”

“他俩骂什么？”萧纲问。

“他俩说，天子订立盟约，那是天子的事，我们终究要灭了你。”于子悦蛮横地说，“真是阴沟底下翻了船了，大梁天子订立的盟约，他的臣子竟不遵守。故大丞相要求，立即捉拿萧确二人，严加惩处。”

“等本宫查明情况，就做处理。”萧纲又是勉强答应着。

任约和于子悦走后，萧纲遣人去召回萧确和赵威方，可无论怎么说，二人就是不听，天天轮流立于栅前叫骂。

其实他二人叫骂，侯景并不真的生气，让他们骂好了，再怎么骂也动不了他身上一根毫毛，反倒成了自己不撤兵的一个理由。他要的就是这种效果，慢慢拖吧。过了些日子，他又派使者去见萧衍，诉说此事，其实还是为了拖延时间。在这一来一往的外交消耗中，侯景偷偷从东府城把粮食运到了石头城，可萧衍浑然不知。

这天，萧确和赵威方二人正在使劲地骂着，吏部尚书张绾骑马而来：“皇上有旨，萧确、赵威方接旨。”

张绾郑重地念着：“任永安侯萧确为广州刺史，赵威方任盱眙太守，即时回宫，谢恩赴任。”二人相视，愣在了那里。

张绾道：“还不快接旨？”

二人对视了一下，只得叩头：“谢皇上。”

张绾交接好圣旨，转身回宫，走了几步，回头嘱咐道：“皇上在文德殿等着你们。”

赵威方说：“皇上中了侯景的奸计，这是要调虎离山呀，怎么办？”

萧确说：“只能启奏皇上，不去赴任，留在这里剿匪平叛，为皇上解忧，为国家立功。”

晚上，邵陵王府灯火通明。大厅内，萧纶端坐正中，赵伯超侍立于侧，台使周石珍、东宫主书左法生列坐两边，萧确低着头站在下首。

萧纶听了萧确的一番话后，大为震惊：“什么？让赵威方赴任，你自己留下来？你这是抗旨不从啊，你知道抗旨是什么结果吗？要撤职、问斩、抄家，甚至会灭族呀。”

“我没见过皇爷爷杀过皇族的人，父亲放心，皇爷爷信佛，心善着呢。”萧确一脸满不在乎的样子。

“现在不一样了。宫城被困日久，皇上处境险恶，作为儿臣，此时的心情就像是烈火煮沸水，翻滚难耐啊。皇上为解京师之围，想以议和遣散侯军，你可要维护这个大局啊。"萧纶越说越激动，最后竟流下了眼泪，"你好好想想，一旦皇上有个闪失，天下有变，我这个王爷还当得成吗？我们一家人的好日子也到头了。"

萧确抬起头，看了看周石珍和左法生："侯景口头上讲和，但又不撤掉长围，其实是缓兵之计。皇上把我支开，不但于事无补，反而更会助长侯景的嚣张气焰。"

周石珍说："圣意如此，你作为臣子，怎能违抗呀？"

"我抗旨是为了朝廷安危，又不是为了我个人得失。我意已决，谁也不能改变。"

见萧确如此顽固不化，萧纶大怒："赵伯超，你替我杀了他，提着他的人头去面见皇上。"

赵伯超拔起腰刀，斜眼看着萧确，恐吓着："我认识君侯，可这刀却不认识你。"提着刀走过去。

萧确看着萧纶，眼睛红红的，慢慢流出了两行泪水："我找皇爷爷说理去。"拔腿走了出去。

侯景不撤军，援军内部又不统一，湘东王萧绎心怀鬼胎，也要把兵撤回荆州。王伟觉得新的机会又来了，他约萧正德来到大帐，对侯景来了个激将法："丞相以人臣举兵，包围宫阙，逼辱嫔妃，残秽宗庙，梁人对你已是恨之入骨。弄到如此地步，你觉得还有立足安身之地吗？背盟取胜，自古就有，愿丞相三思！"

萧正德也劝道："大功就在眼前，不能再拖延时日了。"

侯景转向王伟："我领兵来建康已近半年，你说我看到了什么？"

"……"王伟答不上来。

侯景又面向萧正德："皇上，你说，萧衍是什么？"

"他是……"

"哈哈，我看到了一群猴子，萧衍不过就是一只猴子王罢了。你看他的王侯将相，他的亲眷子侄，全都是沐猴而冠，徒有其表。他们不是骂我是一只狼吗？他们是一群猴子，哈哈，猴子！你们说，猴子能战胜狼吗？"说着侯景竟学狼吼叫了起来。

帐内响起一阵揶揄的讥笑，还夹杂着口哨的尖厉声。

"王伟，你赶快给猴子王上书，历数他的罪行，就说我侯景举行兵谏，完全是为朝廷着想。愿他接受这次惩戒，接受忠臣直谏，诛杀奸佞小人，凡是反对我侯景者一个不留。否则，我们就踏平皇宫，向昏君问罪。"

几天后，皇宫之内。萧衍看完奏折，气得浑身哆嗦，咳嗽了好大一会儿，然后气喘吁吁地说："这个侯景，朕待他不薄，他为何这般无礼？既然这样，就别怪朕不客气了。”

三月初一，萧衍在太极殿前设立神坛，祷告天地，以侯景违背盟约为由，擂响战鼓，战鼓咚咚，响彻云霄。可是站在祭坛下的官兵，由于长时间被困，身体浮肿，气喘力虚，仪式还没结束，就有多人晕倒于地。

宣战圣旨发出多日，可援军还是按兵不动。萧衍忧心忡忡，他对柳津说："仲礼是你儿子，身为援军大都督，你去说说他，让他赶快出兵吧。"

营房内，鼓乐齐鸣，乐伎翩翩而舞，柳仲礼正与其部将饮酒作乐。柳津乔装打扮来到营前，还是被熟悉他的将士认了出来，他们纷纷上前诉说："柳大人，快劝劝柳将军吧，我们天天要求出战，他就是不准啊，如此下去，大势去矣。"

柳津来到厅内，见一个乐伎正端着一杯酒递到柳仲礼的嘴边，他气愤至极，上前一步打掉酒杯。乐伎见状，站起身，瑟缩着退了出去。鼓乐骤停，舞女们也都悄悄离去。

"大敌当前，你还有心思在这里轻歌曼舞、饮酒作乐？"

"父亲，你怎么来了？你是怎么来的？"他抬眼看了看柳津的便服，好像明白了什么，"城外凶险，父亲可不能轻举妄动，万一有个什么好歹，叫儿子……"

"你心里还有我这个父亲吗？"柳津手指柳仲礼头皮，"皇上和为父正在宫内受难，而你却不思救援，竟在这里花天酒地，百年之后，后人将做何评说？"

"父亲不是说，处于乱世，当好自为之吗？"柳仲礼下意识地摸了一把自己的右臂，"上次要不是菩萨保佑，我这只胳膊就被砍下来了。"说着他的眼圈红了，"要不是我命大，我早就死了，人死不能复生……"

"你呀，你贪生怕死，你这个不忠不孝的东西。你想想，国家没了，你何以安身？"

"也只能听天由命啦。"柳仲礼小声嘟囔着。

"嘿！真是不可理喻了！"柳津在地上重重地跺了一脚，气鼓鼓地走了。

安南侯萧骏见柳仲礼按兵不动，来到邵陵王府，劝萧纶说："皇宫形势危急，大都督却不出兵救援，万一皇爷爷有什么意外，殿下还有什么脸面立身于世？如今，我们分出一部分人马，不受柳仲礼节制，出其不意进攻侯景，或能取胜。"

萧纶犹豫着："柳仲礼是大都督，我们没有调兵权力啊。"

"我去向皇爷爷请旨，给你调兵的符节。"

"侯景围城设了栅栏，昼夜有人防守，怎么能进宫？即使进得去，又怎能出得来？"萧纶端起一杯酒，一口喝了下去，"万一被侯景兵发现，你的小命可就完蛋了。"

萧骏听着听着，慢慢低下了头。

柳津来到御书房，没等他行礼，萧衍就急切地问："怎么样？什么时候出兵？"

柳津无奈地说："陛下有邵陵王这样的儿子，微臣有仲礼这个孽障，他们既不忠又不孝，叛贼又怎能平定？"

萧骏劝说萧纶不成，又去劝萧会理。萧会理同意把军营推进到东府城北面，又与羊鸦仁合议，相约当晚率部渡河。可羊鸦仁的行动早被柳仲礼探知，他派人把羊鸦仁控制了起来。萧会理一直等到拂晓，不见羊鸦仁前来，只得自己率众渡河。刚刚过了河，就被侯景探马发现，侯景派宋子仙前去截击。萧会理率部仓促应战，一切都陷入被动，士兵无力抵抗，战死、淹死者不计其数。

萧会理的挫败，让侯景看透了官兵的无能，他要趁热打铁，命令士兵挖开皇宫石门前的玄武湖，引湖水灌入宫内，同时从不同的方向发起对宫城的进攻。

萧纶嫡长子萧坚防守台城西北的太阳门，侯景的猛烈攻势也没耽误他饮酒作乐。这天晚上，他正喝到兴头上，他的书佐董勋、熊昙朗一前一后进来。董勋说："萧将军，你这样天天喝酒不行啊，酒色伤身，酒色也误国啊。"

熊昙朗说："近日侯景连续发起对宫城的进攻，晚上更要严阵以待，不可掉以轻心啊。"

"他妈的，老子喝酒，与你们何干？狗咬耗子多管闲事！"萧坚训斥道。

身旁一侍女嗲声嗲气地说："将军，快喝嘛！"双手端起酒杯，递到萧坚的嘴边。

另一美女手拿筷子夹起一块肉，送到萧坚的嘴里："快吃嘛。"

"将军，你还是醒醒吧，说不定侯景什么时候就要攻城门啦。"董勋显得焦躁不安。

"皇上不急太监急，你们俩是专管文书的僚佐，侯……侯景攻城与你们有……有……有什么相干？"萧坚转念一想，这俩东西在身边太聒噪人了，还不如派他们去值夜，便道，"你们两个，都给我去城门站岗，如若出了半点差错，砍了你们的脑袋，抽了你们的筋，剥了你们的皮，煮了你们的肉，当……当……当下酒菜。"

"萧将军，你醒醒吧，情势危急啦。"熊昙朗执着地劝着。

"都给我滚，快滚开！"萧坚怒吼着。

二人闷闷不乐地来到太阳门，登上城墙，就看见乌鸦兵在墙外竖起梯子，正在往上爬着。可是，由于城墙太高，贼兵怎么也爬不上来。

站在城墙下面的王伟见城墙上有两个人朝下观看，既没有放箭，也没回去召集官兵，他觉得有可乘之机，便亲自登上梯子进行策反："二位大人，梁朝皇帝老朽无能，王侯将相腐败透顶，再为他们卖命已不值得了。你二人如果弃暗投明，侯丞相会给你们高官厚禄的。"

董勋和熊昙朗对视了一下，没有说话。

王伟见用高官厚禄引诱不行，又命令士卒递上了两个袋子："这是二百两黄金,你们每人一百两,够你们花的。”

董勋悄声说:“那个萧坚没人性,跟着他不会有什么出头之日的,还不如拿了这些金子,过我们的逍遥日子去。”

熊昙朗迟疑了一会儿,压低声音朝下喊着:“把袋子拉上来看看是真是假。”

董勋垂下绳子,一会儿,两个袋子就滑了上来。二人借着火把,打开一看,果然金光灿灿,便对王伟说:“你们去太阳门等候,我这就去开门。”

只听呼隆一声,太阳门打开,乌鸦兵一拥而进。

董勋和熊昙朗二人各抱一个袋子,躲躲闪闪地往外跑。王伟手起刀落,二人立马倒地。王伟上去,把二人怀抱的金子拿起来:“侯丞相的东西也敢要,吃了豹子胆了。”

萧确那天从邵陵王府出来,去宫里向萧衍陈说利害,萧衍也觉得广州乃蛮荒之地,去那里太受罪,便动了恻隐之心,把他留在身边,守卫宫城。此刻,萧确正在巡夜,忽听太阳门那边杀声震天,急率武士赶过去,咚的一声,一件东西沉重地落在跟前,凑近火把细看,竟是大哥萧坚的人头。他大惊失色,急命武士拼死抵抗,终因寡不敌众,一会儿就被杀得横尸满地。事情万分危急,他只得甩掉贼兵,直奔萧衍寝宫:“皇爷爷,不好了,贼兵进宫了,皇宫沦陷了!”

萧衍既没有显出多么惊讶,也没有显得多么紧张,他安然躺在御榻之上,微闭双眼,平静地问:“孙儿,你看凭宫中实力,还可以打一仗吗?”

“皇爷爷,不行了,宫内全是老弱病残,贼兵凶猛如虎,这仗没法打了。我率领的几十号人马也全被侯景杀光了。”萧确眼泪簌簌地说。

萧衍吃力地爬起来,坐直了身子,喘着粗气,咳嗽了一会儿,说:“唉,大梁江山是从朕手上得到的,今天又从朕的手里失去,还有什么遗憾的呢?”他的泪水伴着咳嗽声流满了两颊,“你快走吧,告诉你父亲,不要惦记朕。”

“皇爷爷,孙儿去搬援兵,进宫救驾。”

萧衍摆了摆手:“去吧,去吧。”

萧确擦着眼泪,看了萧衍最后一眼,一扭头,向宫外跑去。

六十　谁主天下

净居殿内，萧衍颓然地坐在龙榻之上，显得无精打采。已经好多天没吃东西了，四周除了书架上摆着的书籍外，没有一点食物，萧纶先前送来的鸡蛋早已吃完。本来他不应该吃鸡蛋的，天监年间，他曾自誓禁断酒肉，包括动物所产如鸡蛋、蜂蜜等，只吃蔬菜和粗粮。可自从侯景围宫之后，慢慢地面食没有了，蔬菜也没有了。万般无奈之下，他再三向佛祖祈祷，祈求佛祖原谅，勉强靠吃鸡蛋度日。可怎么也没有想到，侯景竟然进了宫，萧纶也不知哪儿去了，鸡蛋吃完了，他就喝蜂蜜水充饥，蜂蜜水喝完了，他就只能喝白水了。

萧衍有气无力地坐起来："来人……来人哪！"

张僧胤进来："皇上，奴才在。"

"宫里这么静，人都到哪里去了？"

"皇上，侯景把两宫原先的侍卫全都换上他的人马，宫女也都被乌鸦兵抢得一干二净，只留了奴才一人。"

"朕是一国之君，都没有东西吃，城中百姓现在吃什么？他们的生计怎么样？朕忧心如焚啊。快传王公大臣，进宫议事，安抚城中百姓。"

"皇上，大臣们来不了了，他们都被侯景看管起来了。太极殿也派武士把守着，没地方议事了。"

萧衍禁不住又咳嗽起来，过了好一会儿，他吃力地咽了口唾沫："你去御厨看看，还有没有可吃的东西？"

"皇上，那里也有侯景的人看着，谁也不许进去。"

"朕饿呀，饿得一点力气都没有了。"

"皇上，这里有块腊肉，吃一点吧。"张僧胤从怀中掏出腊肉，放在萧衍面前，"将就着吃一点吧。"

"这是哪里的腊肉？不知道朕吃斋吗？朕早已禁断酒肉，怎么能破戒呢？"

"这是侯景派人送来的，说是让皇上开戒。"张僧胤小声嘟囔着，"不吃就得挨饿啊。"

萧衍表情痛苦，流着眼泪："阿弥陀佛。"他合上眼，拿起一片，哆嗦着往嘴里送，刚送到嘴边，就感到一阵恶心，吐出一口酸水来。

萧正德身穿龙袍，头戴皇冠，乘坐玉辇，来到大司马门，身后是几十名持枪拿刀的卫士。可是里边就是不给开门，过了好长时间，才听见侯景说话的声音：“临贺王，我进宫发现皇上还活着，你不能当皇帝了。”

“大丞相，我们不是有约在先，破城之后，诛杀二宫，朕来坐天下吗？你怎能背约呢？”萧正德质问道。

“要说背约，已有先例，我本来与萧衍订立盟约，是他先撕毁约定，我才被动应战。你要是有怨言，跟老吴公说去。”

“大丞相，快打开宫门，让朕进去。”

“你已不是皇上了，还自称什么‘朕’？你想想，老皇帝还没死，你怎么能做皇帝呢？天上不能两日并出呀。”

“大丞相，你能有今天，是朕助了你一臂之力，当年是朕用船渡你过江……”

“此一时彼一时嘛，再说当时你渡我过江，也是为了你一己私利。”侯景油腔滑调地说，“你要见皇上也可以，脱下皇袍，穿上便装……要不，就任你为侍中，再给你个大司马，你穿上官服吧，见了皇上脸面上也光彩些。”

萧正德自然不情愿，只是使劲地用手擂着宫门：“大丞相，开门，快开门！”

门哗啦一声打开，上来几个乌鸦兵，不由分说就把萧正德的皇服脱掉，硬是给他穿上了官服。面对侯景的蛮横无理，萧正德无力反抗，只得听其摆布。

“好了，去见萧衍吧，只是你的卫士不能去。”侯景一挥手，一群乌鸦兵包围了萧正德身后的卫士。

正在张僧胤忙着收拾萧衍胸前的呕吐物之际，萧正德垂头丧气地走了进来，扑通一声跪倒在地，呜呜地哭出声来。他哭得何等伤心，何等纵情，把在侯景面前的委屈和无奈全都哭了出来。他一边哭一边偷觑着萧衍。

萧衍此时没有责备这个恶贯满盈的侄儿，只是像一位慈祥的父亲在哄一个淘气的孩子：“哭哭哭，哭什么哭？哭有什么用？后悔有什么用？你呀你呀，你不忠不孝，连只看家狗都不如，怎么能斗得过野狼呀？你是什么？你就是侯景脚底下的一双破鞋，借你走了一段路，无用了，就把你扔掉。说得难听一点，你就是个屁，除了一阵臭味，什么也不是。悲哀啊，我替你感到悲哀！”

“侄儿从此痛改前非，重新做人，孝忠皇上，孝忠大梁，再也不干那些让皇上生气的事了。”萧正德也许是看透了侯景的本性，更是为了保命，信誓旦旦地下起了保证。

“既有此心，就去找柳仲礼和邵陵王，让他们尽快召集援兵，擒拿叛贼。”

“皇上，柳仲礼已投降侯景了。”

萧衍既没抬头，也没再说话。

这时，只听外面有人高喊：“侍中王伟晋见。”

萧衍坐直身子，整理了一下衣冠：“僧胤呀，拉开帘幕，打开殿门，让王伟进来。”

王伟进殿，大礼跪拜，呈上侯景文书：“为了铲除奸佞，大丞相领兵入宫，惊动了圣驾，甚觉不安，在阙前候旨降罪。”

萧衍威严地问：“侯景在哪里？可让他来见朕。”

王伟环视了一下，这里除了一张龙榻和一个书案之外，四周墙壁全是书架，便说：“陛下，这里拥挤不堪，恐不宜接见有功之臣。”

萧衍冷峻地瞪着王伟，直看得他缩小了身子，低头站在那里。

萧衍说：“既如此，那就去太极殿吧。告诉侯景，要通知所有朝臣参加。”

“这事嘛……我得禀报大丞相。”王伟嗫嚅着。

尽管侯景经过一番精心打扮，可他那黑瘦的面孔、矮小的个子，跟一身崭新的官服极不相称，显得有些不伦不类。他在前面一瘸一拐地走着，身后有五百名甲士虎视眈眈地护卫着。

萧衍本来要求所有的文武大臣都来上朝，侯景哪肯答应，只准许萧纲、柳津和几个降将出朝。柳仲礼看见父亲到来，走上前去，微笑着叫了一声：“父亲。”

柳津斜视一眼：“你是谁呀？我怎么不认识你？”

“父亲，你糊涂了？我是你儿子呀。”

“我没有你这样的儿子，你认错人了！”

柳仲礼知道父亲是因为自己投降而生气，只得尴尬地退到了一边。

侯景一瘸一拐地往前走着，来到大殿正中，抬头看去，只见萧衍高高地坐在龙座之上，神态庄重，显得十分威严。不知为什么，侯景竟不自主地哆嗦起来，两腿也颤抖着，他拜伏于地，以额触地，就像一只蝙蝠缩了翅膀趴在那里。由于紧张，脑子竟一片空白，不知说什么好。这时，任约看了看侯景，又望了望萧衍，代说道：“罪臣侯景参见陛下万岁万岁万万岁。”

“卿既来参拜，当为臣子，赐座吧。”萧衍庄重的声音在大殿上空回荡。典仪引导侯景来到三公坐榻前坐下。侯景看了看高大空旷的殿堂，又看了看威严的萧衍，还是找不到话头。

还是萧衍神态自若地发问：“侯爱卿，你在军中日久，是不是很辛苦呀？”

侯景不敢抬头正视，嘴唇嚅动了一下，还是没有说出话，憋得面红耳赤，细碎的汗珠从额头上渗出。

萧衍见侯景如此嘴拙，质问道：“你是何方人氏，竟敢到这里来？你的妻儿现在哪里？”

侯景抬了抬头，眨了眨眼皮，动了动嘴唇，因局促不安仍没有答上话。任约又连忙趋前，代答道：“臣的妻儿都被高澄杀害了，单身一人投靠了陛下。”

“你投靠大梁，一直以来，朕诚心相待，要钱给钱，要物给物，没亏待过你。”

“谢陛下。”侯景终于开口了，可声音嘶哑难听，说完之后又是一阵沉默。

萧衍觉得问这些话无法沟通，便提起了新的话题："你来京师多长时间了？"

"半年多了。"

"过江时有多少人？"

一听谈打仗，侯景来了兴致，他仰起头："过……过江时不足千人。"

"来到台城时多少人？"

"十万。"

"现在呢？"

"大江南北，都是我侯景的人啦。"侯景脸上现出扬扬自得的神情，乖戾之声像闯进大殿的苍蝇，没头没脑地四处乱撞着。

萧衍本想显示一下大梁王朝的威风，没想到竟让侯景逼到了墙角，他这才意识到，自己已经做了侯景的俘虏，便低头合眼，寻找着解脱的话题。此时他想起了他的臣民、他的百姓，语调变得温和起来："侯爱卿来朝，要多加体恤百姓，他们已经够苦了，不要惊扰他们，定要轻徭薄赋，劝课农桑，与民休养生息。"

一介武夫哪里能体谅这些，侯景眯着眼看了看萧衍，没有答话。

王伟说："统御百官，役使万民，侯丞相自有妙计，不劳陛下操心。"

于子悦乘机说："陛下的大都督柳仲礼已经投降，现在归我管了。"

柳仲礼跪地叩拜："微臣参见皇上。"

萧衍冷眼看着柳仲礼，嘴唇动了一下，什么也没有说。

于子悦接着说："你的王侯将相也纷纷倒戈，都开营归顺了宇宙大将军，不会有人来救驾了。"

萧衍抬起眼睛，没好气地问："什么宇宙大将军？"

"就是大丞相呀。"于子悦答道。

"不就是侯景吗？怎能称宇宙大将军呢？宇宙是什么？上下四方谓之宇，古往今来谓之宙，叫宇宙大将军欺天欺祖，不自量力啊。"萧衍严肃地说。

柳津侧身面向侯景，怒视着他："你不但欺天欺祖，更欺皇上。大丞相是你自己封的，已是出格了。大梁从未设大丞相一职，只设尚书令，你这是鸠占鹊巢。"

王伟说："皇上亲自封的大丞相，怎么不承认了？难道还得用刀枪说话？"一挥手，周围的武士挺枪持刀，一步步逼向柳津。

柳津怒目圆睁，瞪着武士，冷笑道："哈哈……现在又出了个宇宙大将军，亘古至今，闻所未闻。笑话！天大的笑话！我算是开眼界了！要杀要剐由你们，我永远是大梁的臣子！"

于子悦大喊一声："把他拿下！"

"慢着。"萧衍平静地说，"朕金口玉言，既有封赏，从不更改。"

王伟看了看侯景，侯景微微摇了摇头，又看了看萧衍，萧衍没有反应，王伟只得摆了摆手，武士们往后退去。

此时，萧衍想起了一个人，抬眼往台下搜寻了一遍，问："尚书令怎么没来？"

柳津说："他来不了了。侯景进宫后，天不下雨，地生白毛。何敬容气得不进食，不喝水，忧愤成疾，卧床不起，许多官员百姓前去他府上探望，络绎不绝。"

"这就是天意、民意。自古以来，臣子就是臣子，帝王就是帝王。帝王要有帝王之相，龙行虎步，姿态奇雄，受命于天，既寿永昌。所以任何人都不要放纵自己的欲望，颠倒自己的梦想。佛说，梦由心造，相由心生，世间万物皆是化相，心不动万物皆不动，心不变万物皆不变，所以要沉静自己的心性，不要痴心妄想。"

侯景见他们君臣在羞辱自己，这不是在说自己不够资格当丞相，更不够资格当皇帝吗？你老吴公现在就是我的阶下囚，还摆什么臭架子？今天要灭一灭你的威风。便从坐榻上站起来，直了直腰背，挺了挺胸膛，清了清嗓子，放胆肆言："陛下有今天，全是你自找的。你早已老昏了，长期以来，你只喜欢别人奉承，听不进半句忠言。荀济坦诚相劝，你不但不听，反而要杀他；朱异投机钻营，你却百般宠爱，言听计从。你知道他为什么一直替我说话，为我办事吗？那都是我用金银财宝买通的。你包容亲王，放纵宗族，看看你的兄弟子孙吧，你的六弟荒淫乱伦，都骑在你头上拉屎了，你却装聋作哑，一味迁就。你的太子萧纲整日沉湎酒色，只知道搂着美女睡觉，还写什么香艳的狗屁诗。你的六子萧纶就是个恶棍，他会打仗吗？你的独眼儿子萧绎表面上装得孝顺，内心里却阴暗不轨，他要是当了皇帝，也是个独眼龙。你的儿孙辈互相猜忌，推诿扯皮，尽管外有援军，但号令不一，跟没有也差不多。你宗族中唯一的好人是谁？你想一想，用心想一想，到底是谁？是萧统，你却生生把他逼死了……"

萧衍感到喉咙里奇痒无比，终于忍不住咳嗽起来。

侯景用轻蔑的眼神看了看萧衍，继续说下去："再看看你的文武百官吧，他们平日都干了些什么？他们不耕不织，却吃香喝辣，不夺百姓，从何而来？他们衣来伸手，饭来张口，手不能提，肩不能担，更别说骑马射箭了，这样的官员怎么辅佐朝政？更别谈上阵厮杀。你的百姓怎么样？他们受尽盘剥，不是逃亡，就是当了和尚，做了尼姑，人人厌苦，家家思乱，哪个还想给你出力，有谁还会为你卖命？……"

萧衍抬起头，双手不停地拍打着御案，怒吼着："胡说，简直是胡说！"他喘着粗气，吃力地挥着手，"散朝，散朝啊。"可是没人听他的。他闭起双眼，合起双手，嘟嘟囔囔念起经来。

"嘿嘿，念经了，念经有什么用处？放下经卷，放下架子，待在这里好好反省吧。"侯景说完，带着十足的快意，踏着宫殿的台阶一瘸一拐地往外走去，直至变成一个小黑点。

等到那个黑点消失，萧衍终于忍不住吐出了一口鲜血。

萧纲跑上前，恐慌万状："父皇……快……快传御医！"

萧衍艰难地抬起案上的右手摆了摆，又低下头，闭着眼，静了一会儿，然后慢慢抬起头，喃喃地说："朕这一生，做了三件事：一是推翻了昏君暴政，矫革流弊，劝课农桑，让黎民百姓过了近五十年的好日子；二是尊崇释迦牟尼，禁断酒肉，以佛化国，天下臣民人人止恶向善，和睦相处；三是锐意中原，力图一统天下，没想到让侯景钻了空子，结果引狼入室，致有今日之祸……是非功过，听凭后人评说吧。"

"父皇，大梁怎么办？我该怎么办呀？"萧纲竟号啕大哭起来。

"哭什么？侯景定会图谋天子之位，不过这等无赖泼皮，担不起一个天下。所以无须惊慌，无须烦恼，若社稷有灵，京师定能克复。"萧衍闭起眼睛，喘息了一会儿，吃力地坐正了身子，眼睛也慢慢睁开，显得明亮了一些，"刚才啊，朕看见了，看见了大梁的山山水水、花花草草，锦绣如画啊。众爱卿都抬起头来，打起精神，黑夜总会过去，华夏河山将更加壮丽，百姓的日子会更加美好。"

侯景走后，就再也不愿见萧衍，他下令搜捕所有王公贵族、文臣武将，派兵屯守殿堂，切断了萧衍与外界的一切联系。

已不知多少天没吃东西了，因为不停地咳嗽，萧衍几次要蜂蜜水，张僧胤总是摇头。萧衍只能靠念经充饥，色即是空，空即是色，受想行识，亦复如是……他似乎看见郗皇后远远地向他招手。"皇后！皇后！"他边喊边拼命地往前跑着。眼看就要追上了，可郗皇后一转身，不见了。正在踌躇之际，他的贵嫔丁令光微笑着向他走来，他高兴地叫着："令光！令光！"想去拉她的手，可怎么也够不着。他俩就这样一前一后地走着。忽然，前面出现了深沟大壑，往下看，怪石嶙峋，阴森恐怖。他的令光轻飘飘飞了起来，越飞越高，越飞越远。他心里一急，拼命地往前跑去，可不知怎的，他感到自己快速地往下坠，眼看就要坠入谷底，狼虫虎豹隐约可见。阿弥陀佛，依般若波罗蜜多故，心无挂碍，无挂碍故，无有恐怖，远离颠倒梦想，究竟涅槃。就在这紧急关头，他似乎看见一朵莲花向他飘来，慢慢地移到他的脚底，立时他感到身体轻飘飘地往上升，一直升到高空，飘然向西方飞去。

2016年5月20日初稿于莒国故城

2019年2月10日定稿于北京市通州区龙旺西里

图书在版编目(CIP)数据

梁武帝大传 / 唐正立著. — 北京 : 中国文史出版社, 2020.1

ISBN 978-7-5205-1237-4

Ⅰ. ①梁… Ⅱ. ①唐… Ⅲ. ①长篇历史小说-中国-当代 Ⅳ. ①I247.5

中国版本图书馆 CIP 数据核字(2019)第 177614 号

责任编辑: 牟国煜

出版发行: **中国文史出版社**
社　　址: 北京市海淀区西八里庄 69 号院　邮编: 100142
电　　话: 010-81136606　81136602　81136603 (发行部)
传　　真: 010-81136655
印　　装: 廊坊市海涛印刷有限公司
经　　销: 全国新华书店
开　　本: 720×1020　1/16
印　　张: 30.25　　字数: 583 千字
版　　次: 2020 年 1 月第 1 版
印　　次: 2022 年 10 月第 2 次印刷
定　　价: 85.00 元